Kristien Dieltiens

Kellerkind

# KELLER KIND

Kristien Dieltiens

Aus dem Niederländischen
von Eva Schweikart

Urachhaus

# Prolog

Die Flure waren leer, die Türen geschlossen. Alle schliefen, bis auf den Mann mit dem weißen Bündel in den Armen. Er eilte ins Freie und lief über den Rasen, an den Rosen-Gewächshäusern und dem breiten Wassergraben vorbei bis zu den Stallungen. Ein paar Frösche quakten. Die Pferde jedoch verhielten sich still, als er die Stalltür öffnete, denn sie kannten den Mann, der sie täglich sattelte oder vor die Kutsche schirrte. Sie witterten seinen Geruch und die Leckerbissen, die er stets bei sich hatte. Sie wussten, wie es sich anfühlte, wenn er über ihre Nüstern strich und sacht ihre Flanken tätschelte. Wenn er bunte Bänder in ihre Mähnen flocht oder sie mit dem Brandeisen an der Hinterhand zeichnete, sprach er ihnen gut zu.

Diesmal aber brachte der Mann Unruhe mit sich. Sein Blick war gehetzt, sein Atem ging keuchend wie bei einem aufgescheuchten Hirsch im Hubertusmonat.

Er war in unauffällige Brauntöne gekleidet, und trotz der lauen Sommernacht bedeckte ein grünes Seidentuch die Hälfte seines Gesichts.

In seinen Armen hielt er das kaum dreijährige Kind, das in dieser Nacht sterben sollte. Es trug ein Hemdchen aus gebleichtem Leinen und war barfuß. Sein Gesicht war milchweiß, und an der verschwitzten Stirn klebten dunkelblonde Locken. Eine Schulter trug Spuren einer Pockenimpfung.

Der Mann bettete das schlafende Kind in einem leeren Abteil ins Stroh und betrachtete es sinnend. Er musste an einen Heiligabend vor langer Zeit denken, als er das Jesuskind in die Krippe hatte legen dürfen. Die Erinnerung ließ ihn lächeln. Doch er durfte jetzt nicht sentimental werden, sondern musste handeln. Bald würde alles vorbei sein.

Ein paar Stunden zuvor war in ebendiesem Abteil ein Fohlen zur Welt gekommen. Die Stute und ihr Junges befanden sich nun in einem größeren Abteil. Das Blut des Kindes würde sich mit dem von der Geburt mischen und im Stroh versickern, sodass kein Mensch Verdacht schöpfte. Und wenn der Stallknecht es morgen auf den Misthaufen warf, wäre die kleine Leiche längst begraben.

Das Kind war vollkommen ahnungslos. Seine Mundwinkel zuckten kurz, so als wollte es lächeln, und eines der Beinchen zitterte wie ruhiges Wasser unter einer leichten Brise. Ob es wohl träumte?

Plötzlich waren von draußen Geräusche zu hören. Ein Flüstern, dann das verhaltene Lachen einer Frau. Schnell duckte der Mann sich hinter die Bretterwand. Keiner durfte ihn hier sehen. Nicht in dieser Nacht.

Die Stimmen entfernten sich zu den Gewächshäusern hin.

Der Mann zog das Tuch etwas höher, sodass nur noch seine Augen zu sehen waren. Der Griff des Messers, das er aus seiner Jackentasche holte, fühlte sich warm an.

Das Kind würde nicht wach werden, dessen war er sich sicher, denn er hatte ihm eine tüchtige Portion Baldrian in den Abendbrei gemischt. Es würde im Schlaf sterben, und keiner würde seinen Tod betrauern. Das Kind war ein Irrtum, weiter nichts.

Die Öllampe flackerte, als wäre eine Tür aufgegangen und ein Luftzug hereingekommen.

Jetzt musste es geschehen. Die Klinge blitzte. Sie würde so leicht in den kleinen Körper dringen wie in gekühlte Butter.

Mit einem Mal schlug das Kind die Augen auf und blinzelte verschlafen. Es sah den Mann, dem das Tuch vom Gesicht gerutscht war, seine erhobene Hand und das Messer. Sein Blick zeigte Erkennen. Es lächelte.

Es gibt keine echte Wahrheit,
nur eine Wahrheit,
die immer tiefer und reifer wird.

Verfasser unbekannt

Es ist so weit: Heute töte ich einen Menschen. Kurz nach vier Uhr am Nachmittag wird es geschehen sein. Um fünf fährt die Postkutsche am Rathaus ab, nur ein Stück vom Hofgarten entfernt. Meine Geschichte ist zu Ende. Ich bin müde.
Wer diese Blätter in die Hände bekommt, wird die Wahrheit erfahren. Er mag damit anfangen, was er will; für mich macht es keinen Unterschied mehr. Ich trete meine letzte Reise an.
Das Schreiben ist mir schwergefallen. Mit welchen Worten verleiht man seinen tiefsten Gefühlen Ausdruck? Wie schildert man die schicksalhaften Tage und Stunden, die den eigenen Schatten länger und dunkler werden ließen? Und wie macht man glaubhaft, dass Hässlichkeit einen wie ein bleischwerer Rucksack hindern kann, im Leben den richtigen Weg einzuschlagen?

Einen hässlicheren Mann als mich gibt es nicht. Die Hasenscharte zieht meine Oberlippe in die Höhe, sodass mein Mund stets zum Dreieck geöffnet ist und meine unregelmäßigen Zähne und das oftmals entzündete Zahnfleisch preisgibt. Die Spitze meiner platten Nase scheint an der Oberlippe zu kleben, und eines meiner Augen steht schief. Manchmal tropft gelber Eiter heraus, dann helfen nur Umschläge mit Kamille und Augentrost.
Wer mich zum ersten Mal sieht, wendet unwillkürlich den Blick ab. Nur die kleinen Kinder nicht, die starren mich an, bis ein Erwachsener sie bei der Hand nimmt und wegzieht. Ich bin so abgrundtief hässlich, dass jemand mir einst gesagt hat, ich könnte eine Sonnenfinsternis auslösen.

Wenn ich ins Freie gehe, verstummen die Amseln, und die Katzen lassen ihren Wurf im Stich. So war es, und so ist es. Ich habe gelernt, im Dunkeln zu bleiben, mein eigener Schatten zu werden.

Oft heißt es, man habe im Leben immer eine Wahl. Doch das ist eine Lüge. Ich hatte nie eine Wahl. Hätte ich wählen können, wäre mein Leben anders verlaufen. Dann wäre mein Vater nicht gestorben, sondern mir weiterhin ein liebevoller Vater gewesen. Einer, der beim Frühstück altbackenes Brot in warme Milch tunkt, einen davon abbeißen lässt und dabei als Ansporn zum Essen selbst den Mund auf und zu klappt. Ein Vater, der einem einen aufmunternden Klaps auf den Po versetzt, wenn man sich am ersten Schultag mit Schiefertafel und Griffel im Ranzen auf den Weg macht, und der abends Zeit zum Zuhören hat. Ein Vater, der am Kaminfeuer Geschichten von fernen Ländern erzählt, während man sich in seine Armbeuge kuschelt. Einer, der seine Frau mit warmen Blicken umfängt und ihr, wenn sie Teig knetet, zärtlich den Nacken küsst. Ein Vater, der einem beibringt, was es heißt, eine Frau zu lieben, und für den man der beste Sohn auf der Welt ist.
Hätte ich wählen können, dann wäre ich ein stattlicher Mann geworden, der ob seines Mutes geliebt und gefürchtet wird. Ich hätte im Heer Napoleon Bonapartes gekämpft, ohne Zaudern jeden Feind getötet und bis zum letzten Atemzug dem Kaiser treu gedient.
Man würde mir bewundernde Blicke zuwerfen, denn ich wäre schön, von den Sternen geküsst: das dunkelblonde Haar nach hinten gekämmt und an den Schläfen leicht gewellt, die Augen blau, der Blick entschlossen, die Haut so zart und rein wie bei einem Kind, die Nase stolz und gerade wie der zierliche Griff eines Mahagonischranks und die vollen Lippen für jede Frau eine Verlockung zum Küssen.

Tagtäglich würden meine Eltern zu hören bekommen, was für einen wunderbaren Sohn sie da in die Welt gesetzt hätten, und man würde sie beneiden.
Vornehme junge Damen würden meiner Mutter ihre Aufwartung machen und dabei wie zufällig ihre parfümierten Taschentücher fallen lassen, um einen Grund zum Wiederkommen zu haben, mit hoffnungsvollem Blick und dem heimlichen Wunsch, dass ich sie um die schmale Taille fasse und leidenschaftlich küsse, wie man es in Romanen liest.
Doch dem ist nicht so.
Dabei glaubte ich als Kind, alles zu haben, um glücklich zu werden.
Alles – das war hauptsächlich meine Mutter, deren Hände mich salbten, deren Stimme mich tröstete und die stets von Rosenduft umweht war.
Jahre später wurde Rosika mein Ein und Alles.
Die Toten waren meine Verbündeten.
Der Himmel war meine Erde. Die Verstorbenen hießen mich willkommen und versicherten mir, dass ich kein Geschöpf des Teufels sei, auch wenn mein Stiefvater das Gegenteil behauptete.
Die Heiligen waren meine Freunde. Ohne ihre Zeichen und ihren Zuspruch wäre ich niemals erwachsen geworden.
Dreierlei stand meinem Glück im Weg: meine Entstellung, mein Stiefvater und Schmetterlingshaut.

Meine ersten Lebensjahre sind in der Erinnerung so verschwommen und blass wie die Haut auf gekochter Milch. Dennoch gibt es Dinge, die ich nie vergessen werde.

Ich weiß noch, dass meine Mutter mich viel mit sich herumtrug. Wenn ich nicht auf ihrem Schoß saß, hielt sie mich auf dem Arm oder hatte mich auf dem Rücken. Dass ich auf den eigenen Füßen stand, kam selten vor. Wenn meine Mutter mir eine neue Hose anmaß, stellte sie mich auf einen Stuhl, und ich hielt mich an ihren Schultern fest. Bei ihr konnte ich nicht fallen, denn ihre Arme waren wie weiche Kissen und die Berührung ihrer Hände sanft.

Ihr Gesicht war wie eine sich fortwährend verändernde Landschaft, die mich immer wieder staunen machte.

Wenn sie Feldarbeit verrichtete, trug sie mich in einem farbenfrohen Tuch auf dem Rücken, sodass ich jede ihrer Bewegungen mitmachte. Sang sie, dann schwiegen die Nachtigallen. Und wenn sie sich bückte, dann sah ich – von Blüten aus Stoff gehalten – den Kartoffelacker und ihre emsigen Hände in der rotbraunen Erde. Stand sie aufrecht, dann sah ich die gleißende Sonne am Himmel. Ich roch ihren feuchten Nacken und presste die Nase an ihre Haarflechten. Im Himmelsblau zogen Wolken und Vögel vorbei, und in weiter Ferne war das Ende der Welt. Der Horizont sei so scharf wie ein Messer, hatte mein Vater gesagt, und: »So weit darfst du niemals gehen, Michael.«

»Warum?«, fragte ich.

»Wer bis zum Ende der Welt geht, der fällt in den tiefsten und dunkelsten Abgrund, den es gibt.«

Darum hielt ich mich vom Horizont fern.

Die silbernen Birken umstanden mich wie Wächter und ließen das Sonnenlicht nur gefiltert durch.

Nie war die Welt so groß wie in meinen ersten Lebensjahren.

»Stell den Jungen doch auf seine Füße!«, sagten die Nachbarsfrauen zu meiner Mutter und warfen ihr vor, sie verzärtele mich.

»Er ist noch nicht kräftig genug«, gab meine Mutter zur Antwort, ohne ihre Arbeit zu unterbrechen.

Wenn eine der Frauen anbot, mich für eine Weile zu halten, beschied sie ihr: »Ich trage meinen Sohn selber, solange es nötig ist.«

Ihre entschlossenen Worte vermittelten mir Geborgenheit und machten mir zugleich klar, dass ich zusehen musste, weiterhin getragen zu werden. Deshalb klagte ich des Öfteren über Bauchschmerzen, die aufhörten, sobald sie mich hochnahm.

Meine Mutter hieß Elena.

Meinen Vater kannte ich nur sechs Jahre lang. Er war Schriftsteller, kam jedoch nie dazu, sein erstes Buch zu schreiben. »Ich habe alles im Kopf«, sagte er, »und irgendwann kommt es heraus, dann schreibe ich das allerschönste Buch.«

Mein Vater hieß Gottfried.

Meine Mutter glaubte ihm, so wie ich. Wenn er abends der Übung halber Geschichten erzählte, wich ich nicht von seiner Seite und sah die erfundenen Gestalten über seine Lippen in die Wohnstube wandeln.

Mein Vater stammte aus einem kleinen Marktflecken namens Colmberg, nicht weit von Ansbach im Fränkischen, und weil er einen Broterwerb brauchte, war er mit seinen Eltern und noch etwa hundert weiteren Familien nach Ungarn ausgewandert. In Plankenburg, wo er sich als Strohdecker verdingte, lernte er meine Mutter kennen. Sie kam aus einer Bauernfamilie und kannte sich mit Säen, Wachsen und Blühen aus. Darum wusste sie auch mit ihrem schwächlichen Sohn umzugehen. Unter ihren Händen gedieh ich wie ein

Schössling im Topf. Meine Mutter war die Erde für mich und mein Vater die Luft, die ich atmete.

Alles an meinem Vater war groß: seine Gestalt, seine Hände, seine Nase und sein Schnurrbart. Seine Stimme übertönte das Läuten der Kirchenglocken, und sein Lachen ließ die Wände unseres Hauses erbeben.

Wenn wir zum Gottesdienst gingen, trug er mich auf den Schultern. Er deutete mit dem Finger und fragte: »Siehst du den Kirchturm, Michael?«

Ich sah den Turm über seiner Zeigefingerspitze und nickte.

»Du bist zehn Mal größer als der Turm. Du bist mein kleiner König. Und später einmal wirst du ein großer König sein. So groß, dass du in den Himmel hineinschauen kannst.«

Er lachte, und sein Schnurrbart wurde zu einem Vogel mit ausgebreiteten Flügeln.

In solchen Momenten war mein Körper zu klein für mein stolzes Herz.

Ich war der kleine König meines Vaters, und dereinst würde ich in den Himmel hineinschauen.

Mir war nicht klar, dass ich damals im Himmel war.

Unser Haus sah aus wie die anderen Häuser im Dorf. Weiß getünchter Lehm in Gefachen zwischen Holzbalken, ein dunkles Strohdach, das wie ein Hut vor zu viel Sonne schützte, und dunkelgrün verglaste Fenster, die gerade so viel Licht einließen, dass man sich sicher fühlte.

Im eingezäunten Garten wuchsen Rosensträucher ohne Dornen, denn ich durfte mich nicht stechen, wenn ich meiner Mutter half, Hagebutten zu pflücken, aus denen sie Tee und Mus bereitete. Im Sommer war der Hausgiebel mit Kletterrosen bewachsen. Niemand kann sich vorstellen, wie stark die Gerüche meiner Kindheit waren – alles roch nach meiner Mutter und ihren Rosen.

Hinter unserem Haus begann ein ausgedehnter Birkenwald.

»Birken sind ein Segen«, sagte mein Vater. »Ihre Kronen haben Zauberkraft. Bevor man eine Birke fällt, muss man sie sieben Mal umrunden. Und der Kuckuck ruft erst, wenn er vom jungen Birkenlaub gekostet hat. Ruft er drei Mal, ist schlechtes Wetter im Anzug, und der Landmann weiß, dass er rasch das Heu einbringen muss, damit es nicht im Regen verdirbt. Und wer durch den Wald geht und den Ruf des Kuckucks vernimmt, kann sicher sein, dass die Liebste ihm treu bleibt.«

Nach diesen Worten küsste er meine Mutter und sang ein Lied:

Rote Kirschen ess ich gern,
Schwarze noch viel lieber,
In die Schule geh ich gern
Alle Tage wieder.

Platz gemacht, Platz gemacht
Für die reichen Damen,

Saß ein Kuckuck auf dem Dach,
Kam der Regen, macht' ihn nass,
Kam der liebe Sonnenschein,
Diese, diese soll es sein.

Und danach gleich noch eines:

Ach, du lieber Augustin,
Augustin, Augustin,
Ach, du lieber Augustin,
Alles ist hin.

Geld ist hin, Mädl ist hin,
Alles ist hin, Augustin,
Ach, du lieber Augustin,
Alles ist hin.

»Wer ist Augustin?«, wollte ich wissen.
»Das ist ein Heiliger, der vor langer Zeit gelebt hat. Er prüfte gern die Äpfel und Birnen der Frauen auf ihre Frische. Eines Tages legte er sich unter einen Feigenbaum und träumte von Gott. Und später verkündete er, dass jeder Mensch einen eigenen Willen hat und für seine bösen Taten selber verantwortlich ist. Der heilige Augustin ist ein bisschen so wie ich.«
Das alles sagte mir nicht viel, doch fielen mir im Alltag Dinge auf, die mit meines Vaters Liedern und Geschichten übereinstimmten. Zwar sah ich nie, dass er die Äpfel und Birnen irgendwelcher Frauen auf ihre Frische prüfte, aber wenn er im Wirtshaus war, legte meine Mutter das Andachtsbildchen mit dem heiligen Augustinus auf den

Tisch und sagte: »Dann kommt der Vater auch gewiss wieder nach Hause und bleibt nicht bei einer anderen Frau hängen, um deren Obst auf seine Frische zu prüfen.«
Die Birken hatten tatsächlich Zauberkraft. Am Morgen winkten mir ihre Zweige wie hellviolette Arme zu, nach der Mittagssuppe ruhten sie unter einer durchscheinenden Decke aus Silber und Ocker, und wenn ich abends zu Bett gebracht wurde, badeten sie in orangefarbenem Licht, bis die Nacht alle Farben auslöschte.
Bei Sonnenaufgang verließ mein Vater das Haus, wie auch die anderen Männer im Dorf. Mit Karren, auf denen Dachlatten, Schilf und Strohbündel lagen, zogen sie dorthin, wo Häuser für die Familien gebaut wurden, die noch aus Franken kommen sollten. Mein Vater galt als der beste Strohdecker weit und breit. Ich folgte ihm mit dem Blick, bis er um die Ecke bog. Danach hörte ich am offenen Fenster noch eine Weile seine Stimme, denn er sang immer das gleiche Lied, wenn er die Pferde führte:

Auf einem Baum ein Kuckuck
Sim sa la bim, bam ba, sa la du, sa la dim
Auf einem Baum ein Kuckuck saß.

Da kam ein junger Jäger
Sim sa la bim, bam ba, sa la du, sa la dim
Da kam ein junger Jägersmann.

Der schoss den armen Kuckuck
Sim sa la bim, bam ba, sa la du, sa la dim
Der schoss den armen Kuckuck tot.

Und als ein Jahr vergangen
Sim sa la bim, bam ba, sa la du, sa la dim
Und als ein Jahr vergangen war,

Da war der Kuckuck wieder
Sim sa la bim, bam ba, sa la du, sa la dim
Da war der Kuckuck wieder da.

Da freuten sich die Leute
Sim sa la bim, bam ba, sa la du, sa la dim
Da freuten sich die Leute sehr.

Die letzte Strophe hörte ich nur noch undeutlich, aber in meinem Kopf sang der Kuckuck weiter.
Und wenn mein Vater abends nach Hause kam, sang er abermals das Lied vom Kuckuck.

In unserer Dorfschule lernten die Kinder vom sechsten Lebensjahr an Lesen und Schreiben. Den Religionsunterricht erteilte ein strenger weißbärtiger Priester. Vor ihm hatte ich Angst und war darum erleichtert, dass ich, wie die anderen kleinen Kinder, von meiner Mutter mit aufs Feld genommen wurde.
Wenn mein Vater von der Arbeit kam, wusch er sich an der Pumpe. Ich saß auf einem Schemel daneben – meine Füße reichten kaum bis zum Boden –, hielt meinem großen Vater ein Stück Seife und ein Handtuch hin und schaute zu, wie er sich sorgfältig wusch.
Danach aßen wir am Buchenholztisch in der Küche Galuska. Meine Mutter schöpfte das Essen aus einem großen Kupferkessel, der früher ihrer Mutter gehört hatte. Jede seiner Beulen hatte ihre eigene

Geschichte. Die größte war so zustande gekommen: Meine Großmutter hatte ihrem Mann den Kessel an den Kopf geworfen, weil er an einem Samstag zu lange im Wirtshaus gesessen hatte und am Morgen darauf halb benommen zum Gottesdienst getorkelt war. Wegen der Beule wackelte der Kessel auf dem Tisch, und ich meinte, im Glanz der Politur meinen verstorbenen Großvater zu sehen, der noch immer torkelte.

Ihre Nockerln, die als die besten im ganzen Dorf galten, bereitete meine Mutter aus Gänseeiern, Weizenmehl und Wasser von der Pumpe.

Die Nachbarsfrauen hätten zu gern das Rezept für ihre Galuska gehabt, aber nur ich kannte das Geheimnis: Bevor meine Mutter die Zutaten für den Teig mischte, legte sie unter das Backbrett das Andachtsbildchen der heiligen Elisabeth von Thüringen. Von ihr, so sagte meine Mutter, stamme ihre Familie ab, und ich glaubte es. Elisabeth kam aus Ungarn und war mit einem deutschen Mann verheiratet, genau wie meine Mutter. Er verbot ihr, Brot an die Armen zu verteilen, aber sie tat es dennoch. Als sie dabei ertappt wurde, zog sie das Tuch vom Korb, und siehe da: Die Brotlaibe hatten sich in Rosen verwandelt. Die heilige Elisabeth war schon seit Langem tot, doch meine Mutter hatte mir oft von ihr erzählt.

»Wer Teig knetet und dabei an Elisabeth denkt, wird stets Brot haben und Liebe, die nie vergeht«, pflegte sie zu sagen.

Sie hatte für alles und jedes einen Heiligen. Die Kärtchen mit ihren Bildnissen hatte sie von ihrer Mutter zur Hochzeit bekommen, und sie waren ihr lieb und teuer.

Immer wieder zeigte sie mir die teils farbigen Bilder, nannte die Namen der Heiligen und erzählte ihre tragischen Geschichten. Die meisten waren den Märtyrertod gestorben. Und wer auf solche

Weise umkomme, sagte meine Mutter, dem stehe im Himmel ein goldener Stuhl neben Gottes Thron zu.

Jeden Abend vor dem Schlafengehen erzählte mein Vater mir eine Geschichte, die kein Ende hatte. Er übte wohl für das Buch, das er zu schreiben gedachte und auf das die Welt ungeduldig wartete. Jede seiner Geschichten war anders, und immer hoffte ich auf ein gutes Ende. Weil nie ein solches kam, versuchte ich, mir selbst etwas auszudenken – ein vergebliches Unterfangen, denn auf Enden verstand ich mich nicht.

Einmal erzählte mein Vater von Kindern, die von ihrer Stiefmutter im Wald ausgesetzt worden waren und einer Hexe in die Hände fielen. Sie konnten entkommen und fanden wieder nach Hause, aber wie es ihnen dort erging, weiß ich nicht. Das Wort ›Stief‹ jedoch wurde mir verhasst.

Ein andermal erzählte mein Vater von einem Mädchen, das oben in einem Turm gefangen saß. Ihre Zöpfe waren so lang, dass sie als Leiter dienen konnten. Ein Prinz kletterte daran empor in das Turmverlies, wo sie der Liebe huldigten – was auch immer das bedeuten mochte.

Ich selbst wusste nur, dass die Liebe meiner Eltern mich ständig umgab, mich wärmte und schützte und mein wahres Aussehen verhüllte.

Wenn ich meinen Vater bat, doch endlich einmal eine Geschichte bis zum Ende zu erzählen, bekam ich jedes Mal die gleiche Antwort: »Ein Märchen darf niemals enden, Michael. Sonst ist es kein Märchen mehr.«

Er hatte recht. Ein Märchen, in dem es um Liebe geht, darf niemals enden. Ebenso wenig wie das Lied vom Kuckuck, der nie wirklich

tot war – das Lied, das mein Vater jeden Tag aufs Neue sang und das immer leiser wurde, wenn er um die Ecke bog, sodass man glaubte, er sänge endlos weiter.
Wie hätte ich damals ahnen können, dass mein Leben alles andere als märchenhaft verlaufen würde?
Wenn ich nicht einschlafen konnte, gab meine Mutter mir ihren Rosenkranz. Zählen konnte ich noch nicht, aber die Perlen durch die Hände gleiten zu lassen, machte mich schläfrig. Ein Rosenkranz hat fünfzig kleine und fünf große Perlen. Der meiner Mutter hatte sechzig kleine und sechs große. Das bringe Glück, sagte sie und fügte hinzu, ich sei das größte Glück ihres Lebens, und das habe sie dem Rosenkranz zu verdanken.
»Nicht der Kranz, ich habe das zuwege gebracht«, sagte mein Vater stolz. Daraufhin schüttelte meine Mutter den Kopf, und ihr Kinn zitterte, als müsste sie gleich weinen, doch er ließ sich nicht beirren.
Eines Tages stiegen wir zusammen auf einen Berg. Ich saß auf den Schultern meines Vaters, überragte alles und jeden und fühlte mich wie ein König. Oben angekommen, konnte ich die Häuser von Plankenburg sehen. Sie waren nicht größer als die Krümel, die meine Mutter den Vögeln hinstreute. Ich hörte das Tosen des Wasserfalls, und mein Vater deutete auf den wilden Fluss in schwindelerregender Tiefe.
»In dieses Wasser bin ich gesprungen, als ich erfuhr, dass du unterwegs warst«, sagte er.
»Unterwegs?«
»Ja, du hattest noch einen langen Weg vor dir. Aber deine Mutter und ich wussten, dass du kommen würdest. Wir zählten die Tage, und es waren gerade genug, um eine Wiege zu zimmern, die nicht umfallen konnte, um Wolle zu spinnen und Decken zu stricken.«

»Wo war ich, bevor ich zu euch gekommen bin?«
»Bei den Heiligen im Himmel.«
»Und was habe ich dort gemacht?«
»Du hast geübt, immerfort geübt, bis du alles wusstest, was es zu wissen gab.«
»Was gab es zu wissen?«
»Dass wir hier auf dich warten.«
»Aber warum bist du ins Wasser gesprungen?«
»Weil ein Mann seiner Frau beweisen muss, dass er mutig ist. Wenn er Wasser aus dem Fluss schöpft und sie trinkt es, dann bekommt sie ein schönes, kräftiges Kind, das vom heiligen Christophorus gesegnet ist.«
Meiner Mutter traten Tränen in die Augen.
»Gottfried, was redest du denn da?«, sagte sie.

Ich war mir meiner Hässlichkeit nicht bewusst. Ein Kind, das von seiner Mutter getragen wird, ist immer schön.

Ich weiß aber noch, dass es mich ärgerte, wenn die Frauen im Dorf sich ereiferten, weil sie mich ständig trug. Ich sei zu groß dafür, sagten sie, es werde Zeit für mich, auf den eigenen Füßen zu stehen, und vom dauernden Herumtragen würde ich nur schwächer statt kräftiger.

Meine Mutter hörte nicht hin. Auf ihrem Rücken fühlte ich mich dem Himmel näher als der Erde, und ich war nicht auf gleicher Höhe mit den Kindern meines Alters, die dem mütterlichen Rockzipfel schon entwachsen waren.

Ich weigerte mich, die Frauen anzusehen, die meiner Mutter Vorwürfe machten, und manch eine, die mich ihr abnehmen wollte, biss ich in die Hand. Ich war klein und verstand vieles noch nicht, aber dass die Frauen mich ablehnten, merkte ich sehr wohl. Kaum jemals sahen sie mich direkt an, sondern blickten an mir vorbei oder über mich hinweg.

Vielleicht ahnte ich schon damals, dass es mit meinem Himmel auf Erden bald zu Ende sein würde. Vielleicht wollte ich deshalb die Liebe meiner Eltern auskosten, und es durfte kein Quäntchen davon verloren gehen.

Das Schicksal schlug unerwartet zu.

An einem regnerischen Septembertag brach das Strohdach ein, das mein Vater gerade ausbesserte. Er starb mit leicht geöffnetem Mund, so als hätte er kurz vorher gelacht und gerufen: »Mein kleiner König, du bist viel größer als das Haus, auf dessen Dach ich sitze!«

Man brachte ihn auf einem Karren nach Hause. Meine Mutter und die Nachbarsfrauen wachten drei Tage und Nächte bei ihm. Der weißbärtige Priester kam in einem schwarzen Gewand und mit einem goldenen Kreuz, das mit Edelsteinen besetzt war. Er sang und betete und trank roten Wein. Ich hielt mich von ihm fern, denn sein strenger Blick ging mir durch und durch.

Aus Gänseeiern, Ziegenmilch und Roggenmehl buken die Frauen kreuzförmige Totenküchlein und bestreuten sie mit Kümmel. Jeder, der uns aufsuchte, bekam solch ein Küchlein.

Dass mein Vater die ganze Zeit vollkommen reglos dalag, machte mir solche Angst, dass ich zu weinen begann. Aber niemand tröstete mich, alle wehklagten.

Es waren die ersten drei Tage meines Lebens, die ich nicht getragen wurde. Ich stand auf meinen Füßen auf dem Lehmboden der Schlafstube und sah, wie meine Mutter unter Tränen die Füße meines Vaters küsste. Zwischen seine Zehen steckte sie ein Bildchen des heiligen Lazarus, doch es half nicht – mein Vater erhob sich nicht wieder.

Vom feuchten Boden stieg die Kälte an mir empor. Ich senkte den Blick, und zum ersten Mal wurde ich meiner Beine und Füße gewahr.

Mein Vater war auf Leintücher gebettet, und an der gekalkten Wand über ihm hing der gekreuzigte Christus, der ob so viel Kummers die Augen geschlossen hatte. Auf seinem Kopf trug er eine Krone aus Dornen ohne Rosen. Mein Vater trug eine Krone aus frischen Rosen ohne Dornen, die den weißen Verband fast gänzlich verdeckte.

Meine Mutter redete auf ihn ein. Ich wollte ihr klarmachen, dass er nicht antworten würde, doch sie beachtete mich gar nicht. Da nahm ich ihre Hände und presste sie an meine Wangen. Sie riss sich los. Ich kletterte auf ihren Schoß und legte meine kleine Hand auf ihren Mund, um sie zum Schweigen zu bringen, aber sie schob mich weg.

Ich zog ihre Schürzenbänder auf, und sie merkte es nicht einmal. Als ich sie schließlich in die Wange biss, schlug sie nach mir. Zum ersten Mal. In dem Augenblick stürzte für mich der Himmel ein. Ich machte in die Hose. Eine Nachbarsfrau mit groben Händen säuberte mich und sagte ärgerlich, ich solle mich nicht anstellen wie ein Kleinkind.

In meinem Kopf sang der Kuckuck, aber es klang traurig, so als hätte er seinen Baum verloren. Ich wollte, dass mein Vater wieder aufstand und das Lied sang. Als ich zu ihm trat und versuchte, seinen Mund zu öffnen, zog eine Frauenhand mich weg. Ich schrie und trat um mich. Da wurde ich von starken Männerarmen umfangen und festgehalten. Erst als ich verstummte, ließen sie mich los. Ich setzte mich neben meine Mutter und nahm einen Zipfel ihrer Schürze in die Hand.

Bevor der Sarg zugenagelt wurde, legte meine Mutter Kräuter und Spezereien auf den Leib meines Vaters. Neun Blättchen Salbei, damit sie sein Gesicht im Traum sehen könnte. Eine Zehe Knoblauch, um die Würmer zu verscheuchen. Drei Stängel Engelwurz, um nach dem Begräbnis mit ihm in Verbindung bleiben zu können. Und eine Handvoll Haferflocken, die ihm die Furcht vor dem Übergang in die Totenwelt nehmen sollten.

Es war das erste Mal, dass ich meine Mutter mit einem Toten reden sah, und es sollte nicht das einzige Mal bleiben.

Beim Leichenschmaus kamen Kartoffeln mit Zwiebeln, Sauerrahm und Lorbeer auf den Tisch, dazu Gänseleber, die eine Nacht lang in Knoblauchmilch gelegen hatte, um den Teufel abzuhalten, und danach in Gänseschmalz ausgebacken worden war, damit mein Vater ungehindert in den Himmel kam. Außerdem frische Schweinswürstchen mit Meerrettich und große rote Paprikaschoten mit einer Füllung aus Speck und Fenchelsamen. Zum Abschluss gab es Apfelkuchen und Hagebuttentee. Ich rührte nichts davon an und beobachtete meine Mutter. Auch sie nahm keinen Bissen zu sich.

Am Tag nach dem Begräbnis stand ich noch immer mit den Füßen auf dem Boden. Meine Mutter nahm mich nicht mehr hoch. Als ich ihr die Arme entgegenstreckte und quengelte, sagte sie: »Lass das, Michael. Jetzt wird alles anders.«

Schon bald sollten ihre Worte Wahrheit werden.

Eine Woche nach dem Tod meines Vaters kamen fünfzig neue Familien aus Franken und Lothringen an, und der Wohnraum im Ort wurde knapp. Der Dorfrat beschloss, dass meine Mutter und ich in ein Frauenhaus umziehen mussten. Unser Haus gehörte uns nicht mehr. Fremde Menschen lagen nun im Bett meiner Eltern, an der Pumpe saß kein Kind mehr, das seinem Vater Seife und Handtuch reichte, und die Rosen im Garten blühten nicht mehr für uns. Ich fühlte mich verraten.

Mein Vater hatte mich mit einem Kopf voller Geschichten ohne Ende zurückgelassen. Ich fühlte mich verlassen.

Meine Mutter blickte unentwegt zum Horizont, hinter dem der tiefste und dunkelste aller Abgründe lag. Ich fühlte mich verstoßen.

Auf dem kleinen Kirchhof unweit des Birkenhains, wo meine Mutter ihr Gesicht in ein Taschentuch presste, stampfte ich auf meines Vaters Grab herum. Damit er meinen rasenden Zorn spürte. Denn er war schuld daran, dass ich nun die Hände, den Rücken und die Fürsorge meiner Mutter entbehren musste.

Die Birken sahen mir beim Stampfen zu. Ihr Laub hatte seine Färbung verloren, und ihre Zweige waren keine winkenden Arme mehr. Auch der Kuckuck war verstummt. Vielleicht war er davongeflogen, zum Horizont mit dem Abgrund, von dem keiner je wiederkehrte.

Im Frauenhaus, hieß es, hätten wir es gut. Wie konnten die Leute so etwas sagen, wo doch alles Gute, Schöne und Vertraute dahin war? Meine Mutter schlief in einem Raum mit zehn anderen Frauen – Ledigen oder Witwen wie sie. Ich musste in einem Kinderschlafsaal nächtigen, wo es nach Urin und ungewaschenen Leibern roch. Auf dem Innenhof gab es eine einzige Pumpe für achtzehn Kinder.

Die meisten Frauen waren faul und zankten den lieben langen Tag. Beim Kochen wechselten sie sich ab. Ich aß nur dann mit, wenn meine Mutter Gulasch mit roten Bohnen zubereitet hatte. Als Säugling hatte sie mir, weil ich nicht an ihrer Brust trinken konnte, mit unerschöpflicher Geduld angedickte Milch eingeflößt. Später, als ich Zähne hatte, zerdrückte sie das Gekochte, damit ich nicht zu kauen brauchte.

Die Frauen schalten, ich sei verzogen und aus mir würde nie ein Mann werden. Ich bekam Wachstumsschübe, wurde mager und knochig. Die anderen Kinder mieden mich oder lachten mich aus.

Fast jeden Abend sprach meine Mutter mit meinem Vater. Er war noch in unserer Nähe, und sie holte sich bei ihm gute Ratschläge. Die Engelwurz, die sie in den Sarg gelegt hatte, schien ihre Wirkung zu tun.

Wie es um mich stand, merkte sie nicht. Ebenso wenig, dass ich noch immer zornig auf meinen Vater war. *Er* war die Ursache all meines Leids. Wenn meine Mutter Kerzen entzündete, um mit ihm zu sprechen, barg ich den Kopf unter ihrer Schürze, denn mit ihm wollte ich nichts mehr zu tun haben.

Im Frauenhaus wurde mir zum ersten Mal bewusst, wie hässlich ich war. Solange meine Mutter mich trug, hatte kein Mensch es gewagt, etwas über mein Aussehen zu sagen. Jetzt aber war es anders.

Gretl, die für die Speisekammer zuständig war, schnalzte bei meinem Anblick mit der Zunge und bekreuzigte sich. »Mach, dass du fortkommst, Bürschchen!«, zischte sie.
Lotte, die wie schon so oft wieder einmal schwanger war, wandte das Gesicht ab, wenn sie meiner ansichtig wurde, und murmelte: »Mein Los liegt in deinen Händen, o Herr, doch ich bitte dich: Lass mein Kind kein Ungeheuer werden.«
Allmählich wurde mir klar, dass ich ein Ungeheuer war. Jemand, der nirgendwo dazugehörte und für den kein Gesetz galt.
Die meisten Kinder im Frauenhaus waren älter als ich. War meine Mutter in der Küche beschäftigt, dann packten die Jungen mich, manchmal zu zehnt, und schleppten mich in den Obstgarten, wo sie mich an einen der knorrigen Apfelbäume banden. Die Mädchen jubelten und feuerten die Jungen an, mich noch mehr zu quälen. Sie hielten mir eine Spiegelscherbe vors Gesicht, sodass ich hineinschauen musste. Wie ich aussah, wusste ich wohl, doch in solchen Momenten sah ich mich durch die Augen der anderen.
Josefa, das älteste Mädchen, dachte sich allerlei ›Spielchen‹ aus, mit denen sie den weißblonden Hans, der schon fünfzehn war, herausforderte. Er sprach mit tiefer Stimme und war als Raufbold verschrien.
»Wer es schafft, dem Hasenungeheuer so lange in die Augen zu schauen, bis ich auf zwanzig gezählt habe, der darf mich auf die Wange küssen.« Josefa warf Hans einen neckischen Blick zu. Er blinzelte mit seinen hellen Wimpern.
»Und wenn ich's bis dreißig aushalte, wo darf ich dich dann küssen?«, fragte er heiser. Josefa wies lachend auf ihren Mund. Ihr fehlte ein Schneidezahn.
»Und wenn ich's bis hundert schaffe?«

Josefa wies kichernd auf ihren schmuddeligen Rock.
Hans baute sich vor mir auf und hielt mein Kinn fest, damit ich den Blick nicht abwenden konnte. Der säuerliche Geruch seines ungewaschenen Körpers stieg mir in die Nase. Die anderen stellten sich im Kreis um den Baum und begannen zu zählen. Bis hundert konnten aber nur wenige zählen …
Hans sah mich starr an. Ich wollte die Augen schließen, doch das verhinderte Josefa, indem sie mir die Lider aufdrückte. Sie wollte von Hans dort geküsst werden, wo sie hingewiesen hatte.
Ich hatte das Gefühl, dass sein Blick Löcher in meine Seele bohrte, die immer größer wurden.
Als Hans bis hundert durchgehalten hatte – für mich eine Ewigkeit –, schickte er die anderen weg und forderte seine Belohnung ein. Weil niemand daran dachte, mich loszubinden, musste ich zusehen, wie Josefa schamlos ihren Rock hob und Hans mit hochroten Wangen das Dreieck zwischen ihren Schenkeln anglotzte. Zu einem Kuss kam es nicht, der Anblick schien ihm zu genügen.
Ich weinte.
Bald kamen die Kinder wieder. Sie interessierten sich jedoch weit mehr für meine Tränen als für Hans' und Josefas Tun.
»Der Hase heult«, sagte das jüngste Kind.
»So sieht er noch hässlicher aus«, sagte ein anderes.
Ich riss an meinen Fesseln. Am liebsten hätte ich ihnen entgegengeschleudert, dass sie auch nicht schöner waren mit ihren Rotzglocken an der Nase, ihren schwarzen Fingernägeln und ihren abgetragenen, nach Schweiß stinkenden Kleidern. Ich hingegen war stets sauber und duftete nach der Rosenseife meiner Mutter. Schweißgeruch und Rosenduft passen nun einmal nicht zusammen. Doch ich schwieg wohlweislich, denn ich wusste, dass meine Stimme sich anhörte

wie rostiges Metall; das hatte eine der Frauen gesagt. Weil die Laute aus der Nase statt aus dem Mund kamen. Wörter mit v, w, p, b und m suchte ich zu vermeiden. Wenn ich ›Mutti‹ sagte, klang das wie ›utti‹, und die Kinder hatten daraus einen Spottnamen gemacht, den sie mir bei jeder Gelegenheit nachriefen.

Je mehr ich schwieg, desto besser wurde mein Gehör. Ein Flüstern verstand ich aus hundert Ellen Entfernung, und ich war des Lippenlesens mächtig, noch ehe ich Buchstaben auseinanderhalten konnte. Weil ich mich nie wehrte, wurden meine Peiniger immer dreister. Außer ›Hasengucken‹ spielten sie auch ›Ungeheuerfangen‹ mit mir. Und sie pflückten Gras und Blätter und stopften mir alles in den Mund. »Los, friss das!«, riefen sie und sprangen wie die Hasen um den Baum herum.

Schließlich machten sie mich los, jedoch nur, um mich in gebückter Haltung erneut zu fesseln, damit sie Bock springen konnten. Und am Ende drückten sie mein Gesicht in den Dreck.

Die Quälereien dauerten schon eine ganze Zeit an, als meine Mutter sie bemerkte. Eines Tages hatten die Kinder vergessen, mich loszubinden. Ich stand am Apfelbaum, den Mund voller Blätter, hörte meine Mutter nach mir rufen und konnte nicht antworten. Als sie mich entdeckte, brach sie in Tränen aus.

Am Abend entzündete sie drei Kerzen, um mit meinem Vater zu sprechen. Diesmal barg ich den Kopf nicht unter ihrer Schürze, denn ich spürte, dass etwas Wichtiges bevorstand. Zum ersten Mal seit dem Tod meines Vaters zog meine Mutter mich auf ihren Schoß. Sie strich mir übers Haar. Ihre Hände fühlten sich rauer an als früher. Dann fragte sie meinen Vater um Rat.

Die Kerzen knisterten, also gab er Antwort. Meine Mutter lauschte aufmerksam, die Hände zu Fäusten geballt.

Tags darauf schnürte sie schweigend ein Bündel aus unseren Kleidern und noch ein paar Gegenständen, die ihr lieb und teuer waren.
Wir verließen das Frauenhaus, ohne uns zu verabschieden.

An Allerheiligen, dem ersten November, machten wir uns ins Fränkische auf, woher mein Vater stammte. Meine Mutter hatte einen Schutenhut aus Stroh auf, unter dessen Band sie ein Bildchen mit dem heiligen Christophorus geklemmt hatte.
Ein Stück weit trug sie mich auf dem Rücken, dann musste ich selbst gehen, denn bis zur Postkutschenstation waren es drei Meilen Weg. Die Kutsche bot Platz für acht Personen, und wer zu spät kam, musste eine Woche lang auf die nächste warten.
Von meiner Mutter Rücken aus sah ich, wie Christophorus sich mit einem Kind auf der Schulter durch einen reißenden Fluss mühte. Das Kind schien schwerer zu sein als ich. Ich fragte meine Mutter nicht, weshalb sie gerade dieses Bildchen genommen hatte, war mir doch bekannt, dass Christophorus der Schutzpatron der Reisenden ist und dass Flusswasser einem schöne Kinder beschert.
»Warum gehen wir nach Franken?«, fragte ich.
»Weil du es gut haben sollst.«
»Ich habe es doch gut«, sagte ich, wohl wissend, dass dem nicht so war.
»Ich muss Geld verdienen, Michael.«
Darauf wusste ich nichts zu sagen.
»Niemand soll dich mehr Hase oder Ungeheuer nennen.«
Sie keuchte und setzte mich ab.
Das Blut in meinen Beinen kribbelte.
»Und wenn sie mich in Franken auch so nennen?«

»Halte den Kopf gesenkt, wenn du unter Menschen bist. Schau ihnen nicht in die Augen, dann werden sie schweigen.«
Anscheinend war ihr nicht bewusst, dass die Erwachsenen bereits bei meinem bloßen Anblick schwiegen. Nur Kinder trauten sich zu sagen, was sie von mir dachten.
In dem Moment erkannte ich, dass meine Mutter mich künftig nicht mehr würde beschützen können. Ich nahm ihre Hände und schüttelte den Kopf. Da beugte sie sich zu mir herab und sah mir in die Augen. Sie war dem Weinen nahe, als sie sagte: »Vater will, dass du operiert wirst. Und ich will es auch. In Franken gibt es die besten Ärzte, sagt Vater. Ich werde für die Operation sparen. Und danach nennt keiner dich mehr Hase oder Ungeheuer.«
»Was machen die Ärzte mit mir?«, fragte ich, denn das Wort ›operieren‹ klang bedrohlich, und ich hatte noch nie einen Arzt aus nächster Nähe gesehen.
»Sie nähen die Spalte in deiner Lippe zu und rücken deine Nase gerade, indem sie daran herumschneiden.«
»Ich will das nicht.«
»Aber ich. Es ist zu deinem eigenen Besten.«
»Tut es weh?«
»Alle Veränderungen tun weh.«
Es erschreckte mich, dass meine Mutter etwas an mir verändern wollte. Meine Hasenscharte sollte verschwinden, und das würde wehtun. Der kleine König in mir schrumpfte.
War mein Vater vergebens in den Fluss gesprungen? Oder hatte meine Mutter es versäumt, von dem Wasser zu trinken? Ich traute mich nicht, danach zu fragen.
Wir gingen weiter, auf den Horizont zu, wo wir ganz gewiss von der Erde herabfallen würden.

Wir kamen zu spät. Bei der Postkutschenstation warteten bereits sieben Personen, und ich spürte die Unruhe meiner Mutter, als ihre Hand sich fester um die meine schloss. Der Kutscher wollte nicht mit sich handeln lassen: Entweder meine Mutter dürfe mitfahren oder ich. Die Leute nickten; sie hatten gleich erkannt, dass ich anders war, obwohl ich einen Schal um den Mund trug und den Kopf gesenkt hielt.

Ein Mann trat für uns ein.

»Der Junge ist noch so klein«, sagte er. »Wenn wir ein wenig zusammenrücken, müsste es …«

»Ich kann ihn auf den Schoß nehmen«, beeilte meine Mutter sich zu sagen.

Die Leute murrten. Eine Frau mit einem Hündchen in einem Korb wandte ein, sie habe für das Tier extra bezahlt, deshalb habe es Anrecht auf einen Platz in der Kutsche, und meine Mutter und ich sollten auf die nächste warten.

Der Mann ließ jedoch nicht locker. Er trug einen feinen Anzug, einen mit Marderpelz verbrämten Mantel und dazu einen Zylinder. Vielleicht gab sein vornehmes Äußeres den Ausschlag; wir durften jedenfalls mitfahren, und es störte mich nicht, dass ich die ganze Fahrt über auf dem Schoß meiner Mutter sitzen musste.

Die Reise nach Ansbach dauerte endlos. Der Mann, der sich als Herr Hennenhofer vorgestellt hatte, unterhielt sich mit meiner Mutter wie mit einer alten Bekannten. Er sei Kaufmann und betreibe Seehandel mit Tuchen und Pelzen, erzählte er, und habe ebenfalls einen Sohn. Er nannte meiner Mutter Ärzte, die für wenig Geld gute Leistung erbrachten, gab ihr eine Adresse, wo wir fürs Erste Unterkunft finden könnten, und versah sie mit Ratschlägen, wie an achtbare Arbeit zu kommen war.

Auf meiner Mutter warmem Schoße sitzend, sah ich draußen die Landschaft vorüberziehen. Die Birken wichen Tannen und Eichen. Ängstlich behielt ich den Horizont im Auge, weil ich auf keinen Fall in ein dunkles Nichts stürzen wollte.

Unterwegs mussten wir mehrmals übernachten. Wenn die Pferde abgeschirrt waren, blieb ich manchmal eine Weile bei ihnen und merkte, dass sie keine Angst vor mir hatten. Sie beschnupperten meine Hände und mein Gesicht, ohne sich an meiner Hasenscharte zu stören.

In Ansbach angekommen, fanden wir dank Herrn Hennenhofers Empfehlung in der Pfarrstraße eine Unterkunft.

Meine Mutter hatte extra gewartet, bis es dunkel war. Der Hauswirt achtete jedoch gar nicht auf mich; sein Blick ruhte auf meiner Mutter, und er wies uns sogleich zwei Zimmer im Erdgeschoss zu. Vorn blickte man durch hohe Fenster auf einen ruhigen Platz hinaus, und unsere Schlafstube dahinter bot Aussicht auf einen kleinen Garten. Wir hatten auch eine Kochstelle und einen Waschplatz.

In der Linde im Garten sang ein Vogel; zu meinem Leidwesen war es kein Kuckuck, doch vielleicht würde sich bald einer einstellen.

Das Haus stand nur einen Steinwurf von der St.-Johannis-Kirche entfernt. Das betrachtete meine Mutter, ebenso wie die Begegnung mit Hennenhofer, als gutes Vorzeichen.

Von morgens früh bis abends spät war sie auf Arbeitssuche. Ich blieb allein zurück, wartete auf den Kuckuck und sortierte die Heiligenbildchen, die in ihrer Taschenbibel lagen. Die Heiligen mit freundlicher Miene legte ich auf das weiche Sofapolster, die streng dreinschauenden kamen auf einen Stapel auf dem Tisch, und jene, die ich nicht leiden mochte, landeten mit dem Gesicht nach unten auf dem Bretterboden. Die Letzteren beschwerte ich mit Kieselsteinen,

damit sie sich nicht umdrehen konnten, oder ich trampelte auf ihnen herum. Bald sah man ihnen die schlechte Behandlung an; ihre Gesichter glichen immer mehr dem meinen.
Den freundlichen Heiligen erzählte ich von allem, was mich bewegte, und fühlte mich von ihnen verstanden. Sie wurden lebendig und versicherten mir, alles würde gut.
Weil ich das Haus nicht alleine verlassen durfte, sah ich die Welt nur durch die Fenster und durch die Augen der Heiligen.
Ein Kuckucksruf war nicht zu hören.

Dass meine Mutter schön war, konnte ich an den Gesichtern der Männer ablesen. Auf der Straße zogen sie ihren Hut vor ihr, und wenn wir vorbei waren, drehten sie sich nach ihr um. Dann streckte ich ihnen die Zunge heraus.
Nach einer Woche fand meine Mutter Arbeit bei einem Bestatter, einem entfernten Bekannten des Herrn Hennenhofer.
Otto von Bielefeld war ein hochgewachsener magerer Mann und so blass wie seine Trauerkerzen. Im letzten Jahr habe er gut verdient, sagte er, weil es eine Tuberkulose-Epidemie gegeben habe. Und kurz vor unserer Ankunft seien viele Kinder an den Masern gestorben.
Meine Mutter nahm sich mit Liebe und großer Sorgfalt der Trauergebinde an.
Für verstorbene Kinder fertigte sie Buketts mit weißen Rosenknospen und zarten Veilchen, für Jungverheiratete wählte sie rote Nelken und Kamelien aus und für Menschen, die ein stolzes Alter erreicht hatten, lila Chrysanthemen, blaue Hortensien und Gardenien.
Der Bestatter hatte nichts dagegen, dass sie mich zur Arbeit mitbrachte. Mir fiel die Aufgabe zu, die abgefallenen Blütenblätter aufzusammeln, zum Trocknen zwischen Löschblätter zu legen und das

Ganze mit dicken Büchern zu beschweren. Mit den gepressten Blütenblättern wollte meine Mutter später Tauf- und Hochzeitskarten verzieren. Ich tat die Arbeit gern und geschickt, denn anders als mein Gesicht waren meine Hände wohlgeformt und flink.
Weil meine Mutter keine Furcht vor den Toten hatte, durfte sie nach einer Weile beim Waschen und Aufbahren helfen. Sie wusch die bleichen Leiber mit ebenso viel Umsicht wie sonst mich. Ich saß auf einem Schemel daneben und reichte ihr Seife und Handtücher. Zum ersten Mal sah ich nackte Menschen und staunte, wie sehr sie einander glichen.
Nach dem Waschen und Salben setzte meine Mutter sich zu dem jeweiligen Toten und sprach ein stilles Gebet für ihn. Statt ihrer weißen Spitzenhaube trug sie einen schwarzen Schutenhut mit Schleife, den sie unter dem Kinn band, wie es die Witwen taten. Selbst so sah sie wunderschön aus.
Abends half ich ihr, die Kerzenstümpfe einzuschmelzen und aus dem Wachs, in das sie Rosenöl geträufelt hatte, neue Kerzen zu ziehen. Seit meine Mutter da war, roch es in den Räumen viel besser, und selbst die Wangen des Bestatters Otto waren rosa angehaucht.

Im ersten Frühjahr in Franken wurde ich sieben Jahre alt, und meine Mutter begann, mich im Lesen, Schreiben und Rechnen zu unterweisen. Die Buchstaben des Alphabets hatte ich rasch gelernt und freute mich, nun die Namen der Heiligen lesen zu können. Ich sei ein kluges Kind und hätte eine gute Auffassungsgabe, sagte meine Mutter.
Ich fühlte mich wohl, wenn ich im Halbdunkel des Gebetsraums bei ihr saß. Nur sie durfte mich ansehen. Ihr Blick war für mich wie die beste Arznei – er heilte die Löcher in meiner Seele.

Die Angehörigen der Verstorbenen, die sich zur Totenwache einfanden, achteten nicht auf mich. Ich hörte sie leise beten oder herzzerreißend wehklagen. Meist aber herrschte eine wohltuende Stille, und es roch gut nach Weihrauch, Kerzenwachs, Kampfer und Blumen.

Zu Hause vernahm ich das Murren der zerknitterten Heiligen, die mit dem Gesicht nach oben bei den Guten liegen wollten. Aber sie blieben, wo sie waren. Weil sie allemal schöner aussahen als ich und mich nur verächtlich angeschaut hätten. Das war ihre Strafe!

Von einer Operation wurde nicht mehr gesprochen, obwohl immer mehr Münzen in die Sparbüchse wanderten.

Meine Mutter liebte mich nach wie vor. Mich allein. Und so sollte es bleiben.

Sechs Monate nach dem Tod meines Vaters begann meine Mutter wieder zu singen. Es war noch kühl, dennoch öffnete sie die Fenster weit, nickte den Leuten auf der Straße zu und lächelte in einem fort.

Dass meine Mutter wieder am Leben Anteil nahm, merkte ich auch am Verhalten der Männer, die kamen, um sich von einem teuren Verstorbenen zu verabschieden. Sie warfen ihr trostsuchende Blicke zu, kauften mehr Kerzen als sonst, die meine Mutter bereitwillig entzündete, dankten ihr überschwänglich und fragten wie beiläufig nach ihrem Namen. Manche steckten ihr sogar ein Trinkgeld zu, um ihre Gunst zu erlangen. Mir wurde klar, dass ich meine Mutter irgendwann würde teilen müssen, doch diesen Gedanken verscheuchte ich rasch wieder.

Wenn solch ein Mann das Gespräch mit ihr suchte, stellte ich mich neben sie und nahm ihre Hand. Den Blick hielt ich stets gesenkt, damit mir niemand ins Gesicht zu schauen brauchte. Geschah es doch einmal, dann erschraken die Betreffenden, und mancher wich vor mir zurück. Einer fragte gar ohne Umschweife: »Wie kommt es nur, dass eine schöne Frau wie Sie solch ein abgrundtief hässliches Kind hat?«

Dann zog meine Mutter mich an sich und entgegnete gelassen: »Mein Sohn ist vom gleichen Gott erschaffen worden wie Sie. Für mich ist er das schönste Kind auf Erden.«

Ihre Worte beruhigten mich, doch dass sie weiterhin eisern sparte, bereitete mir Unbehagen. Immer wieder zählte ich heimlich, was zusammengekommen war. Ich konnte bis zwanzig zählen. Bald hatte sich so viel Geld angesammelt, dass sich drei Stapel zu je zwanzig Münzen bilden ließen. Wie viel für eine Operation nötig war, wusste ich allerdings nicht. Ich hoffte, dass es noch lange nicht reichen würde, und machte die drei Stapel jedes Mal höher, um keinen vierten anfangen zu müssen. Denn wozu sollte ich unters Messer, wenn ich doch für meine Mutter das schönste Kind auf Erden war? Vielleicht würde ich nach der Operation so anders aussehen, dass sie mich nicht mehr lieb hätte. Vielleicht würde ich dann eine Schule besuchen müssen, mit Kindern, die bis hundert zählen konnten, mich an einem Apfelbaum festbanden und mein Gesicht in den Dreck drückten.

Ich wollte, dass alles so blieb, wie es war, darum bat ich meinen Vater um Hilfe. Er sollte meiner Mutter begreiflich machen, dass eine Operation keinen Sinn hatte.

Weil meine Mutter einmal gesagt hatte, der Arzt müsse an meiner Nase herumschneiden, um sie geradezurücken, legte ich den heiligen Eligius vor die größte Kerze. Er war Hufschmied und hatte einmal einem Pferd das Bein abgehauen, um in aller Ruhe ein Hufeisen anbringen zu können. Hinterher setzte er das Bein wieder an, und das Pferd trabte munterer denn je von dannen.

Eligius und mein Vater sollten meiner Mutter gemeinsam erklären, dass meine schiefe, platte Nase gut genug war.

Als ich meinen Vater anrief, kam keine Antwort. Vielleicht hatte er mich nicht gehört, weil er gerade an dem Buch schrieb, auf das die Welt seit jeher wartete. Oder er erzählte den anderen Himmelsbewohnern die Enden der Märchen, die ich nie zu hören bekommen hatte, oder er sang das Lied vom Kuckuck, der auf einem Baum saß. Wie auch immer – entweder war er taub wie eine Nuss oder ich hatte den falschen Heiligen zur Unterstützung gewählt. Vielleicht wäre es besser gewesen, Johannes von Damaskus zu nehmen. Ihm hatte man die rechte Hand abgehackt. Auf dem Heiligenbildchen blickte er schräg nach oben, sodass unsere Blicke sich nie trafen.

Hinter seinem Kopf war eine goldene Scheibe zu sehen, und er war einer der wenigen Heiligen, denen es meiner Meinung nach wirklich zukam, heilig zu sein.

Ich überlegte, ob auch ich jemals heilig werden konnte. Mit einer goldenen Scheibe hinter dem Kopf würde niemand mehr auf meine Hasenscharte achten. Aber wie sollte ich an solch eine Scheibe kommen?

Das Geheimnis macht den Menschen.

Italo Calvino, italienischer Schriftsteller, 1923–1985

# Kaspar

Die Straßen waren weiß. Eine dünne Schneeschicht bedeckte das trügerisch glatte Pflaster. Schon seit zwei Monaten fiel immer wieder Schnee, dabei war es noch nicht einmal Weihnachten.
Um besser sehen zu können, wo sie hintrat, hob Isolde ihren Mantel ein wenig an. Sie hatte es eilig, doch die Glätte zwang sie zur Vorsicht. Ihre Knöpfstiefel waren schon völlig durchweicht.
Sie schlug den Weg durch den Hofgarten ein, denn er war der kürzeste. Dort sei es passiert, hatte es geheißen. Am Denkmal des Dichters Uz.
Isolde war ungern abends unterwegs, aber es hatte sie nicht zu Hause gehalten. Die Dämmerung wich bereits einer frühen Nacht. Im Hofgarten waren die Spazierwege kaum mehr zu erkennen, und immer wieder traf ihr Fuß auf Steine oder Unebenheiten. Die immergrünen Büsche sahen aus wie die Puderperücken vornehmer Damen, und die in Form geschnittenen Sträucher wirkten wie Verzierungen auf einer Hochzeitstorte, die nackten Zweige der Bäume hingegen glichen gefährlichen Greifarmen …
Isolde bereute schon fast, dass sie das Anerbieten ihres Verlobten, sie zu begleiten, abgeschlagen hatte. Doch diesen Weg musste sie allein machen, denn Kaspar hatte nach ihr geschickt.
Bald hatte sie das Meyer'sche Haus unweit des Hofgartens erreicht. Die Glocke der St.-Johannis-Kirche schlug sechs, als sie den Türklopfer drei Mal betätigte.
Frau Meyer öffnete. Sie nahm Isolde den verschneiten Kapuzenmantel ab und hängte ihn zum Trocknen neben dem Ofen auf.
»Er liegt oben.«

Mit ihrem spitzen Kinn wies sie zur Treppe. Nicht einmal jetzt gelang es ihr zu verbergen, dass sie ihren Kostgänger nicht mochte.
In Kaspars Zimmer traf Isolde auf Doktor Heidenreich und Herrn Meyer, der eifrig seine ovale Brille putzte. Die beiden Herren blickten wortlos auf, als sie eintrat.
»Wie geht es ihm? Wie ich hörte, hat er nach mir gefragt.«
»Die Verletzung ist nicht lebensgefährlich«, meinte der Arzt. »Ich glaube, er ist vor allem erschrocken. Es wird ihm guttun auszuschlafen. In einer Woche ist er gewiss wieder auf dem Damm.«
»Ein Wichtigtuer ist er!« Herr Meyer seufzte und wandte sich zum Fenster, hinter dem das Licht einer Laterne die Schneeflocken leuchten ließ. »Kaspar macht aus einer Mücke einen Elefanten. Das war von Anfang an so.«
»Mein Vater hat mir die schlechte Nachricht überbracht, und er wiederum hat sie vom Bürgermeister«, erklärte Isolde. »Ich habe mich gleich auf den Weg gemacht. Es ist doch recht, wenn ich ein Weilchen bleibe?« Ohne eine Antwort abzuwarten, trat sie an das schmale Bett.
Herr Meyer zuckte mit den Schultern. Isoldes Anwesenheit passte ihm ganz und gar nicht, doch im Beisein des Arztes schien es ihm nicht geraten, das zu äußern. Es sollte den Frauen verboten werden, sich in alles einzumischen, dachte er missmutig.
»Ich muss gehen. Bei Frau Benrath steht die Geburt von Zwillingen bevor, das kann ich nicht der Hebamme allein überlassen«, sagte der Arzt und fühlte noch einmal Kaspars Puls. »Aber ich komme so bald wie möglich wieder vorbei.«
Bevor er das Zimmer verließ, zog er kurz den Hut vor Isolde.
Herr Meyer hatte anscheinend nicht vor, sie mit Kaspar allein zu lassen.

Isolde mochte den Mann nicht. Er war ein pedantischer Schulmeister und sprach oft schlecht über Kaspar. Obwohl er gerade mal dreißig war, wirkte er wie ein gesetzter Fünfzigjähriger. In seiner Gegenwart kam sie sich stets wie ein dummes Schulmädchen vor statt wie eine erwachsene junge Frau von zweiundzwanzig Jahren.
Isolde wandte sich Kaspar zu. Er sieht so jung aus, dachte sie, man würde ihn kaum älter als fünfzehn schätzen, dabei ist er einundzwanzig. Sie waren nur ein Jahr auseinander, wohnten in derselben Stadt, hatten dieselben Bekannten, und doch hätte ihr Leben nicht unterschiedlicher sein können.
Wie leblos lag Kaspar da, allein am leichten Beben der Hände war zu erkennen, dass er nicht tot war. Sein Gesicht war bleich und schweißnass, die dunkelblonden Haare klebten an der Stirn, sein Mund stand ein wenig offen, und er atmete ganz flach.
Eine ganze Weile war nur das Ticken der Pendeluhr auf der Kommode zu hören.
Dann rief Frau Meyer ihren Mann zum Abendessen. Als er den Raum verließ, zog ein Geruch nach Sauerkraut und Schinken herein, und Isolde wurde bewusst, dass sie seit dem Mittag nichts mehr zu sich genommen hatte.
Als hätte Kaspar gewartet, bis er allein mir ihr war, schlug er die Augen auf und sah sie an. Mit einem Blick voller Angst.
Erkannte er sie überhaupt?
Sie hatten einander nach einem Streit lange nicht mehr gesehen. Kaspar hasste Unfrieden und hatte sich seitdem von ihr zurückgezogen. »Das Leben ist zu kurz zum Streiten«, hatte Isoldes verstorbene Mutter oft gesagt. Und das stimmte. Wenn Kaspar nun tot gewesen wäre, hätte sie den Streit ihr ganzes weiteres Leben wie eine Last mit sich herumgetragen.

»Kaspar? Ich bin's, Isolde. Der Bürgermeister hat gesagt, du wolltest mit mir sprechen.«
Er nickte und zog mit zitternden Fingern die Bettdecke ein wenig höher, sodass der Verband um seine Brust kaum mehr zu sehen war.
»Isolde … ich … hab's getan.«
Das Sprechen schien ihm große Mühe zu bereiten. Sein Atem roch sauer, und auf seiner Oberlippe perlten Schweißtropfen.
»*Was* hast du getan, Kaspar? Hast du dich etwa selber verletzt?«
Er schüttelte entschieden den Kopf.
Vom Flur her war ein Geräusch zu hören. Ein Knarren der Dielen, so als wäre jemand vor die Tür getreten.
»Sag es mir, Kaspar.« Sie beugte sich dicht über seinen Mund.
»Ich … habe getan … was du … mir aufgetragen hast. Bevor wir uns … gestritten haben.«
Er schloss die Augen, und einen Moment lang glaubte Isolde, er wäre eingeschlafen. Wahrscheinlich hatte der Arzt ihm Morphium gegen die Schmerzen gegeben.
Sie überlegte. Kaspar hatte etwas getan, das sie ihm aufgetragen hatte. Was mochte das sein?
»Hast du dir Arbeit gesucht, Kaspar?«
Wieder ein Kopfschütteln, kaum merklich.
»Oder eine andere Bleibe? Damit du nicht mehr bei Herrn Meyer wohnen musst?«
Auch diesmal schüttelte Kaspar den Kopf. Aus seinen Augenwinkeln rollten Tränen auf das Kopfkissen.
»Ich … habe alles … aufgeschrieben. In ein … Tagebuch. Nimm es … mit.«
Als sie ihn fragend ansah, deutete er auf den Bettvorleger unter ihren Füßen.

»Da drunter ist es?«
Kaspar blinzelte zum Zeichen, dass sie richtig verstanden hatte, dabei verzog sich sein Gesicht zu einer schmerzlichen Grimasse. Die Verletzung schien doch schlimmer zu sein, als der Arzt annahm.
»Herr Meyer ... darf es nicht sehen. Er weiß ... von dem ... Tagebuch. Hat es ... gesucht.«
Isolde schob den Bettvorleger zur Seite. Ein Dielenbrett war lose. Mit einiger Mühe hob sie es an und zog ein schmales Buch aus dem Hohlraum darunter.
»Nimm es mit ... nach Hause. Lies es. Aber Herr Meyer ... darf nichts wissen. Bin kein ... Lügner.«
Die wenigen Sätze hatten Kaspar so angestrengt, dass er keuchte.
»Isolde, ich war ... das nicht.« Seine Stimme war kaum noch hörbar.
»Was warst du nicht, Kaspar?«
»Hab mich ... nicht selber verletzt.«
Als sie zu einer Antwort ansetzte, ging die Tür auf. Sie konnte das Büchlein gerade noch unter ihrem Schultertuch verbergen, bevor Herr Meyer mit Pfarrer Fuhrmann ins Zimmer trat. Wieder wehte ein Geruch nach Sauerkraut herein.
Isolde kannte den Pfarrer als einen netten Menschen. Er beugte sich zu dem Patienten hinab und tätschelte sanft seine Hand. »Ich werde für dich beten, Kaspar. Damit Gott dich bald wieder gesund macht.«
Kaspar rührte sich nicht. Ein paar Minuten vergingen, dann riss er plötzlich die Augen weit auf, so als hätte er eine furchterregende Erscheinung.
»Ich muss fort!«, stieß er hervor. »Sie wartet auf mich! Hab keine Zeit mehr! Muss verreisen!« Seine Stimme klang seltsam, wie von einem anderen.
»Er spricht im Traum«, sagte der Pfarrer.

Kaspars Kopf fiel zur Seite.
»Das Morphium tut seine Wirkung«, sagte Herr Meyer.
»Wie ich hörte, hat Kaspar etwas zugesteckt bekommen?«, wandte der Pfarrer sich an Meyer.
»Ach, nicht der Rede wert. Einen lila Beutel mit einem Zettel, weiter nichts.« Meyer zog den Beutel aus seiner Jackentasche und entfaltete das Papier.
»Hier, bitte. Es ist in Spiegelschrift geschrieben. Von Kaspar selbst, keine Frage. Er ist ganz versessen auf Spiegelschrift.«
»Merkwürdige Geschichte …«, murmelte der Pfarrer.
»Die Polizei untersucht den Fall, doch in meinen Augen ist das Zeitverschwendung«, sagte Meyer. »Kaspar ist nicht der harmlose Knabe, für den alle ihn halten.«
Gemeinsam verließen die beiden Männer den Raum, und während Isolde ihnen mit einigem Abstand nach unten folgte und in ihren Mantel schlüpfte, hörte sie Meyer noch sagen: »Der Herr Doktor hat übrigens meine Vermutung bestätigt: Kaspar hat sich die Stichwunde selber beigebracht, darum ist sie nicht allzu tief. Der Bursche wollte wieder einmal im Mittelpunkt stehen. Seit sein Pflegevater sich zurückgezogen hat, ist seine Geltungssucht stärker geworden.«
Ohne die Antwort des Pfarrers abzuwarten, schlug Isolde die Haustür zu.

Mit einem Mal wusste Isolde es wieder: Vor einiger Zeit – nicht lange, nachdem sie mit ihrem Vater nach Ansbach gezogen war – hatte sie Kaspar aufgefordert, alles aufzuschreiben, woran er sich erinnerte.

»Du musst es tun, Kaspar! Schreib alles auf, was dir durch den Kopf geht. Besonders, wenn du an früher denkst. Jede kleine Erinnerung kann wichtig sein.« Fast schon flehentlich hatte sie ihn darum gebeten.

Sie waren im Meyer'schen Gemüsegarten umhergegangen, und Kaspar hatte ihr stolz seinen Namen gezeigt. Zwei Wochen zuvor hatte er Brunnenkresse in Form von Buchstaben ausgesät. Und nun prangte die grüne Schrift gut leserlich in einem Beet. Hier und da waren Blättchen zertreten, was Kaspar der Katze der Nachbarn anlastete.

»Jetzt kannst du deinen eigenen Namen aufessen«, hatte Isolde scherzend gesagt.

Mit ernster Miene hatte er geantwortet: »Ich will meinen Namen nicht aufessen, wo ich ihn doch noch nicht lange habe. Oft ist mir, als steckte ich noch im Boden. Wie ein Samen, der keimt. Und ich möchte so gern ein Baum werden. Turmhoch, mit Zweigen bis zum Himmel und im Herbst voll roter Äpfel.«

Isolde hatte seine trübselige Stimmung wahrgenommen, und so war sie auf den Gedanken mit dem Tagebuch verfallen. Vielleicht würde es Kaspar guttun, sich zu vergegenwärtigen, wie viel er bereits gelernt hatte und dass er auf seine Art etwas Besonderes war.

»Ich will das gern tun, Isolde«, hatte Kaspar gesagt, »doch ich weiß nicht, ob ich es kann. Die Wörter für das, was früher war, müssen noch erfunden werden. Ich spüre sie in mir, kann sie aber nicht sagen. Damals hatte ich noch keine Wörter, weißt du. Man hat mir ge-

geben, was ich brauchte. Nur keine Wörter. Das war nicht schlimm, weil sie mir nicht fehlten. Erst jetzt, im Nachhinein, weiß ich, was mir vorenthalten wurde.«
Und schon rannen die Tränen. Kaspar weinte schnell, niemand hatte ihm das bisher abgewöhnen können. Sobald Gefühle in ihm hochkamen, verhielt er sich wie ein Kind, das sich an heißer Milch verbrannt hat.
»Es tut mir leid, Isolde. Ich weiß, dass es sich für einen Mann nicht schickt zu weinen. Aber da sind so viele ungeweinte Tränen von früher«, sagte er. »Die muss ich loswerden.«

Wieder zu Hause, hörte Isolde, dass der Hausknecht Emil in der Küche hantierte. Es roch nach Erbsensuppe. Ihr Vater war vermutlich ins ›Jagdhorn‹ gegangen.
Morgen, so nahm sie sich vor, würde sie die Gästeliste für ihre Hochzeitsfeier zusammenstellen. Jetzt aber wollte sie sich in aller Ruhe Kaspars Tagebuch widmen.

Das Büchlein war in feines Marokkoleder eingeschlagen, und beim Blättern gewann Isolde den Eindruck, das Übungsheft eines Schülers vor sich zu haben. Auf den ersten Seiten standen Konjugationsreihen lateinischer Verben. Danach folgten ein paar Seiten mit der Abschrift des Monologs, in dem Brutus den Mord an Caesar darlegt.
Wahrscheinlich hatte Herr Meyer das Büchlein nicht für wichtig erachtet, als er nach Aufzeichnungen von Kaspars Hand suchte.
Isolde blätterte weiter.
Das Tagebuch begann unvermittelt auf der siebzehnten Seite. So unvermittelt wie Kaspars Leben.

Kaspar war sechzehn oder siebzehn Jahre alt, als er in die Welt trat. Die Zeit und den Ort seiner Geburt kannte niemand, nicht einmal er selbst. Er wusste nichts, auch nicht, dass er ein Mensch war. Am Pfingstmontag des Jahres 1828 hatte er plötzlich auf einem Platz in Nürnberg gestanden.

Viele Städter waren aufs Land hinausgefahren, und die Daheimgebliebenen hielten hinter geschlossenen Fensterläden einen Mittagsschlaf, denn es war für die Jahreszeit sehr warm.

Auch die Haushälterin hatte einen freien Tag gehabt, und Isoldes Vater hatte einen Ritt in die Umgebung unternommen. Sie selbst saß in der Gartenlaube und las, als Emil nach ihr rief.

»Fräulein Isolde! Vor der Tür steht ein pudelnärrischer Kerl und will zu Ihrem Vater. Er sagt immerzu den gleichen Satz und lässt sich nicht fortschicken.«

Weil sonst niemand im Haus war, entschloss Isolde sich, selbst an die Tür zu gehen.

Dort standen die beiden Schuster Beck und Weickmann mit einem sonderlichen Knaben. Er war eher klein von Gestalt, trug verschlissene Kleider, und hätten die beiden Männer ihn nicht gestützt, wäre er wohl umgefallen.

»Ein solcher Reiter möcht ich werden wie mein Vater«, brabbelte er in einem fort und hielt den Blick auf seine vorn aufgeschnittenen Stiefel gerichtet, aus denen Blut sickerte.

Die beiden Handwerksleute berichteten, sie hätten ihn auf dem Unschlittplatz vorgefunden. Reglos wie die Platane ein paar Ellen weiter habe er mit ausgestreckten Armen dagestanden, die Beine leicht gespreizt, wohl um das Gleichgewicht zu halten. Sein Blick sei starr gewesen, so als nähme er nichts und niemanden wahr, in der einen Hand habe er zwei Briefe gehalten und in der anderen seinen Hut.

Beck hatte den eigenartigen Burschen als Erster bemerkt und ihn gefragt, wer er sei und wohin er wolle, jedoch ohne eine Antwort zu erhalten.

Ein Idiot, habe Beck gedacht und ihm die Briefe aus der Hand genommen. Einer davon war an den Herrn Rittmeister der vierten Schwadron beim sechsten ›Schwolischen‹ Regiment zu Nürnberg adressiert.

»Rittmeister? Damit ist gewiss der Herr von Wessenig gemeint, oder?«, habe Beck sich an den Knaben gewandt.

Der habe nicht reagiert, sondern lediglich geschwankt, und er wäre sicher gestürzt, hätte Beck ihn nicht festgehalten. Dabei sei ihm aufgefallen, sagte er, dass der Bursche einen muffigen Geruch an sich hatte.

»Komm mit, wir bringen dich zum Neutor, dort wohnt der Rittmeister«, habe er zu ihm gesagt.

Wie sich erwies, konnte der Junge kaum gehen. Darum habe Beck ihn erst vor sich her geschubst und am Ende auf den Rücken genommen und bis zum Haus des Rittmeisters getragen.

»Was sollen wir mit dem Kerl anfangen?«, fragte Weickmann.

»Lassen Sie den Bauerntölpel bloß nicht ins Haus, Fräulein Isolde«, warnte der Hausknecht. »Das wäre Ihrem Herrn Vater nicht recht.«

Isolde und ihr Vater, der Rittmeister von Wessenig, waren längst nicht immer einer Meinung. Grund genug, Emil anzuweisen, den Jungen im Pferdestall nicht weit vom Haus unterzubringen.

Er konnte tatsächlich kaum gehen, und die beiden Schuster traten ihm grob in die Fersen, um ihn auf dem ansteigenden Weg voranzutreiben. Er weinte lautlos, anscheinend litt er Schmerzen.

Das kann man ja nicht mit ansehen, dachte Isolde, selbst Tiere behandelt man besser.

Beim Anblick des Strohs im Stallabteil stieß der Junge einen Freudenschrei aus. Er schnaubte wie ein Fohlen, das den Stall riecht, ließ sich fallen und schlief prompt ein.

Fünf Stunden später, als Isoldes Vater nach Hause kam, schlief er noch immer tief und fest. Wie ein Sack Mehl lag er da. Der Rittmeister rüttelte ihn vergeblich an den Schultern. Erst auf eine tüchtige Ohrfeige hin öffnete er die Augen und sagte, anscheinend ohne sein Gegenüber wahrzunehmen: »Ein solcher Reiter möcht ich werden wie mein Vater.«

Damals war Isolde aufgefallen, dass er ungewöhnlich feine Hände hatte, und sie kam zu dem Schluss, dass er kein Bauernbursche sein konnte, der harte Feldarbeit verrichtet hatte. Als ihr Vater ihn erneut schütteln wollte, gebot sie ihm Einhalt.

»Lass den armen Kerl, Vater. Du tust ihm weh.«

Der Junge hatte etwas an sich, das sie bedrückte. Es war ein Gefühl, als würde der Sturm frisch erblühte Blumen von ihren Stängeln reißen oder die Katze eines ihrer Jungen verstoßen, sodass man tatenlos zusehen musste, wie es umkam.

Die Kleidung, die er trug, kam Isolde merkwürdig vor, und dass seine Füße in den genagelten Stiefeln bluteten, gab ebenfalls Rätsel auf. Am meisten aber berührte sie sein Blick: leer und nach innen gerichtet.

Auch wenn der Junge nicht verstand, was man zu ihm sagte, schien er doch kein Idiot zu sein.

Als sie ihre Hand auf die seine legte, blieb er vollkommen ruhig, brüllte nicht wie ein verletztes Tier oder schlug wild um sich. Dennoch: Konnte man ihn wirklich einen Menschen nennen? Er wirkte viel eher wie eine Hülle mit dem Aussehen eines jungen Mannes.

Hässlich sah er beileibe nicht aus. Seine Gesichtszüge waren regelmäßig, und er hatte weiche, wohlgeformte Lippen. Die helle Haut war rosa überhaucht wie bei einem Säugling. Sein dunkelblondes Haar glänzte und lockte sich an den Schläfen. Und das Blau seiner Augen hatte den gleichen Ton wie die Blüten der wilden Zichorie am Wegrand.

Sein Blick aber war seelenlos, darum konnte man ihn auch nicht schön heißen. Gibt es denn Menschen, die ohne Seele geboren werden?, überlegte Isolde. Oder die ihre Seele verloren haben? Und kann man sie im letzteren Fall wiederfinden?

Etwas an dem Jungen rührte sie. Sie fasste seine Hand fester und war mit einem Mal sicher, dass all dies eine Bedeutung hatte, noch ohne zu ahnen, dass ihrer beider Leben sich miteinander verflechten würden.

»Wer bist du?«, fragte sie.

Er öffnete den Mund und sagte wie zuvor, mit eintöniger Stimme: »Ein solcher Reiter möcht ich werden wie mein Vater. Ein solcher Reiter möcht ich werden wie mein Vater.« So mechanisch wie die Schnupftabakdose ihres Vaters beim Öffnen eine Melodie spielte. Ob dem Jungen überhaupt bewusst war, was er sagte?

»Fräulein Isolde, der Bursche könnte gefährlich sein«, flüsterte Emil. »Am Ende hat er die Tollwut, die Pest oder Scharlach.« Er wich ein paar Schritte zurück. »Vielleicht ist er gar ein Wolfskind!«

Diese Vorstellung schien dem Hausknecht am meisten Angst zu machen. Vor etlichen Jahren hatte sich nicht weit von Nürnberg ein verwilderter Junge im Wald herumgetrieben, der im kalten Winter auf Gehöften erschien und Hühner bei lebendigem Leib auffraß. Wollten die Bauern ihn fangen, setzte er sich mit Bissen zur Wehr. Mit viel Mühe konnte man ihn schließlich dingfest machen. Weil er sich wie ein Idiot gebärdete, brachte man ihn in einer Anstalt unter, wo er nach den Wärtern biss und zu nächtlicher Stunde wie ein Wolf heulte. Darum vermutete man, dass er als Säugling im Wald ausgesetzt worden war und ein Rudel Wölfe sich seiner angenommen hatte. Es gelang nicht, ihm irgendwelche menschlichen Fertigkeiten beizubringen. Er bewegte sich stets auf allen vieren fort und verweigerte jegliche Nahrung, außer rohem Fleisch, das er mit seinen kräftigen Eckzähnen vom Knochen riss. Schon nach wenigen Monaten starb er an den Masern.

Isolde hatte keineswegs den Eindruck, dass von dem Jungen eine Bedrohung ausging, sondern eher ein Gefühl des Erkennens. Als wäre es diesem sonderbaren Geschöpf bestimmt gewesen, eines Tages vor ihrer Tür zu stehen.

Obgleich dem Jungen die Augen fast zufielen, traktierte der Rittmeister ihn weiterhin mit Fragen.

Isolde überlegte, wo er wohl herkommen mochte. Sein Hut aus grobem Filz hatte ein rotledernes Band und war mit gelber Seide gefüttert. Solche Hüte trugen üblicherweise die Städter. Die halbhohen genagelten Stiefel waren von einfacher Machart, wie Stallknechte sie hatten. Über dem schlichten hellen Hemd trug er eine Weste aus ziegelrotem Leinen. Die hellgraue Hose würde zu einem Fuhrknecht oder Jäger passen. Das Merkwürdigste schließlich war seine Jacke, die aussah wie ein Frack, von dem man die Schöße abgetrennt hatte. Kurzum: Die Kleidung wirkte so bunt zusammengewürfelt, dass sich daraus nichts herleiten ließ.

Außer den beiden Briefen hatte der Findling noch eine Bibel und einen Rosenkranz aus Horn bei sich, dazu ein paar religiöse Druckschriften, betitelt mit *Geistliche Schildwacht*, *Geistliches Vergissmeinnicht* und *Kunst, die verlorne Zeit und übel zugebrachten Jahre zu ersetzen.* Sollten das etwa Hinweise auf seine Herkunft sein? Wer mochte ihm diese Dinge gegeben haben?

Draußen fielen die Schneeflocken dichter. Emil trat ein, schürte das Feuer und deckte dann den Tisch für eine Person. Die Standuhr im Flur schlug acht Mal.

Isolde verspürte keinen Hunger mehr, ihre Gedanken weilten bei Kaspar, denn irgendetwas stimmte da nicht. Warum hatte Meyer den Pfarrer kommen lassen, so als läge Kaspar im Sterben? Dabei hatte der Arzt gemeint, binnen einer Woche sei der Patient wieder auf dem Damm. Und Meyer hatte behauptet, Kaspar habe sich die Wunde selbst beigebracht, was dieser wiederum abgestritten und sie dabei flehentlich angeschaut hatte. Das alles war höchst verwirrend …

Isolde nahm sich vor, am nächsten Tag wieder hinzugehen.

Sie setzte sich an den Kamin und schob ihre Füße, die auf dem Nachhauseweg förmlich zu Eisklumpen gefroren waren, in den Fellsack. Dann schlug sie erneut das Büchlein auf und betrachtete Kaspars gleichmäßige Handschrift. Niemand sonst, den sie kannte, reihte die Buchstaben so elegant aneinander. Sie führten gleichsam einen Tanz voller Harmonie und Schönheit auf dem Papier auf.

Und was Kaspar schrieb, berührte Isolde tief.

*An meine Mutter*

*Ich kenne dich nicht. Kennst du mich?*

*Jeden Tag denke ich an dich und frage mich, wer du bist und warum du mich fortgegeben hast.*

*Es muss einen Grund haben, dass du dich meiner nicht mehr annehmen konntest.*

*Ich würde dich so gern sehen, und sei es nur ein einziges Mal. Danach kann ich beruhigt sterben.*
*Isolde hat gesagt, ich solle ein Tagebuch schreiben.*
*Ich tue es für sie, aber auch für dich, meine Mutter. Vielleicht willst du mich irgendwann kennenlernen. Ob ich dann die rechten Worte finde für das, was es zu sagen gibt?*
*Isolde hat gesagt, es ist auch für mich selbst wichtig, dass ich meine Lebensgeschichte niederschreibe. Aber das ist schwer. Ich bekomme Kopfweh davon. Wie soll ich von einer Zeit schreiben, in der ich noch keine Wörter hatte?*
*Wenn alles aufgeschrieben ist, gebe ich es Isolde zu lesen.*
*Hoffentlich ist sie nicht enttäuscht, dass ich dauernd vom Hölzchen aufs Stöckchen komme.*
*Herr Meyer ärgert sich immer darüber. Von ihm habe ich den Ausdruck ›vom Hölzchen aufs Stöckchen kommen‹ gelernt. Er klingt lustig, aber in meinem Kopf geht es ganz und gar nicht lustig zu. Dort herrscht ein schlimmes Durcheinander.*
*Ich kann meine Erlebnisse und Erinnerungen nicht in der richtigen Reihenfolge schildern. Mein Zimmer und meine Kleidung halte ich stets in Ordnung. So ist doch nicht alles in meinem Leben durcheinander.*
*In mir wohnen zwei Kaspar. Kaspar Numero eins will alles aufschreiben, was früher war und wie es ihm erging, als er zum ersten Mal Gedanken hatte und Wörter sprach.*
*Kaspar Numero zwei ist, was er jetzt ist und noch werden muss. Er will von früher nichts wissen und nur das Heute und das Morgen sehen.*
*Niemand versteht es, wenn ich sage, dass Kaspar früher viel glücklicher war als jetzt.*
*All das möchte ich Isolde gern erklären, aber ich weiß nicht, ob ich es kann. Du jedoch, meine liebe Mutter, wirst mich verstehen.*

*Ich bin nun schon geraume Zeit unter den Menschen. Mir wurde vieles beigebracht, was es zu wissen gilt. Ich habe, was ich zum Leben brauche, und doch … ein jeder hat jemanden. Ich habe nur mich selbst.*
*Ich habe nichts verbrochen, und trotzdem ist mir angst. Jemand will mir Böses, aber das glaubt man mir nicht.*

*Als ich zu den Menschen kam, musste ich alles erst lernen.*
*Ich bin mit vielen Leuten zusammengekommen und habe in verschiedenen Häusern gewohnt. Überall habe ich dazugelernt.*
*Als Erstes war ich bei Wärter Hiltel im Gefängnis. Dort habe ich erfahren, dass es sehr viele Menschen auf der Welt gibt.*
*Danach hat Lehrer Daumer mich aufgenommen. Herr Daumer hat mir Lesen und Schreiben und noch manch anderes beigebracht. Und er hat mir allerlei verdünnte Arzneien zu schlucken gegeben. Im Daumer'schen Hause war ich oft krank.*
*Dann wurde der Rechtsgelehrte Gottlieb von Tucher mein Vormund. Weil er sich nicht selbst um mich kümmern konnte, kam ich zu Johann und Klara Biberbach. Was ich dort gelernt habe, traue ich mich noch nicht zu schreiben. Vielleicht später. Schon der Gedanke daran bedrückt mich.*
*Durch Herrn von Tucher lernte ich meinen Pflegevater Philip kennen. Jetzt aber kommt er nicht mehr und gibt keine Antwort auf meine Briefe. Das verstehe ich nicht. Angeblich hält er mich für einen Betrüger. Er war es auch, der mich beim Ehepaar Meyer untergebracht hat. Herr Meyer bekommt von meinem Pflegevater Geld, damit er für mich sorgt. Aber auch er sagt, ich sei ein Betrüger.*
*Werde ich meine Mutter jemals wiedersehen? Und stimmt es, was die Leute von mir behaupten? Steht in den Zeitungen die Wahrheit über mich? Wie könnte das sein, wo ich doch selbst die Wahrheit nicht kenne?*
*Nur Isolde und Richter Feuerbach glauben mir.*

*»Deine Wahrheit ist so wichtig wie die eines jeden anderen«, hat der Richter zu mir gesagt.*

*Der Anfang*
*Wenn ich über früher schreibe, kommen mir Gedanken, die ich nicht denken will. Ich war kein Mensch. Ich war weniger als ein Tier. Nicht einmal eine Pflanze. Eine Pflanze wächst zur Sonne hin, ich aber habe im Dunkeln gelebt.*
*Heute weiß ich, dass mein Zuhause nicht größer war als ein Käfig. So wie man ihn im Zirkus hat, um wilde Tiere darin einzusperren. Mein Käfig hatte aber keine Gitterstäbe. Die Decke war niedrig und gewölbt, der Boden kalt. In einer Wand gab es eine schmale Öffnung, kaum breiter als meine Hand. Durch sie fiel ein Streifen Licht herein. Und dann war da noch ein Strick. Sein eines Ende war an einem Ring in der Wand festgemacht und das andere an einem Riemen um meinen Leib.*
*So war ich es gewohnt.*

*Ich war* **es**.

*Dunkel,* **es** *schläft.*
*Hell,* **es** *riecht,* **es** *isst,* **es** *trinkt.*
*Dunkel,* **es** *schläft.*
*Dunkel und hell,* **es** *ist, weiß aber noch nichts.*

*Füße, Hände und Stroh.*
*Dunkel, kalt und Decke.*
*Hell, warm.*

*Nichts ist alles.*
*Alles ist nichts.*

*Schauen ins Nichts.*
*Lauschen ins Nichts.*
*Tasten nach etwas, nach* **es** *im Stroh.*
*Tasten nach Pferd, nach Decke.*
*Riechen an etwas, an Brot.*
*Riechen an Händen und Füßen.*
*Beißen in Brot, Reißen an Brot.*
*Trinken von Wasser.*
*Riechen an allem.*
**Es** *wartet.*
**Es** *wartet auf nichts.*

*Ich liebe Isolde, und sie liebt mich. Sie tut alles für mich. Ich hätte sie gern zur Schwester.*
*Ich male Bilder für sie. Einen Obstkorb, mit Wasserfarben. Oder Blumen auf den Deckel eines Holzkästchens. Darin hebt sie ihre Briefe auf. Isolde hebt auch alles auf, was von mir kommt.*
*Einmal hat sie gesagt, ich solle mir Arbeit suchen. Damit ich auf eigenen Füßen stehe. Da wurde ich wütend auf sie. Ich brauchte doch nicht zu arbeiten! Man sorgte doch gut für mich. Und mein reicher Pflegevater wollte mich nach England holen. Ich wollte Isolde nicht mehr sehen. Jetzt tut es mir leid. Sie ist die Einzige, die mich gut kennt. Und mein Pflegevater hat mich im Stich gelassen.*
*Isolde war dabei, als ich in die Welt kam; sie kennt meine Lehrer und Erzieher, das meiste aber habe ich von ihr gelernt.*
*Lange Zeit wusste ich nicht, dass wir fast gleichaltrig sind. Ich wusste so vieles nicht.*
*Isolde war die erste Frau, die ich erblickte. Und der einzige Mensch, der mich nicht für einen Zirkusaffen hielt.*

*Sie weiß noch nicht, dass ich mir Arbeit gesucht habe. Als Schreiber im großen Gerichtsgebäude zu Ansbach. Dort kopiere ich Akten in meiner besten Schönschrift, und man ist sehr zufrieden mit mir. Richter Feuerbach hat mir die Stellung besorgt, bevor er aus meinem Leben verschwand.*
*»Ich suche nach der Wahrheit«, hat er gesagt, »und ich werde die Wahrheit herausfinden.«*
*Ich glaubte ihm.*
*Meine Handschrift wird mit jedem Tag schöner, das Schreiben geht mir leicht von der Hand.*
*Inzwischen bin ich nicht mehr wütend auf Isolde. Denn ich will ein Mann werden und auf eigenen Füßen stehen. Ich bin jetzt einundzwanzig Jahre alt, und es ist an der Zeit, dass ich mir eine Frau suche und eine Familie gründe. Meine Frau soll gut riechen. Nach süßer Milch oder Brotbrei oder Schokolade. Aber nicht nach Rosen, denn davon wird mir übel. Ordentlich soll sie auch sein und alles gut in Schuss halten.*
*Wie gründet man eine Familie?*
*Als ich Isolde einmal danach fragte, lachte sie. Warum lachte sie?*
*»Isolde, willst du mit mir eine Familie gründen?«, fragte ich.*
*Wieder lachte sie, dann nahm sie meine Hände und küsste mich auf die Wange. Ich wischte den Kuss ab. Weil ich das nicht mag. Küsse machen Spuren auf der Haut wie Schnecken auf dem Boden. Und sie riechen, als würde das Innerste zuäußerst gekehrt.*
*»Du weißt, dass ich dich nicht heiraten kann, Kaspar«, sagte Isolde. »Ich bin schon verlobt. Und um eine Familie zu gründen, muss ein Mann in eine Frau verliebt sein und umgekehrt.«*
*»Wie merke ich, dass ich verliebt bin?«*
*»Dann willst du die Frau die ganze Zeit um dich haben, mit ihr reden, sie anfassen und alles mit ihr teilen.«*
*»Auch mein Zimmer und meine Sachen und mein Bett?«*

*Im Gefängnisturm hatte ich ein Strohlager. Als ich zu Herrn Daumer zog, bekam ich ein Bett mit Decke und Kissen – das Schönste, was mir in der Welt der Menschen zuteilwurde.*
*In dem weichen Bett lernte ich zu träumen.*
*Lange Zeit glaubte ich, dass Träume Wirklichkeit sind. Dass ich nächtens ein anderes Leben mit anderen Menschen führe als tagsüber. Einmal träumte mir von Fräulein Daumer, der Schwester meines Lehrers, und da dachte ich, dass sie in der Nacht wahrhaftig in meinem Zimmer gewesen war. Darum sagte ich am nächsten Morgen zu ihr: »Fräulein Daumer, Sie dürfen nachts nicht mehr in mein Zimmer kommen und meine Hände nehmen und meinen Mund küssen.«*
*Herr Daumer wurde furchtbar zornig und stritt mit seiner Schwester. Es dauerte lange, bis heraus war, dass es sich um einen Traum handelte. Trotzdem hat er sicherheitshalber ein Schloss an die Schlafzimmertür seiner Schwester gemacht, damit sie nachts nicht fortkonnte.*
*Auf meinem Strohlager hatte ich nie geträumt.*
*Jetzt weiß ich, dass man immer träumen kann.*
*Ich wollte von Isolde wissen, was ich tun müsste, wenn ich eine Frau fände, die ich liebte.*
*»Du wirst mit ihr in einem großen Bett liegen, Kaspar, und sie umarmen und küssen. Dann kommt eins zum anderen. So gründet man eine Familie.«*
*Ich gab keine Antwort. Isolde soll nicht wissen, dass ich mein Bett mit niemandem teilen will. Meine Träume darf mir keiner wegnehmen. Und die ganze Nacht küssen … nein, ich bin doch keine Schnecke! Und was bedeutet überhaupt ›dann kommt eins zum anderen‹?*
*Ich wollte Isolde noch etwas fragen, aber ich tat es nicht. Weil ich weiß, dass man nicht alles fragen darf. Es gibt Fragen, die bringen die Leute in Verlegenheit. Oder zum Lachen oder Kichern. Das mag ich nicht leiden. Darum stelle ich die Frage meinem Tagebuch.*

*Kann ich mich nur in eine Frau verlieben? Oder geht das auch bei einem Mann? Oder einem Kind?*

*Als mein Pflegevater einmal zu Besuch war, wollte er, dass ich neben ihm schlief, in seinem großen Bett im Hotel mit dem Stoffhimmel voller goldener Sterne und mit Vorhängen zum Zuziehen, sodass niemand einen beim Schlafen sieht. Mein Pflegevater küsste mich und nannte mich den liebsten Jungen auf der Welt. Er streichelte meine Haut und sagte, sie sei ganz weich. Sein Bett war sehr, sehr groß. Da passten viele Männer hinein, sagte er.*

*Trotzdem mochte ich nicht darin schlafen. Er lag zu nahe bei mir. Wenn seine Hand mich berührte, konnte ich nicht träumen, und das fand ich schlimm. Denn meine Träume gehören mir ganz allein. Niemand darf sie mir wegnehmen.*

*Von alldem habe ich Isolde nichts gesagt.*

*»Mein Bett ist meine Welt«, sagte ich zu ihr. »In meinem Bett kommen die Träume. Sie erzählen mir von früher, als ich noch klein und glücklich war.«*

*»Kaspar, schreib alles auf«, sagte sie wie schon so oft zuvor.*

*»Warum?«, fragte ich.*

*»Damit du nichts vergisst.«*

*»Warum soll ich nichts vergessen?«*

*»Weil manche Leute wollen, dass du alles vergisst.«*

*»Warum wollen sie das?«*

*»Damit niemals herauskommt, wer du wirklich bist«, sagte sie.*

*Ich wolle nichts vergessen, sagte ich, und trotzdem vergesse ich vieles. Von früher. In meinem Kopf sind immer mehr Löcher. Die kommen von dem Fleisch, das ich essen muss. Ich mag es nicht, es riecht nach Tod.*

*»Du musst deinen Teller leer essen«, sagt Frau Meyer immer. »Der Mensch braucht auch Fleisch«, sagt Herr Meyer, »und wer kein Fleisch isst, wird niemals groß und stark.«*

*Wenn ich später eine Familie habe, esse ich nur noch Weißbrot mit Kümmelsamen oder Schokolade bestreut und die Apfelküchlein von Frau Meyer. Und ich trinke Wasser oder Gesundheitskakao.*

*Nach dem Gespräch mit Isolde musste ich weinen. Denn es ist wahr, was sie sagt. Ich weiß nicht, wer ich bin. Werde ich es jemals erfahren?*
*Ich weiß nicht, wer meine Mutter ist. Und wer mein Vater.*
*Habe ich Schwestern? Schwestern zu haben würde mir gefallen.*
*Aber zum Glück ist Isolde da.*

Seufzend blickte Isolde ins Kaminfeuer. Auf solche Freimütigkeit war sie nicht gefasst gewesen. Und was Kaspar von seinem Pflegevater schrieb, beunruhigte sie. Der Mann war reich und hatte wie ein Lebemann gewirkt ... Obwohl sie inzwischen eine erwachsene Frau war, gab es immer noch Dinge, über die sie nicht Bescheid wusste. Während der ersten Monate nach seinem Auftauchen hatte Kaspar so viel gelernt wie ein normales Kind bis zum zwölften Lebensjahr. Irgendwann jedoch hatte er sich nicht mehr weiterentwickelt. Seine Gefühlsäußerungen, seine Fragen und wie er sich in ungewohnten Situationen verhielt – das alles entsprach einem Kind an der Schwelle zum Erwachsenwerden. Kaspar dachte mit der Unschuld eines Kindes über die Dinge nach. Und jeder Tag brachte neue Fragen, auf die es Antworten zu finden galt. Das stürzte ihn in Zweifel, ließ ihn grübeln und machte ihn schwermütig.

Ungern legte Isolde das Büchlein beiseite. Doch jetzt war Essenszeit. Emil hatte gemeldet, dass die Abendmahlzeit bereit war. Sie bestand aus kaltem Wildschweinbraten mit Kartoffeln, Pflaumen in Sirup, Kümmelbrot und Käse.

Isolde aß ein paar Bissen und trank ein Glas Moselwein dazu. Es drängte sie, weiter in Kaspars Aufzeichnungen zu lesen. Mehr darüber zu erfahren, was in dem Jungen vorging. Nie hätte sie gedacht, wie seltsam ihm vieles vorgekommen war. Zu Anfang war alles neu für ihn gewesen. Alles.

Kaspars erster Tag und erste Nacht. Alle wunderten sich, wie lange der sonderbare Knabe schlief. Das unbequeme Strohlager schien ihm nichts auszumachen, und offenbar spürte er auch die Stiche der zahllosen Mücken im Pferdestall nicht. Sein Gesicht und die Hände waren schon ganz zerstochen.

Emil weigerte sich standhaft, sich um den ›Narren‹ zu kümmern. Deshalb hatte Isolde selbst mit einem feuchten Tuch seine wunden, blutigen Füße gesäubert, ohne dass er davon aufwachte. Es erstaunte sie, dass seine Fußsohlen aussahen wie die eines kleinen Kindes, das sich noch auf allen vieren fortbewegt. Flach, mit pfirsichweicher Haut, ohne Höhlung und verhornte Stellen. Diese Füße mit den rosa Zehennägeln konnten nicht oft den Boden berührt haben und hatten wohl nur ein einziges Mal in Schuhen gesteckt. Für den Weg von einem unbekannten Ort nach Nürnberg.

Die Hände des Jungen waren feingliedrig, die Nägel kurz geschnitten. Dass es sich um ein Wolfskind handelte, war schlicht unmöglich. Isolde hatte dem Schlafenden die Oberlippe ein wenig hochgezogen. Sein Gebiss war ebenmäßig, die Eckzähne nicht ungewöhnlich lang. Ein leichter Bartwuchs fiel auf, konnte aber nicht älter sein als zwei Tage. Jemand musste ihn noch vor Kurzem rasiert haben.

Als der Junge gar nicht aus dem Schlaf finden wollte, verlor Isoldes Vater die Geduld. Er ließ den Bürgermeister und einen Wachtmeister kommen und rüttelte, trotz Isoldes Protest, den Findling unsanft wach.

Die Beine lang ausgestreckt, saß er im Stroh, betrachtete seine Füße und krümmte vorsichtig die Zehen.

»Ein Idiot«, sagte der Rittmeister.

»Ein schwachsinniger Landstreicher«, meinte der Wachtmeister.

»Ein interessanter Fall«, befand Bürgermeister Binder. »Am besten, wir bringen ihn im Gefängnisturm unter. Dort soll Wärter Hiltel sich um ihn kümmern. In der Zwischenzeit werde ich Nachforschungen anstellen, ob in den umliegenden Gemeinden jemand als vermisst gemeldet ist. Und mein Schreiber«, er nickte dem Mann zu, der die ganze Zeit Notizen gemacht hatte, »wird ein Protokoll ausfertigen und es sogleich mit der Postkutsche an den Gerichtspräsidenten Anselm von Feuerbach in Ansbach senden. Der soll entscheiden, wie mit dem Knaben weiter zu verfahren ist.«

So wurde der Junge im Vestner Turm untergebracht, dem Gefängnis für Landstreicher und kleine Ganoven, wo er von Hiltel versorgt wurde und täglich Besuch von Isolde bekam. Sie war auch dabei, als der Bürgermeister ihn einer ersten Befragung unterzog.

»Wer bist du? Wie heißt du? Wer sind deine Eltern? Wo bist du zu Hause?« Auf jede Frage kam die gleiche Antwort: »Ein solcher Reiter möcht ich werden wie mein Vater.« Als der Bürgermeister dem Jungen ein Blatt Papier hinlegte und ihm einen Bleistift in die Hand drückte, blitzte in seinem Blick Erkennen auf.

Langsam schrieb er einen Namen: *Kaspar Hauser.*

»Aha, du heißt Kaspar Hauser, und jemand hat dich das Schreiben gelehrt. Das ist schon mal ein Anfang.« Der Bürgermeister war sichtlich erfreut. »Du bist also nicht vom Himmel herabgefallen, und es gibt jemanden, der für Aufklärung sorgen kann. Ich lasse eine Bekanntmachung schreiben und am Rathaustor anschlagen.«

Ein Arzt wurde geholt, der den Findling untersuchte und meinte, dass mit seinen Beinen etwas nicht stimme. Er deutete auf die Kniekehlen, die am Boden auflagen. »Ein Mensch, der sich normal bewegt, kann auf solche Weise nicht lange sitzen. Der Knabe hat anscheinend dauerhaft in dieser Haltung verharrt.«

Als man dem Jungen, der sich Kaspar nannte, einen Teller mit Sauerkraut und Fleisch hinstellte, wurde er prompt ohnmächtig. Der Geruch von Fleisch verursachte ihm schwere Übelkeit, wie sich später herausstellte. Er schien nur Brot und Wasser zu vertragen.

»Könnte es sein, dass er gefangen gehalten wurde?«, fragte Binder den Arzt.
Dieser nickte, und so fiel der erste Lichtstrahl in das Dunkel von Kaspars Herkunft.
Isolde seufzte. Damals ahnte noch keiner von ihnen das Unheil, das Kaspar drohte.

*Warum hat meine Mutter nicht für mich gesorgt? Warum hat sie mich fortgegeben? Warum hat mein Vater es nicht verhindert? Warum durfte ich nicht das Kind meiner Eltern sein?*
*Das Wort ›warum‹ schmerzt in meinem Innern, es sticht dort, wo mein Herz ist. Kann ein Herz kaputtgehen?*

Alles Vergängliche ist nur ein Gleichnis.

Johann Wolfgang von Goethe, 1749–1832,
aus *Faust II*

# Michael

Dann kam er: Conrad Christian von Berger.

Ich spürte es, sah es und wusste es: Er war anders als die anderen. Ein Schauder überlief mich. Ich ergriff die Hand meiner Mutter und grub die Nägel so fest in ihr Fleisch, dass sie sich mit einem »Au!« losriss.

Von Bergers verstorbene Frau lag im halbdunklen, kühlen Gebetsraum. Meine Mutter hatte ihr einen Kranz aus blauen und lila Blumen gewunden und saß nun in einer Ecke, mit zum Gebet gefalteten Händen. Mir entging jedoch nicht, dass sie den Mann heimlich beobachtete, wie er da kerzengerade bei seiner aufgebahrten Frau stand. Er sah meinem Vater ein wenig ähnlich, war sogar noch etwas größer. Er hatte das gleiche dunkelblonde Haar, aber seines war nicht wild und zerzaust, sondern akkurat gescheitelt und lag am Kopf an. Seine Augen waren vom gleichen Blau, doch fehlte ihnen das schelmische Leuchten. Der Mann sah zweifellos gut aus, das musste ich mir eingestehen, dennoch stieß mich seine Schönheit ab. Womöglich war mir schon als Kind bewusst, dass ich mich in Gegenwart schöner Menschen niemals würde wohlfühlen können.

Im Kerzenschein wirkte er wie eine Statue; er strahlte Ruhe und Kraft aus, hatte aber auch etwas Strenges, Gebieterisches an sich, das mir Angst machte.

Er beachtete meine Mutter gar nicht, was mich wunderte, denn ihre Schönheit erfüllte den Raum. Und noch mehr wunderte mich, dass sie ihn nach seinem stillen Gebet von sich aus ansprach.

»Ist der Kranz nach Wunsch, Herr von Berger? Oder hätten Sie lieber Rosen und Lilien gehabt?«

Er blickte sie kaum an, als er sich zu einer Antwort herabließ: »Es ist gut so. Sie haben das Richtige für meine Frau ausgesucht.« Und er bedeckte das Antlitz mit beiden Händen. Obgleich er sich ganz wie ein Trauernder verhielt, spürte ich, dass er heuchelte. Mir konnte man nichts vormachen – ich wusste, wie Trauer sich anfühlt, und sah genau, dass die seine unecht war. Dieser Mann bedeutete Gefahr, dessen war ich mir sicher.

Bei der Toten lagen Blumen, die nicht dufteten: ein Bukett aus getrockneten Hortensien, Lorbeerzweigen und lila Nelken. Die Frau sah sehr alt aus, doch meine Mutter hatte mir gesagt, sie sei gerade einmal vierzig geworden. Ihr Gesicht hatte kein einziges Lachfältchen.

Inzwischen hatte ich schon viele Tote gesehen und wusste ihre Züge zu deuten. Sie waren mir lieb, weil sie mich nicht anschauen konnten. Manchmal wurden sie mit offenen Augen gebracht, aber ohne Blick; der war gemeinsam mit der Seele entfleucht.

Mein Vater hatte als Toter den Mund wie zu einem verwunderten Lachen geöffnet. Und mit lachendem Mund wurde er begraben. Es heißt, die Kuckucksblume blühe nur auf den Gräbern von lachenden Toten – das war mir wegen des Kuckucks eine große Beruhigung.

Dann tat Conrad von Berger etwas, was noch niemand vor ihm getan hatte. Er legte seine Hand auf meinen Kopf, strich mir übers Haar und maß mich mit einem langen Blick. »Ist das Ihr Sohn?«, fragte er meine Mutter.

Seine Miene zeigte keinerlei Abscheu, und er wich auch nicht zurück, sondern sah mich unentwegt an, fast schon liebevoll, so als wollte er mein Gesicht in allen Einzelheiten erforschen. Sein Blick riss die Löcher in meiner Seele wieder auf.

Abermals überlief mich ein Schauder, und das Herz klopfte mir bis in die Hasenscharte.

Mit dem Daumen malte er ein Kreuzzeichen auf meine Stirn, das ich sogleich wieder abwischte. Diesem Mann war nicht zu trauen, das stand fest.

Der Gesichtsausdruck meiner Mutter verriet mir, dass er ihr Herz gewonnen hatte. Er hatte mich ohne jedes Anzeichen von Ekel berührt. Und dann lächelte er mich sogar an. Ich sah Eiskörnchen in seinem Blick, meine Mutter aber bemerkte sie nicht. Sein Lächeln war einzig und allein für sie gedacht – *sie* wollte er für sich einnehmen.

Solange seine Frau aufgebahrt war, kam er drei Mal am Tag, und mit jedem Mal spürte ich die drohende Gefahr deutlicher. Als ich mich unbeobachtet wähnte, zwickte ich die Frau fest in die Hand. Ich hoffte, sie so aus dem Totenschlaf zu wecken, damit sie aufstand und mit ihm nach Hause ging. Dann versuchte ich, ihr das Bildchen mit dem heiligen Lazarus zwischen die mageren Zehen zu stecken, doch es rutschte immer wieder heraus. Ich zog an ihrem grauen, zum Knoten gedrehten Zopf, worauf er sich löste. Von meiner Mutter wusste ich, dass die Haare nach dem Tod noch weiter wachsen. Aber auch das half nichts. Sie war und blieb tot.

Und ihr Mann kam immer wieder.

Meine Mutter errötete jedes Mal, wenn sein Blick sie traf, und wartete demütig, dass er sie ansprechen würde.

Ich stellte mich krank, aber statt zu Hause zu bleiben, um mich zu pflegen, ließ sie mich mit meinen Heiligen allein und ging zur Arbeit. Dorthin, wo sie den Mann wiedersehen würde.

Über meinen hässlichen Kopf hinweg hatten sie ein Band geschmiedet.

Nach dem Begräbnis seiner Frau blieb er ein paar Wochen lang weg. Meine Mutter blickte ständig zur Tür, und jedes Mal, wenn jemand anderes hereinkam, war ihr die Enttäuschung anzusehen. Sie wusste jedoch, wo der Mann wohnte, und richtete es so ein, dass sie in der Gegend einkaufte.

Zwei Monate später stand er plötzlich vor unserer Tür. Meine Mutter blühte geradezu auf.
»Wenn es Ihnen recht ist, möchte ich gern mit Ihnen und Ihrem Sohn ein Gebet für die Toten sprechen«, sagte er.
Er war Pfarrer, deshalb nahm kein Mensch Anstoß daran, dass sie zusammen beteten. Ich aber wusste Bescheid: Er wollte lediglich bei ihr sein. Darum ließ ich ihn nicht aus den Augen. Ohne dass er es merkte, legte ich nacheinander die Heiligenbilder auf den Tisch. Von dem Heiligen, der oben zu liegen kam, wenn Conrad von Berger sein Gebet mit einem Amen beschloss, versprach ich mir eine Botschaft.
Es war der heilige Stanislaus. Auf dem Bild war er nackt und wurde von vier Adlern bewacht. In seinem blutenden Leib stak ein Schwert; er war von einem König getötet worden.
Da begriff ich. Ich durfte meinem Vater nicht mehr böse sein. Wir beide brauchten einander. Mein kleiner König – so hatte er mich immer genannt. Und einstmals würde ich ein großer König sein, aber dazu bedurfte es Mut. Conrad von Berger musste aus meinem Leben verschwinden. Am besten mit einem Schwert im Leib. Aber wie sollte ich an solch eine Waffe kommen?
Von da an kam von Berger häufiger zu uns. Dann beteten er und meine Mutter gemeinsam. Sie sprach leidenschaftlich von ihrer Frömmigkeit und ihren Verbindungen zum Jenseits und er von sei-

ner Kirchengemeinde und dem Bedürfnis, Gott zu dienen. Ihre Gemeinsamkeit hieß Gott. Als meiner Mutter klar wurde, dass er einen anderen Gott liebte als den ihren, war es bereits zu spät.
Und ich hatte noch immer kein Schwert.

Drei Monate später war es so weit. »Es ist an der Zeit, dass du wieder einen Vater bekommst«, sagte meine Mutter zu mir.
»Hast du mit Vater darüber gesprochen?«, wollte ich wissen.
Sie schüttelte den Kopf, was mich noch mehr beunruhigte.
»Ich habe einen Vater und will keinen anderen«, sagte ich trotzig.
»Jemand muss für dich sorgen, Michael. Ich schaffe das nicht allein. Und ich selber möchte auch gern einen Menschen haben, der mich liebt und für mich sorgt.«
»*Ich* sorge für dich.«
In ihren Augen lag Mitleid. Meine Liebe war ihr anscheinend nicht genug, und dass ich zeit meines Lebens für sie sorgen wollte, nahm sie überhaupt nicht ernst.
Stanislaus war ein dummer, unzuverlässiger Heiliger. Ich stampfte mit dem Fuß auf sein Bild, dann packte ich es ganz unten in den Stapel. Dabei fiel mein Blick auf den heiligen Konrad von Konstanz. Wie hatte ich den nur übersehen können! Er war als Bischof abgebildet, mit einem Kelch in der Hand, und aus seinem Mund kroch eine Spinne. Sie war in den Messwein gefallen, und der Dummkopf hatte sie aus Achtung vor dem Leiden Christi mitgetrunken. Später kam das Tier wieder lebend aus seinem Mund, und seitdem trägt die Spinne ein Kreuz auf dem Rücken.
Ich ekelte mich vor Krabbeltieren aller Art, besonders vor Spinnen, und hatte eine Heidenangst, sie könnten mir im Schlaf in den stets offenen Mund kriechen. Diesen Heiligen musste ich loswerden.
Noch am selben Abend zerriss ich das Bild des heiligen Konrad von Konstanz in lauter kleine Fetzen, und damit meine Mutter sie nicht fand, aß ich sie auf. Nun konnte die Kreuzspinne Conrad von Berger mir nichts mehr anhaben.
Was für falsche Vorstellungen man als Kind doch hat!

Ein Jahr nach meines Vaters Tod heirateten sie in der Ansbacher St.-Gumbertus-Kirche, die meiner Mutter fremd war. Sie war katholisch erzogen worden. Conrad von Berger hingegen entstammte einer streng evangelischen Familie, wie die meisten Leute in der Gegend.

Mein Stiefvater hatte meine Mutter bedrängt, zum evangelischen Glauben überzutreten und mich in diesem Sinne zu erziehen. So wurden meine Mutter und ich gegen unseren Willen noch einmal getauft. Mein Stiefvater gab mir zusätzlich zu meinem ersten Namen Michael die Namen Christian und Leonhard. Diese Wahl hätte ich zu respektieren, meinte er, da ich nun sein Sohn sei. Der Name Leonhard – der ›starker Löwe‹ bedeutet – werde mir im Leben zugutekommen, denn ich sei ein Schwächling und bedürfe der Hilfe Gottes mehr als andere.

Die Taufe fand in der Kapelle der St.-Gumbertus-Kirche zu Ansbach statt. Obwohl nur meine Mutter und ich anwesend waren, bestieg mein Stiefvater die Kanzel und hielt eine lange Predigt. Auf dem Kanzeldach stand ein goldenes Lamm. Angeblich weinen Lämmer, wenn man sie zur Schlachtbank führt. Auch ich weinte, doch die Tränen blieben mir im Halse stecken, sodass ich immerfort schlucken musste.

Den Traugottesdienst hielt ein Vikar, denn mein Stiefvater konnte ja nicht seine eigene Ehe einsegnen.

Wieder änderte sich mein Leben von Grund auf. Meine Mutter hatte recht gehabt, als sie sagte, alle Veränderungen täten weh.

Wir verließen unser Quartier in der Pfarrstraße, in dem ich mich so wohlgefühlt hatte, und zogen ins Haus meines Stiefvaters.

Ich weigerte mich, ihn Vater zu nennen, denn sonst hätte ich ihm ja einen Platz in meinem Leben gegeben.

Er wohnte ein wenig außerhalb von Ansbach an der Straße nach Colmberg. Ein günstiges Vorzeichen, sagte meine Mutter, zumal mein Vater aus Colmberg stammte und Conrad von Berger ihn angeblich gekannt hatte. Von den Verwandten meines Vaters lebte niemand mehr.

Das Haus lag unweit einer Hügelkette und war viel zu groß für uns drei. Alle Zimmer wirkten so ordentlich und blitzsauber, dass man sie für unbewohnt hätte halten können. Die Möbel waren wie mein Stiefvater: düster, groß, steif und seelenlos. Wehmütig dachte ich an die schlichten Möbel unseres Hauses in Ungarn. An den groben Holztisch, auf dem meine Mutter Möhren und Kartoffeln geschält und geschnitten hatte. An den großen Wäscheschrank, in den mein Vater unsere Namen gekerbt und an dem er mit Bleistiftstrichen mein Wachstum festgehalten hatte. All unsere Wäsche und unsere Kleider hatten, sauber gefaltet, in diesem Schrank gelegen, einem unverbrüchlichen Bündnis gleich.

Da wurde mir zum ersten Mal bewusst, dass die Zeit in Ungarn für immer vorbei war und nie mehr aufleben würde. Und dass meine Erinnerungen an die Möbelstücke dort gebunden waren.

Im Haus meines Stiefvaters gefiel mir nur ein rundes Tischchen mit rautenförmigen Intarsien aus Mahagoni und geschwungenen Beinen, die in Löwenpranken endeten. In der sonnigen Stube zum Garten hin stand ein rotes Sofa, dessen Holzrahmen oben mit Blumenschnitzereien verziert war. Es wurde der Lieblingsplatz meiner Mutter in ihren wenigen Mußestunden.

An der Vorderseite des Hauses, gleich neben dem Eingang, befand sich das Zimmer meines Stiefvaters. Wenn er es verließ, schloss er stets die Tür ab.

»Was ist in dem Zimmer?«, fragte ich.

»Nichts für Kinder. Du hast darin nichts zu suchen. Merk dir das!« Und er steckte den Schlüssel in die Tasche seines schwarzsamtenen Hausmantels.
Als er sich entfernt hatte, lugte ich durchs Schlüsselloch, sah aber nur ein Bücherregal aus dunklem Holz, ähnlich dem Mobiliar in den anderen Räumen. Ich vermutete in dem Zimmer ein Geheimnis, das Aufschluss über sein wahres Wesen geben konnte.
Jedes Mal, wenn er fortging, probierte ich die Klinke, doch die Tür war immer verschlossen. Irgendwann, so nahm ich mir vor, würde ich erkunden, was sich in diesem Zimmer befand.
Um den Tisch in der Wohnstube standen ungepolsterte Stühle mit hohen Armlehnen, zwischen denen man sich wie ein Gefangener vorkam. Ich setzte mich vorsichtshalber immer auf die äußerste Kante.
Über dem Kamin hingen zwei gekreuzte Schwerter. Als ich sie einmal sinnend betrachtete, kam mein Stiefvater dazu und sagte: »Von diesen Schwertern lässt du die Finger, hast du verstanden? Sie sind scharf und viel zu gefährlich für Kinderhände.«
Ich nickte, frohlockte aber insgeheim. Mit zwei Schwertern kann man einen Menschen leicht töten, dachte ich, die Hilfe des dummen Stanislaus brauche ich nicht mehr. Stanislaus blieb weiterhin zuunterst im Stapel. Und den heiligen Konrad musste ich ohnehin nicht mehr fürchten, ihn hatte ich ja aufgegessen.
Das Haus hatte auch einen Keller. Ich muss etwas geahnt haben, denn ich machte immer einen Bogen um die Kellertür, und zugleich zog sie mich an.
Eines Tages stand die Tür halb offen. Ich sah eine Treppe, ausgetretene Steinstufen, die in eine rabenschwarze Dunkelheit hinabführten wie in einen Schlund, in dem man verschwinden konnte. Für immer.

»Was ist da unten?«, fragte ich meine Mutter.
»Der Keller. Du weißt doch, was ein Keller ist, oder?«
Selbstverständlich wusste ich, was ein Keller ist. Unser Haus in Ungarn hatte auch einen gehabt. Mit einem kleinen Fenster direkt über dem Erdboden. Meine Mutter hatte dort Kürbisse und Zwiebeln aufbewahrt und mit einem Stampfer Kraut in Steinguttöpfe gepresst. Im Keller trocknete sie auch Samen und Kerne, die im nächsten Jahr neue Blumen und Gemüsepflanzen hervorbringen sollten. Manchmal, wenn ich mich verstecken wollte, ging ich in unseren Keller. Er war ein Ort, an dem es nach Heute und Morgen roch. Wie in einer warmen Achselhöhle fühlte ich mich dort sicher und geborgen.
Dieser Keller war völlig anders.
»Was ist da unten?«, wiederholte ich. Meine Stimme muss quengelig geklungen haben, denn meine Mutter packte mich hart am Arm. »Nun hör schon auf, Michael! Das ist ein ganz gewöhnlicher Keller!«
Mir war wohl anzusehen, dass die Antwort mich nicht zufriedenstellte, denn sie zog mich mit die Treppe hinab. »Dann schau eben selber nach!«
Ich sträubte mich, aber sie war stärker.
Die Stufen waren glatt. Unten hing ein modriger Geruch, und es war stockfinster. Meine Mutter entzündete eine Kerze. Viel zu sehen gab es nicht, aber gerade das sprach Bände. Auf dem Boden lag Stroh, und in eine Wand waren Eisenringe eingelassen. Meine Angst war also berechtigt; das war kein Keller für Vorräte, sondern ein Furcht einflößender Ort.
Ich riss mich los und stürmte die Treppe hinauf, zurück zum Licht. In der Kellertür stand breitbeinig mein Stiefvater. Er ragte über mir empor, und um seinen Mund spielte ein Lächeln. Seine Augen jedoch lächelten nicht.

»Wenn ich unartig war, hat mein Vater mich in diesen Keller gesperrt«, sagte er.
Da wusste ich, warum ich den Keller hasste. Dort unten lauerten Angst, Kummer und Einsamkeit, angeschmiedet an die Eisenringe in der Wand.
Und dann sah ich in der Ecke des Türrahmens auch noch eine Kreuzspinne. Sie lauerte in ihrem Netz.

Meine Mutter hatte ihre Arbeit bei Otto von Bielefeld aufgegeben. Ich bedauerte es, denn mir fehlten die beruhigende Gegenwart der Toten und die Stille, in der ich mich stets geborgen gefühlt hatte.
Am schlimmsten aber war, dass sie ihr Herz an diesen Mann verloren hatte. Sie stand nun mit leeren Händen da, nur wusste sie es noch nicht. Lächelnd blickte sie zu ihm auf. Ich jedoch sah nur einen Turm ohne Tür und ohne Fenster.

Mein Stiefvater verlangte, dass sie das Haus blitzsauber hielt – ein reines Haus, so sagte er, sei das Abbild einer reinen Seele. Alle zwei Wochen mussten die Fußböden mit Sand gescheuert und anschließend mit honigfarbenem Wachs behandelt werden. Mir trug er auf mitzuhelfen. Daraufhin band meine Mutter Lappen unter meine Schuhe, sodass ich beim Umhergehen die gewachsten Holzdielen auf Hochglanz bohnerte. Und einmal im Monat mussten die Möbel mit dunklem Wachs eingerieben und poliert werden.
Meine Mutter tat klaglos jegliche Arbeit und gab sich große Mühe, das Heim zu verschönern. Sie nähte Vorhänge und Tischtücher, häkelte Deckchen und bestickte Kissen mit Blumenmotiven. Im Garten zog sie Gemüse, und entlang der Hecke pflanzte sie Rosen und säte Wicken aus. Bienen wurden unsere ständigen Gäste, und

bald konnte sie, leise vor sich hin singend, die eigenen Blumen in Vasen arrangieren. Eine Zeit lang hoffte ich, es würde ihr gelingen, Conrads hartes Herz zu erweichen.
Sie war achtundzwanzig Jahre alt und sah aus wie ein junges Mädchen. Er war schon jenseits der vierzig und wirkte wie einer der strengen Heiligen, die ich in der Pfarrstraße aussortiert hatte. Sie zog ich nicht mehr zurate, wenn ich Fragen hatte.
Conrad von Bergers scheinheiliges Gehabe, sein eisiger Blick und die lächelnd ausgesprochenen Drohungen nährten mein Misstrauen. Ich blieb auf der Hut.
Die Schwerter aber hingen zu hoch, ich kam nicht an sie heran. Und hinter der Kellertür dräute die fette Kreuzspinne.

In den ersten Monaten gab er sich freundlich und hilfsbereit. Wenn er meine Mutter berührte, dann so wie seine Bibel: behutsam und weihevoll. Sie genoss jede seiner verhaltenen Zärtlichkeiten und errötete dabei wie ein Kind.
Ich war froh, dass er sie nie in meinem Beisein küsste.
Aber schon bald offenbarte sich seine wahre Art. Sein Heiligenschein bekam Sprünge, das musste auch meiner Mutter auffallen, aber sie tat, als wäre nichts.
Nach jenem ersten Mal im Gebetsraum hatte er mich nie mehr berührt, und das war nur gut. Denn seine Hände waren so kalt wie die der Leichen, die meine Mutter gewaschen hatte.
»Er ist eiskalt«, flüsterte ich ihr ins Ohr, als er einmal aus dem Zimmer gegangen war.
»Soll ich ihn für dich wärmen?«, fragte sie leise.
»Nicht nötig«, antwortete ich, aber sie hörte schon nicht mehr hin, denn er war wieder ins Zimmer getreten. Eilig erhob sie sich, legte

ihre Hände in die seinen und sah zu ihm auf. Mit dem gleichen liebevollen Blick, den sie sonst mir schenkte, wenn ich frisch gewaschen und in sauberen Kleidern vor ihr stand.

Über sein Gesicht huschte ein Lächeln, als er mit gedämpfter Stimme sagte: »Hoffentlich segnet Gott uns mit einem Kind.« Meine Mutter errötete vor Scham, und ich wurde krebsrot vor Wut. Ein Kind? Ein anderes Kind als ich? Hier unter diesem Dach? Ein Kind, das mich womöglich an einen Apfelbaum fesseln und dann bis hundert zählen würde?

Ich rannte aus dem Haus, zu den bewaldeten Hügeln, und als ich nicht mehr konnte, ließ ich mich in die Farnsträucher fallen. Die Ruhe im Wald tat mir wohl. Die Bäume flüsterten mir aus der Höhe beschwichtigend zu. Hier durfte ich sein, wie ich war, und der Gedanke an ein anderes Kind verflüchtigte sich.

Der Frühling brach an, und die Bäume schmückten sich mit Blüten. Wann immer möglich, zog ich mich in den Wald zwischen Ansbach und Colmberg zurück.

Dort befand sich ein Brunftplatz von Hirschen, das verrieten mir die abgeworfenen Geweihe. Ich sammelte sie auf und verbarg sie in einer Höhle unter dem Wurzelwerk einer uralten Eiche. Mit der Zeit wurden es immer mehr, und wenn ich inmitten meiner Geweihe saß, fühlte ich mich geborgen.

Anscheinend konnte ich mich gut unsichtbar machen, denn die Tiere zeigten keine Angst vor mir. Ein Fuchs strich vorbei und warf mir einen gleichgültigen Blick zu, und die Eichhörnchen ließen sich nicht beim Knabbern an Eicheln oder Zapfen stören, wenn ich auf einen Baum kletterte. Oft saß ich stundenlang still da, und wenn ich doch einmal ein Geräusch machte, störte es die Ruhe des Waldes nicht.

Im Sommer freundete ich mich mit einem jungen Rothirsch an. Ich sah ihn zum ersten Mal, als er mit einem Artgenossen kämpfte. Sein Bastgeweih war noch klein. Laut röhrend gingen die beiden Tiere auf einem Felsvorsprung oberhalb meines Verstecks aufeinander los. Ich verfolgte, wie der Stärkere den Schwächeren immer weiter an den Rand drängte. Schließlich stürzte der Unterlegene in die Tiefe und traf nur ein paar Ellen von mir entfernt auf. Ich wagte es nicht, mich zu rühren, weil ich spürte, dass dies ein heiliger Moment war. Der Hirsch blieb liegen und stieß ein leises Röhren aus, so als wollte er den Kampf noch nicht aufgeben.

Es dauerte eine ganze Weile, bis ich den Mut fand, mich ihm zu nähern. Auf allen vieren kroch ich hin und sah, dass ein Teil des Geweihs abgebrochen war. Das Tier litt sichtlich Schmerzen und konnte sich nicht mehr erheben. Es blieb auf der Seite liegen, auch als ich ihm über die Nüstern strich und aufmunternde Worte flüsterte.

Ich kauerte neben dem Hirsch und hielt ihm schließlich den Apfel hin, den ich als Proviant eingesteckt hatte. Erst schnupperte er daran, dann fraß er ihn auf. Widerwillig trat ich den Nachhauseweg an, als es zu dämmern begann.

Meine Mutter hatte sich Sorgen gemacht, weil ich so lange ausgeblieben war. Mein Stiefvater war erbost. Er schalt mich herzlos, weil ich nicht an meine Mutter gedacht hatte. Auf seine eindringliche Frage, wo ich mich herumgetrieben hätte, behauptete ich, mich verirrt zu haben. Zum Glück glaubte er mir, und ich musste meiner Mutter hoch und heilig versprechen, nie mehr so weit in den Wald hineinzugehen.

Am nächsten Tag fand ich den Hirsch an derselben Stelle vor. Offenbar erkannte er mich wieder, denn er gab ein leises Röhren von sich. Die Wunde an seinem Kopf sah schon ein wenig besser aus.

Ich bestrich sie mit dem Melkfett, das meine Mutter immer nahm, wenn mein Mund entzündet war.

Von da an suchte ich den Hirsch täglich auf. Ich brachte ihm Äpfel und altbackenes Brot und nannte ihn insgeheim Hubert, nach dem heiligen Hubertus. Dieser war an einem Karfreitag auf die Jagd gegangen und dabei einem Hirsch begegnet, in dessen Geweih ein Kreuz prangte.

Mit der Zeit genas Hubert, lahmte aber noch ein wenig. Eines Tages kam er herbei, als ich auftauchte, schnupperte an meinen Händen und leckte mir das hässliche Gesicht. Niemals werde ich diesen Moment vergessen: Seine warme, raue Zunge gab mir das Gefühl, ich selbst sein zu dürfen. Ich flüsterte ihm Worte ins Ohr, die ich noch zu keinem Lebewesen gesagt hatte, und mir war, als lauschte er. Deshalb redete ich weiter und staunte, wie viele Koseworte ich fand. Als ich verstummte, hob er den Kopf und röhrte so laut, dass es durch den ganzen Wald schallte.

Unsere Freundschaft hatte jedoch auch eine Kehrseite: Er wurde von seinem Rudel verstoßen. Weil er zu sehr nach Mensch roch.

Im Jahr darauf stellte ich fest, dass sein Geweih an einer Seite kleiner war. Durch den Sturz war es verkrüppelt nachgewachsen. Nun hatten wir beide etwas gemeinsam.

Meine Mutter errötete zwar noch immer, wenn mein Stiefvater das Wort an sie richtete, doch ich merkte, dass ihre Bewunderung des Öfteren in Unmut umschlug. Die Röte bildete dann Flecken am Hals, und was das bedeutete, wusste ich.

Ich war von meinem Thron gestoßen, und niemand nannte mich mehr seinen kleinen König.

Von meiner Mutter lernte ich vieles. Auch wenn mein Stiefvater immer wieder Verbote aussprach – manchmal drohte er gar mit der Hölle am Ende der Zeiten –, tat sie, was sie für richtig hielt. Zu meiner großen Erleichterung hatte sie keine Angst vor ihm. Ich dagegen schon.

Wenn er nicht im Haus weilte, nannte sie mich weiterhin Michael. Die Art und Weise, wie sie meinen Namen aussprach, war wie eine warme Sommerbrise, die die Gardinen am offenen Fenster bauscht. Ansonsten wurde ich Christian genannt. Michael Leonhard Christian Ostheim hieß ich; den Nachnamen meines Vaters hatte er mir nicht nehmen können.

So war zu meinem verunstalteten Gesicht ein weiterer Makel gekommen. Die zwei Namen hafteten mir an wie die hartnäckigen Tintenflecke an den Fingern, wenn ich mich im Schreiben übte.

Ich war ein Fremder im Haus meines Stiefvaters, daran würde sich nie etwas ändern.

Zum Glück hatte ich Hubert. Weil ich nicht alle Tage in den Wald gehen konnte, befürchtete ich, mein Hirsch könnte irgendwann für immer verschwunden sein, sei es, weil er sich mit einer Hirschkuh zusammengetan hatte oder einem Jäger vor die Flinte geraten war. Die letztere Gefahr war groß, denn Hubert hatte seine natürliche Scheu vor den Menschen verloren.

Doch er blieb.
Er brauchte mich und ich ihn.
Nicht alles war schlecht. Die Erinnerungen an ein paar Dinge bewahre ich noch heute wie Perlen in einem Schmuckkästchen. Sie waren für mich Hoffnungsstrahlen, so wie die Sonne auch bei geschlossenen Vorhängen immer wieder eine Ritze findet.
Meine Mutter konnte mit Engeln sprechen, und die Engel erwählten sie, um wichtige Botschaften zu übermitteln. Sie besaß einen geheimen Schlüssel zur Pforte des Totenreichs.
Mein strenger Stiefvater war jeglicher Art von Vergnügen abhold. Bald stellte meine Mutter auf sein Geheiß hin das Singen ein, und ihre Liebe verwelkte zusehends. Ihm entging das wohl nicht, denn er gebärdete sich noch strenger. Aber meine Mutter ließ sich nicht unterkriegen. Je mehr Verbote er aussprach, desto öfter versuchte sie, sich seinem Terror zu entziehen. Beispielsweise indem sie mit Verstorbenen in Kontakt trat.
Die Leute im Ort mochten meine Mutter gern. Sie half, wo sie nur konnte, und schon bald hatte sich – vor allem unter den Frauen – die Kunde verbreitet, dass sie besondere Gaben besaß. So manche Nachbarin suchte sie deswegen auf. Dass mein Stiefvater ihr Tun nicht billigte, war bekannt, daher kamen die Frauen nur dann zu uns, wenn er nicht zu Hause war.
Ich durfte bei den Séancen nicht im Zimmer sein, beobachtete aber hinter einem Trennvorhang hervor, wie sie mit den teuren Verstorbenen der Besucher Kontakt aufnahm. Meist geschah das samstagabends, wenn mein Stiefvater fort war, um in der Kirche alles für den Sonntagsgottesdienst vorzubereiten. Sonst hätte er es ihr verboten.
Jeder fürchtete den Tod, nicht jedoch meine Mutter, und darum fürchtete sie auch meinen Stiefvater nicht.

Diese Samstagabende sind mir noch sehr lebendig im Gedächtnis. Kaum hatte mein Stiefvater das Haus verlassen, atmete ich erleichtert auf. Dann hatte ich meine Mutter wieder für mich allein. Dass sie Besuch empfing, störte mich nicht weiter. Die Leute blieben kaum länger als eine Stunde, und ihre Gesellschaft schien meiner Mutter wohlzutun. Sie bekam wieder rot überhauchte Wangen wie in Ungarn und sah im Schein der Kerzen wunderschön aus.
Ich strich mit den Fingern über den schweren, mit Teerosen gemusterten Samtvorhang, hatte den Blick auf meine Mutter gerichtet und verfolgte, was sie tat.
Sie entzündete drei Kerzen: eine für die Lebenden, eine für die Toten im Jenseits und eine für die Seelen in der Zwischenwelt. Die dritte Kerze war am größten und aus dunkelrotem Wachs. Sobald sie brannte, hatte meine Mutter Zugang zu den Seelen verstorbener Menschen. Mit geschlossenen Augen betastete sie einen mitgebrachten Gegenstand, der dem Toten gehört hatte. Ich sah Hoffnung in den Augen der Angehörigen aufflackern. Meine Mutter nährte ihren Glauben an ein paradiesisches Jenseits, und als Mittlerin zwischen Himmel und Erde bot sie ihnen Halt und Trost in unsäglichem Leid. Sie vernahm letzte Wünsche, die zu Lebzeiten nicht mehr ausgesprochen worden waren. Manche waren klein, fast schon nichtig, sodass die Angehörigen kaum glauben mochten, dass der Tote sie vorgebracht hatte. Mitunter stellte ein Verstorbener eine Frage oder sprach eine Warnung aus. Wenn meine Mutter auch noch ein Wehklagen hörte, dann wusste sie, dass die betreffende Seele noch nicht frei war, um in den Himmel aufzusteigen.
Ich erinnere mich an einen Mann in mittleren Jahren, der seine Frau verloren hatte. Er konnte seit drei Monaten kaum mehr schlafen, weil er immer wieder ihre Stimme zu hören meinte. Manchmal sah

er die Frau gar im Nachthemd neben seinem Bett stehen. Sie sagte etwas Unverständliches zu ihm. Und wenn ihn irgendwann doch der Schlaf übermannte, spürte er plötzlich eine Hand auf der Schulter, und die Stelle wurde glühend heiß. Er zeigte meiner Mutter einen roten Fleck auf seiner Haut; ich konnte deutlich erkennen, dass es ein Handabdruck war. Der Mann hatte meine Mutter aufgesucht, weil er die nächtlichen Heimsuchungen nicht mehr ertrug – er wollte endlich wieder in Ruhe schlafen können.

Auf dem Tisch lag das Nachthemd der toten Frau. Meine Mutter schloss die Augen, strich über den Stoff und wartete.

»Ich höre die Stimme Ihrer Frau«, sagte sie dann. »Sie sorgt sich um Ihr Wohl. Ihre Seele wird erst frei sein, wenn Sie ihr einen Wunsch erfüllen. Es geht darum, dass Sie des Nachts immer die Hintertür auflassen, damit der Hund ins Freie kann, um sein Geschäft zu erledigen. Sie sollen den Hund abends draußen an die Kette legen und die Hintertür verschließen. Die offene Tür zieht ungutes Volk an, das Sie berauben könnte. Außerdem möchte Ihre Frau, dass Sie sich einen neuen Anzug anfertigen lassen, denn es wartet eine neue Liebe auf Sie.«

Wie immer traf zu, was meine Mutter gesagt hatte. Der Mann brachte an seiner Hintertür einen Riegel an und ließ den Hund nicht mehr im Haus schlafen. Als kurz darauf in der Nacht Einbrecher kamen, hörte der Hund sie, schlug an und bekam, obwohl er an der Kette lag, einen der Männer zu fassen.

Nunmehr überzeugt, ließ der Mann sich daraufhin in Nürnberg einen Anzug anmessen. Dabei lernte er die Tochter des Schneiders kennen. Er heiratete sie und wurde noch einmal Vater.

Seine verstorbene Frau erschien ihm fortan nicht mehr, weil dank meiner Mutter ihre Seele frei geworden war.

Manche Wünsche waren schwierig zu ergründen oder schwer zu erfüllen.
Wenn es sich um ein totes Kind handelte, gab meine Mutter mitunter nicht alles weiter, was sie hörte, und nahm dann auch kein Geld für ihre Dienste.
Es kam vor, dass sie mir hinterher davon erzählte. So wie im Fall einer Frau, die sich an sie wandte, weil ihr im Traum immer wieder ihr ermordetes sechsjähriges Töchterchen erschien.
Ich hatte wie gewöhnlich hinter dem Vorhang gestanden und heimlich zugesehen. Von meinem Beobachtungsposten aus konnte ich im Übrigen auch die Straße entlangblicken. Sollte mein Stiefvater einmal unvermutet früher nach Hause kommen, würde ich meiner Mutter ein Zeichen geben, damit sie den Besucher rasch durch die Hintertür hinauskomplimentierte. Mein Stiefvater kam stets durch die Vordertür ins Haus, und bevor er die Wohnstube betrat, ging er erst noch in das für mich verbotene Zimmer.
Mit geschlossenen Augen betastete meine Mutter ein Silberkettchen und einen roten Kinderhausschuh. Den anderen Hausschuh hatte das kleine Mädchen angehabt, als man es an einem Fluss in der Nähe fand. Der Mörder hatte seine Tat kaschieren wollen, indem er das Kind ins Wasser warf. Doch die Leiche war ans Ufer gespült worden, und man stellte bei der Leichenschau fest, dass dem Kind Gewalt angetan worden war.
Ich sah, wie meine Mutter zusammenzuckte. Ihre Augenlider bebten. Die drei Kerzen flackerten, und die Kerze für die Lebenden erlosch. Ich spürte ganz deutlich, dass Gefahr drohte – sowohl der Mutter des Kindes wie auch meiner Mutter. Meine Hände wurden schweißnass, und ich bekam rasendes Herzklopfen. Ganz sicher würde meine Mutter in diesem Fall nicht unumwunden die Wahr-

heit sagen. Ihr Gesicht verfiel, mit einem Mal wirkte sie um zehn Jahre älter. Ihre Augen wurden feucht, als sie zu sprechen begann, unruhig und schnell, so als wollte sie das Ganze möglichst rasch hinter sich bringen.

»Gehen Sie heim und legen Sie diesen Hausschuh unter das Kopfkissen Ihrer anderen Tochter. Er wird sie vor der Gefahr schützen, die ihr droht. Legen Sie dem Mädchen auch die Silberkette Ihres verstorbenen Töchterchens um und lassen Sie das Kind möglichst nie allein. Und jedes Mal, wenn Sie zu Gott beten, sollten Sie drei Kerzen anzünden.«

Dann schwieg sie. Ihre Augen waren leer und ihr Bewusstsein wie erloschen.

Später erzählte sie mir alles. Das kleine Mädchen hatte das Leben noch vor sich gehabt, und seine Seele würde noch lange keine Ruhe finden, aus Sorge um die ältere Schwester. Denn der Mörder war kein anderer als der Vater der beiden Kinder. Meine Mutter hatte es aber nicht fertiggebracht, dies der Frau zu enthüllen. Vermutlich hätte sie ihr nicht geglaubt. Oder aber sie hätte sich mitschuldig gefühlt und wäre aus Angst um ihre andere Tochter verzweifelt. Ihr Ehemann hätte wohl bald bemerkt, dass etwas nicht stimmte, sie ausgefragt und notfalls aus ihr herausgeprügelt, was sie von meiner Mutter erfahren hatte. Die Folgen wären nicht abzusehen gewesen, denn wer einmal gemordet hat, schreckt auch vor einer zweiten Tat nicht zurück. Darum hatte meine Mutter der Frau nicht die ganze Wahrheit gesagt.

Mir sagte sie noch, der Vater würde versuchen, sich auch an seiner zweiten Tochter zu vergehen, aber mit dem roten Hausschuh im Bett und der Kette um ihren Hals bestehe die Möglichkeit, dass er zur Besinnung käme.

In der Gegend um Ansbach verstand man sich auf die Kunst des Wegsehens und Schweigens.
Was ein Mann mit seiner Frau und seinen Kindern machte, war seine Angelegenheit. Man wusch keine schmutzige Wäsche in der Öffentlichkeit – das war eine eiserne Regel. Und falls es doch einmal geschah, pflegten die Leute nicht hinzuhören und wandten sich rasch einem anderen Gegenstand zu wie etwa der letzten Sonntagspredigt des Pfarrers oder der bevorstehenden vielversprechenden Traubenernte.
Auch am Tag nach dem Besuch der Frau war meine Mutter blass und nervös und warf mir immer wieder angstvolle Blicke zu. Mir war zumute, als hätte ich etwas Verkehrtes getan. Obwohl ich inzwischen zu groß dafür war, setzte ich mich auf ihren Schoß, um sie zu trösten.
»Mama, was ist mit dir? Hast du Kummer wegen des toten Mädchens?«, fragte ich.
Ihre Antwort sollte ich noch lange mit mir herumtragen.
Sie nahm meinen Kopf in beide Hände und sagte so leise, dass ich sie nur mit Mühe verstand: »Das tote Kind hat noch eine zweite Warnung ausgesprochen. Es hat dich hinter dem Vorhang stehen sehen und bekam Angst. Der Tod säße auf deiner Schulter, sagte es.«
Ich erschrak bis ins Mark. »Muss ich sterben?«, stieß ich hervor. »So wie Vater?«
»Nicht du, Michael. Sondern das Kind in deinen Händen.«
Ich blickte auf meine Hände – sie waren leer.
»Töte das Kind nicht, Michael! Töte es nicht!«
Nach diesen Worten schob sie mich von ihrem Schoß, machte sich an die Hausarbeit und sprach stundenlang kein Wort mit mir.

Tags darauf jedoch buk sie Leinsamenküchlein und füllte sie mit Kleehonig. Da wusste ich, dass alles wieder gut war, denn Leinsamen heilt Brüche.

Ich roch den Duft der Kerzen und sah ihre Flammen flackern, wenn meine Muter die Toten anrief. Ich hörte flüsternde Stimmen und meinte, die Teerosen auf dem Samtvorhang begännen, einen betörenden Duft zu verströmen wie die echten Rosen im Garten an lauen Sommerabenden. In solchen Momenten gab es keine Einsamkeit. Denn wir waren viele: meine Mutter, die Toten und ich. Und mein Stiefvater war weit, weit weg.

Wenn mein Stiefvater zu Hause war, trachtete er zu verhindern, dass meine Mutter und ich zusammen waren. Oft wurde ich auf mein Zimmer geschickt, wo ich mich mit sinnvolleren Dingen beschäftigen sollte, als dauernd an ihrem Rockzipfel zu hängen. Er stellte mir Aufgaben, die er anschließend auf Fehler durchsah. Manchmal durfte ich vor dem Schlafengehen noch eine Weile in der Wohnstube am Kamin sitzen, allerdings nur, wenn die Aufgaben zu seiner Zufriedenheit ausgefallen waren. Meine Mutter verrichtete dann schweigend Flickarbeiten, während er Psalmen vorlas. Danach stellte er mir Fragen, um zu kontrollieren, ob ich auch gut zugehört hatte.

Wenn mir bei den schriftlichen Aufgaben Fehler unterliefen, drehte er mir das Ohr herum, bis es glühte.

Und er begann, mich spöttisch ›Wink‹ zu nennen, jedoch nur, wenn meine Mutter außer Hörweite war. Erst verstand ich nicht, was das bedeutete, doch ich erfuhr es bald.

Meine Mutter war im Garten, ich saß in der Wohnstube an einem kleinen Pult und musste ein Gleichnis aus dem Neuen Testament abschreiben, um meine Handschrift zu verbessern.

»Du schreibst noch immer viel zu krakelig!«, klang es plötzlich hinter mir. Ich hatte ihn nicht kommen hören. Er blickte über meine Schulter auf die Sätze, die ich mühsam zu Papier gebracht hatte. Mit der rechten Hand zu schreiben, fiel mir schwer, deshalb hatte ich wieder einmal die linke genommen. So war meine Schrift etwas regelmäßiger, obwohl der Gänsekiel so zugeschnitten war, dass man ihn mit der rechten Hand führen musste.

»Du warst ungehorsam, Wink!«

Er schlug mir mit dem Lineal auf die linke Hand. Es tat so weh, dass ich sie zwischen den Beinen barg, um den Schmerz zu lindern.

»Gott hat die Welt mit der rechten Hand erschaffen. Was du da geschrieben hast, taugt nicht. Die Unterlängen müssen größer sein und die Schrift leicht nach rechts geneigt.«

In mir stieg Wut auf.

»Wo steht geschrieben, dass Gott die Welt mit der rechten Hand erschaffen hat?«, fragte ich.

Sein Gesichtsausdruck wurde starr.

»Es gibt Fragen, die man nicht stellen darf, Wink.«

»Warum sagst du Wink zu mir? Ich heiße Michael.«

Es war das erste Mal, dass ich mich aufzumucken traute, und ich musste für meine Kühnheit prompt büßen.

Er fixierte mich mit einem so eiskalten Blick, dass ich dachte, die Luft im Raum müsse gefrieren.

»Du heißt mit vollem Namen Christian Leonhard Michael, und ich bin nun dein Vater. Jedes Mal, wenn du Fehler machst oder meinen Worten nicht gehorchst, nenne ich dich Wink. Denn du bist ein Wink Gottes. Deswegen hat er dich mit einer Hasenscharte erschaffen. Und mir als dem Gärtner Gottes kommt die Aufgabe zu, geradezurichten, was krumm ist.«

Er – ein Gärtner? Nur mit Mühe konnte ich mir das Lachen verbeißen.

Die Lust zu lachen verging mir jedoch schnell, denn er zog mich am Ohr zu sich heran.

»Ich kann nichts dafür, dass mein Gesicht so aussieht«, jammerte ich. »Mein Vater hat gesagt, es sei nicht meine Schuld, und für meine Mutter bin ich ebenso schön wie jedes andere Kind.« Ich hob den Blick und sah ihm in die Augen. So starrten wir einander gut zehn Sekunden lang an. Dass ich hässlich war, wusste ich sehr wohl, doch ihm kam es nicht zu, mir das vorzuwerfen.

Er ließ mein Ohr los, legte die Hände schwer auf meine Schultern und kam mit dem Gesicht so nahe, dass ich seinen Pfefferminzatem roch.
»Ein jeder Mensch ist nach Gottes Bild und Gleichnis geschaffen. Glaubst du etwa, Gott habe eine Hasenscharte? Oder einen Buckel? Glaubst du, Gott sei blind oder taub oder blödsinnig?«
Unwillkürlich hielt ich die Hand vor meinen Mund, doch er zog sie weg.
»Nein, so ist es nicht, Wink«, fuhr er fort. »Gott ist vollkommen, und wir sind nach seinem Ebenbild entstanden. Wer anders aussieht, ist ein Fingerzeig, ein Wink, dass mitunter auch der Teufel die Hand im Spiel hat, wenn ein Mensch geschaffen wird. Darum nenne ich dich Wink. Einer wie du sollte alles daransetzen, die Male des Teufels an Leib und Seele mit Eifer, Fleiß und Gebet auszumerzen.«
Er ging, und ich blieb hoffnungslos und verzweifelt zurück. Trotzdem schrieb ich weiter, doch die Tränen, die aufs Papier fielen, verwischten meine nach links geneigte Schrift samt ihrer zu kleinen Unterlängen.
Wenn meine Mutter zugegen war, vermied er es tunlichst, mich mit ›Wink‹ anzusprechen. Und jedes Mal, wenn er mich so nannte, hatte ich das Gefühl, noch hässlicher zu sein als ohnehin.
Die Worte meines Stiefvaters gingen mir nicht mehr aus dem Sinn. Ich wollte ergründen, warum ich so entstellt war, und beschloss, meine Mutter bei nächster Gelegenheit danach zu fragen. Den Spottnamen wollte ich aber nicht erwähnen, um sie nicht traurig zu machen. Sie muss damals – ich war acht Jahre alt – bereits in anderen Umständen gewesen sein, was ich jedoch nicht wusste. Sie war stiller als sonst, und ich sah, dass sie ihre Röcke weiter machte, dachte mir aber nichts dabei.

Es war Juni, und der Sommer hatte begonnen. Mein Stiefvater musste einen Hochzeitsgottesdienst halten; bis er wiederkam, würden mehrere Stunden vergehen. Ich dachte an Hubert, der nie mehr ein vollkommenes Geweih haben würde – die eine Seite würde immer kleiner bleiben. Er war für alle Zeiten entstellt, so wie ich, und ich wusste warum. *Mein* Warum kannte ich nicht.

Ich fasste mir ein Herz und fragte: »Mama, warum habe ich eine Hasenscharte?«

Wir saßen in der Wohnstube, meine Mutter stopfte die Löcher in meinen Socken. Ich sah durchs Fenster die Birnbäume und die Amseln im Garten. Es war an der Zeit, dass die Jungvögel ausflogen. Sie sahen so vollkommen aus wie ihre Eltern. Ihre schwächlichen Geschwister waren zweifellos schon tot – aus dem Nest gefallen oder von der Katze geholt.

»Warum gerade ich?«, fragte ich nach, als sie schwieg. »Ich kenne sonst keinen, der so aussieht. Warum bin ausgerechnet ich so hässlich?«

Sie holte das Stopfei aus der Socke und musterte die Flickstelle an der Ferse. Kleine feine Stiche, ausgeführt von kleinen feinen Händen. Dann ließ sie das Ei in die nächste Socke gleiten und fädelte das passende Garn ein. Ihr Kinn hatte sie vorgereckt, wie immer, wenn ihr etwas unangenehm war.

»Ich habe vor deiner Geburt die Zeichen gesehen, Michael«, sagte sie schließlich. »Da gab es kein Zurück mehr. Alles kam, wie es kommen musste.«

Immer schneller bewegte sich die Stopfnadel hin und her; ich merkte, dass meine Mutter nach den richtigen Worten suchte.

»Du wurdest an einem Karfreitag geboren, dem Tag, an dem Jesus am Kreuz starb. Dein Vater hatte die ganze Woche zwei Dörfer weiter

gearbeitet. Ich habe ihn am Abend zurückerwartet und war mit den letzten Vorbereitungen fürs Osterfest beschäftigt.«
Sie stach sich, saugte einen Tropfen Blut aus der Fingerkuppe und stopfte dann weiter, ohne zu merken, dass Blut an die Socke kam.
»Ich war auf dem Nachhauseweg und trug einen Korb mit Gänseeiern, die ich noch bemalen wollte. Weil ich es eilig hatte, stolperte ich. Dabei zerbrachen ein paar Eier. Du solltest erst drei Wochen später zur Welt kommen, doch plötzlich spürte ich Wehen …«
Sie verstummte. Ich sah sie erwartungsvoll an, wollte, dass sie alles erzählte. Alles.
Mit abgewandtem Blick sprach sie weiter: »Ich nahm eine Abkürzung durch den Birkenhain und am Kleefeld vorbei. Dort hoppelten Hasen mit ihren Jungen herum. Rasch schlug ich die Hände vors Gesicht, aber es war bereits zu spät: Ich hatte die Hasen gesehen und sie mich. In der Karwoche muss man Hasen meiden, darum war mir klar, dass diese unglückliche Begegnung Folgen haben würde. Zerbrochene Eier kurz vor Ostern und dann noch die Hasen … Als ich zu Hause ankam, platzte die Fruchtblase. Das Fruchtwasser lief über die Schwelle, und ich schaffte es gerade noch bis in die Schlafstube. Wenige Minuten später kam dein Vater nach Hause und lief sofort wieder los, um die Hebamme zu holen. Er fand sie jedoch nicht gleich. Was mich angesichts der Zeichen nicht wunderte …«
Sie blickte aus dem Fenster. Eine Amsel saß auf dem Sims, mit schräg gelegtem Kopf, so als würde sie mithören.
»Und dann? Wie ging es weiter?«
Sie seufzte tief. »Als dein Vater mit der Hebamme kam, warst du bereits geboren, und ich war erschöpft von der Niederkunft. Ich merkte schnell, dass etwas nicht in Ordnung war. Die Hebamme

wickelte dich in ein Tuch, konnte jedoch ihre Abscheu nicht verbergen. Sie wollte nicht zulassen, dass ich dich in die Arme nahm, aber ich bestand darauf. Da sah ich die Hasenscharte und wusste: Es war meine Schuld.

Drei Tage später habe ich in der Kirche drei Kerzen angezündet und gelobt, dich allezeit vor dem Bösen zu behüten. Ich werde immer für dich da sein, Michael. Immer.«

Nun wusste ich alles. Aber was hatte ich davon? Fühlte ich mich gestärkt? Immerhin war ich jetzt zuversichtlicher, dass wir beide, meine Mutter und ich, es gegen meinen Stiefvater aufnehmen konnten. Sie würde mich behüten. Immer.

Damals hätte ich ihr sagen sollen, wie mein Stiefvater mich nannte, doch ich unterließ es, weil ich glaubte, alleine damit zurechtkommen zu müssen.

»Mama, ich will keine Hasenscharte mehr haben«, sagte ich stattdessen. »Ich will so aussehen wie die anderen Kinder.«

Wieder seufzte sie, wirkte jedoch erleichtert, weil ich meine Einstellung zu der Operation geändert hatte.

»Noch ein wenig Geduld, Michael. Bald habe ich das Geld beisammen.«

Mit den spiritistischen Sitzungen verdiente meine Mutter nach wie vor Geld, doch ich zählte es nicht mehr. Und außerdem hatte ich nicht die geringste Ahnung, was solch eine Operation kostete.

Mit Bedacht legte meine Mutter den Tag fest, an dem sie meinem Stiefvater unser Vorhaben mitteilen wollte. Es war der längste Tag des Jahres und das Fest Johannes des Täufers, des ›Rufers in der Wüste‹. Ich wusste nur, dass man ihm den Kopf abgeschlagen und ihn auf einem goldenen Tablett der schönen jungen Salome dargebracht hatte. Auf dem Heiligenbildchen war Johannes in ein Tier-

fell gehüllt und trug ein Krummschwert in der Hand. Eine passende Waffe für einen Gärtner, der alles Krumme geraderichten will, dachte ich und stellte mir meinen Stiefvater ohne Kopf vor.
Ich saß im Nebenzimmer und übte mich im Schreiben. Sie wussten nicht, dass ich sie hören konnte.
»Conrad, ich möchte mit meinem Sohn nach Erlangen. Dort gibt es einen Doktor, der sich darauf versteht, Hasenscharten zu operieren.«
Ich hielt den Atem an und lauschte gespannt. Es dauerte lange, bis mein Stiefvater sich äußerte.
»Du weißt, wie ich darüber denke, Elena. Die Hasenscharte ist nicht nur ein Mal des Teufels, sondern auch ein Fingerzeig des allmächtigen Gottes und soll uns sagen, dass das Äußere eines Menschen nicht von Bedeutung ist. Christian täte besser daran, mittels Gebeten seine innere Schönheit zu fördern. Die Hasenscharte ist eine Lektion in Demut.«
Auf alles wusste er eine Antwort! Er war nicht nur Gottes Gärtner, sondern auch noch ein wandelndes Gebetbuch und von seiner eigenen inneren Schönheit überzeugt. Doch meinem Empfinden nach gab es keine schwärzere Seele als die seine. Plötzlich war mir die Operation wichtiger denn je. Und sei es nur, weil er sie verhindern wollte.
»Es ist ein Akt der Nächstenliebe, einem Menschen in Not zu helfen«, sagte meine Mutter. »Und mein Sohn ist in Not!« Ihre Stimme überschlug sich. »Sobald er unter Menschen kommt, deuten sie mit dem Finger auf ihn. Wie soll er mit diesem Gesicht später einen Beruf ausüben? Ich möchte, dass man ihn gernhat und respektiert.«
»Die Schönheit der Seele wird immer gesehen«, entgegnete mein Stiefvater. »Doch auch in dieser Hinsicht muss Christian noch an sich arbeiten. Er ist gegenüber anderen Menschen nicht offen.«

»Wie sollte er, wenn alle ihn ablehnen?«, fragte meine Mutter verzweifelt.
»Ich lehne ihn nicht ab.«
»Aber liebst du ihn denn, Conrad?«
»Gott liebt ihn, ich bin lediglich sein Diener.«
Still und leise verließ ich das Zimmer. Ich musste etwas tun …
Im Korridor hing der schwarze Ausgehmantel meines Stiefvaters, mit dem Ärmel halb über dem Mantel meiner Mutter. Ich packte den Ärmel und zerrte mit aller Kraft daran, bis endlich die Naht riss. So, das geschah ihm recht!
Am selben Abend hörte ich, wie er wegen des kaputten Mantels schimpfte. Dabei warf er einen Blick in meine Richtung, einen Blick so starr und kalt wie sein Herz.
»Es gibt auch Teufelswerk, bei dem ein Mensch die Hand im Spiel hat«, sagte er.
»Wahrscheinlich bist du irgendwo hängen geblieben, Conrad. Das lässt sich richten. Es ist ja nur die Naht.«
Ohne mich anzusehen, machte meine Mutter sich daran, den Ärmel wieder anzunähen.
Und es fiel auch kein weiteres Wort darüber.

Meine Mutter und ich sprachen nicht mehr über die Operation. Ein stillschweigendes Übereinkommen. Wenig später, als mein Stiefvater zwei Tage außer Haus war, fuhr sie mit mir nach Erlangen, wo ein gewisser Doktor Bünger mich untersuchen sollte. Wie ich erfuhr, war er der einzige Arzt weit und breit, der schon mehrere Hasenscharten mit Erfolg operiert hatte. Dass es anscheinend noch mehr Kinder gab, die der Teufel gebrandmarkt hatte, war mir eine Beruhigung. Nicht aber die Vorstellung, dass jemand an meinem Gesicht herumschneiden und -nähen würde, so als wäre ich ein Kleidungsstück, das es zu ändern gilt.
Die Operation sollte ausgeführt werden, sobald mein Stiefvater für ein paar Tage verreist war.
Wie immer hatte mein Stiefvater ein besonderes Gespür für Dinge, die eigentlich vor ihm verborgen bleiben sollten. Eines Abends nahm er meine Mutter so lange ins Kreuzverhör, bis sie unseren Plan verriet. Ich lag in meinem Zimmer auf dem Dielenboden und hörte jedes Wort, das unten gesprochen wurde.
Mein Stiefvater verbot meiner Mutter kurzerhand, mich operieren zu lassen. Und nicht nur das: Er drohte ihr auch noch.
»Wenn du jemals etwas mit unserem Kind anstellst, ohne mich um Erlaubnis zu fragen, wird dich das teuer zu stehen kommen!«
In dem Moment begriff ich, dass meine Mutter schwanger war. Zum zweiten Mal in meinem Leben fühlte ich mich verraten. Und ich hasste das Kind schon jetzt, weil es von ihm war.
»Unser Kind wird keine Hasenscharte haben, Conrad. Das spüre ich. Die Vorzeichen sind günstig. Es wird ein schönes Kind.«
*Es wird ein schönes Kind.* Die Worte meiner Mutter schnitten mir ins Herz.
Ich wollte auch schön sein. Um jeden Preis.

Keiner von beiden verlor auch nur ein Wort darüber, dass meine Mutter in Hoffnung war. Und ich gab mich ahnungslos.

Es kam zu einem Kleinkrieg im Alltag: wir gegen ihn. Immer öfter gab es Streit.

Mein Stiefvater erhob nur noch selten die Stimme, und je leiser er sprach, desto wütender wurde meine Mutter. Dass sie nicht klein beigab, stimmte mich zuversichtlich.

Als er eines Tages ihre Sparbüchse entdeckte und leerte, herrschte endgültig Krieg.

»Ich verbiete dir, Geld für Äußerlichkeiten auszugeben!«, brauste er auf.

»Das Geld gehört mir, Conrad! Du hast kein Recht, es mir wegzunehmen. Ich habe es verdient. Ich allein. Es ist für meinen Sohn gedacht!«

»Christian ist auch mein Sohn, vor der Welt wie vor Gott. Woher stammt das Geld überhaupt?«

»Ich besticke Kissenbezüge, häkle Topflappen, stricke Socken und ändere Kleider für andere, die es nicht selber können.« Und sie nannte ein paar Namen von Leuten, für die sie tatsächlich solche Arbeiten erledigte, jedoch ohne dafür Geld zu nehmen.

»Was fällt dir ein!«, herrschte mein Stiefvater sie an. »Als Ehefrau eines Pfarrers kannst du doch kein Geld für gute Taten fordern! Dir steht allein Haushaltsgeld zu, das ich dir zuteile. Das alles kommt nur, weil du dich von deinem Sohn verrückt machen lässt.« Und er wies mit anklagendem Finger auf mich. »Er ist von Natur aus böse, das weißt du so gut wie ich. Und außerdem: Vergiss nicht, dass das Weib aus der Rippe des Mannes erschaffen wurde! Du hast mir ohne Widerspruch zu gehorchen!«

Zum ersten Mal schrie meine Mutter ihn an. Sie warf ihm nicht nur allerlei Schimpfwörter an den Kopf, sondern rief auch, sie bereue die Heirat mit ihm.
Er hatte sich wieder beruhigt und sagte: »Ich werde Gott um Vergebung bitten für deine Sünden und deine unbedachten Äußerungen.«
Seine heuchlerische Bemerkung brachte das Fass zum Überlaufen. Meine Mutter stürzte sich auf ihn und trommelte mit den Fäusten gegen seine Brust. Ihr Haarknoten löste sich, und die langen kupferroten Strähnen kamen mir vor wie Flammen der Wut.
Er blieb vollkommen ruhig, wehrte sich nicht und setzte eine Märtyrermiene auf. Am Ende rannte meine Mutter schluchzend aus der Stube und warf sich oben auf ihr Bett. Ich bekam keine Gelegenheit, sie zu trösten, denn mein Stiefvater schickte mich auf mein Zimmer und befahl mir, bis auf Weiteres dort zu bleiben.

Von da an verging kaum mehr ein Tag ohne Streit. Oft lag ich in meinem Bett, den Kopf unters Kissen gesteckt, damit ich nichts mitbekam. Ich fühlte mich innerlich zerrissen. Einerseits hasste ich mich selbst, weil ich meiner Mutter nicht beistand, andererseits war ich erleichtert, weil sie meinem Stiefvater immer wieder Paroli bot. Und unter meinem Kopfkissen sann ich auf Rache. Am liebsten hätte ich ihm mit einem seiner Kerzenleuchter den Schädel zertrümmert, doch dafür fehlte mir mit meinen acht Jahren die Kraft. Außerdem brachte ich es noch nicht einmal fertig, eine Fliege totzuschlagen.
Eines Tages hörte ich, wie meine Mutter ihm drohte: »Wenn du mir weiterhin Vorschriften machst, verlasse ich dich. Das gibt ein schönes Gerede. Die Leute werden fragen, warum die Frau des Pfarrers fortgeht. Nun: Ich werde ihnen sagen, warum!«

Das saß. Mein Stiefvater erbleichte, seine Lippen zitterten, und in seinem Blick wich die Kälte der Furcht. Zum ersten Mal hatte er keine Gegenrede parat. Sprachlos starrte er meine Mutter an, die ihre Hände auf den gewölbten Leib gelegt hatte, als wollte sie das ungeborene Kind schützen.

Schließlich kamen sie zu einer Übereinkunft. Er wollte die Operation gestatten, vorausgesetzt, ich würde danach eine Schule besuchen. Und zwar eine Schule seiner Wahl. Außerdem musste meine Mutter versprechen, mich nicht von einem Juden operieren zu lassen. Die meisten Ärzte seien Juden, sagte er, und die Juden hätten Christus getötet.

Ich wusste nicht, was ich von alldem halten sollte. Hatten wir nun gesiegt oder nicht? Und woran merkte man, ob jemand Jude war? Meine Mutter jedenfalls weinte immer häufiger.

Ich strich ihr unbeholfen über das weiche Haar und sagte: »Können wir nicht weggehen? Ich will nicht mehr hier wohnen.«

»Das geht nicht so einfach, Michael.« Sie schob meine Hand weg. »Conrad sorgt auf seine Weise für uns. Hier haben wir alles, was wir brauchen: ein Dach über dem Kopf und jeden Tag genug zu essen. Wir müssen versuchen, das Beste daraus zu machen.«

»Kannst du denn nicht wieder für Otto von Bielefeld arbeiten?«

Sie warf einen schnellen Blick zum Fenster, als sähe sie dort jemanden, und sagte: »Wir bleiben hier, Michael. Das ist besser für das Kind. Und auch für dich.«

Ich war froh, dass sie endlich ihre Schwangerschaft zur Sprache brachte, auch wenn ich an das Kind in ihrem Bauch lieber gar nicht denken mochte. Mit ihm würde ich künftig die Liebe meiner Mutter teilen müssen. Und dieser Gedanke war mir schrecklich. Wenn es erst einmal auf der Welt war, würden alle das schöne Kind bewundern, es auf den Arm nehmen und liebkosen wollen. Das Kind meines Stiefvaters …

»Möchtest du lieber ein Brüderchen oder ein Schwesterchen?«, fragte meine Mutter.

»Ich möchte gar nichts.«

Insgeheim hoffte ich, das Kind in ihrem Schoß würde sterben.

Am Abend holte ich die Heiligen hervor. Wenn jemand mir helfen konnte, dann sie. Denn sie standen mit Gott in direkter Verbindung, und Gott allein entschied, wer geboren werden durfte und wer vor der Zeit wieder ein Engel wurde.

Doch die Heiligen verweigerten sich. Sie schüttelten den Kopf und wandten sich von mir ab. Darum packte ich es anders an. Ich mischte die Karten und drehte sie nacheinander um. Der Heilige, der oben zu liegen kam, wenn ich die Schritte meiner Mutter auf der Treppe hörte, würde das Kind verschwinden lassen.

Es wurde die heilige Anastasia, und ich war mir sicher, dass sie die Richtige war. Sie hatte einen Mann, der sie um ihres Glaubens willen misshandelte. Nach seinem Tod half sie Christen und kam deswegen ins Gefängnis. Dort wurde sie ausgepeitscht und musste noch andere fürchterliche Dinge erdulden. Am Ende schlug man ihr gar den Kopf ab. Sie würde mir, der ich es so schwer hatte, helfen und dafür sorgen, dass das Kind starb.

Drei Nächte lang schlief ich mit dem Bildnis der heiligen Anastasia unter dem Kopfkissen, doch das Kind im Leib meiner Mutter blieb am Leben.

Sie wurde dicker und strickte abends Jäckchen und Söckchen für das mir so verhasste Wesen.

Streit gab es in dieser Zeit nicht mehr, aber es war deutlich zu spüren, dass da Risse waren, die sich nicht mehr kitten ließen. Meine

Mutter buk keine Leinsamenküchlein mehr, und mein Stiefvater, der nun seltener außer Haus war, verfolgte all ihr Tun, sodass sie kaum mehr Besucher zu Séancen empfangen konnte. Ich fürchtete, dass das Geld für die Operation nie zusammenkommen würde.

Öfter als sonst hielt ich mich im Wald bei Hubert auf. Er ließ sich bereitwillig streicheln, und eines Tages durfte ich sogar den Kopf an seinen warmen Leib legen, als er lang ausgestreckt im Scharbockskraut ruhte.

Zu Hause fragte keiner, wohin ich ging und was ich tat.

Meine Mutter redete nur noch das Nötigste, nähte rosa Vorhänge für die Nussbaumwiege und sprach selten mit den Heiligen.

Die Zeit nach der Operation war eine Tortur. Ich überstand sie nur dank der Gegenwart meiner Mutter. Tag und Nacht saß sie an meinem Bett, half beim Verbandwechseln und träufelte Opium in meinen Tee, um die entsetzlichen Schmerzen zu lindern. Wie als Kleinkind fütterte sie mich wieder mit einem Löffel. Trotz allem genoss ich ihre Zuwendung und dachte nicht mehr an das schöne Kind in ihrem Leib.

Im Krankensaal war ich das einzige Kind unter lauter Erwachsenen. Viele von ihnen waren alt und husteten und röchelten zum Erbarmen. Wenn ein Wandschirm vor ein Bett gestellt wurde, wusste ich, dass wieder ein Patient seinen letzten Atemzug getan hatte. Ich war noch keine neun, kam mir aber uralt vor und hätte am liebsten auch aufgehört zu atmen.

Kann ein kaum neunjähriger Junge seinen Tod herbeiwünschen? Ja, ich konnte ein Lied davon singen! Wusste ich doch, dass ich ein Mensch war, der anderen niemals direkt ins Gesicht zu schauen wagte. Einer, dem man lieber aus dem Weg geht.

Mein Kopf war vollständig verbunden, nur für den Mund und die Augen hatte man Öffnungen gelassen. Doktor Bünger hatte an meiner Nase herumgeschnitten und sie neu festgenäht. Ich spürte mit jeder Faser meines Körpers, dass sie nicht am rechten Platz war. Auch meine Mutter hatte Zweifel am Erfolg der Operation, das machte ihr Blick deutlich. Oft wurden ihre Augen feucht, und wenn ich schlief oder zu schlafen vorgab, ließ sie den Tränen freien Lauf.

Die Wunde verheile schlecht, meinte der Arzt. Sie entzündete sich und sonderte stinkenden Eiter ab.

Doktor Bünger zog seine Kollegen hinzu. Jeden Tag wurde der Verband abgenommen, und die Herren musterten mein Gesicht durch ihre dicken Brillengläser. Sie redeten miteinander und zupften mit kleinen Pinzetten an meiner Haut herum. So als gäbe es mich gar nicht. Ich war nicht mehr der Junge mit dem entstellten Gesicht, ich war ›die Hasenscharte‹.

Die Schmerzen verschlimmerten sich. Mir war, als hätte man mein Gesicht in zwei Teile zerhackt. Ich bekam so hohes Fieber, dass mein Kopf glühte, als brenne darin ein Feuer.

Schließlich wurde ein junger Arzt hinzugeholt, der sich als Samuel Hahnemann vorstellte. Ich vermutete, dass er Jude war, so misstrauisch, wie meine Mutter dreinschaute. Doch bald war es nicht mehr seine eventuelle Abstammung, die ihr Sorgen bereitete, sondern sein Heilverfahren. Er bat sie nämlich um die Erlaubnis, ein Präparat an mir ausprobieren zu dürfen. Es sei etwas völlig Neuartiges, erklärte er, und er wisse nicht, ob es anschlage.

»Wir müssen unbedingt das Fieber zum Sinken bringen«, sagte er. »Die letzte Möglichkeit ist eine Behandlung, die ich kürzlich entwickelt und an mir selbst ausprobiert habe.« Und er sprach von geschälten Zwiebeln, die die Augen tränen und die Nase laufen lassen. »Der Zwiebelsaft ist, in hundertfacher Verdünnung, ein probates Mittel gegen Erkältungen. Es regt den Körper an, die Erkältung aus eigener Kraft zu bekämpfen. Dieses Verdünnungsprinzip will ich bei Chinin anwenden, das bei Malaria verordnet wird. Es müsste eigentlich gegen die Entzündung helfen. Und die Fieberhitze sitzt in seinem Kopf, weil sich dort das Blut gestaut hat. Sie muss heraus. Das versuche ich mittels Aderlass, Quarkwickeln um die Füße und Waschungen mit Zitronenwasser zu unterstützen.«

Mein Kopf fühlte sich an wie eine riesengroße Zwiebel, die noch geschält werden musste. Und meine Mutter war so weiß wie die Bettdecke, unter der ich lag.

»Aber mein Sohn hat doch keine Malaria, oder? Wird er denn nicht ohne Ihre … wieder gesund?«
Hahnemann schüttelte den Kopf.
»Die Chinin-Verdünnung wirkt der Entzündung entgegen. Sie wollen Ihren Sohn doch nicht verlieren, gute Frau.«
Meine Mutter wurde zu einer Wachsfigur, und hätte ich mich nicht so sterbenselend gefühlt, wäre ich aufgestanden und mit ihr fortgegangen.
So kam es, dass der Arzt alle drei Stunden an mein Bett trat, ein Röhrchen schüttelte und dann etwas von der Flüssigkeit darin in meinen Mund tropfen ließ. Und zweimal täglich entnahm er aus meinem Arm eine bestimmte Menge Blut. Dazu brachte er jeweils einen Schnitt an und ließ das Blut in eine weiße Schale rinnen. Ich kam mir vor wie ein erlegtes Stück Wild, das langsam ausblutet.
Die Quarkwickel wurden alle zwei Stunden erneuert, sodass mich ständig ein Geruch nach saurer Milch umgab. Und zwischendurch wurde ich von Kopf bis Fuß mit Zitronenwasser gewaschen. Das brannte in den vielen kleinen Schnittwunden, die ich durch die Aderlässe hatte, sie entzündeten sich, und bald war mein Körper voller Geschwüre. Ich weinte vor Schmerzen, doch unter dem Verband sah niemand meine Tränen.
Die anderen Ärzte notierten meine Reaktionen in dicken Kladden. Jedes Stöhnen, jeder Furz, jede Bewegung wurde aufgezeichnet. Ich würde im Schlaf sprechen, sagten sie, und meine Füße unter der Decke unruhig bewegen. Meine Arme zuckten unentwegt, wenn ich zur Ader gelassen wurde, und ich konnte das Wasser nicht mehr halten. Vom Hasen war ich zum Versuchskaninchen geworden.
Weil ich die Behandlung so schlecht vertrug, suchte Hahnemann nach einer anderen Lösung. Er verfiel auf Blutegel, die an meiner

Brust angesetzt wurden. Ich spürte, wie sie sich an mir festsogen, und wähnte mich in einem Albtraum. Obwohl der Arzt immer wieder versicherte, sie würden meine entzündeten Wunden säubern, glaubte ich, die Prozedur nicht zu überleben. Vor Schwäche konnte ich nicht rufen, und man hatte mir Arme und Beine festgebunden, damit ich das eklige Getier nicht abzupfen konnte.

Die Behandlung half tatsächlich. Mein Fieber sank, und nach zehn Tagen musste ich nur noch verdünnte Tollkirsche gegen die Krämpfe und die Kopfschmerzen einnehmen sowie ein Schwefelpräparat, das neuerliches Fieber verhüten sollte.

Meinen Stiefvater bekam ich die ganze Zeit über nicht zu Gesicht. Ich hatte meine Mutter für mich allein. Aber ihr Bauch wurde immer dicker.

Als der Verband einen Monat später abgenommen wurde, fand ich mich hässlicher denn je. Die senkrechte Spalte war weg, dafür schien nun meine Nasenspitze an der Oberlippe zu kleben, und ich konnte den Mund noch immer nicht schließen. Die Operation war misslungen: Ich war nach wie vor verunstaltet.
»Es sieht viel besser aus als vorher, Michael«, sagte meine Mutter. Aber ihre Stimme klang wenig überzeugend, und sie sah mich dabei nicht an.

Zu Hause hatte sie alle Spiegel verhängt.
Damit mein Blut sauber blieb, musste ich täglich weiches Weißbrot essen, das in saure Milch getunkt und dann mit Schwefelpulver bestreut wurde. Ich hatte das Gefühl, eine Ladung Schießpulver im Hintern zu haben, die jeden Moment losgehen konnte. Meine Winde stanken bestialisch. Ich wünschte mich auf den Mond oder noch weiter weg.
Meine Mutter zählte inzwischen die Tage, ich aber wollte nicht an das schöne Kind denken, das sie bald zur Welt bringen würde.
Weil ich noch hin und wieder zum Arzt zur Kontrolle musste, schickte mein Stiefvater mich fürs Erste in die evangelische Schule am Ort.
So hatte er mich unter Beobachtung, weil er dort den Religionsunterricht erteilte.
Den anderen Kindern graute vor mir. Dass viele mich mieden, störte mich nicht weiter. Es war mir nichts Neues, dass die Welt Hässlichkeit nicht ertragen kann. Schlimmer hingegen fand ich es natürlich, gequält, beschimpft oder gar geschlagen zu werden. Die Kinder liefen mir johlend hinterher und nannten mich Troll, wilder Hund, Ungeheuer und Hasenkönig.

Der Schulhof war ein kahler Platz aus gestampfter Erde. Die Bänke unter den zwei Linden waren in jeder Pause von den älteren Mädchen besetzt. Weil es keine weitere Bepflanzung gab, fand sich kein Schatten, in dem ich mich verbergen konnte.
Mein Stiefvater bekam mit, wie die Kinder mich schikanierten, doch er unternahm nichts dagegen. Meine Mutter, bei der ich mich gelegentlich ausweinte, versuchte zwar, mich vor den Demütigungen zu schützen, aber vergebens.
Schließlich durfte ich wieder zu Hause bleiben, und sie unterrichtete mich selbst.
Damit war mein Stiefvater nicht einverstanden, aber er schwieg, denn meiner schwachen Gesundheit wegen konnte ich noch nicht auf eine Schule weiter weg geschickt werden.
Er fand jedoch genug andere Möglichkeiten, meiner Mutter das Leben sauer zu machen. So kürzte er ihr zum Beispiel das Haushaltsgeld, sodass sie nur noch das Allernötigste kaufen konnte.
»Ein bisschen fasten schadet keinem«, meinte er heuchlerisch. Er selbst hatte nicht darunter zu leiden, denn er bekam stets eine Mahlzeit vorgesetzt, wenn er Gemeindeglieder besuchte.
Zum Glück hatten wir Hühner, die Eier lieferten, und mein Stiefvater wusste noch immer nicht, dass bei den Teekränzchen, die meine Mutter regelmäßig abhielt, etwas ganz anderes stattfand als Kissen besticken oder Kochrezepte austauschen.
Von dem Geld, das sie auf diese Weise einnahm, kaufte sie Leckereien für mich: Pralinen mit weicher Karamellfüllung und Anisbonbons. Das war das einzig Gute, was der Arzt als Nachbehandlung empfohlen hatte: »Geben Sie dem Jungen große Anisbonbons. Daran kann er eine Stunde lang lutschen und somit die Muskeln von Mund und Lippen kräftigen. Und bringen Sie ihn möglichst oft zum

Lachen. Denn Lachen ist gesund.« Solch ein herrliches Anisbonbon ließ mich mitunter für eine Weile mein Aussehen vergessen.
Manchmal buk meine Mutter Lebkuchen oder Brezeln, die sie mit grobem Salz bestreute. Mehl und Eier waren ja immer im Haus. Aber zu lachen gab es nicht viel.
Ich genoss die Zuwendung meiner Mutter. Am liebsten hätte ich die Zeit angehalten, damit es immer so bliebe. Doch sobald das Geschwisterchen da war, würde es damit vorbei sein.
Hubert hatte ich seit der Operation nicht mehr gesehen. Vielleicht war er wieder in sein Rudel aufgenommen worden. Oder er hatte trotz seines verkrüppelten Geweihs eine Hirschkuh erobern können. Dennoch legte ich jedes Mal ein Stück Brot für ihn an die Stelle, wo wir einander erstmals begegnet waren.
Oft hatte ich aber keine Zeit, in den Wald zu gehen. Denn um meinem Stiefvater zu beweisen, dass sie als Lehrerin taugte, stellte meine Mutter einen strengen Stundenplan auf und hielt mich zum steten Lernen an.
»Du bist zwar nicht der Schönste, Michael«, sagte sie, »aber der Klügste kannst du sehr wohl werden.«
In den Stunden, die ich mit meiner Mutter verbrachte, fühlte ich mich sicher und geborgen wie ein Küken im Gefieder der Glucke.
Aber der Fuchs lauerte.

Im Wald war mir ein Dornenzweig ins Gesicht geschlagen. Die Wunde entzündete sich, und ich bekam Fieber. Meine Mutter pflegte mich mit ihren Rosenhänden und mit unendlicher Geduld. Sie richtete mir aus vielen Kissen ein Bett im Erdgeschoss her und war beständig in meiner Nähe. Das Fieber bekämpfte sie mit Quarkwickeln und Waschungen mit Zitronenwasser, wie sie es von Doktor Hahnemann gelernt hatte.

Jetzt würde es nicht mehr lange dauern bis zur Geburt des schönen Kindes, und meine Mutter schien genauso zu empfinden wie ich, denn oft saß sie an meinem Bett und redete flüsternd mit mir, so als wäre ihr bewusst, dass unsere innige Zweisamkeit bald ein Ende haben würde. Von dem Plan meines Stiefvaters, mich auf eine Heimschule zu schicken, war zwischen uns nicht mehr die Rede.

Sie gab mir auch das geheime Wissen weiter, das sie von ihrer Mutter und Großmutter hatte.

»Jetzt ist noch Zeit dafür«, sagte sie. »Wenn erst einmal das Kind da ist, habe ich andere Dinge zu tun. Denk immer daran, dass alles eine Bedeutung hat, Michael. Die Teeblätter am Boden der Tasse, die Art und Weise, wie die ersten Schwalben übers Haus fliegen, die Farben, die du im Traum siehst – all das sind Zeichen. Man muss sie nur zu deuten verstehen.«

Und sie sprach viel von den Heiligen, ihrer Bedeutung und ihren Jahrestagen. Mehr denn je war ich davon überzeugt, dass ich nicht auf dieser Welt wirkliche Freunde finden würde, sondern nur in den himmlischen Gefilden. Von da aus betrachteten die Heiligen mein Tun mit allwissendem Blick, während von ihren Händen Myrrhe tropfte und dort aufkam, wo ich es wollte.

Gierig nahm ich die Worte meiner Mutter auf. In Ungarn war es ganz alltäglich gewesen, die Heiligen anzurufen, die Toten zu beschwören und Vorzeichen zu deuten. Dort hatte meine Mutter an Heiligabend immer Stroh um die Apfelbäume gebunden, damit sie im kommenden Herbst besser trügen, in der Karwoche schlug sie niemals Eier auf, und in der Silvesternacht öffnete sie für einen Moment alle Fenster und Türen, damit die bösen Geister entweichen konnten. Wenn sie Letzteres auch in Ansbach tat, regte mein Stiefvater sich fürchterlich auf, zum einen, weil er darin einen Aberglauben sah, den es auszurotten galt, und zum anderen war er sehr verfroren.

An Mariä Lichtmess hatte meine Mutter immer alle Schränke gründlich gesäubert und an Allerseelen die heruntergebrannten Kerzen von ihren Séancen neben dem Rosmarin im Garten vergraben. Sie war davon überzeugt, dass diese Pflanze ihren starken Geruch und ihre Heilkraft der nassen Windel des Jesuskindes verdankte, die Maria einst zum Trocknen über einen Rosmarinstrauch gebreitet hatte.

Und die Gabe, mit Toten zu sprechen, habe sie von Gott erhalten, verriet sie mir.

Für meinen Stiefvater war die misslungene Operation ein Triumph. Jetzt habe Gott mich endlich in die Knie gezwungen, sagte er.

Dass meine Mutter und ich so vertraut miteinander waren, ärgerte ihn maßlos. Und jedes Mal, wenn ich lachte, hieß er mich schweigen, obwohl meine Mutter ihm versicherte, es sei meiner Gesundheit dienlich. »Nur Narren lachen und Taugenichtse, die den Ernst des Lebens verkennen«, beschied er ihr.

So verlernte ich das Lachen gänzlich, auch weil die frischen Narben noch schmerzten.

Mein Stiefvater war sogar stolz darauf, dass in seinem Haus nicht gelacht wurde; er meinte, auf diese Weise seinen Gemeindegliedern mit gutem Beispiel voranzugehen. Im Ort galt er als hochgeachteter Mann. Sein wahres Wesen kannten nur meine Mutter und ich. Ich konnte mir nun auch denken, woran seine erste Frau gestorben war: Er hatte ihr das Lachen geraubt, sodass sie mit der Zeit wie eine Rosine vertrocknet war.

Ich spürte förmlich, wie seine stille Wut auf meine Mutter wuchs; daran konnte auch das ungeborene Kind nichts ändern. Meine Mutter wiederum verhielt sich ihm gegenüber kühl und distanziert und ließ es nicht zu, dass er einen Keil zwischen uns trieb. Er ging deshalb dazu über, seinen Zorn an mir auszulassen. Kaum war ich gesundet, kam immer häufiger die Rute zum Einsatz. Wenn ich beim Aufsagen der Gebete ins Stocken kam, schlug er mir mit einem Bündel Birkenzweige die Hände blau. Anscheinend war ihm nicht klar, dass er auf diese Weise lediglich erreichte, dass meine Mutter und ich uns noch enger zusammenschlossen, gaben mir die Schläge doch jedes Mal einen Grund, zu ihr zu laufen, die geschundenen Hände vorzuweisen und mich bei ihr auszuweinen.

Dass sie ihn daraufhin ausschalt, kümmerte ihn nicht; er lächelte wie einer jener Heiligen, die ich ganz unten in den Stapel verbannt hatte, und behauptete, mir das kindische Benehmen austreiben zu müssen. Gott selbst habe ihn beauftragt, dafür zu sorgen, dass ich lernte, meine Gefühle mannhaft zu beherrschen, statt dauernd an Mutters Rockzipfel zu hängen.

Einmal drohte er, mich in den Keller zu sperren. Die Angst in meinem Blick verriet ihm wohl, dass ich mir kaum etwas Schlimmeres vorstellen konnte. Fortan öffnete er jedes Mal, wenn ich in seinen Augen etwas falsch gemacht hatte oder aufsässig gewesen war, die Kellertür einen Spaltbreit und sah mich bedeutungsvoll an. Mehr brauchte es nicht, dass ich gehorchte.

Zum Glück tauchte Hubert wieder auf. Er war größer und kräftiger geworden und erkannte mich sogleich an meinem Geruch. Ihm vertraute ich all meine Sorgen an, auch wie sehr es mich betrübte, meine Mutter leiden zu sehen. Und er hörte mir zu, wie kein Mensch es vermochte.

Von meiner Mutter lernte ich, was es heißt zu lieben. Von meinem Stiefvater lernte ich, was es heißt zu hassen. Und noch immer weiß ich nicht, welche Kraft die stärkere ist: die Liebe oder der Hass.

Dann kam das Kind auf die Welt.
Eines Morgens war es da. Mein Stiefvater und ich saßen schweigend am Frühstückstisch, als die Hebamme einen Korb mit blutigen Tüchern ins Freie trug.
»Gott sei gepriesen! Der Junge hat keine Hasenscharte!«, verkündete sie freudig.

Meine Mutter wählte für das Kind den Namen Amadeus aus, der ›liebe Gott‹ oder ›von Gott geliebt‹ bedeutet, und mein Stiefvater hatte keine Einwände dagegen. Stundenlang saß sie an der Wiege und schien sich an dem Säugling nicht sattsehen zu können. Ganz vorsichtig, so als könnte das Kind Schaden nehmen, streichelte sie sein rosiges Gesichtchen.

Als sie mir meinen Bruder in den Arm legen wollte, drehte ich mich weg. Und jeder Satz, mit dem sie seine Schönheit und Vollkommenheit lobte, versetzte mir einen Stich ins Herz.

Meinen Stiefvater sah ich zum ersten Mal frei und offen lächeln. Ich wurde in den Wochen nach der Geburt weder gerügt noch geschlagen. Weil er mich überhaupt nicht mehr wahrnahm.

Bis dahin hatte mein Stiefvater mir das Leben vergällt. Jetzt war es das schöne Kind.

Himmel, lass mich Kund erlangen,
Da du so verfährst mit mir,
Welch Verbrechen ich an dir
Schon mit der Geburt begangen!

Pedro Calderón de la Barca, spanischer Dichter, 1600–1681,
aus *Das Leben ein Traum*

# Kaspar

Das wenig komfortable Unterkommen im Gefängnisturm schien Kaspar nicht zu stören. Wahrscheinlich erinnerte ihn die Kammer an seine vorherige Behausung.

Am liebsten war er allein, blickte vor sich hin und wackelte mit den Zehen hin und her. In solchen Momenten wirkte er ganz in sich selbst versunken und zufrieden wie ein Kleinkind.

Dem Fenster kehrte er beständig den Rücken zu.

»Das Tageslicht ist zu grell für den Jungen«, stellte der Arzt fest. »Er hat bereits entzündete Augen.«

Nie machte Kaspar Anstalten aufzustehen. Wenn er angeredet wurde, reagierte er kaum, nicht einmal auf seinen Namen. Berührungen jedoch, vor allem am Arm, erschreckten ihn. Dann riss er entsetzt die Augen auf, wie ein Tier in Not.

Isolde, die den Findling täglich aufsuchte, obwohl er sie nicht wahrzunehmen schien, wunderte sich, denn bei ihrer ersten Begegnung hatte er keinen so furchtsamen Eindruck gemacht. Und sie fragte sich, woher seine Angst rührte.

Erst durch den kleinen Julius trat eine Veränderung ein. Der Sohn des Gefängniswärters Hiltel begleitete seinen Vater hin und wieder, wenn dieser Kaspar Brot und Wasser brachte, und man konnte meinen, Kaspar wäre die Gegenwart des Kindes angenehmer als die Erwachsener. Von Julius ließ er sich sogar anfassen.

Einmal brachte der Junge sein liebstes Spielzeug mit: ein Holzpferdchen auf Rädern. Kaspar machte große Augen, seine Beine begannen zu zucken, er wedelte mit den Armen. Und endlich kam wieder ein Wort über seine Lippen: »Ross! Ross! Ross!«

Er war so außer sich vor Freude, dass auf seiner Stirn Schweiß perlte. Verlangend streckte er die Hände aus.
Julius erschrak und umklammerte sein Pferdchen mit beiden Armen. »Der darf es mir nicht wegnehmen!«, rief er aus.
Hiltel fasste seinen Sohn an den Schultern. »Kaspar nimmt dir dein Pferd nicht weg. Es gefällt ihm nur, darum will er es sich ansehen. Du bekommst es nachher wieder zurück.«
Widerstrebend überließ Julius das Spielzeug dem Fremden, der es sogleich eifrig hin und her schob – anscheinend wusste er genau, was sich damit anfangen ließ. Dabei rief er immer wieder »Ross! Ross!«, bis Julius anfing zu weinen, weil er sein Spielzeug wiederhaben wollte.
Als Kaspar das Pferd weggenommen wurde, meinte Isolde, etwas wie Kummer in seinem Blick zu erkennen, und sein Kinn zitterte, so als könnte er jeden Augenblick in Tränen ausbrechen.
»Sieht aus, als hätte der Bursche Gefühle«, meinte Hiltel. »Wieder ein Beweis, dass er kein Wilder ist.«

Kaspar war also in der Lage, ein Pferd als solches zu erkennen. Jemand hatte ihn das Wort ›Ross‹ gelehrt. Und er konnte Gefühle wie Kummer und Enttäuschung äußern.
Ein paar Holzpferdchen aufzutreiben war nicht weiter schwierig. Tags darauf hatte Kaspar ganze zehn, eines schöner als das andere. Er verfiel in Begeisterung und fieberte gar vor Aufregung.
Bald erwies sich, dass es ihm zwei der Pferdchen besonders angetan hatten: ein weißes, dessen Hinterbeine abgebrochen waren, und ein anderes, das auf einem Brett mit Rollen befestigt war. Letzteres schob er selbstvergessen ohne Unterlass neben sich über den Boden. Sein Brot brach er in kleine Stücke, die er den Holztieren mit den

Worten »Ross, Ross« hinhielt. Danach aß er sie selbst auf. Immer noch weigerte er sich, andere Nahrung als Brot zu sich zu nehmen. Wenn er Fleisch roch, wurde ihm übel, und auch die Gerüche von Kaffee, Tee, Bier und Wein vertrug er nicht.

Außer von Isolde erhielt Kaspar auch Besuch von Bürgermeister Binder sowie von Georg Friedrich Daumer, der eine Zeit lang als Schullehrer tätig gewesen war, dies jedoch aus gesundheitlichen Gründen aufgegeben hatte. Jetzt beschäftigte er sich hauptsächlich mit der Erforschung natürlicher Heilmittel. Er beobachtete Kaspars Verhalten und besprach seine Folgerungen mit Isolde.

»Ich bin sicher, dass der Knabe sein Leben lang in einem kleinen Raum eingesperrt war, ohne Verbindung zur Außenwelt. Er hat weder menschliche Zuwendung erfahren noch irgendeine Art von Erziehung genossen. Gelernt hat er lediglich, seinen Namen zu schreiben und den Satz ›Ein solcher Reiter möcht ich werden wie mein Vater‹ zu sagen, ohne aber dessen Bedeutung zu kennen. Und mit ›Ross‹ bezeichnet er alle Dinge, die ihm angenehm sind.«

Der kleine Julius Hiltel wurde Kaspars erster Lehrmeister. Neben ihm sitzend, benannte er mit Engelsgeduld immer wieder die einzelnen Körperteile des Pferdes – Kopf, Maul, Schweif, Bein … –, bis Kaspar sich alles gemerkt hatte.

Sie setzten das Spiel fort, und schon bald konnte Kaspar seine eigenen Körperteile benennen: Nase, Mund, Auge, Ohr, Hand, Fuß, Haut, Haar … Er bekam mit, dass Julius seine Eltern mit Vater und Mutter anredete, und sagte die Worte laut nach.

»Der Knabe ist alles andere als ein Idiot«, meinte Daumer. »Er scheint intelligent zu sein, und es ist unsere Aufgabe, ihm eine Erziehung angedeihen zu lassen. Aber ebenso wichtig ist es, die Abkunft des Unglücklichen herauszufinden.«

Nach einer Weile war Kaspar nicht mehr so schreckhaft gegenüber Berührungen, sodass man befand, er solle nun ein Bad nehmen. Zusammen mit Gretl, der Frau des Wärters Hiltel, füllte Isolde einen Holzzuber mit Wasser.
Kaspar ließ sich ohne Widerstand entkleiden. In seinem Blick zeichnete sich Verwunderung ab. Er schien sich jedoch in keiner Weise zu genieren, als er pudelnackt vor den beiden Frauen stand. Isolde hingegen errötete bei seinem Anblick. Noch nie hatte sie einen Mann nackt gesehen – und Kaspars Körper wies alle Merkmale eines nahezu ausgewachsenen Mannes auf. Daher war Isolde dankbar, dass Gretl das Waschen übernahm.
Im Wasser gebärdete Kaspar sich ängstlich und unruhig. Als Gretl mit Schwamm und Seife zu hantieren begann, verfolgte er argwöhnisch jede ihrer Bewegungen und tat sein Missfallen durch Jammerlaute kund.
Dass das Baden bitter nötig gewesen war, bewies die Schmutzschicht auf dem Wasser. Kaspar hob angstvoll die Arme, fing an zu weinen und rief: »Mutter, Haut! Mutter, Haut!«
»Das ist nicht deine Haut, Kaspar«, sagte Gretl. »Es ist nur der Schmutz, der von deiner Haut abgegangen ist.«
Auch wenn Kaspar wohl nicht alles verstand, so beruhigte ihn doch Gretls freundlicher Tonfall.
Der Arzt nutzte die Gelegenheit zu einer körperlichen Untersuchung und entdeckte an Kaspars Arm große blauviolette Male, die schon gelblich verfärbt waren.
»Vermutlich hat er Stockschläge bekommen«, meinte er. »Das könnte seine Furcht vor Berührungen erklären.«
Dann wies er auf zwei vernarbte Stellen an der linken Schulter.
»Verbrennungen?« Isolde sah ihn fragend an.

Der Arzt verneinte. »Es handelt sich um Narben von einer Pockenimpfung. Ein Hinweis, dass er einer wohlhabenden Familie entstammt. Solche Impfungen kann sich nicht jeder leisten.«
Die Befunde des Arztes wurden Bürgermeister Binder übermittelt, der sogleich seinen Schreiber anwies, Richter Anselm von Feuerbach Mitteilung zu machen und um eine Untersuchung der Angelegenheit zu bitten. Der Schreiber tat wie geheißen, jedoch erst, nachdem er einen Zeitungsmann hatte kommen lassen, der einen langen, mit Übertreibungen gespickten Artikel verfasste.
Das eigenmächtige Handeln des Schreibers war von Übel, denn in der Folge strömten von nah und fern Schaulustige herbei, um den sonderbaren Fremdling zu begaffen.
Isolde schüttelte den Kopf. Das hätte nie geschehen dürfen, denn Kaspar war ein Mensch, keine Zirkusattraktion.

*Man brachte mich zum Haus des Rittmeisters. Meine Füße schmerzten sehr und wollten mich nicht mehr tragen. Aus meinen Stiefeln kam etwas Rotes. Laut weinen konnte ich noch nicht. Das habe ich erst später gelernt.*
*Ein Mann brachte mich in einen Raum mit Stroh auf dem Boden. Ich vergaß den Schmerz. Stroh war mir vertraut.*
*Dann habe ich Tag und Nacht geschlafen, hieß es später.*
*Die Leute um mich herum machten Geräusche und Gebärden, die ich nicht verstand. Jemand brachte mir einen Teller mit Essen. Vom unbekannten Geruch des Fleisches musste ich würgen. Man schob mir einen Krug Bier hin. Die Welt versank und ich mit ihr. Als ich wieder erwachte, roch ich Brot. Ich aß es auf und sehnte mich in meinen Käfig zurück, in dem alles war, was ich brauchte.*
*Es kamen große Menschen und kleine. Ein kleiner Mensch gab mir ein Pferd. Da sagte ich ›Ross‹.*

*Ich musste lachen und erschrak vor meiner eigenen Stimme. Sie klang so anders als in meinem Käfig.*
*Die großen Menschen schwiegen erst und sahen mich nur an.*
*»Er kann ja sprechen«, sagten sie dann. Da wurde ich er.*

*Alles Unbekannte machte mir Angst. Berührungen konnte ich nicht ertragen. Sie waren zu kalt oder zu warm. Meine Haut hatte immer mir allein gehört. Nun wollten viele mich anfassen. Manche hielten mich für einen Idioten oder für einen Bauernknecht, den man fortgeschickt hatte, weil er nicht zur Arbeit taugte. Andere glaubten, ich sei von Wölfen aufgezogen worden, weil ich zu Beginn kaum laufen konnte und mich lieber auf allen vieren fortbewegte. So wie mein Ross auf Rädern.*
*Der Bürgermeister kam mit einem Mann, der alles aufschrieb, was ich tat. Sie wollten meinen Namen wissen. Als ich schwieg, gaben sie mir Papier und einen Bleistift. Da malte ich die Zeichen, die Vatermann mich gelehrt hatte. Seitdem werde ich Kaspar Hauser genannt.*
*Der Mann, der auf mich aufpasste, war freundlich, aber nicht immer. Sein Geruch war mir zuwider. Und er trank viel Bier. Wenn Hiltel fort war. Das wussten die Menschen. Wenn der Mann sich zum Schlafen hingelegt hatte und schnarchte, kamen sie, um mich anzustarren. Um mir Angst zu machen oder um mit mir zu lachen. Um mir Naschwerk hinzuwerfen. Um ein Huhn auf mich loszulassen. Um mit mir zu weinen.*
*Wenn sie wieder fort waren, kamen gleich andere. Sie lachten laut, schrien, brüllten und trieben dumme Späße mit mir. Einmal ließen sie etwas knallen, dicht hinter mir. Da dachte ich, der Himmel fällt mir auf den Kopf. Und die Erde verschluckt mich.*
*Ein Mann schob sein Mädchen zu mir hin, damit sie mich küsste. Mir graut noch jetzt beim Gedanken daran. Das Mädchen roch anders als der Mann. Trotzdem wurde mir übel davon.*

*Bis heute kann ich den Geruch von Frauen nicht vertragen. Schon gar nicht, wenn sie nach Rosen riechen. Nur Isolde riecht gut.*
*Man gab mir Schimpfnamen: wilder Hund, Narr, Hinkebein, Teufelskind, Betrüger …*
*Ich sah große Menschen mit Beinen. Das waren die Männer. Und die großen Menschen ohne Beine waren die Frauen. Die kleinen Menschen waren mir ähnlich. Das waren die Kinder. Sie hatten keine Furcht vor mir, und ich hatte keine Furcht vor ihnen. Denn sie rochen gut. Nach feuchter Erde, Gras und Regen.*
*Dann waren da noch große Menschen mit Beinen und mit einem Berg. Das waren die dicken Männer. Andere große Menschen ohne Beine hatten einen Schweif. Das waren die Frauen, die so lange Schals trugen, dass ein Ende bis zum Boden hing.*
*Aber das alles wusste ich damals noch nicht.*

*Man steckte mich ins Bad.*
*Als die Frau von Wärter Hiltel mir die Kleider auszog, sah ich mich selbst.*
*Ich hatte nicht gewusst, dass ein Mensch so viel Haut hat.*
*Vor dem vielen Wasser war mir erst bange.*
*Die Frau wusch mich, und da musste ich weinen. Weil sie meine Haut wegnahm.*
*Jede Berührung tat mir weh. Der runde Brocken in ihrer Hand hatte einen Geruch, von dem mir übel wurde. Es sei Rosenseife, sagte sie.*
*Ich weinte noch mehr. Weil mir mein Geruch genommen wurde. Von den Rosen und der Seife und der Hand der Frau Hiltel.*
*Mein Geruch kam später nie mehr wieder. Ich hatte mich selbst verloren.*

*Ich wohnte über einen Monat lang im Gefängnisturm. Von vielen Menschen, die mich besuchten, bekam ich Geschenke: Pferdchen und Zinnsolda-*

*ten. Und auch schöne bunte Bildchen. Darauf waren Heilige mit goldenen Kränzen um den Kopf zu sehen. Ich leckte die Bildchen mit der Zunge an und klebte sie an die Wand. Bevor ich mich zum Schlafen hinlegte, zog ich sie wieder ab. Meine Spucke war zäh wie Leim. Jetzt ist das nicht mehr so. Ein großes Bild wollte nicht abgehen. Es war unten grün und oben blau. Blau ist schön, aber Grün mag ich nicht. Ich wollte das Bild weghaben. Aber ich konnte es nicht mit den Fingern greifen. Meine Hand ging mittendurch. Wärter Hiltel sagte: »Das ist kein Bild, Kaspar, das ist ein offenes Fenster.« Als das Fenster zu war, konnte ich nicht mehr durchgreifen. Dann war es wieder ein Bild.*

*Hiltel meinte: »Durch das Fenster kannst du in die Ferne schauen. Hinter dem, was du siehst, ist noch etwas. Und dahinter noch etwas.«*

*So lernte ich, über mein Kämmerchen hinauszublicken. Ich sah Häuser und Bäume und einen Fluss und den Himmel und die Sonne.*

*»Bald einmal wirst du draußen spazieren gehen oder auf einem Pferd ausreiten«, sagte Hiltel.*

*»Kaspar will nicht Grün«, sagte ich.*

*»Hab Geduld«, meinte er. »Im Herbst wird alles in der Natur rot und gelb und braun. Und im Winter weiß und grau.«*

*Da sehnte ich mich nach dem Herbst.*

*Jeden Tag schaute ich aus dem Fenster, das mich lehrte, in die Ferne zu blicken. Ich lernte zu sehen, was vor mir lag. Und ich lernte, dass auch hinter mir etwas ist, obgleich ich das nicht sehen kann.*

*An Vatermann dachte ich damals nicht. Rückwärts denken hatte ich noch nicht gelernt.*

*Ich lernte, dass es nicht nur ein einziges Heute aus Tag und Nacht gibt.*

*Isolde erklärte es mir in meiner ersten Zeit unter den Menschen.*

*»Morgen kommt wieder ein Tag und eine Nacht«, sagte sie, »und danach wieder.«*

*»Wie viele Male? Hundert?«, wollte ich wissen. Bis hundert zählen konnte ich schon.*
*»Viel mehr als hundert«, antwortete sie. »Unzählige Tage und Nächte. So lange, bis du tot bist.«*
*»Wenn ich tot bin, kann ich dann auch in die Ferne blicken?«, fragte ich, denn in die Ferne blicken wollte ich immerzu.*
*Isolde schüttelte den Kopf. »Was genau nach dem Tod kommt, weiß keiner«, sagte sie. »Aber in die Ferne blicken kannst du dann nicht mehr.«*
*Da beschloss ich, dass ich niemals tot sein wollte. Denn in der Ferne gab es noch so vieles zu sehen. Ich wollte alles wissen. Alles.*

*Als ich gelernt hatte, aus Wörtern Sätze zu bilden, die Finger meiner Hände zählen konnte und wusste, dass das große Bild ein Fenster war, und die anderen wiederum wussten, dass von mir keine Gefahr ausging, da holte man mich aus dem Turm.*
*Ich bekam ein richtiges Zimmer mit einem richtigen Bett.*
*Dafür sorgte Richter Feuerbach.*
*Er brachte mich zu Herrn Daumer. Dieser wurde mein Erzieher und Lehrer. Im Haus lebten auch noch seine Mutter und seine Schwester.*
*Ich lernte mich zu waschen. Auf diese Weise erfuhr ich, dass ich, wie jeder Mensch, eine Vorderseite und eine Rückseite habe. Aber ich wusste noch nicht, dass die anderen unter den Kleidern ebensolche Haut haben wie ich. Nach wie vor glaubte ich, anders zu sein als sie.*
*Schließlich hatte Richter Feuerbach das zu mir gesagt: »Kaspar, du bist nicht der, den die Leute in dir sehen.«*
*Als ich im Daumer'schen Haus wohnte, betrachtete ich manchmal stundenlang meine Haut. Sie hatte lauter winzig kleine Dellen und ließ sich hin und her schieben. Wenn ich fror, wurden die Dellen zu Pusteln. Darüber musste ich lachen.*

*Mit mehr Haut wären die Menschen schöner anzusehen, dachte ich zu Anfang. Aber das meiste davon war unsichtbar. Nur die Haut der Gesichter und Hände war zu sehen, alles Übrige war von Schichten aus Stoff mit Knöpfen, Haken und Ösen bedeckt.*
*Herr Daumer erklärte mir, beim Anblick von zu viel Haut müssten die Leute an die ersten Menschen auf Erden denken, an den Sündenfall und an die Verführung. Mit meiner vielen Haut kam ich mir vor wie der erste Mensch auf Erden, aber das mit der Verführung begreife ich bis heute nicht.*
*Mein Pflegevater wollte einmal alle meine Haut sehen.*
*Ich genierte mich, denn ich hatte ja gelernt, dass man seine Haut unter Kleidern verstecken muss. Aber ich wollte ihn nicht kränken, darum zeigte ich ihm alle meine Haut.*
*Später habe ich Richter Feuerbach davon erzählt. Er legte die Stirn in Falten. Und kurz darauf hörte ich, dass mein Pflegevater mich für einen Betrüger hielt.*

Isolde seufzte. Die letzten Sätze betrübten sie.
Ein Glück nur, dass der gute Richter Feuerbach immer für Kaspar da war. Er war die Rechtschaffenheit in Person. Und sein Leben hatte sich, so wie ihres, mit dem Kaspars verflochten.
Feuerbach war wütend auf Bürgermeister Binder gewesen und noch mehr auf dessen Schreiber, weil man ihn erst nach zwei Wochen über das Erscheinen des geheimnisvollen Fremdlings in Kenntnis gesetzt hatte. In dieser Zeit hatten sich Spuren verloren, die auf seine Herkunft hätten hindeuten können. Und zu allem Überfluss war in vielen Zeitungen, sogar im Ausland, über Kaspar berichtet worden.

Isolde war zugegen gewesen, als Richter Feuerbach die beiden Briefe las, die Kaspar bei sich gehabt hatte. Der erste Brief war in einer regelmäßigen Handschrift verfasst und lautete:

*Hochwohlgeborener Herr Rittmeister!*

*Ich schicke Ihnen einen Knaben, der seinem König treu dienen möchte. Am 7. Oktober des gesegneten Jahres 1812 wurde er mir als Findelkind gelegt. Ich hatte keine Gelegenheit, die Mutter zu befragen, weil ich sie niemals gesehen habe. Ich habe das Kind nicht beim Landgericht gemeldet, dort weiß man nichts von ihm. Weil ich ein armer Tagelöhner bin und zehn Kinder ernähren muss, kann ich nicht länger für den Knaben sorgen. Ich habe ihn schreiben gelehrt und im christlichen Glauben erzogen. Seit 1812 hat er keinen Schritt ins Freie getan. Er kennt weder den Namen meines Hauses, noch kann er den Ort nennen, an dem es steht. Quälen Sie ihn deswegen nicht – er kann es nun einmal nicht sagen. Hätte er Eltern gehabt, dann wäre gewiss ein gescheiter Bursche aus ihm geworden. Man braucht ihm nur etwas vorzumachen, und schon macht er es nach. Er will Reiter werden, wie sein Vater einer war. Er hat kein Geld bei sich, weil ich selber keines besitze. Meinen Namen will ich nicht sagen, weil ich sonst gestraft werden könnte. Wenn Sie sich des Knaben nicht annehmen können und auch sonst keinen wissen, der das tun kann, so töten Sie ihn.*

Der Brief trug keine Unterschrift.

Der zweite war kürzer und in eher unbeholfener Schrift abgefasst. Er lautete:

*Der Knabe ist getauft. Er heißt Kaspar.*
*Einen Rufnamen können Sie ihm selber geben, wenn Sie ihn aufziehen.*
*Wenn er siebzehn Jahre zählt, soll er nach Nürnberg zum sechsten Schwolischen Regiment. Da hat sein Vater gedient.*
*Er ist am 30. April im Jahre 1812 geboren, und sein Vater ist gestorben.*
*Ich bin ein armes Mägdlein und kann nicht für ihn aufkommen.*

Feuerbach besah sich die beiden Briefe genau.
»Ich bin mir nicht ganz sicher, aber ich vermute, dass sie von ein und derselben Hand stammen«, sagte er zum Bürgermeister, der ebenfalls anwesend war. »Und da ist noch etwas, das mich stutzen lässt. Der Verfasser gibt vor, ein armer Tagelöhner zu sein, schreibt aber, Kaspar kenne den Namen seines Hauses nicht.« Er sah Binder und Isolde bedeutungsvoll an. »Tagelöhner besitzen für gewöhnlich keine Häuser«, fuhr er fort. »Damit straft der Mann seine Worte Lügen. Ich habe mich auch mit dem Arzt besprochen. Er sagte, der Bartwuchs des Jungen sei nicht älter als zwei Tage gewesen. Und den zerschundenen Füßen nach zu urteilen sei er, des Laufens ungewohnt, eine längere Strecke gegangen. Er könne zunächst per Kutsche oder Pferd befördert worden sein, aber das letzte Wegstück habe er zu Fuß zurückgelegt. Ich vermute, dass er aus einem Ort kommt, der nicht weiter als hundert Meilen von hier entfernt ist.«
Isolde hatten die Mutmaßungen des Richters eingeleuchtet. Sie sah es als eine Ehre an, dass er sie ins Vertrauen zog. Auf sein Geheiß hin hatte sie nach ihren Besuchen bei Kaspar stets alles notiert, was er gesagt hatte – das kleinste Wort, ein scheinbar belangloser Satz, jeder Erinnerungsfetzen konnte helfen, seine Herkunft aufzuklären.

Das Tagebuch, das sie nun in Händen hielt, war Gold wert. Sie wünschte, Kaspar hätte es ihr schon viel früher zu lesen gegeben. Um wie viel besser hätte sie ihn dann verstanden!
Von Feuerbach hatte sie seit einiger Zeit nichts mehr gehört. Sie nahm sich vor, ihm bei nächster Gelegenheit das Tagebuch zu zeigen. Bestimmt würde er darin Hinweise finden, die ihr gar nicht auffielen.

*Ich weiß nicht, wo ich geboren wurde. Und von wem.*
*Ich weiß nicht, wer mich in den Keller gebracht hat. In mein sicheres, dunkles Zuhause. In meinen Käfig.*
*Aber ich weiß wohl, wer mir täglich Brot brachte und den Krug mit Wasser füllte. Wer mir die Haare und die Nägel schnitt und die Härchen von meinem Kinn schabte. Wer mir zwei Holzpferdchen gab.*
*Es war Vatermann.*
*Er lehrte mich zwei Worte schreiben: Kaspar Hauser. Das soll mein Name sein. Ob es stimmt, weiß ich nicht.*
*»Deshalb musst du alles aufschreiben, was dir durch den Kopf geht«, sagt Isolde. »Aber lass es keinen lesen, das könnte gefährlich sein. Vielleicht sind da Leute, die dir Böses wollen.«*
*»Warum?«*
*Erst gab sie keine Antwort.*
*Ich verstand nicht, was sie meinte.*
*Warum sollte jemand mir Böses wollen? Ich habe doch keinem etwas zuleide getan.*
*»Warum?«, fragte ich wieder. »Warum, warum, warum?«*
*»Darum«, sagte Isolde.*
*Gibt es denn Menschen, die wollen, dass ich die Wahrheit über mich niemals erfahre? Hat es überhaupt einen Sinn, dass ich alles aufschreibe? Vielleicht tue ich es gar nicht für Isolde. Oder für meine Mutter, die ich nicht*

*kenne. Vielleicht tue ich es für mich selbst. Ich will wissen, wer ich bin. Niemand kann es mir sagen, darum versuche ich, es herauszufinden, mit den Worten, die man mich gelehrt hat. Erst jetzt kann ich davon erzählen, wie Vatermann das erste Mal in meinen Käfig kam. Als ich noch es war. Es war der Beginn der Welt, der Beginn meines Lebens. Meine Geburt. Mit einem Mal wurde alles anders.*

**Es** *roch etwas.*
**Es** *hörte etwas.*
**Es** *fühlte etwas.*
**Es** *sah etwas.*
*Aber* **es** *wusste noch nichts.*
*Hände neben Händen von* **es**.
*Hände legen etwas auf Beine von* **es**.
*Hände drücken etwas in Hände von* **es**.
*Kratz, kratz, kratz.*
*Hand von* **es** *bewegt sich, kratzt.*
*»Du schreiben«, hörte* **es**.
*»Dein Name ist Kaspar«, hörte* **es**.
*»Du bist Kaspar«, hörte* **es**.
*»Du bist Kaspar«, hörte* **es** *ganz laut.*
*Und* **es** *fühlte, fühlte ganz stark.*
*Hände stießen* **es**, *und* **es** *fiel.*
*»Du, du, du bist Kaspar!«*
**Es** *wurde* **du**.
**Du** *hatte Schmerzen.*

*Sie sagen, dass ich ein Lügner bin. Ein Betrüger. Dass ich die Wahrheit so verdrehe, bis sie mir passt wie ein Schuh an einen Fuß.*

*Einst werde ich erfahren, wer mein Vater ist. Ist es Vatermann? Ich weiß nicht, wo der Name herkommt. Er war immer schon in meinem Kopf, glaube ich, und hat darauf gewartet herauszukommen. Der Name Vatermann war da, noch ehe ich Wörter kannte.*
*Vielleicht hat Vatermann im Käfig seinen Namen auf meinen Rücken geschrieben. Mit dem Finger auf die Haut, sodass ich den Namen fühlen konnte.*
*Vielleicht hat Vatermann seinen Namen in das Brot eingebacken. Sodass ich ihn schmeckte und essen konnte, noch bevor ich ihn kannte.*
*Oder war sein Name in das Wasser im Krug eingerührt? Es schmeckte manchmal anders. Bitter. Dann schlief ich sogleich ein. Und sein Name war eine Wolke in meinem Kopf.*
*Wenn meine Nägel geschnitten waren, merkte ich das nach dem Aufwachen. Dann konnte ich mich nicht mehr an Armen und Beinen kratzen. Und ich trug auch ein anderes Hemd, das nicht nach mir selbst roch. Die Haare an meinem Kinn waren verschwunden, die Haut dort war so glatt wie der Leib meines Holzpferdchens.*
*Damals lebte ich noch im Käfig. Ich war glücklich.*

*Hände kommen wieder.*
*Hände kratzen Zeichen.*
*Zeichen werden* **Kaspar Hauser** *auf Blatt.*
**Du** *war nicht mehr* **es**.
**Du** *kratzt auch auf Blatt.*
**Du** *freut sich.*
**Du** *wartet auf Hände.*
**Du** *wartet auf Licht nach Dunkel.*
**Du** *wartet auf er.*

*Am Anfang war alles gut. Ich hatte Wasser und Brot. Und Stroh, um darauf zu schlafen. Meine Füße waren meine Freunde. Wenn ich aß oder trank, bewegten sie sich. Füße können lachen oder traurig sein. Sie gehen niemals fort und kommen niemals zu nah. Sie sind immer da, lassen mich nicht allein. Meine Freunde, immer bei mir …*

*Alles war jetzt. Es gab kein Gestern und kein Morgen.*

*Bis zu dem Tag, als Vatermann kam und mir die Welt zeigte. Er war der erste Mensch in meinem Leben. Er gab mir das Leben. Er versteckte die Sonne, damit ich nicht blind davon wurde. Im Dunkeln sieht man alles. Im Licht sieht man nichts. Ein Lichtstrahl im Dunkel schneidet wie ein Messer in die Augen. Dann kneift man sie noch mehr zu – Hände davor – alles dunkel. Das Licht versteckt sich in farbigen Flecken auf den Augenlidern.*

*So war es, bevor ich geboren wurde. Ich war geborgen.*

*Vatermann konnte ich nicht sehen, aber fühlen. Und riechen. Er war hinter mir und dennoch überall.*

*Dass Vatermann nicht nur Hände hatte, sondern auch Beine und Füße, einen Kopf und eine Stimme, die mir meinen Namen geben sollte, wusste ich noch nicht. Ich kannte nur seinen Geruch und seine Hände.*

*Es gab nur zwei Menschen. Ihn und mich. Das war die ganze Welt.*

*Vatermann brachte mir Brot und Wasser, während ich schlief.*

*Das erste Mal, als er in den Keller kam, während ich wach war, stand er hinter mir. Ich sah nur seine Hände. Und erschrak nicht. Denn sein Geruch war da. So wie er später immerzu da war.*

*Er wies auf das Pferdchen neben mir und sprach ein Wort. »Ross.« Ganz langsam. Zum ersten Mal vernahm ich seine Stimme. Das war, noch ehe er mir meinen Namen gab. Er sagte das Wort noch einmal und noch einmal und fasste das Pferdchen an. Ich saß da und schaute auf meine Füße. Meine Zehen lachten, wenn Vatermann ›Ross‹ sagte. Ich gab meinem Pferd Strohhalme zu essen und wiederholte: »Ross, Ross, Ross.«*

*Ich weiß nicht die richtigen Wörter, um zu schreiben, was damals in mir vorging. Ich fühlte nichts und dachte nichts. Ich weiß aber noch, dass nicht nur meine Zehen sich bewegten, sondern auch meine Beine. Sie wurden lebendig. Ich sah zu und verstand es nicht. Aber dann, wie Nebel, der zu einer Form wird, kündigte sich etwas Neues an.*
*Alles in mir wurde lebendig. Zum ersten Mal lachte ich laut und rief: »Ross, Ross, Ross!«*
*Dann kamen Schmerzen. Von einem Schlag auf meinen Arm. Und noch einem. Und noch einem. Wie viele? Ich konnte noch nicht zählen. Vatermann hatte mich geschlagen. Hatte ich zu laut gerufen? Oder zu viel gelacht?*
*An jenem Tag lernte ich lachen und weinen. Und sprechen und still sein. Vor allem still sein, schweigen. Auch wenn ich nur ein Wort kannte: Ross. Das einzige Wort, das ich kannte, durfte nicht heraus.*
*Ich hatte keinen Begriff von der Zeit. Wusste nicht, was Tag war und was Nacht. In meinen Keller fiel manchmal, beim Aufwachen, ein Lichtstrahl. Das Licht hatte eine Farbe. Heute weiß ich, dass es grün war. War das Grün von einem Baum? Die Farbe ist mir immer noch zuwider.*
*Oft war es dunkel. Und nichts war da.*
*Auch ich war nicht da. Ich war noch* **es***. Ein Mensch mit Gedanken wie Schnee.*

*Ich versuche mich zu erinnern, was ich damals dachte. Wahrscheinlich so viel wie ein Spatz in seinem kleinen Hirn.*
*Kann ein Regentropfen denken? Isolde meint nein. Und trotzdem fällt er auf ein Blatt, eine Blume, rinnt meine Nase entlang, klopft aufs Dach. So ein Regentropfen erlebt viel. Er sieht aus wie eine Träne. Woher weiß der Regentropfen, dass er keine Träne ist?*
*Wenn ich zum Himmel aufschaue, weiß ich, was ich war: eine weiße Wolke, lebendig und doch leer. Angefüllt mit nichts. Schwebend im weiten Blau. Bis*

*ein Blitz zuckte, gleißend hell. Und der Donner rollte, sodass mein Arm schmerzte. Und später schmerzten auch meine Füße.*

*Du bist Kaspar, du bist Kaspar, du bist Kaspar.*
*Laute in meinem Kopf.*
*Du schreiben, du schreiben, du schreiben.*
*Kratzen auf dem Blatt, kratzen in meinem Kopf.*
*Du laufen, du laufen, du laufen.*
*Jetzt!*

*Vatermann lehrte mich laufen. Aber zuvor zog er mir Stiefel über die Füße.*
*Ich sah meine Freunde nicht mehr. Sie waren weg.*
*Seine Hände fassten meine Hände. Dann nahm er mich auf seinen Rücken und trug mich in die Welt. Ins Freie, wo alles begann.*
*Ich hörte Wind in seinem Atem; wahrscheinlich war ich zu schwer für ihn.*
*Vatermann trug mich weiter und weiter.*
*Er war warm und weich, an meinem Gesicht fühlte ich seine Haare. Ich sog Vatermann mit meinem Atem ein. Meine gestiefelten Füße schlugen an seine Beine.*
*Vatermann sagte nichts. Ich war schwer.*
*Ich sagte auch nichts, weil ich noch keine Wörter kannte.*

*Als ich geboren wurde, war alles grün. Das Grün brannte in meinen Augen. Gras und nochmals Gras. Büsche und Bäume, Hügel in grüner Weite. Ich schloss die Augen – zu viel Grün –, und das Rot wurde geboren.*
*Alles in mir war rot. Rot mag ich, und das Rot mag mich.*

*Bevor Vatermann mich in die Welt trug, machte er die Bäume. Und die Büsche. Er schnitt die Blätter einzeln zurecht und machte sie an den Zweigen fest. Dann steckte er die Grashalme in die Erde und hängte die Wolken an den Himmel. Auf den Boden legte er Steine, über die ich gehen musste und die mir an den Füßen wehtaten. Und mit einem Finger malte er den Weg, der sich in die Ferne wand und bis zum Himmel führte. Dort hörte der Weg auf. Dort hören alle Wege auf. Dort muss jeder hin.*

*Vatermann stellte mich auf meine Füße. Damit ich für meine Geburt bereit war. Ich wuchs in die Höhe und war da. Nur wusste ich es noch nicht. Ich wusste nicht einmal, dass ich ›ich‹ war. Erst war ich es, danach wurde ich du, und mit meiner Geburt wurde ich Kaspar.*

*Ich war wie ein Tropfen in einem Glas Wasser.*

*Als ich noch glücklich war.*

*Den Tag, an dem ich mein dunkles Zuhause verließ, werde ich niemals vergessen.*

*»Wir brechen auf«, sagte Vatermann und zeigte auf den Weg, der bis zum Himmel führte.*

*Die Stiefel drückten mich. Ich saß oder lag nicht mehr, sondern ich stand auf dem Grün. Mit vorgestreckten Armen. Ich wollte mit den Fingern die Wolken berühren, aber das ging nicht.*

*Vatermann fing mich auf, als ich umfiel. Und wieder umfiel. Er stellte mich jedes Mal auf meine Füße, wie eine Holzfigur.*

*Dann musste ich laufen. Vatermann trat mir von hinten an die Füße. Erst wollten meine Freunde nicht gehorchen. Sie wollten im Stroh sein und sich nur ein wenig regen, wenn ich ›Ross‹ sagte.*

*Aber Vatermann ließ nicht nach. Da mussten sie wohl oder übel laufen.*

*Als ich laufen konnte, machten wir uns auf in die Welt.*

*Das erste Wegstück führte durch dunkles Grün. Durch einen Wald, denke ich heute.*

*Wenn mich das Licht in die Augen stach, schliefen wir. Meine Augen vertrugen es nicht, Wasser lief über meine Wangen.*
*Schließlich band Vatermann mir ein Tuch vor die Augen.*
*So war es besser.*
*Wir schliefen zweimal, und wir gingen zweimal, und zweimal verrichtete ich meine Notdurft in eine Grube im Erdboden.*
*Wir folgten dem Weg bis ans Ende.*
*Dann kam die Welt.*
*Nicht der Himmel, nein.*

*Als Vatermann mich auf einem Platz alleinließ, waren da lauter fremde Gerüche. Nichts Vertrautes mehr. Ich konnte meine Freunde nicht sehen. Sie steckten immer noch in den Stiefeln. Meine Freunde. Rote Flecken am Boden.*
*Ich blieb stehen, wo ich war. Mit den Briefen in der Hand. Und mit einem einzigen Wort im Kopf, von dem ich wusste, was es bedeutete: Ross. Aber es durfte nicht heraus.*
*Ich konnte auch noch eine Kette von Worten sagen, die ich nicht verstand: Ein solcher Reiter möcht ich werden wie mein Vater. Diese Worte hatte Vatermann mich gelehrt, kurz bevor er mich verließ. Und sie sollten heraus.*

*Du sagen: Ein solcher Reiter möcht ich werden wie mein Vater.*
*Dann kriegst du weißes Pferd.*
*Du jetzt sagen: Ein solcher Reiter möcht ich werden wie mein Vater.*
*Sagen. Jetzt.*
*Du jetzt Kaspar! Hörst du?*
*Du jetzt immer Kaspar.*
*Dann kriegst du weißes Pferd.*

*Kaspar will nicht dort sein.*
*Kaspar will nicht Kaspar sagen.*
*Kaspar will nicht laufen.*
*Kaspar will nicht stehen.*
*Kaspar will nicht Briefe in Hand.*
*Kaspar will nicht Reiter werden wie mein Vater.*
*Kaspar will zu Käfig, zu Stroh, zu Pferd.*
*Kaspar will zu Brot, zu Wasser, zu Decke.*
*Kaspar will Füße sehen, Freunde sehen.*
*Kaspar will nicht Kaspar sein.*
*Kaspar will wieder* **es** *sein.*
*Kaspar will* **es***.*
*Kaspar will.*

*Nach den Bäumen und dem Gras kamen Sand und Steine.*
*Auf den Steinen stand ich. Mit zwei Briefen und einem Hut in der Hand.*
*»Du musst still sein und hier stehen bleiben«, sagte Vatermann. »Nicht fortgehen. Warten, bis einer kommt. Dann sagen: ›Ein solcher Reiter möcht ich werden wie mein Vater.‹«*
*Die Wortkette, die er mich gelehrt hatte, pochte in meinem Kopf. In meiner Jackentasche war noch eine Kette. Aus großen und kleinen Perlen. Meine Finger spielten gern damit.*
*»Wenn du tust, was ich sage, kriegst du ein weißes Pferd. Hast du verstanden? Ein weißes Pferd!«, sagte er.*
*Ich hörte Schritte. Seine Stiefel. Sie wurden leiser, verschwanden.*
*Vatermann war fort und mit ihm sein Geruch.*
*Wieder lief Wasser über meine Wangen, diesmal aber nicht vom Licht.*
*Ich machte keinen Laut. Ich war still, wie Vatermann mich geheißen hatte.*
*Vatermann, wo bist du?, dachte ich. Vatermann, nimm mich mit!*

*Ich wollte zurück zu Vatermann. Darum rief ich: »Ross! Ross!« So laut ich konnte: »Ross!«*
*Dann würde er kommen. Dann würde ich den Schlag vom Stock fühlen, weil ich nicht still gewesen war. Komm, Stock! Komm, Vatermann!*
*Nichts.*

*Wie soll ich beschreiben, was ich fühlte? Wo doch alles noch ein großes Nichts war.*
*Doch mit jedem Tag wurde das Nichts weniger. Weil ich jeden Tag etwas lernte.*
*Und jeden Tag starb ein kleiner Teil von mir. Ich vergaß, was ich mir hätte merken sollen.*

*Ich bin Kaspar Hauser.*
*Ein Mensch ohne Vergangenheit, ein Niemandskind.*
*Morgen werde ich einen blauen Mantel tragen*
*mit Spitze an Kragen und Ärmeln.*
*Ich werde wie mein Vater sein und Reiter werden.*
*Ich werde meine Mutter küssen und mich an ihren Geruch erinnern.*
*Sie wird mir sagen, wer ich bin und wer ich war*
*und wer ich werden soll.*

Wenn wir nicht vom Weg abweichen,
der vor uns liegt,
erreichen wir unser Ziel.

Chinesisches Sprichwort

# Michael

Mein Stiefvater machte sein Vorhaben wahr, mich auf eine Heimschule zu schicken. Meine Mutter widersprach nicht, denn der Säugling nahm sie ganz in Anspruch, und außerdem war ich inzwischen alt genug, um das Haus zu verlassen.

Ich wollte mich von Hubert verabschieden, fand ihn aber nirgends. Das Brot, das ich für ihn hinlegte, war tags darauf verschwunden, und am hinterlassenen Kot sah ich, dass er da gewesen war. Schon hallten die Schüsse der Jäger durch den Wald, die den Übergang des Sommers in den Herbst nicht erwarten konnten. Ich bekam Angst um Hubert, hatte ich ihn doch gezähmt.

Die Heimschule lag bei Tübingen, ein paar Tage mit der Kutsche entfernt. Der Weg führte durch Wälder und an Hügelketten entlang. Die Melanchthonschule genoss einen ausgezeichneten Ruf, hatte mein Stiefvater gesagt; dort würde man einen Mann aus mir machen.

Trotz meiner Jugend wusste ich bereits, was ich werden wollte: Schriftsteller, so wie mein Vater. Das war ein ehrenwerter Beruf, und man brauchte dazu nicht unter die Menschen zu gehen. Ideen hatte ich genug, und ich würde auch die Geschichten meines Vaters aufschreiben und sie zu Ende erzählen, bis zum Schlusssatz »... und wenn sie nicht gestorben sind, dann leben sie noch heute«. Meine eigenen Geschichten würden von Liebe und Schönheit handeln und von guten Menschen, nicht solchen wie mein Stiefvater.

Die Schule erinnerte mich in vielem an ihn: hohe abweisende Mauern mit weißem Verputz, kleine vergitterte Fenster, geschlossene Läden gegen Blicke von innen und außen, nirgends Blumen und

kein einziges Schwalbennest unterm Dach. Der Anblick sagte mir genug.
Drinnen gab es lange Korridore mit schwarz-weißen Bodenfliesen, und an den Wänden hingen große Kruzifixe. Die Schulstuben waren so hoch, dass die Stimmen von der Decke widerhallten. Jeder Zögling hatte eine Holzbank mit Kniebrett, denn man betet nicht im Sitzen. Und gebetet wurde mehr als die Hälfte des Tages.
Die Gänsekiele waren allesamt für Rechtshänder zugeschnitten, und auf jeder Bank stand ein Fläschchen Sepia-Tinte.
Im Garten wuchsen giftige Eiben, und ein sehr hoher schmiedeeiserner Zaun mit langen Spitzen umgab mein Gefängnis. Denn so empfand ich die Schule: als ein Gefängnis, in dem ich die nächsten Jahre eingesperrt sein sollte.

Tagsüber war das Schulleben erträglich, denn niemand durfte sich ohne Erlaubnis rühren oder ein Wort sagen. Doch wie bei Wasser, das in einem zugedeckten Topf kocht, musste der Dampf heraus. Deshalb gab es nachts im großen Schlafsaal immer jemanden, der den ›Hasen‹ aufs Korn nahm. Oft waren es keine Schläge, Püffe und Knüffe, sondern andere Widerwärtigkeiten. So lagen zum Beispiel meine Schuhe immer wieder im vollen Nachteimer, und ich musste sie gründlich säubern und dann trocknen lassen. Weil ich nur ein Paar Schuhe besaß, musste ich oft in Strümpfen zum Unterricht gehen.

In den Pausen traten meine Mitschüler mir auf die Zehen, wenn der Schulwart gerade wegsah. Ich lernte, die Tränen zu verbeißen. Denn Hasen weinen nicht.

Den Unterricht erteilten Geistliche, die keine Gemeinde hatten. Sie trugen allesamt schwarze Gewänder mit einem zweigeteilten weißen Beffchen, waren streng und bestrebt, uns das Evangelium nahezubringen. Außerdem wurden wir in Latein, Geografie, Arithmetik, Leibesübungen, Sprachkunde und Schönschrift unterwiesen. Einen Tag in der Woche mussten wir im Garten arbeiten. Das machte mir am meisten Freude. Wenn ich Unkraut aus den Beeten rupfte, fühlte ich mich meiner Mutter nahe.

Sie fehlte mir sehr, und ich fragte mich, ob es ihr wohl ebenso erging. Aber sie hatte ja das schöne Kind …

Alle zwei Monate durften wir für drei Tage nach Hause. Und zu Weihnachten, Ostern und im Sommer gab es Ferien.

Zu Hause sorgte mein Stiefvater dafür, dass ich ständig beschäftigt war. Meine Mutter, so fiel mir auf, war mager geworden und wies erste feine Fältchen um Augen und Mund auf. Sie kümmerte sich um den Säugling, der wuchs und gedieh, und gab sich den An-

schein, glücklich zu sein. Doch ich merkte sehr wohl, dass dem nicht so war. Ich kannte sie wie kein anderer; mir konnte sie nichts vormachen.
Um ihr nicht noch mehr Kummer zu bereiten, verschwieg ich, was ich in der Schule zu erdulden hatte. Das beiderseitige Schweigen bot uns Schutz.
Mit dem Kind wollte ich nichts zu tun haben, doch ab und zu legte meine Mutter es mir ungefragt in die Arme. Kaum sah es mich an, begann es auch schon zu schreien.
»Amadeus kennt dich eben noch nicht«, sagte sie dann begütigend. Ich wusste jedoch, was das Geschrei zu bedeuten hatte. Als leiblicher Sohn meines Stiefvaters verabscheute der Junge schon jetzt mein entstelltes Gesicht; der Hass auf mich war ihm bereits eingetrichtert worden.
Ich brachte gute Schulnoten nach Hause. Meine Mutter hatte mich so viel gelehrt, dass ich den anderen voraus war. Was mich allerdings nicht beliebter machte.
Ein paar Jungen, die schon über zwölf waren und beinahe im Stimmbruch, neideten mir die guten Zensuren und dachten sich eine neue Schikane aus. Sie stellten mich vor die Wahl: Entweder ich machte die Hausaufgaben für sie oder ich bekam eine Tracht Prügel verabreicht. Was blieb mir da schon übrig …
Als treue Freunde erwiesen sich allein meine Heiligen. Jeden Tag legte ich die Karten vor mich auf den Tisch und suchte mir einen Heiligen aus, der mir Mut geben sollte, den Tag zu überstehen.

Das Jahr, in dem ich zehn geworden war, ist meiner Seele in blutigen Lettern eingeprägt, denn es war bestimmend für meine Zukunft.

Die Kälte setzte schon in den ersten Novembertagen ein. Des Morgens war alles von Raureif bedeckt. Obwohl wir dicke Daunendecken hatten, froren wir im Schlafsaal. Das Wasser in unseren Waschschüsseln war zu Eis erstarrt.
Wie jeden Samstag im Herbst machten wir uns nach dem Mittagessen aus Pilzsuppe, Kartoffeln, Weißkohl und Eiern in den nahen Wald auf, um Pilze zu sammeln: Steinpilze, Pfifferlinge und Austernseitlinge.
Die Gruppe bestand aus zwölf Jungen, von denen manche um einiges älter waren als ich. Ich hielt mich ein wenig abseits, denn solche Ausflüge bedeuteten stets eine Gefahr für mich, weil der Lehrer nicht alles und jeden im Auge behalten konnte.
An jenem Tag waren erstmals auch jüngere Kinder dabei, die lernen sollten, wie man Speisepilze von Giftpilzen unterscheidet. Mir wurde ein Junge namens Johann zugeteilt. Als er mich mit seinen hellblauen Augen neugierig musterte, zog ich rasch den Schal über meinen entstellten Mund. Ich nahm mir vor, nichts zu sagen, sondern die essbaren Pilze zu pflücken und in den Spankorb zu legen und bei den giftigen den Kopf zu schütteln.
Der Junge folgte mir wie ein Hündchen und stellte keine Fragen. Wir gelangten immer tiefer in den Wald hinein; die Stimmen der anderen Jungen und des Lehrers wurden leiser und leiser.
Ich genoss die Stille und die herbstlichen Gerüche. Sehnsüchtig dachte ich an Hubert, meinen besten Freund, und ließ darüber jede Vorsicht außer Acht. Zu spät fiel mir auf, dass die Stille etwas Bedrohliches angenommen hatte. Und ehe ich mich's versah, wurde ich von vier großen Jungen gepackt.
Aus dem Augenwinkel sah ich, wie der kleine Johann mit weit aufgerissenen Augen das Geschehen verfolgte.

Der größte meiner Widersacher stopfte mir sein Taschentuch in den Mund, ein anderer band mir seines vor die Augen. Sie fesselten mir die Hände auf dem Rücken und stießen mich vorwärts. Wenn ich stolperte und hinfiel, zerrten sie mich wieder hoch.
Wie lange wir so gingen, weiß ich nicht mehr. Jedenfalls wurde die ganze Zeit kein Wort gesprochen, und ich kam mir vor wie ein Verurteilter auf dem Weg zum Galgen. Meine Angst wuchs. Wenn sie mich ausgelacht oder verspottet hätten, wäre mir wohler gewesen als in dieser Unheil verkündenden Stille. Sogar der Wald schwieg.
Es ging einen Hang hinab, und mit einem Mal hörte ich das Plätschern eines Baches. Ich wurde in das seichte Wasser gestoßen, das um diese Jahreszeit eiskalt war. Dann banden sie mich an einem Baum fest, der – wie ich – halb im Wasser stand.
»Einer wie du hat an unserer Schule nichts zu suchen!«
Ich erkannte die Stimme des Rädelsführers.
»Du bleibst hier, bis du verreckst!«
Nach ein paar geflüsterten Worten rannten sie davon; ich hörte die Blätter unter ihren Füßen rascheln, danach war alles still.
Ich konnte weder um Hilfe rufen noch etwas sehen. Meine Kehle war wie ausgedörrt, und die Narben pochten schmerzhaft durch den Knebel in meinem Mund. Insgeheim hoffte ich, dass Johann mich befreien würde – aber war er überhaupt noch da? Weit weg erklang die Stimme des Lehrers, der zum Aufbruch rief.
Das kalte Wasser, das mir bis zu den Knien reichte, lähmte meine Glieder und sogar mein Denken. Da war nur noch Kälte, und ich konnte nichts tun. Absolut nichts.
Ich hörte ein Scharren in der Nähe, wahrscheinlich von kleinen Tieren im welken Laub. Dazu gesellten sich andere Geräusche des Waldes: das heisere Krächzen von Raben, ein dumpfer Laut – wahr-

scheinlich von einem Tannenzapfen, den ein Eichhörnchen vom Zweig genagt hatte –, das Röhren eines Hirschs.

Vor meinem inneren Auge erschien Hubert. Würde er in diesem Wald leben, dann wäre er jetzt zu mir gekommen. Ich stellte mir vor, wie sein warmer Atem mein Gesicht streifte und ich über sein weiches Fell strich.

Wie lange dauerte meine Gefangenschaft schon? Eine Stunde? Oder zwei? Die Stille wurde erdrückend, deshalb versuchte ich, trotz des Knebels zu singen. Eine altvertraute Melodie, das Lied vom Kuckuck. Es rief in mir das Bild meines Vaters wach.

Inzwischen musste die Dämmerung eingesetzt haben, denn die Gerüche wurden intensiver, weil der Abendtau sich auf die Pilze und das feuchte Holz legte. Bei dem Gedanken, die Nacht gefesselt im Wald zubringen zu müssen, wurde mir himmelangst. Die Kälte hatte alle körperlichen Empfindungen abgestumpft; nur Geräusche nahm ich noch wahr.

Plötzlich näherten sich Schritte und verharrten neben mir. Ich hielt die Luft an. Waren sie etwa wiedergekommen, um mich zu töten?

»Ich binde dich los.«

Johanns Stimme.

Er zog das Taschentuch aus meinem Mund, dann watete er ins Wasser, löste das Tuch vor meinen Augen und knotete mit viel Mühe den Strick auf, mit dem ich an den Baum gefesselt war.

»Wo sind die anderen?«, fragte ich.

Ich sah, dass Johann fror; er zitterte am ganzen Leib. War er die ganze Zeit in meiner Nähe geblieben?

»Die sind längst fort. Vorhin wollten sie mich nicht hier lassen. Aber als sie nicht aufgepasst haben, bin ich entwischt, habe mich hinter einem Strauch versteckt und gewartet, bis ich sie nicht mehr hörte.«

»Warum? Wenn sie erfahren, dass du mich befreit hast, musst du dafür büßen.«
Er zuckte mit den Schultern.
»Wir sagen's ihnen nicht, wie sollen sie es dann erfahren?«
So einfach war das Ganze für ihn.
»Wie alt bist du eigentlich?«
»Acht, fast neun.«
Er nahm mich bei der Hand und führte mich den Hang hinauf. Meine Beine waren so klamm, dass mir das Gehen schwerfiel.
»Warum hast du mir geholfen?«
»Einfach so.«
*Einfach so?* Wer hilft schon einem wie mir *einfach so*?
Ich war gerührt und drückte seine Hand.
»Wenn du einmal Hilfe brauchst, dann sag es. Ich habe viel bei dir gutzumachen.«
Es war mir ernst mit diesem Versprechen, und seit ich in der Heimschule war, hatte ich noch nie so viele Worte mit einem anderen Menschen gewechselt.
Johann richtete den Blick auf seine durchweichten Schuhe, dann sah er mir in die Augen und nickte.
Auf dem Rückweg durchlebte ich ein Wechselbad der Gefühle, am Ende aber überwog die Freude. Die Freude darüber, dass jemand mir *einfach so* geholfen hatte.
Als wir die Schule erreichten, war es bereits stockdunkel. Ich wurde bestraft, weil ich mich zu weit von der Gruppe entfernt und zudem das Leben eines jüngeren Schülers in Gefahr gebracht hatte. Aber das fand ich nicht weiter schlimm, und ich erzählte keinem, was vorgefallen war.

Noch am selben Abend nahm ich das Bildchen der heiligen Ida zur Hand, denn ihr Gedenktag ist der dritte November. Sie war mit einem Grafen verheiratet. Eines Tages stahl ein Rabe ihren Trauring. Im Jahr darauf nahm der Graf einen Jäger in Dienst, der Idas Ring trug. Daraufhin bezichtigte er seine Frau des Ehebruchs und ließ sie von einem Turm werfen. Wie durch ein Wunder überlebte Ida den Sturz. Sie floh in den Wald, wo ihr ein Hirsch mit sieben Lichtern im Geweih erschien. Er führte sie zu einer Höhle, in der sie ein Unterkommen fand. Siebzehn Jahre lang ernährte sie sich von Nüssen und Früchten, die der Hirsch ihr brachte. Als der Graf einmal auf der Jagd im Wald war, lockte der Hirsch ihn zu der Höhle, in der Ida betend und singend ihre Tage zubrachte. Da bereute er seine Tat. Ida bat ihn, er möge ihr als Buße jeden Tag einen Priester schicken, der die heilige Messe lesen sollte. So geschah es. Wenn der Priester geendet hatte, sang Ida Loblieder, und vor der Höhle versammelten sich die Tiere des Waldes, um ihrer engelsgleichen Stimme zu lauschen. Der Graf indessen schloss sich einem Kreuzzug an.
Ich nahm mir vor, das schlimme Erlebnis und vor allem Johanns Mut niemals zu vergessen; er war für mich der Hirsch mit den Lichtern im Geweih gewesen.

Bald darauf durften wir außer der Reihe für einige Tage nach Hause. Ich wollte mich von Johann verabschieden und ihm eine schöne Zeit wünschen, doch er war schon fort. Und nach den freien Tagen kam er nicht wieder.
Über ein Jahrzehnt später sollten sich unsere Lebenswege erneut kreuzen.

Zu Hause war nichts mehr beim Alten, selbst die vertrauten Gerüche waren verschwunden. Alles drehte sich um das schöne Kind, das ganze Haus roch nach ihm.

Meine Mutter kümmerte sich außerdem mit Billigung meines Stiefvaters um kranke Gemeindeglieder. Als sie mich nach der Operation pflegte, hatte sie ihr Wissen über Heilpflanzen erweitert, und nun stellte sie Salben her, mischte Kräutertinkturen und trocknete Blüten und Blätter für Arzneitees.

Ihre Falten im Gesicht hatten sich vertieft und zeugten von Leid, das sie zu verbergen suchte. Nicht einmal das Kind konnte sie glücklich machen. Mir schien, dass sie froh war, hin und wieder das Haus verlassen zu können, um Krankenbesuche zu machen.

Mein Stiefvater verbot ihr, das schöne Kind mit sich herumzutragen, wie sie es mit mir getan hatte. Es hatte inzwischen laufen gelernt, stimmte aber nach wie vor ein Geschrei an, sobald es meiner ansichtig wurde. An seinem Jäckchen war eine Leine festgemacht, deren Ende meine Mutter an die Türklinke band, wenn sie Hausarbeit verrichtete, sodass der Kleine sich nicht unbemerkt entfernen konnte. Einmal schickte sie mich mit ihm in den Garten, damit ich ihn dort spazieren führte, aber er schrie so sehr, dass sein Gesicht blaurot anlief.

Dass mein Halbbruder schön war, ließ sich nicht leugnen; man sah schon jetzt, dass er später einmal seinem Vater gleichen würde wie ein Ei dem anderen.

Mein Stiefvater gab sich kaum mit mir ab. Wenn er zu Hause war, zog er sich in das für mich verbotene Zimmer zurück, und manchmal ging er mit einem befreundeten Pfarrer auf die Jagd.

Die Saison war in vollem Gange; das Bellen der Hunde, die zum Treiben eingesetzt wurden, war bis ins Haus zu hören. Dass so mancher schon Erfolg gehabt hatte, sah man an den Hüten der Leute: Sie waren mit frischen Federn von Fasanen und Rebhühnern geschmückt.

Mein Stiefvater hatte sich vorgenommen, ein Wildschwein zu erlegen. Seine Passion galt der Ansitzjagd. Er kannte die Wildwechsel im Wald und lauerte den Tieren in der Astgabel einer alten Eiche auf.

Seine drei Jagdgewehre lagen in der Wohnstube auf einem seidenen Tuch auf der Kommode bereit. »Dass du mir die Waffen nicht anrührst!«, hieß es jedes Mal, wenn ich den Raum betrat. Dabei brauchte er sich keine Sorgen zu machen; für Gewehre hatte ich nichts übrig. Schon der Geruch nach verbranntem Pulver war mir zuwider. Ich hatte nicht nur einen Hasenmund, sondern auch ein Hasenherz.

Dass das Schicksal unvermutet zuschlagen kann, war mir nicht neu. »Aller guten Dinge sind drei«, hatte mein Vater früher öfter gesagt. Aber auch aller schlechten Dinge, wie sich in diesen Herbsttagen erwies.

Als einmal keine Jäger im Wald waren, machte ich mich auf die Suche nach Hubert, konnte ihn jedoch nicht finden. Auch nicht am nächsten Tag. Weit weg in den Hügeln hörte ich ein Röhren und hoffte, es wäre Hubert, der versuchte, einer Hirschkuh zu imponieren.

Tags darauf durfte ich nicht in den Wald. Mein Stiefvater befahl mir, ihm in den Arbeitsschuppen hinten im Garten zu folgen. Schon von Weitem nahm ich den Geruch von geräuchertem Fleisch wahr und sah, dass aus dem Schornstein dunkler Rauch quoll. Wenn mein Stiefvater von seinen Jagdpartien zurückkehrte, brach er das erlegte Wild immer selbst auf und räucherte anschließend einen Teil des

Fleisches über einem schwelenden Feuer aus Eichenholz, Ahorn und Apfelbaumrinde. Aus dem Rest kochte meine Mutter Brühe, die sie ihren Kranken brachte.

Im Schuppen sah ich, dass erst vor Kurzem ein Stück Wild aufgebrochen worden war. Überall waren Blutspritzer, und der Geruch nach rohem Fleisch ließ mich würgen.

Auf dem langen Tisch war ein Fell mit der Hautseite nach oben ausgebreitet.

Mein Stiefvater drückte mir einen Schaber in die Hand und deutete auf das Fell.

Ich hatte solch eine Arbeit noch nie gemacht, doch weil wir kaum noch miteinander sprachen, stellte ich keine Fragen, sondern versuchte, die Fleisch- und Fettreste abzukratzen, so gut es eben ging.

»Ein kapitaler Hirsch«, murmelte mein Stiefvater. »Hab noch nie solch ein gut genährtes Tier gesehen. Mir scheint fast, wir haben nicht genug Pökelfässer.«

Ich blickte auf und sah in einer Ecke des Schuppens ein Geweih liegen. Links waren die Stangen kleiner als rechts. Meine Hand mit dem Schaber stockte, mein Herzschlag setzte aus, und ich vergaß zu atmen.

Der Rest des Tages zog an mir vorbei, mein Bewusstsein war wie erloschen. In den Wald wollte ich nie wieder gehen, denn dort hätte ich lauter Spuren von Hirschen gesehen – und keine mehr von Hubert.

Ein Teil von ihm lag auf dem Tisch im Arbeitsschuppen, ein anderer in der Ecke, und seinen gut genährten Körper hatte mein Stiefvater bereits zerteilt.

Meine Hände verweigerten den Dienst. Ich stand da wie erstarrt, unfähig weiterzuschaben. Mein Stiefvater geriet in Wut, packte mich am Arm und zerrte mich ins Haus.

»Wenn du schon nicht für Männerarbeit taugst, dann mach dich mit Weiberarbeit nützlich!«, herrschte er mich an. »Deine Mutter will einen Krankenbesuch machen. Gib auf Amadeus acht, bis sie wiederkommt.«

Ich setzte mich an die Wiege. Nach einer Weile begann der Kleine zu greinen, ich nahm ihn hoch und ging mit ihm auf und ab, bis er wieder einschlief. Anscheinend war er nicht so weit wach geworden, dass er mich erkannt hätte.

In mir tobte ein Sturm. Ich wusste nicht, wohin mit meinen Gefühlen. Trauer und Zorn kämpften um die Oberhand. Ziellos streifte ich durchs Haus und blieb immer wieder vor der Tür des verbotenen Zimmers stehen. Ich stellte mir vor, sie wäre mein Stiefvater, und versetzte ihr einen Fußtritt.

Dann beschloss ich hineinzugehen. Ich *musste* es tun, um nicht verrückt zu werden.

Wie immer war die Tür abgeschlossen, doch ich wusste, dass mein Stiefvater den Schlüssel oft in die Tasche seines Hausmantels steckte.

Dort fand ich ihn auch.
Es war still im Haus, das schöne Kind schlief.
Ich schloss die Tür auf.

Drinnen roch es nach ihm.
Als Erstes sah ich den Betstuhl mit einem rotsamtenen Kniebrett und der aufgeschlagenen Bibel. Am Fenster stand ein Tisch mit einem Kruzifix und vier weißen Kerzen und gegenüber der Tür das Bücherregal, das ich schon durchs Schlüsselloch erspäht hatte. Es enthielt hauptsächlich Gebetbücher und andere geistliche Schriften. Ganz unten jedoch standen mehrere große Schachteln.
Vorsichtig nahm ich eine davon und löste das Band um den Deckel. Die Schachtel klappte von selbst auf, und ich sah reihenweise Käfer, Spinnen und Falter vor mir, alle tot und aufgespießt.
Bei jedem hatte mein Stiefvater den lateinischen Namen vermerkt – *Araneus diadematus, Lucanus cervus, Melolontha melolontha, Acherontia atropos* …, dazu eine kurze Beschreibung der Lebensweise. Trotz meiner Abneigung gegen solcherlei Getier schauderte ich bei der Vorstellung, wie es für diese Geschöpfe gewesen sein mochte, mit einer Nadel im Körper langsam zu sterben.
Unwillkürlich musste ich an Hubert denken, der ebenfalls meinem Stiefvater zum Opfer gefallen war. Ob er wohl große Schmerzen gelitten hatte? Ahnte er die Gefahr? Am Ende war sein Tod meine Schuld, weil ich ihn mir vertraut gemacht hatte.
Mit dem Kummer um meinen besten Freund kam alles andere wieder in mir hoch: die Operation und die schlimme Zeit danach, die Quälereien in der Schule, die Sorge um meine Mutter, die Trauer um meinen Vater … Mir war zumute, als stäche jemand eine lange spitze Nadel in meine Brust. Ich bekam keine Luft mehr und wollte aus

dem Zimmer laufen, tat es jedoch nicht. Wie unter Zwang öffnete ich auch die übrigen Schachteln und peinigte mich selbst mit dem Anblick der toten Tiere.
Unter ihnen war ein Hirschkäfer. Er sei einer der größten Käfer, las ich, bleibe nur wenige Wochen am Leben, die Elster sei sein Hauptfeind und er könne Stürme entfachen.
Wieder musste ich an Hubert denken. Sein Tod hatte in mir einen Sturm entfacht …
Als ich in einer der Schachteln zehn verschiedene Arten von Kreuzspinnen entdeckte, erfasste mich ein Grauen. Dennoch las ich, was mein Stiefvater aufgeschrieben hatte, und erfuhr so, dass diese Spinnen sich regelmäßig häuten, dass die Weibchen die Männchen nach der Paarung auffressen und auch andere Artgenossen verzehren, wenn sie ihnen ins Netz gehen.
Den Abschluss bildete der Totenkopffalter. Er sei nicht nur ein Honigdieb, las ich, sondern gelte auch als Unglücksbote und könne so grässliche Geräusche erzeugen, dass es einen schaudere.
Ich hatte Raum und Zeit vergessen, darum entging mir, dass Amadeus aufwachte und aus seiner Wiege kletterte.
Den Blick wie gebannt auf den toten Schmetterling gerichtet, dachte ich, dass mein Stiefvater ihm doch sehr glich. Der Welt zeigte er seine prachtvollen Flügel, zu Hause jedoch gab er nur grässliche Geräusche von sich. Und dort, wo bei anderen das Herz schlug, hatte er einen Totenkopf. Alles Schöne und Gute machte er zunichte, und er saugte meiner Mutter den Honig bis zum letzten Tropfen aus. Wie lange würde es noch dauern, bis von ihr nurmehr eine leere Hülle übrig war? Eine leere Hülle … so hatte seine erste Frau auf dem Totenbett ausgesehen, und dieses Schicksal fürchtete ich auch für meine Mutter.

Mir war, als legte sich ein schwarzer Schatten über mich, der Schatten einer riesigen Kreuzspinne. Ich konnte keinen klaren Gedanken mehr fassen, in mir war nur noch Wut, eine übermächtige Wut, die alles verschlang.

Ich überwand meinen Ekel, zog die Nadeln aus den Spinnen, Käfern und Faltern und warf sie nacheinander ins Ofenfeuer.

Ein widerlicher Gestank breitete sich im Raum aus. Dass die Panzer von Käfern derart stinken können, hatte ich nicht gewusst. Ich hielt mir die Nase zu und dachte an die Hölle.

Plötzlich stürmte meine Mutter herein. Leichenblass im Gesicht und mit schreckgeweiteten Augen. »Michael, wo ist dein Bruder? Und was hast du hier zu suchen? Du weißt doch, dass du dieses Zimmer nicht betreten darfst!«

Sie schnupperte. »Was, um Himmels willen, stinkt hier so? Egal, komm jetzt und hilf mir Amadeus suchen!« Nervös strich sie eine Haarsträhne hinters Ohr, die sich aus ihrem Knoten gelöst hatte.

Ich erwachte aus meinem Albtraum, und schlagartig wurde mir klar, dass mein Tun böse Folgen haben würde. Mir blieb keine Zeit mehr, die Schachteln ordentlich zuzubinden, deshalb räumte ich sie in aller Eile, so wie sie waren, ins Regal.

Meine Mutter lief bereits durchs ganze Haus und rief nach dem schönen Kind. Ihre Stimme klang so ängstlich, dass ich – obwohl das Kind mich nicht kümmerte – ebenfalls zu suchen begann.

Ich stellte fest, dass die Hintertür nur angelehnt war. Das Kind musste also in den Garten gelaufen sein. Ich rief nach meiner Mutter.

Im nächsten Moment trat mein Stiefvater aus dem Schuppen, die Lederschürze noch vorgebunden und die Hände blutverschmiert.

»Elena, setz einen großen Kessel Wasser auf. Das Fleisch muss dringend …«

Er brach ab, als er sah, wie aufgelöst meine Mutter war.
»Conrad, der Kleine ist weg!«, rief sie. »Ich kann ihn nirgends finden!«
Gleich würde der Himmel über mir einstürzen. Noch ehe mein Stiefvater mich ins Visier nehmen konnte, rannte ich davon. Um das Haus herum, über die Straße und dann in Richtung Wald.
Stundenlang kauerte ich in meiner Höhle mit den abgeworfenen Geweihen und lauschte dem Röhren der Hirsche in der Ferne.
Schließlich trieb die Kälte mich nach Hause. Mein Stiefvater war außer sich vor Zorn. Er hatte das schöne Kind ganz hinten im Garten gefunden, unmittelbar neben dem Teich. Um ein Haar wäre es hineingefallen. Außerdem hatte er entdeckt, was ich in dem verbotenen Zimmer angerichtet hatte.
Er packte mich am Kragen, wünschte mir die sieben ägyptischen Plagen an den Hals und stieß mich die Kellertreppe hinunter.
Meine größte Angst wurde Wirklichkeit.
Im Keller war es stockfinster, und die Geräusche, die ich hörte, schienen aus der Unterwelt zu kommen. Ich rief sämtliche Heiligen an, die mir einfielen, und bat sie um ihren Beistand. Aber weil ich ihre Bilder nicht zur Hand hatte, half mein Flehen nichts.
Ich wagte es nicht, mich auf dem Stroh auszustrecken, das ich unter den Füßen spürte, und schon gar nicht, mich in eine Ecke zu verkriechen – denn dort, dessen war ich mir sicher, lauerten die Kreuzspinnen. Also blieb ich stocksteif in der tintenschwarzen Finsternis stehen und verhielt mich mucksmäuschenstill.
Jetzt hatte mein Stiefvater, der Totenkopffalter, mich in seiner Gewalt.

Ich verlor jegliches Gefühl für die Zeit.

Niemand brachte mir etwas zu essen, obwohl es – dem Knurren meines Magens nach zu urteilen – längst Abend sein musste. Und so sehr ich mich auch bemühte, meine Augen wollten sich nicht an die Dunkelheit gewöhnen. Ich schloss sie und hoffte, dass, wenn ich sie wieder aufmachte, meine Mutter vor mir stehen würde, mit einer Kerze, einem Stück Brot und einer wärmenden Decke, denn mittlerweile fror ich erbärmlich. Zudem musste ich dringend Wasser lassen, doch im Stockfinstern nach einem Gefäß zu suchen war aussichtslos.

Hin und wieder hörte ich Schritte über meinem Kopf, und einmal erklang Kindergeschrei, aber nicht lange; meinem schönen Bruder fehlte es nicht an Zuwendung.

Dann zog ein Geruch nach Fleischbrühe die Kellertreppe herab. Hubert … Ich schämte mich vor mir selbst, aber es ließ sich nicht leugnen: Der Geruch machte mich noch hungriger. Mir war, als würde mein leerer Magen Verrat an meinem besten Freund begehen. Ich presste die Hände dagegen. Der Geruch wurde stärker und vermischte sich schließlich mit einem weniger angenehmen: Ich hatte das Wasser nicht mehr halten können.

Irgendwann legte ich mich doch hin und musste wohl eingeschlafen sein, denn ich erwachte vom Knarren der Kellertür.

Mein Stiefvater forderte mich barsch auf, nach oben zu kommen, und ohne mir einen Blick zu gönnen, schubste er mich in die Küche.

Dort stellte meine Mutter einen Teller Hafergrütze vor mich hin und legte eine Scheibe Roggenbrot daneben. Sie schwieg und sah mich dabei flehend an – da begriff ich, dass mein Stiefvater ihr verboten hatte, mit mir zu sprechen. Meine Bestrafung war also noch nicht zu Ende, und viel schlimmer als den dunklen Keller empfand ich, dass meine Mutter so tat, als gäbe es mich nicht.

Als alle bei Tisch saßen, begann mein Stiefvater zu beten. Ich saß mit gesenktem Kopf und gefalteten Händen da.

Das Gebet wollte kein Ende nehmen. Wortreich pries er den Herrn, dankte ihm für alle guten Gaben und bat um Vergebung für die Fehler, die meine Mutter und ich begangen hatten.

Als er endlich das Amen sprach, war die Grütze kalt geworden.

Nach dem Frühstück wurde ich auf den Abtritt geschickt, danach bekam ich eine frische Hose, eine Decke und ein Nachtgeschirr ausgehändigt und musste wieder in den Keller, wo ich – so mein Stiefvater – bleiben sollte, bis die Schule wieder begann.

Dreimal am Tag stellte er eine Mahlzeit aus Brot, Wasser und Äpfeln auf die oberste Treppenstufe. Immer wenn die Tür aufging, hatte ich das Gefühl, vom Licht geblendet zu werden, und einmal hörte ich meine Mutter schluchzen.

Nach und nach wurden mir die Kellergeräusche vertraut. Angst machte mir einzig noch das Getrippel von kleinen Pfoten. Waren es Mäuse oder Ratten? Manchmal huschten sie so dicht an mir vorbei, dass ich sie zu spüren meinte. Dann trat ich wie von Sinnen um mich und schrie aus voller Kehle, bis ich nicht mehr konnte. Die Furcht flammte jedes Mal aufs Neue auf und lag mir schließlich wie ein schwerer Stein im Magen – ein Gefühl, das ich mein Lebtag nicht mehr loswurde.

Zum ersten Mal sehnte ich mich nach der Schule.

Nach drei Tagen im Keller war ich gegen so manches gefeit. Die Schikanen in der Schule machten mir nicht mehr so viel aus wie früher, sie wurden zu einem unvermeidlichen Bestandteil meines Lebens. Das betrachtete ich durchaus als einen Gewinn, was jedoch an mir nagte, war der Umstand, dass mein Stiefvater mich solcherart gedemütigt hatte.
Nach Hause durfte ich von da an nur noch zu Weihnachten und zu Ostern. Der Abschied von meiner Mutter fiel mir mit jedem Mal schwerer. Zierlich, wie sie war, hatte sie meinem kräftigen Stiefvater wenig entgegenzusetzen. Allmorgendlich bat ich den Heiligen des Tages, sie und auch mich zu beschützen.
Zu Hause herrschte, wie ich in den nächsten Ferien feststellte, ein Scheinfriede. Meine Mutter hatte sich aufs Schweigen verlegt. Mit mir sprach sie nur das Allernötigste und mit meinem Stiefvater überhaupt nicht mehr. So konnte das schöne Kind, ganz nach seinem Wunsch, in einem Haus aufwachsen, in dem Stille, Gebet und Abgeschiedenheit die Atmosphäre prägten.
Ich erzählte nichts von dem, was in der Schule vor sich ging. Doch vor meiner Mutter konnte ich nichts verborgen halten, sie merkte alles. Wenn mein Stiefvater nicht in der Nähe war, spendete sie mir Trost, indem sie mir übers Haar strich oder mich an ihren Busen zog. Und nie verlor sie ein Wort darüber, wie es in ihrer Ehe aussah.
Ich hielt mein Leben als Hase durch. Mag sein, dass die Wut auf meinen Stiefvater mir die Kraft dazu verlieh. Ich wollte mir selbst beweisen, dass ich auch ohne ihn ein Mann werden konnte, der seinen Weg machen würde. Nach wie vor hegte ich den Wunsch, Schriftsteller zu werden, und hatte vor, Philologie zu studieren.
Aber es kam anders.

Als ich größer geworden war als meine Mutter, zog sie mich nicht mehr tröstend an sich, sondern hielt merklich auf Distanz. Meinem Stiefvater konnte das nur recht sein, meinte er doch, dass sie sich nun in jeder Hinsicht unterordnete.

Vielleicht war dem tatsächlich so, auch wenn ich es nicht glauben mochte. Ich hatte so viel von ihr gelernt und meinte, alle Zeichen deuten zu können, aber wie es wirklich um sie stand, erfasste ich nicht. Sie war ausgebrannt und innerlich leer, es fehlte ihr an Kraft, sich weiter zu widersetzen.

Ich sah allein, was ich sehen wollte: mich selbst als hässlichen, einsamen Jungen, von dem sich nun auch noch die Mutter abwandte, die allenfalls für ihr jüngstes Kind Augen hatte.

Amadeus war ein schöner blonder Knabe.

»Ein Kind wie ein Engel«, sagten die Kirchgänger zu meiner Mutter. Und: »Ganz der Vater.«

Der Unterschied zwischen mir und meinem Halbbruder war so groß, dass ich mich im Beisein anderer Leute von ihm fernhielt. Ansonsten erntete ich nur geringschätzige, bestenfalls mitleidige Blicke, und auf beides konnte ich verzichten. Ich war fest entschlossen zu beweisen, dass ich ein ebenso wertvoller Mensch war wie er. Nur wusste ich nicht wie.

Weil ich in der Schule inzwischen zu den Größten zählte, wurde es immer schwieriger, mich unsichtbar zu machen.

In dem Jahr, in dem ich vierzehn wurde und in den Stimmbruch kam, neigte sich meine Schulzeit dem Ende zu.

Im Sommer reiste ich zum letzten Mal von der Schule nach Hause und überlegte in der Kutsche, wie ich es erreichen könnte, weiterlernen zu dürfen.

Wie sich herausstellte, hatte mein Stiefvater bereits andere Pläne mit mir. Ich sollte in einem abgelegenen Dorf einem Pfarrer, den er kannte, zur Hand gehen und mit theologischer Unterweisung entlohnt werden, um später unter ihm selbst Kirchendiener zu sein. Da beschloss ich, mein Leben selbst in die Hand zu nehmen. Auf welche Weise auch immer.

Fest stand aber, dass in der letzten Zeit alles Kindliche von mir abgefallen war; das entnahm ich den ängstlichen Blicken meiner Mutter und der noch strengeren Miene meines Stiefvaters.

In jenem Sommer hielt ich mich viel in meinem Zimmer auf oder durchstreifte die Gegend, unternahm lange Wanderungen, um meinen Geist zu beruhigen. Zum ersten Mal sah ich die Dinge, wie sie waren.

Jeden Morgen badete meine Mutter das schöne Kind in einer Zinkwanne auf dem Küchentisch. Das junge Ebenbild meines Stiefvaters interessierte sich nicht für mich, und ich hielt es umgekehrt genauso.
Die Erwachsenen, zu denen auch ich nun – wenngleich nur dem Namen nach – zählte, badeten am Samstagabend. Dann schleppte meine Mutter einen Holzzuber in die Küche und stellte einen Wandschirm davor.
Als Erster badete mein Stiefvater und nahm sich dafür reichlich Zeit. War er fertig, goss meine Mutter heißes Wasser dazu, und ich war an der Reihe. Als Letzte badete sie selbst. Mein Stiefvater hatte sich dann längst in sein Zimmer zurückgezogen, um noch einmal die Sonntagspredigt durchzugehen, und das schöne Kind schlummerte bereits.

Eines Samstagabends im August saß ich im Wohnzimmer und las eine Erzählung von Goethe: *Das Märchen von der grünen Schlange und der schönen Lilie.* Dass es darin hieß, nichts sei so erquicklich wie das Gespräch, konnte ich kaum begreifen, denn für mich war die Stille weitaus erquicklicher. Eine Stille, wie sie auch jetzt herrschte, nachdem meine Mutter in den Badezuber gestiegen war. Die Lektüre fesselte mich sehr. So dauerte es eine geraume Weile, bis ich gewahr wurde, dass die Stille nichts Erquickliches mehr hatte; sie kam mir vielmehr bedrohlich vor, als hätte sich etwas Unwiderrufliches ereignet.
»Mama?«, rief ich.
Keine Antwort.
Ich wagte es nicht, die Küche zu betreten. Ebenso wie Lachen, Singen und lautes Sprechen war es in meines Stiefvaters Haus streng

verboten, in die Küche zu gehen, wenn jemand badete. Weder meine Mutter noch meinen Stiefvater hatte ich jemals nackt gesehen. Schließlich fasste ich mir ein Herz, ging hinein und fand meine Mutter im Zuber vor. Die Beine hatte sie angezogen, eine Hand ruhte auf dem Holzrand, die andere auf ihrem Bauch, ganz so, als machte sie ein Nickerchen. Ihre Augen waren offen, aber blicklos, die gelösten Haare trieben im Wasser.
Wie lange mochte ich da gestanden haben? Ich weiß es nicht … Ich musste zunächst den Anblick meiner unbekleideten Mutter verwinden, bevor ich erkannte, dass sie tot war.
Ob ich geschrien habe? Auch das weiß ich nicht.
Plötzlich stand mein Stiefvater neben mir. Gemeinsam zogen wir ihren wachsbleichen Körper aus dem Wasser. Was ich sah, bestürzte mich zutiefst und trieb mir die Tränen in die Augen: Der Rücken und die Schenkel meiner Mutter waren voller Striemen. Striemen wie von der Rute meines Stiefvaters, wenn er mich wegen Ungehorsams verdrosch. Und sie waren nicht alle frisch. Ich überlegte fieberhaft, ob ich meine Mutter jemals hatte schreien hören. Nein … Anscheinend hatte sie die Schläge still über sich ergehen lassen. Womöglich um mich zu schonen?
Mein Stiefvater und ich sprachen kein Wort miteinander, und jeder Gedanke, den ich fasste, jede Schlussfolgerung entglitt mir sofort wieder – mein Gehirn verweigerte den Dienst.
Mechanisch tat ich, was mein Stiefvater mich hieß. Wir trugen meine Mutter in die Schlafstube und legten sie aufs Ehebett. Er bedeckte ihren Körper mit einem Laken, setzte sich auf einen Stuhl daneben und befahl mir, den Arzt zu holen.
Es dauerte kaum eine halbe Stunde, bis ich mit dem Arzt zurück war. Doch in dieser kurzen Zeit hatte sich der Hass in mir einge-

nistet, gleich einer Schlange, die sich in ihre Beute verbeißt, und an einer Stelle, die dem Verstand nicht zugänglich ist. Er wurde so übermächtig, dass die Trauer um meine Mutter gänzlich in den Hintergrund trat. Es zerriss mir fast das Herz, und doch war ich keiner Träne, keines Schluchzers fähig.

Während ich fortgewesen war, hatte er meiner Mutter ein Nachthemd übergezogen, sodass der Arzt die Striemen an ihrem Körper nicht zu sehen bekam. Allem Anschein nach hatte er mit Bedacht zugeschlagen, denn ihre Arme und auch das im Tod noch schöne Gesicht wiesen keine Spuren von Misshandlung auf.

Der Arzt stellte fest, dass meine Mutter ertrunken war, vermutlich aufgrund einer plötzlichen Ohnmacht. Weitere Untersuchungen schienen ihm nicht erforderlich zu sein.

Ich jedoch wusste es besser.

Meine Mutter war freiwillig aus dem Leben geschieden, weil sie das Zusammenleben mit meinem Stiefvater nicht mehr ertragen konnte. Die Verzweiflung hatte sie zu diesem Schritt getrieben. Er hatte ihr das letzte bisschen Lebenskraft ausgesaugt, wie der Totenkopffalter den Honig aus dem Bienenstock. Und sie dann mit einer eiskalten giftigen Nadel aufgespießt, die die Sonne in ihr endgültig zum Erlöschen brachte.

Einen Moment lang dünkte mir, sie schliefe nur, und ich war wieder der kleine Junge, der sich so gern an sie schmiegte und vor übergroßer Liebe weinen musste und ihr Gesicht mit Küssen bedeckte. Sie würde mich wiederküssen, stellte ich mir vor, mich an sich ziehen und mir versichern, ich sei ihr das Liebste auf der Welt, und alles wäre gut. Mit ihrer Schürze würde sie meine Tränen trocknen, ich würde meinen Kopf an ihren weichen Busen drücken und meine Arme um sie schlingen. Dann würde sie wieder – unversehrt und

vollkommen – ganz mir gehören. Und das Zimmer wäre von ihrem Rosenduft erfüllt.
Meine Kehle war wie zugeschnürt; ich sagte kein Wort von meinem schlimmen Verdacht zu dem Arzt, und er wiederum fragte nichts.

Fortan wurde mein Stiefvater in der Gemeinde mit einem besonderen Mitgefühl bedacht. Den Trauergottesdienst hielt er selbst und lobte dabei meine Mutter über den grünen Klee.
Neben mir stand das schöne Kind. Es vergoss keine Träne; das Weinen war ihm wohl beizeiten ausgetrieben worden. Dennoch tat Amadeus mir zum ersten Mal leid. Er musste mit seinem Vater weiterleben, ohne die Wärme und Liebe meiner Mutter. Ich fasste nach seiner Hand und drückte sie. Er sah mich verständnislos an und entzog mir die Hand. Für ihn war ich nahezu ein Fremder und ein Mensch, vor dem ihm graute.

Der Kirchhof lag am Waldrand. Als der Sarg in die Grube gelassen wurde, röhrte ein Hirsch, so als wollte er meiner Mutter einen letzten Gruß darbringen.
Dadurch gelang es mir, den Hass eine Zeit lang zu unterdrücken und mich ganz der Trauer hinzugeben. Allein gefühlt hatte ich mich schon seit Längerem, jetzt aber war es, als stiege aus dem offenen Grab eine beklemmende Einsamkeit und umfinge mich wie eine zweite Haut.
Meine Mutter hatte mich für immer verlassen.
Mein Stiefvater stand da, ins Gebet versunken, und ich verachtete mich selbst ob meiner Feigheit. Hätte ich ihn getötet, wie ich es vorgehabt hatte, wäre das alles nie passiert.

Ein Leichenschmaus wie nach dem Begräbnis meines Vaters fand nicht statt. Stattdessen ließ mein Stiefvater Sauerteig- und Malzbrot an die Armen verteilen, was im Ort mit Wohlwollen vermerkt wurde.

Am Abend zündete ich in meinem Zimmer drei Kerzen an, legte das Bildchen der heiligen Elisabeth daneben und rief meine Mutter an. Dass ihre Seele noch in der Nähe weilte, merkte ich daran, dass Rosenduft im Zimmer hing.

Als mein Stiefvater nebenan zu Bett gegangen war, wurde der Duft intensiver, dann sah ich im Kerzenschein ihr geliebtes Gesicht und vernahm ihre Stimme, leise wie ein Windhauch.

»Verlass dieses Haus, Michael«, sprach sie. »Sonst wird er dich vernichten. Lass das nicht zu. Werde stärker als er.«

Mit einem Knistern erlosch die mittlere Kerze. Meine Mutter sagte noch etwas, aber so leise, dass ich es nicht verstand.

Doch es brauchte keine weiteren Worte mehr. Ich war fest entschlossen, ihren Tod zu rächen.

Tags darauf schickte ich eine Bewerbung an eine Militärschule, denn nur als Soldat konnte ich ein ganzer Mann werden.

Mein Stiefvater hatte keine Einwände, als ich ihm von meinem Plan berichtete. Er fragte lediglich, warum ich zu den Soldaten wolle.

»Die Antwort wirst du später bekommen«, beschied ich ihm. Noch fehlte es mir an Mut zu sagen: »Um dich zu töten.« Zunächst einmal musste ich so hart werden wie er.

Erst einige Monate später konnte ich das Haus verlassen, denn die Warteliste an der Militärschule war lang, und da ich kein Einkommen hatte, konnte ich nicht für mich selbst sorgen.

Ohne Abschied von meinem Stiefvater brach ich auf. In meinen Tornister hatte ich ein paar Andenken an meine Mutter gepackt: ein weinrotes Schultertuch, ihren Rosenkranz, von dem ich mir Glück erhoffte, und die Brosche mit der Kamee, die sie stets bei ihren Séancen getragen hatte. Der Schmuckstein hatte die Form einer Rose. Meine Mutter hatte Rosen so sehr geliebt; im Garten wuchsen mehr als zehn Sorten, und sämtliche Vorhänge im Haus hatten ein Rosenmuster. Am liebsten hätte sie sich auch Kleider aus solchem Stoff genäht, aber das hatte mein Stiefvater ihr verboten, weil er es als eitle Zierde und daher als verwerflich ansah. Darum war sie meist in graue oder dunkelblaue Baumwolle gekleidet gewesen und hatte statt spitzenbesetzter Hauben wie zu Anfang in Ansbach schlichte Kopfbedeckungen aus gestärktem Leinen getragen.

»Die Rose steht für die Liebe, für die Vergänglichkeit und für ein Leben in der Nachfolge Christi«, hatte sie zu meinem Stiefvater gesagt, wenn er sich über den Rosenduft in den Räumen beschwerte.

»Blumenduft im Haus führt in Versuchung und nährt die Eitelkeit«, hatte er ihr zur Antwort gegeben. »Rosen gehören an Stiele mit Dornen und in den Garten, nicht in Vasen im Zimmer. Gottes Schöpfung ist vollkommen, daran darf der Mensch nicht rühren.«

Gleich nach ihrem Tod verschenkte er ihre Sachen an Bedürftige, sodass ich keine Gelegenheit mehr hatte, das eine oder andere Kleidungsstück in die Hand zu nehmen, um noch einmal seinen Duft wahrzunehmen. Alles, was an meine Mutter erinnerte, wurde getilgt: die Häkeldeckchen, die bestickten Sofakissen, die Topfblumen auf den Fensterbrettern, die Vasen und die bunten Tischtücher. Sogar ihr Teeservice mit Rosenmuster und Goldrand kam in eine Kiste und landete auf dem Speicher. Ich fragte mich, ob mein Stiefvater meine Mutter jemals geliebt hatte.

Ein paar Dinge hatte er zum Glück übersehen. Kurz vor meinem Aufbruch fand ich in der untersten Küchenschublade die Taschenbibel meiner Mutter. Zwischen den dünnen Seiten hatte sie getrocknete Rosenblätter und auch ein paar Heiligenbildchen aufbewahrt. Mein Stiefvater hatte als evangelischer Pfarrer jegliche Heiligenverehrung in seinem Haus verboten, und wenn er solch ein Bildchen fand, riss er es entzwei. Daraufhin hatte meine Mutter die Heiligen, die ihr besonders wichtig waren, versteckt: Franziskus in einer Büchse mit Mehl, Pelagia im Nähkästchen, und das Bildnis der Elisabeth von Thüringen befand sich immer in ihrer Schürzentasche. So nisteten sich, ohne Wissen meines Stiefvaters, zahlreiche Heilige in seinem Haus ein. Erst nach meiner Mutter Tod tauchten sie nach und nach auf, wie ein letzter Trauerzug für die Frau, die ihnen tagtäglich Ehre erwiesen hatte.

Die Bibel hatte meine Mutter bei ihren Séancen stets neben sich gehabt, und ihre linke Hand lag darauf, wenn sie mit der rechten pendelte.

Ich hielt die Nase an die Bibel und sog den Duft meiner Mutter ein. Dann wickelte ich sie sorgfältig in das weinrote Tuch und steckte sie ein.

In den Monaten, die ich noch in Ansbach zubrachte, verkümmerte der Garten. Die Beete wurden nicht mehr gegossen, die Rosen trugen keine Blüten mehr, sondern nur noch Dornen.

Kurz bevor ich die Tür endgültig hinter mir schloss, warf ich einen letzten Blick auf Amadeus. Er sah mich fragend an und irgendwie betrübt, so als begreife er erst in dem Moment, dass ich ein Teil seines Lebens gewesen war. Über seine kindlichen Züge legte sich ein Schatten des Alters, so als wäre der Frühling unmittelbar in den Herbst übergegangen.

Ich würde ihn nie mehr wiedersehen, das wurde mir in diesem Augenblick klar. Darum kehrte ich noch einmal um, kniete mich neben ihn und strich ihm übers Haar.
»Vergiss nicht zu lachen, Amadeus«, sagte ich. Und meinte, den Anflug eines Lächelns wahrzunehmen. Aber es konnte auch Einbildung gewesen sein.

Die nächsten vier Jahre vergingen wie im Flug. Von meinem Stiefvater hörte ich nichts, und ich selbst meldete mich auch nicht. Aber die Welt ist bekanntlich klein, und so kam mir zu Ohren, dass er sich ein Jahr nach dem Tod meiner Mutter wieder verheiratet hatte. Mit einer über zwanzig Jahre jüngeren Frau. Die nächste, die er zu malträtieren versuchen wird, der er die Lebenskraft aussaugt, dachte ich bitter. Und mein Hass flammte erneut auf.
Auf der Militärschule gefiel es mir weit besser als in der Heimschule. Möglicherweise lag das auch an meinem männlicheren Aussehen. Mit spärlichem Flaum am Kinn hatte ich mich aufgemacht, und inzwischen trug ich einen vollen Schnurrbart, der die Hasenscharte weniger auffallen ließ. Zumindest äußerlich, in meinem Innern war sie nach wie vor ein unauslöschlicher Makel. Und sie prägte weiterhin mein Verhalten: Ich war und blieb ein feiger Hase, auch wenn ich mit dem schiefen Mund und dem Bart einen verwegenen Eindruck machen mochte.
Offene Anfeindungen wegen meines Aussehens hatte ich nicht mehr zu erdulden, doch merkte ich sehr wohl, dass man mir tunlichst aus dem Weg ging. Und oft bekam ich Arbeiten zugeschanzt, die keiner gern tun wollte. Ungezählte Male wurde ich zum Latrinenputzen oder Bettenentflohen abkommandiert.
Wenn ich mit einem Kameraden Wache schieben musste, spürte ich deutlich die Zurückhaltung. Ich bemühte mich gar nicht erst um Freundschaften, war ich doch ungeübt darin, eine ungezwungene Unterhaltung zu führen. Meine Triebfeder, die harte Ausbildung an der Militärschule durchzustehen, war einzig und allein der Hass auf meinen Stiefvater.
Danach trat ich als Soldatenknecht ins badische Heer ein. Von meinem ersten Sold kaufte ich einen Dolch mit zweischneidiger Klinge.

Sein Heft aus Horn zierte ein Totenkopf. Mit diesem Dolch würde ich irgendwann den Mann töten, den ich aus tiefstem Herzen hasste. Die niederen Ränge feierten gern und oft. Ich wurde dazu nicht eingeladen, war aber trotzdem meist dabei, denn einer musste ja das Spanferkel am Spieß drehen, die Gläser spülen und zu später Stunde, wenn das Fest ausuferte, die Lachen von Erbrochenem aufwischen.

Bei den Gelagen der Soldaten waren auch Frauen zugegen. Ich hatte mich noch nie mit einer Frau unterhalten, geschweige denn eine Liebschaft angefangen. Aber indem ich mich nützlich machte, konnte ich sie in aller Ruhe aus dem Augenwinkel beobachten. Eine, die meiner Mutter glich, war nicht unter ihnen.

Samt und sonders waren sie kokett, boten den Blicken der Soldaten entblößte Schultern und pralle Brüste in tiefen Dekolletés dar, lachten laut mit rot geschminkten Mündern und hatten Frisuren wie hoch aufgetürmte Heuhaufen. Manche trugen aufreizende schwarze Schönheitspflästerchen über dem Mundwinkel oder am Hals. Sie kamen mir vor wie Wild, das sich an den Jäger heranmacht, um erlegt zu werden.

Nach zwei Jahren wurde ich zum Unteroffizier im dritten leichten Infanteriebataillon zu Karlsruhe befördert. Voller Stolz trug ich meine leuchtend blaue Uniform und den Raupenhelm und wünschte mir, meine Mutter könnte mich so sehen.

Hin und wieder suchte ich die Verbindung mit ihr. Wenn ich dann ihre Stimme hörte, machte mich das zuversichtlich. Sie ganz loszulassen brachte ich noch nicht über mich. Jedes Mal, wenn ich es erwog, erschien sie mir im Traum, und am Morgen meinte ich, einen zarten Rosenduft wahrzunehmen.

Als ich vierundzwanzig Jahre alt war, kam es zum Krieg. Österreichische Truppen unter Führung General Macks fielen in Baden ein, und es war nicht leicht, ihnen zu trotzen. Im September überquerten die Truppen unseres Verbündeten Napoleon Bonaparte den Rhein und trieben binnen kurzer Zeit die Österreicher zurück, die nach einer erbitterten Schlacht bei Ulm schließlich kapitulierten.
Insgeheim war ich froh über diesen Krieg, denn obwohl ich eine Uniform trug und mit Waffen umzugehen verstand, fühlte ich mich noch nicht Manns genug, meinem Stiefvater entgegenzutreten und meine Mutter zu rächen. Erst einmal musste ich mir selbst beweisen, dass ich in der Lage war, einen Menschen zu töten. Würden meine Hände ausführen, was der Verstand ihnen diktierte?

In der Nacht, bevor wir ins Feldlager zogen, sah ich im Traum meine Mutter.
Sie berührte meine rechte Hand und sprach: »Pass gut auf diese Hand auf, Michael. Sie ist wichtig.«
Ob das eine Warnung sein sollte? Ich wusste die Worte nicht recht zu deuten, aber noch in derselben Nacht entzündete ich eine Kerze und legte das Bildchen des Johannes von Damaskus mit der abgehackten Hand daneben.
Am Morgen war meine Hand von einem roten Ausschlag überzogen, ein Hund bellte drei Mal, als ich den Schlafsaal verließ, und es war der Tag der heiligen Rosa, die meine Mutter besonders verehrt hatte. Ihr Bildnis hatte ich in der Taschenbibel gefunden, und ich kannte auch ihre Lebensgeschichte.
Rosa wohnte inmitten eines Gartens und pflegte mit Hingabe die Blumen, die dort wuchsen. Es störte sie nicht, wenn Bienen oder Wespen sie stachen, weil auch sie Geschöpfe Gottes waren. Dann

jedoch machten die vielen Stiche sie krank. Sie trug die Krankheit mit Würde und widmete sie all jenen, die in Streit leben.
Rosa galt als die Heilige, die man anrief, um Schuppen und Hautkrankheiten loszuwerden und wenn in der Familie Unfrieden herrschte.
Erst viel später begriff ich, warum meine Mutter diese Heilige so hoch geschätzt hatte. Letztlich war es ihr ähnlich ergangen wie Rosa: Ein bösartiges Insekt in Gestalt meines Stiefvaters hatte ihr so lange zugesetzt, bis sie nicht mehr konnte.
Es wäre nicht allzu schwer gewesen, die Zeichen zu deuten, doch damals war ich wie blind.
Die Schlacht bei Ulm sollte mir zum Verhängnis werden. Ich hatte den Auftrag, Botschaften zwischen den verschiedenen Kommandanten unserer Einheiten zu überbringen und die kämpfenden Soldaten mit Essen und Trinken zu versorgen. Kanonenfutter war ich. Bei meinen Boten- und Versorgungsgängen pfiffen mir die Kugeln um die Ohren. Immer wieder musste ich Deckung suchen, sodass ich manches Mal für ein paar hundert Ellen drei Stunden brauchte. Aber besser spät ankommen als nie, sagte ich mir, und vor allem mit heilen Gliedern.
Ich musste über sterbende Soldaten hinwegsteigen, sowohl aus unseren wie aus des Feindes Reihen, und sah, wie der Tod die zuckenden Leiber einander gleich machte. Das Gras war vom vielen Blut rotbraun verfärbt, dazwischen blitzte das Blau der badischen Uniformen auf – gebrochenen Blüten gleich.
Ich hatte zwar eine Waffe bei mir, aber mit Proviant in beiden Händen hätte ich sie wohl kaum rechtzeitig einsetzen können. Auch zweifelte ich, ob ich es überhaupt wagen würde. In der Ausbildung hatte ich mich als Schütze durchaus bewährt, doch auf einen Papp-

kameraden zu zielen war etwas ganz anderes als auf einen lebenden Menschen. Und jedes Mal, wenn ich einen schießbereiten Kameraden sah, erschien Hubert vor meinem inneren Auge.
Gekämpft wurde von Sonnenaufgang bis Sonnenuntergang.
Wir nächtigten in den Schützengräben, aber zum Schlafen kam ich kaum, weil ich meist zur Wache eingeteilt war. In den langen Nächten bis zur Niederlage der Österreicher fragte ich mich oft, warum um Himmels willen ich mich dem Heer angeschlossen hatte. Doch dann sah ich das Gesicht meines Stiefvaters vor mir und wusste die Antwort.
Am letzten Tag tobte die Schlacht besonders heftig. Insgeheim bewunderte ich die zähen Österreicher für ihren Kampfesmut. Aber gegen Napoleons Heer, das sie eingekreist hatte, kamen sie letztlich nicht an.
Ich wurde von einem Posten zum anderen geschickt. Den Rosenkranz meiner Mutter trug ich als Talisman um den Hals, bezweifelte jedoch, dass er mich in diesem Hexenkessel schützen konnte.
Plötzlich knallte es unmittelbar neben mir ohrenbetäubend laut. Dann wurde alles schwarz.

Damals habe ich dem Tod zum zweiten Mal ins Auge geblickt. Und zu meiner Verwunderung fand ich es überhaupt nicht schlimm.

Ich ging durch einen langen Gang, an dessen Ende ein Licht leuchtete. Meine Mutter hielt mich an der Hand, und ich war wieder das kleine Kind, das sie allzeit zu behüten versprochen hatte. Mit der anderen Hand schwenkte sie den Rosenkranz, nach dem ich zu greifen versuchte.

»Komm, kleiner König, die heilige Rosa erwartet dich. Sie hat Galuska für dich gekocht«, sagte meine Mutter.

Ich wollte die Augen nie wieder auftun und die Hand meiner Mutter nie mehr loslassen. Im Mund schmeckte ich schon die Galuska …

Da hörte ich meinen Namen. Laut und gebieterisch.

»Ostheim, bleib hier! Nicht abtreten! Du schaffst es!«

Jemand knöpfte meine Jacke auf, dann spürte ich etwas Feuchtes im Gesicht – ein Tuch? Dieser Jemand wollte mich von meiner Mutter trennen. Mich dem Tod entreißen. Weg war der Geschmack nach Galuska. Ein großes Bedauern überkam mich. Nur zu gern wäre ich meiner Mutter in das große Nichts gefolgt, hätte mich von ihren weichen Armen umfangen lassen, mich auf ewig an ihrer Liebe gewärmt.

Aber es sollte nicht sein. Ein gleißendes Licht zwang mich zurück ins Hier und Jetzt.

Ich schlug die Augen auf und wusste erst nicht, wo ich mich befand.

Ein Mann sah mich aus blutunterlaufenen Augen an.

Seine Uniform war zerrissen, und an seiner Stirn klaffte eine Wunde.

Ich lag hinter einer Kanone in einer Mulde, halbwegs geschützt vor den schwirrenden Kugeln, regungslos vor mich hin starrend, und der andere mühte sich ab, mich am Leben zu erhalten.

»Dich hat's erwischt. Du bist am Bein getroffen worden. Auch am Kopf und am Arm. Bleib ruhig liegen, beweg dich nicht. Ich binde dir die Adern ab, sonst verblutest du.«
Die Worte klangen wie von fern und doch ganz nah, ebenso das Knallen der Schüsse und der Kanonendonner.
Den Abzeichen an seinem Helm nach war mein Retter ein Major. Irgendwie kam er mir bekannt vor, doch sein Name wollte mir nicht einfallen. Er jedenfalls wusste den meinen. Kurz entschlossen riss er zwei Streifen Stoff von seinem Hemd und band die Wunden an Arm und Bein ab.
Ich betrachtete sein angespanntes Gesicht. Woher kannte ich ihn nur? Solch durchdringende hellblaue Augen hatten nicht viele …
Ich spürte, wie das Blut wieder kräftig in meinen Adern pulsierte, fasste nach dem Rosenkranz um meinen Hals und dachte an meine Mutter, deren Bild sich im Kriegsgetümmel aufgelöst hatte.
Ich roch Pulverdampf, Salpeter und Blut, vor allem Blut. Die Luft war davon erfüllt. Diesen Geruch sollte ich noch lange in der Nase tragen …
Ein ungekanntes Gefühl bemächtigte sich meiner. Ein anderer Mensch tat sein Bestes, um mich vor dem Tod zu erretten. Der Hase war noch nicht reif für die Schlachtbank … Ich öffnete den Mund, um ihm zu danken, und merkte, dass Blut herauslief.
»Ganz ruhig«, sagte er. »Gleich ist es vorbei.«
Meinte er mein Leben oder die Schlacht, die nach wie vor um uns herum tobte?
Wieder verlor ich das Bewusstsein.
Als ich zu mir kam, befand ich mich in einem Feldlazarett inmitten von stöhnenden und vor Schmerzen schreienden Männern mit blutigen Verbänden. Viele riefen nach ihrer Mutter.

Meine rechte Hand spürte ich nicht mehr. Und die Wunde am Bein war, wie man mir sagte, so groß wie eine Kinderfaust. Am Kopf war ich nur leicht verletzt, durch einen Streifschuss, dennoch sausten mir noch tagelang die Ohren.
Viele um mich herum waren weit schlechter dran als ich; alle naselang wurde einer, mit einem Laken bedeckt, hinausgetragen.
Die dünnen Strohsäcke unter uns waren von Blut und Wundsekreten durchtränkt, der süßliche Geruch lockte unzählige Fliegen an.
Ich konnte mich kaum bewegen und fragte mich, ob die Verletzungen womöglich schlimmer waren und ich dauerhaft gelähmt bleiben würde. Der Hase in der Falle, dachte ich unwillkürlich.
Zwischendurch fing ich einzelne Wörter und halbe Sätze auf, aus denen ich schloss, dass der Feind geschlagen war, dass unsere Truppen im Verein mit Napoleons Soldaten den Sieg errungen hatten.
Dreißigtausend österreichische Soldaten hatten sich ergeben, zwanzigtausend waren geflohen und zehntausend gefallen. Auf unserer Seite waren weniger Verluste zu beklagen; sechstausend Mann waren tot oder verwundet, und zu den Letzteren zählte ich. Nein, ein Held war ich nicht geworden.

Drei Tage später wurden wir in ein Krankenhaus verlegt, wo weiß gekleidete Nonnen sich unserer annahmen. Ich bekam Fieber und Wundbrand. Kurze Zeit sah es so aus, als müsste mir der Arm abgenommen werden.
Die Nonnen pflegten mich so hingebungsvoll, wie meine Mutter es getan hätte, und beteten für mich den Rosenkranz, weil ich selbst es mit dem dicken Verband nicht konnte. Tagsüber hatte ich viel Zeit zum Nachdenken, und in der Nacht hielt ich Zwiesprache mit meiner Mutter.

»Du bist am Leben geblieben, Michael«, sagte sie, »auf dich wartet noch eine wichtige Aufgabe.«

Nach sieben Tagen war das Schlimmste überstanden, und ich erhielt Besuch von meinem Retter. Er war in meinem Alter, vielleicht etwas jünger, und diesmal blickte er fröhlich drein. Wieder meinte ich, ihm früher schon einmal begegnet zu sein.

Er nahm meinen Rosenkranz und ließ die Perlen langsam durch seine Finger gleiten. »Ein ungewöhnlicher Kranz«, stellte er fest. »Er hat mehr Gebetsperlen als üblich.«

»Sie haben mir das Leben gerettet«, sagte ich. »Dafür stehe ich auf ewig in Ihrer Schuld.«

Er machte eine wegwerfende Geste und fragte: »Wie heißt du mit vollem Namen?«

»Unteroffizier Leonhard Christian Ostheim. Zu Ihren Diensten, Herr Major«, antwortete ich. Und hätte ich es gekonnt, so hätte ich auch noch die Hacken zusammengeschlagen.

Meinen eigentlichen Vornamen, Michael, hatte ich mit Bedacht weggelassen, denn er schien mir nicht in diese harte Männerwelt zu passen. Michael – das war ein empfindsamer Knabe, der für seine Mutter Blütenblätter trocknete, einen Hirsch zum Freund hatte und die Heiligen anrief. Leonhard Christian hingegen war ein Mann, der vorhatte, einen anderen Mann zu töten.

»Ach, ich dachte, du heißt Michael. Der Name passt viel besser zu dir. Aber das spielt jetzt keine Rolle. Du kannst mir gelegentlich einen Gegendienst erweisen. Für einen wie dich habe ich immer Verwendung. Jetzt aber sieh zu, dass du wieder ganz gesund wirst.«

Er nickte mir bedeutungsvoll zu, bevor er wieder ging.

Verwendung für einen wie mich …? Was mochte er damit meinen? Wofür sollte ein Mann mit Hasenscharte von Nutzen sein?

Mir gingen viele Dinge durch den Kopf, insbesondere grämte ich mich, weil ich die Warnung meiner Mutter nicht begriffen hatte.

Zwei Monate darauf wurde ich aus dem Krankenhaus entlassen. Mein Traum, als Soldat zum Helden zu werden, war ausgeträumt. Die Schusswunde am Bein war so gut wie verheilt, allerdings hinkte ich noch. Ob sich das mit der Zeit legen würde, hatte der Arzt nicht zu sagen vermocht. Die Kugel in meinem Arm war entfernt worden, und der Wundbrand hatte zum Glück nicht so weit um sich gegriffen, dass eine Amputation nötig gewesen wäre. Aber meine rechte Hand war nicht mehr so beweglich wie vorher – ein Gewehr würde ich damit nicht mehr bedienen können. Das bedeutete, dass es mit meiner militärischen Laufbahn vorbei war, und ich fragte mich, was aus mir werden sollte.

Da erhielt ich völlig unerwartet ein Schreiben von dem Major, der mich gerettet hatte. Er bat mich, nach Karlsruhe zu kommen und mich in einer Herberge namens Blümenwald einzuquartieren. Dort wollte er mich aufsuchen. Den Namen, mit dem er unterschrieben hatte, meinte ich schon einmal gehört zu haben.

Der Umschlag enthielt außerdem Geld für die Reise mit der Postkutsche und das Logierzimmer. Ich wunderte mich über das Ansinnen und dachte unwillkürlich an die Geschichten, die unter den Soldaten kursierten, Geschichten über Liebschaften, die manchmal zwischen Männern entstehen, wenn sie lange Zeit unter sich sind, nicht nur in Kasernen, sondern auch in Gefängnissen und Klöstern. Ich hatte keine Vorstellung, wie so etwas ablief. Die körperliche Liebe hatte ich noch nie erfahren, kannte nur die Gelage, bei denen sich wollüstige Frauen an die Soldaten heranmachten. Mich selbst empfand ich als viel zu hässlich, um eine Frau zu beeindrucken, und selbst Männer, die sich mit ihresgleichen einließen, würden einen Bogen um mich machen. Zudem würde der Major durch solche Dinge seinen Ruf aufs Spiel setzen. Er sah gut aus, und man munkelte, er könne jede Frau haben, die ihm gefiel; dass er verheiratet war, schien kein Hindernis zu sein.

Was also wollte er von mir?

Ich erstand drei Kerzen, rief meine Mutter an und bat sie um Rat. Vor mir auf dem Tisch lagen ihre Bibel, die Heiligenbildchen und ihr weinrotes Schultertuch. Ich strich über das Tuch und wartete. Doch es tat sich nichts. Wollte sie nicht zu mir sprechen? Oder hatte ich etwas Ungehöriges gefragt?

Eine der Kerzen erlosch – es war die für die Lebenden. Ich prüfte, ob das Fenster richtig geschlossen war, danach versuchte ich es abermals. Sie musste mir helfen, ich brauchte ihren Beistand.

In jener Nacht ging ich nicht zu Bett, sondern wachte bei den Kerzen. Stunde um Stunde verging.

Plötzlich riss ein Windstoß die Läden auf und fuhr so heftig ans Fenster, dass es aufsprang. Die Kerzen verloschen auf der Stelle, und meine Heiligen wurden durchs Zimmer geweht.

Das Bildchen des heiligen Ambrosius mit dem Bienenkorb und der Geißel in den Händen landete auf meinem Schoß. Anscheinend wollte er anstelle meiner Mutter zu mir sprechen.

*Weise Worte sind wie Honigwaben*, stand über seinem Kopf, und mir war, als blickte er mich freundlich an.

Seine Geschichte war mir wohlbekannt. Als Säugling lag Ambrosius mit offenem Mund in seiner Wiege, als ein Schwarm Bienen auftauchte. Sie ließen sich auf seinem Gesicht nieder und flogen ihm gar in den Mund. Seine Amme schickte sich an, die Bienen zu verscheuchen und totzuschlagen. Da gebot Ambrosius' Vater ihr

Einhalt, weil er glaubte, dass die Bienen von Gott gesandt waren. Als sie nacheinander wegflogen, ohne das Kind gestochen zu haben, war der Vater überzeugt, dass sein Sohn auserwählt war – für eine große Zukunft als Kirchenlehrer.

Nun hatte ich die Antwort: Auch ich war auserwählt. Für einen wie dich habe ich immer Verwendung, hatte der Major gesagt. Kein Zweifel, auf mich wartete eine wichtige Aufgabe. Und dass ich trotz meiner Hasenscharte dafür ausersehen war, verlieh mir ein Hochgefühl.

Am nächsten Morgen schrieb ich dem Major, er könne auf mich zählen, und schon eine Woche später brach ich auf.

Wäre ich nicht nach Karlsruhe gefahren, hätte ich Rosika niemals kennengelernt. Und Schmetterlingshaut hätte meine Liebe und mein Leben nicht zerstören können.

Als ich dem Major mit seinem jugendfrischen Gesicht gegenüberstand, fiel es mir wie Schuppen von den Augen. Johann Heinrich David Hennenhofer hatte mich vor vielen Jahren schon einmal gerettet – er war es, der mich im Wald befreite, als die anderen Jungen mich meinem Schicksal überlassen hatten.
»Unsere Wege scheinen sich öfter zu kreuzen«, sagte er lächelnd.
Er war nur wenig über zwanzig, doch sein Blick und die ruhige Sprechweise ließen ihn älter und auch weiser erscheinen. Ich konnte mir gut vorstellen, dass seine Art in Verbindung mit dem blendenden Aussehen bei Frauen gut ankam.
»Sie haben mir schon zum zweiten Mal das Leben gerettet«, sagte ich zu ihm. »Warum? Schreckt meine Hasenscharte Sie nicht ab, so wie alle anderen?«
Ernst sah er mich an und stopfte dabei in aller Ruhe seine lange beinerne Pfeife, deren Kopf dem Gesicht eines alten Mannes nachgebildet war. Gleich darauf roch ich aromatischen Tabakrauch.
Wir saßen im Nebenraum einer Schenke; von draußen waren gedämpft Geräusche zu hören: rollende Kutschenräder und das Wiehern von Pferden, die gewechselt wurden. Zwischen uns auf dem Tisch standen eine Karaffe lieblicher Rheinwein und ein Teller mit Kringeln, getrockneten Datteln und Konfekt.
Er wählte seine Worte mit Bedacht, und obwohl er einen höheren Rang bekleidete als ich, schien es mir, als betrachtete er mich als ebenbürtig.
»Mein Vater war Kaufmann und oft auf Reisen. Manchmal zwei oder gar drei Jahre am Stück. Er besaß ein eigenes Schiff und handelte überall auf der Welt mit Tuchen und Pelzwerk. In den kurzen Zeiten, die er zu Hause verbrachte, gelang es ihm stets, unsere Fremdheit mit allerlei abenteuerlichen Geschichten zu überbrü-

cken. Ich hing an seinen Lippen und bewunderte ihn wie einen Helden. Heute frage ich mich, ob seine Erzählungen immer der Wahrheit entsprachen, aber damals kümmerte mich das wenig. Ich glaubte ihm jedes Wort, und wenn er wieder fort war, schwelgte ich in Erinnerungen daran. Seine Geschichten waren mir mehr wert als teure Geschenke. Ich war noch recht klein, da erzählte er mir von einer Reise per Postkutsche von Ungarn nach Franken. Er kam mit einer Frau ins Gespräch, deren Sohn ein entstelltes Gesicht hatte und sich die ganze Fahrt über bemühte, es hinter einem Schal zu verbergen. Von den Mitreisenden wurde er abschätzig beäugt. Seine Mutter hielt ihn auf dem Schoß und gab ihm einen Rosenkranz zum Spielen, der ungewöhnlich viele Perlen hatte. Der Kleine zählte sie, kam aber immer nur bis zwanzig; weiter konnte er noch nicht zählen. Die Frau sagte meinem Vater, ihr Sohn werde wegen seiner Hasenscharte wie ein Aussätziger behandelt und sie wolle ihn operieren lassen.«

Ich war wie vor den Kopf geschlagen. Denn ich erinnerte mich noch gut an Johann Hennenhofers Vater. Er war sehr freundlich gewesen und hatte meine Mutter mit Respekt behandelt. Und ihr nicht nur zu einer Unterkunft in der Pfarrstraße verholfen, sondern letztlich auch zu ihrer Arbeit bei dem Bestatter Otto von Bielefeld.

»Mein Vater nahm mir das Versprechen ab, niemals einen Menschen seines Aussehens wegen zu verachten. Die Geschichte machte mir tiefen Eindruck. Warum, vermag ich gar nicht zu sagen. Aber als ich ein paar Jahre später dir begegnete, fiel sie mir wieder ein. Mein Vater ist übrigens tot – er kam auf See in einem Sturm um, und das Einzige, was mir von ihm geblieben ist, sind seine Geschichten.«

»Ich war jenes Kind in der Kutsche, Herr Major, und an Ihren Herrn Vater erinnere ich mich noch gut. Er hat mich als einer von wenigen

Erwachsenen angelächelt und ist für mich eingetreten. Nun bin ich Ihnen doppelt und dreifach zu Dank verpflichtet.«

Weil ich es nicht gewohnt war, viel zu reden, geriet ich immer wieder ins Stammeln und schämte mich meiner hässlich klingenden Stimme. Auch konnte ich meine Rührung nicht verbergen. Seit dem Tod meiner Mutter hatte mir keiner mehr Wärme entgegengebracht, sodass ich mir die meiste Zeit so nutzlos vorgekommen war wie ein lästiges Insekt. Und jetzt trat dieser Johann Hennenhofer wieder in mein Leben und setzte der Herzlosigkeit anderer unvoreingenommene Freundlichkeit entgegen.

»Ich habe ja nur meine Christenpflicht getan«, wiegelte er ab, setzte dann aber hinzu: »Es gibt allerdings etwas, das du für mich tun kannst, Ostheim.«

Einen Moment lang blitzte etwas wie Berechnung in seinen Augen auf, und mir wurde klar, dass ich einen Mann mit vielen Gesichtern vor mir hatte.

Nun denn, ich konnte mir ja anhören, was für eine Gegenleistung er im Sinn hatte.

»Es geht um eine Sache, bei der du mir vertrauen musst und keine Fragen stellen darfst«, fuhr er fort, indem er mich eindringlich musterte. Das Blau seiner Augen schien sich zu verdunkeln.

Ich nickte. Keiner von uns beiden hatte bisher von dem Wein getrunken, und ich spürte mit jeder Faser meines Körpers, dass etwas bevorstand, das mein ganzes weiteres Leben bestimmen sollte.

»Ich bin beauftragt, einen schweigsamen und zuverlässigen Mann zu engagieren, der im Heer gedient hat. Für eine Stellung als Lakai bei Hofe in Karlsruhe, in Diensten des Großherzogs Karl, der dort mit seiner Gemahlin Stephanie und dem gemeinsamen Töchterchen Luise residiert. Kurzum: Meine Wahl ist auf dich gefallen.«

Lächelnd legte Hennenhofer den Kopf ein wenig schräg, so als wollte er die Wirkung seiner Worte beobachten.
Ich glaubte meinen Ohren nicht zu trauen. *Ich* sollte als Lakai dem badischen Großherzogenpaar dienen? Warum ausgerechnet ich, der hässlichste Mann auf der Welt? Unwillkürlich legte ich die Hand vor den Mund, wie immer, wenn ich in Verlegenheit geriet.
Hennenhofer erriet meine Gedanken.
»Warum du? Weil ich keinen kenne, der sich so wenig mit anderen gemein macht wie du. Niemand wird auf den Gedanken verfallen, sich mit dir anzufreunden. Ich habe dich während deines Einsatzes im Heer beobachtet. Du hast stets pflichtbewusst deine Aufgaben erfüllt, nie die Nase in anderer Leute Angelegenheit gesteckt und keine Frauengeschichten angefangen. Und das Allerwichtigste: Du bist kein Schwätzer.«
Ich hatte verstanden: Mein Aussehen kam ihm gut zupass. Und dass meine Schweigsamkeit von Vorteil war, bedeutete vermutlich, dass ich nicht nur die Aufgaben eines Lakais zu erfüllen hatte.
Wieder erriet Hennenhofer meine Gedanken.
»Offiziell wirst du als Lakai angestellt, der auch für die Stallungen und die Knechte, die dort arbeiten, zuständig ist. Du kümmerst dich persönlich um das Wohl der Pferde der Großherzogin, liest ihr ansonsten jeden Wunsch von den Augen ab und erteilst dem Hofpersonal Anweisungen. Wenn sie sich in ihrem Heimatland Frankreich aufhält, bleibst du in Karlsruhe und behältst den Großherzog im Auge. Es geht mir darum zu erfahren, welchen Umgang die beiden pflegen, vor allem inoffizieller Art. Einmal in der Woche suche ich dich auf, damit du mir Bericht erstattest. Mir und keinem anderen. Dir wird klar sein, Ostheim, dass es hier nicht um irgendeinen beliebigen Auftrag geht.« Er sah mich eindringlich an.

»Deine Kammer wird im linken Flügel liegen wie die Gemächer der Großherzogin«, fuhr er dann fort. »Und du bekommst einen guten Lohn. Wenn du mich im Schloss siehst, dann sprich mich niemals an. Ich werde dich, wie gesagt, regelmäßig aufsuchen, und zwar stets bei Dunkelheit. Kann ich auf dich zählen?«

Auch wenn ich noch nicht alles genau erfasst hatte, so war mir doch eines deutlich. Mein Retter hatte keineswegs lautere Absichten, und ich sollte mich als sein Spion betätigen, wobei er wahrscheinlich nicht der wirkliche Auftraggeber war, sondern nur ein Mittelsmann. Von Politik verstand ich nicht viel, ich wusste jedoch, dass die Ehe zwischen Karl und Stephanie aus guten Gründen von Napoleon Bonaparte in die Wege geleitet worden war. Es gab mehr als genug Leute, die den klein gewachsenen Kaiser und sein Machtstreben fürchteten. Er war das größte Hindernis für die Bildung eines verbündeten deutschen Staates. Denn solange Baden unter seinem Einfluss stand, waren die Aussichten, es solch einem Staat zuzuschlagen, äußerst gering. Zudem lag Baden günstig, hatte eine wohlhabende Bevölkerung und verfügte über fruchtbare Böden.

»Und wenn man mich bei Hofe doch nicht haben will?«, wandte ich ein. Mir war alles andere als wohl bei der Sache, und Anfeindungen kannte ich zur Genüge.

»Keine Sorge, Ostheim. Du machst dich unentbehrlich. Einer, der treu seinen Pflichten nachkommt und den kleinsten Wink sofort begreift, ist sein Gewicht in Gold wert.«

Wink … Ich musste an meinen Stiefvater denken, doch diesmal hatte das Wort keinen hässlichen Klang.

Ich schob meine anfänglichen Bedenken beiseite, denn die Anstellung erschien mir geradezu ideal.

Die einzige wirkliche Liebe
ist die unmögliche Liebe.

Verfasser unbekannt

# Kaspar

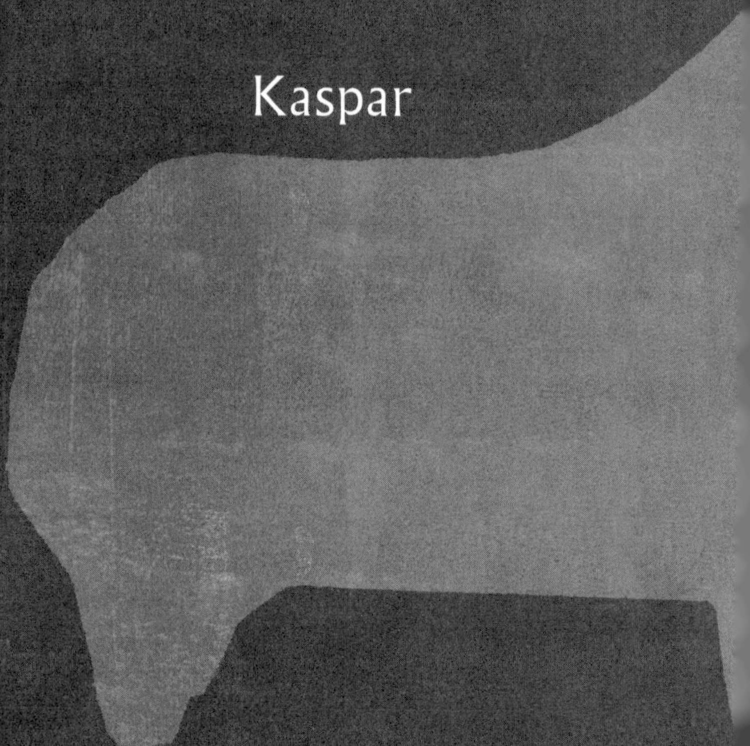

Die Öllampe musste aufgefüllt werden, seit einer Weile wurde es immer düsterer im Zimmer.

Schon als Kind hatte Isolde sich vor der Dunkelheit gefürchtet, insbesondere vor dem ›Bubumann‹, der – wie ihr Vater erzählte – Kinder fing, die nicht zeitig ins Bett gehen wollten, und sie in die Füße biss. Gesehen hatte sie diese Schreckgestalt nie, und im Grunde war ihr klar gewesen, dass es sie gar nicht gab, dennoch zeitigten die Drohungen Wirkung; noch heute fühlte sie sich im Dunkeln unwohl.

Es hatte sie gewundert, dass Kaspar keinerlei Furcht vor der Dunkelheit hatte. Das war ihr schon zu Anfang ihrer Bekanntschaft aufgefallen.

Er hatte rasch gelernt und machte so schnelle Fortschritte, dass alle staunten. Tagtäglich erweiterte sich sein Wortschatz, und es dauerte nicht lange, bis er auf dem Stand eines etwa siebenjährigen Kindes war. Zu verdanken war das in erster Linie Herrn Daumer, der es sich zur Aufgabe gemacht hatte, Kaspar zu unterweisen.

Vier Monate nach seinem Auftauchen war Kaspar einmal spätabends mit Isolde einen unbeleuchteten Weg entlanggegangen. Am liebsten hätte sie seine Hand ergriffen, nur um sich der Gegenwart eines anderen Menschen zu versichern, denn nicht nur die Finsternis ängstigte sie, sondern auch das Wissen, dass sich in der Nähe ein Friedhof befand.

Plötzlich war Kaspar stehen geblieben und hatte geschwankt, als wäre er einer Ohnmacht nahe.

»Isolde, hier riecht es schlecht. Nach Fleisch.«

Sie schnupperte, konnte aber nur das Heu auf den spätsommerlichen Wiesen riechen.
»Ich weiß nicht, was du hast. Es riecht überhaupt nicht nach Fleisch«, sagte sie.
»Doch! Nach altem, schlechtem Fleisch! Kaspar wird krank davon!«
Weil er weiterhin schwankte, stützte Isolde ihn, damit er nicht fiel. Über sein Gesicht rann Schweiß, und er ließ nicht ab, wegen des scheußlichen Geruchs zu klagen.
Mit einem Mal wurde Isolde klar, dass sie sich fast auf Höhe des Friedhofs befanden und Kaspar den Verwesungsgeruch der Leichen wahrnahm. Eine namenlose Angst überkam sie, doch sie riss sich zusammen, um Kaspar nicht noch mehr zu beunruhigen.
Erst als sie auf einen anderen Pfad abgebogen waren und so einen Umweg nach Hause nahmen, wurde er allmählich ruhiger.
Doch auch dort geschah etwas Eigentümliches. Kaspar blieb unvermittelt stehen und riss die Augen weit auf.
»Schau einmal, Isolde, da hängen die Holunderbeeren, aus denen Herr Daumer Hustensaft macht. Und dort drüben die Heidelbeeren, die Kaspar oft in seinem Brei hat.«
So genau Isolde auch hinsah, sie erspähte nur den Umriss eines Gebüsches. Erst beim Näherkommen erkannte sie einen Holunderstrauch und kurz darauf dessen Fruchtdolden. Im Vorbeigehen fielen ihr auch die blauen Heidelbeeren auf. Anscheinend konnte Kaspar, gleich einer Katze, im Dunkeln hervorragend sehen.
Isolde fragte ihn, wie das komme, doch aus seiner Antwort wurde sie nicht schlau.
»Das Licht macht blind, nur das Dunkel zeigt Kaspar alle Farben. Das Licht tötet, was im Dunkeln lebt. Im Licht ist die Welt klein. Im Dunkeln ist alles groß, ganz groß.«

Irgendetwas schien Kaspar noch zu beschäftigen, dünkte Isolde, denn kaum waren sie ein Stück gegangen, wandte er mehrmals den Blick gen Himmel.

»Wer hat all die Lichtchen aufgehängt und angezündet?«, fragte er schließlich.

Isolde versuchte, Kaspar zu erklären, was Sterne sind, dabei wurde er jedoch ungeduldig, ja sogar ärgerlich.

»Kaspar will doch aber wissen, wer sie gemacht hat!«, rief er.

Sie fühlte sich ratlos. Der Junge war erst dabei, ganz alltägliche Dinge zu begreifen. Und obwohl er darin schon große Fortschritte gemacht hatte, wollte sie jetzt nicht von Gott anfangen. Das taten besser Herr Daumer oder der Pfarrer.

»Ich weiß nicht, wie die Sterne entstanden sind, Kaspar«, sagte sie. »Aber sie leuchten für alle, genau wie die Sonne und der Mond.«

Als sie die Stadt erreicht hatten, sah Isolde im Licht einer Laterne Tränen auf Kaspars Wangen.

»Warum weinst du?«, fragte sie.

Er zuckte mit den Schultern. »Kaspar ist traurig. Die Lichter am Himmel leuchten gar nicht für alle. Kaspar hat sie früher nicht gesehen. Weil Vatermann die Sterne versteckt hat. Und den Mond und die warme Sonne. Warum?«

»Wer ist Vatermann?«

»Vatermann ist … mein Vater.«

Zum ersten Mal erwähnte Kaspar seinen Vater. Und zum ersten Mal nannte er sich selbst nicht Kaspar, sondern sprach in der ersten Person: »Mein Vater«, hatte er gesagt.

*Die Menschen bedauern mich, weil ich mein Leben lang gefangen war. Sie verstehen es nicht, wenn ich sage, dass ich überhaupt nicht gefangen war.*

*Mein Ich war noch nicht geboren. Es steckte noch in meinem Innern, so wie ein Küken im Ei.*
*Mein Ich wartete, bis die Zeit gekommen war.*
*Ich war wie ein Schmetterling im Kokon. Der muss auch seine Zeit abwarten. Dann erst kommt er heraus.*
*Jetzt sind meine Flügel fast offen. Aber noch ein bisschen knittrig.*
*Doch bald können alle meine Farben sehen.*
*Ich hoffe, es sind Rot und Blau und Gold.*

*Neulich habe ich zu Herrn Meyer gesagt, dass mein Ich nie gefangen war, und ich wollte ihm erklären, warum.*
*»Hab ich's doch gewusst!«, unterbrach er mich. »Du bist ein Lügner, Kaspar! Und nun hast du dich verplappert. Du bist gar nicht der, für den du dich ausgibst, sondern ein abgefeimter Betrüger, der keine Lust hat zu arbeiten und auf Kosten anderer auf der faulen Haut liegen will.«*
*Herr Meyer lachte so laut wie sonst nie. Er lachte über seine eigenen Worte. Meine Worte hatte er nicht verstanden.*
*»Du musst dich öffentlich entschuldigen, Kaspar, und vor allem Gott um Vergebung für deine Lügen bitten. Deine Seele ist so schwarz wie die Nacht.«*
*»Das kommt durch den Keller«, sagte ich. »Dort war es schwarz.«*
*»Fängst du schon wieder damit an!«, schimpfte Herr Meyer und trug mir auf, seiner Frau beim Unkrautjäten zu helfen. »Unkraut muss nämlich vertilgt werden«, sagte er. »Auch unter den Menschen.«*
*Ich helfe gern im Garten, aber ich riss nicht alles Unkraut aus. Die Hirtentäschel ließ ich stehen, weil ihre Blätter wie Herzchen aussehen. Und Isolde hat gesagt, dass im Herzen die Liebe wohnt.*
*Ich habe auch ein Herz, denn ich liebe Vatermann, Isolde, den Herrn Richter und auch meine Mutter, obwohl ich sie noch nie gesehen habe.*

Isolde stand auf und füllte Öl in die Lampe. Dann entzündete sie noch eine Kerze auf dem Kaminsims und legte ein paar Scheite Holz ins Feuer. So würde das Licht zum Lesen ausreichen.
Noch nie hatte sie ernsthaft darüber nachgedacht, wie ein Kind sich normalerweise entwickelt und wie das bei ihr selbst verlaufen war. Die Lektüre von Kaspars Aufzeichnungen führte ihr vor Augen, wie er als vollkommen unerfahrenes Geschöpf seine Umgebung wahrnahm und wie sein Denken sich geformt hatte. Und mit wie viel Mühe und Kraft das verbunden war.
Erst jetzt begriff sie, was für eine große Aufgabe sie ihm mit der Aufforderung, Tagebuch zu schreiben, gestellt hatte.

*Mein Kopf ist zu klein für alles. Jeden Tag muss ich lernen, mir das Hirn mit Dingen vollstopfen, die ich vielleicht gar nicht wissen will. Für das, was früher war, bleibt kein Raum. Bald werde ich all das vergessen haben. Dann bin ich niemand mehr.*
*Man stellt mir immerzu Fragen. Warum dies? Warum das? Wenn ich einmal keine Antwort weiß, sage ich einfach »Darum«. Das habe ich von Isolde gelernt. Es gibt Tage, da sage ich hundert Mal »Darum«.*
*Isolde hat recht: Beim Schreiben wird mir im Kopf leichter.*
*Aber wenn ich dann an früher denke, an das Leben in meiner dunklen Behausung, sind mit einem Mal die Wörter weg, die ich gelernt habe.*
*Am liebsten möchte ich ohne Wörter darüber schreiben, doch das geht nicht. Könnte man mit Gerüchen schreiben, dann gäbe es viel zu erzählen. Meine Nase weiß noch vieles, aber sie kann nicht sprechen.*
*Vatermann hat mir das Leben gegeben. Er ist gut. So gut wie Gott? Vielleicht sogar besser, wer weiß, ich kenne Gott ja nicht. Alle sagen, Gott sei gut und weise. Aber ich sehe ihn nie. Er spricht nicht zu mir, hat noch niemals seine Hand auf meine Schulter gelegt. Er schneidet mir nicht die Haare.*

*Er gibt mir kein Brot und kein Wasser. Die Menschen geben mir Brot und Wasser. Sind die Menschen Gott?*

*Wenn ich sage, dass es keinen Gott gibt, wird Herr Meyer zornig.*

*»Gott ist allmächtig und überall, Gott hat dich geschaffen. Du solltest es glauben, wenn Menschen das sagen, die mehr wissen als du. Sie meinen es gut mit dir.«*

*Ich meine es auch gut mit den Menschen, besonders mit Herrn Meyer. Ich gebe mir mit allem Mühe, aber das glaubt er mir nicht. Nie. Ich würde lügen, sagt er, man könne mir nicht trauen.*

*»Du bist und bleibst ein Betrüger, Kaspar«, sagte er. »Auch dein Pflegevater weiß das inzwischen. Aber pass nur auf: Irgendwann wird die ganze Wahrheit ans Licht kommen.«*

*Mit spitzem Finger stach er nach mir. Ich duckte mich, denn der Finger machte mir Angst.*

*Wenn Herr Meyer von Gott spricht, hat er immer Spucke in den Mundwinkeln. Vielleicht schmeckt er Gott im Mund.*

*So wie ich früher Vatermann geschmeckt habe.*

*»Wenn Gott es will«, sagte er und legte die Hand auf den dunkelbraunen Einband der Bibel, »dann wird er offenbaren, dass deine Träume Schäume sind. Hör auf zu lügen, dann wirst du glücklich werden.«*

*Wenn ich Herrn Meyer glauben soll, und das muss ich ja, denn er meint es gut mit mir, dann bin ich so schlau wie ein Fuchs. Ich spiele den Leuten etwas vor und bringe sie dazu, mir aus der Hand zu fressen.*

*Was er damit meint, verstehe ich nicht recht. Aus meiner Hand frisst doch keiner! Mit meiner Hand klaube ich zum Beispiel Flöhe aus dem Fell der Katze und werfe sie aus dem Fenster.*

*Die Leute lachen darüber. »Flöhe kann man ruhig totmachen«, sagen sie. »Zerquetsch sie einfach, Kaspar.«*

*»Warum die Flöhe, aber nicht die Katzen?«*

*Das konnte mir keiner sagen. Ich würde es später schon noch begreifen, hieß es. Jetzt klaube ich die Flöhe heimlich aus dem Katzenfell. Und ich werfe sie heimlich lebendig aus dem Fenster.*
*So habe ich gelernt, was ›heimlich‹ bedeutet.*
*Wenn ich es recht bedenke, hat Herr Meyer selbst mir das Lügen beigebracht. Ich will nämlich nicht, dass er alles von mir weiß, darum verschweige ich ihm einiges.*
*»Dinge zu verschweigen ist auch lügen«, hat er einmal gesagt.*
*Aber meine Gedanken gehören mir allein. Darum lüge ich. Seit Herr Meyer gesagt hat, dass meine Träume Schäume sind, erzähle ich sie ihm nicht mehr. Ich spreche die Wahrheit. Alles, was ich sehe, ist echt. Ich kann die Menschen in meinen Träumen anfassen und riechen. Die Träume kommen nachts zu mir, damit keiner sonst sie bemerkt. Sie wollen mir etwas sagen. Etwas, das nur ich wissen darf.*
*Herr Meyer darf dieses Geheimnis nicht erfahren. Alles ist echt. Meine Träume sind so echt wie alles andere. Sie führen mich in der Zeit zurück.*

## Ein Traum

*Ich gehe durch lange, weiße Gänge und habe Angst. Links und rechts sind Fenster und Türen. Auch die Türen sind weiß. Dann ist da ein Schein wie von vielen Kerzen. Als ich rufe, höre ich meine eigene Stimme. Ich rufe wieder. Nach jemandem, der keine Antwort gibt.*
*Ich bin ich, aber kleiner. Viele Arme strecken sich nach mir aus, wollen mich packen. Ich fürchte mich vor ihnen. Darum gehe ich weiter, dorthin, wo es dunkler wird. Ich will es nicht, tue es aber doch.*
*Ich trage ein weißes Hemdchen, wie die kleinen Mädchen zum Schlafen. Weit weg wird es wieder hell. Dort muss ich hin. Dort ist der Jemand, zu dem ich will.*

*Das Licht wird immer heller, aber es blendet mich nicht. Ich lasse die Augen offen.*
*Ich renne auf das Licht zu. Dann falle ich, aber ich stehe wieder auf. Mit einem Mal werde ich festgehalten und auf ein Bett gezogen. Da will ich nicht sein, darum rufe ich wieder. Ganz laut. Neben mir ein Lachen und Hände, die mich nicht loslassen.*
*Dann kommt eine Frau. Sie nimmt meine Hand und sagt meinen Namen. Aber nicht Kaspar. Die Frau riecht gut und vertraut, bei ihr ist mir wohl. Sie hat eine warme, weiche Hand. Ich sage ihren Namen. Und fasse nach ihrem Rockzipfel.*
*Das ist kein Traum, das ist echt.*

*Wenn ich am Morgen wieder in meinem Bett bin und die Augen aufschlage, ist der Geruch der Frau noch an meinen Händen.*
*Ich spüre den Stoff ihres Rockes, ihren Atem in meinem Haar und ihre Wärme an meiner Haut.*
*Um den Geruch nicht zu verlieren, halte ich die Hände an meine Nase. Beim Aufstehen, beim Frühstücken, beim Unterricht, den Herr Meyer hält.*
*»Was soll das, Kaspar? Nimm die Hände vom Gesicht! Du bist kein Kind mehr!«, sagt er.*
*Bin ich jemals ein Kind gewesen?*
*Ich verschweige Herrn Meyer vieles, und das weiß er.*
*Ich verschweige, dass ich ein Tagebuch habe und was ich darin aufschreibe. Auch Isolde und Richter Feuerbach wissen nichts davon.*
*Ich verschweige, dass ich mich gern verlieben möchte. Vielleicht in Lina, die Tochter des Regierungspräsidenten von Stichaner. Lina ist nicht groß, sie würde in meinem Bett wenig Platz einnehmen. Sie umarmt mich, küsst mich aber nicht. So mag ich es. Und sie lacht den lieben langen Tag, malt genauso gern wie ich und liebt Pferde über alles.*

*Wenn ich bei der Familie von Stichaner eingeladen bin, darf ich reden und lachen, wie es mir beliebt. Und sogar tanzen, wenn gefeiert wird. Manchmal spiele ich mit Lina Schach, eine Partie habe ich schon gewonnen. Mit meinem Springer habe ich ihren König mattgesetzt. Ich darf Lina einmal in der Woche besuchen und freue mich immer auf den Tag.*
*Die Leute, die im Hause Stichaner verkehren, sind freundlich zu mir. Sie fragen dies und das und wollen, dass ich Obstkörbe für sie male.*
*Ich möchte mich schon gern in Lina verlieben. Aber heiraten lieber nicht.*
*So habe ich mein Bett für mich allein.*

*Herr Meyer will, dass ich lüge.*
*Er mag es nicht, wenn ich sage, dass Vatermann gut zu mir war.*
*»Der Mann ist schlecht«, sagt er dann. »Am besten, du denkst nicht mehr an ihn. Er hat dir so vieles vorenthalten, indem er dich eingesperrt hat. Merk dir das, Kaspar! Merk dir das!«, ruft er mir so laut in mein Ohr, dass es mich im Kopf sticht.*
*Ich nicke, aber nur, damit er mich in Ruhe lässt.*
*Niemals werde ich sagen, dass Vatermann schlecht ist. Er hat für mich gesorgt und mir das Leben gegeben. Er fehlt mir. So sehr, dass Tränen aus meinen Augen laufen. Herr Meyer darf nicht sehen, dass ich weine. Ich muss vorsichtig sein. Auch mit meinem Tagebuch. Niemand weiß, wo ich es aufbewahre.*
*Aber Herr Meyer ahnt etwas. Wenn ich zum Religionsunterricht bei Pfarrer Fuhrmann bin, durchsucht er mein Zimmer. Er legt alles wieder so hin, wie es war, aber ich merke es dennoch. An den Gerüchen, die er hinterlässt und die mir so widerlich sind, dass ich Kopfweh davon bekomme. Herr Meyer riecht nach schwarzem Schnupftabak und saurem Muskatellerwein. Und nach dem Fleisch, das er zu Mittag isst. Bissen für Bissen. »Gründlich kauen, Kaspar«, sagt er immer zu mir. »Jeden Bissen hundert Mal.«*

*Wenn er mir danach nahekommt, würgt es mich im Hals. Denn der Fleischgeruch ist wie der vom Friedhof. Ich halte mir dann die Hand vor den Mund und drehe mich ein wenig weg. Aber das macht ihn wütend; er meint, ich würde über ihn lachen und mir deshalb die Hand vorhalten.*
*Neulich hat er in meinem Zimmer im Ofen herumgestochert, weil er wissen wollte, ob ich Papier verbrannt hatte.*
*Er kam in den Gemüsegarten, wo ich seiner Frau beim Rosenkohlpflücken half. Sie ist in letzter Zeit so dick geworden, dass ich erst dachte, sie hätte einen Kürbis unter ihrem Rock versteckt.*
*»Sie erwartet ein Kind«, sagte Isolde zu mir. Das war noch vor unserem Streit.*
*Herrn Meyers Gesicht war schwitzig, und sein Atem roch nach Asche und nach Heimlichkeit. Da wusste ich, dass er in meinem Zimmer gewesen war.*
*Frau Meyer riecht nach Brot, Kürbissen und Jasagen.*
*Ich erkenne am Geruch, ob ein guter oder ein schlechter Mensch vor mir steht. Aber das sage ich keinem. Ein einziges Mal habe ich Herrn Meyer davon erzählt. Das hätte ich besser sein lassen. »Das Tier in dir lebt noch immer«, sagte er und knurrte wie ein wilder Hund, der nicht angefasst werden will.*
*Er liest alles, was über mich in der Zeitung steht. In einem Artikel hieß es, ich sei von Wölfen aufgezogen worden. Dabei habe ich noch niemals einen Wolf gesehen.*
*Den Sinn verstehe ich aber wohl: Man glaubt, ich wäre ein Wolf im Schafspelz. In Wirklichkeit ist Herr Meyer solch ein Wolf; er ist als Schaf verkleidet und macht Jagd auf mich.*
*Worauf macht er noch Jagd?*
*Auf Frau Meyers Kind?*
*»Wer hat das Kind in Frau Meyers Bauch getan?«, fragte ich Isolde, als sie mir erzählt hatte, Frau Meyer sei guter Hoffnung.*

*Ihr Gesicht wurde ganz rot. Rot ist meine Lieblingsfarbe.*
*»Das war Herr Meyer«, sagte sie.*
*»Und wie hat er das gemacht?«*
*Isolde führte mich zur Fensterbank. Dort standen Töpfe mit bunten Blumen. Ich male gern Blumen, aber ihren Geruch mag ich nicht. Sie riechen wie junge Frauen, nach etwas Unbekanntem, das mir Bauchweh macht. Nur alte Frauen riechen gut. Nach Weißbrot, Zucker und Kümmelsamen. So dass ich mich bei ihnen sicher fühle.*
*»Erinnerst du dich, wie es war, als in den Töpfen noch keine Blumen blühten?«, fragte Isolde. »Als nur grüne Triebe da waren? Da warst du noch nicht lange in Ansbach.«*
*Ja, das wusste ich noch. Damals wunderte es mich, dass jemand täglich ein längeres Stück Grün in die Erde steckte.*
*»So ist es mit allem«, fuhr Isolde fort. »Aus einem einzigen Samenkorn kann eine Pflanze wachsen, die riesengroße Kürbisse hervorbringt. Und aus einem einzigen Samen von Herrn Meyer wächst im Leib seiner Frau ein Kind heran.«*
*»Aber wie kommt der Samen in ihren Leib?«, wollte ich wissen.*
*»Mit einem … äh … Ding, das alle Männer haben. Du auch, Kaspar.« Sie kicherte und lief unversehens aus dem Zimmer.*
*Kurz darauf kam sie wieder. Mit Tee und Früchtebrot und immer noch rot im Gesicht.*
*»Wo ist das Ding, das alle Männer haben?«, fragte ich.*
*»In deiner Hose, Kaspar. Es ist das Ding, mit dem du Wasser lässt. Daraus können auch Samen kommen«, antwortete sie verschämt.*
*»Also habe ich Samen in mir?« Eine sonderbare Vorstellung war das …*
*Ich habe gelernt, dass man nicht jeden Menschen alles fragen darf. Mit Fragen wie diesen kann ich mich nur an Isolde wenden. Wenn ich etwas über Kleidung oder Essen wissen will, gehe ich zu Frau Meyer. Fragen über*

*Gott und andere unerklärliche Dinge stelle ich dem Pfarrer. Herrn Meyer frage ich nur selten etwas. Und die geheimen Fragen schreibe ich in mein Tagebuch.*
*»Stimmt das, Isolde? Habe ich Samen in mir?«, fragte ich noch einmal.*
*Sie kicherte hinter vorgehaltener Hand, zückte dann ein Taschentüchlein und fächelte sich Kühle zu, obgleich es im Zimmer nicht warm war.*
*Es gibt so vieles, das ich noch nicht weiß.*
*Ich beschloss, meine Samen nirgendwo einzupflanzen. Das schien mir am besten.*
*»Kann es sein, dass Frau Meyer einen Kürbis statt eines Kindes im Leib hat?«, fragte ich.*
*Da lachte Isolde aus vollem Hals, obwohl ich doch keinen Scherz gemacht hatte.*
*»In einem Menschen kann nur ein Mensch heranwachsen«, sagte sie dann, nun wieder ernst.*
*Ich nahm mir vor, gründlich darüber nachzudenken, denn Isoldes Erklärungen hatten mich doch ein wenig beunruhigt.*
*Am Abend betrachtete ich mein Ding, dem ich bislang noch nie große Aufmerksamkeit gewidmet hatte. Dass es zum Wasserlassen dient, hatte ich natürlich gewusst, ebenso, dass man im Beisein anderer nicht über das spricht, was man auf dem Abtritt macht.*
*Nun aber war ich neugierig geworden. Darum ging ich auf den Abtritt, um nachzuprüfen, ob tatsächlich auch Samen herauskämen. Ich musste mich weit vornüberbeugen, um das Löchlein zu sehen, aus dem das Wasser kommt. Als ich die Spitze betastete, kribbelte es so, dass ich lachen musste. Aber gleich darauf bekam ich einen Schreck. Denn mein Ding wurde größer. Viel zu groß. Das wollte ich nicht! Hatte ich es etwa krank gemacht?*
*Diese Frage konnte ich nicht einmal Isolde stellen, und schon gar nicht Herrn Meyer, das spürte ich.*

*Doch dann wurde alles wieder gut. Als ich den Abtritt verließ, war mein Ding wieder geschrumpft und sah aus wie vorher.*
*Trotzdem konnte ich lange nicht einschlafen, weil mir so vieles durch den Kopf ging. Von Pfarrer Fuhrmann hatte ich gelernt, dass Gott die Menschen macht. Und Isolde hatte behauptet, die Menschen machten selbst Menschen. Wem sollte ich glauben?*
*Und wer hat mich gemacht?*

*Am nächsten Morgen wusste ich die Antwort. Denn in der Nacht war Vatermann zu mir gekommen und hatte mich in den Käfig mitgenommen. In mein dunkles Zuhause, wo ich glücklich gewesen war. Ich hatte dazu gar nicht gehen müssen. Wir waren auf einmal dort.*
*»Ich habe dich gemacht«, sagte Vatermann. »Ich und kein anderer. Denn ich habe dir die Welt gegeben.«*
*Darüber war ich sehr froh, beschloss aber, keinem Menschen davon zu erzählen. Gewiss würde man mich auslachen, wenn ich sagte, dass Vatermann mich gemacht hat.*

*Wenn ich an Vatermann denke, ist plötzlich sein Geruch wieder da. Er flattert um mich herum. Wie ein Schmetterling. Ich hasche nach ihm, will ihn einfangen. Um ihn immer wieder riechen zu können. Aber so plötzlich, wie er gekommen ist, verschwindet er wieder.*
*Ich habe Angst, dass ich die Gerüche meiner Erinnerungen allesamt verliere. Den Geruch des Kellers, den von Gras und einer Wiese und von einem Pferderücken mit Sattel. Und vor allem den Geruch von Vatermann.*
*Wenn ich die Nase dicht an meine Haut halte, rieche ich nichts. Aber wenn ich im Zimmer herumrenne und dabei mit den Armen wedle, kann ich mich selbst riechen. Ich rieche dann so, wie auch Vatermann gerochen hat.*

*Isolde drängt mich immer wieder, von dem Keller zu schreiben, in dem ich war, und wie ich herausgekommen bin.*
*»Schreib alles auf, woran du dich erinnerst«, sagt sie. »Auch über den Mann, der dich versteckt hat. Wir müssen herausfinden, wer er ist.«*
*Vor Aufregung ist sie ganz rot im Gesicht. So rot wie die Blütenblätter der Geranien vor meinem Fenster. Mit ihrem roten Gesicht gefällt sie mir besonders gut. Dann höre ich auch besser zu, wenn sie etwas sagt.*
*»Wie war das für dich, als du eingesperrt warst?«, fragt sie. »Was für Gedanken sind dir damals durch den Kopf gegangen? Hattest du nicht große Angst, im Dunkeln alleine zu sein?«*
*Über all das soll ich schreiben, sagt sie. Und ihr davon erzählen.*
*Aber wie soll ich ihr begreiflich machen, dass ich jetzt weniger frei bin als in meinem Käfig? Dass ich mich darin nie gefangen fühlte?*

*Jemand muss mir schon früh beigebracht haben, wie man isst und trinkt. Jeden Tag aß ich das Brot, das ich neben mir fand, und trank den Krug mit Wasser bis zum letzten Tropfen leer. Manchmal hatte ich danach noch Durst. Dann hielt ich den Krug über mich, und weil nichts mehr herauskam, strampelte ich mit den Füßen.*
*Dass es jemanden gab, der meinen Krug immer wieder neu befüllte, wusste ich nicht. Vatermann tat es wohl, während ich schlief.*
*Ich wusste auch, wie ich meine Notdurft in das Gefäß im Boden zu verrichten hatte.*
*Aber ob mir einer das gezeigt hat, kann ich nicht sagen. Ich wusste es eben.*
*Ich trug eine Hose, die hinten ein Stück offen war. So konnte ich zu dem Topf hinrutschen, den Deckel abnehmen und mich erleichtern.*
*Jemand muss mich gelehrt haben, nicht anzufassen, was in dem Topf lag. Obwohl es aus mir herausgekommen war. Jeden Tag anders geformt.*
*Der Geruch aber war immer gleich und vertraut. Es roch nach mir.*

*Noch heute ist mir der Geruch angenehm, der mit dem braunen Haufen meinen Körper verlässt. Manchmal sitze ich lange auf dem Holzbrett des Abtritts. Herr Meyer schilt mich deswegen einen Schmutzfink und sagt, das beweise meine tierhafte Natur.*

*Der Topf wurde geleert, wenn ich schlief. Von Vatermann, denke ich.*
*Vatermann war die Nacht.*
*Das Brot, das Wasser, der Topf und die Pferdchen waren der Tag.*
*Eines Morgens lagen neben dem Brot lederne Bänder. Die legte ich statt der Strohhalme um den Hals meiner Pferdchen, unzählige Male.*
*Damals habe ich wohl zum ersten Mal etwas wie Glück empfunden. Über meine Wangen liefen Tropfen. Ich leckte sie auf. Sie schmeckten anders als Wasser.*
*Lachen und Weinen. Und still sein.*
*So zufrieden wie damals war ich später nie mehr.*
*Meine Tage waren ausgefüllt.*

Man muss erst alles bezweifeln,
bevor man es als wahr ansehen kann.

Pyrrhon, griechischer Philosoph, ca. 360–270 v. Chr.

# Michael

Mein Zimmer lag an der Rückseite des in U-Form gebauten Schlosses und war von einem langen Flur aus zugänglich, der zum Gartensaal führte. Von meinem Fenster aus blickte ich auf eine Freitreppe, die Stallungen und ein hohes Buchsbaumlabyrinth.
Statt einer Soldatenuniform trug ich nun eine Livree, bestehend aus dunkelblauer Kniehose, weißem Baumwollhemd und Weste. Dazu Strümpfe und schwarze Schuhe. Und auf dem Kopf eine silbergraue Perücke mit gewellten Schläfen und einem halblangen Zopf, um den ein schwarzes Band geschlungen war. Die neue Ausstattung stand mir gut. Außerdem war ich kein schmächtiges Jüngelchen mehr, sondern kräftig und breitschultrig. An Körpergröße überragte ich die anderen Bediensteten. Hätte ich nur kein so verflucht hässliches Gesicht gehabt!
Bald merkte ich, dass ich mir deswegen umsonst Sorgen gemacht hatte. Weder der Großherzog noch seine Gemahlin oder sonst jemand von den Adligen bei Hofe blickte einen Diener je direkt an; das entsprach nicht der Etikette. Das Hofpersonal hatte mit demütig gesenktem Blick die Befehle entgegenzunehmen und danach mit kleinen Schritten rückwärts den Raum zu verlassen. Der Herrschaft den Rücken zuzukehren, war ein unverzeihlicher Fauxpas.
Die niederen Bediensteten brauchten sich um solche Vorschriften nicht zu scheren, kamen sie doch bei ihrer Arbeit nie mit dem Großherzogenpaar in Kontakt.
Ich jedoch sehr wohl; eine meiner Aufgaben bestand darin, das Personal zu überwachen und meine Augen und Ohren überall zu haben. Mit anderen Worten: Ich bekleidete einen hohen Rang. Darum

wagte es auch niemand, mich öffentlich zu verhöhnen. Mir entging jedoch nicht, dass die Küchenmädchen und die Hausknechte über mich tuschelten, und ich fing manch verletzende Bemerkung auf. Ich störte mich aber nicht daran, denn so war es seit jeher gewesen. Die Mahlzeiten nahm ich wohlweislich auf meinem Zimmer ein, um den anderen meinen Anblick beim Essen zu ersparen.

Obwohl es am Hof vier Kutscher gab, hatte ich des Öfteren Großherzog Karl zu kutschieren, insbesondere, wenn er Fahrten unternahm, deren Ziel nicht an die Öffentlichkeit gelangen sollte.

Um die Ehe zwischen ihm und Großherzogin Stephanie war es schlecht bestellt. Angeblich teilten sie nur noch selten das Bett miteinander, und ihre lautstarken Auseinandersetzungen waren trotz der gepolsterten Doppeltüren bis auf den Flur zu hören.

Der Großherzog zechte nicht nur mit alten Freunden vom Militär in Schenken auf dem Land, sondern gab auch selbst Feste, bei denen es wüst zuging. Es war an mir, dafür zu sorgen, dass die Spuren früh am nächsten Morgen getilgt wurden, und das aufräumende Personal dazu anzuhalten, Stillschweigen zu wahren.

Tagsüber schlief der Großherzog dann seinen Rausch aus und vernachlässigte die Regierungsgeschäfte. In seinem Arbeitszimmer, das fast so groß war wie ein Ballsaal, stapelten sich Papiere aller Art. Er unterschrieb aber keine Dokumente oder Verfügungen und ließ auch Briefe mit wichtigen Anliegen unbeantwortet.

Dass er ständig hinter anderen Frauen her wäre, konnte man ihm nicht einmal nachsagen; er glich eher einem launischen, verwöhnten Kind im Körper eines Erwachsenen, stets auf der Suche nach Ablenkung und Vergnügen.

Wenn die Großherzogin sich über seine Eskapaden ereiferte, ging so manche der kostbaren großen Vasen zu Bruch, die samt und sonders Nachbildungen jener im Versailler Schloss waren. Auch bei der Gartengestaltung war man dem französischen Vorbild gefolgt. Dass Stephanie oft unter Heimweh nach ihrem geliebten Frankreich litt, war allgemein bekannt. Sie sah die Badener als Banausen an, die nichts vom Leben und von der Liebe verstanden.

Was die Liebe zwischen Mann und Frau anlangte, war ich nach wie vor ein unbeschriebenes Blatt. Die Liebe meiner Mutter aber spürte ich auch jetzt noch. Wenn ich zu den Wolken aufblickte, stellte ich mir vor, sie beobachte mich von dort mit liebenden Augen, und malte mir aus, wie es wäre, wenn sich die Pforte des Himmels auftun würde und sie wieder auf die Erde zurückkehrte. Ich hätte mein Leben dafür gegeben, ihr teures Antlitz noch einmal zu sehen.

Dass ein Mann so sehr an seiner Mutter hängt, mag sonderbar erscheinen, doch so war es nun einmal. Ihre Liebe erfüllte mich, sie hatte mich zu dem gemacht, der ich war, und meine Einstellung zum Leben und zu den Heiligen geprägt. Sie war, außer meinem Vater, der einzige Mensch, der mich jemals vorbehaltlos geliebt hatte.

Ich war froh, dass bei Hofe kein strenger evangelischer Pfarrer das Zepter schwang. Dieser Umstand war dem Einfluss der Großherzogin zu verdanken. Für ihr Töchterchen hatte sie eine katholische Kinderfrau aus Frankreich engagiert und für die religiöse Unterweisung einen Priester, der außer Deutsch auch Französisch sprach und die Messen las. Die Köche und Küchenhilfen stammten ebenfalls aus Frankreich, und anfangs bereitete es mir Mühe, mich an die Gerichte zu gewöhnen. Häufig kamen Innereien, stark gewürzt mit Knoblauch, Rosmarin und Thymian, in schweren Rotweinsaucen auf den Tisch.

Nach ein paar Wochen schon hatte ich herausbekommen, mit wem die Eheleute Beziehungen unterhielten. Ein schweigsamer Mensch kann Nutzen daraus ziehen, dass seine Anwesenheit oft übersehen wird. Wie die Standuhr, die roten Samtkanapees und die Kommoden wurde ich Zeuge zahlreicher vertraulicher Szenen.

Hennenhofer erstattete ich regelmäßig Bericht. Er tauchte immer häufiger am Hof auf, und schon bald erschloss sich mir der Grund dafür. Im rechten Flügel wohnte seit einiger Zeit die Gräfin Luise von Hochberg, Witwe des Großvaters von Großherzog Karl, mit ihren vier Kindern. Die Gräfin konnte keinen Anspruch auf den Thron erheben, ihre Söhne jedoch sehr wohl.

Manch einer bezweifelte, ob die Kinder der Gräfin tatsächlich von ihrem Ehemann stammten, doch mich kümmerte das wenig. Es entging mir aber nicht, dass zwischen ihr und Hennenhofer eine besondere Beziehung bestand, obwohl sie um einiges älter war als er. Sie war eine schöne, leidenschaftliche Frau, die es verstand, ihre Wünsche durchzusetzen. Ihr kam es sehr gelegen, dass das Herrscherpaar bislang noch keinen Sohn hatte. Und solange sich das nicht änderte, standen die Chancen gut, dass einer ihrer Söhne einmal den badischen Thron erbte.

Dass sie intrigant war, wurde mir klar, als ich herausfand, dass sie hinter so mancher Einladung zu ausschweifenden Festen steckte, die Großherzog Karl erhielt und mit Freuden wahrnahm. Großherzogin Stephanie gegenüber gab sie sich dann mitfühlend und verurteilte das Tun ihres vergnügungssüchtigen Gemahls. So trieb sie einen weiteren Keil zwischen die beiden und ermunterte die Großherzogin, eine Trennung anzustreben und nach Frankreich zurückzukehren.

Stephanie war leicht zu beeinflussen. Sie zog die Gräfin immer mehr ins Vertrauen, ohne sich deren wahrer Beweggründe bewusst zu werden.

Ich teilte meine Vermutungen bezüglich der Gräfin Hennenhofer mit. Doch dafür hatte er kein Ohr, ihre Machenschaften schien er nicht wahrhaben zu wollen.
Es dauerte nicht lange, bis ich mich im Karlsruher Schloss so wohlfühlte, dass ich nicht mehr fort wollte.
Und dann kam sie.
Rosika.

Mir war, als hätte ich eine himmlische Erscheinung. Noch nie hatte ich eine junge Frau mit so porzellanheller Haut gesehen. Wenn sie lachte und ihre perlweißen Zähne zeigte, musste man unwillkürlich einstimmen. Unter der Haube ringelten sich keck kupferrote Locken hervor, und die herrlich geschwungenen Augenbrauen musste der Schöpfer eigenhändig auf ihr herzförmiges Gesicht gemalt haben, dessen Liebreiz noch von zwei Wangengrübchen erhöht wurde.

Mir blieb buchstäblich die Luft weg, als ich sie zum ersten Mal sah. Sie brachte nicht nur Sonne in mein Leben, sondern verlieh auch meinem Denken eine andere Dimension. Kann es sein, dass damals der Dichter in mir zum Leben erweckt wurde? Ich verspürte wieder den Wunsch, meinem Vater nachzueifern und ein Buch zu schreiben. Und Rosika sollte die Hauptperson darin werden.

Sie war keine Schönheit im landläufigen Sinne, und doch musste Gott ihr Bildnis vor Augen gehabt haben, als er aus Adams Rippe die Frau erschuf.

Wie groß meine Liebe zu ihr war, habe ich ihr niemals eingestanden; jedes Wort von mir hätte wie ein Dornenzweig eine Wiese voller weißer Blumen verunstaltet.

Großherzogin Stephanie hatte mich beauftragt, Hortense, die französische Kinderfrau, zu entlassen. Sie war bei einem Spaziergang im Schlossgarten unaufmerksam gewesen, sodass die kleine Luise sich im Labyrinth verirrt hatte.

Wir hörten das Prinzesschen die ganze Zeit schreien, dennoch dauerte es gut zwei Stunden, bis wir es befreit hatten. Jedes Mal, wenn wir das Kind gefunden zu haben glaubten, standen wir erneut vor einer Buchsbaumwand. Das Mädchen folgte panisch unseren Stimmen, was das Ganze noch erschwerte. Dabei stolperte es mehrmals über das lange Kleidchen, fiel hin und weinte zum Erbarmen. Am Ende musste der Gestalter des Labyrinths zu Hilfe geholt werden.

Und nun sollte ich also eine neue Mademoiselle suchen.

An einem regnerischen Herbsttag sprach Rosika, die älteste Tochter eines Gärtnergehilfen, als erste Bewerberin vor.

Den ganzen Tag schon goss es wie aus Kübeln. Ich hatte soeben die Pferde von der Kutsche abgeschirrt, in den Stall hinübergeführt und war damit beschäftigt, Mirage, die zweijährige Lieblingsstute der Großherzogin, zu striegeln.

Es gehörte zwar nicht zu meinen Aufgaben, die Pferde zu pflegen – das erledigten für gewöhnlich die Stallknechte –, doch ich genoss jeden Moment mit den Tieren und hatte stets das Gefühl, sie liebten mich ebenso wie ich sie. Außerdem hatte Stephanie angeordnet, dass ich mich persönlich ihres Lieblingspferdes annehmen sollte, weil sie glaubte, jemand hätte Böses im Sinn. Einer ihrer Windhunde war eine Woche zuvor auf unerklärliche Weise zu Tode gekommen – vergiftet, so munkelte man. Die Großherzogin hatte ihren Gemahl im Verdacht, ich dagegen vermutete etwas anderes, doch das behielt ich für mich.

Plötzlich hörte es auf zu regnen, und die Sonne brach durch die Wolken.

Von der offenen Stalltür her tönte eine Stimme: »Sind Sie Herr Ostheim?«

Ich nickte, ohne mich umzusehen.

»Mein Vater schickt mich. Ich heiße Rosika und möchte gern die neue Kinderfrau werden. Ich bin arbeitsfreudig und sehr kinderlieb. Die Heilige Schrift ist mir vertraut, ich kenne viele Psalmen und Gebete auswendig, liebe die Jungfrau Maria wie meine eigene Mutter und …«

Ihre Stimme veranlasste mich, mich umzuwenden. Ich hörte darin Glöckchen klingen, Vögel zwitschern und klares Wasser plätschern – kurzum, eine Fröhlichkeit, bei der mir das Herz aufging. Ich war nicht vorbereitet auf das, was ich sah.
Sie stand in der Tür, umflossen von weichem Licht, und ihr rotes Haar leuchtete, als stünde es in Flammen. Sie sah aus wie meine Mutter damals in Ungarn, als sie mich noch herumtrug. Aber natürlich waren da auch Unterschiede. Diese Frau, ein Mädchen noch fast, war kleiner und hatte rundere Formen. Sie schien mir kaum älter als sechzehn Lenze zu sein.
Ich muss sie völlig verdutzt angestarrt haben, denn sie brach mitten im Satz ab.
»Habe ich Sie erschreckt?«, fuhr sie gleich darauf fort. »Dann verzeihen Sie bitte. Mein Vater schilt oft, dass ich zu viel plappere, und jetzt habe ich es anscheinend schon wieder getan …«
Gänzlich ungeniert betrat sie den Stall, ergriff lächelnd meine Hand und schüttelte sie. Sie stand so dicht vor mir, dass ich einen leichten Duft nach Rosenwasser wahrnahm. Meine Hässlichkeit schien sie nicht abzustoßen, denn sie hielt den Blick auf mich gerichtet. In dem Augenblick wurde mir klar: Dieses Mädchen mit seiner glockenhellen Stimme, den allerliebsten Grübchen und dem roten Lockenhaar wollte ich nicht mehr missen.
»Sie möchten also Kinderfrau im Schloss werden? Darf ich Ihr Alter erfahren? Sie scheinen mir noch sehr jung zu sein.« Ich bemühte mich, leise zu sprechen, damit meine Stimme sie nicht verschreckte.
Sie nickte und trat noch einen Schritt näher.
»Ich bin zwanzig. In Ungarn geboren und das älteste von zehn Kindern. Meine Mutter kränkelt seit Jahren, deshalb habe ich mich immer viel um die jüngeren Geschwister gekümmert.«

Ohne weitere Fragen zu stellen, gab ich ihr meine Zusage. Drei Monate lang sollte sie zur Probe arbeiten, obwohl das eigentlich nicht nötig gewesen wäre, denn ich war fest entschlossen, sie nie mehr fortzulassen.
Rosika erwies sich als hervorragende Kinderfrau. Ihre etwas dürftigen Kenntnisse des Französischen besserten sich rasch durch den Umgang mit der kleinen Luise. Was mich noch mehr freute, war, dass sie sich immer an mich wandte, wenn es etwas zu fragen oder zu erzählen gab. So kam es, dass wir des Öfteren miteinander im Garten an den Rosenbeeten entlangspazierten, während sie mich mit kleinen Anekdoten unterhielt.
Dass ihr Charme auch auf andere wirkte, verwunderte mich nicht. Und weil sie einem jeden ihr Lächeln schenkte, gab ich mich keinen Illusionen hin. Eine Frau und ich, das würde ohnehin nie gut gehen. Dennoch genoss ich jede Minute ihrer Gegenwart, und ehe ich mich's versah, war ich unsterblich verliebt. Dass Verliebte Schmetterlinge im Bauch haben, hatte ich schon öfter gehört, für mich jedoch solch ein Gefühl stets ausgeschlossen.
Aber genau so fühlte ich mich nun. Die Liebe, die ich für Rosika empfand, beflügelte mich so, dass ich für sie bis ans Ende der Welt gegangen wäre.
Ich hatte gelernt, meine Gefühle unter Verschluss zu halten, doch Rosikas Unbeschwertheit war ich nicht gewachsen. Wenn sie mir von lustigen Begebenheiten im Kinderzimmer erzählte, wurde mein schiefer Mund noch schiefer, weil ich unwillkürlich lachen musste. Sie war immer offen und gut gelaunt, hegte gegen niemanden Argwohn und sah die Welt in einem hellen Licht. Dass ein Mensch einen anderen bis aufs Blut quälen kann, lag außerhalb ihrer Vorstellung. Ohne es zu ahnen, durchbrach sie so den eisenharten Panzer

um meine Seele und entfachte nie gekannte Gefühle in mir. Gefühle, die mich vollständig verwirrten.
Niemals hätte ich damit gerechnet, dass eine junge Frau mich so sehr aus der Fassung bringen könnte. Die Heiligen oder meine Mutter zu befragen, wagte ich nicht, weil ich insgeheim fürchtete, sie könnten mir raten, mich von Rosika fernzuhalten.

Mit jedem Tag wuchs meine Liebe zu Rosika, und ich suchte ihre Nähe, wann immer es möglich war. Zugleich wuchs in mir die Angst, sie irgendwann zu verlieren. Denn ich merkte, wie die männlichen Bediensteten sie bewundernd ansahen, wenn alles an ihr tanzte – die widerspenstigen Locken, die Füße beim Gehen, die zierlichen Hände, wenn sie ihre Worte mit Gesten untermalte, die Augen und der Mund beim Lachen.
Sie war ein wenig mollig, was sie für mich aber umso anziehender machte. Wie gern hätte ich meinen Kopf in ihren weichen Schoß gebettet, ganz zu schweigen von anderen Dingen, die ich kaum zu denken wagte. Doch gerade das Undenkbare beschäftigte mich immer mehr, ohne dass ich etwas dagegen tun konnte; es spannte sich wie ein Spinnennetz über meine Gedanken, und sobald Rosika sich länger mit einem Mann unterhielt, merkte die Spinne im Netz auf. Rosika lachte, scherzte und kokettierte ohne Arg; sie schien überhaupt nicht wahrzunehmen, dass sie jedermann den Kopf verdrehte. In solchen Momenten empfand ich Eifersucht, so heftig wie den Hass auf meinen Stiefvater, und war diesem Gefühl, das sich mit dem Verstand nicht bannen ließ, hilflos ausgeliefert. Am liebsten hätte ich die Konkurrenten niedergeschlagen und Rosika in mein Zimmer entführt und dort eingesperrt, um sie ganz für mich allein zu haben.

In meiner Fantasie lag sie, inmitten von Rosenblättern, nackt auf einem weichen Bett. Und ich als ihr ergebener Diener küsste ihr die Füße und die Hände und legte schließlich meine Wange an die zarte Wölbung ihres Bauches, bis sie bereit war, sich mir hinzugeben. Mir allein.

Diese Vorstellungen machten mir aber auch Angst. Ich schämte mich ihrer vor mir selbst, doch sie kamen immer wieder von Neuem und wurden intensiver.

Meine Heiligen hatte ich in eine Kommodenschublade verbannt und den Schlüssel umgedreht, damit keiner herauskonnte.

Auch Hennenhofer entging Rosikas Liebreiz nicht. Er verließ nach unserem wöchentlichen Gespräch gerade mein Zimmer, als sie an die Tür klopfen wollte. Wenn die kleine Luise schlief, nutzte sie die freie Zeit mitunter für eine Plauderei mit mir. Wobei das Plaudern ihr Part war; ich hing dann an ihren Lippen und stellte sie mir nackt inmitten von Rosenblättern vor.

»Die neue Kinderfrau, nehme ich an?«, sagte Hennenhofer wie beiläufig zu mir, und gerade das Beiläufige weckte sofort mein Misstrauen. Zudem hatte ich seinen gierigen Blick bemerkt. »Ostheim, von der Dame hast du mir ja noch gar nichts erzählt.«

»Wer ist der Mann? Arbeitet er auch im Schloss?«, fragte Rosika, als er gegangen war. Die Neugierde stand ihr ins Gesicht geschrieben, doch ich gab keine Antwort.

Ein Fehler, wie mir gleich darauf klar wurde. Denn ich hätte sie warnen müssen; dieser Gedanke hielt mich die halbe Nacht wach. Darum beschloss ich, doch noch etwas zu sagen.

Am nächsten Vormittag, als Rosika mit dem Prinzesschen im Garten spazieren ging, sprach ich sie an.

Verwundert musterte sie mich, denn ich war noch nie von mir aus auf sie zugegangen, und außerdem waren Unterhaltungen zwischen den Bediensteten tagsüber nicht gern gesehen.
»Sicherlich erinnerst du dich an den Mann, der gestern bei mir war, als du kamst. Du wolltest wissen, wer er ist.«
Sie nickte und zückte ein Taschentuch, mit dem sie Luise das Näschen putzte, die quengelte, sie wolle mit den Windhundwelpen spielen.
»Er heißt Johann Hennenhofer, und ich kenne ihn schon sehr lange.«
»Er scheint nett zu sein. Und sieht auch gut aus. Ist er ein Freund von dir?«
Was sollte ich antworten? War Hennenhofer mein Freund? Zwei Mal hatte er mir das Leben gerettet. Deshalb stand ich noch immer in seiner Schuld. Aber dass er Rosika anscheinend gefiel, war mir ein Dorn im Auge.
»Mag sein, dass er nett wirkt, dennoch möchte ich dich vor ihm warnen. Wir haben in der gleichen Schlacht gekämpft, und er hat mir einen großen Dienst erwiesen. Das schätze ich hoch. Trotzdem: Er ist als Schürzenjäger verschrien.«
Eine lange Rede für mich.
Nachdenklich blickte Rosika auf einen Punkt in der Ferne und ließ Luise los, die sogleich auf den Rasen zu den herumtollenden Welpen lief.
»So ist das also«, sagte sie, »vielen Dank. Aber warum glaubst du, mich warnen zu müssen?«
Sie sah mich forschend an.
In dem Moment hätte ich ihr meine Liebe gestehen sollen. Ihr sagen, dass ich die Welt mit anderen Augen sah, seit sie da war. Dass ich

mich seitdem nach dem Horizont sehnte. Einem Horizont, hinter dem kein Abgrund dräute, sondern ein hoffnungsvoller Neubeginn wartete.

Doch ich wagte es nicht. Ich war feige und erwiderte: »Ich wollte es dir lediglich gesagt haben.«

Sie trat ein paar Schritte näher und musterte mich noch eingehender. »Ist das wirklich alles?«, fragte sie.

Ich nickte, doch in meinem Innern schrie es »Nein!«.

Wieder einmal hatte der Angsthase die Oberhand behalten.

Der Winter setzte früh ein und war streng. Ab Anfang Dezember lag Schnee, und die Teiche im Schlossgarten waren von einer Eisschicht überzogen. So sollte es bis Anfang Februar bleiben.
Meine Dienste als Kutscher wurden nicht mehr so häufig benötigt, worüber ich recht froh war, denn wenn ich den Großherzog oder seine Gemahlin fuhr, musste ich stets im Freien warten und war der eisigen Kälte ausgesetzt.
Anscheinend verstanden sie sich wieder besser. Des Öfteren wurde das Frühstück für beide in den Frauengemächern aufgetragen – ein sicheres Zeichen, dass sie die Nacht gemeinsam verbracht hatten. Wahrscheinlich war es kein Zufall, dass die Gräfin Hochberg sich zu jener Zeit in England aufhielt, wo sie als Gast im Haus eines Bekannten weilte: Philip Henry Lord Stanhope. Ihn hatte ich einmal bei einem Besuch im Karlsruher Schloss gesehen und den Eindruck gewonnen, er sei verweichlicht und arrogant.
Die Großherzogin war besserer Laune als sonst und ließ häufiger ihre Badewanne mit Eselsmilch, Rosenwasser und Lavendelöl befüllen – einer Mischung, die die Haut weich und zart hält. Der Großherzog nahm nicht mehr jede Einladung zu Gelagen wahr, sondern besuchte stattdessen mit seiner Gemahlin Theater- und Opernaufführungen.
Nicht zuletzt darum beschloss das Paar, eine alte Tradition wieder aufleben zu lassen. Am achtundzwanzigsten Dezember, dem Tag der Unschuldigen Kinder, sollte ein großer Ball für die Dienstboten ausgerichtet werden, mit einem üppigen Büfett, Musik und Tanz. Es war üblich, dass die Adligen sich bei dieser Gelegenheit unter das Personal mischten. Ein jeder, ganz gleich, ob Stallbursche, Gräfin, Lakai, Edelmann oder Wäscherin, durfte teilnehmen, vorausgesetzt, man erschien in Verkleidung.

Das bevorstehende Fest war Tagesgespräch, und alle waren darauf gespannt.
Die Großherzogin wurde von ihren Hofdamen beraten, und auch Gräfin Luise von Hochberg, die aus England zurück war, beteiligte sich an den Vorbereitungen. Sie ließ Kostümschneider und Perückenmacher ins Schloss kommen und bestellte Masken bei einem venezianischen Kaufmann. Konditoren und Köche, nicht nur aus Karlsruhe, sondern auch aus Mannheim, wurden verpflichtet, das Büfett auszurichten, und die Dienerschaft wurde vorübergehend aufgestockt. Der Ballsaal wurde mit Girlanden und Hunderten von Kerzen geschmückt. Und angeblich war ein Orchester aus Wien bestellt worden, das – so tuschelte man in den Fluren – der gefeierte Beethoven dirigieren sollte.
Kurzzeitig sah es so aus, als würde es nichts mit der Musik werden, denn Beethoven, der Napoleons Sache stets unterstützt hatte, billigte es nicht, dass dieser sich selbst zum Kaiser gekrönt hatte, und machte einen Rückzieher, weil Großherzogin Stephanie eine Adoptivtochter Napoleons war.
Zum Glück fand man bald Ersatz. Johannes Hummel sprang ein und erklärte sich bereit, außer den gebräuchlichen Gavotten und Menuetten auch Ländler in das Repertoire aufzunehmen. Dieser Paartanz war beim Volk sehr beliebt, weil man sich dabei – die eine Hand in der des Partners, die andere an dessen Hüfte – körperlich nahekam.
Mein Stiefvater hätte solch einen Tanz streng verurteilt, meine Mutter hingegen hätte ihn gern getanzt, dessen war ich mir sicher.
Wenige Tage vor dem Ball traf der leitende Tanzmeister der Münchner Hofoper ein, um die Festteilnehmer in den ihnen noch nicht bekannten Tänzen zu unterweisen. Allabendlich wurden Übungs-

stunden abgehalten, und überall im Schloss herrschte freudige Aufregung.

Ich hatte mir fest vorgenommen, nicht zum Ball zu gehen, denn Tanzen war nun einmal nichts für mich.

Hennenhofer erriet, wie so häufig, meine Gedanken und suchte mich eine Stunde vor Beginn in meinem Zimmer auf.

»Ostheim, du wirst dir doch das Fest nicht entgehen lassen! Sei kein Frosch und mach mit! Es wird dir guttun, dich endlich einmal zu amüsieren.« Und er schlug mir freundschaftlich auf die Schulter. »Wir beide sind doch wie Brüder«, fuhr er fort. »Lebenslang miteinander verbunden. Du sollst diesen Abend so recht von Herzen genießen. Am Tag der Unschuldigen Kinder ist alles erlaubt, Ostheim. Alles. Such dir eine Frau aus und entführe sie in dein Bett oder meinethalben auch ins Heu.«

Er musste mein Erschrecken bemerkt haben, denn er beeilte sich, mir das Fest weiter schmackhaft zu machen. »So etwas gibt es nur ein Mal. Der liebe Gott drückt dann gern ein Auge zu, und wenn's ihm zu bunt wird, dreht er sich weg und lässt sich von seiner Engelschar in den Schlaf singen.«

Er hatte an alles gedacht. Einem Koffer entnahm er zwei prachtvolle Umhänge aus nachtblauem Samt, gefüttert mit kornblumenblauem Satin, dazu farblich passende und mit weißen Straußenfedern geschmückte Dreispitze. Es folgten helle Kniehosen aus Wollfilz mit vergoldeten Knöpfen und Halterungen für die weißseidenen Strümpfe. Die Westen aus Wildseide waren korallenrot, und die weißen Batisthemden hatten weit gearbeitete, gefältelte Ärmel und waren mit Krawattenbändern versehen, die unter dem Kinn gebunden wurden. Am Ende zog er noch edle Schuhe aus teurem weichem Leder mit blitzenden Schnallen hervor.

Fast schon ehrfürchtig ließ ich die Hand über die feinen Stoffe gleiten. Bestimmt kostete es gut sechs Monatslöhne, solch ein kostbares Kostüm anfertigen zu lassen.
Zu gern hätte ich die Sachen getragen, doch ich zögerte. Wie sollte ich Hennenhofer begreiflich machen, dass auch edelste Kleider mich nicht in einen Prinzen verwandeln konnten? Ich war nun einmal hässlich und würde es immer bleiben.
Er schien meine Zweifel zu spüren, griff abermals in den Koffer und holte zwei Masken hervor. Keine venezianischen Halbmasken, sondern solche, die das ganze Gesicht bedeckten. Sie waren aus Pappmaschee, mit weißem Satin bezogen und an der Stirn mit aquamarinblauen Pailletten und gesprenkelten Kiebitzfedern verziert.
Mir fiel ein Stein vom Herzen, und ich stimmte in Hennenhofers Lachen ein.
Zum ersten Mal im Leben würde ich an einem Ball teilnehmen. Mit der Maske würde mich niemand erkennen, ich könnte mich unbesorgt unter die Festgäste mischen, zusehen, wie sie tanzten, einander den Hof machten und sich für eine Weile der Erde entrückt fühlten. Endlich würde ich dazugehören, wenn auch nur einen Abend lang. Keiner würde sich bei meinem Anblick wegdrehen, die Frauen würden nicht aufhören zu plaudern, sich rasch ihre Fächer vor das Gesicht halten und einander verächtliche Bemerkungen zuflüstern. Und das Schönste war: Ich konnte Rosika nahe sein, womöglich gar mit ihr tanzen. Mein Kopf begann zu glühen, als ich mir vorstellte, ich würde meine Hände um ihre Taille legen.

In unserer Verkleidung sahen Hennenhofer und ich aus wie Zwillingsbrüder. Er musterte mich von Kopf bis Fuß und nickte anerkennend.

»Heute ist dein Tag, Ostheim«, sagte er. »Such dir eine Frau aus!«
Mein Herz schlug so heftig, dass ich die Hand hob, um mir die Maske vom Gesicht zu ziehen. Hennenhofer hinderte mich daran.
»Nur Mut. Heute sollst du ein Mann sein. Betrachte es einfach als eine Pflicht mir gegenüber. Ich halte mich in deiner Nähe auf und sorge dafür, dass du eine unvergessliche Nacht erlebst. Du kannst mir vertrauen. Ich weiß, was ich tue.«
Wie Hennenhofer mir dazu verhelfen könnte, entzog sich meiner Vorstellung, aber ich wusste: Wenn er sich etwas in den Kopf gesetzt hatte, fand er auch Mittel und Wege.
Aufs Neue legte ich mein Schicksal in seine Hände.

Im ganzen Schloss brannten Kerzen und verbreiteten einen warmen Schein.

Im Ballsaal spielten die Musiker auf, festlich in Karminrot gekleidet und mit Puderperücken, deren Zöpfe mit schwarzem Samtband gebunden waren.

Johannes Hummel dirigierte voller Leidenschaft die Polkas, Gavotten und Ländler. Er leitete eine Militärmusikschule und war mit dem Herrscherpaar befreundet. Am Klavier saß sein Sohn Johann Nepomuk und ließ die Finger virtuos über die Tasten gleiten.

Ich konnte kaum die Füße stillhalten, doch zu tanzen wagte ich nicht. An den Übungsstunden hatte ich zwar nicht teilgenommen, aber öfter einmal zugeschaut, sodass ich nicht gänzlich unbeleckt war.

Die Paare vollführten in der Saalmitte ihre Figuren. Ich versuchte zu erraten, wer sich unter der jeweiligen Maskerade verbarg. Eine Dame fiel mir auf, die ganz nach der französischen Mode des letzten Jahrhunderts gekleidet war: Sie trug ein aufwendiges Brokatkleid mit Reifrock, der die Hüften enorm breit erscheinen ließ, auf dem Kopf eine hoch aufgetürmte, mit rosa Puder bestäubte Perücke mit einem Dreimaster als Krönung und dazu eine Harlekinmaske. Sie tanzte nicht, schien sich aber dennoch bestens zu amüsieren. Bestimmt war das die Großherzogin. Gut möglich, dass auch andere sie erkannten, doch keiner sagte etwas, um den Spaß nicht zu verderben.

Von den Herren erkannte ich allein Hennenhofer, mein Ebenbild. Er tanzte mit einer Frau nach der anderen, doch irgendwann schien er sich eine Lieblingsdame auserkoren zu haben. Sie trug ein langes weißes Gewand mit einer Schleppe, die sie anmutig über den Arm drapiert hatte. Ihr schwarzes Haar war nach römischem Vorbild hochgesteckt und mit Bändern durchflochten. Um das von ei-

ner Federmaske bedeckte Gesicht ringelten sich einzelne Locken. Wahrscheinlich die Gräfin Hochberg, dachte ich mir.
Wo mochte Rosika sein? Ich erspähte eine kleine, etwas mollige Dame im Hirtinnenkostüm, war aber nicht ganz sicher, ob ihr Lachen so glockenhell klang wie das Rosikas. Als sie merkte, dass ich sie beobachtete, eilte sie davon und warf mir über die Schulter einen auffordernden Blick zu. Ich bekam rasendes Herzklopfen.
Die Gäste, die nicht tanzten, saßen an Spieltischen und vergnügten sich beim Kartenspiel und Roulette. Andere aßen und tranken, und unter den Tischen lagen Windhunde, die sich an den Knochen gütlich taten.
Das Büfett war eine Augenweide – etwas Derartiges hatte ich noch nie gesehen. Neben Spanferkeln mit Mandarinen aus Argentinien im offenen Maul lagen gefüllte Pfauen aus Granada mit fächerförmig aufgesteckten Federn. Fischliebhaber konnten wählen zwischen Kabeljau in Aspik, Rotem Knurrhahn und Heilbutt aus den Niederlanden und Austern, Krebsen und Kaviar vom Schwarzen Meer. Wer deftige Kost bevorzugte, griff zu Kaldaunen, Rouladen und Leberwürsten aus Bayern. Die feine Gänseleberpastete stammte aus Frankreich. Dazu wurden französische Weine, Champagner und Calvados kredenzt. Der Tisch mit den Desserts bog sich unter Mandelgebäck, zierlichen Marzipanfigürchen und Fondants. Und das war noch längst nicht alles …
Da ich keine Halbmaske trug wie die meisten anderen, konnte ich nichts essen. Wein trinken war aber möglich, denn es lagen Bambushalme bereit.
Mir wurde etwas schwummrig im Kopf, weil ich keinen Alkohol gewöhnt war, aber es fühlte sich gut an. Hin und wieder wechselte ich sogar ein paar Worte mit einer Dame oder einem Herrn. Wegen

meiner Stimme brauchte ich mir keine Gedanken zu machen, ihr Klang wurde durch die Maske ohnehin verzerrt.
Ich genoss die munteren Weisen und ließ mich von der Ausgelassenheit der Tanzenden anstecken. Es war ein Abend, den ich so schnell nicht wieder vergessen würde – Hennenhofer hatte recht gehabt.
Er tanzte noch immer mit der Dame in Weiß. Plötzlich sah er mich, winkte mir zu und dirigierte seine Tanzpartnerin in meine Richtung.
»Das ist mein Bruder. Sei ein bisschen nett zu ihm«, sagte er zu ihr und schob sie zu mir hin.
Ich stand da wie zur Salzsäule erstarrt, doch sie ergriff meine Hände und zog mich auf die Tanzfläche.
Und das Undenkbare geschah: Ich tanzte mit ihr, und es ging wie von selbst. Das beschwingte mich derart, dass ich mir wünschte, der Tanz würde niemals enden.
»Du tanzt besser als dein Bruder!«, rief sie mir zu. Weil sie eine Vollmaske trug, klang ihre Stimme gedämpft. »So könnte ich die ganze Nacht durchtanzen. Lass uns trinken und fröhlich sein und das Fest genießen, bis die Sonne aufgeht.«
Wir ließen keinen Tanz aus, hielten allenfalls ein paar Minuten inne, um durch Halme von dem schweren Rotwein zu trinken. Dabei gerieten ein paar Spritzer auf ihr weißes Gewand, doch sie lachte nur. Damit machte sie mich zum glücklichsten Menschen auf Erden, denn es gab nur eine, in deren Lachen Glöckchen klangen, Vögel zwitscherten und klares Wasser plätscherte.
Ich hielt Rosika in den Armen und war Hennenhofer unendlich dankbar, dass er sie mir zugeführt hatte. Wahrscheinlich hatte er sie gleich zu Anfang erkannt.

»Ich will bei dir bleiben!«, rief sie über die Musik hinweg. »Wie heißt du, schöner Musketier?«
Statt zu antworten, zog ich sie fester an mich. Dass der Wein auch ihr zu Kopfe gestiegen war, merkte ich an ihrem leichten Schwanken, doch weder sie noch ich wollten aufhören zu tanzen. Und noch immer konnte ich es kaum fassen, wie selbstverständlich und mühelos meine Füße den wechselnden Rhythmen der Musik folgten. Wenn wir ins Taumeln gerieten und gegen andere Tanzpaare stießen, lachte Rosika.
Es war schon spät, als sie mich zum Rand der Tanzfläche lotste, wo es nicht ganz so hoch herging, und schließlich durch einen Gang zur offenen Gartentür.
Dort riss sie sich los und lief mit nicht mehr ganz sicheren Schritten auf das Labyrinth zu.
»Fang mich, schöner Musketier!«, rief sie mir zu, lachte kokett, und schon war sie zwischen den Buchsbaumhecken verschwunden.
Erst wollte ich sie zurückrufen, unterließ es aber, denn meine Stimme hätte mich womöglich verraten.
Bei dieser Kälte verkühlt sie sich im Nu, dachte ich. Darum folgte ich ihr, vor allem aber, weil ich sie wieder in den Armen halten und an meine Brust drücken wollte.
Es war ein Glück, dass ich mich in dem Labyrinth auskannte. Ich hörte Rosika lachen, und mir war, als flögen Schwalben zwischen den Hecken auf. Dann verstummte das Lachen, und sie rief: »Ich habe mich verirrt! Und mir ist schrecklich kalt! Hol mich bitte raus!«
Es dauerte nicht lange, und ich war bei ihr. Weil sie in ihrem dünnen Kleid zitterte, legte ich meinen Umhang um ihre Schultern. Sie schmiegte sich an mich und sagte: »Wärme mich, schöner Musketier! Lass mich nie mehr los.«

Plötzlich tat ich etwas vollkommen Unbedachtes: Ich griff in meine Westentasche, nahm die Brosche meiner Mutter heraus, die ich immer bei mir trug, und steckte sie ihr ans Kleid.
»Für mich?«, fragte sie.
Ich nickte und hatte das Gefühl, meine Mutter blickte wohlwollend vom Himmel auf uns hernieder.
Dann führte ich Rosika aus dem Labyrinth.
Als wir zum Pferdestall kamen, zog sie mich am Ärmel und sagte: »Komm.«
Es bedurfte keiner zweiten Aufforderung.

Im Stall war es nicht kalt, die vielen Pferdeleiber gaben Wärme ab. Und Rosika gab mir die Wärme, nach der es mich so sehr verlangt hatte. Mit den Worten »Komm, schöner Mann« zog sie mich in ein Abteil, eben jenes, vor dem wir gestanden hatten, als wir einander kennenlernten.
Sie ließ sich rücklings ins Stroh fallen und zog lachend ihr Kleid ein Stück hoch. Ihre weißseidenen Strümpfe waren bis zu den Knöcheln hinabgerutscht, und ich sah durch die Augenschlitze meiner Maske mit Staunen, dass sie nicht nur in den Wangen, sondern auch an den Knien Grübchen hatte. Ich kam mir vor wie Adam, der zum ersten Mal seine Eva erblickt, und mir wurde glühend heiß.
Ich fühlte mich vollkommen der Welt enthoben, die mich, seit ich denken konnte, immer wieder ausgespuckt hatte, und wähnte mich im Himmel, wo die Heiligen und die Engel mich empfingen und mir ermunternd zunickten.
›Schöner Mann‹ hatte sie zu mir gesagt – mein verunstaltetes Gesicht existierte nicht mehr.

Sie wollte mich, und ich wollte sie, und so gab ich mich mit der schönsten Frau auf Erden der Liebe hin.

Mit halbem Ohr meinte ich den donnernden Applaus der Heiligen zu hören.

Manche Dinge bleiben mir für immer im Gedächtnis, aber nicht alles. Wie lange wir im Stall waren, weiß ich nicht mehr genau. Wir schliefen wohl, benebelt vom Wein, eine kleine Weile unter meinem blauen Umhang. Irgendwann weckte mich die Kälte.

Rosikas schwarze Perücke lag im Stroh, die Maske war von ihrem Gesicht geglitten, und so hatte ich Gelegenheit, die Züge der Schlafenden zärtlich mit dem Zeigefinger nachzufahren. Ich wünschte mir, diese Nacht würde niemals ein Ende nehmen und ich könnte für immer mit ihr im schützenden Dunkel bleiben, wo ich die Liebe gefunden hatte und der sein durfte, der ich war. Doch mit Schrecken wurde mir klar, dass unausweichlich der Morgen anbrechen würde und mit ihm die Stunde der Wahrheit. Rosika würde erwachen und wissen wollen, mit wem sie das Liebeslager geteilt hatte. Sie würde mich auffordern, die Maske abzunehmen, und mit Abscheu feststellen, dass sie sich einem Hasen hingegeben hatte.

Panik erfasste mich. Ich breitete rasch den Umhang über sie und stahl mich davon. In meinem Zimmer legte ich mich aufs Bett und rief mir mit geschlossenen Augen jede Sekunde meiner ersten Liebesnacht noch einmal ins Gedächtnis. Doch dann fragte ich mich, ob Rosika wohl ahnte, wer ihr Liebhaber war, und fürchtete schon jetzt unsere nächste Begegnung.
Ich hätte sie nicht allein zurücklassen sollen, nicht – wie so oft – das Hasenpanier ergreifen dürfen.

Erst drei Tage später sah ich Rosika wieder. Mit dem Prinzesschen an der Hand kam sie in den Stall und bat mich, dem Pony den Kin-

dersattel aufzulegen und ihm ein Halfter überzustreifen, sodass sie es durch den Schlossgarten führen konnte.
Sie verhielt sich nicht anders als sonst; nichts deutete darauf hin, dass sie mich in der Ballnacht erkannt hatte.
An ihrem Kleid steckte die Brosche mit der Kamee.
Ich nahm all meinen Mut zusammen und wollte mich ihr erklären, ihr meine Liebe gestehen, doch ich konnte es noch weniger als vor dem Fest. Meine Gedanken irrten durch ein Labyrinth, suchten verzweifelt nach Durchgängen zur Mitte hin, nach den richtigen Worten, und stießen fortwährend auf Hindernisse, auf Gründe, es doch nicht zu tun.
So kam ich immer wieder zum selben Punkt: meinem Mangel an Mut. Ich war mir selbst der schlimmste Feind.

Und dann war Rosika plötzlich fort.
Großherzogin Stephanie war nach Paris aufgebrochen, mit ihrem Töchterchen und Rosika als Kinderfrau. Fünf Monate sollten sie dort bleiben.
In meiner Ratlosigkeit holte ich zum ersten Mal seit langer Zeit die vernachlässigten Heiligen hervor und legte sie nebeneinander auf den Tisch. Einer wie der andere blickte mich vorwurfsvoll an, sodass ich mich genötigt fühlte, Abbitte zu tun.
Ich sammelte die Karten wieder ein, mischte sie und drehte sie dann nacheinander um. Dabei flehte ich jeden einzelnen Heiligen an: »Hilf mir, ich liebe Rosika so sehr.«
Als ich Rosikas Namen aussprach, lag die heilige Zita von Lucca oben. Als Dienstmagd hatte sie den Mantel ihrer Herrin einem Bettler geschenkt und war dafür bestraft worden. Im Kerker brachte ein Engel ihr den Mantel zurück.

Mein Umhang … ich hatte ihn bei Rosika gelassen. Ein Beweis in Blau, dass wir einander im Stall geliebt hatten. Dieser Gedanke stimmte mich hoffnungsvoll, und ich nahm mir fest vor, ihr meine Liebe zu offenbaren, sobald sie aus Paris zurück war.

Die Tage waren lang und leer. Ich tat mechanisch meine Arbeit und nahm ansonsten kaum wahr, was um mich herum geschah. Hennenhofer hatte sich schon eine ganze Weile nicht mehr bei mir blicken lassen. Wie er mir zu Anfang aufgetragen hatte, behielt ich während Stephanies Abwesenheit ihren Gemahl im Auge. Pflichtbewusst, wenn auch ungern kutschierte ich ihn in die Schenken, wo er sich mit seinen Zechbrüdern traf. Er kam mir immer mehr vor wie ein launisches Kind, das nur seinem Vergnügen lebt. Doch wer war ich, ihm anzulasten, dass er sich nicht wie ein erwachsener Mann betrug – ausgerechnet ich!

Es ging schon auf den Sommer zu, als Rosika wiederkam. Bei ihrem Anblick stutzte ich. Unter ihrem hoch geschnürten Kleid wölbte sich unverkennbar der Bauch.

Sie war nicht als Einzige guter Hoffnung. Auch die Großherzogin trug ein Kind unter dem Herzen, und ich hatte den Eindruck, dass sie etwa zur gleichen Zeit niederkommen würden.

Stephanie nickte mir flüchtig zu und ließ sich von ihrer Ersten Hofdame ins Schloss geleiten, indes Rosika, die mir schöner denn je vorkam, dem Prinzesschen beim Aussteigen half und die Dienstboten anwies, das Gepäck vom Kutschendach zu holen. Die kleine Luise war gewachsen; sie eilte sogleich hinter ihrer Mutter her und rief laut: »Maman, Maman! Attends!«

»Es war einfach herrlich in Paris, Michael! Ich habe so viel gesehen und erlebt!«

Rosika sah mich mit einem Augenaufschlag an, dass es mir den Atem verschlug. Und zum ersten Mal hatte sie mich mit meinem Vornamen angesprochen! Am liebsten hätte ich sie auf meine Arme genommen, in mein Zimmer getragen und dort mit Küssen überschüttet.

Sie trug nach wie vor die Brosche meiner Mutter.

»All das habe ich dir zu verdanken«, fuhr sie fort. »Wenn du mich damals nicht eingestellt hättest …«

Da entstieg Hennenhofer der Kutsche.

»Grüß dich, Ostheim. Ich hoffe, es geht dir gut.«

Ich war wie gelähmt vor Schreck. Hennenhofer war mit in Paris gewesen! Hatte jeden Tag in der Gesellschaft Rosikas zugebracht, ihr perlendes Lachen gehört, sich an ihren Grübchen erfreut. Ich wollte es nicht wahrhaben, doch die Eifersucht nahm Besitz von mir wie ein schleichendes Gift.

Obgleich ich mich mit Fragen der Zeugung und Niederkunft nicht genau auskannte, hegte ich die leise Hoffnung, Rosikas Kind könnte von mir sein. Ich beschloss, Augen und Ohren offenzuhalten.
Eine Woche nach ihrer Rückkehr suchte Rosika mich auf, um mir von ihrer Zeit in Paris zu erzählen. Diese Gelegenheit musste ich beim Schopf packen, denn inzwischen befürchtete ich, man könnte sie wegen ihrer Schwangerschaft entlassen.
»Wann kommt dein Kind zur Welt?«, fragte ich geradeheraus.
Sie zuckte mit den Schultern und sah einen Moment lang aus wie ein kleines Mädchen, dem nicht klar ist, dass gleich ein Gewitter losbrechen kann.
»Das werde ich schon sehen. Ich weiß ja, wie es anfängt. Schließlich war ich dabei, als meine Geschwister geboren wurden. Angst habe ich nicht.«
»Und der Vater? Weiß er, dass du ein Kind von ihm trägst?«
Die wichtigste Frage war heraus. Bebend wartete ich auf ein Zeichen von einem meiner vielen Heiligen. Oder von ihr. Einen Blick, der verriet, dass sie wusste, dass ich ihr Musketier gewesen war.
Sie hielt den Kopf ein wenig schräg, so als erhoffte sie Antwort von oben. »Der Vater ist ein schöner Mann«, sagte sie dann. »Darum wird es ein großes, strammes Kind.«
Mehr war ihr nicht zu entlocken, und ich flehte zum Himmel, dass es mein Kind wäre.
Wo waren sie, meine Heiligen mit ihren goldenen Aureolen?
»Stehst du in Verbindung mit dem Vater?«, konnte ich mich nicht enthalten zu fragen. »Ist er bereit, sich um dich und das Kind zu kümmern? Und kannst du weiterhin am Hof bleiben?«
Ein leichter Schatten legte sich über ihr Gesicht, wie Dunst vor die Abendsonne. Doch gleich darauf strahlte sie wieder.

»Es ist alles geregelt. Die Großherzogin ist ebenfalls in Hoffnung und kommt wohl zur gleichen Zeit nieder wie ich. Sie hat mich gebeten zu bleiben, als Amme für ihr Kind. Du brauchst dir also keine Sorgen um mein Wohl zu machen.«

Sie schien das Ganze leicht zu nehmen, fast wie ein Spiel. Wie gegensätzlich wir doch waren. Sie und ich.

»Sag mir, Rosika, bist du dir ganz sicher, was den Vater angeht?«, bohrte ich weiter.

Sie zog die Augenbrauen hoch und warf mir einen irritierten Blick zu. »Ich habe es dir doch schon gesagt, Michael. Der Vater ist ein schöner Mann, das muss genügen. Ich werde die Wiege mit dem Futter seines Umhangs auskleiden. Mein Sohn soll Johann Ernst Jakob Blochmann heißen. Ich werde ihn Ernst rufen und ihn stillen, bis er laufen kann. Meine Milch reicht bestimmt für ihn und das Fürstenkind. Die Großherzogin hat mir zugesagt, dass mein Sohn mit ihrem Kind aufwachsen darf und vom gleichen Doktor betreut wird.«

*Mein Sohn!* Worte so süß wie Honig … mein Herz setzte ein paar Schläge aus.

»Woher willst du wissen, dass es ein Sohn wird?«, fragte ich.

»So etwas fühlt man als Frau. Das Kind liegt weit oben im Leib. Söhne müssen den mütterlichen Herzschlag spüren, sonst können sie niemals lieben.«

Ich wollte nur zu gern glauben, dass sie meinen Sohn trug. Es musste so sein, denn schließlich hatte ich ja meinen Umhang bei ihr zurückgelassen. Mein Sohn würde in einer Wiege liegen, deren kornblumenblauer Bezug von meiner Liebe zu seiner Mutter durchdrungen war.

»Jetzt hör aber bitte auf, mir Fragen zu stellen, Michael.« Ein wenig schmollend ging sie zur Tür, doch als sie sich umblickte, lag wieder

ein sonniges Lächeln auf ihrem Gesicht. »Ich schätze es sehr, dass du so besorgt um mich bist. Du hast das Zeug zu einem guten Vater, scheint mir.«
Sie sagte es beiläufig und anscheinend ganz ohne Hintergedanken, dennoch nährte dieser Satz meine stille Hoffnung.

Ich kümmerte mich um Rosika, so gut ich konnte, und sie versicherte mir, ich sei ihr bester Freund und ihre liebste Gesellschaft. Als sie mich bat, ihr das Geheimnis des Labyrinths zu enthüllen, zeichnete ich das Wegemuster auf ein Blatt Papier, obwohl das wider die Vorschriften des Gestalters war, und wir schritten gemeinsam mehrmals durch die Buchsbaumgänge. Dabei wünschte ich mir, wir würden uns verirren und keiner könnte je zu uns vordringen.
In den nächsten Wochen boten sich viele Gelegenheiten, Rosika meine Liebe zu gestehen, doch mein Stiefvater hatte mir zu früh und zu gründlich die Lippen versiegelt.
Ich hasste ihn so sehr. Wenn auch sein Bild mit der Zeit verblasste, der Hass blieb lebendig.

Von meiner Mutter wusste ich, dass der neunundzwanzigste September ein besonderes Datum ist. Zum Gedenken an den Sieg des Erzengels Michael über den Drachen verleihen die Heiligen jedem Kind, das an diesem Tag geboren wird, eine besondere Gabe, sei es im guten oder im schlechten Sinne. Wenn sie dem Kind goldene Talente in den Schoß werfen, steht ihm ein langes glückliches Leben bevor. Zeichnen sie es aber mit Drachenblut, dann zeigt das Leben ihm seine dunkle Seite, es landet im Reich der Dämonen und schließt einen Bund mit dem Teufel.

Das Geburtsdatum war ein erstes Zeichen, dass Schmetterlingshaut Verderben bringen würde. Aber ich erkannte es nicht und dachte auch nicht an die Worte meiner Mutter; meine Gedanken weilten bei Rosika.

Erst im Nachhinein wurde mir die Bedeutung von so manchem deutlich.

Wie eine unheilvolle düstere Wolke erstickte Schmetterlingshaut das wenige Licht in meinem Leben und hüllte mich in nachtschwarze Schatten. Vom Augenblick seiner Geburt an war sein Dasein darauf gerichtet, das Glück anderer zu zerstören. Er hätte nie geboren werden dürfen.

Von morgens bis abends schrie er, und des Nachts gab er Laute wie höhnisches Gelächter von sich und hielt wortlos Zwiesprache mit Wesen der Unterwelt.

Bei der kleinsten Berührung löste sich seine Haut in Fetzen ab, und der Hebamme graute davor, ihm die Windeln zu wechseln. Weder Melkfett noch Kamillenumschläge halfen etwas. Er glich einer Puppe, aus der ein bösartiger Schmetterling schlüpfen wird. Ein Totenkopffalter, der den Honig aus den Bienenstöcken stiehlt.

»Wer den Bienen bei Dunkelheit Honig stiehlt, ist ein Abgesandter des Teufels«, pflegte meine Mutter zu sagen. Mit Engeln und Teufeln kannte sie sich aus wie keine zweite.

Bei Schmetterlingshauts Geburt waren die Zeichen mehr als deutlich. Er hätte verpuppt bleiben sollen, nicht schlüpfen und seine Flügel entfalten dürfen.

Aber es kam anders.

Hätte ich die Zeichen erkannt und wäre Manns genug gewesen, dann hätte ich dafür gesorgt, dass sein Lebenslicht gleich nach dem ersten Aufflackern verloschen wäre. Aber man wird erst zum Mann, wenn man sein Schicksal nicht mehr, einem führerlosen Schiff gleich, den wilden Wellen überlässt, sondern das Ruder fest in die Hände nimmt und auf ein Ziel zusteuert.

Schmetterlingshaut wurde in derselben Unwetternacht geboren wie mein Sohn, und ich hätte die Möglichkeit gehabt, ihn zu töten. Doch ich tat es nicht, weil ich die Zeichen übersah.

Sturm, Blitz und Donner vereinten sich zu einem fliegenden Drachen, der auf das Schloss einstürmte.
Das erste Opfer war Rosika. Der Erzengel konnte des Drachens nicht mehr Herr werden, und so raubte er meiner Liebsten das Lachen. Während draußen der Kampf zwischen Engel und Drache tobte, brachte sie ihr erstes Kind zur Welt. Mein Kind.
Sie litt entsetzliche Wehenschmerzen. Mein Sohn wollte nicht geboren werden, er hatte sich im Leib aufwärts bewegt, wollte nicht vom mütterlichen Herzschlag weichen. So kam sein Steiß unten zu liegen. Die Hebamme legte in Kampfer getränkte Tücher auf Rosikas Bauch, um die Schmerzen zu lindern.
Vor ihrer Kammer auf und ab gehend, nahm ich den durchdringenden Geruch wahr, und wenn ich genug Mut aufbrachte, spähte ich durch eine Türritze.
Damit das ungewöhnlich große Kind nicht im Mutterleib starb, bemühte die Hebamme sich, es mit Druck herauszumassieren.
Rosika brüllte wie eine Wahnsinnige. Sie schrie, sie wolle sterben … man möge das Kind aus ihr herausholen … nein, es solle nicht heraus … sie wolle es nicht … und das Kind wolle sie nicht … es müsse weg, weg, weg … es sei nicht ihres … sei verflucht.
Von meiner Mutter wusste ich, dass die Worte einer Gebärenden Vorhersagen sein können. Auch dies ein Zeichen.
Ich stand vor der Tür und biss mir vor Aufregung in die Hand. In mein Hemd hatte ich das Bildnis der heiligen Katharina geschoben, die man bei schweren Geburten anruft. Sie wurde in einem mit Nägeln bestückten Rad gefoltert und starb den Märtyrertod.
Rosika klammerte sich an die hölzernen Bettpfosten. Bei der letzten Presswehe zerbrach einer davon. Die Hebamme stieß einen Fluch aus, und ein Krug ging zu Bruch. Wieder ein Zeichen.

Rosika schaffte es. Sie bekam ihr Kind und starb nicht.
Es strampelte wild mit Armen und Beinen und schrie erbärmlich. Erst als die Hebamme es gewickelt und neben die Mutter gelegt hatte, verstummte es. Rosika jedoch drehte sich weg. Sie gab noch ein paar leise Schluchzer von sich, wie ein Kind, dessen Kummer nachlässt, und dämmerte ein.
Endlich durfte ich ins Zimmer. Ich ergriff Rosikas Hand. Ihr Gesicht war noch schweißnass, die roten Haare klebten an der Stirn und lagen in langen Strähnen auf dem Kopfkissen. Wie ein Mädchen, das sich müde getanzt hat, sah sie aus.
Mit meinem Taschentuch tupfte ich ihr das Gesicht ab.
Sie erwachte und fragte: »Wo ist mein Kind?«
Ich legte es in ihre Arme und sah zu meiner Erleichterung, dass es keine Hasenscharte hatte.
»Ist das mein Sohn, Michael?« Rosika betrachtete den Säugling ungläubig.
Als ich nickte, bekam ich feuchte Augen. Schnell wischte ich die Tränen weg, doch der Hebamme war meine Rührung nicht entgangen.
»Ist er der Vater?«, fragte sie unwirsch.
»Nein«, sagte Rosika. »Mein Kind ist der Sohn eines Musketiers. Eines schönen Mannes.« Sie schloss die Augen und lächelte bei der Erinnerung.
Dass es den schönen Mann nie gegeben hatte, wusste sie nicht. Ein Windhauch strich über mein Gesicht, trocknete die letzten Tränen und dämpfte meine Hoffnung. Nicht aber meine Liebe.
Ich blieb bei Rosika und bewachte ihren Schlaf. Kurz vor der Morgendämmerung klopfte es an die Tür, und eine Stimme sagte, ich solle rasch kommen, die Großherzogin liege in den Wehen.

Zwei Flure und zehn Räume weiter gebar Stephanie ihren ersten Sohn. Die Badener konnten jubeln, denn nun gab es einen männlichen Thronfolger. Gräfin Luise von Hochberg würde ihre Wutschreie mit einem Taschentuch ersticken müssen, denn damit waren ihre Söhne aus dem Rennen.

Von den Zofen hörte ich, dass die Großherzogin bei der Geburt nicht geschrien hatte, und auch das Kind hatte keinen Schrei von sich gegeben. Es sei mit offenen Augen zur Welt gekommen, hieß es, und mit verschattetem Blick – ein untrügliches Zeichen, dass Unheil bevorstand.

Weil das Kind keinerlei Bewegungen machte, hielt man es zunächst für tot. Doch dann stellte der Arzt schwache Herztöne fest und fing an, den kleinen Körper zu massieren. Die Hebamme kitzelte das Neugeborene mit einer Feder unter der Nase, aber vergeblich – es nieste nicht und gab auch sonst keinen Laut von sich.

»Offene Augen, kein Niesen und diese seltsame Haut …« Die Hebamme bekreuzigte sich. »Wenn das nur gut geht.«

Großherzog Karl war während der Geburt nicht im Schloss gewesen. Mit ein paar Freunden hatte er sich im Wirtshaus ›Zum goldenen Elch‹ bis zur Bewusstlosigkeit betrunken.

Tags darauf begann das Kind endlich zu schreien und wollte nicht mehr damit aufhören. Sein Geschrei war so durchdringend, dass man die erschöpfte Großherzogin in den rechten Schlossflügel brachte, damit sie sich in ruhiger Umgebung von der Niederkunft erholen konnte.

Ihr Kind wurde ins Zimmer meiner Liebsten und meines Sohnes getragen, wo es unentwegt weiterschrie.

Rosika nährte beide Kinder. Mein Sohn Ernst war ein ruhiges Kind und trank begierig. Schmetterlingshaut hingegen war höchst un-

ruhig und ließ immer wieder die Warze los, sodass kostbare Milch verloren ging. Dann brüllte er lauthals. Rosika versuchte, ihn zu trösten, indem sie ihm leise vorsang – umsonst.
Mein Sohn ließ sich beim Trinken nicht stören.

Lässt sich das Undenkbare mit Worten beschreiben? Kann eine einzige Handlung, ein unumgängliches Versprechen, ein Menschenleben zerstören?
Ja.

Zwei Wochen nach der Geburt der beiden Kinder suchte Hennenhofer mich auf. Zu berichten gab es lediglich, dass Großherzog Karl sich dazu bequemt hatte, seiner Gemahlin im rechten Flügel Gesellschaft zu leisten, statt sich in Schenken zu vergnügen.
Gräfin Luise von Hochberg stand kurz vor der Abreise. Sie wollte den Winter auf Schloss Beuggen bei Laufenburg verbringen, das ihr zur Nutzung übereignet worden war. Ihre Zofen waren bereits mit Packen beschäftigt, und es sah ganz so aus, als würden für die vielen Koffer und Hutschachteln mehrere Kutschen benötigt.
Der Major war eleganter gekleidet als sonst; anscheinend liefen die Dinge nach seinen Vorstellungen.
Mir war inzwischen zu Ohren gekommen, dass er nicht nur der Vertraute der Gräfin Hochberg war, sondern auch regelmäßig den Fürsten von Metternich in Wien aufsuchte. Nach der Niederlage der Österreicher gegen Napoleon war Metternich von Kaiser Franz I. zum Außenminister berufen worden. Er machte kein Geheimnis daraus, dass er die Französische Revolution für eine Katastrophe hielt, obgleich er Napoleon als Staatsmann durchaus Respekt zollte.
Ich hatte schon vor längerer Zeit beschlossen, mich aus politischen Angelegenheiten herauszuhalten; daran konnte man sich meiner Meinung nach nur die Finger verbrennen. Dass meine Anwesenheit im Schloss auch einen politischen Hintergrund hatte, ließ sich aber nicht leugnen, zumal Hennenhofer weiterhin über alle meine Beobachtungen unterrichtet werden wollte. Letztlich war das aber wenig

ergiebig, es sei denn, man würde den Gelagen des Großherzogs besondere Bedeutung beimessen. Er hatte sich mit seinen Eskapaden, die mittlerweile in ganz Baden bekannt waren, ins Abseits manövriert, ohne sich selbst darüber im Klaren zu sein.
Der Major hatte Wein aus dem Rhônetal mitgebracht; er entkorkte sogleich eine Flasche, und der Wein gab sein fruchtiges Aroma preis.
»Lass uns auf die Liebe trinken, Ostheim«, sagte er.
Dass Hennenhofer mich zum Trinken einlud, war höchst ungewöhnlich. Sonst hielt er sich immer nur kurz in meinem Zimmer auf und ging, sobald ich ihm ausführlich Mitteilung gemacht hatte. Ich beschloss, keine Fragen zu stellen, aber auf der Hut zu sein.
Als er mit einem Zug sein Glas zur Hälfte leerte, meinte ich, hinter seinem Lächeln und der freundschaftlichen Haltung eine gewisse Anspannung wahrzunehmen. Auch wenn er mir mehr als einmal geholfen hatte – ihm voll und ganz zu vertrauen, schien mir doch nicht geraten.
»Die Liebe ist wie ein Vogel, der in die Lüfte aufsteigt und mit seinem Schnabel an die Himmelspforte pocht. Sie ist etwas wahrhaft Himmlisches, Ostheim. Das siehst du sicherlich genauso, nicht wahr?«
Er zwinkerte mir zu, und ich merkte, dass meine Wangen sich röteten wie die eines kleinen Jungen, der beim heimlichen Honigschlecken ertappt wird.
»Aber die Liebe kann sich verflüchtigen, wenn man sie nicht nährt. Ein Mittel dazu ist die Musik. Sänger sind die Sirenen der Liebe.«
Verwundert lauschte ich seinen lyrischen Worten. Was wollte er mir damit sagen?
»Ich habe dich beobachtet«, fuhr er fort. »Du bist verlässlich und tust deine Arbeit besser als jeder andere. Dennoch gibt es etwas,

das du nicht beherrschst: Du schaffst es nicht, eine Frau an dich zu binden. Und das sollte sich ändern.«

Fast hätte ich mich am Wein verschluckt. Hennenhofer hatte zwar dafür gesorgt, dass ich mit Rosika eine unvergessliche Liebesnacht verbringen konnte, doch das gab ihm noch lange nicht das Recht, mir mein Unvermögen vorzuwerfen.

»Morgen Abend findet im Hoftheater die Aufführung einer Oper von Peter von Winter statt. Sie heißt *Das Labyrinth oder Der Kampf mit den Elementen*. Ich habe eine Loge reservieren lassen, weil ich der Aufführung in Begleitung beiwohnen wollte. Nun aber muss ich in einer dringenden Angelegenheit nach Nürnberg.« Er sah mich schmunzelnd an. »Darum kannst du statt meiner gehen.«

»Ich? Ich soll in die Oper?« Hatte ich richtig gehört?

Er nickte und hielt mir zwei Billetts hin.

»Und wer … wer ist die Begleitung?« Ich traute mich kaum zu fragen.

»Du wirst angenehm überrascht sein. Es ist eine schöne Frau, die es mehr als verdient hat, einen Abend lang ihrer wichtigen Aufgaben ledig zu sein.«

Das klang verheißungsvoll, dennoch blieb ich vorsichtig. Ich kannte Hennenhofer lange und gut genug, um zu wissen, dass er nichts ohne Grund tat. Andererseits schienen mir die Zeichen günstig wie noch nie: Ich hatte Rosika aus einem Labyrinth befreit, bevor wir im Pferdestall zusammengekommen waren. Und mein Kind war in einer Nacht geboren worden, in der ein Kampf mit den Elementen stattgefunden hatte. Eine Oper mit Namen *Das Labyrinth oder Der Kampf mit den Elementen* musste ich mir einfach ansehen!

Einen Augenblick lang war mir, als stünde meine Mutter im Raum und nickte mir ermunternd zu.

Am nächsten Abend saß ich in der rotsamtenen Loge auf dem ersten Balkon und wartete auf die große Unbekannte, die den Platz neben mir einnehmen sollte. Weil das Theater nicht allzu weit vom Schloss entfernt lag, hatte ich den Weg zu Fuß gemacht. Bis zum Beginn war noch etwas Zeit. Unten im Saal sah ich geschminkte vornehme Damen in Kleidern aus Brokat, Organza und Seide, ihre männlichen Begleiter prunkten in Satinwesten und weißen Kniehosen und trugen Puderperücken.
Ich hatte meine besten Kleider angelegt und mein langes Haar mit einem Band zusammengefasst. Um den Hals und vor den Mund hatte ich mein grünes Seidentuch gebunden.
Die Ouvertüre hatte gerade begonnen, mit Flöten, Geigen und einer Pauke, da ging die Tür auf, und eine Frau huschte herein.
Ich erkannte sie am Geruch.
Rosika.
Sie war außer Atem und wirkte verdutzt, als sie mich erblickte.
»Michael? Du hier?«
Ich fand keine Worte, weil mir das Herz bis zum Hals schlug.
»Eigentlich war ich mit dem Herrn Major hier verabredet«, flüsterte sie. »Er hat mich gestern gefragt, ob ich Lust hätte, eine Oper zu sehen. Ich war froh um die Abwechslung. Endlich einmal ein paar Stunden weg von dem Kind der Großherzogin. Es weint immerfort, das macht mich ganz nervös. Mein Sohn hat zum Glück ein ruhiges Wesen, sonst würde ich das nicht aushalten.«
Weil aus den Nachbarlogen ein »Pssst« nach dem anderen erklang, mussten wir das weitere Gespräch auf später verschieben.
Rosika neben mir zu wissen, machte mich unendlich glücklich, und ich vergaß für eine Weile, dass ich nur ein Lückenbüßer war. Auch wenn wir nicht wie die übrigen Opernbesucher zur Haute-

volee zählten, fühlte ich mich wie ein König neben seiner Königin. Unwillkürlich dachte ich an meinen Vater, der einmal gesagt hatte: »Mein kleiner König, siehst du den Kirchturm? Du bist noch viel größer als er.«
Dieses unverhoffte Glück hatte Hennenhofer mir beschert. Wie sollte ich das je wiedergutmachen?
Rosika machte große Augen, als der Vorhang aufging und eine zauberhafte Kulisse freigab. Auf einem dunkelblauen Tuch, das den Himmel darstellte, prangte eine silberne Spirale und daneben, gleichsam schwebend, Sonne, Mond und Sterne. Flackernde Öllampen auf der Bühne brachten die Himmelskörper zum Leuchten. Von der Decke herab hingen Wolken aus Watte in verschiedenen Grautönen, und den Hintergrund bildete ein Meer, dessen Wellen sich hin und her bewegten.
Die Musik wechselte in eine leichtere Tonart über. Ein Strahlen überzog Rosikas Gesicht, und sie begann, zu den munteren Geigenklängen mit dem Fuß zu wippen. Anders als sie konnte ich mich kaum auf die Bühne konzentrieren; mir war es ein viel größerer Genuss zu sehen, mit welch kindlicher Begeisterung sie das Geschehen verfolgte.
Nach ihrer Hand zu greifen, wagte ich nicht; ich begnügte mich mit ihrem Duft. Anscheinend hatte sie Rosenöl in ihr Badewasser gegossen, und dann war da noch ein süßlicher Geruch, der mir vertraut war. Ein Seitenblick auf Rosikas Busen in dem weit ausgeschnittenen Kleid – und vor meinem inneren Auge erstand ein Bild von früher: das Bild meiner Mutter, die meinen schönen Bruder stillt. Rosika roch nach Milch und warmem weichem Mutterleib.
Wie gern hätte ich sie jetzt an mich gezogen und ihr zugeflüstert, dass ich sie mehr liebte als alles auf der Welt. Doch diesmal trug ich

keine Maske wie in der Nacht, in der ich zum Mann, zum Liebhaber der Mutter meines Kindes geworden war.
»Es ist so wunderschön, Michael«, raunte sie mir zu und drückte – ich konnte es kaum fassen – meine Hand.
Jetzt, Michael, jetzt!
Doch ich saß da wie versteinert, und so schnell, wie die Hand gekommen war, war sie auch wieder fort.
Die Oper dauere zwei Stunden, hatte Hennenhofer mir gesagt. Danach würden Rosika und ich zusammen zum Schloss zurückgehen. Vielleicht fand ich unterwegs in der Dunkelheit den Mut, ihr Herz und Seele in die Hände zu geben.

Auf dem Rückweg plapperte Rosika fröhlich über die Oper. Sie habe sich alles genau eingeprägt, sagte sie, um später einmal ihrem Sohn davon erzählen zu können.
Mich befiel ein leises Unbehagen bei dem Gedanken daran, dass er die ganze Zeit über ohne seine Mutter gewesen war.
Der Himmel wölbte sich pechschwarz über uns, es war kein Mond zu sehen.
Die Oktobernacht war ungewöhnlich warm, fast schon drückend. Am Morgen würden die Sträucher voller Spinnweben hängen, in denen Kreuzspinnen auf Beute lauerten …
»Wer kümmert sich eigentlich um Ernst?«, fragte ich, denn der Gedanke an ihn ließ mir keine Ruhe.
»Ich war vorhin sehr in Eile, weil ich die Kinder noch stillen musste«, antwortete sie leicht verlegen. »Aber die nette Gräfin Hochberg hatte ja angeboten, ihre Kinderfrau könne nach den beiden sehen.«
Der Druck auf meiner Brust wurde so stark, dass ich stehen blieb und keuchend Luft holte.

»Keine Bange, Michael. Ich kenne Utta gut. Sie ist zuverlässig. Ich muss lediglich darauf achten, rechtzeitig wieder im Schloss zu sein, um die Kinder zu stillen. Die Großherzogin macht sich beständig Sorgen, weißt du, weil ihr Kind noch nicht getauft ist. Der namenlose Kleine gedeiht auch nicht so gut wie Ernst. Er trinkt zu wenig, wenn ich ihn an die Brust lege, und kommt mir kränklich vor.«
Ihre Offenheit hatte mich immer fasziniert, jetzt aber steigerte sie mein Unbehagen. Mein Wunsch, mit Rosika erneut eine Liebesnacht zu verbringen, wurde von zunehmender Unruhe überschattet, obwohl ich mir einredete, ich sähe schwarz und es gäbe keinerlei Anlass zur Sorge. Bei der dicken, gutmütigen Utta war Ernst gewiss in guten Händen.

Als wir an den Stallungen vorübergingen, lachte Rosika in sich hinein. Etwas schien sie zu amüsieren.
»Weißt du was, Michael? Bevor ich wegging, habe ich meinen Sohn in die Wiege des kleinen Prinzen gelegt. Dir kann ich es ja verraten.«
Sie kicherte hinter vorgehaltener Hand wie über einen gelungenen Streich.
»Gestern habe ich das auch schon gemacht, und kein Mensch hat etwas bemerkt. Der Doktor sagt, dass der Prinz eine Schmetterlingshaut hat. Das sei nicht weiter schlimm und würde sich mit der Zeit bessern. Jetzt aber ist der Kleine noch höchst empfindlich, bei der geringsten Berührung schilfert die Haut ab. Seine Wiege ist mit Brokat ausgelegt und die Zudecke aus Lammwolle. Das verträgt er nicht gut. Darum habe ich ihn gestern in die Wiege gebettet, in der sonst Ernst liegt – du weißt schon, die mit dem kornblumenblauen Satin. Zum ersten Mal hat er eine Nacht durchgeschlafen, ohne zu weinen.

Und mein Junge schläft ja überall gut … Als ich vorhin wegging, lag er wie ein kleiner Prinz in der vornehmen Wiege.« Wieder lachte Rosika.
Ich dagegen hatte das Gefühl, ein unsichtbares Band schnüre mir die Kehle zu. Die böse Vorahnung wurde übermächtig.
Der Opernbesuch hat einem ganz bestimmten Zweck gedient, dachte ich. Nur wusste ich nicht, welchem.
Die Wahrheit war ebenso dunkel wie der sternlose Himmel, unter dem wir auf das Schloss zuschritten.

Von zarten Geigenklängen und mächtigen Paukenschlägen träumend, stellte ich mir in dieser Nacht vor, Rosika und unser Sohn seien bei mir. Eine Wolke aus Rosenduft umgab uns, und wir lagen im hellsten Sonnenschein auf einer Wiese.
Da wusste ich, dass ich es endlich wagen würde.
Morgen wollte ich Rosika meine Liebe gestehen.
Morgen sollte sie erfahren, dass ich der Vater ihres Kindes war.
Dann würde alles anders werden.

Ich dachte an die Worte meiner Mutter, die ich für eine Zeit vergessen hatte: »Alle Veränderungen tun weh.« Und ich erinnerte mich wieder daran, dass mein Vater einst gesagt hatte: »Ein Märchen darf niemals enden.«
Für mich endete das Märchen, noch ehe es begonnen hatte, und die Veränderung tat mehr weh als alles zuvor in meinem Leben.

»Der Prinz ist tot! Der Prinz ist tot!«
Der Satz schallte durch die langen Flure, wurde von den brokatbehangenen Wänden und den goldgerahmten Spiegeln zurückgeworfen, löschte alles Licht auf der Welt und in meinem Innern.
Kaum hatte ich die grausige Bedeutung der Worte erfasst, würgte es mich im Hals, und ich hastete in mein Zimmer, wo ich das Frühstück wieder von mir gab. Als ich mich einigermaßen gefasst hatte, machte ich mich auf die Suche nach Rosika. Das Kinderzimmer war verschlossen. Verzweifelt pochte ich an die Tür, weil ich mir Gewissheit verschaffen wollte, doch niemand öffnete. Und Utta, die mir vielleicht hätte sagen können, was sich zugetragen hatte, war wieder im rechten Flügel, zu dem ich keinen Zutritt hatte. Dort befand sich auch die Großherzogin, noch immer geschwächt von der Niederkunft, in der Obhut der Gräfin Hochberg. Ob man ihr die Schreckensbotschaft schon überbracht hatte?

Wen ich auch fragte, keiner vermochte mir zu sagen, wo sich Rosika mit ihrem Kind befand. Sie konnte doch nicht vom Erdboden verschwunden sein!
Nach wie vor wollte ich nicht glauben, was ich insgeheim befürchtete. In meinem Kopf kreiste unablässig die Frage: *Welches* Kind war tot aufgefunden worden?

Rosika hatte es entdeckt, war mir zugetragen worden, und die Gräfin hatte unverzüglich nach einem Arzt geschickt.
Was aber war mit Rosika geschehen? Wo steckte sie?

Zwei Tage später konnte man es in der Zeitung lesen.

*Der erstgeborene Sohn des Großherzogenpaares lebt nicht mehr. Er kränkelte schon seit seiner Geburt und verstarb in der Nacht des 16. Oktober 1812. Ganz Baden trauert um den namenlosen Thronfolger, der in der Familiengruft der Schlosskirche St. Michael zu Pforzheim beigesetzt werden soll.*

Kaum fähig, einen klaren Gedanken zu fassen, tat ich, was getan werden musste. Ich ließ die Spiegel mit schwarzen Tüchern verhängen und die Fahnen auf halbmast setzen und gab Auftrag, sämtliches Fleisch aus den Vorratskammern unter den Armen zu verteilen. Alle Türen wurden geöffnet und die Fenster ebenfalls, auf dass nichts die kleine Seele auf ihrem Weg in den Himmel behindere.
Ich wunderte mich allerdings, dass für das noch nicht getaufte Kind keine Messe gelesen wurde. So würde es womöglich lange Zeit in der Vorhölle ausharren müssen.
Die schwarzen Pferde wurden angeschirrt, an den Kutschen brachte man schwarze Federbüsche an, und das Spalier stehende Personal war ganz in Schwarz und dunkles Lila gekleidet. Als die Totenglocke zu läuten begann, setzte sich der Trauerzug in Bewegung, angeführt vom Großherzog in Begleitung weinender Hofdamen. Seine Gemahlin war nicht zu sehen.
Später erst hörte ich, dass man das Kind in seinem Taufkleidchen bestattet hatte. Wer bei ihm Totenwache gehalten hatte, erfuhr ich

nicht. Aber mit Sicherheit keiner aus der Familie, denn das hätte sieben mal sieben Jahre Unglück bedeutet. Und es war auch niemand bestellt worden, um eine Totenmaske anzufertigen und Abdrücke von Händen und Füßen zu nehmen, wie das sonst üblich war – ganz so, als bestünde größte Eile.

Als mir auch noch zu Ohren kam, das Kind sei mit dem Kopf und nicht mit den Füßen voran aus dem Schloss getragen worden, da wusste ich, dass seine Seele keine Ruhe finden würde. Nur Mörder und Selbstmörder trug man mit dem Kopf voran aus dem Haus, hatte meine Mutter mir erzählt.

Ich gab die Suche nach Rosika nicht auf, hoffte weiterhin, sie werde gleich um die Ecke kommen und mit einem Lachen meine schlimmsten Befürchtungen Lügen strafen. Zugleich wusste ich tief im Innern, dass dies nicht geschehen würde, dass ein furchtbares Unglück geschehen war und sehr wahrscheinlich mein Sohn nun in der Gruft ruhte. Diese Vorstellung raubte mir fast den Verstand.

Dann wieder sagte ich mir, Rosika habe ja erwähnt, dass der Prinz eine Hautkrankheit gehabt hatte und weniger gut gediehen war als Ernst. Bestimmt hatte sie gleich nach der Rückkehr aus der Oper unseren Sohn in die blau ausgeschlagene Wiege zurückgelegt, damit niemand etwas bemerkte. So *musste* es gewesen sein … aber nur Rosika konnte mir darüber Auskunft geben. Wo war sie?

Zwei Wochen nach der Bestattung suchte Hennenhofer mich auf. Ich hegte die Hoffnung, von ihm Näheres zu erfahren.

Kaum hatte er mein Zimmer betreten, drückte ich ihn an den Schultern auf einen Stuhl. Die ungewohnte Begrüßung irritierte ihn sichtlich.

»Herr Major, Sie müssen mir sagen, wo Rosika mit ihrem Kind ist!«
Er warf mir einen verwunderten Blick zu.
»Aber Michael, woher soll ich das wissen? Ich habe lediglich gehört, man habe die Kinderfrau versetzt.«
Zum ersten Mal nannte er mich beim Vornamen. Das musste ein Zeichen sein, allerdings ein schlechtes.
»Warum hat man sie fortgeschickt? Sie hat sich doch nichts zuschulden kommen lassen, oder? Und aus welchem Grund ist der Prinz so schnell bestattet worden? Bitte, Herr Major, sagen Sie mir, wo Rosika ist. Sie wissen es!«
»Was hängst du dich so an diese gewöhnliche Amme? Sie war doch nur eine flüchtige Liebschaft. Such dir eine andere Frau, es gibt mehr als genug auf der Welt.«
Eine unbändige Wut stieg in mir auf, und ich ballte die Fäuste. Es kostete mich äußerste Beherrschung, nicht auf ihn loszugehen, ihn totzuschlagen. Er, der mir erst vorgehalten hatte, ich könne keine Frau an mich binden, trampelte nun auf meinen Gefühlen für Rosika herum. Eine flüchtige Liebschaft! Was bildete der Kerl sich ein?
»Nun gut, ich sage dir, was ich weiß«, lenkte er nach einem Blick auf mein zornrotes Gesicht ein. »Es war nötig, rasch zu handeln. Du weißt ja, dass Rosika auch den Prinzen gestillt hat. Und bevor der Milchfluss nachlässt, wollte man ihr eine andere Stellung als Amme verschaffen. Die Gräfin Hochberg hat das alles arrangiert und mir versichert, dass Rosika mit ihrem Sohn ein gutes Unterkommen bei einer vornehmen Familie gefunden hat.«
»Aber warum hat mir das keiner gesagt? Warum? Ich konnte mich ja nicht einmal von ihr verabschieden!«
Und ich konnte ihr meine Liebe nicht mehr gestehen, hämmerte es in meinem Kopf.

Es war zu spät! Zu spät!

Hennenhofer stand auf und strich sich die Jacke glatt.

»Ich gebe dir einen guten Rat, Michael. Vergiss das Mädchen und such dir eine andere. Du bist ein feiner Mensch und verdienst eine Frau, die dir treu zur Seite steht.«

So sprach mein Retter. Der Mann, der es mir ermöglicht hatte, von der Liebe zu kosten, sodass die Welt mir schöner erschienen war. Aber auch der Mann, der mich urplötzlich beim Vornamen nannte …

Das machte mich misstrauisch. Ich war mir ganz sicher, dass er Dinge wusste, die ich nicht erfahren sollte, und deshalb plötzlich den Freund mimte und einen vertraulichen Ton anschlug.

Seinen guten Rat konnte er sich an den Hut stecken.

Ich wollte Rosika wiederfinden, und dazu gab es nur eine Möglichkeit: Ich musste ihm die Wahrheit sagen.

Nie werde ich Hennenhofers Gesichtsausdruck vergessen, als ich ihm sagte, dass Rosika in jener Nacht die Kinder in der Wiege vertauscht hatte. Er wurde leichenblass und schluckte mehrmals heftig. Sein Blick, zunächst wie erstarrt, begann hin und her zu schweifen.

»Wenn ich richtig verstanden habe«, begann er, »könnte das Fürstenkind also noch am Leben sein ...« Er betonte das Wort ›könnte‹.

Meinen Kummer bemerkte er überhaupt nicht, obwohl er mir gewiss ins hässliche Gesicht geschrieben stand.

Es dauerte eine ganze Weile, bis ich begriff, dass die Nachricht auch ihn erschütterte. Ein Zeichen, dass etwas nicht stimmte, aber ich erkannte es nicht. Wer Kummer hat, ist oft ganz auf sich selbst bezogen, in seiner Trostlosigkeit gefangen.

»Und Rosikas Kind würde dann in der Gruft liegen?«

Fragend sah er mich an.

Ich nickte.

Mit einem Mal wirkte er wie um Jahre gealtert, von seiner jugendlichen Forschheit war nichts mehr zu spüren.

»Wir müssen Gewissheit erlangen. Wenn es stimmt, was du sagst, wäre das eine Katastrophe! Keiner darf davon erfahren! Dieses Gespräch bleibt unter uns. Schwör mir das beim Haupte deiner Mutter.«

Meine Mutter ... Ich musste mit ihr sprechen; es war lange her, dass ich das letzte Mal Kerzen für sie angezündet hatte. Bei ihrem Haupte schwören würde ich aber nie und nimmer. Dafür war sie zu gut.

Trotzdem nickte ich.

Hennenhofer schritt händeringend in meinem Zimmer auf und ab.

»Ich muss die Wahrheit herausfinden, ich muss!«, sagte er immer wieder. Und dann etwas, dessen Bedeutung mir erst später aufging:

»Ostheim, wenn das herauskommt, verliere ich alle Zukunftsaussichten, womöglich gar mein Leben. Und nicht nur ich. Wir müssen das Kind finden.«

»Was wollen Sie tun, wenn sich herausstellt, dass das Fürstenkind noch am Leben ist?«

Er sah mich eindringlich an. Noch bevor er zu sprechen anhub, wusste ich die Antwort.

»Es muss verschwinden, und kein Mensch darf davon erfahren.«

Verschwinden? Hatte ich richtig gehört?

Es wunderte mich, dass der Major derart außer sich war und so etwas sagte, und ich überlegte, was wohl der Grund sein mochte. Das tote Kind in der Fürstenwiege hatte etwas am Kopf gehabt, das hatte der Arzt festgestellt. Allerdings ein anderer als bei der Niederkunft, daher wäre ihm eine Verwechslung wohl nicht aufgefallen. Und Großherzogin Stephanie hatte man nicht mehr zu dem toten Kind gelassen, weil man fürchtete, sein Anblick könnte sie gänzlich vernichten.

Falls der Prinz tatsächlich noch lebte, hätte das Volk allen Grund zu jubeln. Dann wäre die Thronfolge und damit der Fortbestand des Hauses Baden gesichert, und Napoleon Bonaparte würde weiterhin seine Hand schützend darüberhalten, war der kleine Junge doch sein Enkel.

Langsam schälte sich ein Gedanke aus dem Durcheinander in meinem Kopf. Konnte es sein, dass das Kind keines natürlichen Todes gestorben war? Das falsche Kind? Dann musste es jemanden geben, der verhindern wollte, dass die herrschende Linie weiterbestand.

Bei dieser Vorstellung blieb mir kurz die Luft weg, und ich musste husten.

»Niemand darf es erfahren, hast du verstanden, Ostheim?«

Erst da merkte ich, dass er mich an den Schultern gepackt hatte und rüttelte.
Es war eine Sache von großer Tragweite, so viel war mir klar geworden, und die Worte des Majors hatten sich wie bösartige Würmer in meinem Kopf eingenistet. Jetzt aber hatte ich keine Zeit, weiter darüber nachzudenken. Ich musste Rosika finden.
Auf meine neuerliche Nachfrage hin behauptete Hennenhofer wieder, nicht zu wissen, wohin man sie geschickt hatte.
»Die Gräfin Hochberg hat das veranlasst. Und sie selbst ist bereits nach England abgereist. Ursprünglich wollte sie sich nach Schloss Beuggen begeben, hat ihre Pläne aber geändert, weil ein Teil des Anwesens derzeit als Lazarett dient. Deshalb verbringt sie die Wintermonate auf dem Landgut Lord Stanhopes.«
Viele Worte, aber keine Antwort auf meine Frage, wo Rosika sich befand.
Von Hennenhofer würde ich wohl nichts weiter erfahren.
Mit einem knappen Gruß verließ er mein Zimmer.
Und ich beschloss, nicht auf die Rückkehr der Gräfin zu warten, sondern selbst nachzuforschen.

Mein erster Weg führte mich zu Utta. Die dralle Kinderfrau war nicht mit der Gräfin nach England gereist, sondern kümmerte sich um das Töchterchen des Großherzogenpaars. Stephanie hatte der plötzliche Tod ihres Sohnes so schwer zugesetzt, dass sie jeglichen Lebensmut verloren zu haben schien.
Um Utta zu sprechen, musste ich mich nicht in den rechten Flügel schleichen, weil ich – wie viele andere auch – wusste, dass sie sich spätabends oft in der großen Küche einfand, um sich an Kuchen und anderen süßen Sachen gütlich zu tun. Ich selbst kam höchst

selten in die Küche, denn dort brannte nicht nur das Herdfeuer, sondern blühten auch der Klatsch und Tratsch, und das war mir von Herzen zuwider.

Ich hatte Glück. Utta saß am Tisch, auf dem sonst der Brotteig geknetet wurde.

Sie stippte gerade ein Stück gebuttertes und mit Zucker bestreutes Weißbrot in ihren Kakao, als ich hereinkam, und blickte wie ertappt auf.

»Ich hatte noch Hunger«, entschuldigte sie sich.

»Ein knurrender Magen bringt böse Träume, hat meine Mutter immer gesagt.« Ich bemühte mich um einen lockeren Tonfall und ein nachsichtiges Lächeln.

»Tatsächlich?« Sie schaute mich treuherzig an.

Utta mochte nicht die Hellste sein, war aber eine gutmütige Person. Sie schnitt sich noch eine Scheibe Brot ab. »Etwas Feineres gibt es nicht«, sagte sie.

»Es ist ein glücklicher Zufall, dass ich dich hier antreffe, Utta«, sagte ich. »Denn ich möchte dich gern etwas fragen.«

Sie sah mich erwartungsvoll an und tunkte dabei mit dem Weißbrot die letzten Reste Kakao auf.

»Kannst du mir sagen, was genau in der Nacht passierte, als das Fürstenkind starb?«

Die Worte schmeckten bitter, als sie über meine Lippen kamen, und meine innere Anspannung wuchs.

»Das weiß ich gar nicht so recht …« Sie zuckte scheinbar gleichgültig mit den Schultern, doch an ihrem Hals zeigten sich rote Flecke, und ihr Blick wurde unstet. Nach mehrmaligem Schlucken fing sie plötzlich zu reden an, ohne innezuhalten, ganz so, als wäre sie froh, endlich alles loszuwerden.

»Ich war bei den Kindern, die beide schliefen. Darum musste ich nicht groß auf sie achten, konnte mich an den Kamin setzen und in aller Ruhe die Bettwäsche für meine Aussteuer besticken. Rosika hatte die Kleinen noch gestillt, bevor sie aufbrach. Sie wirkten satt und zufrieden und schliefen schnell ein. Kein Wunder, wo Rosika doch vor dem Stillen noch warme Anismilch getrunken hatte. Die Gräfin Hochberg war sehr freundlich zu mir. Du weißt ja, dass sie auch ganz anders sein kann. Sie hatte jedenfalls dafür gesorgt, dass es mir an nichts fehlte: Auf dem Tisch standen Weißbrotschnitten mit Butter und Zucker, Datteln und sogar eine Karaffe Wein. Wein hatte ich bisher noch nie bekommen, sie hatte wohl besonders spendable Laune. Vielleicht, weil sie sich auf die bevorstehende Reise freute. Meinen Handarbeitskorb hatte ich schon vorher ins Kinderzimmer gebracht. Die Laken waren bereits gesäumt, ich hatte vor, am Abend die Initialen auf die Kissenbezüge zu sticken. Ich glaubte, alles bereitgelegt zu haben, aber dann stellte sich heraus, dass ich die Bezüge vergessen hatte. Darum musste ich noch einmal in den rechten Flügel.

Die Kinder schliefen selig, sodass ich ruhig mal eben weggehen konnte. Ich würde ja kaum länger als zehn Minuten fort sein. Ich bin auch sicher, dass ich die Tür hinter mir zugemacht habe. Ganz sicher. Aber als ich wiederkam, stand sie offen. Im Kinderzimmer war es still, alles schien in Ordnung zu sein. Da dachte ich, ich hätte mich getäuscht, was die Tür angeht, so wie bei den Kissenbezügen. Ich fing an zu sticken …«

Sie brach ab, legte den Kopf auf die Arme und begann zu weinen.

»Es ist meine Schuld! Alles meine Schuld! Sie sagen … die Gräfin sagt … dass ich nichts dazukann. Trotzdem hätte ich …«

So lamentierte sie noch eine ganze Weile.

Ich rückte einen Stuhl heran, setzte mich neben sie und tat etwas, was ich noch nie getan hatte: Ich legte meine Hand auf die zuckende Schulter einer Frau und versuchte, sie zu trösten.

»Ganz ruhig, Utta. Es ist auf keinen Fall deine Schuld. Du hast nichts falsch gemacht.«

Sie hob das tränenüberströmte Gesicht und schnappte nach Luft. Ihr Atem roch nicht nur nach Kakao, sondern auch salzig, nach Kummer und Schuld. Sie ergriff meine Hand und drückte sie fest.

»Es ist so furchtbar! Ganz furchtbar! Ich bin es nicht gewohnt, Wein zu trinken. Er hat mich schläfrig gemacht, und so bin ich wohl eingenickt, statt bei den Kindern zu wachen. Kurz nach Mitternacht hat mich ein lauter Schrei geweckt. Rosika war wieder da. Sie wollte die Kinder stillen und merkte, dass der Kleine tot war.«

»Welcher Kleine, Utta?«

Sie sah mich verständnislos an, die Wangen nass und der Mund kakaoverschmiert.

»Wo war das Fürstenkind, Utta?«

»In seiner Wiege natürlich, wo sonst?«

»Hast du die Kinder an dem Abend einmal herausgenommen?«

Sie schüttelte den Kopf.

»Was hatten sie an? Waren sie unterschiedlich gekleidet?«

»Das weiß ich nicht. Sie waren doch zugedeckt.«

»War irgendwann jemand im Zimmer?«

Sie überlegte.

»Doch … jetzt wo du es sagst, da war jemand. Ich war gerade am Kaminfeuer eingedämmert, da bin ich plötzlich aufgeschreckt. Und habe gesehen, wie ein Mann und eine Frau aus dem Zimmer gingen. Ich habe noch gefragt: ›Wer ist da?‹ Und die Frau hat gesagt: ›Ach, Utta, haben wir dich geweckt? Es ist alles in Ordnung. Die

Kinder schlafen. Aber du hast die Tür offen gelassen. Das ist nicht gut. Die Kleinen können sich im Luftzug erkälten.‹ Ich weiß noch, dass ich ein schlechtes Gewissen hatte, obwohl ich ganz sicher war, dass die Tür nicht offen gestanden hatte. Gleich darauf bin ich wieder eingeschlafen. Weil ich so müde war.«

»Wer war die Frau? Und wer der Mann?«

Sie zuckte mit den Schultern und warf mir einen unsicheren Blick zu. »Das kann ich nicht sagen, weil ich ja halb geschlafen habe. Es muss jemand gewesen sein, den ich kenne. Die Frau hat mich ja mit Namen angeredet. Aber der Mann …«

Wieder zuckte sie mit den Schultern, diesmal hilflos.

»Wo ist Rosika?«

Ihr entging nicht, dass ich einen scharfen Ton angeschlagen hatte, denn sie fuhr zusammen.

»Wo ist Rosika, Utta?«

»Über Rosika darf ich von der Gräfin aus nicht reden. Ich soll das Schreckliche vergessen, hat sie gesagt, die Zeit macht alles wieder heil.«

»Du musst es mir sagen: Was ist mit Rosika geschehen?«

»Sie war ganz und gar außer sich. Hat sich die Haare büschelweise ausgerissen. Dann ist ein Doktor gekommen, und sie hat etwas zur Beruhigung gekriegt. Und dann haben sie Rosika fortgebracht. Aber wohin, weiß ich nicht. Keiner hat's mir gesagt.«

Mir war zumute, als würden wilde Wellen über mir zusammenschlagen. Ich bekam keine Luft mehr und keuchte wie ein Ertrinkender.

Ich wusste nichts und zugleich alles.

Wenn niemand die Kinder erneut vertauscht hatte, dann hatte mein Sohn in jener Nacht in der Fürstenwiege gelegen. Anders als der kleine Prinz war er kerngesund gewesen. Und dennoch nun tot. Wie war das gekommen? Ein gesundes Kind stirbt nicht einfach im Schlaf. Und was war mit dem überlebenden Kind geschehen? Gewissheit konnte mir nur Rosika verschaffen. Sie wusste, welches der Kinder tot war. Utta hatte gesagt, sie habe sich die Haare büschelweise ausgerissen … Angeblich hatte man die Eltern nicht zu dem toten Kind geholt, sondern lediglich einen Arzt, und zwar einen anderen als den, der bei Großherzogin Stephanie Geburtshilfe geleistet hatte … aber Gräfin Luise von Hochberg hatte das tote Kind gesehen …

Etwas an der Sache war faul, das spürte ich. Doch ich konnte immerzu nur an Rosika und meinen toten Sohn denken. Am liebsten hätte ich geweint, wäre da nicht eine vernichtende Wut auf den Jungen gewesen, der am Leben geblieben war. Weil er kränklich war, hatte Rosika ihn in die Wiege gebettet, in der sonst mein Kind lag. Schmetterlingshaut hatte sterben sollen – darauf deutete alles hin – und nicht mein Sohn.

Fünfundzwanzig Silbergroschen
Gern zahl ich dem, der mir den Namen nennt,
Doch andere werden Gold für geben,
Dass keiner jenen Kaspar Hauser kennt.

Anonymes Bänkellied von 1834

# Kaspar

Es war an der Zeit, schlafen zu gehen. Morgen würde ein arbeitsreicher Tag werden. Isolde musste die Gästeliste für die bevorstehende Hochzeit aufstellen, zur Schneiderin gehen, mit dem Pfarrer über den Traugottesdienst sprechen und dann auch noch bei Kaspar vorbeischauen. Dennoch konnte sie das Tagebuch nicht aus der Hand legen. Sie hatte das Gefühl, es sei von großer Wichtigkeit, dass sie weiterlas.

*Mein Umzug ins Daumer'sche Haus sei eine gute Sache, meinte Richter Feuerbach. Ich könne dort viel lernen und würde nicht dauernd von Neugierigen belästigt.*
*Und so war es auch.*
*Zwar stellten sich noch genug Schaulustige ein, die an der Tür klingelten, ans Fenster klopften oder einfach auf der anderen Straßenseite standen, doch keiner wurde eingelassen.*
*Tagsüber hielt ich mich ausschließlich im Haus auf, auch, weil das Licht draußen zu grell war. Wenn meine Augen brannten, behandelte Mutter Daumer sie mit Salbe.*
*Erst in der Abenddämmerung ging ich ins Freie, um ein wenig herumzuspazieren.*
*Nach ein paar Wochen blieben die Leute weg.*
*Im Garten hinter dem Haus hielt ich mich nicht gern auf. Dort war alles grün, die Bäume, die Sträucher … es wurde mir zu viel. Ich musste dann an mein Leben im Keller denken und wurde traurig. Viel lieber saß ich an der Straßenseite am Fenster. Von dort konnte ich die Häuser gegenüber sehen. Sie hatten schöne rote Dächer.*

*Als die Bäume Äpfel trugen, wollte ich wissen, wer diese des Nachts an die Zweige gehängt hatte und warum nicht der ganze Baum so rot war wie sie. Alles auf der Welt sollte rot sein. Dann wäre sie viel schöner, und meine Augen könnten sie besser ertragen.*

*Gold mag ich auch gern.*

*Eines Tages hatte ich meine Aufgaben zu Herrn Daumers Zufriedenheit gemacht und auch noch im Garten geholfen, darum sollte ich als Belohnung Geld erhalten. Herr Daumer öffnete seine Börse und nahm einen Schein heraus.*

*»Hier, Kaspar, das ist für dich«, sagte er. »Davon darfst du dir etwas Schönes kaufen.«*

*In seiner Börse waren auch funkelnde Münzen. Ebenfalls Geld, wie ich inzwischen wusste.*

*»Darf ich eine Münze haben? Dann können Sie den Schein behalten«, sagte ich.*

*»Aber Kaspar, so ein Kreuzer ist viel weniger wert«, sagte er.*

*»Aber er glänzt golden. Und dann brauche ich mir nichts Schönes zu kaufen, weil ich es ja schon habe«, erwiderte ich.*

*Golden ist auch der Ring, den Mutter Daumer am Finger trägt, und der Rand der Weingläser und die Türklinke und der Rahmen vom Spiegel.*

*Als ich das erste Mal vor einem Spiegel stand, erschrak ich. Ich sah einen Fremden. Wie war er in das Haus gekommen, in dem ich doch jeden kannte? Er blickte mich an, da sagte ich, er solle sich fortscheren. Zugleich sagte auch er etwas, aber ich konnte es nicht hören, weil nur sein Mund sich bewegte.*

*Mutter Daumer behauptete, der Junge im Spiegel sei ich selbst. Das machte mich schaudern, denn der Mensch im Spiegel hatte mir ganz und gar nicht gefallen. Wäre er blau, rot und golden gewesen, hätte er schöner ausgesehen.*

*»Mein Gesicht soll golden angemalt werden«, sagte ich zu Herrn Daumer. »Und ich möchte eine blaue Jacke und eine rote Hose.«*

*»Lieber Kaspar, Männer tragen für gewöhnlich keine leuchtenden Farben«, antwortete er. »Und wenn du lachst, dann ist dein Lachen Gold wert.«*

*Den im Spiegel will ich nicht anlachen. Was also nützt mir ein goldenes Lachen, wenn ich es selbst nicht sehe?*

*»Komm mit, Kaspar«, sagte Herr Daumer am Sonntag darauf. »Wir gehen an einen Ort, an dem es viel Gold gibt.«*

*Er führte mich in eine Kirche. Dort war der Altar mit viel Gold geschmückt. Die Leute auf den Bänken aber sahen langweilig aus in ihren schwarzen, braunen und grauen Kleidern. Darum wollte ich am liebsten wieder weg.*

*Der Pfarrer schrie laut, und danach schrien die Leute alle durcheinander, sodass mir der Kopf schwirrte.*

*»Das Geschrei soll aufhören!«, rief ich. »Es tut mir im Kopf weh!«*

*»Das ist kein Geschrei, sondern Gesang«, erklärte Herr Daumer.*

*Da steckte ich mir die Finger in die Ohren.*

*Als ich mich umsah, erblickte ich einen einsamen Mann. Er hing an der Wand und hatte nur seine Haut an. Und er weinte, über sein Gesicht liefen rote Tränen.*

*Er litt Schmerzen, weil in seinen Händen und Füßen Nägel steckten und auf seinem Kopf Dornenzweige waren.*

*Er fror, weil er keine Kleider anhatte.*

*Er schien sich zu schämen, weil er den Blick gesenkt hielt.*

*Er konnte nicht spielen, weil er festhing.*

*Er konnte nicht essen, weil er die Hände nicht frei hatte.*

*Er hatte auch kein Pferd zum Davonreiten, weg von den schreienden Leuten.*

*Er war mir ähnlich.*

*»Bitte helfen Sie dem Mann da vorne«, sagte ich zu Herrn Daumer. »Er muss so sehr leiden.«*

*»Der Mann ist Jesus, Gottes Sohn, der für uns am Kreuz gestorben ist«, antwortete er.*
*»Aber er soll nicht sterben«, sagte ich. »Jedenfalls nicht für mich. Mir ist er lebendig lieber. Holen Sie ihn runter!«*
*»Der Mann ist nicht echt, Kaspar«, sagte Herr Daumer. »Es ist nur ein Bildnis.«*

*Warum gibt es Dinge, die nicht echt sind?*
*Ich wollte nie mehr in die Kirche, wo es so furchtbar laut zugeht und wo ein Mann namens Jesus Schmerzen leidet und weint, und keiner schert sich darum.*
*Ein andermal führte Herr Daumer mich in einen Pferdestall. Dort fühlte ich mich gleich wohl, weil der Geruch mir vertraut war. So hatten Vatermanns Kleider gerochen. Er muss ein Pferd besessen haben, dessen bin ich mir sicher.*
*Und als er mich in die Welt brachte, war ich eine Zeit lang auf einem Pferd. Ich saß aber nicht darauf, sondern lag. Mit dem Gesicht am warmen Pferdeleib. Manchmal schlug mein Kopf dagegen, aber es tat nicht weh.*
*Den Geruch habe ich immer noch in der Nase.*
*Herr Daumer erlaubte mir, auf einem Pferd zu reiten. Erst im Schritt, dann im Trab und am Ende im Galopp.*
*Ich hatte keine Angst vor dem Pferd und das Pferd auch nicht vor mir.*
*Schon nach einer Woche konnte ich gut reiten und durfte mit Herrn Daumer Ausritte unternehmen. Seit ich in Ansbach wohne, reite ich des Öfteren mit Lina von Stichaner aus. Einmal pflückte ich am Wegrand Gänseblümchen und wilde Veilchen und band sie zu einem Sträußchen. Das schenkte ich Lina. Sie freute sich sehr darüber und meinte, ich wäre auf dem besten Weg, ein richtiger Herr zu werden.*
*Ja, das möchte ich gern werden: ein richtiger Herr.*

*Warum hat Vatermann mich solche Dinge nicht gelehrt?*
*Vielleicht gab es in der Nähe meines Käfigs keine Mädchen. Oder dort wuchsen keine Blumen für Sträuße.*

*Eines Abends kamen wir von einem Ausritt zurück. Es dunkelte schon, und ich sah den Mond und die vielen Sterne. Sie leuchteten von allein, ohne dass jemand sie angezündet hatte. Sie konnten so viel mehr als ich. Ich war nur ich selbst. Da musste ich weinen. Warum hat Vatermann mir niemals den Mond und die Sterne gezeigt?*
*»Es gibt so viel Schönes auf der Welt«, sagte ich zu Herrn Daumer. »Warum hat Vatermann mir all das nicht gezeigt?«*
*»Weil er kein guter Mensch war. Er hat dir Schlimmes angetan, indem er dich eingesperrt hat. Das war böse von ihm, sehr böse.«*
*Bis dahin hatte ich nicht gewusst, was böse bedeutet. Jetzt weiß ich es, denn ich selbst wurde böse. Böse auf Herrn Daumer.*
*»Vatermann hat mir nichts Schlimmes angetan!«, rief ich aus. »Er hat mir die Welt gegeben! Böse sind Sie! Weil Sie sagen, dass Vatermann kein guter Mensch war. Und das stimmt nicht! Ich will wieder zu Vatermann!«*
*Ich gab meinem Pferd die Sporen und ritt allein nach Hause.*
*Herr Daumer rief hinter mir her. Seine Worte wurden leiser, bis ich sie nicht mehr hörte. Wenn man sich von einem Menschen entfernt, wird seine Stimme immer leiser und er selbst wird immer kleiner.*

*Jeden Tag lernte ich neue Wörter und dachte neue Gedanken. Und jeder Tag war schwer, weil meine Gedanken anders waren als jene der Menschen um mich herum. Niemals würde ich so viel wissen wie sie.*
*Warum wusste das kleine Kind der Zugehfrau, dass die Welt draußen nicht mit weißer Farbe angestrichen, sondern mit Schnee bedeckt war? Und woher wusste es, dass Schnee nicht in die Hände beißt, sondern eiskalt ist?*

*Warum macht es die Leute froh, wenn Fräulein Daumer Klavier spielt? Mich macht das traurig. Um froh zu sein, brauche ich keine Musik. Dazu muss ich nur die Augen schließen und an Vatermann denken.*
*Warum Vatermann böse sein soll, verstehe ich auch nicht.*
*Darüber hatte ich Streit mit Herrn Daumer.*
*Wollte er mich deswegen nicht mehr in seinem Haus haben?*
*Er meinte, ich hätte genug gelernt – Lesen, Schreiben, Rechnen, Zeichnen, Basteln, Latein und Religion – und ich müsse nun in die Welt hinaus. Dabei war ich doch schon in der Welt …*
*Ich lernte so schnell reiten, dass die Leute sagten, das Talent dafür müsse ich geerbt haben und es könne gut sein, dass ich aus dem Adel stamme. In der Zeitung wurde ich einmal ›das Kind von Europa‹ genannt. Das hat mir gefallen. Vielleicht bin ich das Kind von jemandem, und dieser Jemand ist von Adel. Und hat viele Pferde im Stall.*
*In der Nacht habe ich wieder geträumt, den gleichen Traum wie schon einmal, aber doch ein wenig anders. So als dürfte ich jetzt mehr erfahren.*

*Ab und zu sagte die weiße Frau meinen Namen, dann wieder nahm sie mich bei der Hand und zog mich wortlos mit. Ich sah eiserne Männer ohne Gesicht. Vor denen hatte ich Angst, aber warum, wusste ich nicht. Ich lief davon, so schnell ich konnte. Durch lange Gänge. Dann waren da Lichter und Leute, die riefen und weinten und nach mir griffen, aber ich konnte mich losreißen. An einer Wand hingen Wappenschilde. Ich suchte nach der weißen Frau, fand sie aber nicht. Dafür fand ich ein Bett, aber es war nicht meines. Ich hatte mich beim Laufen verirrt. Wieder wollten Leute mich packen. Sie hatten Froschgesichter.*

*Ich erzählte Richter Feuerbach von meinem Traum. Er bat mich, die Schilde aufzumalen. Das war nicht leicht. Aber ich schaffte es. Sie sahen nicht so*

*schön aus wie die Obstkörbe und die Blumen, die ich sonst male. Das kam daher, dass ich sie nicht vor mir sah, sondern nur im Kopf hatte.*
*»Ich habe ja keine Augen innen im Kopf«, sagte ich zu Feuerbach, doch er meinte, man hätte unsichtbare Augen innen im Kopf. Hielte man sich die richtigen Augen zu und denke an einen bestimmten Menschen, so könne man ihn sehen. Ich versuchte es und dachte an Vatermann. Aber weil ich Vatermanns Gesicht nicht kannte, konnte ich nur seine dunkle Jacke, seinen Hut und seine Hände sehen.*
*Ich malte Schilde mit zwei gekreuzten Stöcken oder Schwertern oder Degen und gefährlichen wilden Tieren daneben. Oben eine Krone. Und darunter etwas, von dem Richter Feuerbach sagte, es sei ein Zepter. Weil ich nur einen Bleistift hatte, sagte ich zu ihm, die Farben auf dem Schild müssten Blau, Rot und Gold sein, so wie in meinem Traum.*
*Er schüttelte den Kopf und sagte: »Ach, Kaspar, lieber Kaspar.«*
*Hatte ich etwas falsch gemacht? Ihn verärgert? Ich fragte danach, denn er hatte Tränen in den Augen.*
*»Du bist Gold wert, Kaspar. Und ich werde die Wahrheit finden«, sagte er.*
*»Kann die Wahrheit verloren gehen?«, fragte ich.*
*»Verloren gehen kann sie nicht, aber verborgen werden«, antwortete er. »Genau das ist in deinem Fall geschehen. Und ich als Richter habe die Aufgabe, sie zu finden.«*

*Eines Tages nahm er mich mit in ein Schloss. Damit ich mir dort alles genau ansehe. Um die Wahrheit zu finden.*
*Ich ging durch einen breiten Gang. Mit Fenstern und Wappenschilden wie in meinem Traum.*
*»Nun, Kaspar?«, fragte der Richter.*
*»Hier brennen keine Lichter«, sagte ich. »Und es sind keine Arme da.«*
*»Dann warten wir, bis es Abend wird«, meinte er.*

*Als die Sonne unterging und Kerzen angezündet wurden, hatte ich ein Gefühl des Erkennens.*
*»Hier war ich«, sagte ich. »Und hierher kam meine Mutter. Sie hatte rote Haare und trug ein blaues Kleid. Kerzen haben gebrannt. Sie hat mich gesucht. Ich war fortgelaufen, weil mir das fremde Bett nicht behagte. Ich wollte schlafen, wo ich es gewohnt war. Aber ich fand nicht den Weg dorthin. Nicht zu meinem Bett und nicht zu meiner Mutter. Fremde Arme griffen nach mir und hielten mich fest, bis meine Mutter kam. Und auf einmal war auch sie wie die Froschmenschen.«*
*Ich sagte Richter Feuerbach noch, dass ich nicht wusste, zu wem die Arme gehört hatten.*
*»Das waren kranke Menschen«, sagte er.*
*»Menschen mit einer Froschkrankheit?«*
*Er nickte.*
*Ich wusste noch so wenig.*

*Ein andermal gingen wir zusammen über eine Wiese, und ein Apfel rollte mir vor die Füße. Ich hatte ihn nicht fallen hören. Auf einmal war er da. Äpfel mag ich, sie sind süß und rot.*
*»Der Apfel will zu mir«, sagte ich zu Feuerbach. »Er kann mich gut leiden.«*
*Es freute mich sehr, dass jemand zu mir wollte.*
*»Der Apfel hat keinen Willen, Kaspar. Er ist ein Gegenstand ohne Seele und Geist.«*
*Ich glaubte ihm nicht. Hatte ich doch mit eigenen Augen gesehen, dass der Apfel auf mich zugerollt war. Von ganz allein. Niemand hatte ihn geworfen. Die Dinge, die ich sehe, haben sehr wohl Seele und Geist. Und einen Willen. Sie leben. Nur glaubt mir das keiner.*
*Ich aß den Apfel auf, und er wehrte sich nicht, also wollte er gegessen werden.*

*Richter Feuerbach war erfreut, als ich ihm sagte, dass ich meine Erinnerungen aufschreibe. Das heißt, eigentlich eine Geschichte über mich selbst, nicht so einen ausführlichen Bericht wie dieses Tagebuch. Schon lange hatte ich keine Angst mehr vor den Menschen und wollte jeden gern zum Freund haben.*
*Ich kannte viele Leute beim Namen und wusste ihren Rang. Und wer zu Besuch kam, dem gab ich meine Geschichte zu lesen. Darunter war ein Mann von der Zeitung. Er las alles, auch das von dem Traum, der mir Angst machte:*

*Ich saß vor einem schmalen Fenster und blickte ins Freie. Aufs Wasser und den Nebel darüber, der voller Geflüster war. Die Erde stieß kalten Atem aus, der Tod war gegenwärtig. Das wusste ich.*
*Die Männer auf den flachen Booten konnte ich kaum sehen, und doch waren sie da. Die Köpfe im Nebel, stakten sie vom Ufer gegenüber weg.*
*Meine Mutter war nicht mehr rot und blau, sondern weiß. Erschreckend weiß. Sie hatte sich in eine Froschfrau verwandelt und war in Stoff eingenäht worden. Wie eine Puppe, aus der irgendwann ein Schmetterling schlüpft.*
*Ich hörte die Luke zum Wasser hin knarren, dann einen dumpfen Aufschlag. Von meiner Mutter?*
*»Komm.« Jemand nahm mich an der Hand und führte mich weg. »Komm mit, sie ist tot.«*

*»Vielleicht stellt sich nun heraus, wer du wirklich bist, Kaspar«, sagte der Mann von der Zeitung.*
*Eine Woche später konnten alle es lesen: Kaspar Hauser schreibt Erinnerungen an seine Zeit in Gefangenschaft nieder.*
*Das stimmte aber nicht, weil ich meistens über heute schreibe, denn von früher gibt es so wenig zu sagen.*

*Als der Artikel erschienen war, bekam ich wieder öfter Besuch. Von wildfremden Menschen, die mir Geschenke brachten. Nun aber freuten mich die Besuche, weil ich dann weniger Latein- und Religionsstunden hatte.*
*Einmal kamen zwei Männer ohne Geschenk. Sie nannten ihre Namen nicht, wollten aber lesen, was ich geschrieben hatte. Doch das ließ ich nicht zu. Daraufhin stellten sie so viele Fragen, dass ich Kopfweh bekam. Sie trugen schwarze Hüte und hatten Stiefel an wie sonst nur die Soldaten. Ohne Eisen an den Fersen und Zehen, um schnell und leise davonlaufen zu können. So wie Vatermann, als er mich allein ließ.*
*Dann passierte etwas, an das ich nicht denken mag, aber es spukt mir im Kopf herum und macht mich immer wieder bange.*
*Erst hatte ich einen wunderschönen Traum. Er handelte nicht von früher, sondern von morgen und übermorgen, von der Zukunft, die mir schon ein Begriff war.*

*Ich war in einem großen Schloss und lag im Bett.*
*Da ging die Tür auf, und ein weiß gekleideter Mann trat ein. Von seinen Händen ging goldenes Licht aus. Er trug einen Strahlenkranz um den Kopf, den nahm er ab, hielt ihn mir hin und sagte: »Setz diesen Kranz auf, dann darfst du für immer bei mir bleiben. Dann nehme ich dich mit in mein Haus, wo du für alle Zeit glücklich sein wirst.«*
*»Wie soll das zugehen?«, fragte ich.*
*»Du wirst sterben«, sagte der Mann.*
*»Ich will aber nicht sterben«, sagte ich. »Weil ich noch nicht lange auf der Welt bin. Ich muss noch so vieles lernen, damit ich so klug werde wie die anderen.«*
*»Wenn du tot bist, wirst du alles wissen«, sagte der Mann.*
*»Alles? Auch wer ich bin? Und wer meine Mutter war?«*
*Er nickte.*

*Ich nahm den Kranz, und als ich ihn auf meinen Kopf setzen wollte, ging die Tür auf. Mutter Daumer kam herein und sagte, ich solle zum Frühstück kommen.*

*Als ich ihr von meinem Traum erzählte, schlug sie die Hand vor den Mund und fragte: »Wolltest du den Kranz tatsächlich auf deinen Kopf setzen, Kaspar?«*
*Ja, im Traum hatte ich das gewollt.*
*Ich weiß nicht, ob es von dem Traum kam oder von den Walnüssen, die ich zum Frühstück gegessen hatte, aber mir tat auf einmal der Kopf sehr weh und der Bauch ebenfalls, so als hätte ich Löcher im Leib.*
*»Ich muss sterben!«, rief ich.*
*»Übertreib nicht, Kaspar«, sagte Herr Daumer. Er war noch immer ein wenig böse auf mich, weil ich nicht wollte, dass er schlecht über Vatermann sprach, und einfach davongeritten war. »An einem Traum und drei Walnüssen ist noch keiner gestorben. Deine Fantasie geht mit dir durch.«*
*Ich wollte auf den Abtritt. Auch um Herrn Daumer aus dem Weg zu gehen und ihn nicht noch mehr zu erzürnen. Der Abtritt war unten auf dem Innenhof. Dort war es oft nicht sehr sauber. Um meine Kleider nicht zu beschmutzen, ging ich erst in mein Zimmer, zog die Hose aus und legte sie ordentlich zusammen. Auch der Jacke und der Schuhe entledigte ich mich. Dann ging ich in meinem langen weißen Hemd auf den Abtritt und wartete, dass ein Haufen aus meinem Hintern kam.*
*Unter der angelehnten Halbtür durch konnte ich die Katze sehen und die Bodenplatten und die roten Fleißigen Lieschen in den roten Töpfen, die ich so gern mag. Im Abtritt schimmerte das Licht grünlich, weil davor ein paar Weinstöcke stehen.*
*Dann aber wurde es dunkel. Jemand stand vor der Tür und warf einen Schatten. Ich sah einen Mann mit einem hohen Hut. Den Tod? Vor das*

*Gesicht hatte er ein Tuch gebunden. Seine Kleider waren nussbraun. Und er roch nach Pferd und nach Stroh. So wie Vatermann.*
*»Vatermann!«, rief ich freudig. Ich wollte rasch zu ihm, hatte aber meine Unterhose noch nicht hochgezogen. Darum bückte ich mich, und im nächsten Moment spürte ich einen Stich am Kopf.*
*Und noch einen.*
*Dann rannte der Mann fort.*
*»Vatermann!«, rief ich wieder.*
*Ich sah kein Grün mehr, nur noch Rot. Mein Gesicht war rot, ebenso meine Hände und mein weißes Hemd. Etwas Rotes tropfte auf den Boden.*
*Es war nicht Vatermann. Es war der Tod.*
*Ich Angst, so Angst.*
*Ich stolpern aus Abtritt.*
*Ich nicht wollen Schmerzen.*
*Ich schlüpfen in dunklen Keller.*
*Ich liegen auf Stroh im Dunkel.*
*Niemand da.*
*Kaspar jetzt sicher.*
*Kaspar will wieder* **es** *sein.*
*Kaspar ist* **es**.

*Sie haben nach mir gesucht und meinen Namen gerufen. Aber ich hörte und spürte und sah nichts mehr. Ich fühlte mich leicht wie eine Wolke und hatte einen Kopf so klein wie ein Spatz. Mutter Daumer fand mich, weil sie den Blutspuren nachging. Erst dachte sie, die Katze hätte gejungt.*
*Der Arzt kam und verband die Wunde an meinem Kopf. Er meinte, es wäre viel schlimmer ausgegangen, wenn ich mich nicht gebückt hätte.*
*Da sieht man es! Alles lebt. Meine Unterhose hat dafür gesorgt, dass ich mich bücken musste und so dem Tod entronnen bin.*

*War der Mann vor dem Abtritt doch Vatermann? Ich weiß es nicht. Er war ihm ähnlich.*
*Aber Vatermann hat mir doch das Leben gegeben. Ob er wohl wütend war, weil ich in meinen Erinnerungen über ihn geschrieben habe?*
*Ich darf nicht mehr über ihn schreiben, kein Wort. Eines Tages kommt er zurück, das ist gewiss, das fühle ich, und dann sind wir wieder beieinander. Ich werde schweigen, stille sein. So hat keiner einen Grund, mir etwas anzutun.*

*Richter Feuerbach war zornig und ordnete an, dass ich bewacht würde. Von Polizeisoldaten. Aber die machten Lärm und tranken Bier, das wurde Herrn Daumer bald zu viel. Auch deswegen musste ich fort aus seinem Haus. Und weil jemand versucht hatte, mich zu töten, nachdem ich vom Sterben geträumt hatte. Und weil manche Leute behaupteten, ich hätte mir das alles aus den Fingern gesogen. Ich hätte mir die Verletzung selbst mit einem Messer beigebracht, hieß es, um auf mich aufmerksam zu machen. Die Kopfwunde sei nicht tief, ein richtiger Mörder hätte mich niemals mit solch einer oberflächlichen Wunde liegen lassen.*
*»Kaspar ist ein gerissener Betrüger«, sagten sie.*
*Sogar in der Zeitung stand das.*

*Danach wurde es ganz schlimm.*
*Man schrieb Theaterstücke über mich. Sie waren alle erlogen. Man sang Spottverse über Kaspar, den Betrüger, und es wurden Karikaturen gedruckt, auf denen ich scheußlich aussah.*
*Eines Tages ging ich mit Isolde auf einen Jahrmarkt. Dort gab es vieles, was ich noch nicht kannte. Ich bewunderte eine Seiltänzerin und einen Feuerschlucker. Aber dass ein Bär an der Kette gehen musste, gefiel mir nicht, ebenso wenig, dass ein Mann seine Frau zersägte.*

*In einem Zelt gab es ›Geschöpfe von der Teufelsinsel‹ zu sehen. Wir wären besser nicht hineingegangen.*
*Dort saß eine Frau mit einem Bart bis zum Boden. Neben ihr stand ein Riese, der Eisenketten zerbiss. Zwei Zwerge ritten auf Ziegen und stachen mit Lanzen nacheinander wie Ritter bei einem Turnier; je lauter die Zuschauer lachten, desto schlimmer trieben sie es. Da wurde mir so übel, dass ich fortwollte.*
*Isolde mochte auch nicht mehr bleiben.*
*Aber weil es nur einen Ausgang gab, mussten wir noch an anderen Gestalten vorbei: an einem Indianer, der Skalpe von Weißen am Gürtel trug, an einer Frau mit vier Brüsten und an einem Mann, der fortwährend weinte. Vor ihm auf dem Boden stand ein Eimer, halb voll mit Tränen.*
*Kann Kummer einen ganzen Eimer füllen? Wie viele Eimer würde ich dann wohl brauchen?*
*Es waren nur noch ein paar Schritte bis zum Ausgang, da fiel mein Blick auf eine große Lumpenpuppe. Über ihr hing ein Schild mit meinem Namen darauf. Die Puppe trug keinen Hut wie ich, sondern eine goldene Krone. Für einen Kreuzer durfte man drei Bälle auf ihren Kopf werfen. Und wenn die Krone herunterfiel, bekam man einen Lebkuchen in Form eines Jungen. Ein Mann stand neben der Puppe und rief: »Wer will den Betrüger entkrönen? Wer enthauptet Kaspar Hauser? Als Belohnung winken Kaspar-Küchlein zum Aufessen.«*
*Danach war ich drei Tage krank. Ich kam mir vor wie der Mann mit dem Eimer voller Tränen.*
*Mir träumte von einem großen Saal mit lauter Froschmenschen, die nach mir griffen. Als sie mich gepackt hatten, bissen sie Stücke von mir ab, und erst als nichts mehr übrig war, wachte ich auf.*
*Ich war betrübt, weil es kein Traum von früher war. Mein neues Leben fraß mit kleinen Bissen immer mehr von meiner Vergangenheit auf. Träume, in*

*denen meine Mutter vorkam, hatte ich nicht mehr. Sie waren tot. Ein Teil der Vergangenheit war für immer verloren.*

*Herr von Tucher wurde mein Vormund. Er bekam vom Nürnberger Magistrat Geld für meine Pflege, aber weil er oft auf Reisen war, konnte er sich nicht selbst um mich kümmern. Darum brachte er mich beim Kaufmann Johann Biberbach und seiner Frau Klara unter.*
*Ich wurde von Polizeisoldaten in mein neues Zuhause geleitet, und auch dort bewachten sie mich. Kaum eine Minute hatte ich für mich, darum fühlte ich mich unwohl.*
*Nur wenn ich allein bin, fühle ich mich sicher.*
*Im Hause Biberbach gefiel es mir nicht.*
*Frau Biberbach bestand darauf, dass ich sie Klara nannte. Sie hatte oftmals Besuch von Damen, denen sie mich als den berühmtesten Bürger Nürnbergs vorstellte. Sie wollten von mir mit Späßen und Kunststücken unterhalten werden. So sollte ich zum Beispiel raten, ob unter einem Blatt Papier eine Nadel versteckt war oder nicht.*
*Das konnte ich gut; Herr Daumer meinte, ich hätte eine magnetische Begabung. Aber bei Klara hatte ich keine Lust dazu. Ihre Besucherinnen wollten mich auch anfassen, über meine Haut streichen, mir die Haare zausen. Sie hielten mir ihre Hände hin, damit ich aus deren Linien ihre Zukunft weissagte. Lachend fragten sie, ob ich schon einmal ein Mädchen geküsst und wie mir das behagt hätte. Und ob ich wüsste, wie die Mädchen unterm Rock aussähen. Ich bejahte, um meine Ruhe zu haben, doch da forderten sie mich auf, solch ein Mädchending zu malen. Weil ich nicht wusste, wie es aussieht, malte ich ein Ding wie meines, aus dem Samen kommen. Sie schrien vor Lachen und meinten, ich sei wohl ein Mädchen in Männerkleidern. Und sie betatschten mich von Kopf bis Fuß, bis sie merkten, dass ich doch ein Junge war. Und bis ich weinte.*

*Manche Dinge aufzuschreiben, fällt mir schwer. Auch wenn ich nun genug Wörter kenne.*

*Es kommt vor, dass Leute etwas sagen, aber etwas ganz anderes meinen. Wie schreibt man darüber?*

*Wenn Herr Biberbach außer Haus weilte, war ich mit Klara allein. Sonst ging ich nicht gern zu den Lehrstunden in Latein und Religion, doch in dieser Zeit ließ ich keine aus. Klara warf mir vor, ich würde mich ihr entziehen. Immer wieder suchte sie Streit, obschon sie wusste, dass ich keinen Streit vertragen kann. Sie fragte mich die ganze Zeit aus: über die Leute, die ich kenne, und was in den Briefen stehe, die ich schrieb. Sie verbot mir, Isolde zu sehen. Dauernd sollte ich ihr Gesellschaft leisten.*

*»Jetzt bin ich deine beste Freundin, Kaspar. Ich sorge schon dafür, dass du keine Langeweile hast«, sagte sie.*

*Ich widersetzte mich nicht, denn das sei ungehörig, hat man mich gelehrt.*

*Klara versprach, mir alle Schätze der Welt zu zeigen, und hieß mich, um Punkt zwölf Uhr in ihre Schlafstube zu kommen.*

*Ich war frohgemut, denn in der Schlafstube stand eine große Weltkugel, die ich mir gern einmal genau anschauen wollte. Wie wir Menschen auf einer Kugel herumspazieren können, ohne herunterzufallen, ist mir ein Rätsel. Wenn es einen Himmel gibt, müsste dort eigentlich einer sein, der diese Kugel an Fäden festhält.*

*Durch den Türspalt sah ich die Weltkugel braun und rot schimmern. Ich brauchte gar nicht zu klopfen, weil Klara mich bemerkt hatte und rief, ich solle hereinkommen und die Tür hinter mir schließen. Ich trat ein und hatte nur Augen für die herrliche Kugel. So also sah die Welt aus! Ich drehte die Kugel und las die Namen der Länder. Irgendwo darauf war auch Vatermann. Er drehte sich in die gleiche Richtung wie ich, unter derselben Sonne und demselben Mond. Sonne und Mond konnte ich aber nicht sehen, weil sie irgendwo weit oben waren.*

*Ich fragte: »Womit ist die Weltkugel am Himmel festgemacht, und warum kann man sie drehen?«*
*»Lieber Kaspar«, sagte Klara. »Bevor du dich mit der Welt beschäftigst, solltest du den Himmel kennenlernen. Komm her zu mir.«*
*Da erst merkte ich, dass sie im Bett lag, dabei war es erst Mittag und bald Zeit für das warme Essen.*
*Mit Klara stimmte etwas nicht. Sie trug ihre Haare nicht wie sonst in einem Knoten am Hinterkopf; sie waren zu Schlangen geworden, die über das Kopfkissen krochen.*
*»Sind Sie krank?«, fragte ich.*
*Sie nickte.*
*»Wo tut es weh?«*
*»Das zeige ich dir gern, und ich bin sicher, dass du mich heilen kannst.« Sie richtete sich auf und schlug die blaue Daunendecke zurück. Die Schlangen glitten auf ihre Brust.*
*Ich wollte die viele Haut nicht sehen, konnte den Blick aber nicht abwenden. Klara zog mich zu sich heran.*
*»Du darfst vom Himmel kosten«, sagte sie und wies ohne jede Scham auf eine Stelle an ihrem Körper, wo die Haut unter Haaren verborgen war.*
*Da wurde mir zumute wie auf dem Jahrmarkt, ich riss mich los und verließ eilends das Zimmer.*
*Wieder war ich drei Tage krank und musste weinen, so wie der Mann, der nicht damit aufhören konnte. Diesmal hätten meine Tränen bestimmt zwei Eimer gefüllt.*
*Danach wusch ich mich drei Mal am Tag. Ich hatte etwas Verbotenes geschaut. So jedenfalls war mir. Die Heimlichkeit haftete an meinen Kleidern; ich versuchte, sie herauszuschütteln.*
*Richter Feuerbach hat recht, wenn er sagt, dass wir innen im Kopf unsichtbare Augen haben. Mit diesen Augen sah ich Klara beständig vor mir: ihre*

*viele Haut, die Haarschlangen und noch so allerlei, was unter der blauen Decke gewesen war. Ich wollte das Bild loswerden, aber vergebens, und es verleidete es mir, unter einer blauen Decke zu schlafen.*

*Herr Biberbach wunderte sich, dass ich mich so oft wusch. Er fragte mich nach dem Grund, aber ich sagte nichts.*
*Da gab Klara mir einen grauen Vogel in einem Bauer.*
*»Diesen Vogel schenke ich dir, Kaspar«, sagte sie. »Dafür musst du schweigen. Verrate keinem, was du bei mir gesehen hast. Es ist unser Geheimnis.«*
*Ich versorgte den Vogel mit Wasser und Singfutter, aber er sang nicht. Schaute mich nur an, wie ich ihn anschaute. Er war in seinem Bauer gefangen. Und ich in mir selbst. Was ich bei Klara gesehen hatte, lastete auf meiner Seele. Darum erzählte ich schließlich Herrn Biberbach davon, den ich nicht beim Vornamen nennen durfte.*
*Klara bezichtigte mich der Lüge.*
*Am nächsten Tag war der Vogel tot. Jemand hatte ihm den Hals umgedreht.*
*Da bekam ich es mit der Angst zu tun.*
*Und jede Nacht hatte ich denselben Traum.*
*Mir träumte, dass ich in einem dunklen Keller mein Holzpferdchen wiederfand. Das mit den abgebrochenen Hinterbeinen. Als ich damit zu spielen begann, wurde es lebendig und sprang mit seinen kaputten Beinen davon. Ich konnte es nicht halten, weil es kein Zaumzeug trug, und auch auf meine Rufe hin kam es nicht wieder.*
*Eines Morgens nach solch einem Traum stand ich auf und sah, dass ich den Kopf eines Mannes gezeichnet hatte. Und darunter ein Gedicht geschrieben:*

*Als alles noch dunkel war, war es hell*
*Keine Haut zu viel am Leibe*
*Kein Stückchen Haut verborgen*

*Und keine fremden Hände*
*Die mir Schmerzen machten*
*Ich war glücklich mit mir allein*
*Und mit meinen Freunden, meinen Füßen*
*Und mit meinen Händen, meinen Pferdchen und Vatermann.*

*Ich hatte keine Erinnerung daran, dass ich das Bild gemalt und das Gedicht geschrieben hatte. Und ich fragte mich, wer der Mann sein mochte.*

*Von euch Menschen werd ich verfolgt und getrieben*
*Keiner will mich kennen und achten und lieben*
*Seit ich dem Käfig entflohen*
*Gleich einem Vogel am Himmelszelt*
*Halt ich Ausschau nach einer vertrauten Welt*
*Nach dem Ort, an dem alles begann*
*Ich hab keinen Mantel, keine Krone, kein Schwert*
*Und ohne Reiter geht einsam das weiße Pferd.*

*Der Traum hatte mich geschwächt und mir etwas genommen. Ich hatte etwas auf immer verloren, aber was, das wusste ich nicht.*
*Früher war mein Pferdchen lebendig. Jetzt nicht mehr. Es war aus Holz, hatte Kratzer und zwei kaputte Beine.*
*Auch meine Nase hatte gelitten. Ich konnte immer schlechter Gerüche unterscheiden. Der wiederkehrende Traum löschte sie nach und nach aus.*

*Ich wollte mein Zimmer nicht mehr verlassen.*
*Dort saß in einer Ecke eine Spinne. Auf ihrem Rücken war ein weißes Kreuz. Mir war, als trüge ich auch solch ein Kreuz auf dem Rücken. In meinem dunklen Käfig hatten ebenfalls Spinnen gehaust. Vor ihnen war mir nie bange gewesen.*

*Jetzt aber wohl.*
*Ich saß auf meinem Bett, eingehüllt in die Decke, auf dass die Spinne nicht an meine Haut herankäme und noch ein Kreuz darauf machte.*
*Drei Tage verharrte ich so, dann schickte Herr Biberbach nach meinem Vormund.*

*Ihm erzählte ich alles: von Klara und den Haarschlangen und dem Vogel mit dem umgedrehten Hals. Ich zeigte ihm auch meinen Rücken, damit er sich das Kreuz ansähe. Aber es war keines da.*
*Herr von Tucher versprach, ein neues Zuhause für mich zu suchen, und bis dahin durfte ich bei ihm wohnen.*
*Klara Biberbach erzählte überall herum, dass ich ihre große Güte mit Undank und schlimmen Lügen vergolten hätte.*
*Ich war dankbar, dass Herr von Tucher mich aufnahm. Sein Haus war fast so groß wie ein Schloss und von einem Park umgeben, in dem man sich verlaufen konnte. Wenn ich ins Freie ging, war stets ein Polizeisoldat an meiner Seite.*
*Ich durfte meinen Vormund zu Festen begleiten. Dafür musste ich tanzen lernen und Konversation und den Umgang mit Damen.*
*Bei einem der Feste wurden auf Silbertabletts Getränke gereicht. Und Musikanten spielten auf. Ein Kammerorchester sei das, sagte Herr von Tucher; das schien mir ein guter Name, weil das Orchester so klein war, dass es in eine Kammer passte. Eine elegante Dame sang zur Musik ein Lied von Mozart. Weil die Türen weit offen standen, konnten es alle Gäste im Haus hören.*
*Ich lauschte dem Lied, und plötzlich musste ich weinen. Das durfte niemand merken, denn es gehört sich nicht, bei einem Fest zu weinen. Darum zog ich mich zurück und versteckte mich in einem Wandschrank. Aber auch dort fand die Musik zu mir, die Worte drangen durch das Schlüsselloch herein.*

*Die Engel Gottes weinen,*
*Wo Liebende sich trennen,*
*Wie werd ich leben können,*
*O Mädchen, ohne dich?*
*Ein Fremdling allen Freuden,*
*Leb ich fortan dem Leiden.*
*Und du? – Vielleicht auf ewig*
*Vergisst Luisa mich.*

*Mir war, als hörte ich meine Mutter singen. Für mich. Ich meinte das Lied schon einmal gehört zu haben. Vor langer Zeit.*
*Aber das sagte ich niemandem, weil ich nicht mehr wusste, was ich sagen und was ich verschweigen sollte.*

*Herr von Tucher sagte, ich solle eine Stellung annehmen, denn der Magistrat von Nürnberg könne nicht auf Dauer für mich aufkommen. Daraufhin arbeitete ich bei einem Buchbinder. Ich lernte schnell und hatte Freude an der Arbeit. Man war mit mir zufrieden.*
*Dann begegnete ich dem Mann, der mein Pflegevater werden sollte. Er stammte aus England. Auf einem Fest sprach er mich an und sagte, er habe in der Zeitung von dem Mordanschlag auf mich gelesen. Das habe ihn so erschüttert, dass ihm die Tränen gekommen seien.*
*Noch nie hatte jemand meinetwegen geweint.*
*Einen schöneren Mann als ihn hatte ich nie zuvor gesehen. Sein Gesicht war gepudert und die Lippen rot angemalt. Er war ganz in Rot gekleidet, sogar das Band im Haar und seine Schuhe mit den goldenen Schnallen waren rot. Er kam mir vor wie ein Prinz, der einem schönen Traum entstiegen war.*
*Er hielt mein Kinn fest und wendete mein Gesicht hin und her. Dann blickte er mir fest in die Augen und küsste mich auf den Mund. Aber nicht klebrig*

*und nass, wie es die Frauen oft machen, sondern hauchzart. Seine Lippen schmeckten süßlich, nach Gesundheitskakao.*

*»Du bist ausgesprochen charmant, mein lieber Kaspar«, sagte er.*

*Er nannte mich weder einen Narren noch einen Lügner oder Betrüger. Und er versprach mir auch nicht alle Schätze der Welt. Ich sei sehr klug, sagte er, und einen Sohn wie mich wünsche er sich schon lange; zu gern würde er mir ein guter Vater sein.*

*Dann bot er noch an, dass ich ihn Philip nennen dürfe, was er sonst keinem gestattete.*

*Er holte mich jeden Tag ab, und wir ritten aus. Oder fuhren in einer Kutsche irgendwohin, wo es schön war. Bei den Hügeln hielten wir an, gingen zu Fuß auf schmalen Wegen hinauf und speisten am Abend in einem edlen Restaurant.*

*Er kaufte für mich einen ebenso schönen Ring wie den seinen: aus Gold und mit einem roten Edelstein. Das machte mich verlegen, und ich lief rot an.*

*»Mein lieber Kaspar, das braucht dich nicht zu genieren«, sagte er. »Alles, was mein ist, wird später einmal dein sein. Zwischen dir und mir soll es keine Geheimnisse geben. Ich nehme dich an Sohnes statt an. Sobald das geregelt ist, hole ich dich nach England. Dort wirst du auf meinem Landgut wohnen, und dein Name wird lauten: Kaspar Hauser, Graf von Chesterfield. Und du wirst ein hochgeschätztes Mitglied der Gesellschaft sein.«*

*Er brachte mir immer Geschenke mit. Neue Kleider, ein Schmuckkästchen, Briefpapier, einen Malkasten, Broschen, Schminke für mein Gesicht, eine goldene Uhr und goldene Manschettenknöpfe, silberne Schuhschnallen und noch vieles andere. Oft schenkte er mir auch Geld. Inzwischen waren mir Scheine lieber, denn die konnte ich in viele funkelnde Münzen umwechseln.*

*Eines Tages bekam ich einen Schein von Philip, den ich gegen hundert Goldkreuzer hätte tauschen können, doch Herr von Tucher nahm ihn mir weg und sagte, so viel Geld würde ich nicht brauchen. Wenn mir etwas abgehe, solle ich mich an ihn wenden.*

*Als ich meinem Pflegevater davon erzählte, kam es zum Streit zwischen ihm und Tucher.*

*»Sie verwöhnen Kaspar, das verdirbt seinen Charakter«, sagte mein Vormund.*

*»Kaspar ist erwachsen und kann alleine entscheiden, was gut oder schlecht für ihn ist«, entgegnete Philip.*

*Das zu hören tat mir wohl.*

*Bei seinen Aufenthalten in Nürnberg stieg Philip in einem der besten Hotels ab und bewohnte ein Zimmer mit Bad. Darin stand eine Porzellanwanne mit kupfernen Griffen. Wenn man an denen drehte, strömte warmes Wasser aus Röhren in die Wanne.*

*Ich durfte dann Tag und Nacht bei ihm sein und amüsierte mich darüber, dass die Möbel im Zimmer Tierpfoten, aber keine Tierkörper hatten.*

*Auf dem breiten Bett mit Vorhängen und einem Stoffhimmel voller Sterne und Planeten lag ein Leopardenfell. Erst wagte ich nicht, mich daraufzulegen. Doch Philip fasste mich beim Arm und nahm mir die Angst.*

*»Ich möchte so gern für dich da sein, Kaspar«, sagte er.*

*Er schickte das Zimmermädchen weg, ließ die Wanne volllaufen und bestand darauf, selbst meine Haut zu waschen.*

*»So geziemt es einem Vater«, sagte er. »Ich habe aus England eigens für dich Badesalz und Lavendelöl mitgebracht. Damit lassen sich alle Sorgen und schweren Gedanken vertreiben.«*

*Das behagte mir sehr, denn ich musste noch oft an Klara mit ihrer vielen Haut und den Haarschlangen denken.*

*Die Badewanne hatte Adlerklauen als Füße, und auf ihrem Rand saßen weiße Täubchen, die nicht davonfliegen konnten, weil sie unecht waren.*

*Statt eines Abtritts mit einem Brett gab es im Badezimmer eine Art Stuhl aus bemaltem Emaille. Was man darin hinterließ, wurde weggespült, sobald man an einer Schnur zog.*
*Die Wanne war so groß, dass sie Platz für zwei bot. Als Philip seine Kleider ablegte, hielt ich mir vor Scham die Hände vor die Augen. Kurz darauf saß er mir gegenüber im Wasser, und weil zwischen uns viel Schaum war, nahm ich die Hände wieder weg.*
*Nach dem Bad zog er sich wieder an, und da sah ich, dass auch sein Ding mit den Samen groß werden konnte. Er tat mir leid, denn mir war das ja auch schon einmal passiert, und es war mir sehr unangenehm gewesen. Darum sagte ich: »Es ist nicht schlimm, Philip. Das geht von selber wieder weg.«*
*»Mein lieber Kaspar, ich empfinde das ganz und gar nicht als schlimm«, sagte er. So lernte ich, dass ich mich dafür nicht zu schämen brauchte.*
*Im Bett streichelte er mein Gesicht, meinen Rücken und noch andere Stellen am Körper, und er versicherte mir, wie gern er mich zum Sohn haben würde.*
*Der Tag hatte mich so müde gemacht, dass ich rasch einschlief.*
*Herrn von Tucher erzählte ich nichts von alldem, als er fragte, was wir unternommen hätten. Warum, weiß ich nicht. Vielleicht, weil ich das Gefühl hatte, es sollte besser geheim bleiben.*
*Tucher meinte, er habe eine Nase für Lügen, und womöglich war dem so, denn seine Nase war sehr groß. Er drohte, mich zu bestrafen, wenn ich ihm nicht die Wahrheit sagte. Er trage die Verantwortung für mich, bis die Adoption rechtmäßig sei, sagte er, aber das kümmerte mich nicht.*
*Die Abreise meines Pflegevaters machte mich jedes Mal traurig. Ich schrieb ihm Briefe in meiner besten Schönschrift, und er antwortete, dass er sich nach mir sehne und sich darauf freue, dass ich bald für immer bei ihm sei. So etwas hatte noch niemand zu mir gesagt.*

*Als er wieder einmal in Nürnberg war, gab es erneut Streit zwischen ihm und Herrn von Tucher wegen meiner Erziehung. Ich sei erwachsen, sagte ich, und wolle selbst Entscheidungen treffen, doch mein Vormund sah mich nach wie vor als Kind an.*
*Ich erzählte es dem Richter und beklagte mich darüber. Bei dieser Gelegenheit berichtete er, dass er der Wahrheit über mich sehr nahegekommen sei. Allerdings dürfe er sich dazu noch nicht äußern, um mich nicht in Gefahr zu bringen.*
*Ich verstand nicht, was er meinte. Warum sollte die Wahrheit eine Gefahr bedeuten? Herr Daumer und der Pfarrer hatten mich gelehrt, stets die Wahrheit zu sagen, sei eine Pflicht gegenüber Gott.*
*Da meinte der Richter, ich möge mich noch eine Weile in Geduld fassen. Bald würde er eine wichtige Reise unternehmen, und danach dürften alle die Wahrheit erfahren.*

*Streitereien können explodieren. So wie Schießpulver.*
*Tucher wollte nicht länger mein Vormund sein, und so wurde Philip mittels einer amtlichen Urkunde zu meinem Pflegevater bestimmt. Endlich hatte ich einen Vater!*
*Doch Philip sagte, er müsse noch einige Reisen machen, auf die er mich nicht mitnehmen könne. Bis die Adoptionspapiere ausgefertigt seien, solle ich bei Pflegeeltern wohnen, und er komme für Kost und Logis auf.*
*So kam ich zu dem Ehepaar Meyer in Ansbach. Die beiden waren anfangs sehr freundlich, vor allem im Beisein meines Pflegevaters. Bald aber wurden sie unfreundlich und verboten mir alles Mögliche.*
*Frau Meyer war eine Bekannte von Klara Biberbach. Von ihr erhielt sie Briefe, in denen Klara mich schlechtmachte. Frau Meyer stellte mir daraufhin Fragen, auf die ich nicht antworten wollte. Damit würde ich meine Schuld eingestehen, sagte sie.*

*»Du bist falsch, Kaspar, und hältst die Welt zum Narren«, sagte Frau Meyer.*
*Ich schwieg, denn was hätte ich auch sagen sollen?*
*Herr Meyer schrieb meinem Pflegevater und forderte mehr Geld. Denn einen Lügner auf den rechten Weg zu bringen, sei aufwendig und koste eine Menge.*
*Von da an schrieb Philip nur noch selten an mich, sondern meist an Herrn Meyer.*
*Mir verschlug es den Appetit, und obwohl ich weniger aß, bekamen sie mehr Geld.*
*Mit Festen und Ausfahrten war es vorbei. Stattdessen hatte ich mehr Lehrstunden in Latein und Religion, sogar sonntags und an den Feiertagen.*
*Ich wohnte schon ein paar Monate in Ansbach, da teilte Herr Meyer mir mit, dass Klara Biberbach gestorben sei. Sie hatte sich in einem Anfall von Wahnsinn von einem Turm gestürzt. Das Letztere sagte keiner laut, ich erfuhr es aber trotzdem.*
*Herr Meyer wollte wissen, ob ich über ihren Tod traurig sei.*
*»Warum sollte ich?«, fragte ich. »Sie ist doch freiwillig aus dem Leben gegangen.«*
*Da wurde Herr Meyer zornig. Er schalt mich grausam und kaltherzig. Über die Toten dürfe man nichts Schlechtes sagen, beschied er mir barsch.*
*Das leuchtete mir nicht ein.*
*»Darf man nur über die Lebenden Schlechtes sagen?«, wollte ich wissen. Denn Herr Meyer schimpft viel über andere. Über den Schuster, der zu viel Geld verlangt, den Schneider, der ihn bei der Anprobe absichtlich mit Stecknadeln sticht, den Milchmann, weil die Milch nicht frisch genug ist, und auch über seine eigene Frau, wenn ihm das Essen einmal nicht schmeckt.*
*Ich will nichts Schlechtes über Herrn und Frau Meyer denken und sagen, aber ich wohne nicht gern in ihrem Haus. Das ist nun einmal so.*
*Zum Glück ist Pfarrer Fuhrmann, der mich in Religion unterweist, stets freundlich, auch wenn wir nicht immer einer Meinung sind. Er will, dass*

*ich an Gott glaube. Gott liebe jeden einzelnen Menschen, sagt er, und wenn jemand leiden müsse, so sei das Gottes Wille; nach dem ›Warum‹ dürfe man niemals fragen.*

*Ich hingegen bin davon überzeugt, dass der Mensch selbst für sich verantwortlich ist. Und es ist auch nicht Gott, der mich leiden lässt, sondern mein Pflegevater, weil er nicht mehr auf meine Briefe antwortet. Und Isolde, die mit mir gestritten hat, weil ich mir erst keine Arbeit suchen wollte. Und Richter Feuerbach, der versprochen hat, die Wahrheit zu enthüllen, und sich nun nicht mehr meldet. Und Herr Meyer, der mich immerfort einen Betrüger nennt. Und es ist auch nicht Gott, der mir Freuden schickt. Es macht mich zum Beispiel froh, wenn ich für Bekannte Pappkästchen fertige und mit Blumen bemale. Mir wird leicht zumute, wenn ich ausreite und der Wind mir die Sorgen aus dem Kopf pustet.*

*Es macht mich traurig, wenn ich einen armen Schlucker sehe, und froh, wenn ich ihm ein paar Kreuzer geben kann.*

*Es macht mich traurig und froh zugleich, wenn ich an Vatermann denke.*

*Seinen Namen spreche ich nicht mehr aus, weil ich sonst wieder an den Tag denken muss, an dem ich meinte, Vatermann wäre der Tod und wollte mich ins Totenreich holen, auf den Friedhof, wo es nach Fleisch stinkt und wo ich nie, niemals begraben sein will.*

*Ich sagte zu Herrn Meyer: »Wenn ich einmal tot bin, dann will ich nicht in der Erde liegen, sondern in einem dunklen Keller.«*

*»Du redest Unsinn, Kaspar.«*

*Ja, das sagte er, dabei war es mir ernst, und ich hatte Tränen in den Augen, weil ich an Vatermann dachte, dessen Namen ich nicht mehr aussprechen darf.*

*»Du stirbst noch lange nicht, Kaspar, denn du bist jung und kräftig. Und in einer Gruft, falls du das mit Keller meinst, wirst du niemals begraben werden, denn dort liegen nur Tote von königlichem Geblüt.«*

Dem Gepolter im Korridor nach hatte Isoldes Vater wieder einmal zu viel getrunken. Seit dem Tod der Mutter hatte sie sich um das Hauswesen gekümmert, doch das würde sich bald ändern. In der Woche nach Ostern sollte ihre Hochzeit stattfinden. Danach musste ihr Vater sich mit Emil behelfen oder eine Haushälterin einstellen. Er konnte sich Dienstpersonal durchaus leisten, es sei denn, er trüge noch mehr Geld ins Wirtshaus als bisher.

Mit Bedauern klappte Isolde das Tagebuch zu. Ihr Vater sollte es nicht zu sehen bekommen. Ebenso wie das Ehepaar Meyer hielt er Kaspar für betrügerisch, für einen Profiteur, der sich von anderen aushalten ließ.

Isolde stand der Sinn auch nicht danach, ihrem Vater zu begegnen. Aber sie würde wohl kaum ungesehen an ihm vorbeikommen. Sie hörte, wie er mühsam und unter ärgerlichem Brummen seine Stiefel auszuziehen versuchte, und beschloss, einfach sitzen zu bleiben und abzuwarten. Rasch löschte sie die Lampe und die Kerze; in dem dunklen Raum würde er sie gewiss übersehen.

Rittmeister von Wessenig warf nur einen kurzen Blick herein, dann ging er schnurstracks zur Tür des Weinkellers am Ende des langen Flurs. Als er diese verschlossen vorfand, stieß er einen Fluch aus und ging mit unsicheren Schritten in den Salon. Dort ließ er sich in den leeren Sessel am Kamin fallen. Er starrte in die verlöschende Glut und flüsterte mit schwerer Zunge immer wieder den Namen seiner verstorbenen Frau.

Am nächsten Morgen wurde Isolde in der Frühe von Emil geweckt. Eine Frau sei gekommen und wolle sie sprechen, sagte der Hausknecht.
Sie hatte in der Nacht schlecht geschlafen, weil Kaspars Aufzeichnungen sie sehr beschäftigten. Mit Gedanken an ihren Verlobten hatte sie sich abzulenken versucht, die Gästeliste für ihre Hochzeit memoriert, überlegt, welche Anweisungen der Schneiderin noch zu erteilen waren und ob eventuell noch etwas an ihrer Aussteuer ergänzt werden müsste. Aber immer wieder war Kaspar ihr in den Sinn gekommen. Heute wollte sie sein Tagebuch zu Ende lesen. Nun aber musste sie sich erst einmal um die frühe Besucherin kümmern.
In aller Eile machte Isolde sich frisch und legte ihre Kleider an.
In der Diele traf sie eine Dame an, die nicht älter als fünfundzwanzig wirkte. Sie trug einen Wintermantel nach der neuesten Mode und passende, eng anliegende Handschuhe.
Wie sich erwies, war es Henriette Feuerbach, die Schwiegertochter des Richters Feuerbach, der sich stets für Kaspar eingesetzt hatte.
»Ich muss Sie dringend sprechen, Fräulein von Wessenig, als eine gute Bekannte meines Schwiegervaters und eine Freundin Kaspars«, begann sie.
Isolde fiel auf, dass sie besorgt und reichlich blass aussah.
»Bitte kommen Sie doch in den Salon«, sagte sie. »Emil wird uns ein kleines Frühstück bringen.«
Die Dame dankte mit einem Kopfnicken, und Isolde trug Emil auf, Tee zu kochen und Weißbrotschnitten mit Quittenmarmelade zu servieren.
»Und bitte – nennen Sie mich einfach Isolde«, sagte sie. »Dürfte ich dann wohl Henriette zu Ihnen sagen?«
Ein Lächeln glitt über Henriettes Gesicht, und sie nickte.

»Ich hätte Sie schon viel eher aufsuchen sollen, Isolde«, sagte sie. »Womöglich ist es nun zu spät. Ich bin von Freiburg, wo ich wohne, hierhergefahren und habe in einer Pension Quartier genommen. Und ich muss so bald wie möglich wieder nach Hause zu meinem Kind, das ich in der Obhut einer Freundin gelassen habe. Den gestrigen Tag habe ich im Haus meines Schwiegervaters zugebracht und seine Papiere gesichtet. Dabei musste ich feststellen, dass wohl Einbrecher in seinem Studierzimmer gewesen sind, denn auf dem Schreibtisch herrschte ein wüstes Durcheinander, was so gar nicht die Art meines Schwiegervaters ist. Ich fürchte deshalb, dass wichtige Schriftstücke gestohlen wurden – Dokumente, die mit dem Fall Kaspar Hauser zu tun haben. Mit der Herkunft des jungen Mannes, meine ich.«

Isolde wurde es eng in der Brust. Mit einem Mal schien eine Bedrohung im Raum zu stehen.

»Wie geht es Ihrem Herrn Schwiegervater denn?«, fragte sie mit gepresster Stimme.

»Mein Schwiegervater ist tot. Darum bin ich hier. Es könnte gut sein, dass er vergiftet wurde.«

Fürchte nicht das langsame Weitergehen,
fürchte stets das dauernde Stehen.

Chinesisches Sprichwort

# Michael

Wo auch immer ich suchte, es ergab sich keinerlei Hinweis auf Rosikas Aufenthalt. Vielleicht hatte Hennenhofer mich ja belogen, als er sagte, Rosika diene jetzt bei einer vornehmen Familie. An meinen freien Tagen ritt ich zu Kranken- und Frauenhäusern in der Umgegend und fragte nach ihr, doch niemand hatte sie gesehen. Ich sprach auf Ämtern vor und erbat Auskunft, ob sie dort bekannt sei. Vergebens.

Rosika war wie vom Erdboden verschluckt.

Immerhin erfuhr ich durch Nachfragen am Hof, wo ihr Vater sich aufhielt. Er war nach Mannheim versetzt worden und arbeitete dort in den Anlagen des Schlosses, das dem Großherzogenpaar gehörte. Ich suchte ihn auf und erfuhr, dass er befördert worden war und sämtliche Gärtner unter sich hatte.

Wo seine Tochter sich befand, konnte er mir jedoch nicht sagen; er hatte schon längere Zeit nichts mehr von ihr gehört und machte ganz den Eindruck, als kümmere ihn das nicht weiter.

Hennenhofer mied mich neuerdings, und so fühlte ich mich fast überflüssig im Schloss, wo alles wieder seinen gewohnten Gang ging.

Großherzog Karl nahm die regelmäßigen Wirtshausbesuche wieder auf, und seine Gemahlin erholte sich zusehends.

Nur mir fiel es schwer, wieder am Leben teilzunehmen, auch wenn ich die Arbeiten, die mir oblagen, zuverlässig wie immer erledigte.

Tagtäglich flehte ich die Heiligen um Hilfe an, doch sie schienen sich von mir abgewandt zu haben.

Nicht einmal meine Mutter konnte ich mehr erreichen, und zum ersten Mal im Leben kamen mir Zweifel, ob es einen Himmel gäbe.

In der Zeitung hatte ich einen Artikel von einem Astronomen namens Heinrich Olbers aus Bremen gelesen. Er hatte zwischen Mars und Jupiter einen kleinen Planeten entdeckt, den er Vesta nannte. Als Wissenschaftler vertrat er die Auffassung, dass nicht Gott die Himmelskörper erschaffen habe, sondern dass sie vor Milliarden Jahren durch eine chemische Reaktion entstanden seien. Der Artikel hatte großes Aufsehen erregt. Was, wenn auch wir Menschen keine Geschöpfe Gottes waren? Dann wären wir für unser Schicksal selbst verantwortlich. Vielleicht war es tatsächlich so und es gab weder einen Himmel noch ewige Verdammnis in der Hölle. Himmel und Hölle trüge somit jeder einzelne Mensch in sich – wie sich das anfühlte, wusste ich nur zu gut.
Wie aber verhielt es sich dann mit den Zeichen? Und mit meinen Vorahnungen? Schon bei der ersten Begegnung mit meinem Stiefvater hatte ich gespürt, dass er mir und meiner Mutter zum Verhängnis werden würde. Und bei Rosikas Anblick war mir sogleich klar gewesen, dass sie zu meinem Leben gehörte wie Wasser in ein Flussbett. Als Hennenhofer mich vom Tod errettete, hatte ich gewusst, dass er in meinem Leben noch eine Rolle spielen würde. Dank ihm hatte ich mit Rosika die Wonnen der Liebe genossen und erfahren, dass sich auch in einem Pferdestall der Himmel für einen auftun kann. Dass er letztlich in einem selbst zu finden ist, auch in mir, trotz meines missgestalteten Äußeren. In Rosikas Wangen- und Kniegrübchen, kurzum, in allem zeigte sich Gottes Antlitz.
Und wie waren die Zeichen vor der Geburt des kleinen Prinzen zu werten? Das Kind hatte alles, was mir geordnet schien, zunichte-

gemacht, hatte wie ein Unheilskomet einen Krater in mein Leben geschlagen.
Wie ich es dafür hasste!

Zwei Jahre nach dem Tod ihres Sohnes war die Großherzogin erneut guter Hoffnung. Sie wollte das Kind nicht im Karlsruher Schloss zur Welt bringen, denn dort – so sagte sie – lauere der Tod, und zog darum ins Mannheimer Schloss. Als der Großherzog ihr bald darauf folgte, wurde ich am Hof zu Karlsruhe nicht mehr gebraucht. Das entnahm ich Hennenhofers Miene, noch eher er mir meine Entlassung mitteilte.
»Ich vermute, dass es hier keine Aufgaben mehr für mich gibt?«, sagte ich.
Er nickte, und ich sah ihm deutlich die Unruhe an, die mir in den letzten zwei Jahren immer wieder an ihm aufgefallen war.
»Ich habe meine Schuld bei Ihnen noch nicht abgetragen«, fuhr ich fort. Dass ich ihm nach wie vor dankbar sein musste, lastete inzwischen auf meiner Seele.
Er machte eine wegwerfende Geste.
»Das spielt jetzt keine Rolle«, sagte er. »Fest steht aber, dass du nicht bleiben kannst. Die Dienerschaft wird auf die Hälfte reduziert. Nur jene bleiben, die sich um den Unterhalt des Schlosses kümmern.«
»Hat sich das Kind inzwischen gefunden?«, fragte ich, wie jedes Mal, wenn wir uns begegneten, und wie jedes Mal schüttelte er den Kopf und blickte dabei um sich, als befürchtete er Lauscher an der Wand.
»Ich habe einen neuen Auftrag für dich«, fuhr er dann fort. »Du stehst ja nach wie vor in Diensten des Heeres. Künftig wirst du auf

Schloss Beuggen tätig sein. Eine Kutsche wird dich in Bälde hinbringen.«
»Beuggen? Ist das nicht das Wasserschloss am Rhein, das von der Gräfin Hochberg genutzt wird?« Meine Narben begannen zu pochen.
»Richtig, aber sie ist derzeit nicht dort. Dafür ihre Schwester. Sie bewohnt mit ihrer Familie einen Teil des Schlosses. Die übrigen Räume dienen nach wie vor als Lazarett. Für dich ist eine Kammer im Turm vorgesehen, und du wirst unter anderem für die Verteilung der Medikamente zuständig sein.«
Ich sah ihn verständnislos an. Medikamente sollte ich verteilen? Damit kannte ich mich doch nicht aus …
»In dieser Gegend grassieren Typhus und Pocken. Ein Großteil der Soldaten, die im Lazarett von Nonnen gepflegt werden, leidet an diesen Krankheiten. Und es ist schon des Öfteren vorgekommen, dass Leute aus den umliegenden Dörfern Boten abgefangen haben, die Medikamente anliefern. Deine Aufgabe ist es, dafür zu sorgen, dass sie nicht in die falschen Hände geraten. Zur Sicherheit wirst du noch vor deiner Abreise gegen Pocken geimpft. Mit den Typhuspatienten kommst du voraussichtlich nicht in Berührung.«
Ich wusste nicht, was ich von der Sache halten sollte. Noch nie war es mir gelungen, Hennenhofer zu durchschauen. Aber mein Los lag nach wie vor in seiner Hand, weil ich seinem Befehl unterstand und mich nicht verweigern konnte. Auch wenn es mir widerstrebte, mich in der Nähe von Menschen mit ansteckenden Krankheiten aufzuhalten. Krank war ich selbst lange genug gewesen.
»Und was ist mit dem Kind? Soll ich weiter nach ihm Ausschau halten?«
»Wenn du es findest«, er holte tief Luft und blickte mich düster an, »dann töte es!«

Klare Worte, ein klarer Auftrag. Ich war entschlossen, ihn auszuführen, sollte ich des Kindes habhaft werden, denn seinetwegen hatte mein Sohn sterben müssen.

Mir wurde Kuhpockenserum verabreicht. Die Einritzstellen am Oberarm entzündeten sich, wie vorgesehen, sonderten Eiter ab, und danach bildete sich ein Schorf. Bei meiner Abreise waren nur noch zwei frische längliche Narben zu sehen.
Damit sei die Ansteckungsgefahr gebannt, meinte Hennenhofer.

Schloss Beuggen lag unmittelbar am Rheinufer und hatte ein ausgedehntes Kellergeschoss, das zu Kriegszeiten als Vorratslager gedient hatte. An die Kapelle grenzten verschiedene Trakte, die im Laufe der Jahre hinzugebaut worden waren.
Die Schwester der Gräfin Hochberg bekam ich nicht zu sehen; die Wohnräume ihrer Familie befanden sich weitab vom Lazarett.
Auf das Elend, das mich erwartete, war ich nicht gefasst gewesen. Im Erdgeschoss waren nicht nur viele verwundete und an Pocken erkrankte Soldaten untergebracht, sondern mittlerweile auch Zivilisten, oftmals ganze Familien, die zwischen Leben und Tod schwebten. Gesichter und Gliedmaßen der Patienten waren von der Krankheit entstellt, und die Luft in den Krankensälen war zum Schneiden. Zu meiner Bestürzung gab es nur einen einzigen Arzt und eine Handvoll Pflegerinnen. Die Kranken waren ihrem Schicksal ausgeliefert.
Die Türen der Krankensäle waren stets verriegelt und hatten kleine Luken, durch die Essen und Medikamente hineingereicht wurden. Einmal am Tag wurden die Eimer mit der Notdurft durch die Fenster direkt in den Rhein entleert. Dann färbte sich das Wasser braun, oft sah man verendete Fische darin treiben, und am Ufer wimmelte es von streunenden Katzen, Ratten und anderem Ungeziefer.
Vor einem anderen Fenster, ebenfalls zum Rhein hin, lagen flache Boote, auf denen die Toten weggebracht wurden. Die Leichen wurden in Tücher eingenäht – so knapp, dass sie Mumien glichen –, bevor man sie über den Sims gleiten ließ. Sie fanden ihre letzte Ruhe in einem unweit des Schlosses gelegenen Massengrab.
Im Stockwerk darüber waren die Typhuspatienten untergebracht, hauptsächlich Soldaten, die in den Befreiungskriegen gekämpft hat-

ten. Auch dort waren die Säle dauerhaft verriegelt, und man versorgte die Kranken durch Luken in den Türen.
Es ist sonderbar, aber auch an das Elend gewöhnt man sich schnell. Ich hatte mich schon so manches Mal anpassen müssen, darum dauerte es nur wenige Tage, bis ich das beständige Husten und Röcheln, das aus den Krankensälen drang, kaum mehr wahrnahm.
An den Geruch hingegen gewöhnte ich mich nicht. Viele Patienten litten an Durchfall und schafften es, weil sie völlig entkräftet waren, nicht rechtzeitig bis zu den Eimern.
In mein Turmzimmer drangen keine Geräusche aus dem Lazarett, sodass ich ruhig schlafen konnte, den Gestank jedoch hatte ich immer in der Nase, wo ich auch war.
Für jeden Saal gab es einen Verantwortlichen, zumeist einen genesenen Patienten, der mir alle paar Tage eine Liste übergab, auf der stand, welche Medikamente gebraucht wurden und wie viele Leichentücher zu liefern waren.
Weil ich gegen Pocken geimpft war, durfte ich als einer von wenigen die Krankensäle betreten. Unter den schwer entstellten Menschen nahm ich mich aus wie ein schöner Chorknabe. Meine Hasenscharte störte keinen, ich brauchte mir kein Tuch vorzubinden, denn die Kranken – sich ihres abstoßenden Aussehens bewusst – waren weit davon entfernt, sich über mich zu mokieren. Viele, bei denen die Krankheit weit fortgeschritten war, waren erblindet; sie beurteilten mich allein nach meiner Stimme und waren dankbar für jede freundliche Geste.
Ich half bei der Pflege, so gut ich eben konnte, und war letztlich froh um Hennenhofers Auftrag, wie seltsam das auch klingen mag. Wieder einmal hatte er mir – als fleischgewordener Schutzengel – einen Platz zugewiesen, den ich als richtig und gut empfand. Meine Tage

waren so ausgefüllt, dass ich tagsüber kaum dazukam, an Rosika und mein Kind zu denken.
Es heißt, die Zeit würde alle Wunden heilen. Im Lazarett von Beuggen wurde ich Zeuge des Gegenteils: Die Zeit heilte nicht, sondern vergrößerte das Leiden, bis schließlich der erlösende Tod kam.
Dennoch war ich zufrieden mit meinem Los. Die Pflegerinnen, allesamt Nonnen, kamen nicht auf den Gedanken, über mein Aussehen zu spotten; sie gingen respektvoll und freundlich mit mir um.
Hennenhofer selbst ließ sich nicht blicken, doch alle drei Monate erhielt ich per Postkutsche meinen Lohn und stellte fest, dass er höher geworden war. Mit meinen Ersparnissen hätte ich mich aufs Land zurückziehen und ein beschauliches Leben führen können. Aber dann wäre ich ein Deserteur gewesen. Außerdem stand mir der Sinn nicht danach, das Schloss zu verlassen, denn hier hatte ich das Gefühl, sinnvolle Arbeit zu leisten, gebraucht zu werden. Gern wäre ich bis zum Ende meiner Dienstzeit geblieben, doch mein Aufenthalt sollte nur ein Jahr dauern.

Einmal meinte ich, Hennenhofer in der Nähe des Wohntrakts zu erblicken. Ich winkte ihm zu, doch er reagierte nicht. Vielleicht war es nur ein Mann gewesen, der ihm ähnelte. Oder aber er wollte mir nicht begegnen, weil die Kranken ihn schreckten.
Jedenfalls wunderte es mich nicht, dass ich kurz darauf ein Schreiben von ihm empfing. Meine Zeit auf Schloss Beuggen sei bald zu Ende, stand darin, denn ich würde anderswo gebraucht. Einer seiner Bekannten, Freiherr Karl Ernst von Grießenbeck, seines Zeichens Offizier in königlich-bayerischen Diensten, sei mit einer Adligen namens Magdalena du Prel verheiratet, die ein Wasserschloss geerbt hatte. Das Anwesen befinde sich in einem desolaten Zustand

und solle von Grund auf renoviert werden. Meine Aufgabe werde es sein, so schrieb der Major, dafür zu sorgen, dass die Bauarbeiten zügig vonstattengingen, außerdem würde ich für das gesamte Personal zuständig sein und die Stallungen unter mir haben. Von Grießenbeck habe einen guten Namen als Züchter von Vollblutarabern. Zum Ende des Sommers hin solle ich abgelöst werden und meinen Dienst in Pilsach in der Nähe von Neumarkt antreten.
Ich nahm den Inhalt des Briefes zur Kenntnis, jedoch mit Bedauern, denn ich gehörte nach Beuggen. Zu den Menschen, die so waren wie ich. Hässlich und entstellt.

Im August herrschte brütende Hitze, und es wurden fast täglich Patienten eingeliefert. Im Durchschnitt erlag etwa die Hälfte der Männer, Frauen und Kinder dem Leiden, die übrigen konnten als geheilt entlassen werden, waren jedoch von den Pocken so schwer gezeichnet, dass ein normales Leben für sie kaum mehr denkbar war.
Seit einiger Zeit war ich – mangels Personal – auch für die Neuzugänge zuständig. Ich erhielt Einweisungsformulare, auf denen der Arzt nach einer ersten Untersuchung das Stadium der Erkrankung vermerkt hatte, und aufgrund dessen hatte ich die Patienten in den verschiedenen Sälen unterzubringen.
Ein junger Mann namens Friedrich ging mir als Gehilfe zur Hand. Er selbst hatte die Krankheit überstanden, ebenso seine Frau Agnes, die sich seitdem in der Küche nützlich machte. Seine Eltern waren beide den Pocken erlegen. Weil er sich nicht zutraute, den ererbten Bauernhof zu führen, hatte er ihn verkauft. Friedrich war nicht mit großen Geistesgaben gesegnet, aber ein gutmütiger Mensch, und er tat willig, was man ihm auftrug.
Eines Nachmittags kam er zu mir, ein Formular schwenkend.

»Herr Ostheim! Herr Ostheim!«, rief er außer Atem. »Da ist eine kranke Frau, die will mit Ihnen sprechen. Sie sagt, sie ist eine Bekannte von Ihnen.«

Dem Papier entnahm ich, dass es sich um eine Patientin mit Pocken im Endstadium handelte – ein Fall für Saal drei. Dort hatte man den größten Bedarf an Leichentüchern, und dort befand sich auch das Fenster, von dem aus die Toten auf die Boote hinabgelassen wurden. Als ich den Namen der Frau las – R. Blochmann –, wurde mir eiskalt, und ich brachte minutenlang kein Wort hervor.

Fast drei Jahre waren vergangen. Drei Jahre, in denen ich nahezu täglich an Rosika gedacht und erfahren hatte, dass die Zeit längst nicht alle Wunden heilt.

Ich bat Friedrich, die Frau zu mir zu bringen.

Rosika war nicht wiederzuerkennen. Ihr Gesicht war so von Pocken übersät, dass sie kaum noch aus den Augen schauen konnte. Sie ging gebeugt und war abgemagert.
Ein Junge hielt sich an ihrem Rock fest. Er war noch klein, hatte jedoch etwas an sich, das ihn früh gealtert erscheinen ließ. Als er mich ansah, war mir, als träfe mich ein Blitz. Vor mir stand Schmetterlingshaut!
Er wandte den Blick nicht ab.
Ich hatte das Gefühl, der Schatten eines übergroßen Totenkopffalters lege sich über mich.
Sah man von seiner trockenen Haut ab, die sich an manchen Stellen in Schuppen löste, war es ein hübscher kleiner Junge. Ich musste unwillkürlich an meinen Halbbruder denken, den ich nach meinem Weggang aus Ansbach nie mehr wiedergesehen hatte.
Im nächsten Moment wurde mir schwindlig, weil mich eine schreckliche Gewissheit ereilte: Wenn das Kind bei Rosika Schmetterlingshaut war, dann war *mein* Kind tot.

Wider jede Vorschrift ließ ich die beiden nicht sofort in Saal drei unterbringen, sondern führte sie in ein Durchgangszimmer, wo üblicherweise Leute saßen, die noch vom Arzt untersucht werden mussten.
Bei Rosika bedurfte es keiner weiteren Untersuchung mehr. Selbst ich sah auf den ersten Blick, dass sie nicht mehr lange zu leben hatte. Sie war in einem solchen Maße von den Pocken befallen, dass der Tod eine Erlösung bedeuten würde.
Ihr wollenes Tuch hatte sie ein Stück vors Gesicht gezogen, um die blasigen Pusteln zu verbergen. Ein Bedürfnis, das ich ihr nur zu gut nachfühlen konnte.

Ich bat Rosika, sich auf einen Stuhl zu setzen. Das Kind schmiegte sich an sie und legte seine kleine Hand in die ihre.
So fand ich Rosika wieder.

Ich suchte nach etwas, das mich an die lebensfrohe junge Frau von früher erinnerte.
Doch da war nichts, selbst ihr Haar hatte seinen Kupferglanz eingebüßt.
»Michael, hast du mich gleich wiedererkannt?« Ihre Stimme klang durch die Schwellungen um den Mund verzerrt.
Auch wenn es nicht der Wahrheit entsprach, nickte ich.
»Ich muss mit dir sprechen, bevor …«
»Wie hast du mich gefunden, Rosika? Ich habe so lange nach dir gesucht, kein Mensch konnte mir sagen, wo du bist. Hennenhofer behauptete, du seist bei einer vornehmen Familie in Stellung …«
»Eine der Küchenhilfen hat von einem Mann mit Hasenscharte gesprochen, da hatte ich gleich das Gefühl, du müsstest es sein.«
»Bitte sag mir, was in jener Nacht geschehen ist.«
»Es war schrecklich, Michael! Ich fand meinen kleinen Jungen tot vor. Etwas mit seinem Kopf sei nicht in Ordnung gewesen, meinte der Arzt nach der Untersuchung. Aber das glaubte ich nicht, hatte ich ihn doch gesund und munter zurückgelassen. Ich bin auf Utta losgegangen, weil sie nicht auf die Kinder geachtet hatte. Aber man hat mich von ihr weggezerrt. Und dann haben sie mich fortgebracht, noch in derselben Nacht. Und zuvor betäubt.«
Das Sprechen bereitete ihr sichtlich Mühe, dennoch schien sie froh zu sein, alles loszuwerden.
Sie begann zu weinen. Die Tränen sammelten sich unter den Augen, konnten nicht wegrollen.

»Mein Kind ist tot! Mein kleiner Ernst … Er ist umgebracht worden, ganz gewiss! Und mir hat man eine Falle gestellt. Ich sollte in der Nacht nicht im Kinderzimmer sein, darum bin ich in die Oper geschickt worden.«

»Wer, glaubst du, steckt dahinter?«

Das Tuch war von ihrem Gesicht gerutscht, sodass ich beim Sprechen ihre Zähne sah. Das Einzige an ihr, was unversehrt war.

»Ich hatte reichlich Zeit, mir alles zusammenzureimen. Und jetzt bin ich mir sicher, dass Gräfin Luise von Hochberg die Schuldige ist. Sie wollte den badischen Thron für ihren ältesten Sohn, und das war nur möglich, wenn das Großherzogenpaar keine männlichen Nachkommen hat. Darum musste der Prinz aus dem Weg geräumt werden.«

»Und du bist ganz sicher, dass nicht doch das Fürstenkind tot in der Wiege lag?«

Die Hoffnung stirbt zuletzt … Ich warf einen Seitenblick auf das Kind, das sich im Schneidersitz niedergelassen hatte und mit einem Fädchen seiner Jacke herumspielte.

»Ja. Das Fürstenkind ist hier bei mir. Wäre es damals nicht so unruhig gewesen, dann hätte es in seiner eigenen Wiege gelegen. Sein Weinen wurde meinem Sohn zum Verhängnis. Ich war völlig außer mir über seinen Tod, traute mich aber nicht zu sagen, dass ich die Kinder vertauscht hatte. Man spritzte mir etwas zur Beruhigung, ich nehme an Opium. Als ich Tage später wieder zu mir kam, war mein Kind schon bestattet. Ernst liegt in der Familiengruft der Zähringer, und keiner weiß, wie es sich wirklich verhält.«

Es stimmte also, was ich die ganze Zeit über befürchtet hatte. Was hatte mein Leben jetzt noch für einen Sinn? Aber ich bemühte mich, mir die Verzweiflung nicht anmerken zu lassen.

»Wo warst du die ganze Zeit?«, fragte ich. »Ich hätte mich gern um dich gekümmert.«
»Du bist ein guter Mensch, Michael«, entgegnete sie. »Und der einzige Freund, denn ich je hatte. Aber du warst nicht meine große Liebe.«
»Ich liebe dich, Rosika.«
Hatte ich das wirklich laut gesagt? Oder nur innerlich gehört, was ich seit Jahren sagen wollte?
Wie auch immer, Rosika schien es nicht mitbekommen zu haben. Sie wirkte mit einem Mal, als wäre sie in Gedanken ganz woanders, und ihr Mund verzog sich zu einem schiefen Lächeln.
»Die Liebe ist eine Himmelsmacht«, sagte sie leise. »Mein Geliebter war unsagbar zärtlich und ließ mich auf ein anderes Leben hoffen. Er sagte, ich sei die schönste Frau unter der Sonne. Mein Rubin – so hat er mich genannt.«
Mein Herz setzte aus. Ich hatte damals während des Liebesakts kein Wort gesagt, aus Furcht, Rosika könnte mich an der Stimme erkennen. Rubin – das Wort erinnerte mich an etwas, aber woran?
»Mein Sohn ist in einer unvergesslichen Nacht im Pferdestall gezeugt worden«, fuhr Rosika fort, »und bestimmt wäre er ein guter Reiter geworden. Ich hatte vor, ihn zum Schwolischen Regiment zu schicken, wenn er alt genug ist.«
»Wer ist der Vater?«
Ob sie mir die innere Erregung anmerkte?
»Er war groß und schön, und als ich am Morgen wach wurde, lag er neben mir, noch immer mit der Maske, und hatte seinen blauen Umhang über mich gebreitet. Dann trug er mich in meine Kammer, und dort haben wir uns noch einmal geliebt. Es war noch viel schöner als beim ersten Mal, weil ich nicht mehr vom Wein berauscht war.«

Ihre Augen bekamen etwas Träumerisches.
Ich war wie versteinert, zu keinem Wort fähig.
Mein Blick fiel auf das Kind. Es saß ganz still da und machte den Eindruck, alles verstanden zu haben.
»Ich bin mir sicher, dass es der Major Hennenhofer war«, fuhr Rosika fort. »Schau mal, das hier hat er mir geschenkt.«
Sie schob ihr Schultertuch zur Seite, und ich sah die Brosche meiner Mutter an ihrem Kleid.
»Darum habe ich meinem Sohn seinen Namen gegeben: Johann. Jakob heißt mein Vater, und Ernst … so hätte ich ihn nicht nennen dürfen, denn einer meiner Brüder, der als Kind gestorben ist, hieß Ernst.«
Sie legte ihre Hand auf die Brosche.
»Rosika, das ist …«
Ihre Lippen begannen zu zittern, sie hustete.
»Sag nichts, Michael. Es ist vorbei. Nur über das Kind will ich mit dir noch sprechen. Denn du bist der einzige Mensch, dem ich vertrauen kann.«

Im Grunde meines Herzens hatte ich die schreckliche Wahrheit längst gewusst, sie aber nicht wahrhaben wollen. Und nun fiel mir auch wieder ein, was es mit dem Rubin auf sich hatte: Das erste Mal, als Hennenhofer Rosika sah, hatte er etwas von einem Rubin unter Kieselsteinen gemurmelt.
Er hatte sich ebenfalls in sie verliebt und sie begehrt. So wie ich. Nein, nicht wie ich. Ich liebte sie mehr als mein eigenes Leben. Und ich hätte ihr die Welt zu Füßen gelegt – doch wie hätte das gehen sollen, mit einem Gesicht, das die Sonne verfinstert und die Amseln verstummen lässt?

Nachdem ich in jener Nacht Rosika alleingelassen und mich in mein Zimmer zurückgezogen hatte, war er in den Pferdestall gegangen und hatte die Gunst der Stunde genutzt.
Meine Erinnerung an die Liebesnacht mit Rosika war dadurch für immer besudelt.

Mein Retter war zu meinem Feind geworden. Er hatte mir nicht nur Rosika genommen, sondern auch die Gewissheit, einen Sohn gezeugt zu haben. Ich war am Boden zerstört, fühlte mich entmannt und empfand tiefsten Seelenschmerz. Nie mehr im Leben, so beschloss ich, würde ich mich auf die Liebe einlassen.

Rosika berichtete mir noch in aller Kürze, wie es ihr ergangen war. Man hatte sie nach Beuggen gebracht, als Amme für das jüngste Kind der Schwester der Gräfin Hochberg. Das Wissen um die Kindesvertauschung lastete schwer auf ihrer Seele, doch wem hätte sie sich anvertrauen können? In Beuggen gingen alle davon aus, dass der Säugling ihr Kind war. Ihn mit dem Namen Ernst anzureden, brachte sie aber nicht über sich. Stattdessen nannte sie ihn Schmetterlingshaut, und keiner schien sich darüber zu wundern.

Wie die Nichten und Neffen der Gräfin wurde er gegen Pocken geimpft und fand in ihnen später auch Spielgefährten. Immer wieder zweifelte Rosika, ob sie weiterhin schweigen sollte. Wenn sie die Wahrheit enthüllte, war das Kind dem Tod geweiht, dessen war sie sich sicher. Schwieg sie hingegen, dann würde der erbberechtigte Thronfolger nie zu seinem Recht kommen. Schließlich entschied sie, eine anonyme Botschaft in die Welt hinauszuschicken, wenngleich sie wenig Hoffnung hatte, dass man diese ernst nähme. Sie steckte den Zettel in eine Flasche, die sie verkorkte und in den Rhein warf, auf dass ein Schiffer sie fände.

Vor Kurzem war dann Gräfin Luise von Hochberg zu einer Stippvisite nach Beuggen gekommen, begleitet von Major Hennenhofer und Lord Stanhope. Rosika war es allerdings nicht gelungen, Hennenhofer zu sprechen.

Also hatte ich mich doch nicht getäuscht: Er war hier gewesen, hatte aber davon abgesehen, mich aufzusuchen.

Über eine der Zofen erfuhr Rosika, dass Großherzogin Stephanie erneut einen Sohn geboren und ihn Alexander genannt hatte. Doch er starb kurz nach der Geburt, angeblich an einer unbekannten Krankheit.
Rosika vermutete, dass es auch diesmal Mord war. Das herzogliche Paar sollte keine männlichen Nachkommen haben, und die Gräfin Hochberg, Hennenhofer und Lord Stanhope steckten dabei unter einer Decke. Was die Letzteren mit der Sache zu tun hatten, wusste sie nicht. Nur dass es ihr Kind das Leben gekostet hatte.
Weil Schmetterlingshaut oft mit den Kindern ihrer Herrin spielte, befürchtete Rosika, die Gräfin Hochberg und Hennenhofer könnten ihn erkennen, denn er hatte die Augen seiner Mutter und Nase und Mund von Großherzog Karl.
Sie brachte den Kleinen in das unweit des Lazaretts gelegene Portierhäuschen, wo manchmal ein Postkutscher übernachtete, und schärfte ihm ein, auf keinen Fall ins Freie zu gehen, weder bei Tag noch bei Nacht. Dann musste sie das Kind alleinlassen, sonst hätte sie ihre Arbeit nicht versehen können.
Es war untröstlich, klammerte sich an sie und schrie laut. Ihr blieb nichts anderes übrig, als ihm einen Klaps zu versetzen, weil sie Angst hatte, der Junge würde mit seinem Geschrei die Aufmerksamkeit auf sich ziehen.
Spätabends verließ der verzweifelte Knabe trotz des Verbotes sein Versteck, um nach der Frau zu suchen, die sich zeit seines Lebens um ihn gekümmert hatte und die er für seine Mutter hielt. So landete er schließlich im Trakt der Pockenkranken, wo man ihn wohl für den Sohn einer Patientin hielt.
Als Rosika nach dem Kind sehen wollte und es nicht im Portierhäuschen vorfand, machte sie sich sogleich auf die Suche. Sie fand

den Jungen in einem breiten Gang mit hohen Fenstern und mit Wappenschilden an den Wänden, der als Behelfskrankensaal diente und mit Feldbetten vollgestellt war, auf denen fiebernde, hustende Menschen lagen. Weil man sie für eine Pflegerin ansah und immer wieder festhielt und um Medikamente anflehte, dauerte es geraume Zeit, bis sie zu dem Kind vorgedrungen war, das ganz hinten bei einer kranken Frau saß.

Eine Woche später erkrankte Rosika.

Zunächst hatte sie sich eingeredet, es sei nur eine fiebrige Erkältung. Doch nach ein paar Tagen hatten sich die typischen Blasen gebildet. Sie hatte umgehend den Wohnbereich ihrer Herrin verlassen müssen.

Diese war entsetzt gewesen, dass man bei den Impfungen ausgerechnet die Betreuerin ihrer Kinder übersehen hatte, doch nun war es für Vorsichtsmaßnahmen zu spät.

Ich verschwieg Rosika, dass der Major mich beauftragt hatte, das Kind zu töten. Und ich fragte mich, welche Rolle er bei der Intrige spielte, die Rosika vermutete. Dass er mit der Gräfin eine Liebschaft unterhalten hatte oder noch unterhielt, war wohl eine Tatsache, daher würde es einleuchten, dass er ihre Interessen unterstützte. Und mir, der ich in seiner Schuld stand, hatte er eine Stellung bei Hofe verschafft, wohl wissend, wie ergeben ich ihm war. Auf seinen Wunsch hin hatte ich ihm regelmäßig Bericht über meine Beobachtungen erstattet, mit anderen Worten: Er hatte mich zu seinem Handlanger gemacht.

Warum hatte ich mich seinen Machenschaften nicht entzogen?

Die Antwort war einfach: Ich hatte in ihm in erster Linie meinen Retter gesehen und war ihm dankbar gewesen, dass er mir Rosika zugeführt hatte.

Während sie erzählte, musterte Schmetterlingshaut mich unentwegt. Um seinen Mund spielte sogar ein Lächeln, obwohl er allen Grund gehabt hätte zu weinen, war seine – wenn auch vermeintliche – Mutter doch todkrank. Und an ihrer Krankheit trug allein er die Schuld. Er hatte wie ein Totenkopffalter den Honig aus ihr herausgesaugt.
»Ich muss sterben, Michael, das weiß ich«, drang Rosikas Stimme an mein Ohr.
Noch weigerte ich mich zu glauben, was überdeutlich war. Für ein paar Momente schloss ich die Augen und sah Rosika vor mir, wie sie einst gewesen war, mit ihren bezaubernden Grübchen und dem fröhlichen, glockenhellen Lachen. Ich meinte, intensiven Rosenduft wahrzunehmen.
Aus Sentimentalität trug ich noch immer den Rosenkranz meiner Mutter bei mir. Ich griff in die Jackentasche und tastete nach den Perlen.
Fest entschlossen, wieder zu glauben, dass es einen Himmel gab, flehte ich sämtliche Heiligen an, die mir einfielen, und betete inständig zu Maria, der Mutter aller Frauen, dass es nicht zum Schlimmsten kommen möge.
»Wenn ich nicht mehr bin, dann kümmere du dich um Schmetterlingshaut. Bring ihn an einen sicheren Ort. Und erzähl keinem Menschen davon.«
»Aber Rosika …«
Sie ergriff meine Hand und drückte sie fest. Mit der anderen zog sie etwas aus ihrer Rocktasche.
Es war ein kleiner Beutel aus lila Satin mit einer Zugkordel.
»Das hier hat seiner Mutter gehört«, sagte sie. »Bewahre es bitte für ihn auf. Und versprich mir, dass du dich seiner annimmst. Bring

ihn weg von hier und sorge irgendwann dafür, dass er wieder unter die Menschen und zu seinem Recht kommt … er soll … nicht …« Sie schloss die Augen und verlor das Bewusstsein, noch ehe ich das Versprechen leisten konnte.

Am nächsten Tag war sie tot.
Ich bat Friedrich, den Jungen zu mir zu bringen.

Mit einem Mal hatte ich ein Kind. Ein Kind, das ich verabscheute, weil sein Anblick mich beständig daran erinnerte, dass statt seiner mein Sohn hatte sterben müssen. Ich hatte kurz gezweifelt, doch nun war ich mir meiner Vaterschaft wieder sicher. Schließlich hatte ich als Erster Rosika beigewohnt. Es *musste* mein Kind gewesen sein!

Dieser Gedanke, so hoffte ich, würde mir die Kraft geben, Rosikas Tod irgendwann zu verwinden.

Zwei Wochen später reiste ich per Kutsche nach Pilsach in der Oberpfalz.

Ich hatte Friedrich und seine Frau gefragt, ob sie in meine Dienste treten wollten. Die beiden waren treu, arbeiteten fleißig und stellten keine unnützen Fragen. Sie taten stets, was man ihnen auftrug, nicht mehr und nicht weniger. Wir waren in etwa gleich alt, doch oft kamen sie mir vor wie kleine Kinder, unfähig, ein eigenständiges Leben zu führen. Dass mein Angebot eine Chance für sie bedeutete, war ihnen jedoch klar, denn sonst wären sie wohl über kurz oder lang in einer Anstalt für Schwachsinnige gelandet, und dort gehörten sie wahrhaftig nicht hin.

In der Kutsche saß Schmetterlingshaut mir gegenüber und schaute zumeist ins Freie. Wenn Agnes ihm ein Stück Brot reichte, nahm er es schweigend und aß es langsam auf. Hin und wieder warf er mir einen Blick zu, der mich schaudern ließ – mir war, als würde er in meine Seele blicken und wortlos fragen: »Wer bist du, und was hast du mit mir vor?«

Als Rosika in das Leichentuch eingenäht wurde, hatte er weder Tränen vergossen noch ein Wort gesprochen. Konnte er überhaupt sprechen? Wieder kam er mir vor wie eine Puppe, in der ein Falter verborgen war, ein Totenkopffalter, der mir zum Verhängnis werden würde.

Je näher wir Pilsach kamen, desto mehr setzte mir Rosikas Tod zu, und ich konnte den Anblick des Jungen, der ihn verschuldet hatte, kaum mehr ertragen.
Noch während der Fahrt erteilte ich Friedrich und Agnes den Auftrag, sich um das Kind zu kümmern.
Sie nickten brav, doch ich merkte, dass ihnen nicht so recht klar war, was sie zu tun hatten.
»Gebt dem Jungen täglich zu essen und zu trinken«, erklärte ich. »Richtet einen Schlafplatz für ihn her. Wascht jede Woche seine Kleider. Und sorgt vor allem dafür, dass er mir nicht unter die Augen kommt. Ich will ihn nie mehr sehen.«
Nun hatten sie endlich verstanden.

Bei unserer Ankunft in Pilsach war es Mitte September. Ein Zeichen, das nicht deutlicher hätte sein können. Es war der Monat, in dem sich alle Ereignisse zugetragen hatten, durch die mein Leben durcheinandergewirbelt wurde.
Im September war mein Vater gestorben, hatte meine Mutter ein zweites Mal geheiratet, hatte ich Rosika kennengelernt und war mein Kind geboren worden. Und nun hatte ich im September einen Ort verlassen müssen, an dem ich gern geblieben wäre, mit einem Kind, das ich hasste.
Der September steht im Zeichen der Waage. Die eine Schale gibt, die andere empfängt – nie herrscht ein Gleichgewicht.

Hennenhofer hatte mir mit seinem Brief auch einen Plan des Schlosses zukommen lassen. Auf einem großen Pergamentbogen war der Grundriss zu sehen, und dabei standen Hinweise, wo welche Umbauten durchgeführt werden sollten.

Außerdem hatte ich eine Liste der Bediensteten erhalten. Die Arbeit im Haus oblag drei Frauen und einem Mann. Dann gab es noch einen Gärtner, einen Pferdeknecht und einen Stalljungen. Ich beschloss, Agnes als Küchenhilfe einzusetzen und Friedrich als zweiten Stalljungen.

Kaum hatte ich mich den Bediensteten als neuer Aufseher vorgestellt, traf ein, was ich befürchtet hatte: Man mokierte sich über mein Aussehen.
In Beuggen hatte ich mich als Gleicher unter Gleichen gefühlt. Nun war ich wieder der Hasenschartige, dem man nicht im Dunkeln begegnen will und am liebsten auch nicht bei Tag. Nur Friedrich und Agnes mit ihren pockennarbigen Gesichtern vermittelten mir das Gefühl, ein normaler Mensch zu sein.
Die Schlossbesitzer befanden sich im Ausland, als wir ankamen, und es sollte einige Zeit dauern, bis ich sie kennenlernte.
Das Anwesen war ein schlichter viereckiger Bau ohne Türme oder anderen baulichen Schmuck. Es glich eher einem Gutshaus als einem Schloss und war von einem breiten Wassergraben umgeben, der mit Seerosen, Schilf und Rohrkolben einen hübschen Anblick bot.
Der dazugehörige Grund lag, ebenso wie die Stallungen, jenseits des Grabens. Dort standen auch mehrere Rosen-Gewächshäuser, und der große Gemüsegarten brachte so viel Ertrag, dass man ein ganzes Dorf hätte versorgen können. Dahinter begann ein Obstgarten mit Apfel- und Birnbäumen, an den sich ein wildreiches Waldstück anschloss. Die Felder und Äcker waren an Bauern aus der Gegend verpachtet.
Mein neuer Wirkungsort war nicht allzu weit von Ansbach entfernt, doch dorthin schickte ich nur selten einen Gedanken.

Die Bediensteten hatten ihre Kammern im Schloss, die Frauen im Dachgeschoss und die Männer im Souterrain, unmittelbar neben den Kellerräumen, in denen Vorräte und Wein lagerten.
Mein Quartier, ein kleines Aufseherhäuschen, befand sich unweit der Stallungen. Darüber war ich froh, denn so fand ich nach der Tagesarbeit Ruhe. Zu dem Häuschen gehörte ein kleines Stück Land, auf dem ich mein eigenes Gemüse ziehen und ein paar Hühner halten konnte. Nach einer Weile gesellte sich ein Kätzchen dazu, das wohl ausgesetzt worden war. Eines Abends hatte es kläglich miauend vor meiner Tür gesessen.
Im ersten Stall, der an mein Gärtchen grenzte, standen die prächtigsten Pferde, die ich je gesehen hatte. Man merkte ihnen an, dass sie stets gut gepflegt und versorgt worden waren. Ich fand sogleich Zugang zu ihnen; es dauerte nicht lange, und sie hörten aufs Wort und ließen sich bereitwillig von mir aufzäumen. Die zwei Lipizzaner wieherten freudig, sobald ich den Stall betrat. Nachdem ich festgestellt hatte, dass die hellgrau gefleckte Stute hochträchtig war, brachte ich sie in ein Abteil am Ende des Stalles, wo sie ihre Ruhe hatte. Die vier Araber waren Rennpferde. Ihr dunkles Fell changierte je nach Lichteinfall. Und dann gab es noch vier Holsteiner mit langen, schwarzen Mähnen.
Im benachbarten Stall waren ausrangierte Kavalleriepferde untergebracht, ältere Tiere, die – so hatte Hennenhofer mir mitgeteilt – hier ihr Gnadenbrot bekamen, weil sie nicht mehr den Anforderungen genügten. Ihnen fühlte ich mich besonders verbunden.
Der Pferdeknecht war ein wortkarger Mann, doch ich merkte, dass es ihm schmeichelte, als ich ihn für seine bisherige gute Arbeit lobte. Er brummelte ein paar Worte, denen ich entnahm, dass er früher bei der leichten Kavallerie gedient hatte.

Zwar hatte ich Schmetterlingshaut Agnes und Friedrich überantwortet, dennoch ging er mir nicht aus dem Sinn. Die beiden hielten sich zwar an meinen Auftrag und sorgten dafür, dass ich den Jungen nie zu sehen bekam, aber mitunter hörte ich doch sein Weinen oder Lachen, wenn er – wie ich vermutete – im Freien spielte.

Ich fasste einen Plan, und einen Monat nach unserer Ankunft machte ich mich daran, ihn umzusetzen.

Aus dem Beuggener Lazarett hatte ich ein Fläschchen Baldrian mitgenommen. Das Mittel hatte gut geholfen, wenn ich nicht schlafen konnte, weil mir zu viele Dinge im Kopf herumspukten. Wenn ich dem Kind eine doppelte Dosis verabreichte, würde es viele Stunden tief schlafen.

In der Nacht schlich ich mich ins Haus und fand das Kind im Schlafbereich der Männer auf einem Strohsack vor. Unbemerkt nahm ich es auf meine Arme und verließ das Schloss. Es war kaum zu fassen, wie einfach das ging …

Für die Jahreszeit war es ungewöhnlich mild, auch wenn bereits herbstliche Gerüche in der Luft lagen. Mein Herz pochte heftig, als ich zu den Stallungen ging, den Blick starr geradeaus gerichtet, um das Kind nicht ansehen zu müssen.

Die Pferde verhielten sich still, als ich eintrat.

Ich legte Schmetterlingshaut in das Abteil, in dem die Lipizzanerstute tags zuvor ihr Fohlen zur Welt gebracht hatte, das Stroh war mit Blut befleckt. Der Todestag meines Sohnes sollte auch sein Todestag werden.

Das Messer in meiner Hand fühlte sich warm an. Ich brauchte nur ein Mal zuzustechen, mitten ins Herz. Dafür war kein großer Kraftaufwand nötig.

Ich sehe noch vor mir, wie ich den Arm hob, wie die Messerklinge blitzte, wie mir das Tuch vom Gesicht glitt … und wie das Kind plötzlich wach wurde.

Es erkannte mich und lächelte. Lächelte mich an.

Ich brachte es nicht über mich zuzustoßen, und dafür hasste ich mich selbst.

Ich war kein Mann. Ich war noch immer ein Hase und hatte den Kampf mit meinem persönlichen Drachen verloren, noch ehe er begonnen hatte.

Ich verbrachte viele Jahre in Pilsach, und es wurden – trotz meiner anfänglichen Befürchtungen – angenehme Jahre. Die Umbauarbeiten verliefen reibungslos, am wohlsten aber fühlte ich mich bei den Pferden. Sie wurden mir zu treuen Freunden, wie ich unter den Menschen keine gefunden hatte. Und ich brauchte nicht um ihr Leben zu bangen wie einst bei Hubert. Keiner würde jemals auf die Idee verfallen, ein Pferd zu jagen und zu erlegen. Im Gegenteil, in Pilsach hatten die Pferde ein besseres Leben als so mancher Mensch. Ich genoss aber auch die freien Stunden in meinem Häuschen und hatte Freude daran, meinen Garten zu bestellen.

Die Schlossbesitzer waren nur in den Sommermonaten anwesend. Die übrige Zeit verbrachten sie auf Reisen oder hielten sich auf einem anderen Landsitz auf.

Hennenhofer ließ sich kein einziges Mal blicken, was ich nicht bedauerte. Meinen Lohn brachte regelmäßig der Postkutscher. Weil mir der Sinn nicht nach Wirtshausbesuchen, Frauen und teurer Gewandung stand, konnte ich so viel zurücklegen, dass ich mich bald als wohlhabenden Mann bezeichnen konnte.

Es gelang mir sogar, nicht mehr an Schmetterlingshaut zu denken, nachdem ich Friedrich noch einmal streng ins Gebet genommen und gedroht hatte, ihn samt seiner Frau in eine Anstalt zu schicken, sollte das Kind mir je vor die Füße laufen. Ich wolle es in diesem Leben nicht mehr zu Gesicht bekommen, sagte ich zu ihm.

»Zu Gesicht?«, wiederholte er. Was er sich dachte, war schwer zu erahnen, sein Ausdruck war so unbewegt wie immer. Darum schien es mir angebracht, mich deutlicher auszudrücken.

»Sorg dafür, dass der Junge keine Sonne und keinen Mond mehr zu sehen bekommt. Lass ihn aus der Welt der Lebenden verschwinden.«

Friedrich nickte. Anscheinend hatte er begriffen.

Mir selbst war es nicht gelungen, das Kind zu töten, deshalb musste ein anderer es tun. Damit wäre das Kapitel abgeschlossen und Hennenhofers Wunsch Genüge getan.

Drei Tage später, als ich Friedrich beim Ausmisten des Stalles antraf, sagte er zu mir: »Das Kind ist weg.«
Ich gab ihm ein großzügiges Trinkgeld. Zum ersten Mal glitt ein Lächeln über sein Gesicht. »Danke, Herr Ostheim, vielen Dank«, sagte er. »Davon kauf ich meiner Agnes ein schönes Kleid.«
Eine Zentnerlast war von mir abgefallen. Jetzt kann ich mir endlich das Kind aus dem Sinn schlagen, dachte ich. Die Heiligen, die mich lange begleitet hatten, brauchte ich nicht mehr. Es gab keine Fragen und Schwierigkeiten mehr, mit denen ich mich an sie hätte wenden können. Ich schickte mich in mein Leben, so wie es war.
Die Bediensteten kamen und gingen, allein Friedrich und Agnes blieben. Sie hatten ebenso wenig wie ich eine Wahl.

Friedrich hatte von den Kreuzern, die ich ihm gegeben hatte, ein hellblaues Kleid für seine Frau erstanden. Jedes Mal, wenn ich sie darin sah, musste ich an das Kind denken, ob ich wollte oder nicht. Darum hielt ich mich nach Möglichkeit von ihr fern.

Es wurde mir zu einer lieben Gewohnheit, des Abends, wenn ich allein in meiner Stube war, drei Kerzen anzuzünden: für meine Mutter, für Rosika und für meinen Sohn. Dann erzählte ich ihnen von den Ereignissen des Tages. Von den Pferden gab es fast immer etwas zu berichten. Eine Stute litt unter Koliken, ein ungebärdiger Hengst hatte den Zaun der Koppel beschädigt, eine alte kranke Mähre war verendet oder ein Fohlen geboren worden.

Ich erzählte meiner Mutter, Rosika und dem kleinen Ernst nur von den Tieren, die Menschen sparte ich aus. Sie hörten mir geduldig zu, ohne jemals Antwort zu geben. Ich erwartete auch keine Antworten, sondern war es zufrieden, dass sie aus dem Jenseits meinem Tun folgten – so fühlte ich mich nie einsam.
Nähere Bekanntschaften ergaben sich für mich nicht, zum einen, weil man mir meines Aussehens wegen aus dem Weg ging, zum anderen, weil es mir nicht gegeben war, eine lockere Unterhaltung anzuknüpfen. Die Erntedankfeste und Hubertusfeiern im Dorf fanden ohne mich statt. Das störte mich nicht weiter; ich genoss es vielmehr, dass endlich Ruhe in mein Leben eingekehrt war.
Vielleicht war es gerade diese Ruhe, die verschleierte, wie schnell die Jahre vergingen. Zwar fiel mir auf, dass ich die ersten grauen Haare bekam und dass mein im Krieg verwundetes Bein etwas steifer wurde, doch darauf achtete ich kaum.

Meinetwegen hätte es noch lange so weitergehen können, doch im dreizehnten Jahr meines Aufenthaltes in Pilsach zeichneten sich Schwierigkeiten ab, zunächst Agnes betreffend.
Ihr hellblaues Kleid hatte sie getragen, bis es völlig zerschlissen und verschossen war. Aber beim nächsten hatte sie die gleiche Farbe gewählt – das Blau der Augen von Schmetterlingshaut.
Weil ich ihr tunlichst aus dem Weg ging, merkte ich nicht gleich, dass etwas nicht stimmte. Ich wurde erst aufmerksam, als die Köchin Hildegarde sich beschwerte. Die Närrin – so pflegte sie Agnes zu nennen – lasse immerfort Töpfe fallen und zerdeppere Gläser, auch Teile des edlen Tafelservices seien schon zu Bruch gegangen. Und das sei noch nicht alles: Agnes höre seit einiger Zeit Stimmen in ihrem Kopf, die sie zu vertreiben versuche, indem sie mit den Fäus-

ten auf ihren Schädel eindresche oder diesen an die Wand schlage. Das Weib sei endgültig verrückt geworden, schloss Hildegarde ihren Bericht, und müsse schleunigst fort, denn man könne den Herrschaften, die zu Pfingsten kommen und überdies Gäste mitbringen und ein Fest feiern wollten, ihren Anblick auf keinen Fall zumuten. Ich wollte mir selbst ein Bild machen, konnte aber nicht umhin zuzugeben, dass die Köchin recht hatte. Mit Agnes musste etwas geschehen.

Es war Jahre her, dass zum letzten Mal Gäste auf Pilsach gewesen waren, und ich wollte nicht riskieren, dass Unmut aufkam und man mir vorwarf, ich würde meine Aufgaben vernachlässigen. Ich führte ein angenehmes Schattendasein, und so sollte es bleiben. Ich ließ den Pilsacher Dorfarzt kommen, und dieser veranlasste Agnes' Einweisung in das Lucianus-Haus, eine nahe gelegene Anstalt.

Welche Folgen dieser Schritt haben würde, konnte ich nicht ahnen.

Es war der letzte Tag der Fastenzeit. Tags zuvor war Agnes in die Anstalt gebracht worden. Sie hatte sich nicht dagegen gesträubt; vermutlich war ihr gar nicht klar geworden, was der Arzt ihr auseinandergesetzt hatte. Mit fröhlicher Miene hatte sie die Kutsche bestiegen und sich sichtlich auf die Fahrt gefreut. Das Letzte, was ich von ihr sah, war ein hellblauer Fleck hinter dem Kutschenfenster.

Ich hatte soeben die Pferde auf die Koppel gebracht, da stand plötzlich Friedrich vor mir und drehte verlegen seinen Hut in den Händen.

»Ich geh auch fort, Herr Ostheim. Ich will bei meiner Agnes sein. Sie ist doch meine Frau.«

Es bedurfte keiner weiteren Worte, um auszudrücken, dass er seiner geliebten Frau auch in Tagen der Krankheit beistehen wollte. Er

brauchte sie ebenso wie sie ihn, und fast beneidete ich ihn um sein schlichtes, aber so ehrliches Gemüt.
Mir war klar, dass ich ihn nicht würde halten können. Also bezahlte ich ihm seinen Lohn aus und nahm leicht wehmütig Abschied. Ich würde ihn vermissen.

Nach Friedrichs Weggang drängte sich mir der Gedanke an das Kind wieder auf. Ich hatte versäumt, ihn zu fragen, ob er es wirklich getötet und begraben hatte. Vielleicht hatte er sich nicht dazu durchringen können und es bei einer Bauernfamilie im Dorf untergebracht.
Nein, Letzteres konnte nicht sein, sonst hätte ich den Jungen bestimmt irgendwann einmal gesehen, etwa beim Gottesdienst.
Das von Nonnen geführte Waisenhaus in zwanzig Meilen Entfernung käme eher in Betracht ... Aber ach, was hielt ich mich mit solch unnützem Sinnieren auf? Ich hatte meine Ruhe, mehr wollte ich ja nicht.
Doch sie war mir nicht mehr lange vergönnt.
Rudolf, der das Hauswesen unter sich hatte, berichtete mir, er sei im Weinkeller gewesen und habe dort seltsame Geräusche vernommen. So als befände sich jenseits der Mauer ein in Not geratenes Lebewesen. Daraufhin habe er im Freien nachgesehen, nichts gefunden, die Laute aber weiterhin gehört. Womöglich wäre irgendwo ein Tier eingeschlossen, ich möge doch zusehen, dass es befreit werde, bevor Freiherr von Grießenbeck mit seiner Gemahlin und den Gästen eintreffe.
Ich ließ mich von Rudolf zu der besagten Stelle führen und hörte es ebenfalls. Geräusche wie von einem läufigen Kater ... oder einem verzweifelten Kind.

Eine eisige Faust schloss sich um mein Herz, und mir blieb sekundenlang die Luft weg bei der Vorstellung, die mir wie ein greller Blitz durchs Hirn zuckte.

Als Rudolf sich entfernt hatte, holte ich den Grundriss des Anwesens und schritt damit die Kellerräume ab. Laut Plan gab es zwischen Keller und Erdgeschoss mehrere kleine Räume. Ich fand den Zugang, musste aber feststellen, dass er vermauert war; vermutlich hatte ein früherer Besitzer das veranlasst. Auf den Steinstufen zu dem ehemaligen Durchgang lagen Kürbisse, Zwiebeln und anderes Gemüse, und ganz oben waren leere Kisten und Körbe aufgestapelt, sodass sich in jüngerer Zeit sicherlich niemand gefragt hatte, wohin die Treppe führte. Die sonderbaren Laute kamen aber von dort. Es musste also noch einen anderen Zugang geben.

Ich begab mich ins Erdgeschoss. In den herrschaftlichen Wohnräumen waren die Möbel noch mit weißen Tüchern bedeckt und die Luft roch abgestanden; erst kurz vor Pfingsten sollten die Zimmer hergerichtet werden. Im Vorbeigehen erblickte ich in einem Wandspiegel mein hässliches Gesicht und zuckte zusammen. Es war lange her, dass ich mich das letzte Mal in einem Spiegel gesehen hatte; ich selbst hatte mir nie einen angeschafft.

Die Holzböden waren mit Teppichen und Läufern belegt, die meine Schritte dämpften, sodass niemand auf mein Tun aufmerksam werden konnte.

Am Ende der Zimmerflucht klangen meine Schritte mit einem Mal etwas anders. Ich hob den Teppich an und sah eine Klappe im Boden. Mit einiger Mühe öffnete ich sie und gelangte über ein paar Stufen in einen dunklen Raum mit so niedriger Decke, dass ich mich bücken musste. Dem Anschein nach war es eine Rumpelkammer, in der nicht mehr benötigte Sachen lagerten: verschlissene

Brokatvorhänge, alte Decken und Teppiche sowie zerbrochenes Kinderspielzeug. Ich räumte dies und jenes beiseite, in der Hoffnung, eine verborgene Tür zu finden, und stieß nach kurzer Zeit auf einen – ebenfalls zugemauerten – Durchgang. Dahinter waren die Jammerlaute zu hören. Als ich ein paarmal mit der Faust an die Mauer schlug, wurde es still.

Ich beschloss, mich im Freien umzusehen, und begab mich zur Rückseite des Schlosses. Von jenseits des Wassergrabens betrachtete ich die Fassade. Falls es dort eine Tür zu dem Zwischengeschoss gab, musste sie hinter dem Bewuchs des schmalen Uferstreifens verborgen sein – mehrere Holunderbüsche, eine große, in Blüte stehende Trauerweide und ein verwilderter Birnbaum.

Ich bestieg einen Nachen, der in der Nähe vertäut war, und ruderte über den Graben. Drüben angekommen, bahnte ich mir einen Weg zur Hauswand. Dabei fiel mir auf, dass die Holunderbüsche teilweise mit starker Schnur zur Seite gebunden waren. Ganz eindeutig hatte hier jemand – Friedrich, wer sonst? – einen Durchgang angelegt, der aber keinem, der sich dem Anwesen von hinten näherte, auffallen konnte, war er doch vom Geäst der Trauerweide der Sicht entzogen. Nicht einmal das Licht von Sonne oder Mond konnte bis dort vordringen.

Neben dem alten Birnbaum erspähte ich eine Treppe, deren Stufen mit Moos und Flechten bewachsen waren. Sie endete vor einer Tür aus verwittertem Eichenholz. Nachdem ich die rutschigen Stufen überwunden hatte, befand ich mich vor ebendieser Tür. Sie war von außen mit einem Riegel verschlossen. Ich stand da wie vom Donner gerührt. Wahrscheinlich war mein Herzschlag weithin zu hören.

Als dann auch noch drei Krähen krächzend über mich hinwegflogen, drei Frösche am Ufer quakten und die Glocke der Pilsacher Dorfkirche die dritte Stunde schlug, gab es keinen Zweifel mehr. Diese Zeichen kündigten eine Veränderung an, eine dramatische Veränderung, die meinem beschaulichen Dasein ein Ende bereiten würde. Die Holztür knarrte vernehmlich beim Öffnen, und dann betrat ich einen stockdusteren Raum. Ich entzündete die Kerze, die ich stets in meiner Jackentasche trug, und sah mich um. Ein paar Stufen aus Holz führten zu einer niedrigen Tür, hinter der – dessen war ich sicher – das gesuchte Gelass lag, denn nun waren auch wieder die geheimnisvollen Laute zu hören. Sie stammten von einem menschlichen Wesen; es hatte keinen Sinn mehr, mir einzureden, dass da ein Tier gefangen saß.

Eine namenlose Angst befiel mich, sodass es eine ganze Weile dauerte, bis ich genug Mut gefasst hatte, an die Tür zu klopfen. Sogleich wurde es dahinter still.

*Es* hatte mich gehört. *Es* lauschte. Und *es* schwieg.

An jenem Nachmittag brachte ich es nicht über mich, die Tür zu öffnen. Ich suchte Zuflucht bei den Pferden, hoffte, die wirren Gedanken, die meinen Kopf zu sprengen drohten, ein wenig ordnen zu können, doch vergebens. Meine innere Unruhe übertrug sich auf die Tiere; sie scharrten mit den Hufen und gebärdeten sich nervös.

Dreizehn Jahre lang hatte ich Ruhe vor Schmetterlingshaut gehabt, dreizehn Jahre, in denen mein glühender Hass sich nahezu verflüchtigt hatte. Jetzt aber loderte er so heftig auf wie einst. Heftiger sogar, denn wenn sich der Junge tatsächlich hinter der Tür befand, musste er ein Geschöpf des Teufels sein. Wie sonst hätte er in dem Verlies überleben können?

Wenn ich Gewissheit haben wollte, blieb mir nichts anderes übrig, als die Tür zu öffnen. Wider jede Vernunft hegte ich die Hoffnung, vielleicht doch ein Tier vorzufinden, einen Marder oder was auch immer …

Spätabends, im Schutz der Dunkelheit, begab ich mich erneut zu der Holztür. Mein Hasenherz klopfte zum Zerspringen.

Erst erkannte ich ihn nicht. Wollte ihn nicht erkennen.

Er saß mit dem Rücken zu mir im Stroh und blickte vor sich hin. Nein, blicken konnte man das nicht nennen. Er schien nichts von seiner Umgebung wahrzunehmen, auch mich nicht.

Groß war er geworden, erschreckend groß, ein junger Mann fast schon.

Sein Oberkörper bewegte sich vor und zurück, immer wieder. Dabei fiel mir auf, dass er festgebunden war. Mit einem Strick an einem Eisenring in der Wand.

Nach einer kleinen Weile tastete er nach dem Krug neben sich und setzte ihn an die Lippen, um zu trinken. Doch das Gefäß war leer, was ihn zu einem lang gezogenen Jammern bewog. Wieder tastete er auf dem Boden herum. Dort lagen Krümel, der Junge suchte also nach etwas Essbarem.

Grauen, Hass, Angst und Mitleid – ich durchlebte ein Wechselbad von Gefühlen. Am liebsten wäre ich davongelaufen. Denn was ich hier vor mir sah, hatte ich gewiss nicht gewollt. Friedrich hatte meinen Auftrag wörtlich genommen und aus Furcht, mich andernfalls zu erzürnen, den Knaben eingekerkert.

Ich schalt mich selbst einen Dummkopf, denn ich hätte es besser wissen müssen. Die Operation meiner Hasenscharte hatte nichts an meiner inneren Zerrissenheit ändern können, und so verhielt es sich auch mit Schmetterlingshaut. Eine Wunde, die der Hass schlägt, lässt sich mit einem Pflaster des Vergessens zudecken, zieht man es aber ab, reißt die Wunde erneut auf und schmerzt schlimmer denn je.

Friedrich hatte dem Jungen ein Lager aus Stroh bereitet und ihm Essen und Trinken gebracht. Er hatte die Sonne und den Mond aus seinem Leben verbannt und dafür gesorgt, dass kein Mensch ihn

mehr zu sehen bekam. Hatte Schmetterlingshaut auf diese Art und Weise wirklich ganze dreizehn Jahre zugebracht? Im Dunkeln, vollkommen abgeschlossen von der Welt?
Eine entsetzliche Vorstellung …
Die Außenmauer wies eine schmale Öffnung auf, kaum größer als eine Schießscharte, durch die man bei Tag wohl eine Spur von Helligkeit im Laub des Birnbaums sah.
Der in die Wand eingelassene Eisenring, das Stroh, der modrige Geruch – all das rief in mir eine bedrückende Erinnerung wach. Bestimmt hingen in den Ecken Netze, in denen Kreuzspinnen lauerten.
Ich schlug die Hände vors Gesicht und fühlte mich wieder wie das Kind, das drei Tage lang im Keller eingesperrt war. Wofür hatte mein Stiefvater mich damals bestrafen wollen? Dafür, dass ich nicht auf meinen Bruder aufgepasst hatte? Weil ich seine Insektensammlung zerstört hatte? Oder weil ich meine Mutter so sehr liebte?
Einen Moment lang meinte ich, den Geruch nach verbrannten Käferpanzern wahrzunehmen. Ich musste niesen.
Der Knabe fuhr zusammen und blickte verstört in alle Richtungen, schien mich aber nicht zu entdecken.
Eine Flut verwirrender Gefühle und Gedanken machte mein seelisches Gleichgewicht zunichte, das ich all die Jahre hatte wahren können.
Dreizehn lange Jahre war Schmetterlingshaut hier eingekerkert gewesen! Und ich hatte gerade einmal drei Tage im Keller verbracht und trug diese böse Erfahrung bis heute mit mir herum.

Der Knabe hatte einen groben Bauernkittel an, der mir recht sauber vorkam. Seine Haare mussten erst vor Kurzem geschnitten worden

sein, ebenso die Fingernägel. Ich nahm keinen unangenehmen Körpergeruch wahr, und seine Füße waren rein. Und das Stroh frisch. Wie hatte er in diesem Verlies die kalten Winter überstehen können? Hatte Friedrich, wenn er ihn versorgte, mit ihm geredet? Das konnte ich mir kaum vorstellen, so mundfaul wie er war.
Hatte Agnes ihrem Mann geholfen, sich um den Jungen zu kümmern? Ihn womöglich als ein eigenes Kind angesehen?
Wer einem anderen Menschen die Nägel schneidet, muss sehr behutsam sein. So wie meine Mutter vor langer Zeit. Liebevoll nahm sie meine Hand, und ich verfolgte mit ängstlichen Augen, wie die Schere sich bewegte und kleine Sicheln in ihren Schoß oder auf den Boden fielen. War sie fertig, dann küsste sie meine Fingerkuppen einzeln und sagte: »Diese Hände werden nie jemandem wehtun.«

Die ganzen Jahre über hatte ich beim Gedanken an Schmetterlingshaut den Dreijährigen vor mir gesehen, der damals bei Rosika gewesen war: mit dem vorwurfsvoll anmutenden Blick, den Mund zu einem Lächeln verzogen, das eigentlich keines war – ein Kind, das niemals Kind gewesen war. Alt geboren. So wie ich.
Eines aber stand fest: Der Junge musste großen Hunger und Durst haben, denn Friedrich war bereits seit drei Tagen fort. Ich fragte mich, wann er ihn in seinem Verlies aufgesucht hatte. Tagsüber war er ja seiner Arbeit in den Stallungen nachgegangen, und wäre er regelmäßig für längere Zeit verschwunden, so hätte ich oder ein anderer das mit Sicherheit bemerkt. Also musste es nachts geschehen sein, wenn alle schliefen. Mir jedenfalls war nie etwas aufgefallen, es war mir auch nichts dergleichen zu Ohren gekommen. Und offensichtlich hatte niemand nach dem Kind gefragt, das mit uns angekommen und nach einer Weile plötzlich nicht mehr da war.

Letzteres lag wohl mit daran, dass in der ersten Zeit nach unserer Ankunft mehrere Bedienstete fortgegangen waren und neue eingestellt wurden.
Die drängendste aller Fragen aber lautete: Was, um Himmels willen, sollte ich tun? Wieder gehen, die Außentür verriegeln und so tun, als gäbe es den Knaben nicht? Dann wäre er in kurzer Zeit verhungert und verdurstet, und ich hätte sogar noch Hennenhofers Auftrag erfüllt. Und mir selbst bewiesen, dass ich Manns genug war, einen Menschen zu töten. Aber könnte ich es denn mit meinem Gewissen vereinbaren, dass er langsam und qualvoll starb? Ein lästiges Insekt schlägt man ja auch sofort tot, statt ihm erst die Flügel auszureißen und dann die Beine, sodass es vor dem unvermeidlichen Tod noch lange leiden muss.
Ich brauchte Zeit zum Nachdenken, und deshalb galt es als Erstes zu verhindern, dass der Junge sich weiterhin mit Lauten bemerkbar machte.
So brachte ich ihm Brot und auch einen Krug frisches Wasser, in das ich ein paar Tropfen Opium gemischt hatte, sodass er tief und vor allem lange schlafen würde. Und er durfte mich auf keinen Fall zu sehen bekommen.
Rudolf würde ich sagen, dass eine streunende Katze im Keller gejungt und ich die Alte samt ihrer Brut ertränkt hätte.
Die Nacht verbrachte ich damit, in den Stallungen umherzugehen, um zu überlegen, was nun werden sollte. Mir wurde gewahr, dass ich Schmetterlingshaut zwar nach wie vor hasste, meine Angst aber weitaus größer war als der Hass.
Wie kam es überhaupt, dass er noch am Leben war? Wo doch schon seine Geburt unter einem schlechten Vorzeichen gestanden hatte, das einen frühen Tod verhieß. In Beuggen war er anstecken-

den Krankheiten ausgesetzt gewesen und danach dreizehn Jahre lebendig begraben … Hatten sich die Heiligen zu seinem Schutz zusammengetan? Oder hatte vielleicht doch der Teufel seine Hand im Spiel?

Wie Hennenhofer wollte auch ich seinen Tod. Er war doch nur wieder in mein Leben getreten, um es vollends zu zerstören, um mir als Totenkopffalter den Honig auszusaugen, so wie er es bei Rosika getan hatte. Mir schien, sie hatte den Jungen trotz allem gerngehabt, sonst hätte sie sich nicht seiner angenommen und über seine Identität geschwiegen, sondern ihn jenen ausgeliefert, die ihn töten wollten. Ihn dem Schicksal zugeführt, das ihm in jener Gewitternacht bestimmt worden war.

Und auch ich hatte ihn nicht getötet, sondern wieder einmal versagt. So wie bei meinem Stiefvater, der noch immer am Leben war.

Meine Angst wuchs.

Als der Morgen graute, stand mein Entschluss fest: Der Junge musste von hier verschwinden, bevor jemand ihn entdeckte.

Ich musste feststellen, dass es keineswegs einfach war, in aller Heimlichkeit einen ›Gefangenen‹ zu versorgen, und bekam im Nachhinein Hochachtung vor Friedrich, dem dies so lange Zeit gelungen war. Wenn ich es recht bedachte, so lag das Schicksal dieses Jungen, der längst hätte tot sein sollen, nun wieder in meinen Händen, weil es *meine* Aufgabe war, ihn umzubringen – Hennenhofer hatte mir den Auftrag dazu erteilt, und ich war zu feige gewesen, ihn auszuführen. Daher stand ich weiterhin in seiner Schuld. Und welche Rolle auch immer er bei dem Komplott spielte, das meinem Sohn das Leben gekostet hatte – dass er mich mit Rosika zusammengebracht hatte, würde ich ihm mein Lebtag nicht vergessen.

Nach einer Weile hatte ich meinen Rhythmus als Gefangenenwärter gefunden. Ich stellte fest, dass der Junge einschlief, sobald die Dämmerung hereinbrach und das bisschen Licht wegfiel, das tagsüber durch das grüne Dickicht in seine Behausung drang. Dann konnte ich mit einer Laterne den Raum betreten, ohne dass er aufwachte. Im Schlaf sah er viel jünger aus, fast wie das Kind von früher.

Ich brachte ihm täglich Brot und Wasser, und bevor ich mich wieder entfernte, leerte ich noch das Gefäß, das in einer Bodenmulde stand und in das er seine Notdurft verrichtete.

Mehr konnte ich nicht für ihn tun, und etwas anderes kannte er ja auch nicht. Er verhielt sich still und schien zufrieden zu sein. Wenn es an der Zeit war, ihm den Bartflaum abzunehmen, träufelte ich zuvor ein wenig Opium in sein Trinkwasser. Dann schlief er besonders tief, und ich konnte in Ruhe die Aufgabe erledigen.

Ich empfand das Ganze ein wenig so, als hätte ich ein fremdartiges Tier zu versorgen.

Nach wie vor wollte ich den Jungen möglichst bald loswerden. Doch indem ich ihm Essen und Trinken brachte, ihn – wenn er im Betäubungsschlaf lag – wusch und kleidete, entstand ohne mein Wollen ein Band zwischen uns, das den Gedanken, ihn zu töten, fast ganz verdrängte.

Im Grunde war das auch nicht nötig; es genügte, wenn ich ihn fortbrachte. Er konnte sich keinem verständlich machen, denn die Worte, die er einst gelernt hatte, waren vergessen, seine geistigen Fähigkeiten hatten sich nicht entwickeln können, und gewiss erinnerte er sich an nichts mehr von früher. Um seine Herkunft wusste er schon gar nicht, also drohte ihm unter den Menschen auch keine Gefahr. Man würde ihn für einen Schwachsinnigen halten und ihn in einer Anstalt unterbringen.

Mir blieb nicht mehr viel Zeit, denn in Kürze sollte das Fest stattfinden.
Ich musste alles genauestens bedenken und vorbereiten; auf keinen Fall durfte eine Spur nach Pilsach führen.
So verfasste ich zwei Briefe in verstellter Handschrift, aus denen hervorging, dass der Junge von einer Bauernmagd einem Tagelöhner als Findling gelegt worden sei. Ich gab ihm auch einen Namen, denn das schien mir glaubwürdiger. Von Rosika wusste ich, dass Großherzogin Stephanie ihren Sohn Kaspar hatte nennen wollen, nach einem Onkel namens Gaspard. Kaspar war in Süddeutschland ein verbreiteter Vorname. Als Nachnamen wählte ich Hauser. So hieß Friedrich, der ihn all die Jahre über versorgt hatte.
Mein Plan nahm Form an, und ich war zuversichtlich, dass er gelingen würde.
Schmetterlingshaut sollte als Kaspar Hauser neu geboren werden.

Doch zunächst stand noch eine Menge Arbeit bevor.
Wie sich erwies, konnte er weder stehen noch gehen. Die Jahre mit gestreckten Beinen auf dem Boden hatten ihren Tribut gefordert, und Friedrich hatte ihm nichts beigebracht. Er schnaubte wie ein verängstigtes Tier, als ich ihn zum ersten Mal anfasste, und machte sich ganz steif. Ich suchte ihn mit Gesten zu beschwichtigen, wie ich es bei nervösen Pferden machte. Täglich ging ich zu ihm, und um ihn an Berührungen zu gewöhnen, hielt ich ihm von hinten die Hände hin, die er beschnupperte wie ein Hund den Knochen.
Nach einer Weile brachte ich ihm zwei Holzpferdchen, die ich bei dem ausgemusterten Spielzeug gefunden hatte. Ich nahm seine Hand, legte sie auf den Rücken eines der Pferdchen, das auf einem Brett mit Rädchen festgemacht war, und sagte: »Ross.« Dabei

bewegte ich seine Hand so, dass das Pferd vor und zurück rollte. Mir fiel auf, dass er das Spielzeug nicht mit den Augen wahrnahm, sondern nur mit der Hand, wie ein Blinder Gegenstände betastet. Vorsichtig schob er es hin und her. Und als ich noch einmal »Ross« sagte, wiederholte er das Wort.

Dieses eine Wort schien ihm eine ganze Welt zu eröffnen, so zufrieden sprach er es aus.

Und nie werde ich sein Lächeln vergessen. Es war, als wäre in seinem dunklen Verlies die Sonne aufgegangen. Eben dieses Lächeln hatte, damals im Stall, als ich ihn töten wollte, meine Hand mit dem Messer innehalten lassen und mir das Gefühl vermittelt, ich sei in jeder Hinsicht ein Versager.

Die Mauer aus Hass, hinter der ich mich verschanzt hatte, war rissig geworden, das merkte ich deutlich. Von nun an musste ich besonders vorsichtig sein, durfte mich auf keinen Fall von sentimentalen Gefühlen leiten lassen und womöglich eine engere Bindung zu dem Jungen aufbauen.

Für mich zählen nur Tiere, sagte ich mir, sie sind meiner Zuneigung und Liebe wert, denn sie lächeln nicht.

Schon bald bereute ich es, ihm die Pferdchen gegeben zu haben, denn er steigerte sich beim Spielen regelrecht in Begeisterung. Dann kam es vor, dass er mit lauter Stimme »Ross! Ross! Ross!« rief.

Prompt sprach Rudolf mich an und fragte, ob ich wirklich alle Katzen aus dem Keller getötet hätte.

Ich musste Schmetterlingshaut zum Schweigen bringen. Mit Worten war das nicht möglich, ein Schlag mit dem Stock auf den Arm jedoch, nicht einmal allzu fest, tat seine Wirkung. Es war das erste Mal in meinem Leben, dass ich einen Menschen schlug.

Das Fest im Pilsacher Schloss sollte am Pfingstmontag stattfinden. Bis dahin musste ich den Jungen losgeworden sein. Es würde nicht einfach werden, ihn fortzubringen, denn die Vorbereitungen hatten begonnen, und jede Hand wurde gebraucht.

Da erhielt ich Hilfe von gänzlich unerwarteter Seite – nämlich von meinem Stiefvater, den ich nach meinem Weggang nie mehr wiedergesehen hatte.

Zu Anfang der Woche vor Pfingsten traf ein Brief von meinem schönen Halbbruder Amadeus ein. Meine Anschrift, so schrieb er, habe er über das Regiment ausfindig gemacht, in dem ich früher gedient hatte.

Mein Stiefvater sei verstorben, hieß es weiter, und das Begräbnis finde am Pfingstmontag statt. Er selbst – inzwischen verheiratet und bald Vater – sei beruflich in die väterlichen Fußstapfen getreten und würde in Kürze in die Neue Welt aufbrechen, um dort als Pfarrer zu wirken.

Unser Elternhaus stehe dann leer, und wenn ich wolle, könne ich dort wohnen.

Zunächst war ich wie vor den Kopf geschlagen. Dass mein Stiefvater an einer Lungenentzündung gestorben war und nicht von meiner Hand, empfand ich als eine persönliche Niederlage. Ich hätte das Leiden meiner Mutter rächen und ihn mit dem Dolch töten müssen, als mein Hass auf ihn noch heiß loderte, als er sich noch nicht gegen einen anderen richtete: Schmetterlingshaut.

Am Begräbnis würde ich auf keinen Fall teilnehmen, doch als Vorwand, Pilsach für mehrere Tage zu verlassen, war es sehr dienlich.

Unsere Reise hatte ich bis ins Kleinste bedacht, vom Aufbruch bis zur Ankunft und dem Moment, in dem ich ihn alleinlassen würde.

Dennoch musste ich auf alles gefasst sein; möglicherweise ergaben sich im letzten Moment unvorhergesehene Schwierigkeiten.

Zu den Vorbereitungen gehörte auch, dass ich Kaspar – so nannte ich den Jungen, seit ich die Briefe verfasst hatte – beibrachte, seinen Namen zu schreiben. Dazu stellte ich ihm einen Schemel zwischen die Beine, legte ein Blatt Papier darauf und drückte ihm einen Bleistift in die Hand.

»Schreiben!«, sagte ich.

Ich fasste mich so kurz wie möglich, denn längere Sätze, so hatte ich festgestellt, machten ihn unruhig, dann begann er wieder mit dem Oberkörper vor und zurück zu schaukeln.

»Schreiben, Kaspar. Jetzt.«

Ich nahm seine Hand und führte sie. *Kaspar Hauser.* Hundert Mal.

»Dein Name. Kaspar Hauser.«

Mit dem Blick folgte er seiner schreibenden Hand. Als er mit der Linken nach dem Bleistift fasste und ihn betastete, strafte ich ihn mit einem Stockschlag auf den Arm. Er zuckte zusammen.

Sogleich forderte ich ihn erneut auf: »Schreiben. Dein Name. Kaspar Hauser.«

Als er endlich ohne meine Hilfe die Buchstaben nachmalen konnte, ungelenk, aber doch leserlich, war ich erleichtert und lobte ihn: »Gut gemacht, Kaspar! Gut!«

Damit war die größte Hürde genommen, und ich war zuversichtlich, was alles Weitere betraf.

Erst viel später wurde mir klar, dass man einem verhassten Wesen keinen Namen geben darf.

Am Samstag vor Pfingsten, dem Tag unseres Aufbruchs, sollten die Schlossbesitzer mit ihren Gästen eintreffen. Die Herrschaften erwarteten keine Begrüßung von mir, waren sie es doch gewohnt, dass ich mich am liebsten im Hintergrund hielt.
Ich hatte Kaspar eingekleidet, mit den Sachen, die Friedrich zurückgelassen hatte. Der Aufwand war groß, denn der Junge saß regungslos da und ließ es einfach mit sich geschehen. Die abgelegten Stiefel des Pferdeknechts waren dem Jungen etwas zu klein, darum schnitt ich sie vorn auf, damit die Zehen Platz hatten.
In meinem Häuschen nahm ich die Heiligenbilder, den Rosenkranz meiner Mutter und ihre Taschenbibel aus der Kommodenschublade und steckte alles ein.
Um die Mittagszeit holte ich Kaspar aus dem Keller. Weil er nicht laufen konnte, legte ich seine Arme um meinen Hals und nahm ihn auf den Rücken. Er war schwer. Nicht so sehr, weil er viel gewogen hätte, sondern weil er wie ein Mehlsack auf meinem Rücken hing. Der kurze Weg kostete mich mehr Kraft als gedacht.
Kaspar kniff die Augen vor der grellen Sonne zusammen, als ich ihn ablud. Wie ein Baumstamm lag er im Gras.
Ich verfrachtete ihn in den Nachen, ruderte über den Wassergraben und zerrte ihn am jenseitigen Ufer die kleine Böschung hinauf.
Wir befanden uns auf der Rückseite des Schlosses, wo lediglich ein Feldweg vorbeiführte, auf dem keine Kutschen verkehrten, und rechterhand begann ein Hain aus Ahornbäumen und Haselnusssträuchern.
Ich zog Kaspar in die Höhe und stützte ihn beim Stehen, sonst wäre er umgefallen. Irgendwie musste ich ihn dazu bringen, selbst zu laufen. Ich legte von hinten die Arme um seine Brust und trat ihn gegen die Fersen. Seine Knie knickten ein, aber ich ließ nicht nach.

Stunden später war er endlich in der Lage, ein paar Schritte selbstständig zu gehen. Dabei schwenkte er die Arme wie Windmühlenflügel. Schließlich ließ er sich erschöpft auf den Boden fallen und schlief auf der Stelle ein.

Ich musste ihn nun eine kleine Weile alleinlassen, um das Pferd zu holen. In Gedanken bat ich meine Mutter, währenddessen ein Auge auf ihn zu haben. Da fiel mir ihr Rosenkranz ein, den ich schon ein paarmal vor Kaspars Augen hin und her hatte schwingen lassen, was ihm sichtlich Vergnügen bereitete. Der Rosenkranz würde ihn beschäftigen, falls er während meiner Abwesenheit erwachte. Ich legte ihn neben Kaspar und schob ihm, wie um mich zu versichern, dass er wohlbehütet sei, auch noch die Bibel in die Jackentasche.

Dann machte ich mich zu den Stallungen auf, wo ich einer kräftigen Stute schon am Vormittag den größten Sattel aufgelegt hatte; schließlich musste sie uns beide tragen.

Da hielten auch schon die ersten Kutschen vor dem Schloss. Nun würde gleich emsige Betriebsamkeit herrschen, und kein Mensch würde einen bemerken, der wie ein Stallknecht aussah und ein Pferd am Zügel führte.

Schöne Frauen schickten sich an, den Kutschen zu entsteigen, Seidenschühchen an den zierlichen Füßen, und vornehme Herren streckten ihnen hilfreich behandschuhte Hände entgegen. Ich roch Perückenpuder, Jasmin und Sandelholz, hörte ein Zwitschern und Gurren wie von einem Schwarm Vögel, der sich vor dem Schloss niedergelassen hatte. Keiner beachtete mich, alles lief bestens.

Bis ich, nur noch ein paar Ellen von dem schlafenden Kaspar entfernt, eine vertraute Stimme hörte.

»Grüß dich, Ostheim. Es ist mir ein Vergnügen, dich endlich einmal wiederzusehen.«

Der leutselige und zugleich bestimmte Tonfall ließ keinen Zweifel: Es war Hennenhofer. Mein Retter. Mein Feind.
Er hatte sich seine jugendliche Frische bewahrt, auch wenn er etwas stämmiger war als früher und nicht mehr ganz so volles Haar hatte. Dafür beeindruckte er mit einem stattlichen Knebelbart.
»Wie lange bist du nun schon hier?«
Weil er auf seinem Pferd sitzen blieb, das von einem langen Ritt sichtlich erschöpft war, musste ich zu ihm aufschauen. Dass jemand sich dem Schloss über den Feldweg nähern könnte, wäre mir nicht im Traum eingefallen.
»Gott zum Gruße, Herr Major. Ich bin seit meiner Zeit auf Schloss Beuggen hier, inzwischen über dreizehn Jahre. Und zwar in Ihrem Auftrag.«
Er nickte bedächtig. »Wenn du willst, Ostheim, kann ich veranlassen, dass du als verdienter Soldat frühzeitig in den Ruhestand versetzt wirst.«
»Danke, Herr Major, aber das ist nicht nötig. Ich habe hier ein gutes Leben und erfreue mich am Umgang mit den Pferden.«
»Gibt es sonst etwas Neues?« Er bemühte sich um einen gelassenen Ausdruck, doch die zuckenden Mundwinkel verrieten seine Unruhe.
Ich sah ihn an, als hätte ich nicht verstanden.
»Das Kind, Ostheim. Hast du etwas über seinen Verbleib in Erfahrung gebracht? Es kann doch nicht einfach vom Erdboden verschwunden sein.«
Ich schickte ein Stoßgebet zum Himmel, dass Kaspar nicht ausgerechnet jetzt aufwachen und laut »Ross!« rufen würde.
»Ich habe die Suche aufgegeben und mich ganz meiner Arbeit in Pilsach gewidmet«, antwortete ich, nicht ganz wahrheitsgemäß.

»Nun gut. Aber solltest du etwas hören, weißt du ja, was zu tun ist. Ich will keine Schwierigkeiten.«
»Warum ist Ihnen so sehr am Tod des Kindes gelegen, Herr Major?«
Es war mir herausgerutscht, bevor ich mich's versah.
»Bei unserem ersten Gespräch habe ich dir untersagt, Fragen zu stellen. Und das gilt, solange du mir noch unterstehst.«
Sein Pferd tänzelte nervös hin und her. So kam es, dass er den im Gras liegenden Kaspar erspähte.
»Wer ist das, Ostheim?«
»Ein Stallknecht. Ich habe nach ihm gesucht und ihn hier gefunden. Er ist betrunken.«
»Der Bursche kommt mir sehr jung vor. Du weißt doch, dass es verboten ist, Knechte unter fünfzehn Jahren anzustellen, oder?«
»Keine Sorge, er ist sechzehn, fast schon siebzehn.«
Ich staunte, wie flüssig mir die Antworten über die Lippen kamen.
»Nun gut, du wirst wissen, was du tust. Dennoch rate ich dir, dem Burschen eine gehörige Strafe zu erteilen. So jung und schon der Trunksucht verfallen, das verspricht nichts Gutes.«
Nach diesen Worten lenkte er sein Pferd wieder auf den Feldweg.
»Auf ein andermal, Ostheim. Ich muss weiter, die Freifrau erwartet mich schon sehnsüchtig.«
Sein Gesicht nahm einen verschmitzten Ausdruck an.
Was Frauen betraf, war Hennenhofer anscheinend immer noch der Luftikus von früher.
Ich blickte ihm nach, als er den Weg zur Vorderseite des Schlosses einschlug, und atmete ein paarmal tief durch. Es hätte nicht viel gefehlt, und die Sache wäre aufgeflogen. Wenn Hennenhofer sich den Jungen näher angesehen hätte, wären ihm womöglich Ähnlichkeiten mit dem Großherzog und seiner Gemahlin aufgefallen.

Eine ganze Weile stand ich regungslos da. Weniger, weil das unerwartete Auftauchen Hennenhofers mich so aus der Fassung gebracht, sondern weil ich ihm den Jungen nicht einfach ausgeliefert hatte. Auf einfachere Weise hätte ich ihn gar nicht loswerden können. Warum hatte ich die Gelegenheit nicht genutzt? Je länger ich grübelte, desto weniger verstand ich es.

Kann es denn sein, dachte ich, dass man sich selbst der ärgste Feind ist?

Als es dunkel wurde, machte ich mich auf den Weg. Kaspar lag tief schlafend vor mir auf dem Pferd. Ich hatte eine Decke über ihn gebreitet, um den Anschein zu erwecken, ich wäre mit einem Kranken unterwegs zum Krankenhaus.

Die Nähe des Jungen irritierte mich. Ich meinte, sogar seinen Geruch wahrnehmen zu können.

Ich hatte einen Weg gewählt, der weithin durch den Wald führte, um nach Möglichkeit niemandem zu begegnen. Zwei, drei Mal legte ich eine kurze Rast ein und hob ihn vom Pferd, damit er das Laufen übte und es konnte, bevor wir am Ziel waren. Nach wie vor zeigte er deutlichen Widerwillen, und ich musste ihm von hinten an die Fersen treten.

Als es hell wurde, suchte ich einen geschützten Platz als Schlafstelle. Kaspar war völlig aus seinem gewohnten Rhythmus. Bei Nacht wollte er wie gewohnt schlafen und bei Tag vor mir im Sattel sitzen und den Satz aufsagen, den ich ihm beigebracht hatte: »Ein solcher Reiter möcht ich werden wie mein Vater« – immer und immer wieder, wie ein kleines Kind, das mächtig stolz auf das Gelernte ist.

Ich trug die ganze Zeit über mein grünes Seidentuch vor Mund und Nase, sodass er mein Gesicht nicht sah.

Zwei Nächte und einen Tag lang waren wir unterwegs, dann sah ich in einiger Entfernung Nürnberg liegen. Es war ungewöhnlich warm für die Jahreszeit, und ich war ordentlich ins Schwitzen gekommen. Aber noch stand der heikelste Teil meiner Mission bevor. Ich musste den Jungen in die Stadt hineinbringen, auf einen öffentlichen Platz, und mich dann ungesehen entfernen.

In der Jackentasche trug ich meine Heiligen und war mir ihres Beistands sicher, nun, da ich sie aus der Schublade geholt hatte und an meinem Leben teilhaben ließ.

Ein ganzes Stück vom Stadttor entfernt band ich das Pferd an einen Baum, hob Kaspar herab und nahm ihn bei der Hand. Steifbeinig stakste er neben mir her. Wir passierten das unbewachte Stadttor und gingen durch menschenleere Gassen. An den meisten Häusern waren die Läden geschlossen, vermutlich hielten die Bewohner einen Mittagsschlaf oder sie waren aufs Land hinausgefahren – der Feiertag bot sich dafür an. Ungesehen erreichten wir einen Platz unweit der Pegnitz. Dort sollten sich unsere Wege trennen.
Ich drückte Kaspar die vorbereiteten Briefe in die rechte Hand und seinen Hut in die linke, dann ging ich davon. Als ich mich nach ein paar Minuten umwandte, stand er noch genauso neben der Platane – regungslos wie eine Statue, die Hände ausgestreckt. Einer, der nie in mein Leben hätte treten dürfen, geboren in einer Nacht, in der der Erzengel gegen den Drachen focht und siegte.
Jetzt war der Sieg mein.
Ich sah ein paar Schwalben über mich hinwegfliegen – ein gutes Zeichen.
Mein Auftrag war vollbracht.

Kaspar Hauser singt

Sanften Blickes ein stiller Waise
Zu großer Städte Getös
Kam ich auf meiner Reise –
Niemand nannte mich bös.

Paul Verlaine, französischer Lyriker, 1844–1896

# Kaspar

Emil brachte Tee und Schnitten, und Henriette entnahm ihrem Täschchen ein Spitzentüchlein, um sich die Tränen abzutupfen. Der Rittmeister schlief zu dieser Stunde noch seinen Rausch aus; mit seinem Auftauchen war nicht zu rechnen, und das war Isolde nur recht.

Henriette griff nach der Teetasse und umschloss sie mit beiden Händen, so als fröre sie.

»Der Doktor sagt, mein Schwiegervater sei am Schlagfluss gestorben. Aber ich glaube das nicht. Meiner Ansicht nach ist er vergiftet worden.«

Und sie fügte hinzu, keiner würde ihren Verdacht ernst nehmen, denn der Arzt, der den Totenschein ausgestellt hatte, sei sehr angesehen, und zudem habe sie nicht den mindesten Beweis.

Henriette nippte an ihrem Tee, lehnte aber dankend ab, als Isolde sie ermunterte, doch auch einen Happen zu essen.

»Jahrelang hat mein Schwiegervater nach der wahren Abkunft Kaspar Hausers geforscht. Dann endlich hatte er Beweise gefunden, wie er mir mitteilte. Er hat einen langen Bericht darüber ausgefertigt und diesen Kaspars Pflegevater zukommen lassen, der ihn ins Englische übersetzen lassen und als Buch herausbringen wollte. Das ist schon länger her, aber es ist nichts dergleichen geschehen. Lord Stanhope hat nicht einmal das Manuskript retourniert, auch nicht auf Drängen meines Schwiegervaters hin. Seine diesbezüglichen Mahnschreiben blieben unbeantwortet. Dabei betrieb der Lord weiterhin die Adoption Kaspars. Mein Schwiegervater hat daraufhin eine etwas kürzere zweite Fassung erstellt und sie selbst publiziert.

Danach haben sich noch neue Erkenntnisse ergeben, die er mir jedoch nicht mitteilen wollte, um mein Leben nicht in Gefahr zu bringen.«

Henriette sah Isolde mit bangen Augen an, sie war noch blasser geworden.

Isolde goss Tee nach.

»Vor einigen Monaten habe ich meinen Schwiegervater auf einer Reise begleitet. Er wollte Kaspars Mutter aufsuchen und ihr seine Beweise vorlegen. Nach all den Jahren war das Rätsel endlich gelöst. Er hatte sein Kommen angekündigt, man erwartete uns. Ich war damals gerade erst in anderen Umständen, sodass eine Reise per Kutsche noch gut zu bewerkstelligen war. Wir waren lange unterwegs; von Freiburg aus, wo ich wohne, mussten wir eine Kutsche nehmen, die in schlechtem Zustand war. Ich stand mehr Angst um meinen Schwiegervater aus als um mich selbst und mein ungeborenes Kind. Er litt seit einiger Zeit an einer Herzschwäche. Aber es schien ganz so, als würde ihm sein Engagement für Kaspars Sache neue Kraft geben. Er war wie besessen davon.

Wir wollten unterwegs umsteigen, weil wir wussten, dass eine sehr viel komfortablere Kutsche noch am selben Tag in Richtung unseres Zielortes fahren würde. Bei einem unserer Aufenthalte traf mein Schwiegervater einen Bekannten. Es war ein Offizier, dessen Name mir leider nicht mehr einfällt. Sehr bedauerlich, denn sonst ließe sich vielleicht herausfinden, wer meinem Schwiegervater nach dem Leben trachtete. Es war ein gut aussehender und sehr zuvorkommender Mann.

Wir nahmen das Essen mit ihm ein und unterhielten uns. Schon bald kam das Gespräch auf Kaspar Hauser, den Findling, über den man in ganz Europa spricht.«

Sie schlug die Hände vors Gesicht.
Isolde rückte ihren Stuhl etwas näher und legte Henriette den Arm um die Schultern. Ihr war, als würde sie die Frau seit Jahren kennen – Kaspar war das Bindeglied zwischen ihnen.
Nachdem Henriette sich einigermaßen gefasst hatte, fuhr sie fort: »Im Gasthof erwähnte mein Schwiegervater seine neuesten Befindungen über Kaspar Hausers Abkunft nicht, nannte aber das Ziel unserer Reise und dass er Kaspars Mutter aufsuchen wolle. Der Offizier nahm es lächelnd zur Kenntnis, doch fiel mir auf, dass sein Blick etwas Kaltes und Berechnendes bekam. Und dann hatte er es mit einem Mal eilig. Er stand auf, ohne seinen Mokka getrunken zu haben, und sagte, er habe etwas Dringendes zu erledigen. Ich dachte mir zunächst nicht, dass sein überstürzter Aufbruch bedeutsam sein könnte. Kaum eine halbe Stunde später brachte ein Bote eine Nachricht für meinen Schwiegervater: Die Postkutsche würde des schlechten Wetters wegen erst tags darauf fahren. Das schien uns nicht erstaunlich, denn es regnete in Strömen.
Am nächsten Tag fuhr die Kutsche, obwohl sich das Wetter nicht gebessert hatte. Weil unterwegs keine Straße überflutet war, wunderten wir uns, warum die Fahrt aufgeschoben worden war.
Heute weiß ich, dass es sich um ein Komplott handelte. Man wollte den Besuch meines Schwiegervaters bei Kaspars Mutter verhindern. In Speyer machte der Kutscher halt. Die Pferde müssten gewechselt werden, sagte er, und wir sollten in der Zwischenzeit doch eine kleine Erfrischung nehmen. Spätestens jetzt hätten wir misstrauisch werden müssen, denn wir waren nur noch wenige Stunden von unserem Ziel entfernt.
Mein Schwiegervater bestellte einen Tee, seine bevorzugte Mischung aus Lindenblüten und Süßholz, die auch Herzbeschwerden lindert.

Der Wirt bedauerte, damit nicht dienen zu können, und bot seinen Wiener Kaffee an, eine Spezialität des Hauses, nicht allzu stark, aber anregend und durchaus für Menschen mit Herzleiden geeignet. Wie konnte der Mann wissen, frage ich mich im Nachhinein, dass mein Schwiegervater es mit dem Herzen hatte? Doch damals dachte ich mir nichts dabei. Ein großer Fehler …

Eine Stunde nach dem Genuss des Kaffees war mein Schwiegervater tot. In der Postkutsche, nur noch einen Katzensprung vom Ziel entfernt, befielen ihn plötzlich schwere Krämpfe. Er sagte noch zu mir: ›Henriette, man hat mir etwas in den Kaffee getan … Kaspar …‹ Dann starb er in meinen Armen, Kaspars Namen auf den Lippen.«

Im Raum herrschte tiefe Stille. Das Ticken der Uhr und das gedämpfte Rattern von Kutschenrädern im Schnee nahm Isolde wie aus weiter Ferne wahr.

Nach einer kleinen Weile griff Henriette den Faden wieder auf: »Zu Hause musste ich mich dann um die Bestattung kümmern. Die Trauer um meinen Schwiegervater setzte mir so zu, dass ich monatelang liegen musste, um mein Kind nicht zu verlieren. Aus diesem Grund konnte ich Sie nicht eher aufsuchen. Der Arzt hatte mir auch nach der Geburt Ruhe verordnet, und in dieser Zeit habe ich viel nachgedacht. Ich bin mir inzwischen ganz sicher, dass mein Schwiegervater umgebracht wurde, damit die Wahrheit über Kaspar Hauser nicht ans Licht kommt. Und zu Ihnen, liebe Isolde, komme ich, damit der Tod meines Schwiegervaters nicht umsonst war. Und weil ich gestern in seinem Arbeitszimmer etwas gefunden habe, das die Einbrecher übersehen haben.«

Aus ihrer Handtasche zog Henriette einen Umschlag, der links oben mit Veilchen bedruckt war. Auf solchem Briefpapier wurden norma-

lerweise Liebesbriefe geschrieben; Isolde verwendete ein ähnliches, wenn sie an ihren Verlobten schrieb.
Auf dem Umschlag stand in gestochen scharfer Schrift ihr Name: *Fräulein Isolde von Wessenig.*
Um ihre Aufregung zu verbergen, legte Isolde die Hände wie zum Gebet aneinander.
Ihre letzte Begegnung mit dem Richter lag etwa ein Jahr zurück, danach war der Kontakt eingeschlafen. Sie vermutete, Feuerbach habe sie als frisch Verlobte nicht weiter behelligen wollen.
»Wann genau ist Ihr Schwiegervater gestorben, Henriette?«, fragte sie.
»Im Mai, kurz nachdem sein Buch erschienen war. Wie gesagt, es tut mir sehr leid, dass ich nicht eher kommen konnte.«
Nach diesen Worten übergab sie Isolde den Umschlag.
»Mein Schwiegervater wollte Ihnen zweifellos etwas Wichtiges anvertrauen. Und damit der Brief nicht in die falschen Hände gerät, hat er als Tarnung dieses Briefpapier gewählt.«
Isolde nahm einen Brieföffner aus der Kommodenschublade, schlitzte den Umschlag auf, zog das Schreiben heraus und las es laut vor:

*Sehr verehrtes Fräulein Isolde,*

*in Bälde breche ich zu einer Reise auf. Sie wird mich zu Kaspar Hausers Mutter führen, und meine Schwiegertochter Henriette wird mich begleiten. Ich hoffe, bald wieder in Ansbach zu sein. Dann werde ich Kaspar einen Besuch abstatten und ihm die erfreuliche Nachricht überbringen, dass seine Abkunft nunmehr geklärt ist. Ebenso hoffe ich, dass wir uns bei dieser Gelegenheit sehen werden, obgleich Sie sicherlich mit den Vorbereitungen für Ihre Hochzeit sehr*

*beschäftigt sind, zu der ich Ihnen im Übrigen von ganzem Herzen alles Gute wünsche. Für eine junge Frau gibt es kein größeres Glück, als den Mann ihrer Träume zu heiraten, ihm Kinder zu schenken und sich ganz dem Nachwuchs und dem Gebet zu widmen.*
*Meine jüngsten Erkenntnisse zu Kaspar Hauser habe ich in einem Manuskript zusammengefasst, von dem ich hoffe, dass es bald ebenfalls in Buchform erscheinen kann. Ich rekapituliere sie in diesem Brief, den ich Sie herzlich bitte, vor meiner Rückkehr keinem Menschen zu zeigen.*
*Sie werden sich fragen, warum ich mich damit gerade an Sie wende. Nun, ich habe die Erfahrung gemacht, dass ich in juristischen Kreisen niemandem mehr trauen kann. Und im Falle Kaspar Hausers sind Intrigen von so großer politischer Bedeutung gesponnen worden, dass es außerhalb meiner Möglichkeiten liegt einzugreifen. Zudem bin ich ein alter Mann, wer weiß, wie viel Zeit mir noch beschieden ist.*
*Im Zuge meiner Nachforschungen stieß ich auf einen Artikel in der französischen Regierungszeitung* Le Moniteur Universel, *und zwar in der Ausgabe vom 5. November 1816. Sein Inhalt gründet sich zu einem Teil auf Berichte, die in Deutschland erschienen sind, und ist in mein bereits publiziertes Buch noch nicht eingeflossen.*
*In dem Artikel war die Rede von einer Flaschenpost, die ein Rheinschiffer gefunden hat. Darin stand geschrieben:*

*An jeden, der diesen Brief finden wird: Ich werde in einem Schloss bei Laufenburg am Fluss Rhein festgehalten. Jener kennt den Ort nicht, der sich jetzt meines Thrones bemächtigt hat oder der jetzt meinen Thron besitzt. Ich kann nicht mehr schreiben, weil ich streng bewacht werde. S. Hanes Sprancio.*

*Beim Anblick der Unterschrift hatte ich sogleich das Gefühl, es handele sich um ein Anagramm. Es kostete mich nicht allzu viel Mühe herauszufinden, dass sich dahinter die Worte ›sein Sohn Caspar‹ verbergen. Und das einzige mir bekannte Schloss bei Laufenburg ist Beuggen.*
*Wie Sie sehen, verehrtes Fräulein Isolde, wusste jemand um Kaspars Abkunft aus hochadeligen Kreisen. Zu der Zeit, als die Flaschenpost geschrieben wurde, war Kaspar selbst noch ein kleines Kind und kann somit nicht der Verfasser sein. Ich gehe davon aus, dass eine ihm wohlgesinnte Person der Welt mitteilen wollte, dass ein anderer den Thron eingenommen hat, der eigentlich ihm zusteht. Der zierlichen Handschrift nach zu urteilen dürfte es eine Frau gewesen sein.*
*Merkwürdig erschien mir auch das Gebaren von Kaspars Pflegevater. Nachdem er mein Manuskript gelesen hatte, bat er mich um eine Unterredung. Wir trafen uns in einer Gastwirtschaft auf dem Lande, und dort teilte er mir mit, dass Kaspar seine Erinnerungen aufschreibe. Ich hatte den Eindruck, dass er sich Sorgen machte, Kaspar könne Dinge schreiben, die kein gutes Licht auf ihn werfen.*
*Nach diesem Treffen habe ich intensive Nachforschungen angestellt, und seit Kurzem ist mir bekannt, dass Lord Stanhope als Spion für Kanzler Metternich tätig ist. Er sollte dafür sorgen, dass Kaspar nicht weiter im Licht der Öffentlichkeit steht. Der Lord selbst ist kinderlos und hat offenbar auch kein Interesse daran, Kinder zu haben. Bei der geplanten Adoption ging es lediglich darum, Kaspar nach England zu verbringen und ihn dort klammheimlich verschwinden zu lassen. Doch anscheinend ist etwas nicht so gelaufen, wie es sollte.*
*Wie ich des Weiteren herausfand, ist Lord Stanhope längst nicht mehr so wohlhabend wie einst. Sein aufwendiger Lebensstil und das ständige Reisen haben sein Vermögen beträchtlich schwinden lassen.*

*Und das Geschlecht der Zähringer ist im männlichen Stamm ausgestorben, denn die Kinder der Großherzogin Stephanie sind allesamt Mädchen. Ihr Gemahl Karl ist inzwischen verstorben, ebenso sein Nachfolger Ludwig. Derzeit ist in Baden der älteste Sohn der Gräfin Hochberg an der Macht. Er gilt als ein Adept Metternichs. Der Weg zu einem verbündeten Deutschland ist somit frei.*

*Kaspar Hauser stellt ein lästiges Hindernis dar – das ist die schmerzliche Wahrheit.*

*Lord Stanhope hat sich übrigens auch dadurch verdächtig gemacht, dass er an die zwei Schuster herangetreten ist, die Kaspar seinerzeit in Nürnberg gefunden haben. Er bot ihnen eine hohe Summe, falls sie im Nachhinein behaupteten, Kaspar sei damals sowohl des Gehens wie auch des Sprechens sehr gut mächtig gewesen.*

*Vor ein paar Wochen sind Großherzogin Stephanie und ihre Töchter inkognito nach Ansbach gereist, um Kaspar leibhaftig zu sehen. Ich hatte ihr geraten, sich um die Mittagszeit im Hofgarten aufzuhalten, denn dort pflegt Kaspar nach dem Essen täglich spazieren zu gehen. Von Prinzessin Luise hörte ich, dass ihre Mutter in Ohnmacht fiel, als sie des jungen Mannes ansichtig wurde. Mehr hat sie über die Begegnung leider nicht geschrieben, und mit aus diesem Grund mache ich mich nach Mannheim auf, um die Großherzogin aufzusuchen.*

*Sollte mir etwas zustoßen, so übergeben Sie dieses Schreiben bitte Herrn Bürgermeister Binder, auf dass Kaspar seinen rechtmäßigen Platz in der Welt erhält und den Thron, der ihm zusteht, besteigen kann.*

*Mit ergebensten Grüßen verbleibe ich in der Hoffnung, Sie bald zu sehen,*

*Ihr*

*Anselm von Feuerbach*

Draußen schneite es dicke Flocken.
Während Isolde vorlas, war Emil kurz hereingekommen, um neue Holzscheite ins Kaminfeuer zu legen.
Nun, da sie geendet hatte, waren ihre Wangen hochrot, allerdings nicht von der Wärme im Zimmer. Es war ihr unangenehm, dass sie jedes Mal rot anlief, wenn etwas ihr Gemüt erregte. Bislang hatte nichts dem Übel abhelfen können, weder Melkfett noch Lindenblütentee oder Gurkenscheiben auf der Haut.
»Liebe Henriette«, begann sie, »ich will alles tun, was in meiner Macht steht. Sobald es mir möglich ist, suche ich Bürgermeister Binder in Nürnberg auf und bespreche die Sache mit ihm. Ich werde es bald tun, denn wenn ich erst einmal verheiratet bin, wird es wohl nicht mehr ganz so einfach sein für mich.«
Inzwischen war sie noch röter geworden – Kaspar hätte es amüsiert, sie so zu sehen.
Die beiden Frauen sprachen noch eine Weile über ihn, wobei Isolde nichts von seinem Zustand erwähnte, um Henriette nicht noch mehr zu beunruhigen. Als diese sich verabschiedete, umarmten sie einander wie Freundinnen.
Es wunderte Isolde, dass sie nicht früher von Feuerbachs Tod erfahren hatte. Ob wohl in der Zeitung darüber berichtet worden war? Nun – Zeitungslektüre war für Frauen nicht üblich; es oblag dem Vater oder dem Ehemann, für Frauenohren geeignete Artikel auszuwählen und diese laut vorzulesen. Ihr Vater hatte jedenfalls nie etwas vom Ableben des Richters erwähnt. Henriette hatte erzählt, dass er sich, obwohl in Ansbach ansässig, seit einiger Zeit meist in seinem Landhaus bei Freiburg aufgehalten hatte, um in ihrer Nähe zu sein. War die Nachricht von seinem Tod womöglich gar nicht bis nach Ansbach gedrungen?

Mit einem Mal hatte Isolde es eilig, denn eine große Unruhe war über sie gekommen. Sie lief die Treppe hinauf in ihr Zimmer und hörte gerade noch, wie ihr Vater, der inzwischen aufgestanden war, im Flur den Hausknecht Emil anherrschte, weil seine Stiefel noch nicht geputzt waren.
In dem Holzkästchen, das Kaspar für sie mit einem Obstkorb bemalt hatte, lag eine Karte, die er ihr geschickt hatte, als er etwas mehr als ein Jahr unter den Menschen war. Sie war damals gerade achtzehn Jahre gewesen und hatte seine Worte gelesen, ohne recht zu begreifen, was sie bedeuteten:

*Mein erstes Jahr begrüß ich heut*
*In Dank und Liebe hocherfreut,*
*Von vieler Not und Last gedrückt,*
*Von heute an genieß ich, was mein Herz entzückt,*
*Und fühl auch jetzt mich neu beglückt.*
*In meinem ersten Jahr steh ich nun,*
*Da gibt's erstaunlich viel zu tun,*
*Zum Schreiben und zum Malen,*
*Zum Rechnen oft mit Zahlen.*
*Gott wollte, dass ich sehe, wie's in der Welt hergeht,*
*Und zu lesen, was in den Büchern steht,*
*Und anzubauen mein Gartenbeet.*
*Gott wird die Kraft mir geben in Jugendtagen,*
*Um die Klugen auszufragen.*
*Jetzt muss ich mich vorbereiten,*
*Täglich fortzuschreiten;*
*Ein Schritt ist gar nicht viel,*
*Doch führt er mich noch zu meim' erwünschten Ziel.*

*Nicht mit Lug und Trug will ich's erreichen,*
*Sondern mit Güte und Weisheit ohnegleichen.*

*Dein treuer Freund*
*Kaspar*

Isolde musste mehrmals schlucken, um der aufsteigenden Tränen Herr zu werden. Jetzt erst wurde ihr klar, dass Kaspar binnen kürzester Zeit etwas gelernt hatte, das manch anderer sein Lebtag nicht begreift.

Sie stand auf und trat ans Fenster, das mit Eisblumen überzogen war. Unwillkürlich musste sie an Kaspars ersten Winter denken, sechzehn war er damals gewesen. Er hatte auf die Fensterscheibe gedeutet und gefragt: »Wer hat die wunderschönen Blumen da hingemalt?« Als später die Sonne schien und die Pracht der Eisblumen sich in Rinnsale auflöste, dachte er, die Blumen würden weinen, und er weinte mit.

Isolde setzte sich und griff nach dem Tagebuch. Es waren nur noch ein paar Seiten zu lesen.

*Ich würde gern wissen, was ich verkehrt gemacht habe, dass mein Pflegevater sich von mir abgewandt hat. Monatelang war er auf Reisen, und ich wartete täglich auf einen Brief. Selbst schreiben konnte ich ihm nicht, denn ich wusste ja nicht, wo er sich gerade aufhielt: in England, in Österreich, in Italien?*

*Neulich hat in der Zeitung gestanden, wo ich wohne, dabei sollte das geheim bleiben. Aber jetzt komme es nicht mehr darauf an, meinte Herr Meyer. Er hat auch die Polizeisoldaten weggeschickt, ihnen gesagt, sie würden nicht mehr gebraucht.*

*»Dein Pflegevater will es so«, sagte er zu mir. Aber das glaubte ich ihm nicht.*
*Mein Kummer wächst mit jedem Tag.*
*Das letzte Mal, dass ich meinen Pflegevater sah, war vor einem halben Jahr, und einen Monat später kam dann ein Brief. Er begann nicht wie sonst mit den Worten ›An meinen liebsten Sohn‹, sondern mit ›An Kaspar‹. Und unterschrieben war er nicht mit ›Dein Pflegevater, der dich über alles liebt‹, sondern mit seinem Namen: ›Philip Henry Lord Stanhope‹.*
*Dann stand er unversehens vor der Tür. Ich war so froh, ihn zu sehen, dass es mich nicht störte, dass er keine Geschenke dabei hatte. Aber als ich ihn umarmen wollte, wehrte er ab.*
*Er habe es eilig, sagte er, und könne nur ganz kurz in Ansbach bleiben. Und er wolle eigentlich mit Herrn Meyer sprechen.*
*»Warum?«, fragte ich.*
*»Du musst das verstehen, Kaspar, die Welt dreht sich nicht nur um dich.«*
*Das sagte der Mann, der mir so große Versprechungen gemacht hatte!*
*»Ich habe Ihnen so oft geschrieben, Philip«, sagte ich.*
*»Wie sollte das gehen? Du wusstest doch gar nicht, wo ich war.«*
*»Ich habe in mein Tagebuch geschrieben.«*
*»Du führst ein Tagebuch, Kaspar? Darf ich es lesen?«*
*»Ich kann Ihnen sagen, was darin steht. Aber aus der Hand geben will ich es nicht.«*
*»Sieh an, du hast also Geheimnisse vor mir.« Seine Stimme klang ärgerlich.*
*Natürlich habe ich keine Geheimnisse vor meinem Pflegevater. Aber manche Gedanken möchte ich einfach für mich behalten, so wie die goldenen Kreuzer in meiner Börse.*
*Ich muss sie für später aufbewahren. Warum, weiß ich nicht.*
*Seither hebe ich das Büchlein in einem dunklen Versteck auf.*
*Früher, als ich im Dunkeln lebte, war nichts dunkel.*

*Jetzt lebe ich im Licht und merke an jedem neuen Tag, wie mich immer mehr bedrohliche Schatten umgeben. Sogar mein eigener Schatten ängstigt mich mitunter.*
*Manchmal möchte ich einfach verschwinden, dann wäre auch mein Schatten nicht mehr da.*
*Seit mein Pflegevater hier war, sucht Herr Meyer nach meinem Tagebuch.*
*»Wo ist es?«, fragte er mich.*
*»Was?«*
*»Das Tagebuch, das du heimlich schreibst!« Er drohte mir mit dem Finger und war so aufgeregt, dass Spucketröpfchen aus seinem Mund sprühten und ich einen Schritt zurücktreten musste.*
*»Ich habe kein Tagebuch«, behauptete ich.*
*Daraufhin fing er zu suchen an.*
*Erst im Kamin, wo er sich die Finger an einem glühenden Holzscheit verbrannte. Danach auf dem Abtritt, im Katzenkorb und überall in meinem Zimmer.*
*Gefunden hat er es aber nicht.*
*Es liegt unter einem losen Dielenbrett unter meinem Bettvorleger. Dort, im Dunkeln, sind meine Worte sicher.*
*Und dann passierte noch etwas Seltsames, das mich sehr verwirrte.*
*Ich erhielt eine Nachricht von meinem Pflegevater. Darin stand, er wolle mit mir sprechen, ich solle in ein Ansbacher Hotel kommen und am Empfang nach ihm fragen. Das Hotel liegt gut eine halbe Stunde vom Meyer'schen Haus entfernt.*
*Ich ging hin, und als ich nach ihm fragte, sagte man mir, in diesem Hotel sei kein Lord Stanhope abgestiegen.*
*Wieder zu Hause, merkte ich sofort, dass er da gewesen war. Sein Geruch hing im Korridor, in der Wohnstube und auch in meinem Zimmer – sogar in den Schränken und Schubladen dort.*

*»Lord Stanhope war nicht hier«, sagte Herr Meyer, als ich ihn danach fragte. Manchmal drängt es mich fort aus dem Haus. Ich weiß wohl, dass ich Herrn Meyer dankbar sein muss, weil er so viel für mich tut. Aber das fällt mir immer schwerer.*

*Es gibt Tage, da habe ich das Gefühl, an jeder Wand im Haus steht geschrieben, dass ich ein Taugenichts bin.*

*Herr Meyer sagt, mein Pflegevater habe herausgefunden, dass ich ein Betrüger und ein verschlagener Lügner sei. Das habe er nicht nur den Zeitungsleuten gesagt, sondern auch an die Herrscherhäuser im Ausland geschrieben. Und er wolle davon absehen, mich zu adoptieren.*

*»Kaspar, du bist ein ganz gewöhnlicher Mensch, und das Lügen werde ich dir schon noch abgewöhnen«, sagte Herr Meyer. »Du bist kein Fürstenkind und wirst nie eines werden. Darum brauchen wir auch keine Bewacher mehr. Lord Stanhope hat mir versichert, dass niemand dir Böses will. Und eben weil du nichts Besonderes bist, solltest du zusehen, dass du deinen Lebensunterhalt endlich selber bestreitest.«*

*Auf Richter Feuerbach setze ich nun meine ganze Hoffnung. Er wird herausfinden, wer ich wirklich bin. Aber wo ist er? Ich habe ihn schon eine ganze Weile nicht mehr gesehen.*

*Er soll den Leuten sagen, dass ich kein Lügner bin. Ich will weder eine Krone tragen noch auf einem Thron sitzen. Ich will nur wissen, wer meine Eltern sind und ob sie mich jemals geliebt haben.*

*Aber vielleicht war Vatermann der Einzige.*

*Nachdem in der Zeitung gestanden hatte, wo ich wohne, geschah etwas Seltsames.*

*Ich träumte des Nachts von einer Frau, die mich im Hofgarten treffen wollte. Sie sah anders aus als die Frau in Rot und Blau aus meinem früheren*

*Traum, dennoch war sie mir nicht fremd. Sie trug eine goldene Krone auf dem Haupt und um den Hals eine siebenreihige Perlenschnur. In der Hand hielt sie eine Schale Milch und sie sprach: »Kaspar, das ist die Milch, die ich dir schulde. Trink sie, bevor es zu spät ist.«*
*Da trank ich die Milch und fiel tot um.*

*Weil meine Träume immer etwas zu bedeuten haben, bin ich tags darauf sehr gespannt in den Hofgarten gegangen.*
*Dort begegnete mir eine vornehme Dame mit zwei Töchtern, die in meinem Alter waren. Alle drei starrten mich an, wie es sich für Damen eigentlich nicht schickt. Ich zog meinen Hut und wollte weitergehen, da stieß die Älteste der drei einen Schrei aus und sank zu Boden.*
*Ich bekam einen furchtbaren Schrecken, und zugleich kam mir die Frau aus meinem Traum in den Sinn, die mir Milch zu trinken gegeben hatte, von der ich tot umgefallen war.*
*Womöglich war die wie leblos Daliegende die Frau aus meinem Traum, nur hatte sie die Milch selbst getrunken.*
*In meiner Verwirrung lief ich rasch nach Hause und berichtete Frau Meyer von dem Vorfall.*
*Zusammen gingen wir noch einmal in den Hofgarten.*
*Doch die Frauen waren verschwunden. Daraufhin schalt Frau Meyer mich einen Lügner und sagte, ich hätte mir das alles nur ausgedacht.*
*Das Ganze ist jetzt schon eine Weile her, trotzdem frage ich mich immer noch, wer die Dame war und ob sie noch lebt oder tot ist.*

*Gestern bin ich im Gericht meiner Arbeit als Schreiber nachgegangen. Die Stellung hat mir Richter Feuerbach verschafft, der sich nicht wieder bei mir gemeldet hat. Wenn ich Herrn Meyer nach ihm frage, sagt er jedes Mal, er kenne den Aufenthalt des Richters nicht.*

*Ich wollte mich gerade auf den Heimweg machen, da kam ein Junge auf mich zu und übergab mir einen Zettel. Darauf stand Folgendes:*

> *Ich kann Dir sagen, wer Deine Mutter ist. Sie möchte Dich gern wiedersehen und in ihre Arme schließen. Du wirst eine lange Reise machen, brauchst aber nichts mitzunehmen, denn am Ziel wird alles vorhanden sein.*
> *Komm morgen um vier Uhr nachmittags in den Hofgarten zum Uz-Denkmal. Dann erfährst Du, wer Du bist.*
> *M.L.O.*

*Ich werde Herrn Meyer nichts davon sagen, sondern einfach in den Hofgarten gehen.*
*Den Zettel hat jemand geschrieben, der mich kennt, das fühle ich, und der es gut mit mir meint – anders als Herr Meyer und seine Frau.*
*In mir ist große Freude und mir ist ganz leicht zumute, so als würde mein Schatten bald verschwinden. Solch ein Gefühl hatte ich schon einmal. Damals im Keller war es, und nun weiß ich, warum ich dort nicht unglücklich war. Weil ich auf etwas wartete. Auf das Licht. Auch wenn es nur ein schmaler Streifen Helligkeit war, der in mein Dunkel fiel. Aber dieses Licht lebte.*
*Es glitt langsam über die Wand. Ich folgte ihm mit dem Blick und war froh, einen Kameraden zu haben.*

*Morgen werde ich wissen, wer meine Mutter ist. Und wer mein Vater.*
*Morgen werde ich wissen, wer ich bin.*
*Morgen gehe ich auf eine lange Reise.*
*Sie führt mich nach Hause, und dort werde ich für immer bleiben.*

Isolde klappte das Büchlein zu.
Diese Worte hatte Kaspar am Vortag geschrieben. Kurz bevor er sich in den Hofgarten aufgemacht hatte. Mit der Zuversicht, endlich zu erfahren, wer er war, und bald seiner Mutter zu begegnen.
Auf einmal wurde ihr so kalt, dass sie zu zittern begann. Sie strich über den Ledereinband des Tagebuchs.
Kaspars Aufzeichnungen hatten sie betrübt. Zugleich war sie in großer Sorge um ihn, und es tat ihr leid um jeden einzelnen Tag, den sie nicht mit ihm zusammengekommen war. Ihre bevorstehende Hochzeit schien ihr plötzlich weit weg. Sie dachte an ihren Verlobten und stellte sich sein Gesicht vor, aber so sehr sie sich auch bemühte, immer wieder sah sie statt seiner Kaspar vor sich. Kaspar mit seiner kindlichen Neugier und Arglosigkeit, der den Menschen stets offen und ohne Misstrauen begegnete.
Gedankenverloren saß sie da, bis sie harte Schläge vernahm. Jemand hämmerte mit dem Klopfer an die Haustür.

Des Mannes Füße führen ihn seiner Bestimmung zu.

Aus dem Midrasch, einer religiösen Schrift

# Michael

Der Auftrag war vollbracht. So dachte ich jedenfalls. Schnell ging ich davon.
Doch warum zitterten meine Hände? Woher kam die düstere Leere in meiner Brust, warum fühlte ich mich innerlich mit einem Mal wie ausgehöhlt? Weshalb konnte ich es nicht einfach zufrieden sein, dass ich getan hatte, was getan werden musste? Kaspar war wieder unter den Menschen. Wie es Rosikas Wunsch gewesen war.
Als ich die erste Rast einlegte, wollte ich den Rosenkranz hervorholen und meine Mutter fragen, ob ich richtig gehandelt hatte. Doch er war nicht da. Mit einem Mal kam die Erinnerung wieder. An Kaspar, wie er schlafend im Gras gelegen hatte, die Bibel in der Tasche und den Rosenkranz neben sich.
Vermutlich lag der Rosenkranz noch hinter dem Schloss.
Nun, da ich allein war, brachte ich den Rückweg schneller hinter mich. In Pilsach angekommen, suchte ich sogleich die Wiese ab, wurde aber nicht fündig. Die Vorstellung, dass ich Kaspar den Rosenkranz und die Bibel – die letzten greifbaren Erinnerungen an meine Mutter – überlassen hatte, erfüllte mich mit Entsetzen. Wie hatte das nur passieren können?
Es dauerte eine ganze Weile, bis ich mich wieder etwas beruhigt hatte.
Den Rosenkranz würde niemand mir zuordnen können, und die Bibel sah aus wie tausend andere. Weder der Name meiner Mutter stand auf dem Vorsatzblatt noch meiner. Ein paar religiöse Druckschriften lagen darin, nicht jedoch meine Heiligen, die ich bei mir trug.

Ich wollte nicht mehr an Kaspar denken, doch es gelang nicht. Er hatte sich in mir eingenistet. In den Wochen, die ich ihn versorgt hatte, war er von mir abhängig gewesen. Ich hatte ihn nicht nur mit einer Vorgeschichte versehen, sondern ihm auch einen Namen gegeben. Das alles ließ sich nicht so einfach aus der Erinnerung bannen.

Zu meiner Bestürzung stand bald darauf in der Zeitung, man forsche nach der Herkunft eines sehr sonderbaren Findlings namens Kaspar Hauser, der wie aus dem Nichts in Nürnberg aufgetaucht war. Warum, um Himmels willen, hatte man ihn nicht sogleich in eine Anstalt gebracht, wie es mit Agnes geschehen war?

Aus dem Zeitungsbericht ging hervor, dass mehrere Leute sich der Sache des Jungen besonders annahmen. Anselm von Feuerbach, seines Zeichens Präsident am Appellationsgericht zu Ansbach, schien fest entschlossen zu sein, jeden Stein umzudrehen, um herauszufinden, wer der Junge war. Und der Nürnberger Bürgermeister, Jakob Friedrich Binder, hatte gar eine Geldsumme für denjenigen ausgelobt, der die Herkunft des Findlings aufklären konnte.

Das alles machte mir Angst.

Von da an las ich jede Zeitung, derer ich habhaft werden konnte, und verfolgte, wie es mit Kaspar weiterging. Ich erfuhr, dass Bürgermeister Binder hatte anklingen lassen, er stamme aus hochadeligen Kreisen. Andere hingegen vertraten die Auffassung, er sei ein gerissener Betrüger, der sich Vorteile verschaffen wolle. Wieder andere hielten ihn für einen Halbwilden, der von Wölfen aufgezogen worden war. Insgesamt empfand ich die Berichte aber nicht als alarmierend, bis mir eines Tages eine fett gedruckte Überschrift ins Auge sprang: *Geheimnisvoller Findling schreibt seine Geschichte auf.*

Ich war wie vor den Kopf geschlagen. Zu so etwas war der Junge doch gar nicht imstande! Ich hatte ihn zwar seinen Namen schreiben gelehrt, aber das war eigentlich nichts anderes, als hätte ich ihm beigebracht, mit einem Löffel den heißen Brei umzurühren, damit er sich beim Essen den Mund nicht verbrennt.
Es konnte aber auch eine Finte sein, um Personen, die um seine Vergangenheit wussten, aus der Reserve zu locken.
Der Artikel rief anscheinend jemanden auf den Plan, der unliebsame Enthüllungen befürchtete. Eine Woche später las ich, es habe ein Attentat auf Kaspar gegeben; er sei mit dem Leben davongekommen, werde aber von nun an, von Polizeisoldaten bewacht, an einem geheimen Ort wohnen.
Ich war hin- und hergerissen. Dass jemand den Jungen hatte töten wollen, kam mir einerseits gelegen, doch zum anderen war ich erleichtert, dass er den Anschlag überlebt hatte.
Eine Frage beschäftigte mich allerdings sehr. Aus welchem Grund sollte Kaspar jetzt noch aus dem Weg geschafft werden? Dem verstorbenen Großherzog Karl war sein Onkel Ludwig auf den Thron gefolgt, der nicht eben durch staatsmännisches Geschick von sich reden gemacht hatte. Seine langjährige Geliebte Katharina war, wie ich in Erfahrung gebracht hatte, eine Schwester der Gattin Hennenhofers, und es war der Major gewesen, der die Liaison eingefädelt hatte. Nach Ludwig war der älteste Sohn der Gräfin Hochberg auf den Thron gekommen.
Sah man Kaspar nach wie vor als eine so große Bedrohung an, dass Hennenhofer selbst oder einer seiner Helfershelfer am helllichten Tag einen Anschlag wagte?
Ich wiederum hätte gute Gründe gehabt, ihn zu töten, war es doch seine Schuld, dass ich alles verloren hatte, was mir im Leben wich-

tig war: meinen Sohn und meine geliebte Rosika ... Und da er sich nun anscheinend schriftlich ausdrücken konnte, stand zu befürchten, dass über kurz oder lang eine Spur zu mir führte. Dann würde ich womöglich der jahrelangen Einkerkerung eines Prinzen angeklagt – und Hennenhofer würde man nichts anhaben können. Kein Mensch würde mir Glauben schenken, wenn ich sagte, dass ich dreizehn Jahre lang ahnungslos gewesen war.

Je länger ich darüber nachdachte, desto klarer wurden mir die Zusammenhänge. Mit kluger Berechnung hatte Hennenhofer mich zu seinem Werkzeug in einer groß angelegten politischen Intrige gemacht – mich, dem es wegen meiner Hässlichkeit an Selbstvertrauen mangelte und der ich in seiner Schuld stand. Dass Rosika und die Großherzogin zur gleichen Zeit mit einem Sohn niederkommen würden, hatte er natürlich nicht voraussehen können, doch es hatte das Ränkespiel erleichtert.

War nun auch mein eigenes Leben in Gefahr? Was würde geschehen, wenn Feuerbach die Abstammung Kaspars entdeckte? Ließ sich von der Bibel und dem Rosenkranz vielleicht doch etwas ableiten? Und warum nur hatte ich den Jungen Kaspar genannt? Ein anderer in Süddeutschland gebräuchlicher Vorname wäre besser gewesen. Hauser hingegen hießen viele ... Dennoch: Der Gedanke, ich würde ins Gefängnis geworfen, rief schlimme Erinnerungen an die Tage und Nächte im Keller wach und machte mir immer mehr Angst.

Als ich später las, ein englischer Lord namens Philip Henry Stanhope interessiere sich seit dem Anschlag für Kaspar und bemühe sich gar um eine Pflegschaft, verstärkte sich mein Unbehagen, war mir doch bekannt, dass Stanhope und die Gräfin Hochberg einander gut kannten. Sie steckten offenbar unter einer Decke, waren die Drahtzieher, und ich hatte ihnen unwissentlich in die Hände gespielt. Hennenhofer hatte mich an jenem unglückseligen Abend mit Rosika in die Oper geschickt … Wie hatte ich damals nur so blind sein können?

Die Gräfin war mit Sicherheit lange davon ausgegangen, dass das Fürstenkind tot sei. Indessen hatte Rosika es, obwohl sie um ihren Sohn trauerte, weiterhin an ihrer Brust genährt.

Weil sie damals in Beuggen befürchtete, jemand könne den kleinen Jungen erkennen, hatte sie ihn für kurze Zeit in dem Portierhäuschen untergebracht. Von dort war er weggelaufen, um nach ihr zu suchen. Und sie hatte ihn bei den Pockenkranken wiedergefunden.

Darum hatte er, und er allein, ihren Tod auf dem Gewissen.

Schmetterlingshaut. Kaspar Hauser.

Oft saß ich des Abends in meinem Häuschen bei einer brennenden Kerze, vor der ich ein paar Heiligenbildchen ausgelegt hatte; in der einen Hand hielt ich den lila Beutel, den Rosika mir gegeben hatte, mit der anderen strich ich über den weichen Satin. In solchen Momenten war mir, als könnte ich fühlen, dass sie ihn einst berührt hatte. Dann roch ich wieder ihren Duft, und in mir keimte die Leidenschaft auf. Später, wenn ich mich schlafen gelegt hatte, träumte ich von Frauen mit Grübchen in Wangen und Knien.

Hennenhofer erschien noch mehrmals in Pilsach, es kam jedoch zu keinem Gespräch mehr. Er grüßte mich flüchtig im Vorbeigehen, und ich wagte es nicht, ihn anzuhalten und Fragen zu stellen. Ich blieb, wer ich war – ein hässlicher Mann von minderem Rang und Stand, verurteilt zu einem Schattendasein.

Im September 1833 nahm mein Leben erneut eine unerwartete Wendung. Nicht umsonst fürchtete ich Jahr um Jahr diesen schicksalsträchtigen Monat – und nun war es wieder so weit.
Der Postkutscher brachte mir einen versiegelten Brief von der Militärbehörde. Er enthielt meinen ausstehenden Lohn und einen von Hennenhofer unterzeichneten Brief. Darin stand, meine Zeit in Pilsach gehe zu Ende. Die Schlossbesitzer hätten vor, sich dauerhaft im Ausland niederzulassen, und darum werde das Anwesen verkauft.
Dann folgte ein Abschnitt, der sich anhörte, als könnte ich mich zur Ruhe setzen, der mich aber aufs Höchste beunruhigte.

*Bis Dir ein letzter Auftrag erteilt wird, kannst Du Dich aufgrund treuer Dienste als in den Ruhestand versetzt betrachten und wirst bis zum Ende Deiner Tage ein Ruhegeld empfangen. Es steht Dir frei, Dich niederzulassen, wo es Dir beliebt. Ich bitte Dich jedoch, mir Deinen Aufenthaltsort mitzuteilen, sodass ich Kontakt mit Dir aufnehmen kann.*

*Einen* Auftrag hatte ich also noch zu erfüllen. Auch wenn nichts Näheres dazu erwähnt wurde, wusste ich, dass es dabei um Kaspar Hauser ging.

Meine Habseligkeiten waren schnell gepackt. Die wenige Kleidung, ein paar Bücher, meine Heiligen und verschiedene Erinnerungsstücke passten in einen einzigen Koffer.
Mir fiel nur ein Ort ein, an den ich gehen konnte: das Haus in Ansbach, das mein schöner Bruder mir zur Verfügung gestellt hatte.
Seit er nach Amerika ausgewandert war, hatte ich nichts mehr von ihm gehört, doch ich zweifelte nicht daran, dass er dort als Pfarrer

seinen Weg gemacht hatte, von seiner Gemeinde verehrt wurde und eine vorbildliche Frau sowie vollkommene Kinder besaß. Er würde wohl kaum wiederkommen und mir das Wohnrecht streitig machen. Kopfzerbrechen bereitete mir aber der Gedanke an das Haus und wie es sein würde, darin zu wohnen und mit den Erinnerungen zurechtzukommen, die mich dort zweifellos überfallen würden.

Ich brach an dem Tag auf, an dem mein Sohn einundzwanzig Jahre alt geworden wäre. Der Sommer war vorbei, das merkte ich an den Gerüchen nach Pilzen und Verfall.

Durchs Kutschenfenster sah ich Bäume mit braunbuntem Laub – nicht nur in der Natur, auch in meinem Leben hat der Herbst begonnen, dachte ich.

Das Haus machte einen unvermutet guten Eindruck. Wie ich erfuhr, hatte ein Arzt mit seiner Familie bis vor Kurzem darin gewohnt, und als ich die Räume durchschritt, meinte ich zu spüren, dass die Mieter in Frieden und Harmonie gelebt hatten. Die geblümten Tapeten an den Wänden gaben mir das Gefühl, dass es richtig gewesen war herzukommen.

In dem verbotenen Zimmer waren die dunklen Holzverkleidungen von den Wänden entfernt worden. Es hatte anscheinend als Kinderzimmer gedient, denn auf dem blank gescheuerten Dielenboden stand neben dem Fenster ein kleines Bettgestell, und in einer Ecke war ein Laufgitter zurückgeblieben.

In der Wohnstube standen nach wie vor die dunklen Möbel meines Stiefvaters. Bei ihrem Anblick empfand ich keinen Groll, sondern war sogar froh, dass mir die Mühe erspart blieb, mich um neues Mobiliar zu kümmern. Die Schwerter an der Wand waren zum Glück verschwunden.

Der Garten wirkte gepflegt. Vor allem den Rosensträuchern schien die Arztfrau Aufmerksamkeit gewidmet zu haben; sie standen noch in Blüte, wie um mir einen Willkommensgruß darzubieten.
Es kostete mich große Überwindung, die Küche zu betreten. Als ich die Hand auf die Klinke legte, trat mir plötzlich das Bild meiner toten Mutter vor Augen. Ich sah ihr kupferrotes Haar wie Seetang im Zuber treiben. Und ihren hochstehenden Knie … auf einmal war ich mir sicher, dass auch sie Grübchen in den Knien hatte, so wie Rosika.
Die Küche sah jedoch völlig anders aus als früher, sodass das bedrückende Bild sich rasch verflüchtigte.
Diesen Drachen hatte ich bezwungen, wie an jenem schicksalhaften neunundzwanzigsten September der Erzengel Michael die Elemente.
Ich fasste Mut und stieg in den Keller hinab. Er war kein Ort des Schreckens mehr wie in meiner Kindheit. Man hatte ihn als Vorratskeller genutzt, davon zeugten leere Weinfässer, zwei, drei Säcke mit Mehlresten, Holzkisten, in denen Äpfel gelegen hatten, und Körbe für Zwiebeln, Knoblauch und Pastinaken. So wie hier hatte es auch in unserem Keller in Ungarn gerochen, in dem ich mich so gern versteckt hatte.

Mit den Nachbarn unterhielt ich so gut wie keinen Kontakt. Was ich an Esswaren benötigte, ließ ich von einem Händler ins Haus liefern, und im Garten grub ich ein Stück Wiese um, damit ich im Frühjahr mein eigenes Gemüse anbauen konnte. Die letzten milden Herbsttage nutzte ich für lange Spaziergänge durch den Wald, wo ich unwillkürlich nach abgeworfenen Hirschgeweihen Ausschau hielt.
Die Bilder meiner Heiligen hatte ich fürs Erste auf einer Kommode ausgelegt. Auch an ihnen waren die Jahre nicht spurlos vorbeige-

gangen, etliche Karten hatten Knicke und Risse. An einem der kommenden langen Winterabende würde ich sie in ein Album kleben, das ich nur aufzuschlagen brauchte, wenn ich das Bedürfnis verspürte, sie um Rat zu fragen.
Im Grund waren alle Voraussetzungen für einen ruhigen Lebensabend gegeben, wäre da nicht die Furcht gewesen, dass Hennenhofer mich bald aufsuchen würde.
Im Dezember war es so weit.

Er wartete nicht, bis ich ihn hereinbat, sondern schritt an mir vorbei in die Wohnstube, so als kenne er sich aus. Dort ließ er sich in einen Lehnstuhl am Kamin fallen.
»Hier bin ich also, wie angekündigt«, sagte er. »Ich brauche dich ein letztes Mal, Ostheim. Danach ist deine Schuld bei mir beglichen und du siehst mich nie wieder.«
Draußen war der Herbst in den Winter übergegangen. Der Wind peitschte an die Fenster, und es lag Schnee in der Luft. Mir war, als hätte Hennenhofer die Kälte mit ins Haus gebracht, deshalb häufte ich Holzscheite und Reisig in den Kamin und entzündete ein Feuer.
»Der Junge ist hier.«
Ich sah Funken aufstieben und meinte, meine Heiligen auf der Kommode wehklagen zu hören.
»Hast du mich verstanden, Ostheim? Kaspar Hauser wohnt in Ansbach, bei einem Lehrer namens Meyer, gar nicht weit von hier. Wusstest du das?«
»Nein. Wie sind Sie denn …«
Er unterbrach mich brüsk: »Du hast mir so einiges verschwiegen, Ostheim. Aber zum Glück habe ich noch einen anderen Informanten, einen Mann, auf den ich mich hundertprozentig verlassen kann.

Als er von dem sonderbaren Findling hörte, hat er sich mit Richter Feuerbach ins Benehmen gesetzt, ohne dass dieser Verdacht schöpfte. Das Gerücht, der Junge würde einem Herrscherhaus entstammen, hält sich hartnäckig und wird viel eher geglaubt als die These, dass es sich um einen Betrüger handelt. Man interessiert sich in ganz Europa für ihn, auch wenn diese unselige Prinzentheorie durch nichts bewiesen ist. Wir beide aber wissen, wie es sich verhält.«

Finster und drohend sah er mich an.

Ich brachte erst kein Wort über die Lippen.

Kaspar hier? In Ansbach?

Der Rosenkranz und die Bibel fielen mir ein …

»Mein Informant hat mehrmals mit Kaspar Hauser gesprochen und sein Vertrauen gewonnen. Er hat bei Bürgermeister Binder die Kleidung gesehen, die der Junge bei seinem Auftauchen trug, und die Briefe gelesen, die er damals bei sich hatte. Unter den Gegenständen in Hausers Taschen, so berichtete er mir, sei auch ein Rosenkranz gewesen. Ein Rosenkranz, dessen Beschreibung – sechzig kleine und sechs große Perlen – mir sehr bekannt vorkam. Darum weiß ich, wer ihn nach Nürnberg gebracht hat und von wessen Hand die Briefe stammen.«

Er maß mich mit einem so kalten Blick, dass ich trotz des prasselnden Kaminfeuers zu frieren begann. Die Schatten im Raum wurden länger.

»Du hast den Jungen also gefunden und am Leben gelassen, obwohl ich dir befohlen hatte, ihn zu töten.«

»Ich habe es versucht, glauben Sie mir. Das erste Mal kurz nach Rosikas Tod, als ich gerade erst nach Pilsach versetzt worden war. Aber ich brachte es nicht über mich. Darum habe ich einem Knecht aufgetragen, ihn verschwinden zu lassen. Er hat das jedoch falsch verstanden und den Jungen eingesperrt. Dreizehn Jahre lang. Dann fand ich ihn und habe …«

»Ja ja, ich kann es mir schon denken«, fiel er mir ärgerlich ins Wort. »Der angeblich betrunkene Bursche im Gras … mir ist das damals schon merkwürdig vorgekommen. Und zwei Tage später, welch ein Zufall, taucht in Nürnberg ein gewisser Kaspar Hauser auf. *Du* hast ihn dorthin gebracht.«

Er deutete mit dem Finger auf mich – bei hässlichen Menschen darf man das ungestraft.

»Ich frage dich noch einmal, Ostheim: Warum hast du ihn nicht getötet?«

Er würde nicht gehen, bevor ich ihm eine befriedigende Antwort gegeben hatte, doch dazu war ich nicht in der Lage. Einen größeren Angsthasen als mich gab es auf der ganzen Welt nicht.

Ich meinte, ein leises Rascheln von der Kommode zu hören. Von meinen Heiligen, die ganz Ohr waren.

»Rosika hatte mich gebeten, ein sicheres Unterkommen für den Jungen zu suchen«, begann ich. »Erst wollte ich nicht, weil ich ihn hasste. *Er* hätte in jener Nacht sterben sollen, nicht *mein* Kind.«

»Dein Kind, Ostheim?«

Eine Frage, so leise, dass es schien, als würde die Welt mit angehaltenem Atem lauschen. Er warf mir einen so abschätzigen Blick zu, dass es mir kalt über den Rücken lief. Die Heiligen auf der Kommode reckten die Hälse, um nur ja nichts zu verpassen.

»Wie kommst du darauf, dass es *dein* Kind war? Ich bin dir damals gefolgt, Ostheim. Weil ich wissen wollte, ob du überhaupt in der Lage bist, eine Frau glücklich zu machen. Und ich hatte Mitleid mit dir, so wie mein Vater vor langer Zeit. Darum habe ich dir Rosika zum Geschenk gemacht, eine begehrenswerte Frau, die wahrhaftig

Besseres verdient hatte als einen hässlichen Vogel wie dich. Und was hast du in deiner grenzenlosen Dummheit getan? Bist nach dem Liebesakt davongelaufen. Feige wie ein aufgescheuchter Hase.«

Er putzte mich herunter wie einen Schuljungen, und ich brachte nicht einmal eine Erwiderung zustande, weil er ja recht hatte.

»Ein liebender Mann lässt eine Frau nicht allein«, fuhr er fort. »Er bleibt bis zum Morgen bei ihr und wärmt sie. Genau das habe ich statt deiner getan. Als der Morgen graute, wachte Rosika neben mir auf und wollte noch einmal das höchste Glück erleben. Und ich sage dir, eine leidenschaftlichere Frau hatte ich selten! Ich wollte sie nicht mehr verlieren. Und das Glück war mir hold, denn die Großherzogin bat mich, sie nach Paris zu begleiten. Als Beschützer vor Feinden, die ihr Böses wollten. Eine Ironie des Schicksals – aber wenigstens hat sie nie erfahren, dass in Wirklichkeit ein Feind in der Kutsche saß, der sein Herz an ihre Kinderfrau verloren hatte. Von wem, glaubst du also, war das Kind?«

Die Welt stand still. Hennenhofer hatte meine letzten schönen Erinnerungen in den Staub getreten. Die Heiligen zogen sich beschämt zurück. Der Himmel über ihnen färbte sich tintenschwarz. Keiner von ihnen hatte mir je einen Wink gegeben, mich vor diesem Mann gewarnt.

»Nun aber zu deinem Auftrag, Ostheim. Du wirst Kaspar Hauser, den badischen Erbprinzen, töten. Tust du es nicht, so wird nicht nur die Polizei, sondern alle Welt erfahren, wer ihn nach Nürnberg gebracht hat. Und du wirst dafür belangt werden, dass er jahrelang als Gefangener leben musste. Bei deinem markanten Aussehen dürfte es Kaspar nicht schwerfallen, dich zu identifizieren.«

»Das kann er gar nicht, weil er mein Gesicht nie gesehen hat. Ich hatte stets ein Tuch vorgebunden, wenn ich zu ihm ging.«

Dabei war ich mir keineswegs sicher.

»Nun, dann müssen eben der Rosenkranz und die Bibel als Beweisstücke herhalten. Und wenn alle Stricke reißen, kann ich immer noch als Zeuge auftreten.« Er lachte verächtlich.

»Erst retten Sie mich und dann richten Sie mich zugrunde – warum?«

»Du siehst das falsch, Ostheim. Ich richte dich nicht zugrunde, sondern gebe dir eine Chance. Mein Vater hat mir beigebracht, Menschen wie dich nicht vorschnell zu verurteilen. Und daran habe ich mich immer gehalten. Du hattest mehrfach Gelegenheit, dich als Mann zu beweisen. Aber du siehst nicht nur wie ein Hase aus, sondern hast auch ein Hasenherz. Dieser Auftrag ist deine letzte Möglichkeit, mich vom Gegenteil zu überzeugen.«

»Was für einen Sinn hat es jetzt noch, Kaspar zu töten? Mit den Zähringern ist es vorbei, der erste Hochberger sitzt auf dem badischen Thron. Also kann der Junge doch am Leben bleiben; er hat keinem Böses getan.«

»Du bist noch dümmer, als ich dachte, Ostheim, und blickst nicht über die Spitze deiner krummen Nase hinaus. Deutschland wird bald ein großes und mächtiges Reich werden, nur Baden, Württemberg und Bayern stellen sich noch quer. Kanzler Metternich ist ein großer Stratege, er steht hinter dem Vorhaben und will es durchsetzen. Schon vor vielen Jahren hat er mich beauftragt zu beobachten, was sich am Badener Hof tut. Dabei warst du mir behilflich.

Gräfin Luise von Hochberg hatte ihre eigenen Gründe zu verhindern, dass der Ehe zwischen Karl und Stephanie ein Erbprinz entspross. Ich habe sie gut gekannt. Sie war ausgesprochen ehrgeizig und wollte mit allen Mitteln erreichen, dass ihre Söhne nicht nur als

erbberechtigt anerkannt werden, sondern auch tatsächlich an die Herrschaft kommen.
Unser größter Feind aber ist und bleibt Frankreich, genauer gesagt, die Anhänger Napoleons. Nun, da sein Sohn kinderlos gestorben ist, gibt es keinen legitimen männlichen Erben mehr. Der derzeitige König Louis Philippe hat sein Land nicht im Griff. In Frankreich gärt es an allen Ecken und Enden. Viele aus dem Adel wollen die alten Verhältnisse wiederherstellen. Allein der Enkel Napoleon Bonapartes, so glaubt man, könne das Land vor dem Chaos bewahren. Und wer ist dieser Enkel? Niemand anderes als unser Kaspar Hauser! Ein einfältiger Bursche, der ein Tagebuch schreibt, für das sich ganz Europa interessieren wird. Dass dieses Tagebuch spurlos verschwindet, dafür werde ich sorgen. Der Schreiber des Bürgermeisters Binder wird mir dabei behilflich sein; er ist ein Cousin meiner Frau und hat Schulden bei mir.«
Damit kannte ich auch die letzten Zusammenhänge, doch sie erreichten mich kaum, weil ich immerzu nur an Rosika denken konnte. Daran, wie sie in Hennenhofers Armen gelegen hatte.
»Es genügt aber nicht, dass das Tagebuch verschwindet. Auch Kaspar Hauser muss aus dem Weg geräumt werden«, schloss Hennenhofer.
»Warum von mir?«
»Weil du noch immer in meiner Schuld stehst. Weil du auf diese Weise endlich beweisen kannst, dass du ein Mann bist. Weil du sonst im Gefängnis landest. Weil man dir in Frankreich gewiss nicht nachsieht, was mit Napoleons Enkel geschehen ist, und du deinen hässlichen Kopf unter der Guillotine verlieren wirst. Gründe genug, meinst du nicht auch? Außerdem wird es dir leichtfallen, ihn in die Falle zu locken, denn er will nach wie vor wissen, wer der

Mann ist, der ihn vor Jahren nach Nürnberg brachte. Ich selbst habe schon einmal versucht, ihn zu töten, aber leider ist er davongekommen. Danach wussten wir eine Zeit lang nicht, wo er sich befand, bis in der Zeitung stand, dass er hier in Ansbach bei einem Lehrer wohnt. Nun ist es an dir, die Sache zu Ende zu bringen. Und glaub ja nicht, dass ich dir das erlasse. Du hast keine Wahl, Ostheim.«

Deutliche Worte.

Ich hatte in der Tat keine Wahl, wenn ich nicht den Rest meiner Tage im Gefängnis verbringen wollte, sondern hier im Haus bei meinen Heiligen und in der Nähe des Waldes.

»Eines noch, Ostheim: Ich werde dich beobachten, um sicherzugehen, dass du den Auftrag auch wirklich ausführst. Wenn es so weit ist, bin ich ganz in deiner Nähe. Denn sei versichert, ich hasse ihn ebenso sehr wie du. An seiner Stelle hat mein Sohn sterben müssen. Und er hat den Tod der schönsten Frau auf der Welt verschuldet, meiner geliebten Rosika.«

Ich hörte die Heiligen aufschreien, zum Zeichen, dass mir nichts anderes übrig blieb, als den Jungen aufzusuchen und ihn mit der Wahrheit zu konfrontieren. Und dann … Auf welche Weise ich ihn umbringen sollte, war von ihnen nicht zu erfahren. Für solche Dinge sind Heilige nicht zuständig. Und außerdem sind sie feige.

Die Suche nach Kaspars Wohnsitz führte mich in die Pfarrstraße. Dort stand ich dann vor dem Haus, in dem meine Mutter und ich nach unserer Ankunft aus Ungarn gewohnt hatten und wo ich glücklich und zufrieden gewesen war … bis mein Stiefvater auftauchte.

Kein Zeichen hätte deutlicher sein können: Der Kreis schloss sich.

Es überraschte mich nicht, dass er, das Königskind, dort wohnte, wo ich meine Heiligen in Stapel sortiert hatte – die Guten zu den Guten, die Schlechten zu den Schlechten –, wo keine anderen Kinder bis hundert zählten, während sie mich quälten, wo ich mich noch einmal für eine Weile als kleiner König fühlen durfte und von meiner Mutter mit ihren nach Rosen duftenden Händen umsorgt wurde.

Das Haus machte einen guten Eindruck. Es war hergerichtet und frisch angestrichen, die blitzsauber geputzten Fenster hatten neue dunkelgrüne Läden, und an der Haustür prangte ein Klopfer in Form eines Löwenkopfes. In einem der Fenster brannte eine Öllampe und warf ihren gelblichen Schein aufs Pflaster. Ich versuchte, durch die Scheibe zu spähen, trat aber schnell wieder beiseite, weil jemand ins Zimmer kam.

Daraufhin bat ich einen Bäckerjungen, gegen einen Kreuzer Lohn Kaspar Hauser eine Botschaft zu überbringen. Ich hatte sie mit meinen Initialen unterzeichnet. Schließlich kam es nicht mehr darauf an – ich hatte nichts zu verlieren. Morgen würde alles vorbei sein. Es gab kein Zurück.

Niemand sollte noch Grund haben zu behaupten, ich sei kein Mann …

Erst erwog ich, eine Pistole zu nehmen, doch dann entschied ich mich für ein Messer – für meinen Dolch. Zum Schießen gehört nicht mehr, als den Hahn zu spannen und abzudrücken. Und das wäre so, als könnte nur meine Hand eine gezielte Tat ausführen, nicht aber ich selbst.

Wenn ich auf Höhe des Herzens zustach, würde ich für einen Moment seine Körperwärme spüren, in seine verwunderten Augen schauen und, indem ich das Messer zurückzog, das letzte Wort hören, das über seine Lippen kam: »Warum?«

Ich gehe durch die verschneiten Straßen von Ansbach. Unter der warmen Jacke hämmert mein Herz wie eine Trommel. Die wenigen Leute, denen ich begegne, haben es eilig. Dennoch werfen manche mir einen kurzen Blick zu. Wegen meiner Vermummung mit dem Tuch? Oder weil sie mich bisher noch nie in der Stadt gesehen haben? Vielleicht steht mir der Hass auch auf die Stirn geschrieben, und sie ahnen, dass ich vorhabe, einen Menschen zu töten.

Das Krächzen von ein paar Krähen zerreißt die Stille. Die Todesboten im schwarzen Federgewand lassen sich auf dem Dach des Schlosses nieder und blicken auf mich herab, als ich den Platz davor überquere und auf den Hofgarten zugehe.

Wie üblich habe ich ein Tuch vorgebunden und gehe mit gesenktem Kopf. In meiner Jackentasche steckt der zweischneidige Dolch mit dem Totenkopf am Heft.

Meine Schritte hallen nicht, denn meine Stiefel sind nicht genagelt, sondern haben eine weiche Ledersohle. Wenn ich nachher davonlaufe, wird niemand hören, in welche Richtung. Auch Hennenhofer nicht.

Alles ist vorbereitet. Mein Koffer steht in der Pension, in der ich die letzte Nacht verbracht habe. Sobald ich ihn getötet habe, nehme ich die Postkutsche und fahre nach Ungarn. Nach Plankenburg, wo ich geboren bin und wo ich glücklich war.

Ob ich je zurückkomme? Wohl kaum. Ich denke, es wird meine letzte Reise. An meinem Geburtsort zu sterben, das ist eine beruhigende Vorstellung. Mein Leben ist vorbei. Es sind keine Wünsche mehr offen; ich habe bekommen, was mir zustand.

Heute töte ich einen Menschen.

Heute sage ich ihm die Wahrheit.

In der Innentasche meiner Jacke habe ich den lila Satinbeutel, an dem ich noch immer Rosikas Geruch wahrzunehmen meine.
Plötzlich höre ich Schritte hinter mir. Hennenhofer? Jetzt, wo es dunkel wird, sind keine Leute mehr unterwegs.
Auch im Hofgarten ist kein Mensch zu sehen. Ich gehe zum Denkmal des Dichters Johann Peter Uz, das ich als Treffpunkt angegeben habe, und verstecke mich dahinter.
Eine Zeile aus seinem Gedicht *Die Rose* kommt mir in den Sinn: *Du, Rose, sollst mein Haupt umkränzen …*
Mit einem Mal sehe ich das Bild meiner Mutter vor meinem inneren Auge. Sie lächelt, die Hände voller Rosen. Bald werde ich bei ihr sein. Und bei Rosika.

Im Gebüsch raschelt es. Ich weiß, dass es Hennenhofer ist. Er will sehen, wie ich seinen Auftrag ausführe.
Der Hass lodert so heiß in mir auf, dass ich keine Kälte mehr spüre.
Und dann sehe ich ihn. Kaspar Hauser. Das Kellerkind.
Zögerlich kommt er näher, gespannt zu erfahren, was es mit seiner Vergangenheit auf sich hat, was die Zukunft ihm bringen wird. Er sieht anders aus, als ich ihn kannte, und doch ist er mir vertraut. Seine Kleidung ist die eines Mannes, sein Blick der eines Kindes. Himmelsblau im kristallenen Spiegel.
Suchend sieht er sich um, nach mir. Ich, Michael Leonhard Ostheim, kann ihm sagen, wer seine Eltern sind, wo er geboren wurde und welcher Name für ihn vorgesehen war.
Mir fällt auf, dass er ein ganzes Stück gewachsen ist. Er geht erhobenen Hauptes, wie einer, der nichts zu verbergen hat. Doch sein Blick ist unsicher und verrät mir alles: die Sehnsucht nach der Liebe einer Mutter, nach ihren Händen, die zärtlich sind und zugleich

kräftig genug, um den Schleier vor dem Horizont zu lüften, sodass die Sicht auf die Zukunft frei wird, wo bunte Birkenzweige fröhlich winken. Und den Wunsch nach einem Vater, der seinen Jungen auf die Schultern nimmt, ihn ›kleiner König‹ nennt und verspricht, dass er dereinst ein großer König sein wird.
Kaspar bleibt stehen, zwei, drei Ellen vor dem Denkmal. Weil ich mich dahinter befinde, sieht er mich nicht. Er blickt sich um, tritt von einem Fuß auf den anderen, wie ein ungeduldiges Kind, das noch nicht gelernt hat zu warten. Dann schlendert er den Weg auf und ab. Ich kann den Blick nicht von ihm wenden. Die Sonne ist untergegangen, der Mond nicht zu sehen, und dennoch ist da eine Helligkeit, ein Licht, das von ihm auszugehen scheint, imstande, kalte Herzen zu wärmen und düstere Stimmungen zu zerstreuen. Ich greife in meine Tasche und hole den lila Beutel heraus.
Meine Mutter ist da, dessen bin ich gewiss. Sie schiebt die Wolken beiseite und nickt. Mir kommt in den Sinn, was sie vor langer Zeit nach einer Séance zu mir gesagt hat: Der Tod säße auf meiner Schulter und ich hielte ein Kind in den Händen. Damals waren mir ihre Worte ein Rätsel …
»Mach schon, Ostheim! Beweise, dass du ein Mann bist und kein Hase! Los!«
Der Klang seiner Stimme lähmt mich. Hennenhofer. Mein Retter. Mein Feind.
Ich ziehe den Dolch hervor und hebe die Hand. Hennenhofers Worte zucken mir durch den Kopf: »Meine geliebte Rosika …«, dann höre ich die Stimme meiner Mutter: »Töte das Kind nicht, Michael! Töte es nicht!«
Mir ist, als würde es in meinem Innern hell. Mit einem Mal weiß ich, was ich zu tun habe.

Der Mann, in dessen Schuld ich noch immer stehe, zischt wie eine Schlange: »Los, Ostheim! Los!«
Langsam drehe ich mich um, will ihm das Messer in die Brust rammen. Wieder und wieder. Ich kann es. Ihn zu töten, fällt nicht schwer. Ich bin kein Hase. Ich bin Michael Ostheim. Und mein Feind Hennenhofer muss sterben.
Ich hole aus, um ihn mitten ins Herz zu treffen. Aber er ist mir überlegen, nicht nur kräftiger, sondern auch wendiger. Er weicht dem Stich aus, streckt mich mit einem Fausthieb nieder, reißt mir das Messer aus der einen und den lila Beutel aus der anderen Hand. Er öffnet den Beutel, nimmt den Zettel heraus, den ich geschrieben habe, und liest ihn. Ich will mich aufrichten, doch da tritt er mir an den Kopf und dann in den Schritt.
Trotz der rasenden Schmerzen wage ich einen neuen Versuch. Ich habe es fast geschafft, als er mich im Genick packt und mein Gesicht in den Schnee drückt. Es folgt ein Tritt in die Lenden. Ich wälze mich zur Seite, weg von seinen Füßen, schaffe es aber kaum, weil inzwischen jeder Muskel schmerzt.
Ich hebe den Blick, er sieht mich verachtungsvoll an und tritt noch einmal zu. »Hase!«, zischt er. Dann reißt er mir das grüne Seidentuch weg und verpasst mir einen Faustschlag mitten ins Gesicht. Die Narben platzen auf, Blut tropft in den Schnee. Sein Hass gegen den meinen. Ich bin am Ende.
Er bindet sich mein Tuch um und geht vom Denkmal weg, auf Kaspar zu, der soeben kehrtgemacht hat. Ich will einen Warnruf ausstoßen, bringe aber keinen Laut hervor.
Jetzt steht Hennenhofer vor ihm, dem Kellerkind, dem Liebe, Leben und Thron genommen wurden, nur nicht das Licht. Ich höre ihn sagen: »Ich weiß, wer deine Eltern sind. In diesem Beutel ist ein

Zettel, auf dem alles steht, was du wissen musst. Steck ihn ein und verlier ihn nicht.«

Wieder versuche ich zu rufen, doch das Krächzen der Krähen, die wieder aufgetaucht sind, übertönt mein Stöhnen. Hilflos liege ich da und muss mit ansehen, wie Kaspar den Beutel entgegennimmt, seinen Mantel aufknöpft, um ihn in der Innentasche zu bergen, ihn dann versehentlich fallen lässt – und genau in dem Moment stößt Hennenhofer mit meinem Dolch zu, stößt ihn zwischen Kaspars Rippen.

Dann wird mir schwarz vor Augen.

Als ich wieder zu mir komme, ist niemand mehr zu sehen. Nur das Blut und die Fußspuren im Schnee zeugen von dem, was geschehen ist.

Als Hase bin ich geboren und als Hase werde ich sterben.

Ich habe meinen Frieden damit.

Mein Herz preist Gott alle Tage.
Ich trage mein Los ohne Klage.
Er stellt mir Engel zur Seiten,
Die ins Paradies mich leiten.

Rhijnvis Feith, niederländischer Dichter und Sänger, 1753–1824

# Kaspar

Emil hatte die Besucher in den Salon geführt, wo ein Feuer im Kamin knisterte. Bürgermeister Binder und Pfarrer Fuhrmann waren durchweicht, denn draußen fiel der Schnee jetzt in großen nassen Flocken.

Mit bangem Herzen trat Isolde ihnen entgegen. Wenn die beiden Herren sie beehrten, konnte das nur bedeuten, dass etwas Ernstes vorlag.

»Wir sind gekommen, um Ihnen Nachricht über Kaspar Hausers Befinden zu bringen, Fräulein von Wessenig«, begann der Bürgermeister. »Es geht ihm schlechter. Herr Meyer lässt niemanden mehr zu ihm, außer uns beiden und dem Doktor. Dennoch wollten wir Ihnen Bescheid sagen – als seiner besten Freundin, wie er uns anvertraut hat.«

Die Männer rieben sich die klammen Hände. Sogleich bat Isolde sie, doch am Kamin Platz zu nehmen. Sie selbst setzte sich auf einen Stuhl am Tisch.

»Doktor Heidenreich hat die Wunde abermals untersucht«, sagte der Pfarrer. »Und dabei festgestellt, dass der Stich zwischen der sechsten und siebten Rippe sowohl das Herz wie auch die Leber verletzt hat. Die Blutungen waren vor allem innerlich, darum war die erste Einschätzung ungenau. Es grenzt an ein Wunder, meint er, dass der solchermaßen verwundete Kaspar den Weg nach Hause geschafft hat. Dessen Hauptsorge galt aber gar nicht der Verletzung, sondern dem lila Beutel, den er von dem Angreifer bekam und versehentlich hatte fallen lassen. Weil Kaspar eine weinrote Weste trug, fiel Herrn Meyer die Wunde zunächst kaum auf, und er begleitete Kaspar zurück in den Hofgarten, um den ominösen Beutel zu suchen. Denn darin, so sagte Kaspar, befinde sich eine Botschaft, wer seine Eltern seien. Im Hofgarten verlor Kaspar dann das Bewusstsein, sodass Meyer ihn auf dem Rücken nach Hause tragen musste.«

Der Bürgermeister zückte seine Schnupftabakdose, nahm eine Prise, nieste ein paarmal kräftig und sagte dann: »Wie Sie wissen, hat Herr Meyer den Beutel gefunden. Und wir kennen mittlerweile auch den Inhalt der Mitteilung darin. Er ist eher nichtssagend. Der Verfasser stammt angeblich aus einem Dorf an der bayerischen Grenze, und er hat mit drei Buchstaben unterzeichnet, vermutlich Initialen: M.L.O. Wir haben keine Ahnung, um wen es sich handeln könnte.«

»Kaspar hat erwähnt, dass er Tagebuch schreibt«, sagte der Pfarrer. »Und dass Sie wissen, was darin steht. Er muss geahnt haben, was ihm bevorstand, denn letzte Woche ist er täglich zu mir gekommen, obwohl er noch immer nicht von Gottes Existenz überzeugt war. Eine innere Unruhe plage ihn, sagte er, und darum wolle er mit mir über den Tod und den Himmel sprechen. Und er klagte, ihm sei abwechselnd warm und kalt. Ich dachte, es handele sich um eine aufziehende Erkältung, er ist ja sehr wetterfühlig, und die Tage davor hatte es geschneit.«

»Hat er gesagt, was ihn so beunruhigt?«, fragte Isolde.

»Er sagte, jemand wolle ihn töten, das fühle er.«

»Wie kann man so etwas fühlen?«, brummte der Bürgermeister.

»Kaspar fühlt mehr als andere Menschen«, sagte Isolde. »Er merkt es sogar, wenn eine Nadel unter der Fußmatte liegt.«

»Ja ja, das ist mir bekannt«, meinte Binder leicht gereizt. »Es heißt immer wieder, dass er sehr empfindlich auf magnetische Kräfte reagiert. Aber er kann doch wohl nicht fühlen, dass jemand ihm nach dem Leben trachtet.«

Isolde war auf ihrem Stuhl ganz nach vorn gerutscht. Vor lauter Aufregung hatte sie, ohne sich dessen gewahr zu werden, die langen Fransen der Tischdecke verknotet.

»Es gibt durchaus solche unerklärlichen Gefühle«, sagte sie. »Als ich meinen Verlobten bei einem Waldspaziergang kennenlernte, zog es uns sogleich zueinander hin, und wir wussten, dass wir füreinander bestimmt sind. Wenn die Liebe so starke Kräfte entwickeln kann, dann kann der Hass es erst recht. Auf den Mann, der ihn gefangen hielt, hat Kaspar übrigens nie etwas kommen lassen, darum muss der, der ihn niedergestochen hat, wohl ein anderer sein. Einer, der ihn bis aufs Blut hasst. Womöglich war es jener, der ihn in Nürnberg angegriffen hat, nachdem in der Zeitung stand, dass er seine Erinnerungen und Träume aufschreibt.«

Sie seufzte tief und fuhr dann fort: »Damals war er noch im Daumer'schen Haus.

Sowohl Richter Feuerbach als auch ich wollten, dass er sich Arbeit sucht und einen Beruf erlernt, um sich selbst erhalten zu können. Aber daraus wurde zunächst nichts, weil Lord Stanhope Kaspar mit teuren Geschenken verwöhnte, was alles andere als gut für ihn war. Bei Herrn Meyer hat Kaspar insgeheim angefangen, ein Tagebuch zu schreiben.«

Sie hielt kurz inne.

»Und dieses Tagebuch hat er mir gegeben. Ich habe es gelesen.«

Binder stopfte seine lange gekrümmte Pfeife, dann holte er seine Zunderbüchse hervor und entzündete den Tabak. Langsam füllte sich der Raum mit bläulichem Rauch.

Isolde nahm den Faden wieder auf: »Ein jedes Wort hat sich mir eingeprägt. Und ich bin sicher, dass des Rätsels Lösung irgendwo zwischen den Zeilen zu finden ist.«

Der Pfarrer starrte mit düsterer Miene ins Kaminfeuer.
»Doktor Heidenreich rechnet mit Kaspars Ableben«, durchbrach der Bürgermeister die Stille. »Womöglich schon in wenigen Stunden. Als wir vorhin dort waren, hatte ich den Eindruck, dass er schon nicht mehr recht bei sich war. Er sprach im Fieber und sagte immer wieder das Wort ›Mutter‹. Herr Meyer vermutete, Kaspar meine damit seine im Haushalt lebende Schwiegermutter. Doch als die alte Frau an sein Bett trat, schüttelte Kaspar den Kopf und forderte wieder: ›Mutter! Mutter holen!‹«
Isolde merkte, dass ihr die Tränen kamen. Rasch griff sie nach einem Taschentuch. Es bekümmerte sie zutiefst, dass Kaspar selbst noch auf dem Sterbebett ein Wiedersehen mit seiner Mutter erhoffte.
»Ich habe Kaspar gefragt, ob er uns noch etwas Wichtiges mitteilen wolle«, sagte Pfarrer Fuhrmann. »Müde sei er, sagte er daraufhin, und er hoffe, man werde ihm alles vergeben. Als ich wissen wollte, worum genau es gehe und ob er selbst gegen jemanden Groll hege, antwortete er: ›Warum? Niemand hat mir etwas angetan.‹«
»Was hat Herr Meyer dazu gesagt?«, fragte Isolde.
»Über Herrn Meyer habe ich mich geärgert«, sagte der Pfarrer. »Er rief triumphierend: ›Na also, ich hab's doch immer gesagt: Kaspar hat niemandem etwas zu vergeben, weil keiner ihm je etwas angetan hat. Er ist ein Betrüger und ein Lügner. Damit er in Frieden sterben kann, sagt er endlich die Wahrheit. Und liefert den Beweis dafür, dass er sich selber verletzt hat.‹ Es hat mich sehr bestürzt, dass er Kaspars Worte so auslegte.«
Isolde fühlte Wut in sich aufsteigen.
»Herr Meyer hat sich nie so um Kaspar gekümmert, wie er sollte. Er ist ein selbstgefälliger Mann und wollte immer, dass Kaspar sich mustergültig verhält und niemals Gefühle zeigt. Er wollte einen an-

deren Menschen aus ihm machen, einen wie sich selbst.« Isoldes Stimme überschlug sich, und sie lief rot an.

»Nun, er kann mit sich zufrieden sein«, sagte sie dann verächtlich. »Ich kenne Kaspar seit über fünf Jahren, wir haben in dieser Zeit viele, auch tiefschürfende Gespräche geführt, und doch habe ich nie gewusst, wie einsam er sich fühlte. Erst seit ich sein Tagebuch gelesen habe, weiß ich das. Ich habe deswegen schlecht geschlafen. Sie müssen dafür sorgen, dass der Fall polizeilich untersucht wird, Herr Bürgermeister. Richter Feuerbach hat Aufzeichnungen verfasst, die dabei von Nutzen sein können. Seine Schwiegertochter Henriette war gestern hier. Sie hat mir einen Brief von ihm übergeben, aus dem hervorgeht, dass er sehr wahrscheinlich umgebracht wurde. Bitte, lesen Sie ihn!«

Isolde zog den Brief aus ihrer Rocktasche und reichte ihn Binder. Der entfaltete die Blätter und las, wobei sich seine Stirn in Sorgenfalten legte.

Dann blickte er auf und nickte. »Das überzeugt mich, Fräulein von Wessenig. Ich habe Anselm von Feuerbach gut gekannt. Er hat mithin als Erster vermutet, dass es sich bei Kaspar Hauser nicht um ein gewöhnliches Findelkind handelt. Und ihm ist es zu verdanken, dass der Junge nach dem ersten Attentat von Polizeisoldaten bewacht wurde. Ein rechtschaffener Mann, dieser Feuerbach. Ich hege keinerlei Zweifel an dem, was er schreibt und was seine Schwiegertochter sagt.

Bitte betrachten Sie unser Gespräch als streng vertraulich, erzählen Sie keinem Menschen davon, sonst bringen Sie sich womöglich selbst in Gefahr. Und passen Sie vor allem gut auf das Tagebuch auf. Ich kann es jetzt nicht mitnehmen, weil ich noch ein paar Tage unterwegs sein werde. Aber ich gebe meinem Schreiber

Bescheid, dass er es baldmöglichst abholt und dann im Rathaus sicher verwahrt.«

Nachdem die beiden Männer sich verabschiedet hatten, nahm Isolde rasch eine kleine Mahlzeit zu sich und machte sich dann auf den Weg in die Pfarrstraße. Hoffentlich kam sie nicht zu spät.

Als Isolde gegen sechs Uhr mit schnellen Schritten nach Hause ging, waren kaum noch Leute unterwegs. Um diese Stunde und bei der Kälte saß man lieber in der warmen Stube.

Dank Pfarrer Fuhrmanns Fürsprache hatte man sie zu Kaspar gelassen. Er hatte kein Wort gesprochen, sein Gesicht war fahlgelb gewesen, und im Zimmer hatte es säuerlich gerochen.

Isolde zog das wollene Tuch fester um ihren Mantel. Obwohl sie warm angezogen war, fror sie, denn der Schnee hatte ihre Knöpfstiefel durchweicht, und von den Füßen stieg die Kälte empor.

Sie hatte kaum die Haustür hinter sich zugezogen, da hörte sie die Stimme ihres Vaters. Dass er wieder getrunken hatte, verriet ihr der schleppende Tonfall.

»Sieh an, da ist ja mein Fräulein Tochter«, klang es aus dem Esszimmer, wo er bei Tisch saß und sich an Brathähnchen mit Kartoffeln gütlich tat. »Setz dich her, es ist noch genug da.«

Er hob den Bierkrug, nahm einen großen Schluck und rülpste.

»Ich habe keinen Hunger«, entgegnete Isolde leise.

»Irgendein Kerl war da und wollte zu dir.«

Ungeschickt versuchte der Rittmeister, eine kleine Kartoffel auf die Gabel zu spießen. Doch es misslang, sie landete neben dem Teller.

»Wer?«

»Einer vom Militär, ein Offizier, glaube ich.«

»Ich kenne keine Offiziere. Wie hat der Mann ausgesehen?«

»Groß und stattlich, dunkler Knebelbart. Er sei geschickt worden, sagte er. Ja … geschickt … von Bürgermeister Binder.«

»Das kann nicht sein. Bürgermeister Binder war heute Vormittag hier und hat kein Wort von einem Offizier gesagt. Was wollte der Mann?«

»Etwas holen, irgendein Buch. Um es nach Nürnberg zu bringen, ins Rathaus.«

Isolde wurde es glühend heiß.
»Was für ein Buch?«
»Das von dem verrückten Kerl, dem Kaspar.«
»Du hast es ihm doch nicht etwa gegeben, Vater?« Erschrocken starrte sie ihn an.
»Nein, hab ich nicht. Ich hab ihm gesagt, er soll in dein Zimmer gehen und sich's selber holen. Nichts als Mühsal hat man mit diesem unnützen Kerl von Kaspar, nichts als Mühsal …«
Mit einem Zug trank er den Krug aus und trug Emil auf nachzuschenken.
Isolde hatte genug gehört. In fliegender Hast rannte sie in ihr Zimmer, wo sie Kaspars Büchlein auf den Schreibsekretär gelegt hatte.
Es war nicht mehr da.
Und würde mit Sicherheit nie wieder auftauchen.

Am nächsten Morgen war Kaspar tot.
Sein Tod wurde in allen Zeitungen gemeldet, auch im Ausland. Von seinem Pflegevater, Lord Stanhope, kam keinerlei Reaktion, und er erschien auch nicht zum Begräbnis, das fünf Tage vor Weihnachten stattfand. Keiner wusste, wo er sich derzeit aufhielt.
Die Ansbacher hingegen kamen zahlreich zum Trauergottesdienst. Nur Isoldes Vater blieb fern – der Rittmeister von Wessenig lag mit einem Kater zu Hause auf dem Sofa.
Kurz bevor der Pfarrer zu sprechen anhub, drängte sich noch ein Mann in das Gotteshaus. Er war groß und stattlich und sah mit seinem Knebelbart gut aus. Da er Uniform trug, machten die Leute ihm Platz, obwohl der Kirchenraum bereits überfüllt war.
Draußen auf dem Vorplatz hatten sich noch viele andere versammelt, mit brennenden Kerzen in den Händen.
Im Seitenschiff hatten die Honoratioren Platz genommen, darunter Bürgermeister Binder und seine Frau, ein königlicher Gesandter und Regierungspräsident von Stichaner mit seiner Familie.
Der Pfarrer sprach aus, was Isolde dachte. Keine Schönfärbereien, kein leeres Gerede, sondern klare Worte. Darüber war sie froh.
»Ewiges Schweigen wird die Antwort auf unsere Fragen sein. Wir werden nie erfahren, welches Leid diesem jungen Mann namens Kaspar Hauser geschehen ist. Ohne etwas über die Welt und seine Abkunft zu wissen, kam er zu uns. Und er ging von uns, ohne zu wissen, wer ihm nach dem Leben trachtete. Nur wenige Jahre hat er unter den Menschen verbracht und in dieser Zeit vieles gelernt. Mit deiner Hilfe, o Herr, wird das Verbrechen eines Tages aufgeklärt und der Täter bestraft werden.«
Mit gekreuzten Fingern schwor Isolde, sich nicht auf die Hilfe des Herrn allein zu verlassen. Für Kaspar war sie wie eine Schwester

gewesen. Auch von ihr hatte er manches gelernt … Sie dachte daran, dass er anfangs nicht in die Höhe springen konnte. Sie hatte es ihm vorgemacht und sehr gelacht, als er es selbst versuchte, denn er wirkte dabei wie ein Dreijähriger voller Angst, für kurze Zeit keinen Boden unter den Füßen zu spüren und sich nirgendwo festhalten zu können. Alles Mögliche hatte ihm zu Beginn Angst gemacht.

Kaspar war auch nicht davon zu überzeugen gewesen, dass es schlechte Menschen gab. Wer freundlich mit ihm umging, auch wenn die Freundlichkeit nur gespielt war, dem brachte er keinerlei Misstrauen entgegen. Wenn sie ihm solches klarmachen wollte, hatte er einfach nicht hingehört. Bei Pfarrer Fuhrmann, der ihn in Religion unterwies, hatte er vom Teufel erfahren, den es zu fürchten galt – als ein gehörntes Wesen mit rot glühenden Augen und einem Pferde- oder Ziegenfuß, umgeben von Schwefeldampf. Dessen Bosheit hatte ihm eingeleuchtet, nicht aber, dass ein Mensch, der ihn anlächelte, insgeheim teuflische Pläne hegen konnte.

Nach dem Gottesdienst wurde Kaspar auf dem Stadtfriedhof zu Ansbach beigesetzt. Es hatte aufgehört zu schneien, doch um die Grube herum lag dick der Schnee. Weiß – die Farbe der Unschuld. Zusammen mit dem Pfarrer hatte Isolde die Inschrift entworfen, die später auf dem Grabstein stehen sollte. Es mussten lautere Worte sein, keine Lüge:

*Hier ruht*
*Kaspar Hauser*
*Rätsel seiner Zeit*
*Unbekannt seine Herkunft*
*Geheimnisvoll sein Tod*

Als der Sarg hinabgelassen wurde, begann es zu dämmern.
Isolde, die den Anblick nicht ertragen zu können glaubte, hatte die Augen zum Himmel gewandt. Sie sah die Sonne und den Vollmond nebeneinander stehen. Als hätten sie sich vereint, um ein Gelöbnis zu leisten: Nun, da er nicht mehr ist, werden wir allein für Licht auf der Welt sorgen. Zwei Himmelskörper wie Bruder und Schwester. Wie Kaspar und sie.

Jetzt weiß ich,
dass die kleinen Dinge des Alltags
ein Herz voller Mut erfordern.

Henri Chapin

# Epilog

Ein Mann mit einem grünen Tuch vor dem Mund steigt den steinigen Bergpfad hinauf. Eisiger Wind bläst ihm entgegen und erschwert das Atmen.

Dann endlich ist er oben, hat sein Ziel erreicht.

An der einen Seite sieht er das Tal und den schmalen gewundenen Weg, auf dem er gekommen ist. Und den er wieder hinabgehen kann. So er das will.

An der anderen Seite sieht er den Wasserfall, dessen Tosen alle anderen Geräusche übertönt.

Der Mann tritt an den Rand des Plateaus und blickt hinab zu dem tiefen Fluss, der an einigen Stellen vom Rand her zugefroren ist. Jedoch nicht dort, wo das Wasser herabstürzt.

Aus seiner Schultertasche nimmt er einen dicken Stapel beschriebener Blätter.

Sein Leben.

Nacheinander übergibt er die Blätter dem Wind, der sie wie weiße Vögel davonträgt, mit ihnen spielt, sie bald hierhin, bald dorthin wirbelt.

So leicht ist sein Leben geworden.

Er dreht sich um und schaut hinab ins Tal, sieht die Straßen und Wege, auf denen Menschen unterwegs sind.

Wieder greift er in seine Tasche. Diesmal nimmt er einen Packen Heiligenbildchen heraus. Eines nach dem anderen zerreißt er und wirft die Fetzen in den Wind. Bald werden sie in die Tiefe trudeln, dann schneit es im Tal Heilige.

Das letzte Bildchen behält er in der Hand. Es zeigt Christophorus, den Schutzpatron der Reisenden.

In Plankenburg erzählt man den Kindern, dass einst ein Riese namens Reprobus mit hässlichem Hundekopf hier den Fluss durchqueren wollte, als ein kleines Kind bat, er möge es mit ans andere Ufer nehmen. Der Riese hob das Kind auf seine Schulter und watete in den Fluss hinein. Das Wasser wurde immer reißender, und mit jedem Schritt wog das Kind schwerer. Schließlich reichte das Wasser dem Riesen bis zu den Schultern, sodass er fürchten musste zu ertrinken. Dank Christus, der ihm in Gestalt des Kindes erschienen war, gelangte er aber sicher ans jenseitige Ufer. Daraufhin ließ er sich taufen, er verlor seine Hässlichkeit und bekam einen neuen Namen: Christophorus, der Christusträger.

Seit jeher springen mutige Männer von diesem Plateau hundert Ellen in den Fluss hinab, um ein Fläschchen mit dem wundertätigen Wasser zu füllen und es der geliebten Frau zu geben, auf dass ihre künftigen Kinder nicht mit einem Hundekopf oder einer anderen Entstellung zur Welt kommen.

Jetzt, mitten im Winter, sind keine mutigen Männer da.

Ich könnte es tun, denkt der Mann, ich könnte springen und für immer im dunklen Wasser verschwinden, ans Ziel meiner letzten Reise gelangen. Es braucht großen Mut, um sich in den Fluss hinabzustürzen.

Ich könnte aber auch wieder dem Pfad hinab ins Tal folgen, denkt er, weitergehen, auf das Licht zu. Das Licht der Sonne, die am Horizont aufgeht. In ein paar Stunden wird sie hoch am Himmel stehen, direkt über mir. Dann wird mein Schatten für eine kurze

Weile nicht zu sehen sein. Es braucht großen Mut, um im Licht zu bleiben.
Ich habe die Wahl.
Ja, die habe ich.

Du, Rose, sollst mein Haupt umkränzen,
Dich lieben Venus und ihr Sohn.
Kaum seh ich dich im Busche glänzen,
So wallt mein Blut, so brenn ich schon.

Johann Peter Uz, deutscher Dichter, 1720–1796,
aus dem Gedicht *Die Rose*

# Nachwort

Zu diesem Roman hat mich das Leben Kaspar Hausers angeregt, das bis heute Rätsel aufgibt. Als sicher gilt, dass er vor seinem Auftauchen in Nürnberg lange Zeit in Gefangenschaft verbracht hat und dass er fünfeinhalb Jahre später durch die Hand eines Mörders zu Tode kam.

Im Verlauf der letzten zweihundert Jahre gab es viele Hypothesen zu Kaspars Abstammung. Die Wahrheit konnte nie endgültig geklärt werden.

Es heißt, Kaspar habe eine Zeit lang Tagebuch geschrieben – gefunden wurden seine Aufzeichnungen aber nie.

Die Figur des Michael Ostheim ist fiktiv. Inspiriert hat mich dazu ein Satz aus den vielen Schriften, die über Kaspar Hauser verfasst wurden. Es heißt dort, Kaspar sei einem Major namens Hennenhofer überantwortet worden, der den Auftrag an einen ehemaligen Soldaten weitergab, über den weiter nichts bekannt ist.

Ich habe mir die Freiheit genommen, im Rahmen der historischen Gegebenheiten meine eigene Wahrheit über Kaspar Hauser zu erzählen.

*Kristien Dieltiens*
September 2011

# Worterklärungen und Erläuterungen

*Anagramm* – ein Buchstabenrätsel, bei dem ein neues Wort gebildet wurde, indem Buchstaben oder Silben eines anderen Wortes umgestellt wurden.

*Befreiungskriege* – so nennt man die kriegerischen Auseinandersetzungen von 1813 bis 1815, die zum Ziel hatten, die Vorherrschaft Napoleon Bonapartes in weiten Teilen Europas zu beenden.

*Das Märchen von der grünen Schlange und der schönen Lilie* – diese wenig bekannte Erzählung von Johann Wolfgang von Goethe (1749–1832) basiert, wie auch andere Märchen, auf Archetypen. Goethe war nicht nur Dichter, Romancier, Dramatiker, Philosoph, Naturforscher und Politiker, sondern auch Freimaurer.
Das zitierte Märchen schrieb er 1795, sechs Jahre nach dem Beginn der Französischen Revolution. Wie sein Freund Friedrich Schiller befasste er sich mit den Einflüssen der Revolutionszeit; seine Gedanken und Erkenntnisse dazu ließ er in das genannte Märchen einfließen.

*Galuska* – eine Mehlspeise, die ähnlich zubereitet wird wie die schwäbischen Spätzle, allerdings in Form von Nockerln.

*Melanchthonschule* – der Philosoph und Theologe Philipp Melanchthon (1497–1560) war neben Martin Luther eine treibende Kraft der Reformation. Er hat sich auch als Lehrer betätigt und Lehrbücher verfasst. Noch heute sind zahlreiche Schulen nach ihm benannt.

*Raupenhelm* – dieser Helm gehörte zur Uniform nicht nur des badischen, sondern auch des bayerischen Heers. Bei ihm war oben auf einem Metallbügel ein Stück Pelz angebracht.

*Schmetterlingshaut* – umgangssprachliche Bezeichnung für die genetisch bedingte Hautkrankheit *Epidermolysis bullosa*. Dabei ist die Haut so empfindlich wie die Flügel eines Schmetterlings. Schon bei leichten Berührungen, etwa wenn man ein betroffenes Kind auf den Arm nimmt, wirft dessen Haut Blasen und löst sich unter Schmerzen ab.

*Schwolisches Regiment* – das Adjektiv ›schwolisch‹ ist eine Verballhornung von ›Chevaulegers‹ und bezeichnet eine Gattung der leichten Kavallerie.

*Trennungslied* – auch *Lied der Trennung* genannt. Der Text stammt von Klamer Eberhard Karl Schmidt (1746–1824), die Musik komponierte Wolfgang Amadeus Mozart (1756–1791).

*Uz, Johann Peter* – deutscher Dichter (1720–1796), dessen Heimatstadt Ansbach war. Dort hat man ihm im Hofgarten ein Denkmal gesetzt. In dessen Nähe erinnert ein Gedenkstein an Kaspar Hauser.

*Zähringer* – ein Fürstengeschlecht, benannt nach seinem mittelalterlichen Stammsitz, der Burg Zähringen bei Freiburg im Breisgau. Zu den Zähringern gehörten auch die Regenten von Baden, zunächst als Markgrafen, später als Großherzöge.

# Die Autorin

Kristien Dieltiens (geboren 1954) ist Lehrerin und liebt es, mit Kindern und Jugendlichen zu arbeiten, die sie oft zu ihren Büchern inspirieren. Seit einigen Jahren widmet sie sich ganz dem Schreiben und Illustrieren. Viele ihrer Bücher wurden in zahlreiche Sprachen übersetzt und mit Preisen ausgezeichnet. Für *Kellerkind* erhielt sie unter anderem den begehrten Woutertje Pieterse Prijs.

»Kellerkind *ist nicht nur spannend und mitreißend, sondern schildert darüber hinaus psychologisch starke Porträts zweier Jungen, die von der Gesellschaft ausgeschlossen wurden.*«

De Standaard, Amsterdam

Die niederländische Originalausgabe erschien 2012 unter dem Titel *Kelderkind* bei Uitgeverij De Eenhoorn, Wielsbeke, Belgien.

Flemish Literature Fund

Die Übersetzung dieses Textes wurde gefördert vom Flämischen Literaturfonds (Vlaams Fonds voor de Letteren – www.flemishliterature.be).

ISBN 978-3-8251-7970-0

Erschienen 2016 im Verlag Urachhaus
www.urachhaus.com

auch als eBook erhältlich


Umschlag- und Innenillustrationen: Carll Cneut
Satz: Janine Weikert
Gesamtherstellung: GGP Media GmbH, Pößneck

André

Essen und Trinken im alten Rom

JACQUES ANDRÉ

# Essen und Trinken im alten Rom

Aus dem Französischen übersetzt
von Ursula Blank-Sangmeister

Mit 107 Abbildungen, zum Teil in Farbe

Philipp Reclam jun. Stuttgart

Titel der französischen Originalausgabe:
Jacques André: L'alimentation et la cuisine à Rome.
Paris: Éditions Klincksieck, 1961.
Nouvelle édition. Paris: Les Belles Lettres, 1981.

**Die Deutsche Bibliothek – CIP-Einheitsaufnahme**

**André, Jacques:**
Essen und Trinken im alten Rom / Jacques André.
Aus dem Franz. übers. von Ursula Blank-Sangmeister. –
Orig.-Ausg. – Stuttgart : Reclam, 1998

Einheitssacht.: L' alimentation et la cuisine à Rome ⟨dt.⟩
ISBN 3-15-010438-6


Satz: Reclam, Ditzingen
Druck und buchbinderische Verarbeitung: Druckhaus Beltz, Hemsbach
Printed in Germany 1998
RECLAM ist eine eingetragene Marke der
Philipp Reclam jun. GmbH & Co., Stuttgart
ISBN 3-15-010438-6

# Inhalt

**3. Kapitel**
## Getränke



**4. Kapitel**
## Die Küche

## Anhang

# Einführung

»Die Menschen hielten immer die Ernährung ihrer Zeit für die beste.«
A. MAURIZIO, *Histoire de l'alimentation végétale*, S. 585

Nichts ist in einer Gesellschaft einfach, nicht einmal ihre Ernährung. Untersucht man diese unter historischem Blickwinkel – und die römische Geschichte umfasst von der Gründung der Stadt, dem theoretischen Ausgangspunkt, bis zum Beginn des 7. Jahrhunderts n. Chr. einen Zeitraum von mehr als zwölf Jahrhunderten – wird die Analyse, da so viele Faktoren mit hineinspielen, noch komplexer.

Zustand und Fortentwicklung der Techniken (Ackerbau, Jagd, Fischfang, Viehzucht, Methoden des Garens und der Konservierung der Nahrungsmittel) bestimmen das Niveau der Ernährung. Mit ihren Tabuvorschriften und Tieropfern liefert die Religion wertvolle Hinweise, die oftmals jedoch schwer zu interpretieren sind. Die Geschichte der Nutzpflanzen zeigt deren langsame, etappenweise Verbreitung von Ost nach West, meist über die Vermittlung Griechenlands, und in der Geschichte der Haustiere lässt sich derselbe Prozess nachweisen. Die Geschichte des Handels bezeugt Nahrungsmittelimporte aus den Provinzen und dem Orient bis aus Indien. Die Untersuchung der gesellschaftlichen Gruppen fördert je nach Lebensweise und finanziellen Mitteln offensichtliche Ungleichheiten in der Ernährung zutage. Auf einer höheren Stufe schließlich beeinflusst der Geschmack die Wahl der Nahrungsmittel und die Art ihrer Zubereitung und entfaltet sich in der Kochkunst und Gastronomie. Kurz und gut, es genügt nicht, festzustellen, dass die Römer dieses oder jenes Nahrungsmittel verzehrten; man muss auch den Zeitpunkt seiner Einführung möglichst genau bestimmen, desgleichen seine Herkunft, die Gründe seiner Einführung (Notwendigkeit, Bequemlichkeit, Geschmack usw.), sein Verhältnis zu anderen Lebensmitteln (gleichzeitige Verwendung oder Ersatz), die gesellschaftlichen Gruppen, die sich seiner bedienen, und gegebenenfalls die geographischen Varianten. Man sieht dann, wie verschiedene Niveaus der Ernährung einander ablösen; auf manchen Stufen besteht zwischen den Lebensmitteln ein provisorisches Gleichgewicht, wobei aber bestimmte Elemente dominieren, die dann, sozialen Kategorien folgend, dazu neigen, schwächere Konkurrenten zu verdrängen. Mit dem Fortschritt in der Landwirtschaft und der Viehzucht nimmt so die Zahl der Lebensmittel ab, selbst wenn immer wieder neue hinzukommen.

Wir haben in unserer Studie die systematische Erforschung der Küchengeräte bewusst beiseite gelassen und beschränken uns darauf, im Zusammenhang mit der Zubereitung eines besonderen Nahrungsmittels auf die Verwendung irgendeines Spezialgefäßes, des Ofens oder des Bratspießes hinzuweisen. Diese lange vernachlässigte Gesamtdarstellung hat übrigens kürzlich das wichtige Werk von W. Hilgers[1] nachgeliefert.

Grundlage unserer Untersuchung sind Texte und bildliche Darstellungen. An Texten liegen vor:

1. Spezielle Kochbücher: die nur fragmentarisch erhaltenen *Hedyphagetica* des Ennius, eine Nachbildung des Werkes des Archestratos von Gela, und vor allem Apicius' *De re coquinaria*[2]. Hier kann man auch, obwohl es sich um kein eigentlich didaktisches Werk handelt, das pseudo-vergilische Gedicht *Moretum* einordnen.

2. Die Werke der Agrarschriftsteller Cato, Varro, Columella und Palladius; sie liefern das ergiebigste Material.

3. Das in mehreren Ausgaben[3] vorliegende *Edikt Diokletians* (301 n. Chr.) über die Preise der Lebensmittel, eine äußerst wertvolle Quelle für die Bewertung der verschiedenen Produkte. Gleichsam als Damm gegen die steigenden Preise errichtet, gibt das Edikt für jede Ware offensichtlich einen Höchstpreis an, der unter dem handelsüblichen lag. Aber es ist insofern von großem Interesse, als es uns erlaubt, den Wert der Lebensmittel untereinander zu vergleichen und so eine Art Rangordnung aufzustellen.

4. Medizinische Abhandlungen, denen zwar mit Vorsicht zu begegnen ist, die aber unschätzbares Material bieten: Die ärztlich verordneten Diäten enthalten Listen von Speisen, die den Kranken verboten bzw. den Rekonvaleszenten empfohlen waren.

5. Literarische Texte.

6. Eine Reihe griechischer Autoren, die in Rom lebten oder römische Themen behandelten: Athenaios, dessen *Deipnosophistes* die wertvollste Quelle für unsere Detailkenntnisse des griechischen und auch des römischen Privatlebens darstellt; Plutarch in seinen *Biographien* von Römern, dem Werk *Vom Ursprung römischer Bräuche* und in den *Tischgesprächen*; der Arzt Dioskurides, dessen *Arzneikunde* einige Hinweise auf die römische Ernährungsweise enthält; der berühmte Arzt Galen, der im 2. Jahrhundert n. Chr. in Rom lebte; schließlich die *Geoponika*, eine späte Kompilation griechischer Agrarschriftsteller, welche den lateinischen Befund bestätigt.

Diese Texte umfassen von Plautus bis Anthimos einen Zeitraum von acht Jahrhunderten, und Laien – damit meine ich das gebildete Publikum, das weder in der römischen Literatur noch in der römischen Geschichte Spezialkenntnisse aufweist – werden vielleicht einige Mühe haben, die Angaben in den Texten zeitlich zu lokalisieren. Daher erlauben wir uns, die Daten der wichtigsten Autoren, auf die wir uns vornehmlich stützen, seien es Fachschriftsteller oder nicht, anzugeben; manche von ihnen sind allgemein wenig bekannt:

Erste Hälfte des 2. Jahrhunderts v. Chr.: Plautus; Cato, *De agricultura*; Ennius, *Hedyphagetica*; Terenz.
1. Jahrhundert v. Chr.: Varro, *De re rustica*; Cicero; Horaz; Vergil.
1. Jahrhundert n. Chr.: *Moretum*; Scribonius Largus (Arzt); Celsus (Arzt); Apicius; Columella (Agrarschriftsteller); Dioskurides (griechischer Arzt); Plinius der Ältere; Plinius der Jüngere; Juvenal; Persius; Petron; Seneca; Martial.
2. Jahrhundert n. Chr.: Plutarch; Galen; Apuleius; Gellius.
3. Jahrhundert n. Chr.: Tertullian; Athenaios.
4. Jahrhundert n. Chr.: *Edikt Diokletians*; Palladius (Agrarschriftsteller); Arnobius; Ausonius.
4./5. Jahrhundert n. Chr.: Hieronymus; Theodorus Priscianus (Arzt).
5. Jahrhundert n. Chr.: Marcellus (Arzt); Cassius Felix (Arzt); Caelius Aurelianus (Arzt); Macrobius; *Codex Theodosianus*.
6. Jahrhundert n. Chr.: Anthimos (Arzt).
7. Jahrhundert n. Chr.: Isidor von Sevilla.

Die meisten bildlichen Darstellungen entstammen der römischen und italischen Malerei, wobei Pompeji sowohl bei den Stillleben als auch bei den Landschaften das reichhaltigste Material liefert. Für weitere Informationen zu diesem Thema – es gibt dazu eine Fülle von wissenschaftlicher Literatur – sei auf folgende Werke verwiesen: H.-G. Beyen, *Über Stilleben aus Pompeji und Herculaneum*, Den Haag 1928; M. Borda, *La pittura romana*, Mailand 1958; A. Maiuri, *La peinture romaine*, Genf 1953; K. Schefold, *Pompejanische Malerei*, Basel 1952, durchges. und erw. Ausg., übers. von J.-M. Croisille u. d. T. *La peinture pompéienne. Essai sur l'évolution de sa signification*, Brüssel 1972 (Collection Latomus, 108); und vor allem J.-M. Croisille, *Les natures mortes campaniennes. Répertoire descriptif des peintures de nature morte du Musée National de Naples, de Pompéi, Herculanum et Stabies*, Brüssel 1965 (Collection Latomus, 76), 127 Tafeln.

Dennoch darf man all diesen Zeugnissen nicht blind vertrauen. Die dekorativen Motive bieten manchmal eine konventionelle Flora, bei der man Mühe hat, Erzeugnisse der italischen Erde zu erkennen, und die exotischen Landschaften gehen auf die hellenistische Malerei zurück. In der Tat weisen die bildlichen Darstellungen Roms und Italiens fast nichts auf, was nicht bereits durch die Texte bekannt wäre: Entweder sind die Abbildungen deutlich – dann liefern sie nur ein zusätzliches Zeugnis, das die Wirklichkeit der Dinge besser erfahrbar macht, oder aber ihr Erhaltungszustand ist so schlecht, dass er bloß Hypothesen über die dargestellten Objekte gestattet.

In der Mosaikkunst gab es eine von Sôsos von Pergamon erfundene Gattung namens *asarôtos oikos* ›das nicht gefegte Haus‹, eine Darstellung von auf dem Boden verstreuten Essensresten (vgl. Abb. S. 12).[4] Hier findet man alles: Gemüse,

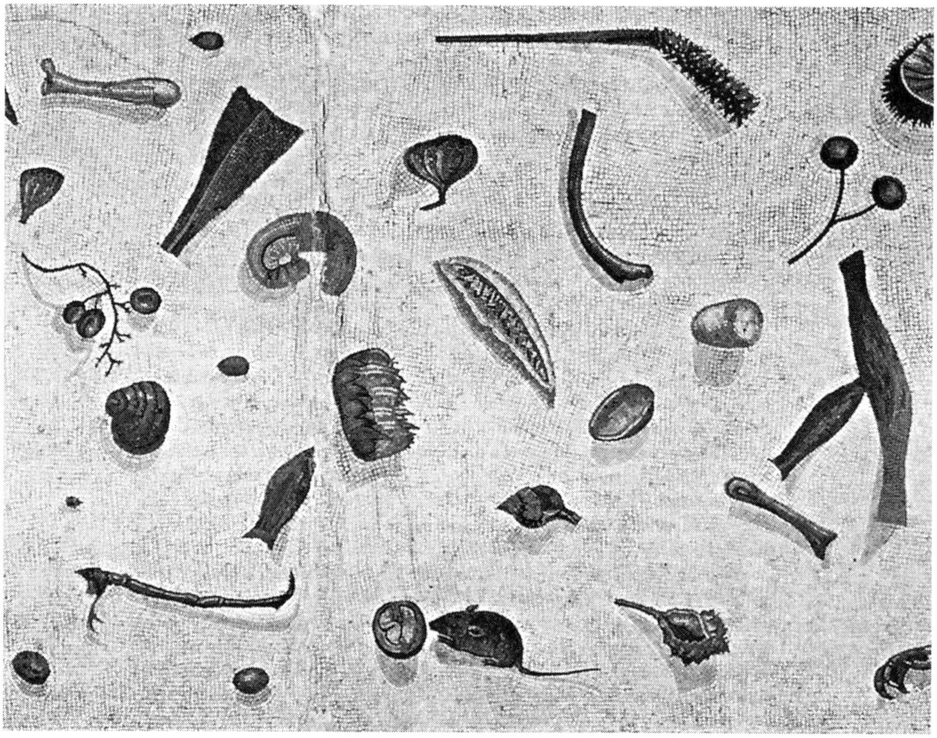

*Essensreste. Mosaik. Vatikanische Museen, Rom*

Obstschalen, Geflügelreste, Fischgerippe, Mollusken und Schalentiere; die meisten dieser Tafelabfälle konnten identifiziert werden. Dennoch geben nicht alle der abgebildeten Motive die römische Wirklichkeit wieder, da die Mosaikkünstler oft alexandrinische Modelle kopierten.[5]

Schließlich kann die Keramik von Nutzen sein, sei es auch nur wegen der Fischplatten.[6]

Seit einigen Jahren haben Untersuchungen mit Schwerpunkten außerhalb der Literatur und Kunst zu neuen Entdeckungen geführt und Präzisierungen ermöglicht. Mittels einer Analyse der Pollen und Pflanzenreste (besonders von verkohlten Kernen und Samen) in den römischen Siedlungen und Militärlagern[7] konnte man die Existenz bestimmter Pflanzen nachweisen und den Zeitpunkt ihres ersten Vorkommens besser bestimmen. Indem man die menschlichen Exkremente in den Militärstationen (Brombeer-, Erdbeer-, Holunderkerne usw.), die Speisereste in den Gräbern und für die abseits gelegenen Gebiete den Mageninhalt der ägyptischen Mumien oder der Torfmoorbewohner Nordeuropas analysierte, konnte man die Art der Ernährung genauer bestimmen.[8] Fast an jedem Fundort gibt es Knochen von Tieren, deren Fleisch dort verzehrt wurde.[9] Schließlich: Dank der jetzt systematischen wissenschaftlichen Erforschung der Schiffswracks im Mittelmeer – man hat die gekenterten Schiffe lokalisieren und den Inhalt und die Etiketten der Amphoren deuten können – ist es nun möglich, die Seewege des Lebensmittelshandels zu verfolgen und die Art der Waren zu bestimmen.

*

Die deutsche Übersetzung folgt der zweiten Auflage der Originalausgabe von 1981, die gegenüber der ersten von 1961 unter der Berücksichtigung der bis dahin erschienenen Literatur zahlreiche Korrekturen, Präzisierungen und neue Gesichtspunkte enthält.

## 1. Kapitel

# Die pflanzliche Nahrung

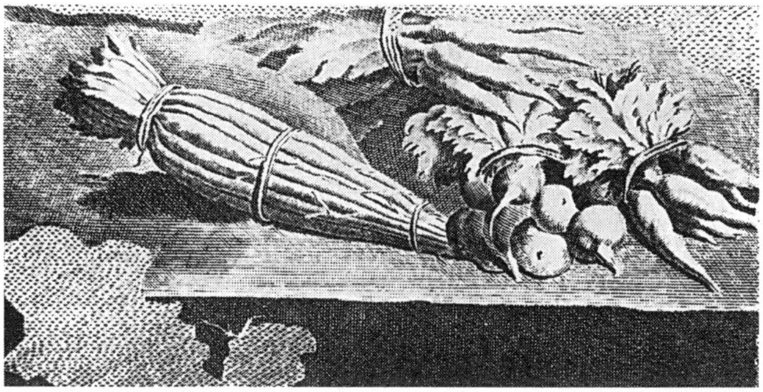

# 1
# Gemüse

In diesem Kapitel stellt sich zunächst ein methodisches Problem. Man geht davon aus, dass die lateinischen Agrarschriftsteller von Cato bis Palladius die italische Landwirtschaft behandeln. Doch man muss einige Einschränkungen machen. Columella verweist ziemlich häufig auf griechische Abhandlungen oder auf das Werk des Karthagers Mago. Palladius hat direkt oder indirekt dieselben Quellen benutzt, allerdings ohne sie zu zitieren. Trotzdem kann man mit Recht annehmen, dass diese Autoren in ihren »praktischen Abhandlungen« von Pflanzen sprechen, die in Italien angebaut wurden. Bei Plinius liegt der Fall anders, da er in seinem Buch XIX über den Gartenbau weniger bei Cato und Columella, seinen lateinischen Hauptquellen, Anleihen macht als vielmehr bei den griechischen Autoren, besonders bei Theophrast, jedenfalls soweit wir es beurteilen können; denn da uns die anderen Quellen nicht zur Verfügung stehen, überschätzen wir vielleicht seinen Einfluss. Immer wenn von dem Verzehr einer Pflanze die Rede ist und diese Angabe auf eine griechische Quelle zurückgeht, muss man also überprüfen, ob diese Pflanze in Italien bekannt war; und in der Frage ihres Verzehrs müssen wir uns auf späteres Material stützen, insbesondere auf die »Geschichte der Ernährung« moderner Autoren, wobei wir damit nur die Pflanzen nicht berücksichtigen, über welche die letztgenannten Werke keine Auskunft geben.[1] Genauso werden wir bei den von Dioskurides zitierten essbaren Pflanzen vorgehen. Hier machen wir uns sicherlich der Unterlassungssünde schuldig, wenn wir z. B. nicht alle Hinweise des Athenaios verwenden; andererseits verhindert diese Methode, dass unsere Abhandlung den Rahmen sprengt und man den Römern ungerechtfertigterweise zuschreibt, was ihnen nicht zukommt.

## Wurzelgemüse

Die Menschen der Antike legten den größten Wert auf die (Weiße) Rübe und die Steckrübe. Die Bauern bevorzugten die Rübe, die besser gedeiht und sich als Nahrungsmittel sowohl für das Vieh als auch für den Menschen eignet.[2] Die Ärzte hielten sie für nahrhaft.[3] Nach dem Weizen und der Saubohne[4] galt sie als eines der wichtigsten pflanzlichen Nahrungsmittel und in der Landwirtschaft jenseits des Po stand sie nach dem Wein und dem Weizen an dritter Stelle.[5] Man kennt die Anekdote: M'. Curius Dentatus empfing die sabinischen Gesandten, die gekommen waren, um ihm Gold anzubieten, während er gleichzeitig aus einem hölzernen Napf eine über dem Feuer geröstete Rübe aß.[6] Am meisten geschätzt wurden die Rüben aus Nursia im Sabinerland: 1 Pfund kostete 1 Sesterz, und wenn sie rar waren, 2; danach kamen die vom Mons Algidus im Norden der Albanerberge.[7] Wie aus dem *Edikt Diokletians* hervorgeht, fand man auf den Märkten zwei Sorten Rüben, einmal die großen, von denen zehn 4 Denare kosteten, und zum anderen die kleinen, von denen man 20 für denselben Preis erhielt.[8] Sie finden sich auf dem Tisch des Horaz.[9] Während Martial uns ironisch zeigt, wie sich Romulus als Vertreter der alten Römer im Himmel von Rüben ernährt,[10] und während das Kochbuch des Apicius nur zwei Rezepte für ihre Zubereitung enthält,[11] erfahren wir von Plinius, dass man sie auf mehrere Weisen anrichtete und die Raffinesse so weit trieb, dass man sie färbte, um sie in sechs verschiedenen Varianten, darunter auch in Purpur, auf den Tisch zu bringen.[12]

Die Steckrübe (*Brassica napus* L.) galt ebenfalls als sehr nahrhaft.[13] Die beste Qualität kam aus den Gärten von Amiternum, die zweitbeste – eine runde Rübe – aus Nursia[14]. Bei Apicius finden sich zwei Steckrüben-Rezepte.[15]

Der (Garten-)Rettich (*Raphanus sativus* L.), lat. *raphanus* (nach griech. ῥάφανος ›Kohl‹ und ›Rettich‹) und *radix*, galt als sehr vorteilhaftes Gemüse für den Winter[16] und sein Anbau, der seit Cato betrieben wurde, ist ausführlich beschrieben.[17] Eine spät aus dem Orient importierte Sorte trägt den Namen »syrischer Rettich«.[18] Der sehr scharfe Rettich wurde wenig geschätzt, da er oft aufstößt und Mundgeruch hervorruft, so dass man ihn, um den Geruch zu überdecken, mit sehr reifen Oliven essen musste.[19] Trotzdem gibt es bei Apicius, der ihn offenbar nicht scharf genug fand, ein Rettich-Rezept mit einer Soße aus *garum* und gepfeffertem Wein.[20] Der beste Rettich kommt vom Mons Algidus.[21] Andere, unserem Radieschen ähnelnde Sorten, die aber nicht identisch sind mit unserem roten Radieschen, einem ziemlich neuen Gartenbauprodukt,[21a] wurden als *radix* und *radicula* bezeichnet. Im 4. Jahrhundert n. Chr. unterscheidet jedenfalls Palladius klar zwischen dem Anbau des Rettichs (*raphanus*) und dem des Radieschens (*radix*).[22]

Die Karotte (*Daucus carota* L.), lat. *pastinaca*, später *carota*,[23] die Columella unter ihrem griechischen Ursprungsnamen *staphylinus* kennt,[24] kaufte man in einem Bund von – je nach Größe – 25 oder 50 Stück,[25] und aus der Tatsache, dass Apicius zum Braten oder Kochen der Karotte lediglich drei Rezepte[26] angibt, wird ersichtlich, dass die Feinschmecker dieses Gemüse nicht übermäßig schätzten. Aber – Zeichen eines eigenartigen Geschmacks bzw. einer Vorliebe, welche die Größe über die Qualität stellte – man meinte, die Karotte sei erst nach einem oder besser noch nach zwei Jahren, trotz der holzigen Fasern, die man entfernen musste, gut in der Küche verwendbar.[27]

Wenn man sich darauf verließe, dass der Pastinak zeitgleich mit *siser* (griech. σίσαρον), dem ihn bezeichnenden Begriff, aufgetaucht sei, könnte man glauben, erst seit der Zeit des Augustus sei der Pastinak (*Pastinaca sativa* L.) in Italien bekannt gewesen. Gleichwohl ist sicher, dass man diese Wurzel in Italien kannte, aber man verwechselte sie mit der Karotte, da man beide *pastinaca* nannte. Erst von dem Augenblick an, als sich das Wort *carota* als Name für die Karotte einbürgert, ist mit *pastinaca* nur der Pastinak als gesonderte Pflanze gemeint.[28] Er wurde in den Gärten angebaut[29] und wird bei Horazens lächerlichem Diner aufgetischt.[30] Allem Anschein nach wurde er erst dann wirklich geschätzt, als Tiberius ihn in Mode brachte und aus dem Unteren Germanien importieren ließ, wo die Kälte den Zuckergehalt der Wurzel steigerte.[31]

Der Schwarzkohl (*Smyrnium olusatrum* L.), lat. *holus atrum,* aber auch *hipposelinum* und *smyrnium,* zwei Namen griechischen Ursprungs, wurde sehr früh nicht nur wegen seiner Blätter angebaut, sondern auch wegen seiner fleischigen aromatischen Wurzel,[32] die man roh oder gekocht verzehrte.[33] Wegen ihrer Bitterkeit kann man sie nicht sofort essen und heutzutage legt man sie den Winter über in Sand, um sie mürbe und mild werden zu lassen,[34] aber die Menschen der Antike, die sie im Januar oder Februar ernteten und sie wohl vor allem einlegten,[35] mochten ihren scharfen, bitteren Geschmack.

Eine andere, heutzutage vergessene Pflanze, die anscheinend erst nach Cato[36] und weniger lang als der Schwarzkohl auch als Gemüse Verwendung fand, ist der (Echte) Alant, *inula (Inula helenium* L.). Sein – wie Horaz zutreffend feststellte[37] – fleischiges, stark riechendes, scharf und bitter schmeckendes Rhizom war erst nach einer komplizierten Zubereitung, die Columella als *inulae curatio* beschreibt,[38] genießbar. Plinius führt mehrere Rezepte an, die ihn mit Mostsirupen, Honig, Datteln oder Rosinen mildern sollen.[39] Aber der Alant galt als äußerst gesund, und während der Nasidienus in Horazens lächerlichem Diner sich rühmt, ihn zum ersten Mal mit einer Muräne zu servieren,[40] ließ ihn sich die Kaiserin Livia jeden Tag vorsetzen und vertrug ihn so gut, dass sie 86 Jahre alt wurde.[41] Apicius nennt kein Rezept.

Die mehr oder weniger fleischige Wurzel einer Art feinnervigen Mangolds (*Beta vulgaris* var. *rapacea* Koch), der in Italien während des Mittelalters ständig veredelt wurde und zu unserer Roten Rübe geworden ist, wurde auch unter dem Namen »Schwarze Rübe«, *beta nigra,*[42] verzehrt; desgleichen aß man die Wurzel der Haferwurz.[42a]

Der Echte Kümmel, *careum* (*Carum carvi* L.), besitzt eine fleischige, essbare[43] Wurzel, deren Geschmack an die Karotte erinnert; heutzutage isst man die Wurzel nicht mehr, sondern verwendet nur noch die Früchte des Kümmels als Gewürz, was man übrigens auch schon in der Antike tat. Plinius berichtet vom Anbau der Pflanze und von ihrer Verwendung in der Küche, ohne allerdings anzugeben, um welchen Teil der Pflanze es sich handelt; doch Dioskurides informiert uns darüber, dass man die Wurzel genauso aß wie die der Karotte.[44]

Ebenfalls angebaut wurde eine Art Mannstreu, der so genannte Hundertkopf, *centum capita* (*Eryngium campestre* L.), dessen lange, nach Karotte schmeckenden Wurzeln von den Griechen gegessen wurden.[45] Es wäre erstaunlich, wenn die latinischen Bauern dies nicht auch getan und sich damit begnügt hätten, nur die wilde Art zu sammeln.

Man verzehrte das knollige, stärkehaltige Rhizom der Kolokasie (*Colocasia antiquorum* Schott = *Arum colocasiae* L.), lat. *aros, colocasia,* den *Taro* der Eingeborenen Polynesiens, den *Mon* der Annamiten. Die Pflanze wurde in Europa anscheinend zuerst von den Griechen angebaut, die ihre Wurzel gekocht oder roh verzehrten.[46] Zur Zeit des Plinius war sie gerade in Italien eingeführt worden[47] und später berichtet Palladius von ihrem Anbau,[48] doch Martial beklagt sich über ihre Fasern.[49] Apicius nennt mehrere Rezepte.[50]

Die *libanotis* wurde ebenfalls wegen ihrer Wurzel angebaut, die man, wenn die Pflanze ein Jahr alt ist, gut essen kann; sie ist hervorragend für den Magen und riecht nach Weihrauch. Die *libanotis* ist sicherlich ein wohlriechendes Doldengewächs mit Fenchelblättern (*Cachrys libanotis* L., in Italien), scheint jedoch vor allem in der Medizin verwendet worden zu sein.[51]

Den Zwiebelgewächsen galt eine umso größere Aufmerksamkeit, als sie sich im Winter auch ohne besondere Vorkehrungen gut halten. An erster Stelle steht die Zwiebel, *cepa* (*Allium cepa* L.), die ausschließlich angebaut wurde,[52] und, wie heute in der Provence und in Italien, weniger als Gewürz denn als eigenes Gericht auf den Tisch kam. Sie wird frisch oder getrocknet[53] gegessen und in den armen Bevölkerungsschichten geschätzt,[54] die Feinschmecker verschmähen sie allerdings wegen ihres Geruchs.[55] Die Züchtung der großköpfigen Zwiebeln, *cepae capitatae,* wurde so weit fortentwickelt, dass den Gärtnern vielfältige Arten zur Verfügung standen: Zwiebeln aus Afrika,[56] aus Amiternum,[57] aus Gallien, d. h. aus dem diesseitigen Gallien,[58] aus dem Land der Marser,[59] aus Pompeji[60] und aus Tusculum; letztere waren sehr klein, aber mild.[61] Die Zwiebel aus Askalon in Judäa,[62] die sich nur durch Samen fortpflanzen kann,[63] ist nicht identisch mit unserer Schalotte, die zur Zeit der Kreuzzüge aus dem Orient mitgebracht worden ist und sich durch Brutzwiebeln vermehrt; wahrscheinlich handelt es sich um eine Art der Gartenzwiebel.[64]

Der Knoblauch (*Allium sativum* L.) ist teurer als die getrocknete Zwiebel.[65] Wie diese ist er das Nahrungsmittel der Armen, die ihn als selbstständiges Gericht essen, das *aleatum*,[66] und das der Ruderknechte,[67] da man ihn für sehr nahrhaft hielt.[68] Man kannte auch eine Sorte mit einem sehr dicken Kopf, die *ulpicum* oder auch »punischer Knoblauch« und »Knoblauch aus Zypern« hieß und dessen afrikanische Produktion sehr berühmt war;[69] man bereitete daraus eine Aioli-Soße, indem man den Knoblauch in Öl und Essig zerstieß.[70]

Eine mindestens ebenso große Bedeutung muss man dem *bulbus* zuweisen; das Wort wird von den Übersetzern, einer schlechten Angewohnheit folgend, automatisch mit »Zwiebel« wiedergegeben.[71] Es handelt sich aber um die Traubenhyazinthe, insbesondere um die Schopfige Traubenhyazinthe (*Muscari comosum* Mill.), deren Zwiebeln man verzehrte. Spuren ihres Anbaus hat man auch in Frankreich gefunden, stets in Verbindung mit römischen Überresten oder sogar mit früheren neolithischen Siedlungen.[72] »In Griechenland«, sagt D. Bois,[73] »werden die Zwiebeln dieser in beträchtlichen Mengen geernteten Traubenhyazinthe als gesunde und magenfreundliche Nahrung vom Volk sehr geschätzt. Diese Zwiebeln werden im Februar und März, vor allem während der großen Fastenzeit vor Ostern, auf den Markt gebracht. Man muss sie ziemlich lange kochen, um ihren bitteren Geschmack abzumildern, und man legt sie in Essig ein, um sie 24 Stunden später zu essen. Allerdings kann man sie auch länger aufbewahren.« Die Kultivierung der Traubenhyazinthe, die seit Cato in Italien bezeugt, heute aber aufgegeben ist, war sehr weit fortgeschritten und die Gärtner hatten mehrere Arten gezüchtet, die sich durch ihre Farbe – es gab weiße und rote[74] – oder ihre Herkunft – sie kamen aus Megara,[75] Afrika[76] und Apulien[77] – unterschieden. Trotz ihres bitteren Geschmacks, der sich bei einem zweiten Aufkochen verliert, jedoch besonders bei den kultivierten Sorten abgemildert werden musste, waren sie – jedenfalls die aus Afrika[78] – im Vergleich mit den Zwiebeln und dem Knoblauch sehr teuer und wurden als eigenes Gericht mit Öl, *garum*, Wein oder Essig zubereitet oder aber gekocht oder in Öl gebraten.[79] Sie galten als Aphrodisiakum.[80]

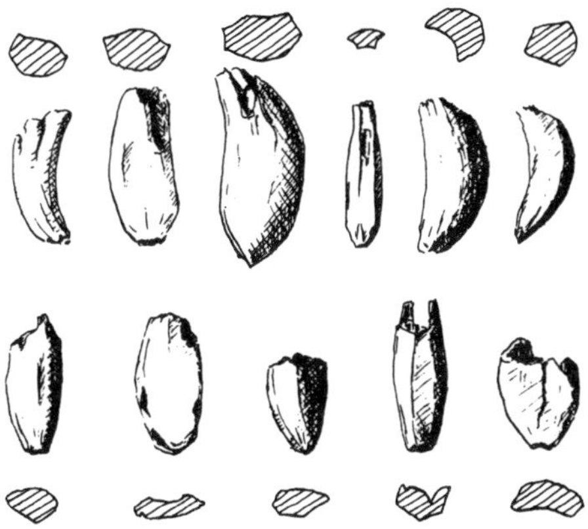

*Knoblauch, verkohlte Teilzwiebeln. Zeichnung*

Überdies gibt es recht zahlreiche Zeugnisse für das Ernten von Wurzeln und Zwiebeln wilder Pflanzen, letzte Spuren der prähistorischen Sammlerkultur, die aus Tradition, Sparsamkeit oder aus Furcht vor Notzeiten beibehalten wurde. Nachweisen lassen sich die Wilde Möhre,[81] der Wilde Pastinak, von dem man nicht mehr als drei hintereinander essen konnte,[82] die *armoracia*, ein wilder Meerrettich, der dem Hederich oder dem Wilden Rettich entspricht (*Raphanus Landra*

Moretti) und einst sogar angebaut wurde;[83] aber dieser Anbau muss spät erfolgt sein, denn Plinius und Dioskurides sprechen nur von der wilden Pflanze;[84] darüber hinaus sammelte man die Gänsedistel, *sonchos, cicirbita* (*Sonchus oleraceus* L.), deren Wurzeln, wie man von Matthiole weiß, die Italiener noch im 16. Jahrhundert gegessen haben.[85]

Bei der Herstellung von Brot mischte man in das Getreidemehl zerdrückte Schwertelzwiebeln (*Gladiolus segetum* L.)[86] und außerdem die Zwiebel des Affodills (Gattung *Asphodelus* L.),[87] die man ebenfalls mit Salz und Öl aß, nachdem man sie in der Asche gegart hatte.[88] Doch es hat den Anschein, als habe man den Verzehr der Affodil-Zwiebel trotz ihres hohen Zuckergehalts rasch wieder aufgegeben, und Galen fand sie kaum genießbar;[89] wahrscheinlich war sie nur in Notzeiten ein Nahrungsmittel der armen Schichten.[90]

Auch die Knollen verschiedener Knabenkräuter, die man in den Weinbergen fand (Gattung *Orchis* L.), waren Teil der Ernährung; man aß die frische Knolle, die zu dem Zeitpunkt geerntet wurde, wo sie nicht mehr weiter wächst – dann ist sie fett und fest –, und bereitete sie wie die *bulbi*[91] zu. Die Zwiebel der Vogelmilch (*Ornithogalum umbellatum* L.), die an römischen Fundorten in der Normandie vorkommt,[92] wurde roh oder gekocht verzehrt.[93] Der Verzehr der Meerzwiebel (*Urginea maritima* Baker = *Scilla maritima* L.) wirft ein Problem auf. Plinius bezeugt, dass man sie, abgesehen von ihrer Nutzung in der Medizin, »in Honig gekocht, auch als Speise auf den Tisch brachte, vor allem, um die Verdauung zu fördern.«[94] Wegen der toxischen Eigenschaften dieser großen Zwiebel, die, wenn man eine hohe Dosis zu sich nimmt, zum Tode führen, kann es sich hier nur um sehr geringe Mengen handeln und um eine mehr medizinische Verwendung, nicht aber um ein wirkliches Gericht.[95] Der Anbau der Meerzwiebel in den Gärten[96] beweist nichts; denn die Pflanze ist »das geborene Heilmittel«[97].

Diese Liste der Wurzeln und Zwiebeln wilder Pflanzen ist gewiss sehr unvollständig. Im Laufe der Jahrhunderte hat man sich noch von sehr vielen anderen ernährt[98] und das muss auch in der Antike so gewesen sein. Die Texte haben uns jedoch keine weiteren Spuren hinterlassen, da die Schriftsteller sozialen Schichten angehören, denen die Technik des Sammelns fremd war.

## »Spargel«

In der pflanzlichen Ernährung bilden die jungen Triebe von Pflanzen oder sogar Sträuchern, die man vor dem Sprießen der Blätter schneidet, eine besondere Kategorie; diese Triebe werden als »Spargel« bezeichnet.[99] Das griechische Wort ἀσπάραγος, wovon das lateinische *asparagus* abgeleitet ist, bezeichnete die neuen Triebe des Kohls und der Zaunrübe.[100] Am Ende des Winters mit seinem Mangel an grünem Gemüse und vor den ersten Ernten im Garten spielten diese Triebe eine große Rolle, wie sich an der Vielzahl der Pflanzen ablesen lässt, die man in der Antike auf diese Weise nutzte und von denen heute fast nur noch unser Gartenspargel übrig geblieben ist. Bei den meisten handelte es sich um die Triebe wilder Pflanzen, die an die Zeit der Sammlerkultur erinnern. Abgesehen von den Arten, deren Qualität man durch den Anbau verbesserte und die man auf den Märkten der Städte verkaufte, waren diese Nahrungsmittel natürlich fast völlig auf die ländlichen Gebiete beschränkt. Deshalb sind wir im Übrigen vermutlich auch schlecht informiert und die Liste, die man aufstellen kann, ist gewiss unvollständig.

Unser Spargel (*Asparagus officinalis* L.) wächst zusammen mit anderen Arten, dem *Asparagus tenuifolius* L., dem *A. aphyllus* L. und dem *A. acutifolius* L.[101] überall in Südeuropa wild; dort holt man die Sprossen mit einem Stechmesser aus dem Boden.[102] Man brachte sie auf den Markt, wo man sie dreimal billiger als den angebauten Spargel verkaufte.[103] Sie wurden sehr geschätzt, wie sich aus Martial und Juvenal ersehen lässt, der bei einem zu Ehren eines Freundes gegebenen Essen »Bergspargel« serviert, »welchen die Frau des Gutsverwalters geerntet hat«.[104] Der beste Spargel kam von der kleinen vulkanischen Insel Nisita am Eingang des Golfs von Pozzuoli.[105] Vielleicht ist diese zur Schau gestellte Vorliebe der Satiriker etwas geheuchelt, wenn es, wie Plinius sagt,[106] wahr ist, dass der kultivierte Spargel zu teuer und daher nicht auf dem Tisch der Armen zu finden ist. »Die Natur hatte gewollt, dass der Spargel wild wächst, damit ihn jeder ernten kann; und nun gibt es gezüchteten Spargel und Ravenna bringt so dicken hervor, dass drei davon ein Pfund wiegen.« Seit Cato kannte man die durch den Anbau verbesserten Arten (*asparagi*) des Wilden Spargels (*corrudae*).[107] Den besten Ruf hatte der Spargel aus Ravenna.[108] Bei Apicius sind drei Rezepte aufgeführt.[109]

Dennoch war der Kohl sehr viel wichtiger als der echte Spargel. Der Gemüse- oder Spargelkohl (*Brassica oleracea,* var. *asparagoides* DC), den die Römer anbauten, ist eine Kohlart, bei der »unter der Achsel aller Blätter mehr oder weniger lange fleischige Sprossen wachsen ... Dieser Kohl wurde am frühesten angebaut.«[110] Zwar ist der Kohl das Gemüse der Armen – wir werden darauf später zurückkommen –, doch die Feinschmecker genießen seine *cymae* genannten Frühlingssprossen, die im zweiten Jahr und in den beiden darauf folgenden wachsen, und desgleichen die *caules* und *cauliculi,* die Sommer-, Herbst- und Wintersprösslinge.[111] Dieser Spargelkohl wurde wie der Spargel bundweise verkauft und war relativ teuer: 1 Bund entsprach dem Preis von 5 ganzen Kohlköpfen erster Wahl oder von 10 Köpfen zweiter Wahl.[112] Apicius nennt mehrere Rezepte: der Kohl wird gekocht und mit einer Soße angerichtet.[113] Gleichwohl mochte er dieses Gemüse überhaupt nicht und übertrug seine Abneigung auf Drusus Caesar.[114]

Unter den kultivierten Gartenpflanzen, die man als Spargel nutzte, kann man noch den Flaschenkürbis bzw. die Kalebasse (*Lagenaria vulgaris* L.) erwähnen, deren jungen, zarten Stängel man aß,[115] und den Strand- oder Meerfenchel (*Crithmum maritimum* L.), lat. *batis hortensia*, auch »gallischer Spargel« genannt, der sehr angenehm schmeckt und heutzutage fast gar nicht mehr angebaut wird.[116]

Sehr viele andere wilde Pflanzen wurden so für denselben Zweck gesammelt: der Meerfenchel, *batis marina*, den man gekocht oder roh verzehrte;[117] der Dolden-Milchstern (*Ornithogalum umbellatum* L.), von dem »man im Frühling die Blütenstände, wenn sie sich zu entwickeln beginnen, als Spargel essen kann«[118]; die jungen Triebe der Sommerwurz (*Orobanche crenata* Forsk. und wahrscheinlich auch noch andere Arten) »gekocht und roh, als selbstständiges Gericht wie den Spargel«[119]; die Ausläufer der Wilden Erdbeere,[120] die Stängel der Ackerwinde (*Convolvulus arvensis* L.), roh mit Essig oder vielleicht in Öl gebraten mit Salz;[121] die Stängel einer Art Kresse, der *drabe* (*Lepidium draba* L.);[122] in den gemäßigten Zonen Italiens die Triebe des Hopfens, *lupus salictarius;* dass die Hopfentriebe gegessen wurden, hat sich auch im Französischen erhalten, wo sie als »asperges sauvages« [»wilder Spargel«] bezeichnet werden;[123] die Triebe der Kardone (*Scolymus maculatus* L. und *S. hispanicus* L.), »deren zartes Grün als Gemüse gegessen oder wie Spargel gekocht wird«[124].

Unter den Sträuchern sind zu nennen: die zarten Triebe der Gemeinen Schmerwurz, *tamnus* (*Tamus communis* L.), gleich nach dem Sprießen der Knospen;[125] man aß sie sogar in den Städten (Apicius gibt ein Rezept für sie an[126]); desgleichen nutzte man die Triebe der Zaunrübe[127] und des Weinstocks[128]. Man suchte auch in der Erde, wie noch in unserer Zeit, nach den frischen Trieben des Mäusedorns, *ruscus* (*Ruscus aculeatus* L.),[129] die bundweise verkauft wurden und etwas billiger waren als der Wilde Spargel.[130] Plinius erwähnt sogar den Verzehr der Schösslinge des Feigenbaums.[131]

Diese Liste zeigt die Bedeutung der essbaren jungen Triebe in der Ernährung der Italiker, besonders auf dem Lande.[132] Plinius, der die Triebe der Erdbeere, der Gemeinen Schmerwurz, der Zaunrübe, des Meerfenchels und des Hopfens erwähnt, betrachtet sie mehr als Leckerei denn als Nahrungsmittel.[133] Dabei handelt es sich ganz bestimmt um die Sichtweise eines Stadtbewohners.

## »Artischocken«

Die griechisch-römische Welt hat gewiss alle Korbblütler, insbesondere die Eberwurz und die Distel,[134] als »Artischocken« gegessen, kannte aber nicht unsere Artischocke, die eine Züchtung jüngeren Datums ist. Alles deutet darauf hin, dass man den italienischen Gärtnern diese 1466 zum ersten Mal erwähnte verbesserte Art der Kardone verdankt (*Cynara cardunculus* L.). Andererseits spricht Plinius, im Anschluss an Theophrast, ziemlich ausführlich vom *cactos,* der Wilden Kardone Siziliens, von der man sowohl die Stängel als auch den Blumenboden aß.[135] Die Griechen bezeichneten die Pflanze mehr allgemein als *cinara* – bei seinen Ausführungen über ihren Anbau verwendet Columella diesen Namen[136] -, bei den Römern hieß sie *carduus*[137]. Auf den Märkten verkaufte man die blätterreichen Stängel, die *cardui,* und die Blumenböden, die *sponduli, sphondyli,*[138] getrennt. Im *Edikt Diokletians* ist der Preis von 10 Köpfen auf 6 Denare festgelegt, der Preis von 5 Stängeln ohne Kopf auf 10 Denare und ist damit mehr als doppelt so hoch. Das zeigt uns deutlich, dass es sich hier nicht um unsere Artischocke handeln kann[139] und dass man eher die blätterreichen Stängel als das magere Blütenköpfchen gegessen hat. Das Kochbuch des Apicius bestätigt diese Unterscheidung: Es gibt drei Rezepte für die Stängel, *cardui,* und sieben für die *sphondyli,* die mit vielen Gewürzen gebratenen oder gekochten Blumenböden.[140] Zur Zeit des Plinius muss der Anbau dieser Pflanze in Italien eine Neuerung jungen Datums gewesen sein, denn die Armen konnten sie sich ebenso wenig leisten wie den angebauten Spargel und begnügten sich mit der Wilden Kardone.[141] Aber in den Provinzen, in Afrika in der Umgebung Karthagos, in Spanien in der Nähe Cordobas,[142] wurde die Pflanze schon in großem Stil angebaut und brachte den Gärtnern hohe Gewinne.

Man verzehrte den Stängel und das Blütenköpfchen des Mannstreus (*Eryngium campestre* L.), von dem es auch eine kultivierte Art gab,[143] und den Stängel und das Köpfchen einer unbestimmten Eberwurz (Gattung *Carlina* L.) namens *spina alba,*[144] die heutzutage »Wilde Artischocke« heißt und deren Köpfe man roh oder gekocht isst, nachdem man sie von ihren Stacheln und Schuppen befreit hat.[145]

## Salat

Früher, so sagt Plinius,[146] »gefiel im Garten besonders das Gemüse, für dessen Zubereitung kein Feuer nötig war und das Holz sparte, eine Nahrung, die stets fertig und verfügbar war, weshalb diese Gemüsearten *acetaria* (›Salate‹) hießen.« Dabei handelt es sich um ein etwas vereinfachtes Bild der pflanzlichen Ernährung in der römischen Frühzeit. Auf keinen Fall standen die mit Essig zubereiteten rohen »Kräuter« an erster Stelle. Apicius[147] zitiert die »Feldkräuter« (*herbae rusticae*), die man mit Fischbrühe, Öl oder Essig roh verzehrt, sagt aber nicht, welche es waren, und nicht einmal der Löwenzahn wird irgendwo erwähnt, außer für Ägypten, und da nur unter seinem griechischen Namen *aphacé*[148].

Am wichtigsten war der kultivierte Lattich, von dem im folgenden Kapitel ausführlicher die Rede sein wird. Im alten Rom bildete er den Schluss der Mahlzeit, während er zur Zeit Martials an deren Anfang stand.[149] Man isst ihn mit einer Essigsoße und mit Fischbrühe.[150] Die Zichorie,[151] auch Eskariol oder Endivie genannt, *intubus* (*Cichorium endivia* L.), wurde besonders gern angebaut, da sie der Kälte besser standhielt als der Lattich und diesen so während des Winters ersetzte.[152] Die Wilde oder Bittere Zichorie (*Cichorium intibus* L.) wurde auf den Feldern geerntet, woran ein Vers des Pomponius erinnert: »Die Bauern essen gern die bittere schwarze Zichorie.«[153] Da die Gartenkresse,[154] *nasturtium* oder *cardamum* (*Lepidum sativum* L.), die angebaut wurde, etwas pfeffrig schmeckt, mischte man sie unter die faden Lattich-Gerichte.[155] Die Brunnenkresse, *sisymbrium* (*Nasturtium officinale* R. Br.), wurde ebenfalls kultiviert und auf den Märkten im Bund von 20 Stängeln verkauft.[156] Der Portulak, *portulaca, porcillaca* (*Portulaca oleracea* L.), ist eine Gemüsepflanze, deren fleischige Blätter als Salat gegessen werden.[157] Zu erwähnen sind ferner der Wilde und der angebaute Meerfenchel (*Crithmum maritimum* L.);[158] der Merk, *sium, laver* (*Sium angustifolium* L., *Sium erectum* Huds.), der niemals kultiviert wurde;[159] der Bockshornklee (*Trigonella faenum graecum* L.), eine Pflanze orientalischer Herkunft, die ziemlich spät eingeführt und, wie ihr Name *fenum Graecum* zeigt, von den Griechen übernommen wurde. Apicius nennt ein Salatrezept mit einer Soße aus Fischbrühe, Essig und Öl.[160]

*Wilde Zichorie, unverkohlte Frucht. Zeichnung*

Der Lauch gehört mit seiner Art des mehrjährigen, mehrmals im Jahr blühenden Lauchs zu den Salaten; man verzehrt nur seine Blätter, die, wenn man sie abgeschnitten hat, wieder nachwachsen.[161] Man nannte ihn übrigens *porrum sectile, sectivum, sectum* oder *tonsile*, d. h. »Schnittlauch«.[162] Der aus Tarent war bekannt für seinen starken Geruch.[163] Dieser Lauch verdankte dem Kaiser Nero, der ihn ohne Brot zur Pflege seiner Stimme aß,[164] einen Teil seiner Beliebtheit; doch abgesehen davon, dass man ihn zum Würzen verwendete, scheint er nur in den unteren Bevölkerungsschichten verbreitet gewesen zu sein. Bei Juvenal ist es ein Flickschuster, der sich ihn schmecken lässt.[165]

## »Spinat«

Die Ernährungshistoriker bezeichnen als »Spinatgerichte« die mehr oder weniger dicken Breie oder Suppen, die aus den grünen Teilen kultivierter wie auch wilder Pflanzen zubereitet werden; sie sind allgemein vom Speiseplan verschwunden; im Europa des 13. und 14. Jahrhunderts wurden sie zum Teil durch den echten kultivierten Spinat ersetzt.[166] Ihre einzigartige Bedeutung im alten Rom spiegelt sich noch in der Bemerkung eines Kochs bei Plautus,[167] der sich darüber beklagt, dass seine Kollegen »die Gäste für Kühe halten und ihnen Kräuter vorsetzen, die sie ihrerseits mit anderen Kräutern zubereiten«. Man verwendete die ganze Pflanze entweder »als Blattspinat«, wie es bei unserem Spinat heißt, oder als Püree, nachdem man sie nach dem Kochen klein gehackt hatte. Die Zahl der so genutzten Pflanzen ist beträchtlich.

Der Kohl, dessen Vorzüge für die Ernährung und die Medizin von Cato in ziemlich übertriebener Weise gerühmt werden,[168] wurde vielleicht nicht sofort geschätzt, da er kein sparsames Gericht war; weil man ihn nicht pur essen konnte, musste er mit dem damals seltenen Öl angerichtet werden. Diese Bemerkung des Plinius[169] verweist auf eine Zeit der elementaren Küche, wo man das Gemüse nur in Wasser kochte und lediglich mit Salz und Gewürzkräutern abschmeckte. Cato[170] übrigens empfiehlt außerdem, den rohen Kohl mit Essig zu essen. Horaz isst ihn ebenfalls sehr gern, aber zusammen mit Speck, und als Städter, der von der ländlichen Einfachhheit träumt, findet er weniger Geschmack an dem gut gegossenen Kohl aus dem Garten und zieht den vor, um den sich der Bauer, nachdem er ihn gesät hat, nicht weiter kümmert.[171] Im Übrigen ist der Kohl eine Speise der ländlichen Gebiete und in Rom ein Gemüse der Armen;[172] gewiss lange vor der Kaiserzeit erscheint er nicht mehr auf dem Tisch der Reichen, abgesehen von den Trieben, die man als Spargel aß.[173] Die Gemüsebauern haben sehr zahlreiche Arten dieses weit verbreiteten Gemüses gezüchtet: den seit Cato bekannten Krauskohl;[174] den kurzen dünnblättrigen Kohl aus Aricia;[175] den Kohl aus Bruttium, dessen große Blätter sich zu einem Kopf zusammenschließen, eine Pflanze mit dünnem Stängel und pikantem Geschmack;[176] den fast stängellosen, breitköpfigen Kohl aus Cumae;[177] den zarten Kohl;[178] den glattblättrigen Kohl;[179] den *lacuturnensis* genannten Kohl, der, wie Plinius sagt,[180] seit kurzem im ehemaligen Krater von Aricia gezogen wird; den Kohl der Marruciner;[181] den zarten, schmalblättrigen Kohl von Pompeji;[182] den sehr zarten, krausblättrigen sabellischen Kohl;[183] den Kohl von Signa[184] und den so genannten trizianischen Kohl.[185]

Es ist schwer vorstellbar, dass die Malve mit ihren wilden[186] oder durch den Anbau verbesserten Arten[187] seit der ältesten Antike[188] verzehrt und auf den Märkten verkauft wurde. Sie wird für einfache Gerichte verwendet und die Schriftsteller loben in diesem Zusammenhang ihre abführende Wirkung;[189] offenbar musste man aber die zu faserigen Stängel beiseite lassen. Cicero hatte keinen Grund, sich über die Malven zu freuen, die man anlässlich eines Augurenessens servierte, bei dem das Gesetz gegen den Luxus – es verbot den Verzehr von Fleisch – beachtet werden musste; man reichte Malven, die von den Köchen in der Tat so gut zubereitet waren, dass Cicero zu viel davon aß und eine Kolik bekam.[190] Apicius richtet sie ziemlich einfach an: mit einer *oenogarum*-Soße, mit Essig und Öl oder, nach einem anderen Rezept, mit *oenogarum*, Pfeffer, Fischbrühe und Mostsirup.[191]

Sehr viel verzehrt wurde der Lattich. Er wurde vor allem gekocht und klein geschnitten;[192] man serviert ihn auch zu Wildschwein.[193] Die Gemüsebauern hatten zahlreiche Arten gezüchtet: weißen Lattich,[194] roten Lattich,[195] schwarzen Lattich,[196] caecilischen oder purpurfarben genannten Lattich,[197] niedrigen, in die Breite wachsenden Lattich,[198] Lattich aus Kappadokien,[199] aus Kilikien,[200] aus Zypern,[201] aus Cádiz,[202] griechischen Lattich[203] und Lattich aus Lakonien[204]. Gleichwohl war dies Gemüse in der Kaiserzeit nicht sehr beliebt; jedenfalls ist das der Eindruck, den uns die Lektüre Martials[205] vermittelt. Dennoch muss der Lattich in der allgemeinen Ernährung eine wichtige Rolle gespielt haben. Es ist ein Zeichen von Geiz, wenn der Kaiser Pertinax seinen Gästen halbe Salatköpfe serviert[206] und wenn eine Person bei Apuleius ihren Salat isst, nachdem er ins Kraut geschossen ist und »wie ein großer Besen aussieht«[207].

*Silbermünze aus Selinus in Sizilien. Der Name kommt von griech. selinon (Sellerie)*

Dem Sellerie oder Eppich, *apium* (*Apium graveolens* L.), kommt – außer als Gewürz – eine geringere Bedeutung zu, als man erwarten würde. Als wilde Pflanze ist er sehr scharf und verströmt einen leicht Übelkeit erregenden Geruch, was ihn für die Küche fast unbrauchbar macht. Der Sellerie, welchen die Römer gezüchtet hatten[208] – übrigens ziemlich spät, da Cato ihn nicht erwähnt –, war gewiss noch nicht viel besser und erreichte vielleicht auch nicht die Qualität unseres Schnittselleries, der besser riecht und schmeckt, aber einen faserigen Stängel hat.[209] Als eigenständiges Gericht kommt er sehr selten vor.[210]

Vom Weißen oder Rippen-Mangold (*Beta vulgaris cicla* L.) verwendete man die Rippen – daher heißt er *beta candida*[211] – und vor allem den grünen Teil seiner Blätter. Da man ihn dreimal im Jahr aussäte, im Frühling, im Juni und im September, war man praktisch das ganze Jahr über mit ihm versorgt.[212] Er ist sehr beliebt bei denen, die von einer einfachen Ernährung träumen,[213] aber man wirft ihm seine Fadheit vor; Martial möchte, dass man ihn mit Wein und Pfeffer anrichtet,[214] und Apicius würzt ihn sehr kräftig.[215] Man aß ihn übrigens selten allein, sondern vielmehr mit Linsen oder Saubohnen und vor allem mit Senf, der seinen Geschmack pikanter machte.[216] Der Mangold ist ein plebejisches Gericht und den Arbeitern vorbehalten.[217]

Die Melde, *atriplex* (*Atriplex hortensis* L.),[218] die Pflanze, die wegen ihrer Blätter vielleicht am frühesten angebaut wurde, hat man erst nach dem Auftauchen des Spinats aus unseren Gärten verbannt; in den Glossaren des Mittelalters heißt sie noch *hortulana* ›Gartengemüse‹[219]. Die Italiker kultivieren sie ebenso wie die Griechen.[220] Apicius nennt kein Rezept.

Der Meieramarant oder Meier, *blitum* (*Amarantus blitum* L.), war ebenfalls eine Gemüsepflanze,[221] deren Verzehr seit der Zeit des Plautus bezeugt ist,[222] aber man hielt sie für fade im Geschmack.[223]

Der Ampfer (Gattung *Rumex* L. und besonders der Englische Spinat, *Rumex patientia* L.) wurde unter den Namen *rumex* und *lapathum* allenthalben angebaut und verzehrt. Er repräsentiert den Typ des einfachen Gemüses der alten Römer. »O, Ampfer, wie sehr man dich verachtet«, lässt Lucilius den Laelius sagen.[224] Man sammelte auch den wild wachsenden und Plinius behauptet, er sei besser als der kultivierte.[225] Der Ampfer scheint erst nach Cato, der ihn nicht kennt,[226] in den Gemüsegärten Eingang gefunden zu haben; in jedem Fall wuchs er dort zur Zeit Varros.[227] Wie Plinius berichtet, aß man ihn nur in Verbindung mit Gerstensaft,[228] gewiss deshalb, weil die Ärzte meinten, er schade dem Magen und sei »von schlechtem Saft«[229].

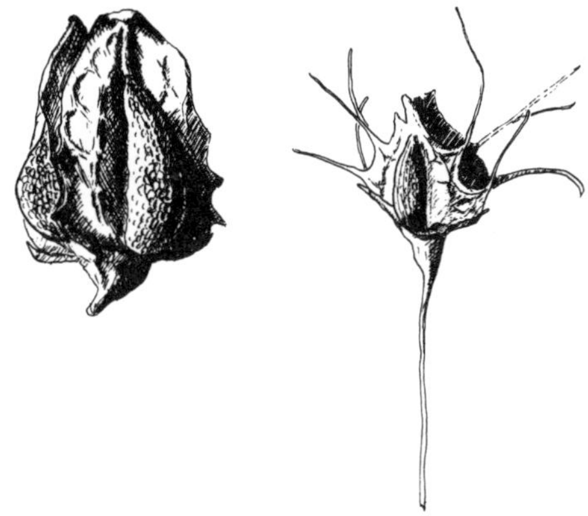

*Unverkohlte Früchte zweier Ampferarten: Rumex hydrolapathum (links) und Rumex maritimus (rechts). Zeichnung*

»Spinatgerichte« bereitete man sogar aus den Blättern von Pflanzen zu, die vor allem wegen ihrer Wurzeln oder Samenkörner angebaut wurden. Man nutzte die Blätter des Weißen (*Sinapis alba* L.) und des Schwarzen (*Brassica nigra* Koch) Senfs,[230] des Schwarzkohls (*Smyrnium olusatrum* L.),[231] des Gartenrettichs (*Raphanus sativus* L.),[232] des Pastinaks[233] und die Sprossen der Weißen Rübe, die ebenso geschätzt wurden wie die Triebe des Kohls; man aß sie grün oder aber ließ sie in der Miete, wo sie besser wurden,[234] erst gelb und welk werden. Man kochte Spinat ebenfalls aus der Kresse, *lepidium* (*Lepidium latifolium* L.), von der man auch eine kultivierte Art zog,[235] ein Tonikum; die Pflanze ruft zwar, wenn man sie berührt, Hautreizungen hervor, dennoch kann man ihre zarten Blätter essen. Man aß sie daher nur mit Milch,[236] genauso wie man sie für medizinische Zwecke früher in Butter zerdrückte, um ihre Wirkung abzumildern.[237]

Der Porree nimmt eine Sonderstellung ein, da man nicht nur seine grünen Teile verwendete, sondern auch seine Zwiebel, die sich außerdem als Gewürz nutzen ließ. Zum Kochen nahm man das *porrum capitatum*, dessen Zwiebel man wachsen ließ, ohne die Blätter abzuschneiden.[238] Der schönste Lauch kam aus Aricia und Ostia.[239] Apicius nennt vier Rezepte – er kombiniert ihn u. a. mit Kohl und Saubohnen[240] –, was zeigt, welch großen Wert man auf ihn legte.[241]

Manche Gartenpflanzen wurden auch als wilde Pflanzen gesammelt, so die Malve, der Ampfer und der Senf. Aber man sammelte noch viele andere frei wachsende Arten, die heutzutage nicht mehr gegessen werden. Die Brennnessel, *urtica*, besonders die Große Brennnessel (*Urtica dioica* L.) aß man bis zum 16. Jahrhundert fast überall als Spinat,[242] desgleichen die Weiße Taubnessel (*Lamium album* L.),[243] welche die Latiner ebenfalls als *urtica* bezeichneten.[244] »Die Brennnessel«, sagt Plinius,[245] »beginnt im Frühling zu wachsen; dann ist sie ein Nahrungsmittel, das nicht unangenehm ist. Ebenso ist sie für viele mit Aberglauben verbunden; sie denken, sie könnten sich mit ihrer Hilfe das ganze Jahr hindurch vor Krankheiten schützen.« So kannten die Menschen der Antike die entschlackende Wirkung der Pflanze und wussten gleichzeitig, dass man nach den eingelegten Speisen des Winters grünes Gemüse zu sich nehmen musste. In der römischen Epoche findet man keine Spur vom Anbau der Brennnessel, gewiss weil sie von vorteilhafteren und besser schmeckenden Pflanzen verdrängt und wieder eine Wildpflanze wurde. Man weiß allerdings, dass sie in alter Zeit in anderen Ländern kultiviert wurde.[246] Dies einfache Gericht[247] war wohl vor allem in den ländlichen Gebieten verbreitet. Apicius führt zwar kein Rezept auf, rät aber dazu, Ende März Brennnesseln zu essen, um sich vor Krankheiten zu schützen.[248]

Man sammelte auch eine Vielzahl von weniger wichtigen Pflanzen, um aus ihnen Brei zu kochen: man nahm dafür die Blattstängel der *armoracia*, des Wilden Meerrettichs oder Wilden Rettichs,[249] die des Ackersenfs oder Hederichs, *lapsana*, einer verwandten Art,[250] die Blattstängel der Sonnenwende,[251] der Anchusa oder Ochsenzunge,[252] der Gänsedistel, *sonchos, cicirbita*,[253] und eines schwer bestimmbaren Doldenblütlers mit weißer Blüte und Fenchelblättern;[254] ebenso die Blattstängel des Wegerichs,[255] der Gelben Margerite, *buphthalmus, caltha*,[256] der Haferwurz oder des Bocksbarts,[257] den Stängel des Steckenkrauts, *ferula*,[258] die Blätter des Eibischs, die von den Hirten in Notzeiten gegessen wurden,[259] aber nicht zur üblichen Ernährung gehören;[260] ferner eine unbestimmte Pflanze mit goldgelben Blüten und Kohlblättern, die man klein gehackt verzehrt.[261] Die Aufstellung lässt sich gewiss noch durch die Ulmenblätter ergänzen, die man kochte und als Beilage zu anderen Gerichten reichte;[262] und in den Küstengebieten schließlich noch die Blätter der Salzmiere, *halimus*[263].

Es wäre falsch, die Nutzung der grünen Teile des *perdicium*, einer nach Plinius für die Ägypter typischen Pflanze,[264] und der des Gemeinen Seifenkrautes, *radicula* (*Saponaria officinalis* L.), auch für Italien anzunehmen, da die von Plinius erwähnte essbare Art klar in Asien beheimatet ist.[265]

Die Liste ist, obwohl schon lang, sicherlich nicht vollständig.[266] Natürlich wusste Plinius beispielsweise nicht über alle Pflanzen Bescheid, die den Bewohnern der ländlichen Gebiete als zusätzliche Nahrung dienten. Übrigens werden uns im Zusammenhang mit der Konservierung des Gemüses verschiedene andere Pflanzen begegnen, die auch frisch gegessen worden sein müssen, ohne dass irgendein Text dies bezeugt.

## Samenkörner

Die essbaren Hülsenfrüchter, deren Samenkörner man verzehrte, wurden zuerst mit dem Wort *legumina* bezeichnet, um den Gegensatz zu den eigentlichen Gemüsesorten (*holera* oder *olera*), von denen man die Wurzel oder die grünen Teile aß, und zu den Getreidearten deutlich zu machen. Die Listen der kultivierten *legumina* unterscheiden sich je nach Autor: Plinius[267] rechnet hierzu die Saubohne, die Linse, die Kichererbse, die Linsenwicke, den Bockskornklee, die Erve, die Lupine und die Vogelwicke,[268] d. h. Hülsenfrüchter im Sinne der Botanik. Columella[269] fügt noch die Schwertbohne, den Hanf und den Sesam hinzu, aber auch Getreidearten wie die Gerste, die Hirse und die Kolbenhirse, desgleichen gewisse Grünfutterpflanzen. Schon aus diesen Listen wird ersichtlich, dass die Römer fast alle vorhandenen Pflanzen dieses Typs, die für die Ernährung von einigem Interesse waren, kultiviert haben, vor allem auch, da sie sich leicht aufbewahren ließen.[270] Es gab, wie die Inschriften bezeugen,[271] einen bedeutenden Handel mit getrocknetem Gemüse.

Die Saubohne (*Vicia faba* L.) bildete lange Zeit eines der Grundnahrungsmittel der römischen Ernährung; sie wurde überall und von je her angebaut und alle haben sie gegessen – abgesehen von den Pythagoreern[272] und dem *Flamen Dialis*, dem sie auf Grund eines religiösen Tabus untersagt war.[273] Man kannte verschiedene Arten: die weiße und die schwarze Bohne,[274] die Bohne der Marser,[275] die »Dreimonatsbohne«, die man im Februar aussäte,[276] und die Bohne von Baiae, die *Baiana* hieß.[277] Gewöhnlich erntete man die Bohne, wenn sie reif war, und drosch das Kraut wie das Getreide, um die Samenkörner herauszuschlagen.[278] Da diese zu hart waren, um ungeschrotet ohne weiteres weich gekocht werden zu können, zerstieß man sie mit einem Stößel in einem Mörser.[279] Man verkaufte die Körner entweder als ganze oder als geschrotete[280] oder verarbeitete sie sogar zu einem Mehl namens *lomentum*, das zum Brotbacken verwendet werden konnte.[281] Die Saubohne wurde vor allem als Brei gegessen und die *puls fabata*[282], die man gemäß einem sehr alten Ritus den Göttern vorsetzte, bezeugt, dass dies Gericht älter ist als jede andere Zubereitungsart des Gemüses. Gekocht oder geröstet galten die Bohnen in Griechenland als Leckerei,[283] und dies sicherlich auch in Rom. Man bereitete aus den Bohnen vor allem eine Art Eintopf zu, wahrscheinlich ein Püree namens *concha*, *conchis* oder *conc(h)ic(u)la*, dessen Rezept sich bei Apicius[284] findet: »Bohnentopf: die Saubohnen kochen, Pfeffer, Liebstöckel, Kümmel und grünen Koriander zerstoßen, Fischbrühe hinzugießen, mit Wein abschmecken und in einen Topf schütten; Öl dazugeben, auf kleiner Flamme kochen und servieren.«[285] Zum Bohnentopf aß man gewöhnlich Speck.[286] Die Bohnen waren die Speise der armen Leute[287] und der Schwerarbeiter, der Bauern,[288] der Schmiede[289] und der Gladiatoren[290]. Wenn man die Entwicklung betrachtet, die sich in allen Kulturkreisen feststellen lässt, muss der Verzehr der reifen Samen zumindest in den wohlhabenden Kreisen durch den des frischen Samenkorns abgelöst worden sein.[291] Obgleich auch grüne Bohnen im Handel verkauft werden, kosten sie zu Beginn des 4. Jahrhunderts n. Chr. erstaunlicherweise nicht mehr als die getrockneten ungeschroteten Bohnen.[292] Man aß sie auch frisch und roh als Naschwerk.[293]

Die zarten Schoten der Saubohnen aß man wie wir heutzutage die grünen Bohnen. Dabei handelt es sich um die *fabaciae* des Apicius,[294] die mit verschiedenen Gewürzen gekocht oder gebraten und mit Fischbrühe gereicht werden, und wahrscheinlich auch um die bajanischen Puffbohnen, die man nach dem Kochen klein schneiden muss.[295]

Die Erbse der Antike, *pisum*, scheint die Ackererbse gewesen zu sein, die Graue Erbse oder Peluschke (*Pisum arvense* L.), eine Unterart des *Pisum sativum* L., mit sehr eckigen und grau marmorierten Samen; diese Erbse wird noch heute angebaut.[296] Merkwürdigerweise wird ihr Anbau vor Varro nicht erwähnt.[297] Anscheinend hat man die Erbse nicht roh gegessen, denn das *Edikt Diokletians* kennt nur »zerstoßene« oder »nicht zerstoßene Erbsen«,[298] und das Kochbuch des Apicius gibt uns in dieser Hinsicht keinerlei Auskünfte.[299] *Conciclae* werden auch aus Erbsen zubereitet.[300]

*Kichererbsen auf einem Mosaik. Vatikanische Museen, Rom*

Von der Kichererbse, *cicer* (*Cicer arietinum* L.), die sehr früh, und schon zur Zeit Homers, angebaut wurde, kannte man verschiedene Kultursorten: die Widder-Erbse,[301] die Tauben- oder Venus-Kichererbse, die schwarze[302] und die punische[303] Erbse. Man aß sie geröstet als Naschwerk[304] und in den Straßen verkaufte man sie gekocht.[305] Man findet sie als Beilage zu einem Käsekuchen[306] oder aber gekocht oder gebraten und stets sehr stark gewürzt[307]. Sie wurde getrocknet,[308] grün oder bundweise[309] verkauft.

Für den menschlichen Verzehr baute man auch Hülsenfrüchter an, die allgemein eher den Tieren vorbehalten waren: die Weiße Platterbse, *cicercula* (*Lathyrus sativus* L.),[310] deren Verwendung in den lateinischen Texten zwar nur spärlich, bei den griechischen Komikern aber gut bezeugt ist;[311] die Erve, Platterbse, *ervilia* (*Lathyrus cicera* L.),[312] wird geröstet, dann geschält und als Brei zubereitet;[313] sie ist fast genauso teuer wie die Linsen und teurer als die Saubohnen und die nicht geschroteten Erbsen.[314] Die Linsenwicke, *ervum*, (*Vicia ervilia* Willd.) war vor allem eine Futterpflanze, aber da Plinius[315] sagt, dass sie beim Menschen nur zu Kopfschmerzen, Erbrechen und Durchfall führt, lässt sich schließen, dass sie, zumindest in Hungersnöten, gelegentlich verzehrt wurde, was von Galen bestätigt wird.[316] Die Futterwicke, *vicia* (*Vicia sativa* L.), die gleichfalls, aber im Prinzip nur für das Vieh,[317] angebaut wurde und auch im Handel erhältlich war,[318] scheint jedoch ebenfalls nur in Notzeiten gegessen worden zu sein.[319]

Die Linse, *lens, lenticula* (*Lens culinaris* Medik.), einer der ältesten kultivierten Hülsenfrüchter,[320] galt als nahrhafter als die Erbse.[321] Berühmt waren die Linsen aus Gela in Sizilien,[322] aber man importierte auch Linsen aus Ägypten,[323] vor allem

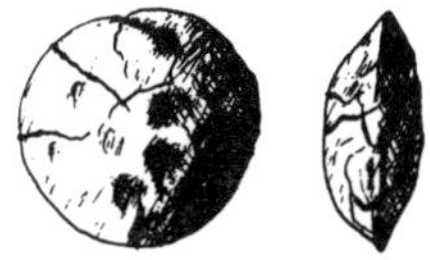

Linse, verkohlter Samen. Zeichnung

aus Alexandria,[324] und aus Syrien[325]. Ursprünglich verwendete man sie für Brei; die Linse wurde dafür zunächst geröstet, dann mit Kleie im Mörser leicht zerstampft; von dieser auf Mago zurückgehende Technik berichtet Plinius.[326]

Die Lupine (Gattung *Lupinus* L.)[327] war nach der Saubohne gewiss der am meisten genutzte Hülsenfrüchter, und zwar sowohl für den Menschen als auch für das Vieh.[328] Von Plautus bis zum *Edikt Diokletians* gehört die Lupine zum festen Bestand der menschlichen Ernährung.[329] Da die Samen bitter sind, röstete man sie zuerst oder man vertrieb den unangenehmen Geschmack mit heißem Wasser;[330] es scheint allerdings, als habe man sie immer in Wasser gekocht gegessen.[331] Columella[332] sieht in ihr ein Nahrungsmittel für Notzeiten, doch das ist unrichtig. Die Lupine fehlt bei Apicius, Plinius indes lobt ihren Nutzen für die Ernährung.[333] Es gab sogar in den Städten, z. B. in Pompeji, »Lupinenhändler«, welche die Samen gekocht verkauften.[334] Doch zweifellos ist die Lupine, die sehr wenig kostete,[335] eine Speise der armen Schichten der Bevölkerung.[336]

Der *phaseolus* (*phaselus, passeolus, passiolus*, abgeleitet von griech. φάσηλος, φασίολος) ist natürlich nicht unsere Bohne (*Phaseolus vulgaris* L.), deren wahre Heimat das tropische Amerika ist,[337] sondern es handelt sich um die Schwertbohne (*Vigna sinensis* Endl. = *Dolichos sinensis* L.),[338] die Dioskurides unter dem Namen »Gartenwinde«[339] beschreibt. Die Schwertbohne, die Cato noch nicht kennt, kommt über Griechenland[340] nach Italien und wird zur Zeit Varros angebaut, doch Vergil misst ihr noch keinen großen Wert bei.[341] Man isst die Früchte der Schoten, die als *phaseoli virides* im Bund zu 25 Stück verkauft werden.[342] Dies ist meines Erachtens eines der seltenen Beispiele dafür, dass die Römer nicht die volle Reife der Frucht abwarteten und sich der Möglichkeit beraubten, einen Vorrat für den Winter anzulegen. Man aß die Samen sowohl frisch als auch getrocknet.[343]

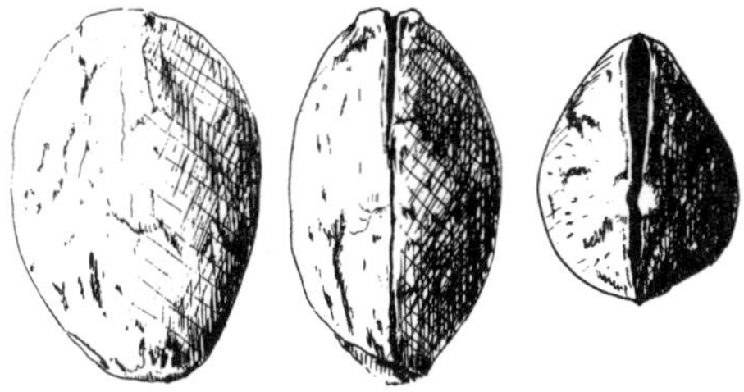

Hanf, unverkohlte Frucht. Zeichnung

Abgesehen von den Hülsenfrüchtern wurden auch die Samen von Pflanzen, die man für andere Zwecke anbaute, für die Ernährung des Menschen genutzt, und hier zuerst der Leinsamen (*Linum usitatissimum* L.), den Columella[344] zu den angenehmsten essbaren *legumina* rechnet. Die Samenkörner wurden geschrotet und für die *polenta* verwendet: Auf 20 Pfund Gerste kamen 3 Pfund Leinsamen.[345] Die Bauern Transpadaniens bereiteten aus dem Lein ein sehr mild schmeckendes Gericht zu,[346] und die Tatsache, dass man ihn außerdem auch bei den Opfern verwendete,[347] deutet darauf hin, dass er früher allgemein verzehrt wurde. Der Hanf (*Cannabis sativa* L.) steht, zwischen der Kichererbse und der Hirse, ebenfalls in der Liste Columellas. Die Texte bieten sonst kein Zeugnis für Italien,[348] doch Dioskurides versichert, dass der Hanfsamen essbar ist, und Galen berichtet, dass er geröstet als Dessert gegessen wurde.[349] Wir wissen, dass die Hanfsamensuppe früher sehr beliebt war.[350] Der Hanfsamen wurde im Handel verkauft.[351]

Der Sesam (*Sesamum indicum* L.) wurde bald zu den *frumenta*, bald zu den *legumina* gerechnet.[352] Die Pflanze, deren indische Herkunft Plinius bekannt ist,[353] wurde in Italien relativ spät angebaut, Cato spricht nicht von ihr. Doch bereits Plautus erwähnt die Sesamkörner[354] und eine Form ihres Namens deutet auf eine frühe Entlehnung.[355] Der Sesam wird hauptsächlich zum Brot- und Kuchenbacken verwendet.[356] Aber Columella führt auch ein »Kräutergericht« an, für das die Sesamsamen leicht geröstet und im Mörser zerstoßen werden.[357]

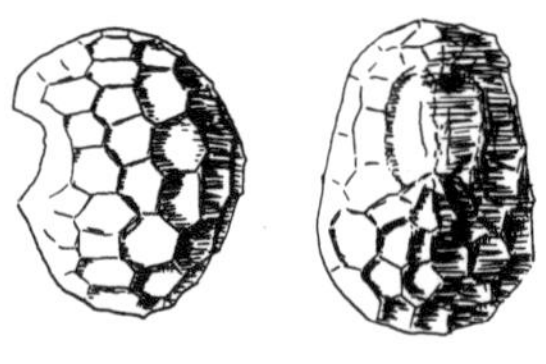

*Mohn, unverkohlter Samen. Zeichnung*

Genauso verhält es sich mit den Samen des Mohns (*Papaver somniferum* L., var. *album* DC und *nigrum* DC), der schon in ältester Zeit angebaut wurde, er wuchs bereits im Garten des Tarquinius Superbus.[358] Er wird vor allem zum Würzen von Kuchen und Brot verwendet.[359] Die alten Römer aßen ihn mit Honig geröstet als zweiten Gang.[360] Zusätzlich findet er bei der Zubereitung des *cocetum* Verwendung, des Getränks, das der frisch verheirateten Frau vor dem Zubettgehen gereicht wird.[361] Man aß auch die Samen des Steckenkrauts.[362]

Die Samenkörner, die man verzehrte, stammen alle, von einer Ausnahme abgesehen, von Kulturpflanzen. Die Römer haben also alle Hülsenfrüchter und viele andere Pflanzen angebaut, deren Samen wirklich nahrhaft und ertragreich waren. Diejenigen, die wie die Weiße Platterbse, die Kichererbse, die Erve und die Futterwicke von geringerem Interesse waren, wurden vielleicht nur gelegentlich, bei schlechten Ernten und in Notzeiten, gegessen; soweit unsere Informationen reichen, hat man sich um die wilden Hülsenfrüchter nicht gekümmert.

Der Samen wird selten frisch verzehrt, mit Ausnahme desjenigen der Sau- und der Schwertbohne. Doch anscheinend hat sich dies erst spät und nur in den wohlhabenden Bevölkerungsschichten eingebürgert; denn die meisten Beispiele finden sich im Kochbuch des Apicius.

Allem Anschein nach hat man dies »Trockengemüse«, von der Kichererbse abgesehen, nicht unmittelbar zum Kochen verwendet. Im Allgemeinen werden die Samen vorher im Mörser zerstoßen und zu einem groben Mehl geschrotet, um daraus Brei zuzubereiten. Dies gilt für die Saubohne, die Erbse, die Platterbse (sie wird vorher geröstet), selbst für die Linse[363] und den Leinsamen.

Dies ist auch der Grund dafür, warum das »Trockengemüse« nicht zur Proviantration der Legionssoldaten gehörte: Es konnte nicht, anders als der Weizen, einfach geröstet und gegessen oder ebenso problemlos zu Fladen und Brei verarbeitet werden. Dass die ausgehungerten Soldaten Caesars vor Dyrrachium, ohne zu murren, Gerste und »Trockengemüse« in Empfang nahmen, zeigt, wie außergewöhnlich diese Zuteilung war.[364]

## Früchte der Kürbisgewächse

Zwischen den Gartenprodukten, den *holera* und den *legumina*, haben die antiken Agronomen zwei Früchten einen Platz zugewiesen. Die Gurke, *cucumis* (*Cucumis sativus* L.), hat eine so große Bedeutung für die Ernährung, dass Plinius ihr eine lange Abhandlung widmet,[365] obwohl die Ärzte sie für wenig nahrhaft hielten.[366] Man verzehrte sie roh, mit Schale[367] oder geschält mit Fischbrühe und Essig; doch sie wurde ebenfalls gekocht und als Beilage zu Fisch oder Huhn gereicht.[368] Die Gurke der Antike muss sehr bitter gewesen sein; denn bei zwei Rezepten des Apicius wurde sie zusammen mit Honig und Strohwein angerichtet, wodurch der herbe Geschmack abgemildert werden sollte. Außerdem glaubte man, man könne mildere Sorten ziehen, wenn man die Samenkörner zwei Tage vor der Aussaat in Honigmilch einlegte.[369] Die Gurke war ein recht verbreitetes Gemüse, das zum selben Preis wie die Weiße Rübe verkauft wurde.[370]

*Kürbis auf einem Mosaik. Vatikanische Museen, Rom*

Bei der *cucurbita* der Römer handelt es sich um den Flaschenkürbis oder die Kalebasse (*Lagenaria vulgaris* Ser.), die in den Gemüsegärten gezogen wurde.[371] Dass der Name nicht vor dem 1. Jahrhundert v. Chr. bezeugt ist (Varro), muss ein Zufall sein, weil die Pflanze, die im tropischen Afrika und im südlichen Asien wächst, nicht aus Griechenland übernommen wurde, wo sie unter einem anderen Namen, als κολοκύνθη, bekannt ist. Die wenig nahrhafte[372] Frucht wird bei einfachen[373] und lächerlichen Essen aufgetischt, wie bei dem, wo Martial[374] sieht, wie sich ein Koch und ein Bäcker den Kopf darüber zerbrechen, wie man zum Preis von einem As aus einem Flaschenkürbis ein Menü vom ersten bis zum letzten Gang zubereiten kann. Die vernünftigen Leute lehnen den Kürbis nicht ab und Plinius bezeichnet ihn als eine gesunde und leichte Speise.[375] Der Kürbis wird auf verschiedene Weisen angerichtet. Apicius hält es der Mühe für wert, neun Rezepte aufzuführen: Der Kürbis wird gebraten oder gekocht, einmal auch mit einer Füllung versehen.[376] Er kostet genauso viel wie die Gurke.[377]

## Pilze und Trüffel

Es ist schwierig, die Pilze in der Ernährung der Antike richtig einzuordnen: Einerseits können sie eine nicht unerhebliche Ergänzung des Speiseplans darstellen, und zudem lassen sie sich leicht sammeln; andererseits ist ihr Verzehr mit Gefahren verbunden, was die Schriftsteller gerne betonen. Da man nicht wusste, welche Pilze essbar waren, fielen ihnen ganze Familien zum Opfer und manchmal war eine verbrecherische Absicht der Grund.[378] Wenn die Städter auf den Märkten Pilze kauften, die sie nicht sicher kannten, hatten sie keinerlei Garantie und hielten sich an die Farbe der Pilze und an ihr Aussehen beim Kochen; noch mehr vertrauten sie auf Gegenmittel[379]: »Für schlecht wird man die Pilze halten«, sagt Plinius,[380] »die beim Kochen härter werden, für weniger schädlich diejenigen, die man mit einem Zusatz von Natron kocht, vor allem wenn man sie richtig weich kocht. Man wird beruhigter sein, wenn man sie zusammen mit Fleisch oder Birnenstielen kocht. Es ist auch gut, gleich danach Birnen zu essen. Der Essig, der von entgegengesetzter Natur ist, ist gleichfalls ein Gegenmittel.«

*Drei Drosseln und acht oder neun Pilze. Wandmalerei aus Herculaneum*

Dies alles verhinderte nicht, dass die Pilze sehr gefragt waren und zu den größten Delikatessen gerechnet wurden. Der Kaiser Tiberius beschenkte Asellius Sabinus mit 200 000 Sesterzen für einen Dialog, indem sich die *boleti*, die Schnepfen, Austern und Krammetsvögel um den Vorrang streiten.[381] Doch es ist nicht leicht, genau anzugeben, welche Pilze verzehrt wurden. Da die Menschen der Antike keine wissenschaftliche Klassifizierung vornahmen, unterschieden sie die Pilze meistens nach den Bäumen, bei denen sie vorkamen, oder nach den Baumstämmen, aus denen sie hervorwuchsen.[382] Man kann, zumindest für die Kaiserzeit, ungefähr drei Kategorien aufstellen: die *fungi*, die, wie man glaubte, aus dem Saft der Bäume entstanden,[383] die *boleti* und die *suilli*. Diese Unterscheidung wird allerdings nicht immer eingehalten.[384] Andererseits geht aus den Texten nicht hervor, ob die dort erwähnten Pilze als essbar galten. Unter den *fungi*, die verzehrt werden, sind die *fungi farnei*, die Eschenpilze, herauszuheben, die vielleicht mit den Pfifferlingen (*Cantharellus cibarius* Fries.)[385] identisch sind, und daneben ein Espenpilz, bei dem es sich um einen Seitling oder einen Schüppling handeln könnte.[386] Bei den *suilli*, die am Fuße der Bäume[387] wachsen und sehr gefragt sind,[388] handelt es sich um die Steinpilze (u. a. den *Boletus edulis*), was durch ihre italienischen Namen *porcino* und *porcinello* bestätigt wird. Auf Neapolitanisch heißen sie *silli*.[389] Am beliebtesten von allen sind die *boleti*,[390] aus der Erde wachsende Pilze, zu denen sowohl giftige (die Knollenblätterpilze) als auch essbare Arten[391] gehören; dabei hat man an Lamellen- und gewisse Röhrenpilze gedacht.[392] Der weiße Pilz, dessen Strunk »eine gewisse Ähnlichkeit mit der spitzen Priestermütze des Flamen aufweist«, könnte unser Parasol sein.[393]

Die Wiesenpilze, von denen gesprochen wird, sind kaum besser bestimmbar; in den Augen des Horaz sind sie die besten und die ungefährlichsten.[394] Gewiss muss man die *fungi albi* Ovids bei den Wiesenpilzen einordnen und nicht bei den gezüchteten;[395] vermutlich handelt es sich um den Echten Champignon (*Psalliota campestris* L.) und den Schaf-Champignon (*Psalliota arvensis* Schaeff).[396] Die fleischigen Pilze der Feuchtwiesen, die an Schwämme erinnern,[397] sind wahrscheinlich die Morcheln (*Morchella esculenta* Pers., *M. conica* Pers. usw.), die im Italienischen ihren alten Namen bewahrt haben.[398] Die *helvellae*[399] sind ebenfalls Pilze, nämlich die Lorcheln, deren Name sich im toskanischen *elvella* erhalten hat.[400]

Aus Bithynien importierte man getrocknete Sauschwämme (*suilli*).[401]

Spuren von der Existenz einer Pilzzucht haben wir nirgends gefunden, doch kann man davon ausgehen, dass die Römer, ebenso wie die Griechen, durchaus versucht haben, Pilze zu züchten. Nikandros[402] empfahl, den Stamm der Feigenbäume mit Mist zu umgeben und zu begießen, um die Pilze zum Wachsen zu bringen. Die *Geoponika*[403] nennen ein Verfahren, das wohl dazu bestimmt war, den Pappelpilz zu züchten: »Eine Schwarzpappel fällen, den Stamm auf der Erde zuschneiden und ihn dann mit in Wasser angerührter Hefe begießen. In Bälde wird man die Pilze der Schwarzpappel wachsen sehen.« Das Werk vermerkt noch eine andere Technik, bei der man sich fragen kann, wie wirkungsvoll sie wohl war[404]: »Wenn man will, dass die Erde auch Pilze hervorbringt, wählt man eine leichte Bergerde, auf der gewöhnlich Schilfrohr wächst; nachdem man Gestrüpp und andere leicht brennbare Materialien zusammengetragen hat, setzt man, wenn man sieht, dass genügend Wolken am Himmel Regen ankündigen, das Ganze in Brand ... Auf diese Weise werden spontan Pilze wachsen. Falls kein Regen fällt, wenn das Feuer entzündet ist, gießt man stattdessen etwas klares Wasser aus und die Pilze werden kommen, wenn auch von minderer Qualität. Die Pilze, die vom Regen ernährt werden, sind in der Tat schöner.«

Wie dem auch sei, diese Zuchtversuche zeigen, dass die Menschen der Antike die Bedeutung der Pilze für die Ernährung erkannt hatten. Zu Martials Zeiten legte man beim Diner großen Wert auf sie. Man aß sie roh,[405] geröstet[406] oder gekocht und servierte sie heiß, mit verschiedenen Soßen.[407]

Die Trüffel war ebenfalls sehr beliebt, obwohl Martial[408] ihr die *boleti* vorzieht. Plinius[409] zählt verschiedene Sorten auf, die man nach ihrer Farbe ungefähr bestimmen kann: bei der weißen handelt es sich um die weiße oder provençalische Trüffel (*Tuber magnatum* Pico, ital. *tartufo bianco*) und vielleicht auch um die Sommertrüffel (*T. aestivum*), die außen schwarzbraun, aber innen weiß ist; es gibt die rote, die identisch ist mit der in Italien verbreiteten Hundenasentrüffel (*T. rufum*); die schwarze Trüffel ist die nach Moschus duftende Périgordtrüffel (*T. brumale* Vittad.).

Libyen brachte eine andere Art Trüffel hervor, die *misy* hieß; dabei handelt es sich um die Wüstentrüffel (*Terfezia leonis* Tul. und andere *Terfezia* ),[410] die – wie wir durch Juvenal erfahren – nach Italien importiert wurde.[411] Der Preis der Trüffeln ist, im Gegensatz zu dem der Pilze, durch das *Edikt Diokletians* festgelegt.[412] Apicius führt sechs Rezepte an, von denen manche sehr kompliziert sind.[413]

## Die Konservierung des Gemüses

Die Konservierung des Gemüses war für eine Bevölkerung, deren Nahrung im Wesentlichen pflanzlicher Art war, eine unbedingte Notwendigkeit.[414] Allem Anschein nach gab es keine Händler für Obst und Gemüse, nur manchmal für die Früchte der Kürbisgewächse: Tiberius besaß bewegliche Gewächshäuser, die ihn das ganze Jahr über mit Gurken versorgten;[415] allerdings hätten nur die Reichen davon profitieren können. Der Transport von frischem Gemüse von den Südküsten des Mittelmeers war angesichts der Kosten, der Risiken und der Langsamkeit der Schifffahrt undenkbar. Man musste also das Gemüse für den Winter haltbar machen. Das war auf dem Lande noch notwendiger, da hier der Fleischkonsum, von Schweinefleisch abgesehen, verschwindend gering war und die Anbauprodukte, besonders die verschiedenen Getreidearten, nach Möglichkeit in den Verkauf gingen.

In der Tat waren von der Frühlings-Tagundnachtgleiche bis zur Zeit der Weinlese[416] die Bäuerinnen weitgehend mit der Vorratshaltung beschäftigt.[417] Meistens sammelten sie die vollständigen Stiele der Gewächse, die in der Sonne getrocknet und von ihren harten Blättern und Rinden befreit wurden.[418] Sie wurden in Ton- oder Glasgefäßen aufbewahrt; diese Gefäße hatten eine besondere Form: Sie hatten einen flachen, manchmal ausgepichten Boden und vorzugsweise ein bloß geringes Fassungsvermögen, damit sich die Verluste, falls die aufbewahrten Speisen schimmelten, in Grenzen hielten.[419] Zu diesen Vorsichtsmaßnahmen gesellen sich Vorschriften religiöser Natur: Die Gefäße und Nahrungsmittel dürfen nur von noch nicht geschlechtsreifen Personen berührt werden oder, in Ermangelung dieses Personenkreises, nur von Menschen, die auf sexuelle Kontakte möglichst verzichten. Die Männer und Frauen müssen Waschungen vornehmen, bevor sie die Nahrungsmittel berühren.[420] In den Gefäßen werden die Lebensmittel in Salzlake, Essig oder in einer Mischung aus zwei Dritteln Essig und einem Drittel Salzlake eingelegt.[421] Die Haltbarkeit wird außerdem durch die Beigabe von Gewürzen sichergestellt: getrockneter Fenchel, die Wurzel des Laserkrauts, getrockneter Dill, Raute, Porree und verschiedene Pfefferkräuter sorgen gleichzeitig für einen angenehmen Geruch.[422]

Nach dem oben beschriebenen Verfahren werden folgende Kulturpflanzen eingelegt: der Stängel des Schwarzkohls mit seinen Blütenknospen,[423] die bittere Endivie und der Eskariol,[424] der Meerfenchel,[425] der Spargel,[426] die Stängel der Karotte und des Selleries,[427] des Portulaks,[428] der Gartenkresse, *lepidium*,[429] die grünen Schwertbohnen mit ihren Schoten,[430] die Stängel der Kardone,[431] des Lattichs[432] und die Sprossen des Kohls[433]; eine Art dieser Kohltriebe, das *halmyridion*, wurde für lange Seereisen in Fässern aufbewahrt.[434]

Man legte auch von den essbaren Wurzeln einen Vorrat an: Die Weißen Rüben wurden zuerst in die Erde gelegt, dann getrocknet,[435] aber so waren sie nur für die Bauern akzeptabel; für eine raffiniertere Küche schnitt man sie in Scheiben und salzte sie, um sie zu entwässern; dann legte man sie in Töpfe, wo sie in Senf und Essig schwammen.[436] Die Steckrüben wurden als ganze Wurzeln oder, falls sie dick waren, klein geschnitten auf die gleiche Weise behandelt.[437] Darüber hinaus konservierte man den Pastinak[438] und, nach sehr komplizierten Rezepten, die Wurzel des Alants.[439]

Der Flaschenkürbis und die Gurke wurden in Salzlake aufbewahrt, der Flaschenkürbis außerdem in einer mit Sand ausgestreuten Grube, die mit Stroh abgedeckt wurde; dort behielt er seine grüne Farbe.[440] Wie bei den Griechen schnitt man ihn gewiss auch in Scheiben, die man an der Luft trocknete und als Speise für das Gesinde in den Rauchfang hängte, eine Technik, die den Vorteil hatte, Salzlake zu sparen.[441]

Man legte sehr viele Pflanzen ein, die, soweit wir den Quellen entnehmen können, nicht als frisches Gemüse gegessen wurden. Für einige der Pflanzen mag das mit dem Zufall der Textüberlieferung zusammenhängen, doch es ist gleichfalls möglich, dass bestimmte Wildpflanzen nicht für den unmittelbaren Verzehr gesammelt wurden, da sich die Gartenbauprodukte für die schöne Jahreszeit als ausreichend erwiesen. Bei diesen wilden Pflanzen handelt es sich um folgende: die Triebe des Wilden Rettichs, *armoracium*,[442] des Ackersenfs oder Hederichs, *lapsana*, und der Wilden Möhre,[443] ferner der Hau- oder Bockshechel, *ononis*;[444] weiter sind es die Stängel der Hauswurz, *digitellus*,[445] die jungen Triebe des Mannstreu,[446] die Stängel des Steckenkrauts mit den Blütenknospen[447] und schließlich eine nicht bestimmbare Pflanze namens *pes milvinus* ›Weihenfuß‹.[448]

Für die Vorratshaltung sammelte man sogar die Triebe von Sträuchern, ja selbst von Bäumen, und auch Zweige mit ihren Blättern: die Triebe des Kapernstrauchs[449] und der Myrte,[450] die Spitzen des Brombeerstrauchs,[451] die Triebe des Mäusedorns[452] und der Waldrebe,[453] die Spitzen der Weinrebe,[454] der Wildrebe,[455] der Gemeinen Schmerwurz und der Zaunrübe[456] und schließlich noch des Feigenbaums.[457]

Der Knoblauch hält sich in Spreu, oder man hängt ihn in den Rauchfang;[458] die Zwiebel wird gleichfalls in Spreu[459] gelegt oder in Salzlake und Essig[460] oder in *allec*[461] mariniert. Nach dem Zeugnis des Plinius[462] legte man den Knoblauch und die Zwiebeln, die man haltbar machen wollte, in heißes Salzwasser oder hängte sie für eine gewisse Zeit über glühende Kohlen. Man hatte einen großen Verbrauch an getrockneten Zwiebeln und in mehreren Rezepten des Apicius wird betont, dass es getrocknete sein müssen.[463]

Schließlich trocknet man noch Pilze, indem man sie auf einer Binse aufgereiht aufhängt.[464] Trüffel lassen sich in Sägespänen aufbewahren, in fest verschlossenen Töpfen und an einem kühlen Ort.[465]

Diese Konservierung, selbst die der wild wachsenden Pflanzen, ist niemals etwas Außergewöhnliches. Columella sah sich verpflichtet, einen großen Teil seines Buches XII den dafür notwendigen Vorbereitungen zu widmen, und zählt die Pflichten auf, welche die Bäuerin hierbei zu übernehmen hat. Wir schulden ihm Dank, dass er uns die einzige wahrheitsgetreue Darstellung der bäuerlichen Ernährung, die wir besitzen, hinterlassen hat. Italien kannte nicht die Konservierung mittels saurer Gärung, die verschiedene Pflanzen und Blätter zu Sauerkraut werden lässt, ein in Mittel- und Nordosteuropa weit verbreitetes Verfahren. Das lag einerseits gewiss an den klimatischen Verhältnissen, welche die Zubereitung erschwerten,[466] andererseits aber auch daran, dass die Halbinsel über genügend Salz verfügte, um in ausreichenden Mengen Salzlake herzustellen. Gleichwohl bleibt festzuhalten, dass es für die verwöhnteren Gaumen eine Konservierungsart gab, bei der die Salzlake von weniger derben und besser schmeckenden Produkten ersetzt wurde, z. B. von Essig, der mit Honig gesüßt oder mit Senf gewürzt war.[467]

## Zusammenfassung

Das Gemüse war eine der Grundlagen der römischen Ernährung, in der Stadt ebenso wie auf dem Lande. Der Koch im *Pseudolus* beklagt sich darüber, dass er nur Kräuter zubereiten kann.[468] In Rom selbst hatten die Armen in der ersten Zeit ihre eigenen Gärten, aus denen sie alle ihre Lebensmittel bezogen.[469] Später kommt das Gemüse aus der Umgebung der Stadt und aus nahe gelegenen Gebieten, die sich dem Gemüseanbau verschrieben haben: z. B. vom Mons Algidus im Norden der Albanerberge, der Meerrettich und Weiße Rüben lieferte,[470] wie auch aus dem benachbarten Aricia, dem Zentrum des Kohl- und des Porreeanbaus.[471]

Nicht nur der Garten sorgte für die Nahrung. Den 54 Kulturpflanzen, die wir aufgeführt haben, stehen 43, d. h. fast genauso viele, wild wachsende Arten gegenüber. Gewiss fehlen die meisten der letztgenannten auf den Tischen der Städter, insbesondere der wohlhabenden, außer wenn diese einer vorübergehenden Laune nachgaben. Athenaios und erst recht Apicius zeigen uns kein vollständiges Bild der pflanzlichen Ernährung in der griechisch-römischen Welt und es ist offenkundig, dass Plinius sehr viele Pflanzen gar nicht kennt.

Zu einer Zeit, in der man anfängt, die Pflanzen zu kultivieren, befindet sich die pflanzliche Ernährung auf dem Lande also auf halbem Wege zwischen dem Stadium des Sammelns und dem des Anbaus. Aber dafür ist die Ernährung andererseits durch eine reiche Vielfalt gekennzeichnet, was durch die Fülle der Pflanzenarten – es sind etwa hundert – bezeugt wird. Es trifft allerdings zu, dass die Fortentwicklung der Kultur zu einer zahlenmäßigen Verringerung der genutzten Pflanzen führt und dass, wenn man auf die wild wachsenden Arten gänzlich verzichtet, die Ernährung dazu neigt, weniger abwechslungsreich zu werden.[472]

Nur sehr wenige Pflanzen werden in historischer Zeit neu angebaut: so der Bockshornklee und die Schwertbohne, die vor Varro nicht bezeugt ist und deren Name *phaselus* auf eine griechische Vermittlung verweist; etwa im 1. Jahrhundert v. Chr. der Sesam; die Kolokasie zur Zeit des Plinius. Der Name der Erbse erscheint nicht vor dem 1. Jahrhundert v. Chr. und Cato hat ihren Anbau nicht erwähnt;[473] das könnte unter Umständen daran liegen, dass die vorherrschenden Pflanzen mit Samenkörnern damals die Saubohne, die Kichererbse und die Linse waren. Es gab keine Revolution, die sich mit der vergleichen ließe, die in Europa, wenn auch langsam, durch die Einführung amerikanischen Gemüses in Gang gesetzt wurde. Der Fortschritt hat vor allem zwei Ursachen: er beruht zunächst auf der Kultivierung neuer wild wachsender Arten wie des Ampfers, des Selleries und – wahrscheinlich im 2. Jahrhundert v. Chr., jedenfalls zwischen Cato und Varro – der Kardone; später des Rettichs (*armoracia*), der für Plinius noch wild ist. Der zweite Grund liegt im Aufschwung des Gemüseanbaus in der Kaiserzeit. Die Frau trug die Verantwortung für den Gemüsegarten,[474] doch abgesehen von dieser familiären Gartenbaukultur, deren Produkte das Landgut kaum verlassen, sind in gewissen bevorzugten Gebieten, besonders auf der Vulkanerde in der Umgebung von Alba Longa, Gemüsekulturen entstanden, die dazu bestimmt waren, die Ernährung der Hauptstadt zu gewährleisten. Von Cato bis Plinius bezeugt die zunehmende Zahl der Kohl- und Latticharten den Fortschritt im Gartenbau, der sich zum Teil an den Spezialisten Syriens[475] und Kilikiens[476] orientiert. Er erfordert dann jedoch so viel Mühe, dass seine Produkte unerschwinglich werden. Den Spargel oder die Kardone können sich nicht mehr alle leisten.

# 2
# Getreide

Der Mensch hat sehr früh die Gramineen selektiert, die sich für die Zubereitung von Brei, Grütze und Fladen eigneten. Aber in Europa gab es keine wild wachsenden Arten, die man hätte anbauen können; die Gerste und der Weizen wachsen sogar niemals von selbst nach und könnten ohne Kultivierung[1] nicht überdauern. Man nimmt an, dass sie aus dem Orient stammen. Den verschiedenen Getreidearten der römischen Welt kam indes nicht dieselbe Bedeutung zu wie heutzutage und sie wurden auch nicht in derselben Weise verwendet.

*Gerste, verkohlte Spelzfrucht. Zeichnung*

Die Gerste war gewiss das erste Getreide, das in Italien in großem Stil angebaut wurde; sie war, vielleicht als Unkraut,[2] gleichzeitig mit dem Weizen gekommen und wurde wegen ihrer Widerstandsfähigkeit und ihres früheren Reifwerdens anfangs vorgezogen. Dies war sowohl in Griechenland als auch in Italien der Fall, wo es das Gerstenbrot möglicherweise sogar früher gab als das Weizenbrot.[3] Die Römer kannten zwei Gerstenarten, die Wintergerste (*Hordeum hexastichum* L., sechszeilige Gerste), die als einzige auf den Münzen Großgriechenlands bis ins 4. Jahrhundert v. Chr. abgebildet ist,[4] und die zweizeilige Gerste (*H. distichum* L.), die sicherlich jünger ist und deren Existenz in Griechenland erst ab dem 3. Jahrhundert v. Chr. bezeugt ist.[5] Beide Arten haben bespelzte Körner, die man, um die klebrigen Spelzen zu entfernen, erst rösten musste, bevor man sie zerstoßen oder mahlen konnte.[6] Galen berichtet,[7] früher habe man an die Krieg führenden Soldaten Gerste verteilt, doch man habe erkannt, dass sie weniger nahrhaft sei als Weizen,[8] und seit langem gebe man ihnen Gerste nur noch, wenn man sie strafen wolle.[9] Noch im 1. Jahrhundert n. Chr. war der Anbau der Gerste sehr verbreitet, weil sie den Unbilden der Witterung besser standhielt als der Weizen und als Viehfutter sehr nützlich war.[10] Außerdem kam man in Notzeiten und bei schlechten Getreideernten auf sie zurück.[11]

Der Weizen gehört zu den ältesten Kulturen der Welt, man findet ihn seit dem 4. Jahrtausend zusammen mit der Gerste in Mesopotamien und Ägypten.[12] In den Augen der Griechen, die sich von Gerste ernährten, galt Italien seit dem 5. Jahrhundert als ein Weizenland.[13]

Beim Weizen gibt es zwei Arten, den Hartweizen mit eingespelzten Körnern – dies ist der Dinkel im weitesten Sinn – und den Hart- und Weichweizen mit unbespelzten Körnern. Die erstgenannten Arten wurden zuerst in Italien angebaut und dabei unter dem Namen *far, ador* und *adoreum*[14] vor allem der Emmer (*Triticum dicoccum* Schrk.) mit seinen Arten ohne Grannen. Er ist der Weizentyp, der auf der Erde und vor allem in Ägypten[15] am frühesten angebaut wurde, und so war er auch das älteste Nahrungsmittel Latiums,[16] das einzige, welches das römische Volk über 300 Jahre hindurch kannte;[17] schon der Name für Mehl, *farina* ›Produkt aus *far*‹, wäre dafür ein hinlängliches Indiz. Nach dem Zwölftafel-Gesetz erhielt ein inhaftierter Schuldner als Tagesration 1 Pfund Körner.[18] Es gab verschiedene Weizenarten. Die eine, die *zea* und in Italien *semen* hieß, war im Orient, in Ägypten, Syrien, Kilikien, Kleinasien und Griechenland zu Hause, wurde jedoch auch in Kampanien und Umbrien angebaut.[19] Da Plinius versichert, dass die Völker, die kein *far* kennen, die *zea* haben, scheint es sich hier um einen Emmer zu handeln, und zwar um seine Formen mit langen Grannen. Eine andere Weizenart ist die *scandala* oder *scandula*, die Plinius als eine Variante des *far* bezeichnet. Sie wurde in Gallien unter dem Namen *bracis*[20] angebaut und im *Edikt Diokletians* ist für sie ein niedriger Preis angesetzt;[21] schließlich ist wohl auch die *arinca* Galliens und Italiens eine Art des Emmers, der infolge des feuchten Klimas einen längeren Halm und längere und schwerere Ähren hat.[22] Die im *Edikt Diokletians* genannte *spelta* ist wahrscheinlich der Dinkel,[23] den Hieronymus anscheinend mit dem *far* verwechselt.[24] Es steht jedenfalls fest, dass das Edikt im Jahre 301 n. Chr. nur zwei Arten Weizen kennt: *frumentum* (= *triticum*) und *spelta*.[25]

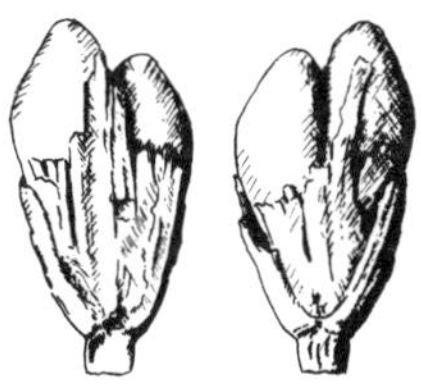

Emmer, verkohltes Ährchen. Zeichnung

Das Einkorn, ein anderer bespelzter Weizen (*Triticum monococcum* L.), ist ein Getreide, das niemals sehr verbreitet war und offenbar vor allem in Kleinasien angebaut wurde;[26] es wird von Plinius nur unter seinem aus dem Griechischen transkribierten Namen *tiphe* und nur für die Gebiete außerhalb Italiens erwähnt.[27]

Gegen Ende des 5. Jahrhunderts v. Chr. erscheinen die unbespelzten Weizenarten. Der Hartweizen (*Triticum durum* Desf.), vor allem der afrikanische, und für Italien gewiss auch der halbweiche Englische Weizen oder Rauweizen (*Triticum turgidum* L.)[28] heißen *triti-*

Einkorn, verkohlte Frucht. Zeichnung

*cum* (von *terere* ›Getreide dreschen‹), eine Bezeichnung, die nur für den unbespelzten Weizen Sinn macht, da es fast unmöglich ist, das *far* zu dreschen, das man daher als ganze Ähren in die Kornspeicher einfuhr. Im 1. Jahrhundert werden diese Arten fast überall angebaut, wo Weizen wachsen kann.[29] Der Gemeine Weizen oder Saatweizen (*Triticum vulgare* Vill.), lat. *siligo*, ist ein weicher Nacktweizen, der in Kampanien, Etrurien und Gallien angebaut wurde.[30] Die verschiedenen Nacktweizen haben allmählich den schwer zu entspelzenden Emmer verdrängt; sein Anbau ging immer weiter zurück und findet sich heute, als Relikt der antiken Kulturen, nur noch in Berggegenden.[31]

Im 1. Jahrhundert unseres Zeitalters haben die italischen Bauern den Weizen allem Anschein nach nur zu ihrem persönlichen Verbrauch ausgesät.[32] Da man für die Städte und das Heer das Getreide aus Afrika, Ägypten, Sizilien, Gallien und Sardinien einführte,[33] ging der Anbau in Italien so weit zurück, dass die Versorgung gefährdet war, wenn sich die Lieferungen wegen schlechten Wetters verzögerten oder die Ernten in den Provinzen schlecht ausfielen; Spekulation und Hungersnot waren die Folge. Man kann aus den nach Italien eingeführten Getreidearten nicht erschließen, welche Auswirkungen sie auf die Ernährung hatten. Sizilien und Afrika schicken Hartweizen, Gallien eingespelzten Weizen, Ägypten Rauweizen, Hartweizen und eingespelzten Weizen, also recht unterschiedliche Arten, die sich sowohl zum Breikochen als auch zur Herstellung von Stärkemehl, Graupen und Mehl zum Brotbacken eigneten.[34]

Bei der Hirse oder Echten Hirse (*Panicum miliaceum* L.), *milium*, handelt es sich ebenfalls um eine alte Kulturpflanze Griechenlands und Italiens. Da sie in einem kalten Klima rasch reift, wurde sie auch in ganz Gallien ausgesät.[35] In Italien ist ihr Anbau sowohl für das diesseitige Gallien als auch für Kampanien bezeugt.[36] Die gleichfalls alte Kolben- oder Vogelhirse (*Setaria Italica* P.B.), *panicum*, deren Körner kleiner sind und die langsamer reift (fünf Monate), wurde vor allem in Gallien, Aquitanien, in Marseille und im diesseitigen Gallien angebaut.[37] Diese beiden Getreidearten eignen sich im Wesentlichen für die Zubereitung von Brei, vom dem sich die Bauern in zahlreichen Gebieten ernährten; sie spielten auch in Notzeiten eine wichtige Rolle; denn gegenüber allen anderen Getreidearten hatten sie den Vorteil, Dürreperioden sehr gut zu überstehen.[38] Ihre Bedeutung für die Ernährung ist sehr viel größer, als es die nicht-fachlichen lateinischen Texte vermuten lassen. Übrigens war der Hirsebrei im Mittelalter sehr verbreitet und hat sich sehr lange gehalten: zu nennen sind hier z. B. die »milliasse« der Cevennen und der berühmte Brei, den die Züricher nach Straßburg brachten, usw.[39]

*Hirse, verkohlte Frucht. Zeichnung.*

Der Roggen (*Secale cereale* L.), *secale* oder *centenum*, ist als Unkraut mit dem Weizen gekommen; sein Anbau in Europa ist relativ jungen Datums. In der Eisenzeit hat er sich nördlich der Alpen, in Süddeutschland und in der Schweiz verbreitet,[40] wo er sich wegen seiner Widerstandsfähigkeit gegen die Kälte durchgesetzt hat. In Italien war er unbekannt; im 1. Jahrhundert n. Chr. gab es ihn nur am Fuße der Alpen bei den Taurinischen Ligurern; man betrachtete ihn allerdings als das Getreide, das sich – außer in Zeiten der Hungersnot – als Nahrungsmittel am wenigsten eignete, und man fand seinen Geschmack so bitter, dass man ihn mit Emmer mischte, um ihn genießbar zu machen.[41] Dennoch wurde er im 2./3. Jahrhundert n. Chr. in der Gegend um Pavia angebaut, ebenso in Germanien, Makedonien, Thrakien[42] und sicherlich auch in Gallien; deshalb wird er auch im *Edikt Diokletians* erwähnt; er ist dort relativ teuer, da er das einzige Getreide ist, das sich nur in bestimmten Reichsgebieten anbauen lässt.[43]

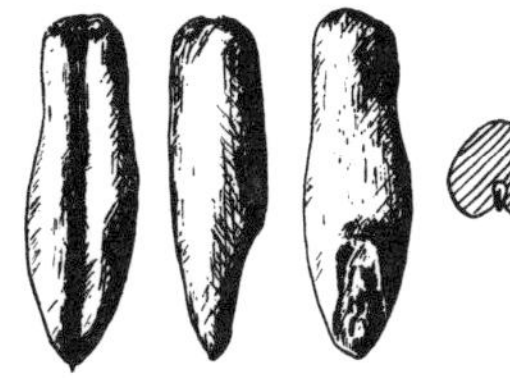

*Roggen, verkohlte Frucht. Zeichnung*

Der Hafer (*Avena sativa* L.), *avena*, war in den Augen der Römer eine Entartung des Weizens und der Gerste.[44] Tatsächlich hat sich sein Anbau seit der Bronzezeit in der Schweiz durchgesetzt. Zur Zeit Catos ist er noch nichts anderes als ein Unkraut, von dem er sagt, es müsse genauso wie die Dornen aus den Weizenfeldern entfernt werden.[45] Italien hat ihn später als Grünfutter oder wegen seiner Körner angebaut,[46] doch lediglich Germanien hat ihn als Nahrungsmittel kultiviert.[47]

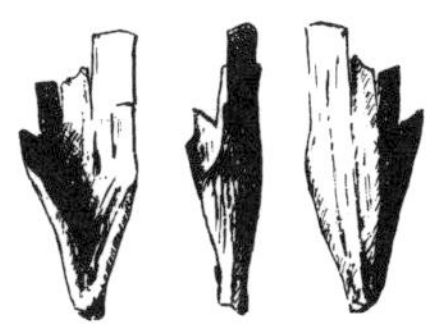

*Hafer, verkohltes Ährchen mit Spelzresten. Zeichnung*

Die Mohrenhirse (*Sorgum vulgare* Pers.), die nach Plinius' Aussage um 70 n. Chr. aus Indien nach Italien eingeführt worden sein soll,[48] wurde als exotische Variante der Hirse, *milium*, angesehen. Über ihre Verwendung wissen wir nichts. Aber H. Cadell[49] hat, im Anschluss an V. Loret, mit guten Gründen dargelegt, dass es sich bei der ägyptischen *olyra*, die Plinius nat. 18,62 erwähnt und die Caelius Aurelianus chron. 4,3,18 in der Liste der Getreidearten vom *far* unterscheidet, um die Mohrenhirse, die Durrha der Ägypter, handelt.

Der Reis (*Oryza sativa* L.), *oryza*, wurde hingegen vor den Arabern nie in Südeuropa angebaut, wohl jedoch in Syrien und Babylonien.[49a] Man ließ ihn auch aus Indien kommen,[50] um ihn in Griechenland ebenso wie in Italien als Arznei zu verwenden, als Absud, *tisana*, oder sogar als Brei,[51] und er war zur Zeit des Horaz noch sehr teuer.[52] In der Ernährung spielte er als eigenständiges Nahrungsmittel niemals eine Rolle, sondern diente dazu, Soßen anzudicken und zu binden.[53] Allein die Verrücktheit Elaga-

*Reis, verkohlte Früchte. Zeichnung*

bals führte dazu, dass er als Gericht zubereitet wurde, dem im Übrigen Perlen beigemischt waren.[54]

Da wir von Pflanzen sprechen, die zu Mehl verarbeitet wurden, muss man noch erwähnen, dass zahlreiche Völker der Antike – außerhalb Italiens, wie es scheint – noch im 1. Jahrhundert unseres Zeitalters aus gerösteten und gemahlenen Eicheln Brot backten,[55] eine Sitte, die sich bis ins 17. Jahrhundert in Europa, vor allem in Zeiten der Hungersnot, gehalten hat.[56] Zu diesem Zweck wurden wohl auch Bucheckern verwendet, jedenfalls von den Hirten während des Winters, wenn die Nahrung knapp war.[57]

So vollzog sich im Anbau des Getreides gegen Ende des 5. Jahrhunderts v. Chr. in Italien eine bedeutende Revolution: Der Emmer wurde immer mehr von den Nacktweizenarten verdrängt, so dass das Stadium, in dem man von Brei lebte, von dem abgelöst werden konnte, in dem man sich von Brot ernährte. Dennoch ist keine andere Getreideart neu eingeführt worden und die Hirse spielt weiterhin eine Rolle. Aber dadurch, dass es dem Nacktweizen die erste Stelle zuweist, unterscheidet sich Italien in gewisser Weise vom Rest Europas: in Griechenland kommt die Gerste vor dem Weizen und der Hirse, Germanien kennt vor allem den Roggen und den Hafer, Gallien bevorzugt den Weizen, die Hirse und den Roggen, Makedonien und Thrakien geben dem Roggen die Priorität. Die wohlhabenden Schichten, allen voran die Städter, ernähren sich von Weizen, der, jedenfalls in Rom, von außerhalb geliefert wird; die Bauern leben vom Weizen, allerdings auch von den verschiedenen Hirsearten. In Notzeiten greift man als notwendige Ergänzung der Nahrung auf die Gerste und die Hirsearten zurück.

## Rösten

Das Rösten des Getreides ist eine alte mittelmeerische Technik, die zweifellos älter ist als das Dreschen.[58] Das Getreide, das am frühesten angebaut wurde, d. h. die Gerste und bestimmte Weizenarten, der Emmer (*far*) und das Einkorn (*tiphe*), haben eingespelzte Körner; man muss die Blütenspelzen, die dem Korn anhaften, entfernen, bevor man die Körner stampfen oder mahlen kann. In Griechenland wurde die Gerste zunächst angefeuchtet und dann getrocknet, bevor man sie mit Hilfe eines Instruments namens φϱύγετϱον röstete, um daraus *polenta* herzustellen; die Römer indes begnügten sich damit, die Gerste zu rösten.[59] Ovid hat diesen Unterschied in der Getreide-Behandlung treffend beschrieben, wenn er das geröstete *far* dem nicht gerösteten *triticum* gegenüberstellt,[60] und der vorausgehende Röstvorgang ist in vielen Texten erwähnt.[61] Man brachte die vollständigen Ähren des *far* in die Scheunen ein, um das Getreide im Winter, oder wenn man es brauchte, zu rösten.[62] Aus denselben Gründen röstete man auch die beiden Arten der Hirse und sogar die Linse.[63] Das Rösten hatte darüber hinaus noch andere Vorteile. Das Korn hielt sich, wenn es einen Teil seiner Feuchtigkeit verloren hatte, besser im Silo, und das Verfahren verlieh dem Mehl, dadurch dass ein Teil der Stärke in Dextrin verwandelt wurde, einen süßlichen Geschmack.[64] Doch als die Nacktweizenarten aufkamen, erst in Konkurrenz zu den eingespelzten Getreidearten traten und dann anfingen, sie zu verdrängen, wurde das Dreschen allgemein üblich und man röstete den Nacktweizen nur noch, wenn anhaltender Regen das Dreschen auf der Tenne verhinderte und man das Getreide daher unverzüglich hatte einbringen müssen.[65] Das Rösten brachte jedoch auch Nachteile mit sich: ein Teil der Körner war mehr oder weniger verbrannt und oft »kehrte man anstelle von Getreide schwarze Asche aus den Öfen«[66].

Nach der Überlieferung hat Numa die *Fornacalia*, das Fest des Getreide-Dörrens,[67] eingeführt und ebenfalls die Opfergaben aus geröstetem Weizen.[68] In Wahrheit hat dieser weise König, anders als Cassius Hemina behauptet,[69] das Rösten des Getreides nicht eingeführt, um die Nahrung gesünder und die Opfergabe reiner zu machen. Es war vielmehr eine Notwendigkeit, die nichts mit der Religion zu tun hatte, und Numa wollte lediglich, dass man bei den Opfergaben nicht aus Nachlässigkeit oder Bequemlichkeit Körner darbrachte, die noch eingespelzt waren. Gleichwohl bezeugen diese Opfergaben eine Ernährungspraxis, von der uns die griechische und lateinische Literatur keine Spur mehr hinterlassen haben: den Verzehr gerösteter Körner ohne sonstige Zubereitung; erst später hat man die Körner gestampft und gemahlen.[70] Bestimmt hat man auf einer primitiven Stufe der Ernährung sogar auch die milchigen oder reifen Körner einfach so gegessen: in Lk. 6,1 reißen die Jünger Jesu, als sie über ein Getreidefeld gehen, Ähren aus, reiben sie zwischen ihren Händen und essen die Körner. Doch für Italien schweigen in diesem Punkt die Texte, was aber nicht weiter verwunderlich ist.

## Enthülster Weizen

Im ersten Stadium der Weizenverwendung in der Küche finden wir Gerichte aus enthülstem Weizen, die unter den Namen *granea* und *graneum* bekannt sind und aus hartem und halbweichem Weizen, *triticum* und *zea*, zubereitet werden. Das Korn wird im Mörser enthülst, in Wasser gekocht und mit Milch angerichtet, um es weiß zu machen.[71]

Die anderen Zubereitungsarten sind davon abhängig, welche Produkte mit Hilfe unterschiedlicher Techniken aus dem Getreide gewonnen wurden. Es gibt deren drei: das Einweichen in Wasser, das Stampfen und das Zermahlen.

## Stärkemehl

Die Herstellung des Stärkemehls, *amylum*, ist, wie der Name zeigt, eine griechische Technik: τὸ ἄμυλον ›das Nicht-Gemahlene‹; die Erfindung des Stärkemehls wird den Bewohnern der Insel Chios zugeschrieben.[72] Das Stärkemehl wurde aus allen Arten des *triticum*, aus der *siligo* und *zea*, hergestellt. Die Körner wurden etwa zehn Tage lang in Wasser, das man häufig erneuerte, eingeweicht; danach rührte man die weich gewordenen Körner um, maischte sie manchmal sogar, entfernte die Spelzen und drückte den Rest in einem Tuch aus. Was übrig blieb, wurde zum Trocknen in die Sonne gelegt.[73] Auf diese Weise bekam man eine aus Stärkemehl bestehende Masse, aus der die Kleie vollständig entfernt war und aus der die Griechen Brot und Kuchen backten.[74] Die Römer scheinen das Stärkemehl nicht so ausgiebig genutzt zu haben. Obwohl die Ärzte es zu den Lebensmitteln *boni suci* zählen und es oft als Krankenkost verschreiben,[75] ist Cato der Einzige, der daraus ein Gericht zubereitet, wobei er es mit Milch kocht. Gleichwohl kann man davon ausgehen, dass er damit einen Gebrauch bezeugt, der auf dem Lande ziemlich verbreitet war.[76] Beim Kochen diente das Stärkemehl zum Binden der Soßen und spielte dabei eine so große Rolle, dass *amulare* den Sinn ›binden‹ bekam, unabhängig davon, welches Produkt dabei verwendet wurde.[77]

## Graupen

Die Verwendung des Stößels und des Mörsers entspricht der Zeit, in der man sich von Brei und Fladen ernährte.[78] Diese Technik hat selbst noch den Gebrauch des Mahlsteins überdauert; man hat dort, wo man Mahlsteine entdeckt hat, auch Mörser gefunden.[79] Bei der Aufstellung seiner Gerätschaften führt Cato einen *far*-Stößel und einen kleinen Mörser zum Zerstoßen des *triticum* auf[80] und die Bezeichnung *pistor* ›Bäcker‹ erinnert noch an diese ursprüngliche Technik.[81] Selbst in der Kaiserzeit wird der Stößel in Etrurien und einem großen Teil Italiens weiter verwendet;[82] dort repräsentiert er zweifelsohne die häusliche Stufe des »Mahlens«. Um das Korn leichter zu enthülsen, mischte man ihm in einem bestimmten Anteil Sand oder ungebrannte Ziegel bei und entfernte diese Zusätze wieder, wenn auch unvollständig, indem man das Ganze durch ein Sieb schlug.[83]

Die *alica* ist nach der Aussage des Plinius[84] eine römische Spezialität, die vor der Zeit des Pompeius unbekannt war. Er begeht einen doppelten Irrtum: die *alica* ist bereits Cato bekannt und zudem hat die gröbste Graupenart mit *aphaerema* einen griechischen Namen.[85] Allerdings ist das Wort ἄλις im Griechischen außergewöhnlich[86] und es kann sehr gut sein, dass es sich um einen Begriff aus dem griechischen Dialekt der kampanischen Kolonien handelt. In der Tat wird die *alica*

*Brotverkauf. Wandmalerei aus Pompeji. Nationalmuseum, Neapel*

*Ladentisch eines Gemüseverkäufers. Relief aus Ostia. Ostia Antica Museum*

Kampaniens am meisten geschätzt[87] und aus der *zea* zubereitet, deren Anbauzentrum sich in eben dieser Gegend befindet.[88] Andererseits entspricht die *alica* dem χόνδος der Griechen und in den *Geoponika* findet sich ein Rezept für die Zubereitung, das mit dem Rezept für dieselbe Weizenart fast genau übereinstimmt.[89] Das Korn wurde in einem hölzernen Mörser mit einem Stößel, der mit Eisen beschlagen war, gestampft. Das erste leichte Stampfen diente dazu, die Spelzen zu entfernen; danach zerstieß man die mehr oder weniger gut enthülsten Körner. Dadurch, dass man die Kleie vom Mehl trennte, bekam man, abhängig von der Feinheit des Siebs, drei verschiedene Qualitäten der *alica:* die feine Graupe, *alica minima* oder *prima,*[90] die mittlere Graupe, *alica secundaria,* und schließlich die *alica grandissima* oder *excepticia,* eine Graupe, bei der die Körner nur grob zerstoßen waren. Dies Verfahren war in keiner Weise dazu bestimmt, Mehl herzustellen; man vermied es nämlich, einen steinernen Mörser zu verwenden, da sonst die Körner völlig zermalmt worden wären.[91] Um die Graupen, die z. T. durch die Spelzen verfärbt waren, weiß zu machen, vermischte man sie mit Kreide, die man hauptsächlich von einem Hügel Kampaniens namens *Leucogaeum* ›weiße Erde‹,[92] bezog. Die beste Graupe kam aus Kampanien, außerdem auch aus Pisa und Verona.[93] Doch überall dort, wo die *zea* (*semen*) nicht angebaut wurde, verarbeitete man Rauweizen und Weizen (*triticum*) zu »unechter *alica*«.[94] Der *alica*-Brei war eine sehr verbreitete Speise,[95] doch man verwendete die Graupe auch zur Zubereitung von Kuchen und, im Picenum, zum Backen eines speziellen Brotes.[96]

## Mehl

Mehl gewann man hauptsächlich durch das Mahlen mit einem Mahlstein, doch die Qualität des Mehls entsprach in keiner Weise der von heute und wir würden dieses Mehl nicht sehr schätzen.[97] Es enthielt, weil die Mahlsteine abbröckelten, Steinpartikel und zudem Sand, der durch das Zermahlen kleiner Steine entstand, die in dem schlecht gesäuberten Getreide zurückgeblieben waren.[98] Selbst die besten Siebe konnten nicht verhindern, dass das Mehl eine gewisse Menge pulverisierter Kleie aufwies. Schließlich wurden die Samen des Unkrauts ebenso wenig ausgelesen wie die vom Mutterkornpilz befallenen Körner, die aber beim Weizen und der Gerste glücklicherweise seltener waren als beim Roggen.

Das Wort *farina* bezeichnet allgemein das Produkt des Mahlens[99] mit Hilfe des Mahlsteins. Es gab, abgesehen von der Kleie, drei verschiedene Mehlsorten:[100]

1. Das Sieben mit dem feinsten Sieb, dem *cribrum pollinarium,*[101] ergab aus 1 Scheffel Korn 8 Metzen des Gemeinen Weizens (*siligo*) und 6 Metzen des Hart- und Rauweizens (*triticum*); dies war das Staubmehl, die feinste Qualität; es entspricht der γῦρίς der Griechen. Das aus der *siligo* gewonnene Mehl heißt *flos,* das

*Esel, der den Mühlstein dreht (links), und Geräte des Müllers (rechts).*
*Sarkophag des Müllers P. Nonius Zethus, Ostia*

aus dem *triticum* gewonnene *pollen*. Anscheinend bezeichnete *pollen* in einem allgemeineren Sinne auch das feine Mehl aller Getreidearten: *pollen polentae* ist z. B. »feines Gerstenmehl«.[102] Die beträchtliche Menge des feinen Mehls – es macht fast immer mehr als ein Drittel des gesamten Gemahlenen aus – erklärt sich weniger aus der Tatsache, dass es zum Kuchenbacken verwendet wurde, als vielmehr daraus, dass man es in den Erz- und Papierwerkstätten industriell nutzte.[103]

2. Eine zweite Art des Siebens ergab aus 1 Scheffel Getreide 4 Metzen *siligo* und 8 Metzen *triticum*; dieses Mehl war relativ sauber, aber von nur mittlerer Feinheit. Das Mehl des Gemeinen Weizens (*siligo*) heißt *siligo*, das des *triticum similago*. Letzteres entspricht der σεμίδαλις der Griechen und hat einen Namen identischen Ursprungs (assyr. *samīdu*, aram. *samīda* ›Feinmehl‹).[104]

3. Die dritte Art des Siebens trennt das grobe Mehl, *cibarium, secundarium*, das grobe Fragmente enthält, von der Kleie. Aus 1 Scheffel Getreide erhält man dabei 4 Metzen. Dieses Mehl enthält sehr viel Kleie. Der Weizen ergibt in der Tat 30% reine Kleie; dies brachte 8 Metzen Kleie, wenn man ein absolut reines Mehl gewinnen wollte.[105] Nun lieferten jedoch laut Plinius, unabhängig von der Weizenart, die 20 verschiedenen Mahlprodukte aus 1 Scheffel Weizen nur 4 Metzen Kleie. Es blieben also mehr als 4 Metzen Kleie in den drei Mehlsorten zurück, und vor allem in der dritten, dem *cibarium*, bei dem man davon ausgehen kann, dass dieses Mehl mindestens zur Hälfte aus Kleie bestand. Natürlich schwankten die von Plinius angegebenen Anteile und waren von den lokalen Gepflogenheiten der Müller abhängig.[106]

## Brei

Auf das Stadium, in dem man das ganze Korn, das im Allgemeinen entspelzt wurde, geröstet oder nicht geröstet unmittelbar verwendete, folgt auf einer nächsten Stufe die Zubereitung von Breien aus gestampften Körnern oder aus Mehl; diese Breie konnten dick oder dünn sein und wurden gegessen oder getrunken.[107] Das Interesse, das Plinius für den Brei, *puls*, zeigt, macht deutlich, dass dieser Speise zu seiner Zeit noch eine große Bedeutung zukam. Die Menschen der Antike wussten, dass man sich in Italien zuerst von Brei und dann erst von Brot ernährt hatte,[108] und im Theater des Plautus betrachten die Griechen die Römer als »Brei-Esser«.[109] Daran erinnert auch die Tatsache, dass man den Göttern Brei als Opfergabe darbrachte: das *frumen*[110] und die *puls fitilla* oder *fitilla*, die aus Hirse zubereitet wurde.[111] Anfangs nahm man für den Brei hauptsächlich Emmermehl (*far*)[112] – dieser Brei heißt *farratum*[113] – und Mehl aus Hirse[114] oder Kolbenhirse[115], aber man bereitete ihn auch aus *alica*[116] und Stärke[117] zu, ja sogar aus Brot[118]. Man kochte den Brei mit Wasser oder Milch[119] und hielt ihn für sehr nahrhaft.[120] Er war eines der Grundnahrungsmittel auf dem Lande und selbst der armen Bevölkerungsschichten in der Stadt, aber das Mehl – die Körner mussten, bevor man sie in der Küche verarbeitete, jeweils extra gemahlen oder gestampft werden – war sehr unrein. Aus diesem Mehl bestanden die *zippulae*, von denen sich dann die Anachoreten ernähren werden.[120a] Die Reichen verachteten diese primitive Speise. Schon Cato nennt ein Rezept für einen »punischen Brei«, der mit *alica*, Käse, Honig und Eiern zubereitet wird.[121] Als dann das Brot regelmäßig auf den Tisch kam, änderte der Brei völlig seinen Charakter. Bei Apicius werden für die *pultes* nur noch die *alica* und die reinste *simila* verwendet und die Gerichte bestehen hauptsächlich aus Hirn und Fleisch und zahlreichen Gewürzen.[122]

Der Gerstenbrei, *polenta*,[123] wird in Italien wie der Weizenbrei zubereitet: mit Körnern, die vor dem Mahlen geröstet wurden und oft mit Hirse vermischt waren.[124] Dieser Brei ist besser, wenn die Körner noch nicht ganz reif sind.[125] Er ist, wenn man Macrobius und Ovid[126] Glauben schenkt, flüssig. Aber er ist keine Nationalspeise wie die *puls* und die Römer scheinen die *polenta* kaum gegessen zu haben.[127]

Die Gerstengrütze, *tisana*, ist ein Sirup. Es handelt sich dabei um einen gefilterten Absud aus entspelzter Gerste.[128] Man stellte ihn auch aus *triticum*[129] her und, allerdings nur für medizinische Zwecke, aus Reis[130]. Die Gerstengrütze muss ziemlich verbreitet gewesen sein; es gibt nämlich spezielle Gefäße für ihre Zubereitung, *tisanaria, tisanares*,[131] und bei Apicius finden wir zwei Rezepte für sehr stark gewürzte Grütze.[132]

## Backwaren

Die Geschichte des Backens[133] ist nicht so einfach wie in der Vorstellung des Philosophen Poseidonios, der die Erfindung des Brotes auf einen Weisen zurückführte.[134] Zwischen dem Brei und dem Brot ist der Platz der Fladen, deren Bedeutung beträchtlich ist. Leider wurden sie nicht streng vom Brot unterschieden und, da man beide Produkte mit ein und demselben Wort, *panis*, bezeichnete, mit diesem verwechselt.

In der Geschichte der Ernährung ist das Brot allgemein ein Lebensmittel der Reichen[135] und in Rom wurde es erst spät eingeführt.[136] Die Zubereitung der Fla-

*Bäckerei mit Backofen und Rotationsmühlen in Pompeji*

den und später des Brotes war zunächst die Aufgabe der Hausfrau und – in den vornehmen Häusern – die des Kochs.[137] Auf den großen Landgütern, wo die Sklaven mit der Zubereitung betraut waren, waren es die Frauen, die das Brot backten.[138] Erst im Jahre 171 v. Chr., zur Zeit des Krieges gegen Perseus, entstand, wie Plinius versichert,[139] das Backhandwerk in Rom und trennte sich von der Küche. Aber eine Person in der *Asinaria* des Plautus, die ihr Brot beim Bäcker holt, erlaubt es uns, die Entstehungszeit zumindest an das Ende des 3. Jahrhunderts v. Chr. zurückzudatieren,[140] und selbst zu diesem Zeitpunkt muss der Einfluss Griechenlands entscheidend gewesen sein. Gleichwohl behielt der Bäcker die alte Bezeichnung *pistor*, Zerstampfer des *far*.[141] Die Inschriften weisen in beträchtlicher Zahl Namen von Bäckern in den Städten auf, Namen von Sklaven, Freigelassenen oder römischen Bürgern, und gewiss zeigt sich hier der Übergang vom Stadium des häuslichen Brotbackens zur Stufe der handwerklichen und kommerziellen Fertigung, die den später gemachten Fortschritten zu Grunde liegt.[142] Gleichwohl liegt es auf der Hand, dass in den kleinen bäuerlichen Betrieben auf dem Lande die Frau weiterhin das Brot gebacken hat, ein Brot, das bestimmt kaum etwas anderes als ein Fladen war.[143] Die beste Beschreibung der Zubereitung eines Fladens, den der italische Bauer ohne Sauerteig herstellte und in der Glut backte, liefert uns das *Moretum* des Pseudo-Vergil: »Er verteilt das Mehl auf einem glatten Brett und begießt es mit lauwarmem Wasser. Dann vermengt er das Wasser und das Mehl und knetet den Teig mit nimmermüder Hand; und wenn die flüssige Masse fest geworden ist, bestreut er die einzelnen Stücke mit Salz; dann drückt er den durchgekneteten Teig flach, dehnt ihn unter seinen Handflächen aus und gibt ihm seine runde Form; anschließend zeichnet er die Umrisse von gleich großen Quadraten darauf. Danach bringt er den Teig zum Herd ..., bedeckt ihn mit Ziegeln und legt Glut darüber.«[143a]

## Brotgetreide

Das Weizenbrot bestand zuerst natürlich aus Emmer (*far*): Bei einer Eheschließung per *confarreatio* hielt die Braut ein Brot aus *far* in den Händen.[144] Der von Nonius und Festus[145] erwähnte *panis acerosus*, der aus mit Spelzen vermischtem Mehl bereitet wurde, ist nichts anderes; denn das *far* ist ein eingespelzter Weizen. Dieser Nachteil führte dazu, dass man in Italien bald den Nacktweizen, *triticum* und *siligo*, bevorzugte, während man in Gallien weiterhin die *scandala*, eine Variante des *far*,[146] zum Brotbacken verwendete. In manchen Gebieten mischte man Bohnenmehl unter das Getreide.[147] Das Brot aus den weichen Körnern des Gemeinen Weizens oder Brotweizens (*siligo*) war das bei weitem beste und feinste.[148] Man nannte es *panis siligineus*[149] und den Bäcker, der es herstellte, *siliginarius*[150].

Das Gerstenbrot, das am frühesten verzehrt wurde, war, zumindest in den Städten,[151] außer Gebrauch gekommen, weil es nicht aufging; das Gluten der Gerste dehnte sich nicht aus, obwohl man einen Sauerteig aus dem Mehl der Erve und der Platterbse verwendete.[152] Man war der Meinung, das Gerstenbrot sei schlecht für den Magen[153] und nur für einen weltabgewandten Philosophen[154] genießbar. Auf dem Lande wurde es allerdings noch hergestellt und war besser als das Brot, das man aus minderwertigem Weizen zubereiten konnte.[155] In Ravenna ernähren sich, als sich der Heilige Germanus von Auxerre 448 dort aufhält,[155a] die Armen von Gerstenbrot und im ersten Viertel des 6. Jahrhunderts ist nach der *Regula magistri* das Gerstenbrot in den klösterlichen Gemeinschaften Italiens vorgeschrieben.[155b]

In vielen Gegenden, besonders in Kampanien, bereitete man Brot, oder vielmehr Fladen, aus Hirse zu, von dem Columella sagt, es könne, ohne dass man sich überwinden müsse, warm gegessen werden;[156] es war nahrhafter als das Gerstenbrot, aber wie dieses schlecht für den Magen.[157] Es war ein Brot der Bauern.[158] Hingegen waren die Fladen aus der Kolbenhirse (*panicum*) sehr selten.[159]

In den Ländern, die kein Getreide produzierten, und in Notzeiten bediente man sich anderer Mehlsorten, z. B. des Bohnenmehls[160] oder des Mehls aus süßlichen Eicheln.[161] Das »Brot« aus Kastanien, das während der rituellen Fastenzeiten von den Frauen gegessen wurde, erinnert an einen alten Brauch, dessen Spuren sich auch heutzutage noch in verschiedenen Berggegenden Italiens und Korsikas finden, wo man Fladen aus Kastanien zubereitet.[162] Brot aus der Wassernuss oder Wasserkastanie ist nur für Thrakien bezeugt.[163] Es wurden noch andere Mehlsorten verwendet, z. B. solche, die aus den Samen der Hülsenfrüchter hergestellt wurden: Athenaios erwähnt ein Linsenbrot.[164] Doch die Texte machen über Italien keine Angaben. Wie dem auch sei, das Brot, von dem von nun an die Rede sein wird, ist das Weizenbrot.

## Brotzubereitung

Die Römer kannten den Sauerteig (*fermentum*), und im 1. Jahrhundert unseres Zeitalters war ihr Brot im Prinzip ein gesäuertes Brot.[165] Es gab auch ein nicht gesäuertes Brot, *panis non fermentatus* oder *azymus*,[166] und ein leicht gesäuertes, *panis leniter fermentatus* oder *acrozymus*.[167] Doch die Tatsache, dass es dem Flamen Jupiters verboten war, »mit Sauerteig versetztes Mehl« zu berühren,[168] beweist, dass das erste Brot der Römer nicht gesäuert war, d. h., dass es sich um Fladen gehandelt haben muss, die aus einem nicht gesäuerten Teig hergestellt wurden. Der Gebrauch des Sauerteigs scheint in Italien nicht sehr weit zurückzureichen: Cato führt ein Rezept für ein »geknetetes Brot« an, dem der Sauerteig fehlt.[169]

Einmal im Jahr, während der Weinlese, stellte man eine große Menge Sauerteig her, der das ganze Jahr über verwendet wurde. Gewonnen wurde er aus Hirsemehl, das man mit Most verknetete, oder aber aus feiner Weizenkleie, die gleichfalls mit Most verknetet wurde; man formte kleine Klöße (*pastilli*), die man mit gutem Mehl (*similago*) aufkochte, bevor man den Sauerteig dem Brotteig beimischte. Man konnte auch von einem Tag auf den anderen einen Sauerteig herstellen, indem man Gerstenmehl zu Kuchen verarbeitete, die man dann kochte und sauer werden ließ. Im 1. Jahrhundert v. Chr. verwendete man im Allgemeinen einen Teig aus gekochtem Weizenmehl oder einfach den Teig vom Vortag.[170] In Gallien und Spanien benutzte man bereits die Bierhefe, die ihren Broten die Leichtigkeit gab, die den Broten Italiens fehlte.[171] Da das moderne leichte Brot darauf zurückzuführen ist, dass der Sauerteig durch die Bierhefe ersetzt wurde, muss man annehmen, dass die Brote der Römer sehr kompakt waren. Sie waren dies umso mehr, als man viel zu wenig Sauerteig nahm. In der modernen Bäckerei macht der Anteil des letzten Sauerteigs, den man dadurch gewinnt, dass man dreimal hintereinander Mehl und Wasser hinzufügt, bis zu einem Drittel oder sogar bis zur Hälfte des Knetteigs aus.[172] Die Mengen, die Plinius nennt, liegen indes weit darunter:[173] Die Griechen gaben 8 Unzen (500 g) Sauerteig auf 1 Scheffel (8,754 l) Mehl, und wenn man früher in Rom Gerstenbrot herstellte, begnügte man sich mit 2 Pfund (655 g) Sauerteig auf 2,5 Scheffel (21,885 l) Mehl. Allem Anschein nach wurde auch alles Mehl auf einmal dem Sauerteig beigefügt, anstatt nach und nach, um, so wie heutzutage, mehrere Arten der Hefe in immer größeren Mengen für denselben Brotteig zu bekommen. Andererseits verlieh der alte Sauerteig, der im Voraus zubereitet und ein ganzes Jahr lang aufbewahrt wurde, dann, wenn er viele Hefepilze, die im Most enthalten waren, aufwies, dem Brot einen säuerlichen Geschmack.

Das Kneten ist ebenfalls keine so alte Technik, wie man es vermuten würde. Merkwürdigerweise hielt es Cato[174] für nötig, für ein geknetetes Brot (*panis depsticius*), das jedoch keinen Sauerteig enthielt, das Rezept anzugeben: »Rezept für geknetetes Brot: Sich gut die Hände waschen, ebenfalls den Mörser. Mehl in den Mörser geben, nach und Wasser hinzufügen und gut durchkneten. Nach dem gründlichen Kneten ein Brot formen und es unter einem Ziegel backen.« Daraus darf man, ohne zu weit zu gehen, schließen, dass zur Zeit Catos das normale Brot nicht geknetet wurde, oder jedenfalls nur unzureichend, und dass es sich beim »Brot« auf dem Lande vor allem um Fladen handelte.

Der Teig wurde gesalzen. In den Broten Pompejis hat man Chloride nachgewiesen. An den Küsten knetete man den Teig einfach mit Meerwasser.[175]

Das Brot der Römer war sehr viel schwerer als das unsere und konnte nicht auf dem Wasser schwimmen. Die Berechnung seines spezifischen Gewichtes ist auf Grund der Zahlen, die Plinius angibt,[176] nicht möglich, weil das Volumen des Mehls mit dem Gewicht des Brotes korrespondiert und das Gewicht des Mehls

*Szenen aus dem Bäckerhandwerk. Grabmal des Eurysaces, Rom*

enorm schwankt, je nachdem, wie sehr es zusammengedrückt ist. Doch wir können uns eine Vorstellung von der Kompaktheit dieses Brotes machen, wenn wir es mit dem Brot vergleichen, dessen Rezept die Menschen der Antike von den Parthern übernommen haben; es hieß *panis Parthicus* oder wegen seines hohen Wassergehalts *panis aquaticus* und hatte die Konsistenz eines Schwammes.[177] Die Griechen gaben ihm den Namen πλυτὸς ἄρτος ›gewaschenes Brot‹[178] und Isidor von Sevilla, der es unter dem Namen *spongia* kennt,[179] bemerkt, dass es, weil es länger mit Wasser durchgeknetet wird, weniger trocken ist als die anderen Brote. Daraus lässt sich also schließen, dass die Bäcker im Verhältnis weniger Wasser nahmen als heutzutage. Andererseits weiß man, dass die schlechteren Mehlsorten – und das gilt auch für die mit Kleie vermischten Mehle der Antike – weniger gut das Wasser binden als die hochwertigeren Mehle. Der so gewonnene feste Teig bildet eine sehr kompakte Masse, die sehr langsam und nur unter Schwierigkeiten gärt; außerdem haben wir gesehen, dass man in der Antike den Sauerteig nur in kleinen Mengen verwendete. So kam alles zusammen, dass das Brot schwer und nicht sehr locker war. Darüber hinaus aß man selten frisches Brot. Eine Ausnahme bildeten die Städte, wo die Bäckereien aus Gründen der Arbeitsersparnis und aus wirtschaftlichen Erwägungen heraus täglich backten: denn von altbackenem Brot isst man weniger. Der Geizhals bei Juvenal hütet sich, sein verschimmeltes Brot aufzuessen, um noch etwas in Reserve zu haben.[180] Ein italienisches Sprichwort hat die Erinnerung daran bewahrt und betrachtet »Brot für einen Tag, Wein für ein Jahr«[181] als Symbol für das Unerreichbare.

Sei es, weil das Brot fade schmeckte, oder sei es, weil man geschmackliche Vorlieben hatte, man fügte auch Gewürze hinzu, die man mit Ei auf die obere Kruste und manchmal auch nach dem Backen auf die untere Kruste strich.[182] Dabei handelte es sich um die aromatischen Körner des Mohns, den die Bauern sehr schätzten[183], ferner um die Samen des Anis,[184] des Selleries,[185] des Fenchels[186] und allen voran des Schwarzkümmels[187] und sicherlich noch vieler anderer Pflanzen, über welche die Texte jedoch keine Auskunft geben.[188]

## Backtechniken

Die Autoren erwähnen drei Brotsorten, die nach der Art des Backens unterschieden werden: es gibt den *panis artopticius*,[189] der in der *artopta*, einer beweglichen glockenförmigen Backpfanne für den häuslichen Gebrauch,[190] gebacken wird; den *panis furnaceus*, der in einem Ofen gebacken wird,[191] und den *panis clibanicius*. Letzterer ist kein Brot in unserem Sinne, obwohl es mit Sauerteig zubereitet wird,[192] sondern ein Fladen: Dabei legt man den Teig um die äußere Wand eines Ton- oder Metallgefäßes, in dessen Innerem oder um das herum ein Feuer brannte.[193] Festus[194] hat uns diese Fladen beschrieben, die in die Asche oder Glut fallen, bevor sie richtig durchgebacken sind. Man aß sie warm, sobald sie sich ablösen ließen. Diese Technik, welche die Römer von den Griechen übernommen haben, ist, wie es scheint, orientalischen Ursprungs. Im Orient begegnet man ihr heute noch in Syrien, Äthiopien und Ägypten. Κλίβανος, der griechische Name dieses Küchengerätes, ist ein Lehnwort und die Römer kannten diese Fladen unter ihrem syrischen Namen *mamphula*.[195] Sie wurden von den *clibanarii* hergestellt.[196]

Das in der Asche gebackene Brot ist unter dem griechischen Namen *encryphias*[197] oder den lateinischen Bezeichnungen *subcinericius* und *focacius*[198] erst ziemlich spät bezeugt. Gleichwohl ist es wahrscheinlich, dass die Backtechnik, die im *Moretum* beschrieben wird – der Teig wurde unmittelbar auf dem Herdstein ausgebreitet und mit einem Ziegel, auf den man Glut legte, abgedeckt –, älter ist als die anderen Verfahren.[199]

## Brotsorten

Die Bezeichnungen für die verschiedenen Brotqualitäten verteilen sich auf mehrere Jahrhunderte und können einander ersetzen. Sie variieren andererseits je nach der Höhe des Mehlgehalts, der Farbe des Brotes oder der sozialen Schicht, für welche die Brote bestimmt sind. Das erklärt sowohl die Vielzahl der Namen als auch die daraus resultierende Unklarheit.

Die Brote der gehobenen Qualität sind das Brot aus Feinmehl, *panis e polline*,[200] *panis e flore*,[201] und das Brot aus mittlerem Mehl, *panis e similagine, panis e simila*,[202] das von dem *similiginarius* ›Weißbrotbäcker‹, gebacken wird.[203] Sie sind in der Regel aus dem Gemeinen Weizen (*siligo*) hergestellt, der das beste Brot ergab. Diese beiden Brotsorten werden oft verwechselt, weil die Menge des Feinmehls, die man aus 1 Scheffel Weizen gewann, schwankte: sie konnte zwischen einem Fünftel bis zur Hälfte variieren.[204] Dies Brot, dem – im Rahmen der technischen Möglichkeiten – die Kleie entzogen ist, heißt auch ›Weißbrot‹, *panis candidus*,[205] oder aber ›reines Brot‹, *panis mundus*[206] bzw. *panis limpidus*[207].

*Zwei Feigen auf dem Fensterbrett und ein braunes Brot. Wandmalerei aus Herculaneum*

Das Brot der zweitbesten Qualität ist der *panis secundarius*[208], *secundus*[209] oder *sequens*[210]. Es ist aus dem drittbesten Weizenmehl hergestellt, das man *secundarium* nennt, weil es gleich nach dem reinen Mehl kommt, welches sowohl das *pollen* als auch die *siligo-similago* umfasst.[211] Es war kein schlechtes Brot, wurde es doch von Augustus sehr geschätzt.

Das gewöhnliche Brot, von dem sich die Bauern, die Armen der Städte und die Sklaven ernährten, hieß *panis cibarius*[212] oder *plebeius*[213]. Es ist von schlechterer Qualität als der *panis secundarius*[214] und wird auch als »Schwarzbrot« bezeichnet.[215]

Das grobe Brot, *panis autopyrus*, ist aus nichtgesiebtem Mehl hergestellt.[216] Trimalchio schätzt es wegen seiner stärkenden und abführenden Eigenschaften.[217]

Das Brot aus reiner Kleie, *panis furfureus*, war im Prinzip nur als Hundefutter vorgesehen,[218] doch scheint es auch von den armen Leuten gegessen worden zu sein.[219]

Was die Form der Brote angeht, so wissen wir, dass es sehr große Brote gab. Mit einiger Übertreibung spricht Plautus von einem Brot von einer Breite von 3 Fuß.[220]

Wir hingegen kennen vor allem den *panis quadratus*, der durch die Texte und Wandmalereien bezeugt ist, ein runder Laib, der in vier oder mehr Stücke unterteilt ist.[221] Ein einzelnes Teilstück hieß *quadra*.[222]

Man bereitete Suppen (*intrita*) her, indem man Brot in Wasser, in Honigwein, Wein, *posca* oder Milch kochte, und reichte sie bestimmten Kranken und den Rekonvaleszenten;[223] mit diesen Suppen verlängerten die Greise ihr Leben.[224]

## Spezialbrote

Um den Genuss zu erhöhen, mengte man dem Teig verschiedene Zutaten bei. Der *panis strepticius*, eine Art Pfannkuchen, »ist mit etwas Milch vermischt; man fügt Pfeffer und ein wenig Öl oder, falls man kein Öl hat, Fett hinzu«[225]. Der *panis adipatus* wird mit Fett zubereitet.[226] Der *panis ostrearius*, dessen Zusammensetzung wir nicht kennen, wird zu Austern gereicht, vergleichbar dem Roggenbrot heute.[227] Ferner gibt es ein Milch- und ein Eierbrot.[228] Das Brot des Picenum, *panis Picentinus* oder *Picens*, war in Rom seit dem Beginn des 1. Jahrhunderts v. Chr. bekannt, es wurde bei dem Bankett des Lentulus aufgetischt.[229] Es besteht aus *alica*, die neun Tage eingeweicht, am zehnten Tag mit Rosinensaft zu einem Teig verarbeitet und in Töpfen in den Ofen gestellt wurde; um das Brot servieren zu können, werden die Töpfe zerschlagen; man isst es, nachdem man es in Milch eingeweicht hat.[230] Bei dem alexandrinischen Brot[231] handelt es sich vielleicht um das, von dem Athenaios uns erzählt, es werde am Spieß geröstet.[232] Apicius weicht das Innere des Brotes in *posca* ein, gibt gesalzenen Kuhkäse und verschiedene Gewürze hinzu und serviert es auf Schnee.[233] Es gab noch ein zyprisches und ein afrikanisches Brot; diese Brote wurden von manchen Ärzten empfohlen.[233a]

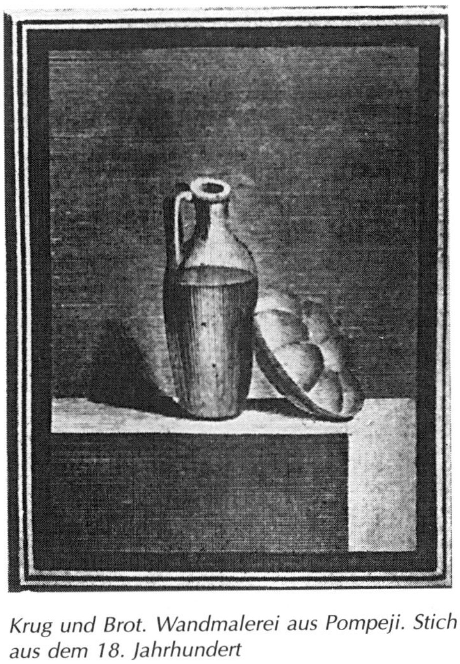

*Krug und Brot. Wandmalerei aus Pompeji. Stich aus dem 18. Jahrhundert*

Man stellte auch Brote her, die sich lange halten sollten: den Meereszwieback, *panis nauticus*,[234] der in der römischen Flotte bereits im Jahre 214 v. Chr. unter dem Namen *cocta cibaria*[235] gegessen wurde, und das Kommissbrot, den *panis militaris*.[236] Im 3. Jahrhundert n. Chr. unterschied man das reine Kommissbrot, *panis militaris mundus*, vom Feldbrot, *panis castrensis*, das wohl aus einem groberen Mehl hergestellt war.[237] Es handelt sich dabei aber nur um ein zwiebackartiges, d. h. lange gebackenes Brot, nicht um einen echten Zwieback.

Im Gegensatz dazu scheint das *buccellatum*, mit dem die Soldaten auf den Feldzügen versorgt werden und das man vom 2. bis zum 6. Jahrhundert n. Chr.[238] erwähnt findet, tatsächlich ein Zwieback zu sein.

## Getreiderationen

Die Untersuchung der Verpflegungsrationen für die Soldaten und Sklaven und die Getreidespenden im 1. Jahrhundert v. Chr. gestatten es, sich eine Vorstellung von der täglichen Weizenmenge zu machen, die einem Römer zur Verfügung stand.[239]

Zu Beginn des 2. Jahrhunderts v. Chr. erhielt eine Sklavin, die im Haus arbeitete, eine Ration von zwei Broten,[240] deren Gewicht wir allerdings nicht kennen. In derselben Epoche gibt Cato[241] seinen Sklaven im Winter 4 Scheffel Getreide pro Monat (die 35,016 l wiegen 26,260 kg), also 875 g täglich;[242] im Sommer erhalten sie 4,5 Scheffel (39,393 l = 29,544 kg), d. h. 985 g pro Tag. Die Rationen für die angeketteten Sklaven, die Zwangsarbeit verrichten, sind höher, ebenso die des Weins: 4 Pfund (1,309 kg) Brot pro Tag, 5 Pfund (1,637 kg) bei schwerer körperlicher Arbeit. Doch der Bauer, die Bäuerin, der Aufseher und der Schäfer, deren Arbeit weniger anstrengend ist, erhalten eine gleichbleibende monatliche Ration von nur 3 Scheffeln (die 26,263 l entsprechen 19,700 kg), also 656 g täglich. Im Jahre 150 v. Chr.[243] bekam der römische Soldat noch ⅔ eines *medimnus* (34,56 l = 25,900 kg) monatlich zugeteilt, d. h. 865 g pro Tag. Doch im Jahre 78 v. Chr. sieht das Getreidegesetz des Lepidus, ebenso wie die *lex Terentia Cassia* des Jahres 73, für die römischen Bürger monatlich 5 Scheffel Weizen (43,77 l = 32,827 kg) vor, was einer täglichen Ration von 1,094 kg[244] entspricht. Genauso hoch ist die Ration für die Sklaven zur Zeit Senecas.[245]

Man sieht also, dass zwischen 200 v. Chr. und 50 n. Chr. die Getreideration für einen körperlich schwer arbeitenden Sklaven von 940 g täglich (Jahresdurchschnitt bei Cato) auf 1,094 kg gestiegen ist. Der Zuwachs ist nicht sonderlich hoch, aber er ist real. Vergleicht man die Ration für die Sklaven, die den Rahmen für die *familia* Catos bildet (656 g), mit der Ration für die Sklaven Senecas, die anscheinend einheitlich gewesen ist (1,094 kg), wird der Fortschritt deutlicher. Geschah er auf Kosten anderer Lebensmittel, z. B. der »Kräuterbreie«, so wie wir heute sehen, dass das Brot vom Fleisch zurückgedrängt wird? Bedeutet es eine quantitative Verbesserung der Ernährung, wenn auf Grund der Eroberungen Weizen aus den Provinzen nach Rom strömt? Möglicherweise sind beide Erklärungen zutreffend.

Gleichwohl gibt es ein sicheres Faktum. Der Nationalbrei, die *puls*, befindet sich gegenüber dem Brot auf dem Rückzug: zuerst in den wohlhabenden Kreisen, dann allgemein in der städtischen Bevölkerung, und zwar seit der Zeit, da man das Korn nicht mehr zu Hause zu mahlen oder zu stampfen pflegte. Die Soldaten selbst, an die man auch während ihrer Zeit im Standquartier Weizen verteilte, zeigen keinerlei Begeisterung für die Zubereitung von Brei und Fladen und während des Krieges gegen Jugurtha verkaufen sie den Weizen, den sie vom Staat erhalten haben, und kaufen sich fertiges Brot.[246] Die Verteilung von Brot an das Volk tritt an die Stelle der Getreidespenden. In Rom geschieht dies unter der Herrschaft Aurelians, zwischen 270 und 275 n. Chr., und in Alexandria zu Beginn des 4. Jahrhunderts.[247] Es handelt sich um kein besonders hochwertiges Brot; denn Valentian verfügt im Jahre 365, man solle, wenn der Weizen aus den Speichern komme, verdorbenen unter den guten mischen.[248] Im Jahre 369 verteilte man an 200 000 Personen, die Anrecht auf eine Spende hatten, 20 *panes sordidi*, d. h. 1,360 kg; diese Ration wurde von Valentian auf 6 Zwiebacke à 160 g, also 960 g,[249] reduziert; man kann davon ausgehen, dass diese Zuteilungen täglich erfolgten.

Die charakteristischen Merkmale der Geschichte des Getreides in der römischen Ernährung sind: der ständige Rückgang der Gerste in Italien; der Ersatz des *far*, dessen Körner schwer zu entspelzen sind, durch die Nacktweizenarten; die Zunahme des Getreideverbrauchs und, zumindest in den Städten, das Zurückweichen des Breis vor dem Brot.[250]

# 3
# Früchte

Die wilden Früchte liefern den Menschen der Frühzeit eine willkommene Ergänzung der Ernährung und noch heute werden diese Früchte überall in den primitiven Kulturen gesammelt und konserviert. Einige Spuren dieser Sitte werden wir auch noch bei den Latinern finden, insbesondere bei den Bauern. Die Züchtung und Veredelung haben indes zu einer Verbesserung der Arten geführt und diese – ursprünglich unbedingt notwendige – Zusatznahrung ist, manchmal infolge von Forschungen und Experimenten auf dem Gebiet der Baumzucht, ziemlich rasch zu einer Delikatesse und sogar zu einem anspruchsvollen Luxusartikel geworden. Italien war so reich an Obstbäumen, dass Varro, sicherlich mit einiger dem Nationalstolz verpflichteten Übertreibung, das Land mit einem Obstgarten vergleichen konnte.[1]

*Umgekippter Korb mit Feigen. Wandmalerei aus Herculaneum. Stich aus dem 18. Jahrhundert*

## Fleischige Früchte

Der erste Platz kommt der Feige (*Ficus carica* L.) zu, deren Kultur sich im Dunkel der Zeiten verliert.[2] Ihre Bedeutung unterstreichen die 44 Kulturarten, die man im Laufe der Zeit gezüchtet hat;[3] diese Zahl wird nur von der Birne und der Traube übertroffen. Der Verbrauch an Feigen war so hoch, dass man sie auch aus Karien, Syrien und Afrika importierte.[4] Manchen war es sogar gelungen, die exotischen

*Vogel mit Apfel. Wandmalerei aus Pompeji*

Varianten, die *cauneae, caricae* und *cottana,* in Italien heimisch zu machen, die L. Vitellius, der Vater des Kaisers und ehemalige Statthalter Syriens, auf seinem Landgut bei Alba zog.[5] Man aß die frischen Feigen nicht als Dessert, sondern als Beilage zum Brot,[6] und Cato senkte die Brotration der Sklaven, die in den Weinbergen arbeiteten, von 5 auf 4 Pfund, wenn die Feigen zu reifen begonnen hatten.[7]

Vom kultivierten Apfelbaum (*Pirus malus* L.) sind 32 Arten bezeugt, die sich durch die Form und die Farbe der Äpfel, die Qualität des Fruchtfleischs und die Länge der Haltbarkeit unterschieden.[8]

Die Römer hatten ein großes Interesse an der Birne (*Pirus communis* L.). Die Zahl der Arten, die sich bei Cato auf sechs beläuft,[9] nimmt ständig zu. Plinius kennt 44,[10] doch es gibt mehr als 60.[11] Es ist sogar gelungen, Riesenbirnen zu züchten, die 1 Pfund schwer waren, die so genannten *pira libralia.*[12]

Der Pflaume (*Prunus domestica* L.) mit ihren zwölf Arten kommt bei weitem nicht dieselbe Bedeutung zu, obwohl Plinius von der »unzähligen Menge der

*Birnen in einer Schale. Mosaik. Vatikanische Museen, Rom*

Pflaumen«[13] spricht. Die bemerkenswerteste Pflaumenart ist, da sie sich konservieren lässt, die Zwetschge (*Prunus damascena* Ehr.), genannt *prunum Damascenum* ›Pflaume von Damaskus‹,[14] eine Variante der Pflaume Syriens.[15] Im 1. Jahrhundert unserer Zeitrechnung geht man davon aus, dass sie schon sehr früh in Italien eingeführt wurde; hier sei ihr Fleisch zurückgegangen und sie habe einen dickeren Stein entwickelt.[16] Wahrscheinlich ist sie von Italien nach Spanien gekommen; Galen stellt nämlich fest, dass die Backpflaumen Spaniens genauso gut seien wie die aus Damaskus.[17]

Die Quitte (*Cydonia vulgaris* Pers.), *malum cotoneum*, ist aus dem Orient gekommen; sie wächst wild in Armenien, Transkaukasien, Persien und Turkestan.[18] In Griechenland ist sie spätestens seit dem 7. Jahrhundert bekannt.[19] In Italien wird sie schon am Ende des 3. Jahrhunderts v. Chr. kultiviert.[20] Man hatte folgende Arten gezüchtet: das *malum chrysomelinum*, eine goldgelbe, gefurchte Frucht,[21] die italische Quitte, die neapolitanische Quitte[22] und den Sperlingsapfel, eine kleine, wohlriechende, runde Quitte.[23] Eine Variante, die nach ihrem Züchter benannte mulvianische Quitte, war dadurch entstanden, dass man die gewöhnliche Quitte auf den Sperlingsapfel pfropfte; sie konnte roh gegessen werden.[24]

Die älteste Bezeichnung des Granatapfels, *malum Punicum*, weist darauf hin, dass die Römer den Baum (*Punica granatum* L.) früh durch die Karthager kennen

*Zwei Pflaumen auf dem Fensterbrett und zwei Fische. Wandmalerei aus Herculaneum*

*Stillleben mit Pfirsichen und Glasvase. Wandmalerei aus Pompeji. Nationalmuseum, Neapel*

*Darstellung verschiedener Meerestiere. Mosaik aus Pompeji. Nationalmuseum, Neapel*

gelernt haben, die ihn ihrerseits von den Phönikiern übernommen hatten.[25] Es gab mehrere Arten – nach Plinius neun –, die nach ihrem Säuregehalt unterschieden wurden,[26] und man wandte verschiedene Kultivierungstechniken an, um die Säure abzumildern.[27] Ein Ergebnis der Züchtung war ein Granatapfel namens *apyrenum* ›ohne Kerne‹, der aber in Wirklichkeit weiche Kerne hatte;[28] diese Sorte findet man auch in Spanien (z. B. die *granada blanca* von Murcia); das *apyrenum* war in Italien heimisch.[29] Der Granatapfel wurde zu den Mahlzeiten gegessen.[30]

Die Maulbeere des Schwarzen Maulbeerbaumes (*Morus nigra* L.),[31] der aus Persien stammt, wurde zu einem frühen Zeitpunkt eingeführt, obwohl weder *morus* ›Maulbeerbaum‹ noch *morum* ›Maulbeere‹ vor Varro bezeugt sind. Der Quantitätsunterschied zwischen griech. μόρον und lat. *mōrum* lässt vermuten, dass die Griechen nicht als Vermittler aufgetreten sind. Der Baum wurde kultiviert[32] und die Früchte, die man roh oder als Konfitüre essen kann,[33] verkaufte man auf dem Markt.[34] Der Jüngere Plinius hat auf seinem Landsitz von Laurentum einen Garten mit sehr vielen Feigen- und Maulbeerbäumen.[35] Man isst die Maulberen als Dessert und hält sie für sehr gesund.[36]

Die Vogelbeere oder Speierling, *sorbum* (Frucht der *Sorbus domestica* L.), eine herbe, den Mund zusammenziehende Frucht, wird erst genießbar, wenn sie wie die Mispeln überreif geworden ist.[37] Der Baum wurde kultiviert und auf Dornengewächse aufgepfropft.[38] Die Vogelbeere gehört zu den Geschenken Martials.[39] Die Frucht wird auf verschiedene Weisen vor allem für den Winter konserviert.[40]

*Ein Korb mit Trauben und zwei Pfauen, die an Trauben picken. Wandmalerei. Stich aus dem 18. Jahrhundert.*

Die Weintraube hat von jeher eine außergewöhnliche Bedeutung für den Wein, spielt jedoch auch als Frucht, die frisch gegessen oder in konzentrierter Form als Zuckerersatz verwendet wird, eine herausragende Rolle.[41] Es gibt kein Obstgehölz, dessen Kultur in Italien so viele Arten hervorgebracht hat, sodass es uns unmöglich ist, sie hier alle aufzuzählen.[42] Eine echte Tafeltraube konnte man nur in den Weinbergen der Umgebung Roms anbauen, da die zu verkaufenden Früchte sonst den Transport in die Stadt nicht schadlos überstanden hätten. Plinius nennt sie *vites escariae* ›Tafeltrauben‹, Isidor *uvae suburbanae* ›Trauben aus der Umgebung der Stadt‹.[43] Man wählte natürlich zuerst die frühreifen Rebsorten,[44] desgleichen diejenigen, deren Früchte sich bis zum Einbruch der Kälte gut auf dem Weinstock halten, wie z. B. die *ambrosia*,[45] um so auch außerhalb der Saison Weintrauben zur Verfügung zu haben. Die anderen Arten, die wegen ihres Geschmacks oder ihres schönen Aussehens gewählt wurden, belaufen sich auf etwa ein Dutzend: die *bumastus*,[46] die große Trauben hat; die *ceraunia*;[47] die *cydonites*, die nach Quitte schmeckt oder riecht (?);[48] der *dactylus* mit länglichen Beeren;[49] die hartschalige *duracina*;[50] die *forensis* ›Markttraube‹,[51] die früh reift, sich wegen ihres Aussehens gut verkaufen lässt und transportfähig ist; die aus Afrika stammende *Libyca*;[52] die *purpurea* mit rotvioletten Beeren;[53] die *Rhodia* ›Pflanze aus Rhodos‹;[54] die kleinbeerige *scripula*;[55] die *stephanites*, deren Blätter die Trauben kranzförmig umspielen wie die Blätter eine Blume;[56] die *tripedanea* ›Dreifußrebe‹;[57] die *unciaria* oder *uncialis*, eine Rebe, deren Trauben ein Zwölftel Fuß messen.[58] Von den konservierungsfähigen Trauben wird später noch die Rede sein.

*

Die Versuche, durch Kreuzung neue Arten von Obstbäumen zu züchten, blieben folgenlos: Plinius erwähnt zwei im Baeticum gezüchtete Früchte, die ›Apfelpflaume‹, *prunum malinum*, wobei die Pflaume auf einen Apfel gepfropft wurde, und die ›Mandelpflaume‹, *prunum amygdalinum*, wobei man die Pflaume auf einen Mandelbaum pfropfte.[59] Eine Veredelung der existierenden Arten gelang vor allem durch die Kultivierung und das Pfropfen von artgleichen Reisern. Die neuen Varianten erhielten die Namen ihrer Züchter: Apfel des Scaudius, Apfel des Sceptius, Birne des Anicius, Birne des Favonius usw.

Italien kannte die in Europa heimische Vogel- oder Süßkirsche (*Prunus avium* L.), auf deren Reste man in den neolithischen Ablagerungen gestoßen ist.[60] Die Römer scheinen sie nicht von der Kornelkirsche unterschieden zu haben, da sie für beide Arten denselben Begriff, *cornus*, verwendeten. Später, nach dem Aufkommen der kultivierten Kirsche, erhielt die Süßkirsche den Namen *cornocerasum* ›Kornelkirsche‹[61] und der Baum den Namen *cerasus silvatica* ›wilder Kirschbaum‹[62]. In den Texten finden sich für den Verzehr der Süßkirsche, der gleichwohl gesichert ist, keine Belege. Die kultivierten Arten der *Prunus avium* L. und der *Prunus cerasus* L., unsere heutigen Kirschen, die aus Kleinasien gekommen sind, waren bereits zu Beginn des 3. Jahrhunderts v. Chr. in Griechenland akklimatisiert und die Kirschen von Milet[63] waren damals berühmt. Doch die lateinischen Autoren versichern einmütig, dass die kultivierten Arten im Jahre 73 v. Chr. von Lucullus aus Pontos nach Rom gebracht worden sind.[64] Der Anbau verbreitete sich sehr rasch und es gab immer mehr Arten[65]: die Kirsche des Apronius, deren Rot am kräftigsten war; die schwarze, runde Kirsche des Caecilius; die hartschalige Kirsche, die in Kampanien »Kirsche des Plinius« hieß und ein festes Fleisch besaß; die Kirsche des Junius, die angenehm schmeckte, aber nicht transportfähig war; die dreifarbige lusitanische Kirsche, die in Belgien sehr geschätzt wurde; die sehr dunkle Kirsche des Lutatius. Man behauptete sogar, durch Aufpfropfen auf den

Lorbeer eine Sorte gezüchtet zu haben, die einen angenehmen bitteren Geschmack hatte und Lorbeerkirsche, *cerasum laureum*, genannt wurde.[66]

Die Zitronatszitrone, die *malum Assyricum* oder nach ihrer Herkunft *malum Medicum* hieß und später – nach dem Namen des Baumes *citrus* (*Citrus medica* Risso) – *malum citreum, citreum* und *citrium* genannt wurde, ist eine Frucht mit sehr dicker Schale, die wenig Fruchtfleisch hat und ein wenig sauer schmeckt; sie ist mit unserer Zitrone in nichts vergleichbar.[67] Der aus Nordindien stammende Baum wird im 3./4. Jahrhundert v. Chr. von Theophrast zum ersten Mal erwähnt und er gedeiht zu dieser Zeit selbst bei den Medern so schlecht, dass man seine Früchte nicht verzehrt und sie nur in der Medizin und in der Kosmetik verwendet.[68] Die Angaben im Buch XII des Plinius, eine Übersetzung Theophrasts, darf man also nicht, wie man es getan hat, auf das 1. Jahrhundert n. Chr beziehen.[69] Wenn die Namen des Zitrusbaumes, *citrus*, und der Zitrusfrucht, *citrum*, auf Grund ihrer Form auch alt sind und vielleicht auf eine etruskische Vermittlung zwischen ihnen und dem griechischen κέδρος deuten könnten, darf man daraus aber nicht auf eine frühe Kultivierung des Zitrusbaumes in Italien schließen: mit *citrus* wurde anfangs die Thuja (*Callitris quadrivalvis* Vent.) bezeichnet.[70] Weder Varro noch Columella äußern sich über die Kultur der Zitronatszitrone. C. Oppius, ein Zeitgenosse Caesars und Verfasser einer »Abhandlung über die Waldbäume«, kennt sie nur als persische Frucht.[70a] Als Erster erwähnt zwischen 37 und 29 v. Chr. Vergil »ihren sauren Saft und nachhaltigen Geschmack«, doch er spricht von dem Baum wie von einem exotischen, der in Italien nicht gedeiht.[71] Die Frucht ist allerdings »bei allen in Griechenland bekannt«[72] und ein gängiges Mittel in der Medizin.[73] Wenn man den bildlichen Darstellungen Glauben schenkt, wurde die Frucht um die Mitte des 1. Jahrhunderts v. Chr. in Italien heimisch,[73a] doch kann es sich hier auch ebenso gut um die Kopien eines alexandrinischen Motivs handeln. Ein Jahrhundert später wird sie »von den einen wegen ihres Geruchs und ihrer Bitterkeit verabscheut, von anderen aber besonders geschätzt«, und der Zitrusbaum trägt zum Schmuck der Häuser bei.[74] Apicius nimmt seine Blätter für die Herstellung eines Rosenweins ohne Rosen und verwendet die Frucht bei einem *minutal*-Rezept.[75] Zur Zeit Martials überreicht man sie als Geschenk[76] und zu Beginn des 4. Jahrhunderts n. Chr. ist sie immer noch sehr teuer.[77] Erst im Laufe des 4. Jahrhunderts ist von der Kultivierung des Zitronenbaumes in Italien die Rede.[78] Nach A. C. Andrews[78a] kann man auf bestimmten Wandmalereien des 1. Jahrhunderts n. Chr. die Zitrone und die Orange erkennen, welche die Römer seit dieser Epoche dann auch kultiviert haben sollen. Gleichwohl handelt es sich bei der zeitgenössischen Beschreibung der Frucht bei Dioskurides[78b] um die Zitronatszitrone und es gibt keinen Autor, der von einem süßen *citreum malum* spricht.

Der Pfirsich, *malum Persicum* oder *persicum*, ist aus China, wo der Pfirsichbaum (*Prunus persica* Sieb. und Z.) schon im 3. Jahrtausend kultiviert wurde, nach Persien und Kleinasien gekommen, dann zu Beginn des 1. Jahrhunderts n. Chr. auch nach Italien. Cato und Varro war der Pfirsich unbekannt. Zum ersten Mal erwähnt wird er von Celsus;[79] doch wenig später kennt Plinius bereits mehrere Arten[80]: das *persicum Asiaticum*, einen Pfirsich, der nach dem Herbst reift; das *p. duracinum*, dessen Fruchtfleisch sich nur schwer vom Stein lösen lässt; das *p. Gallicum*, eine frühe Sorte; das *p. populare* ›gewöhnlicher Pfirsich‹; das *p. Supernas*, aus dem Sabinerland. Aber diese Frucht dürfte kaum die Qualitäten unserer Züchtungen gehabt haben: Plinius bezeichnet sie als geruchlos; sie sei zwar saftig, würde aber dennoch Durst hervorrufen.[80a] Der Pfirsich ist auch auf den Wandmalereien von Pompeji und Herculaneum dargestellt.[81] Er hat sich im Westen gut akklimatisiert und sein Anbau hat sich sehr schnell verbreitet. Die Ausgrabungen von Neuss im Rheinland (Novaesium) haben Obststeine zu Tage gefördert, die aus dem ersten Viertel des 1. Jahrhunderts unserer Zeitrechnung stammen.[81a]

Die Aprikose, *malum praecox, praecoquum* (*Prunus armeniaca* L.),[82] die ebenfalls chinesischen Ursprungs ist, wurde um 50 n. Chr. in Italien eingeführt, wo man sie anfangs zum horrenden Preis von 30 Sesterzen das Stück verkaufte.[83]

Die *myxa* [eine Art Pflaume] (*Cordia myxa* L.) ist erst zur Zeit des Plinius nach Rom gekommen, wo man sie auf den Speierling pfropfte;[84] sie hat in der Ernährung offenbar keine große Rolle gespielt, sondern scheint vor allem in der Medizin verwendet worden zu sein.[85]

Der Brustbeerbaum, *zizyphus* (*Zizyphus vulgaris* Lmk. = *Z. jujuba* Mill.), der aus Asien stammt und von Persien bis Japan verbreitet ist, wurde um 10 n. Chr.[86] von Sext. Papinius aus Syrien eingeführt; Columella kennt ihn bereits.[87] Er wird kultiviert[88] und man verkauft seine dickfleischigen, mild und süß schmeckenden Früchte.[89]

Der Nusspfirsich, *tubur* (*Crataegus azarolus* L.), stammt aus dem Vorderen Orient (von Kreta bis Turkestan), obwohl Plinius behauptet, er sei zur selben Zeit wie der Brustbeerbaum von Sext. Papinius aus Afrika mitgebracht worden.[90] Er fand Eingang in den Obstgärten, wo man ihn auf die Wilde Pflaume, die Quitte und den Färberdorn pfropfte.[91] Martial schätzte das süße Fleisch seiner Früchte.[92]

Das Johannisbrot, *siliquae, siliquae Graecae*, die Frucht des Johannisbrotbaums (*Ceratonia siliqua* L.), stammt aus dem Vorderen Orient[93] und ist, wie sein Name zeigt, über Griechenland nach Italien gekommen; man aß die dicken Schoten mit dem süßen Fruchtfleisch.[94] Das Johannisbrot wurde erst spät kultiviert, da Columella der Erste ist, der es erwähnt.[95]

Die Mispel (*Mespilus germanica* L.) kommt in Italien zum ersten Mal bei Dioskurides vor,[96] doch die *mespili* des Plinius mit ihren gesägten Blättern gehören nicht alle zu den Mispeln.[97] Erst seit Palladius, der im 4. Jahrhundert von ihrer Kultur berichtet, kann man mit Sicherheit davon ausgehen, dass dieser Baum in den Texten *mespilus* heißt.[98] Seine Früchte, die man nur essen kann, wenn sie überreif sind, wurden eingelegt.

Man muss noch zwei neue Früchte anfügen, obwohl sie keine Baumfrüchte sind. Die Arbuse oder Wassermelone (*Citrullus vulgaris* Schrad.), deren Name *pepo* zuerst bei Plinius vorkommt,[99] stammt aus dem tropischen Afrika[100] und wurde über Griechenland, das diese Frucht aus Ägypten übernommen hatte, in Italien eingeführt. Dioskurides ist voll des Lobes für ihr Fruchtfleisch.[101] Sie kostet 1 Denar pro Stück.[102] Die Melone (*Cucumis melo* L.), *melopepo, melo,* die aus dem intertropischen Afrika nach Ägypten, von dort nach Griechenland und danach nach Italien gekommen ist,[103] tauchte zur Zeit des Plinius in Kampanien auf, der sie für die zufällige Mutation einer Gurke hält.[104] Das *Edikt Diokletians* unterteilt die Melonen je nach Größe in zwei Kategorien; die großen kosten 2 Denare pro Stück und sind damit doppelt so teuer wie die Wassermelonen.[105] Aber diese ersten Melonen waren sehr klein; Plinius vergleicht sie nämlich mit den Quitten, und noch am Ende des 2. Jahrhunderts n. Chr. verspeiste der Kaiser Albinus zehn Stück während einer Mahlzeit.[106] So wie man unsere Melone mit Portwein serviert, reichte man zur Wassermelone und Melone eine Soße aus Pfeffer, Poleiminze, Honig, Fischbrühe, Essig und manchmal auch *silphium.*[107]

*

Neben den Früchten der Bäume, die kultiviert wurden, muss man noch verschiedene wilde Früchte und Beeren erwähnen. Die literarische Tradition hat allerdings nur wenige Dokumente hinterlassen, obwohl die gesammelten Beeren einen wesentlichen Anteil an der ursprünglichen Ernährung besaßen und gewiss an der Ernährung der italischen Bauern. Die Liste, die wir haben aufstellen können, ist also sicherlich sehr unvollständig.[108] Zu den wilden Früchten gehören:

Die Kornelkirsche, *cornum* (Frucht der *Cornus mas* L.), mit deren Hilfe Achaemenides überlebte,[109] erscheint als Nahrung der Hirten[110] und eines Geizhalses[111]; die Baumerdbeere, *arbutum, unedo* (Frucht der *Arbutus unedo* L.), sammelte man im Winter in den Wäldern;[112] die Beeren des Schwarzen Holunders, *sambucus* (*Sambucus nigra* L.), aß man als Marmelade;[113] die Brombeeren (*Rubus fruticosus* L.) wurden roh oder gekocht verzehrt;[114] die Walderdbeere (*Fragaria vesca silvestris* L.);[115] die Himbeere (*Rubus idaeus* L.);[115a] die Heidelbeere, *vaccinium* (*Vaccinium myrtillus* L.);[116] man sammelte sogar Schlehen[117] und wilde Äpfel, um sie zu konservieren.[118] Die Beeren des Mastixstrauches (*Pistacia lentiscus* L.), der im gesamten Mittelmeerraum verbreitet ist, ließ man in der Sonne trocknen, bevor man sie in Krügen einlegte,[119] doch allem Anschein nach verwendete man sie nur zum Würzen der Oliven.[120]

Obwohl die Römer frische Datteln erst während ihres Aufenthalts im Orient und in Afrika kennen gelernt hatten, wurden in Italien getrocknete Datteln verzehrt.[121] Unter den Namen *palmae,* dann *dactyli* – damit wird die Gesamtheit aller Arten bezeichnet – und unter dem Namen *caryotae,* Datteln aus Syrien,[122] zu denen, als die bekanntesten,[123] die *Nicolae* und die sehr saftigen *patetae*[124] gehörten, wurden die Datteln getrocknet eingeführt und auch so gegessen. Sie wurden in »goldenes Papier« eingewickelt und waren so die Bonbons der Armen am Neujahrstag;[125] außerdem wurden sie bei den Theateraufführungen verkauft.[126] Man

*Stoffbeutel mit Datteln und Feigen, auf dem Fenstersims ein Gefäß mit konservierten Früchten. Wandmalerei. Stich aus dem 18. Jahrhundert*

verwendete sie auch sehr häufig in der Küche, um so unterschiedliche Gerichte zu süßen wie den Hasen, die Languste und die Meerbarbe.[127]

Natürlich wurden diese verschiedenen Früchte zuerst roh gegessen und die Städter konnten sie beim *pomarius*, einem Händler mit einem Stand oder einem fliegenden Händler, kaufen.[128] Indem man sie in Wasser und Wein kochte, verarbeitete man Birnen, Quitten[129] oder Holunderbeeren[130] auch zu einer Art Marmelade, die man als einfaches Gericht reichte. Man bereitete auch kompliziertere Speisen zu, von denen manche – man verwendete große Mengen Eier, nämlich sechs bis acht – an unsere Eierkuchen-Aufläufe erinnern; aber sie sind immer sehr stark mit Pfeffer, Kümmel, Fischbrühe usw. gewürzt. Man verwendete dazu Holunderbeeren, Vogelbeeren, Pfirsiche, Quitten und Birnen.[131] Hier ist z. B. das Rezept für eine »Aprikosen-Vorspeise«: »Feste Aprikosen schälen und entsteinen, in kaltes Wasser legen, dann in eine Pfanne geben. Pfeffer und getrocknete Minze zerstoßen, mit Fischbrühe begießen, Hirse, *passum*, Wein und Essig hinzufügen. In die Pfanne über die Aprikosen geben. Etwas Öl hinzutun und auf kleiner Flamme kochen. Nach dem Aufkochen mit Stärkemehl binden, mit Pfeffer bestreuen und servieren.«[132]

Die Früchte wurden auch für andere Gerichte verwendet; die Römer scheuten sich nämlich nicht, sehr unterschiedliche Geschmacksrichtungen zu kombinieren, besonders beim *minutal*, einem Frikassee aus Fisch oder Fleisch. Apicius hat uns die Rezepte mehrerer *minutalia* überliefert: Schweineschulter mit Äpfeln, das so genannte *minutal* à la Matius[133], ferner Schweineschulter mit Zitronatszitronen[134] oder Aprikosen[135]. Es gibt auch Rezepte für Kalb- oder Rindfleisch mit Quitten[136] und Ente, Kranich oder Huhn mit Backpflaumen.[137]

## Trockenfrüchte und Nuss-Früchte

Die Eichel, an welche die Dichter immer wieder erinnern, wenn sie von der Urzeit sprechen, hat seit langem ihre Bedeutung in der Ernährung verloren.[138] Gleichwohl aß man in Spanien zur Zeit des Plinius die in der Asche geröstete Eichel noch als Dessert.[139] Man darf davon ausgehen, dass die ländliche Bevölkerung Italiens in Notzeiten auf die Eichel zurückgriff.[140]

Die Kastanien, *castaneae* (*Castanea vulgaris* Lmk.), waren nicht sehr früh bekannt und ziemlich lange hatten sie keinen speziellen Namen; die Griechen nannten sie – im Vergleich mit der Eichel und der Nuss – »Eicheln des Zeus«, »Eicheln von Sardes« oder »Nüsse des Herakles«; diese Bezeichnungen verweisen zugleich auch auf die kleinasiatische Herkunft des Baumes; zur Zeit Theophrasts ist er in Griechenland bekannt, aber in Rom wird er vor Varro nicht erwähnt[141] und Vergil bezeichnet die Kastanie als Nahrungsmittel der Hirten.[142] Plinius jedoch nennt bereits sieben Kulturarten: die tarentinische Kastanie, die *balanitis*, die salarianische, die corellianische, die terejanische, die schwarze Kastanie und die neapolitanische.[143] Man hatte auch schon Maronen gezüchtet, d. h. Arten ohne Scheidewand im Inneren der Frucht. Man aß die Kastanien gekocht[144] oder geröstet[145] und verarbeitete sie zu Püree[146]; für den Winter bewahrte man sie in Sand, auf Rosten oder in Gefäßen auf.[147]

Die Walnüsse, *nuces*, die frisch doppelt so viel kosteten wie getrocknet,[148] waren immer mehr eine Leckerei als ein wirkliches Nahrungsmittel. Man isst sie mit Trauben und Feigen zum Nachtisch;[149] manchmal werden sie geröstet[150] und bei Hochzeiten wirft man sie wie die Bonbons den Kindern zu.[151] Man verwendet sie auch für gekochte Nachspeisen und Pfannengerichte.[152]

Die Haselnuss (*Corylus avellana* L.; die lateinische Bezeichnung des Baumes ist *corulus*) trägt – nach der Heimat mancher Kulturarten des Baumes – die Namen *nux Pontica* ›Nuss aus Pontos‹ oder – nach der Stadt Abella in Kampanien, dem Zentrum der Haselnuss-Kultur in Italien – *nux Abellana*.[153] Man isst sie frisch oder vor allem geröstet.[154] Cato hält sie frisch, indem er sie in Töpfe mit Erde legt.[155] Die Haselnüsse wurden ohne Schalen verkauft.[156]

Den Mandelbaum, der aus dem westlichen Asien stammt, haben die Römer über die Griechen kennen gelernt; seine Frucht hieß nämlich zunächst *nux Graeca* ›griechische Nuss‹ und *nux Thasia* ›Nuss aus Thasos‹.[157] Es handelt sich hier natürlich um den Mandelbaum mit den süßen Mandeln (*Prunus amygdalus* Stokes var. *sativa* Asch.)[158] und nicht um die Art mit den bitteren Mandeln (var. *amara* Schn.), die nur in der Medizin Verwendung fanden[159] oder die man, bevor man viel trank, zu sich nahm, um der Trunkenheit vorzubeugen.[160] Cato kennt den Baum und gibt Ratschläge, wie man ihn zu behandeln hat.[161] Man aß die Mandel frisch oder getrocknet;[162] sie wird, geröstet oder nicht, bei zahlreichen Gerichten verwendet, bei Geflügel, Grütze usw.[163]

*Eine Statue am Fuße eines Baums, der Kopf eines Schafbocks zwischen zwei Trinkgefäßen, eine Schale mit einem Pinienzapfen und Früchten. Wandmalerei. Stich aus dem 18. Jahrhundert*

In großen Mengen verzehrte man die Pinienkerne (*nuclei pinei, pinei*) oder die Samen verschiedener Kiefern: die Kerne der Pinie (*Pinus pinea* L.), die noch heute in Italien, in der Provence und in Spanien gegessen werden,[164] die der Fichte (*Picea excelsa* Link), die für diesen Zweck angepflanzt wurde,[165] und in Alpennähe vor allem die Kerne der Zirbelkiefer (*Pinus cembra* L.); bei den Taurinischen Ligurern werden die Kerne in Honig gekocht und als Heilmittel gegen Husten verwendet.[166] Man sammelte die Kiefernzapfen, bevor sie sich geöffnet hatten, trocknete sie und schälte die Kerne, um sie aufzubewahren.[167] Die Römer fanden an ihnen so großen Geschmack, dass sie teurer waren als die geschälten Mandeln und Haselnüsse.[168] Sicherlich aß man sie, so wie noch heutzutage, roh oder geröstet, doch vor allem findet man sie in fast allen Rezepten des Apicius, in den Getreidebreien ebenso wie in allen möglichen Würsten.[169]

Der Pistazienbaum (*Pistacia vera* L.) wurde 37 n. Chr. von L. Vitellius, dem Vater des Kaisers, bei seiner Rückkehr aus der Provinz Syrien, in der er Statthalter war, nach Italien gebracht und von Flaccus Pompeius zur selben Zeit nach Spanien.[170] Der Baum wurde dort kultiviert.[171] Doch sein süß schmeckender Samen, das *pistacium*, scheint in Rom zunächst selten gewesen zu sein; er wurde nur in der Medizin genutzt[172] und war noch teurer als die Pinienkerne;[173] über die Verwendung der Pistazie in der Ernährung ist uns nichts bekannt.

Allgemein wurden die Mandeln und Samen der Früchte – außer in manchen Gebieten die Eichel – nur als Dessert gereicht oder als Gewürz gebraucht.

## Die Konservierung der Früchte

Das Problem der Konservierung stellt sich nur bei den fleischigen Früchten. Da man die Ernteerträge bei weitem nicht unverzüglich verbrauchen konnte, verwandte man viel Sorge darauf, Vorräte für den Winter anzulegen. Diese Aufgabe fiel der Bäuerin zu[174] und es oblag den Frauen und Kindern, die Beeren zu pflücken,[175] im September Platanenblätter zu sammeln und sie mit Stroh zu trocknen, das ebenfalls dazu bestimmt war, die Früchte einzuhüllen.[176] Manchmal stellte man Konfitüre her. Hier kann man auf Brombeergelee,[177] Quittenkonfitüre[178] und sogar Quittenbrot verweisen, das die Römer aus Spanien importierten.[179] Gleichwohl wurden die Früchte meistens, ohne dass man sie vorher kochte, mit Hilfe unterschiedlicher Techniken konserviert; auf diese Weise sollte gewiss Honig gespart werden.

Dörren[180] ist die einfachste Methode der Konservierung. Die Früchte werden in die Sonne gelegt,[181] die größeren wie die Äpfel und Birnen teilt man in zwei oder drei Stücke[182] und, wenn sie einmal getrocknet sind, »liefern sie den Bauern während des Winters einen beträchtlichen Teil ihrer Nahrung«.[183] Auf diese Weise dörrte man Pflaumen,[184] Vogelbeeren,[185] Kirschen,[186] Kornelkirschen,[187] Johannisbrot[188] und die *myxae*[189], bevor man sie in Fässern verschloss. Von August an werden die Feigen systematisch auf speziellen Rosten zum Trocknen in der Sonne ausgelegt und dann in Tongefäßen aufbewahrt.[190] Häufig stampft man sie mit den Füßen in großen Krügen zu einer Art Masse ein: dies sind die *caricae pressae*, die billigsten aller Feigen.[191] Oder aber man teilt die Feige in zwei Hälften, schneidet sie jedoch nicht ganz durch und breitet die beiden zusammenhängenden Teile aus: das sind die *ficus duplices*.[192] In Afrika und Spanien, wo man auf die Präsentation Wert legte, drückte man sie so aneinander, dass sie wie Blumen oder Sterne aussahen.[193] Italien führte auch Feigen aus dem Ausland in beträchtlichen Mengen ein: Feigen aus Karien, die der getrockneten Feige ihren späteren Namen, *carica*, gaben und deren berühmtesten aus Kaunos kamen, die *cauneae*; diese konnte man seit 55 v. Chr. im Hafen von Brindisi kaufen;[194] außerdem wurden Feigen aus Syrien, die *cottana*,[195] und aus Spanien importiert.

Die Haltbarmachung frischer Früchte ist schwieriger und riskanter; diese Technik wurde entwickelt, als der Wunsch aufkam, auch außerhalb der Saison über Obst zu verfügen. Man ließ die Früchte möglichst lange am Baum und verdrehte die Stiele, bevor man sie erntete.[196] In den ländlichen Anwesen richtete man eine Obstkammer ein, einen trockenen, kühlen Raum mit verglasten Fenstern, in denen Regale aufgestellt waren. Man trieb die Raffinesse so weit, dass man die Mauern, die Decke und den Fußboden mit Marmor auskleidete, um den Raum noch kühler zu machen.[197] Dieser Brauch ist möglicherweise von den Griechen übernommen worden, da *oporotheca* als Bezeichnung für die Obstkammer älter zu sein scheint als *pomarium*.[198] Alle großen Früchte, die sich ohne weitere Vorkehrungen mehr oder weniger gut halten, werden in der Obstkammer auf Brettern verteilt und sorgfältig auf feines Stroh oder Hobelspäne gebettet, und zwar so, dass sie sich nicht berühren. Auf diese Weise bewahrte man Äpfel,[199] Birnen,[200] Quitten,[201] Granatäpfel,[202] Zitronatszitronen[203] und sogar Mispeln[204] auf. Manchmal werden sie auch mit einer Substanz, welche die Verdunstung verhindert, überzogen: mit Gips, Wachs oder Ton.[205] Bisweilen überbrüht man die Granatäpfel und die Äpfel, bevor man sie trocknet und aufhängt, mit Meerwasser, Salzlake oder Trinkwasser; dabei wurde der Stiel vorher mit Pech bestrichen.[206] Manchmal werden die Früchte ohne sonstige Vorkehrung einfach zusammen mit dem Ast aufgehängt, so z. B. die Brust- und Vogelbeeren.[207]

Die luftdichte, trockene Aufbewahrung in einem Gefäß, das man auspichte, verschloss und meistens in einer Grube oder in Sand barg, scheint wegen ihrer Unkompliziertheit eine übliche Technik gewesen zu sein. Sie wurde für die verschiedensten Früchte angewendet: für Zitronatszitronen,[208] Quitten,[209] Granatäpfel,[210] Brustbeeren,[211] Mispeln,[212] Birnen,[213] Äpfel,[214] Schlehen und Pflaumen[215] und Vogelbeeren[216].

Die Konservierung in Honig wird nicht vor dem Beginn des 1. Jahrhunderts n. Chr. erwähnt, möglicherweise deshalb, weil die Honig-Produktion bis zu diesem Zeitpunkt ungenügend war. Nachdem man sich vergewissert hatte, dass die Früchte ganz reif und unversehrt waren, legte man sie ganz oder klein geschnitten in Gefäße, die man mit Honig der besten Qualität auffüllte. Apicius legt sogar noch Wert darauf, dass sich die Früchte nicht berühren, was ein flaches Gefäß erfordert.[217] Auf diese Weise eingelegt werden Äpfel,[218] Birnen,[219] Pflaumen,[220] Quitten,[221] Kirschen,[222] Feigen[223] und Mispeln[224]. Der Honig wurde wieder verwendet und der Honig, in dem Quitten aufbewahrt worden waren, wurde wegen des Geschmacks, den er von ihnen angenommen hatte, besonders geschätzt.[225]

Sehr verbreitet ist die Haltbarmachung in einer Flüssigkeit. Die Früchte werden in großen Krügen in den süßesten zur Verfügung stehenden Flüssigkeiten eingelegt: in dem aus Trockenbeeren hergestellten Wein, dem *passum*, und in den verschiedenen Mostsirupen, *sapa*, *defrutum* usw.; *passum* verwendete man für Quitten[226] und Birnen[227]; die Mostsirupe für Quitten,[228] Birnen,[229] Maulbeeren,[230] Mispeln[231] und Vogelbeeren[232]; in einer Mischung, die zu gleichen Teilen aus Essig und Mostsirup zusammengesetzt war, wurden die Kornelkirschen konserviert.[233]

Der Wunsch, auch außerhalb der Saison über Früchte zu verfügen, führte zu dem Versuch, sogar eine leicht verderbliche Frucht wie den Pfirsich haltbar zu machen: er wird entweder in Wein[234] eingelegt oder man bedient sich einer Technik, die zeigt, wie sehr sich die Geschmacksvorlieben der Römer von den unseren unterschieden. Anhand des Rezepts des Apicius kann man sich darüber ein Urteil bilden[234a]: »Wie sich hartschalige Pfirsiche lange halten: Pfirsiche der besten Qualität auswählen und in Salzlake geben. Sie am nächsten Tag herausnehmen, sorgfältig mit einem Schwamm abwischen und in ein Gefäß legen. Salz, Essig und Saturei dazugeben.«

Die Konservierung der Weintraube stellt einen Sonderfall dar, da man dabei alle nur denkbaren Verfahren anwandte. Das Trocknen in der Sonne ergab die Rosinen (*uva passa*);[235] man ließ die Beeren gleichfalls im Rauch der Essen (*uva fabrilis*) langsam trocknen, was ihnen einen besonderen, sehr beliebten Geschmack verlieh;[236] Tiberius hatte eine spezielle Vorliebe für die Trauben, die auf diese Weise in den Öfen Afrikas getrocknet worden waren.[237] Man hielt sie frisch in Getreidespreu (*uva palearis*), in trockenen Blättern oder Sägemehl[238] oder aber man hängte sie an ihren Stielen (*uva pensilis*) in den Speichern auf, wo sie dank des Getreidestaubs besser trockneten;[239] es kam sogar vor, dass man sie, bevor man sie aufhängte, mit Ton bestrich.[240] Man bewahrte sie in Töpfen (*uva ollaris*) auf, nachdem man sie einige Zeit in eine kochende Aschenlauge getaucht hatte.[241] Man übergoss sie mit Trester[242] oder konservierte sie, so wie wir unsere Trauben in Schnaps einlegen, in Most, Wein, Mostsirup oder sogar Tresterwein.[243] Manche Reben, deren Trauben sich konservieren ließen, wurden eigens zu diesem Zweck angepflanzt: das gilt für die *uva fabrilis*, die auf dem Gebiet der Veroneser wachsende rätische Traube,[244] für die *uva ollaris*,[245] die *praecia*,[246] die gallische Pflanze, die *vennuncula*,[247] die *Numisiana*, die *scircitula* und die große aminäische[248].

Die Olive ist die eingelegte Frucht par excellence. Sie war nicht wie die zuvor genannten Früchte ein zusätzliches Nahrungsmittel, sondern bildete im Gegenteil, vor allem auf dem Lande und bei den kleinen Leuten in den Anbaugebieten des Ölbaums, ein wesentliches Element der Ernährung.[249] Zusammen mit dem Weizen hatte sie den Hauptanteil an den Lebensmittelrationen, die Cato nach einer festen Regel an seine Leute verteilte: zuerst die heruntergefallenen Oliven, dann von den reifen Oliven diejenigen, die am wenigsten Öl ergeben.[250]

Der Historiker Fenestella berichtet, dass es den Ölbaum zur Zeit des Tarquinius Priscus in Italien nicht gegeben habe.[251] Die seltenen Olivensteine, die aus bronzezeitlichen Siedlungen im Norden Italiens stammen, gehören zur wilden Art des Ölbaums[252] und man geht allgemein davon aus, dass die Römer, später als die Griechen, nicht den Baum kannten, dessen wilde Arten im ganzen Mittelmeerraum verbreitet sind, sondern die Arten, die infolge der Kultivierung große

Früchte entwickelt hatten.[253] Dies scheint sich durch die Tatsache zu bestätigen, dass das lateinische den Ölbaum und das Öl betreffende Vokabular fast vollständig griechischen Ursprungs ist.[254] Im 1. Jahrhundert n. Chr. gibt es allein in Italien 22 Kulturarten[255] und man importierte darüber hinaus Oliven aus Afrika,[256] da man an den Tischen der Feinschmecker den überseeischen Oliven den Vorzug gab vor den italischen.[257] Man konservierte die Oliven in Salz, Essig, Ölschaum (*amurca*), dem beim Pressen austretenden Fruchtwasser der Oliven, in Mostsaft und zusammen mit aromatischen Pflanzen, allen voran dem Fenchel, in Öl.[258] Am meisten geschätzt werden die in Meerwasser oder Salzlake eingelegten Oliven, die so genannten *colymbades*.[259]

Das *epityrum*, eine sizilische Spezialität,[260] wird aus entsteinten Oliven zubereitet, deren Fruchtfleisch nach einem Rezept Catos[261] klein gehackt, mit Essig und Öl angemacht und mit Kräutern gewürzt wird. Man isst auch einen Ölkuchen, die so genannte *sampsa*: Das Fruchtfleisch der Oliven, die gut verlesen, ausgepresst und dann, nach dem Abfließen des Jungfernöls und des Fruchtwassers, zermahlen werden, wird gesalzen und mit Kümmel-, Anis- und Fenchelsamen gewürzt; so entsteht dann eine essbare Masse, die noch sehr viele Nährstoffe enthält; aber sie trocknet leicht aus und wird nach zwei Monaten ranzig.[262] Selbstverständlich handelt es sich dabei um ein bäuerliches Nahrungsmittel, aber durch Diphilos weiß man, dass fliegende Händler diese Speise in den Straßen Athens verkauften.[263] In der Kaiserzeit haben, wie es scheint, die wohlhabenden Bürger in Rom zu Beginn und am Ende einer Mahlzeit nur eingelegte Oliven gegessen und dabei offenbar die aus dem Picenum bevorzugt.[264]

## 2. Kapitel

# Die Nahrung tierischer Herkunft

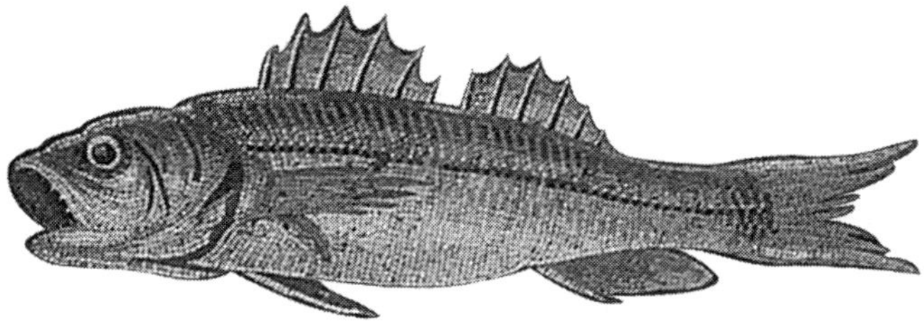

# 1
# Fisch

Der literarische Topos von der Anspruchslosigkeit des goldenen Zeitalters hat die Schriftsteller zu der falschen Vorstellung verleitet, dass die ersten Römer keine Fische fingen und die Austern in ihren Schalen ließen.[1] Selbst wenn die Latiner vor ihrer Ankunft auf der Halbinsel das Meer und seine Produkte nicht kannten,[2] so praktizieren die so genannten primitiven Völker allgemein doch den Fischfang ebenso wie die Jagd, und die Latiner konnten, nachdem sie sich einmal in Latium niedergelassen hatten, nicht auf die Nahrungsmittel verzichten, die ihnen die Natur in Hülle und Fülle zur Verfügung stellte, zumal sie auch in direktem oder indirektem Kontakt mit den griechischen Kolonien standen, von denen sie die Techniken und sogar die Terminologie übernahmen.[3] Bei Plautus verzehren die Personen viel Fisch (Stör, Meeraal, Muräne, Makrele und Seezunge) und viele Muscheln, und das Mahl des alten Chremes bei Terenz besteht aus Gemüse und kleinen Fischen.[4] Das liegt vielleicht an den griechischen Vorlagen dieser beiden Autoren, aber seit dem 3. Jahrhundert v. Chr. besitzt Rom auch einen Fischmarkt, das *forum piscarium*,[5] und in verschiedenen Gebieten Italiens hat man verzierte Fischplatten gefunden, apulische oder kampanische Keramik, die von der griechischen Kunst inspiriert ist.[6]

Zu Beginn des 1. Jahrhunderts v. Chr. genügt es den Reichen nicht mehr, haltbar gemachten Fisch zu essen oder bei der Fischversorgung von den Zufällen des Fischfangs und den Launen des Meeres abhängig zu sein. In ihren Besitzungen an der Küste legen sie ebenso wie in den *villae* im Landesinneren Fischteiche mit Meer- oder Süßwasser an, die *piscinae*, in denen sie für ihren eigenen Verbrauch und für den Verkauf Fische züchten, die sie manchmal von sehr weit her kommen lassen.[7] Sie legen auch Austernparks an, deren Süßwasser das Austernfleisch delikater macht.[8] Diese Fischteiche waren riesig und sehr ertragreich: C. Hirrius, der Erste, der einen Muränenteich anlegte, soll, laut Plinius, Caesar anlässlich seiner

*Jagd und Fischfang. Etruskische Wandmalerei. Tarquinia*

Triumphe 6000 Fische geliefert haben.[9] Dies ist auch die Zeit, in der man anfängt, auf große Exemplare Wert zu legen, für die man unvorstellbar hohe Preise bezahlt.[10] Übrigens war in Rom, und dies ist erstaunlich, Fisch immer teuer. Bereits Cato, der sich gegen den Luxus der Stadt auflehnte, erklärte, dass »in Rom ein Fisch teurer sei als ein Rind«.[11] Im Jahre 301 n. Chr. kostet nach den Tarifen des *Edikts Diokletians*[12] ein Pfund Seefisch der besten Güteklasse 24 Denare und das der zweitbesten Qualität 16, während 1 Pfund Schweinefleisch für nur 12 Denare verkauft wird und ein Pfund Rind-, Schaf- oder Ziegenfleisch für 8.

An den Küsten und in ihrer unmittelbaren Umgebung wurde der Seefisch frisch gegessen. Die Arten variierten natürlich je nach Fangplatz, sind aber auch von den Vorlieben und den Epochen abhängig. Von Plinius erfahren wir, dass man zuerst den Stör schätzte, später dann den Seebarsch und den Dorsch und schließlich den Papageifisch.[13] Daher werden wir die Fische Revue passieren lassen, deren Verwendung in der römischen Küche von den Texten bezeugt ist.[14] Eine auf dieser Basis beruhende Aufstellung ist gewiss unvollständig; denn Plinius und Ovid liefern uns kommentarlos viele Namen von Fischen, die vermutlich auch verzehrt wurden; für Griechenland führt Athenaios zahlreiche Fische an, die ebenfalls an den Küsten Italiens vorkamen, und man könnte sich damit begnügen, auf ihre Register oder das Werk von E. de Saint-Denis zu verweisen. Aber gerade wegen ihrer Unzulänglichkeit stellen die lateinischen Texte klarer heraus, welche Speisefische verbreitet waren. Nicht alle Fische, die man fängt, werden von allen Verbrauchern verzehrt und nicht alle gelangten auf den Markt von Rom. Andererseits warfen die Fischer, von Ausnahmen abgesehen, die Fische, die sie wegen ihrer Größe, ihres unangenehmen Geschmacks oder weil sie in der Küche nicht in Mode waren, nicht verkaufen konnten, nicht zurück ins Meer und es dürften noch sehr viele andere Arten, welche die Autoren nicht erwähnen, in den Küstengebieten verzehrt worden sein.

## Seefische

Die erwähnten Arten sind: die *acharna*, ein unbestimmter Fisch, dessen Kopf und vor allem Hirn[15] als Spezialität galt; dabei könnte es sich um den Seebarsch handeln;[16]

der Stör, *acipenser*, der von Plautus meistgeschätzte Fisch am Ende der Republik.[17] Trotz seiner Seltenheit war er im 1. Jahrhundert n. Chr.[18] deutlich weniger beliebt, was sein Fehlen im Kochbuch des Apicius erklären würde; aber seit dem Ende des Jahrhunderts stieg er wieder in der Gunst und Martial hält ihn des Tisches der Kaiser für würdig;[19]

der Hornhecht, *acus*, *belone*, wird, obwohl er nahrhaft und leicht verdaulich ist,[20] nicht sehr geschätzt;[21]

der Aal, *anguilla*, ein See- und Flussfisch, der besonders im Gardasee und in der Meerenge von Messina zwischen Rhegium und Messina, wo er am besten ist,[22] gefangen wird, ist ein gewöhnlicher Speisefisch, den ein Gastgeber seinen Gästen vorsetzt, während er sich selbst eine Muräne schmecken lässt;[23] Martial scheint jedoch den Aal nicht zu verachten[24] und Apicius gibt zwei Soßenrezepte für ihn an;[25]

der *apriculus*, ein unbekannter Fisch; der bei Tarent gefangene war der beste;[26]

der Spierling, *apua*, der gebraten wurde.[27] Man hat sogar ein Rezept für einen »*apua*-Auflauf ohne *apua*«, der aus irgendeinem klein geschnittenen gebackenen oder gekochten Fisch gemacht und so gut gewürzt wird, dass »bei Tisch niemand erkennen wird, was er isst«;[28]

der *asellus*, der wohl mehrere Arten umfasst, ist vermutlich der Seehecht und der Merlan; man schätzte den aus Pessinus.[29] Er wurde beliebt, als der Stör in der Gunst fiel.[30] Die Wertschätzung, die man seinem Fleisch entgegenbrachte, hatte in einem Sprichwort seinen Niederschlag gefunden: »Nach dem Seehecht will ich mich nicht mit gewöhnlicher Kost begnügen.«[31] Die Ärzte betrachteten ihn als einen Fisch von sehr zartem Fleisch;[31a]

die Goldbrasse, *aurata*, *chrysophrys*, die man in den Meeresfischteichen und sogar in den Seen züchtete; die meistgeschätzten kamen vom Lukrinersee.[32] Man hat für sie mehrere Rezepte: sie wird mit Soße angerichtet oder gebacken;[33]

der *bancus*, von dem Caelius Aurelianus[34] sagt, er sei leicht verdaulich und nahrhaft, scheint der *bacchus* des Plinius zu sein, eine Fischart der Gattung *asellus*; er wird noch mehr geschätzt als letzterer;[35]

die Meerbrasse, *cantharus*, von wenig angenehmem Geschmack;[36]

die Alse, *chalcis*;[37]

der *citharus*, der »schlechteste aller Butte«,[38] dessen Fleisch die Griechen jedoch hervorragend fanden;[39]

der Meeraal, *conger*, der bereits in sehr früher Zeit gefangen wurde und den man gerne kalt aß[40] und auch grillte;[41]

der Glattrochen, *cornuta*, für den Apicius ein Rezept angibt;[42]

der Rabenfisch, *corvus*, dessen Fleisch laut Celsus ziemlich hart ist;[43]

der *dentex*, der mit der Gemeinen Zahnbrasse identisch zu sein scheint, war so begehrt, dass man ihn an den Küsten in Fischteichen[44] züchtete; es gab für ihn, gekocht oder gebacken, mehrere Rezepte;[45]

die *elacata*, die sich zum Einsalzen eignete, ein unbekannter Fisch;[46]

der Petersfisch, *faber*, der im Atlantik häufiger vorkommt und auf den die Bewohner von Cádiz den größten Wert legen;[47]

der *gerres*, ein kleiner, schlecht bestimmbarer Fisch, der Schrätz oder die Sardelle, wurde wenig geschätzt und war den Armen vorbehalten;[48]

der Blaufisch, eine Art Hai, *glaucus*, den in Cumae zu kaufen ein Feinschmecker sich glaubte schuldig zu sein[49] und dessen Kopf sehr geschätzt wurde;[50]

der Gründling, *gobius*, *gobio*;[51]

der Sterlet, *(h)elops*, von dem Ovid sagt, er sei »in unseren Meeren unbekannt«,[52] gewiss deswegen, weil die Feinschmecker den von Rhodos bevorzugten;[53] man kaufte ihn in Sorrent[54] und manche wiesen ihm den ersten Rang unter den Fischen zu;[55]

die *iulida*, ein unbekannter Fisch von zartem Fleisch;[56]

der *lacertus* oder *lacerta*, unter dessen Namen unbestimmte Fische zusammengefasst scheinen,[57] kommt bei bescheidenen Mahlzeiten auf den Tisch;[58] der Fisch wird gekocht und mit Raute gewürzt;[59]

die *lagita*, ein unbekannter Fisch, für den Apicius zwei Rezepte angibt;[60]

der See- oder Wolfsbarsch, *lupus*, der sehr geschätzt wurde, als der Stör in der Gunst fiel.[61] Die Kenner konnten zwischen dem im Meer gefangenen und dem im Tiber geangelten Barsch unterscheiden und der berühmteste war der, welcher in Rom zwischen den beiden Brücken gefangen wurde, dort wo die Kloaken in den Fluss mündeten, und den man deswegen *catillo* ›Leckermaul‹ nannte;[62] man schätzte auch den Seebarsch, der an der Mündung des Timavus gefangen wurde.[63] Man zog ihn in Fischteichen mit Salz- und Süßwasser und setzte ihn sogar in den Seen aus.[64] Apicius nennt für ihn nur ein Rezept;[65]

die Menola, *maena*, die wenig geschätzt wurde;[66]

der Schwarzschwanz, *melanurus*, der in Meeresfischteichen gezüchtet wurde;[67]

die Meeramsel, *merula*, ein geschätzter Klippfisch,[68] die ebenfalls in Meerwasserbassins gezüchtet wurde;[69]

der Meerweihe, *milvus*, von dem man nur weiß, dass er geangelt wurde;[70]

die Meeräsche, *mugil*, die ebenfalls in Fischteichen gezüchtet wurde;[71] drei Rezepte bei Apicius;[72]

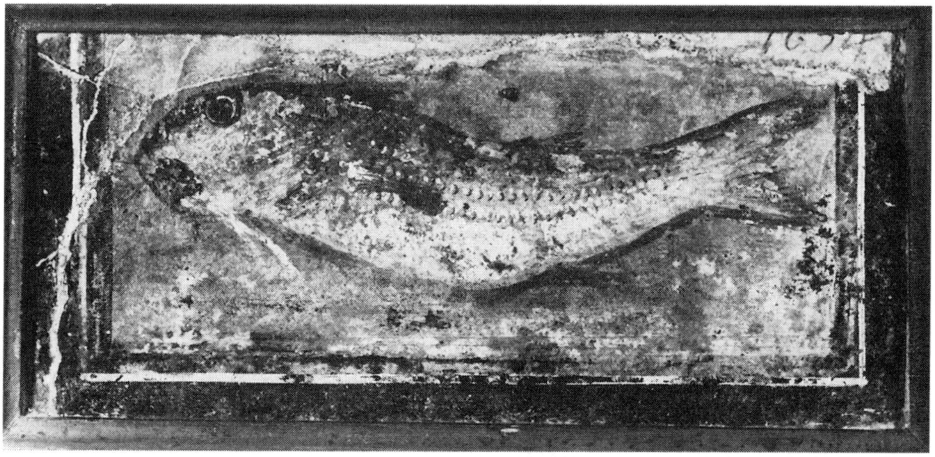

*Meerbarbe (?). Wandmalerei*

die Meerbarbe, *mullus*, die von allen Fischen am häufigsten erwähnt wird, wurde in Fischteichen mit Meerwasser gezüchtet, konnte aber die Gefangenschaft nur sehr schwer ertragen;[73] man schätzte die großen Exemplare, für die man horrende Preise, zwischen 5000 und 8000 Sesterze, bezahlte.[74] Apicius trieb die Raffinesse so weit, dass er sie in *garum* verenden ließ und aus ihrer Leber *allex* zubereitete;[75] in seinem Buch hat er mehrere Rezepte angegeben.[76] Zur Zeit Petrons galt die Meerbarbe in den Augen der Feinschmecker als nichts Besonderes;[77]

die Muräne, *muraena*, einer der Fische, dessen Verzehr am häufigsten erwähnt wird.[78] Die berühmtesten Muränen kamen aus der Meerenge von Sizilien – *flutae* wurden sie genannt –[79] oder von der Mündung des Guadalquivir.[80] Man züchtete sie in Meerwasserbassins[81] und aß sie gegrillt oder gekocht, immer zusammen mit einer Soße;[82]

die Aalraupe, *mustela marina*, die gleichfalls in Fischteichen mit Meerwasser gezüchtet wurde;[83] die Aalraupe von Clupea auf der Halbinsel Cap Bon war besser als alle anderen;[84]

die *oculata*, ein nicht identifizierter Fisch, mit zartem, wenn auch festem Fleisch,[85] ist wahrscheinlich die *ophthalmias* des Plautus;[86]

*Stillleben mit verschiedenen Fischen, darunter (links) eine Muräne, deren Schwanz herunterhängt. Wandmalerei. Stich aus dem 18. Jahrhundert*

die Stachelflunder, *passer,* die in Meeresbassins gezüchtet wurde;[87]

der Barsch, *perca;*[88]

der Seeteufel, *rana marina, rana,* der vor allem an der Küste von Laurentum gefangen wurde;[89]

der Steinbutt, *rhombus,* ein erlesenes Gericht, das den Reichen vorbehalten blieb;[90] man schätzte sehr den Steinbutt der Adria, insbesondere den aus Ravenna,[91] und man züchtete ihn in Meeresbassins;[92]

der *rubellio,* ein unbestimmter Fisch, vielleicht identisch mit dem *erythinus,* von dem man aber auch nicht viel weiß;[93]

der Lachs, *salmo,* der nicht im Mittelmeer vorkommt, sondern in den Flussläufen aufsteigt, ist für Aquitanien bezeugt, wo man ihn allen anderen Fischen vorzieht, und ebenso für die Mosel[94] – aber hat man ihn je in Italien selbst gegessen? –;

der Goldstriemen, *salpa,* ein Fisch, der nur auf Ibiza geschätzt, andernorts aber verachtet wurde und den man mit Rutenschlägen weich klopfen musste, bevor man ihn kochte;[95]

die Sardine und die kleine Sardine, *sardina;*[96]

die Geißbrasse, *sargus;* der bei Brindisi gefangene Fisch war von herausragender Qualität;[97]

der Papageifisch, *scarus,* der einhellig als eine Spezialität betrachtet wurde[98] und dem man zur Zeit des Plinius den ersten Rang einräumte;[99] Martial jedoch findet ihn fade und schätzt nur seine *viscera,* so wie Vitellius besonders an seiner Leber Geschmack fand.[100] Man fing ihn allerdings nur in den Gewässern des östlichen Mittelmeers, von Kleinasien bis Sizilien.[101] Da er nicht in Meeresbassins an den Küsten Italiens gezüchtet werden konnte, ließ unter Claudius der Flottenkommandant L. Optatus große Mengen dieses Fisches in Spezialschiffen an die Küste zwischen Ostia und Kampanien bringen und gab den Befehl, während der folgenden fünf Jahre jeden Papageifisch, der in dieser Gegend gefangen wurde,

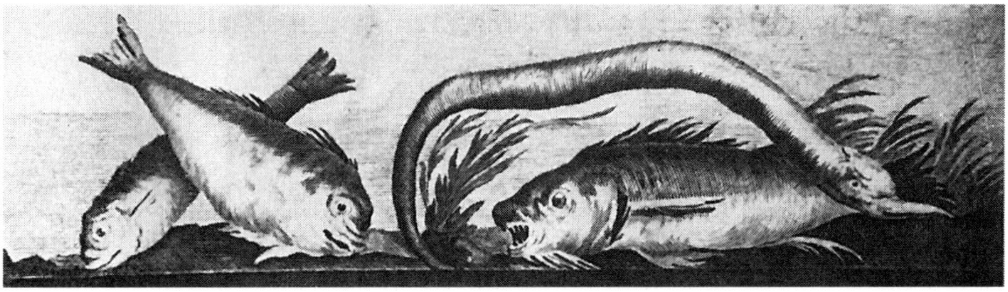

*Von links nach rechts: Meerbarbe, Drachenkopf, Neunauge, Drachenkopf. Wandmalerei. Stich aus dem 18. Jahrhundert*

wieder ins Meer zu werfen; seitdem konnte man ihn dort fischen, wo es ihn früher nicht gegeben hatte;[102]

die Makrele, *scomber*, einer der meistverzehrten Fische;[103]

der Drachenkopf, *scorpio, scorpio marinus*,[104] den man in einem Sud aus Dill, Sellerie, Koriander, Lauch, Öl und Salz kochte.[105] Bei Apicius gibt es ein Rezept für gekochten Drachenkopf und eines für Drachenkopf mit Weißen Rüben;[106]

die Seezunge, die gewöhnlich *solea* heißt, aber auch *lingulaca* genannt wird[107] und in Meeresbassins gezüchtet wird;[108] bei Apicius findet man ein Rezept für Seezunge mit Eiern;[109]

die Brachse oder Meerbrasse, *sparus, sparulus*, deren Fleisch ziemlich hart war und wenig Anklang fand;[110]

der Thunfisch, *thunnus, thynnus*, einer der Fische, der sowohl frisch als auch eingesalzen am meisten verzehrt wurde, hatte, abhängig von seinem Alter, seiner Größe und Art, unterschiedliche Namen: *cordula* ›junger Thunfisch‹, *pelamys* ›Thunfisch, der weniger als ein Jahr alt ist‹, *sarda* ›Thunfisch aus dem Atlantik‹. Bei Apicius findet man zwei Rezepte für den *thunnus* und sechs für die *cordula*; der Fisch wird gegrillt, gefüllt oder mit einer Soße zubereitet.[111] Beim frischen Thunfisch schätzte man besonders den Bauch, den Hals und die Kehle;[112]

der *thursio* des Plinius ist ein unbekannter Fisch, vielleicht aus der Gattung des Hais.[113] Bei Athenaios[114] jedoch ist *thursio* der Name für die delikateste und schmackhafteste Partie des Hais. Nun aber nennt ein Text des Apicius, den man manchmal als Glosse verdächtigt, ein Fischklößchen-Rezept, *patella esiciata de tursione*, bei dem offenbar nur ein Teil des Fisches verwendet wird;[115] andererseits empfiehlt Archestratos,[116] beim Hai den unteren Teil des Bauches zu kaufen. Möglicherweise handelt es sich hier um den Unterleib oder die Leber, eine Partie, die bei anderen Fischen, z. B. dem Thunfisch, sehr geschätzt wird;

der Zitterrochen, *torpedo*, dessen Leber von Plinius als zarteste Speise empfohlen wird;[117] Apicius nennt zwei Rezepte;[118]

der Stachelrochen, *trygon, pastinaca*;[119]

die Meerdrossel, *turdus*, die in Salzwasserbassins gezüchtet wird;[120]
die Äsche, *umbra*, *umbra marina*, die ebenfalls in Salzwasserbassins gezüchtet wird.[121]

## Krustentiere

Man wundert sich, dass sich nur ein Text[122] mit der Verwendung des Hummers (*astacus*) in der Ernährung befasst. Im Gegensatz dazu ist der *cammarus* reichlich bezeugt. Ich weiß nicht, ob uns Juvenal, der ihn als Beilage in die Hälfte eines Eis legt, eine vernünftige Angabe über seine Größe macht oder ob er ihn nicht bloß der enormen *squilla* gegenüberstellen will.[123] Apicius hat zwei Rezepte für *cammarus*-Klößchen, ein Gericht, das Elagabal über die Maßen schätzte.[124] E. de Saint-Denis denkt an die Krabbe, die auch *caris* oder *squilla* heißt, weil es sich laut Athenaios bei dem *cammarus* um eine Art der Gattung *caris* handelt.[125] Aber was soll man von den Krabben (καρίδες) halten, die Apicius in Minturnae aß und die grö-

*Neptun zwischen Meerestieren. Mosaik in Pompeji*

ßer waren als die Hummer von Alexandria?[126] Die Languste, *carabus, locusta*, eignet sich zur Herstellung von Klößchen[127] oder wird auf unterschiedliche Weisen zubereitet.[128] Der Heuschreckenkrebs, *squilla*, war, wie es scheint, begehrter als heutzutage; man briet ihn, reichte ihn als Beilage oder verarbeitete ihn zu Klößchen.[129]

## Schalentiere und Mollusken

*Conchae* und *conchylia* bezeichnen die Gesamtheit der Schalentiere, die Tertullian bereits »Meeresfrüchte«, *maris poma*, nannte.[130] Die Römer, die sich immer sehr viel aus ihnen machten, verzehrten sie roh oder gekocht; sie wurden nach mehr oder weniger komplizierten Rezepten zubereitet.[131] Hierher gehören:

die Meereichel, *balanus*, die man bei dem zu Ehren des Lentulus gegebenen Bankett als Entrée servierte und die gezüchtet wurde;[132]

die Trompetenschnecke, *bucinum*, leicht verdaulich und nahrhaft;[133]

die *conchylia*, die in den Listen mancher Autoren von *bucinum*, *murex* und *purpura* unterschieden sind und in Parks gezüchtet werden, müssen zu der Gruppe der Schalentiere gehören, aus denen man Purpur gewinnt;[134]

der Seeigel, *echinus*, eine seit alters begehrte Spezialität;[135] er wurde beim Bankett des Lentulus als Vorspeise serviert;[136] die Seeigel von Misenum waren besonders geschätzt;[137] die Gunst, der sich dieser Stachelhäuter erfreute, lässt sich an der Zahl der Rezepte des Apicius ablesen.[138] Dennoch kostete der Seeigel nur halb so viel wie die Austern;[139]

eine Art Gienmuschel, die *glycymaris*, die beim Bankett des Lentulus als Entrée gereicht wurde;[140]

die *hordeia*, eine unbekannte Muschel oder Molluske;[141]

der Kalmar, *lolligo, lolliguncula*, der als Klößchen oder Pfannengericht zubereitet wurde;[142]

die Napfschnecke, *lopada*;[143]

die Miesmuschel, *mitulus, mys, musculus*;[144]

der *murex, muriculus*, ein Schalentier, das sich von dem *conchylium* und der *purpura* unterscheidet; diese Schnecke wurde gezüchtet;[145]

die *narita*, eine unbekannte Muschel;[146]

die Kammmuschel, *pecten*; die beste findet man bei Tarent und bei Altinum in Venetien;[147]

die Kleine Kammmuschel, *pectunculus*, eine Spezialität; sie wurde in Parks gezüchtet;[148]

die Riesenmuschel, *peloris*, die beim Bankett des Lentulus als Entrée gereicht wurde[149] und die Martial fade findet;[150] die vom Lukrinersee war berühmt;[151]

die Schinkenmuschel, *perna*;[152]

*Zwei Meerbarben und ein Tintenfisch. Wandmalerei aus Pompeji*

die Venusmuschel, deren lateinischen Namen wir nicht kennen, die aber auf einem Mosaik von El-Djem unter den Speiseresten dargestellt ist;[152a]

die *plagusia striata* des Plautus kann eine Muschel, aber auch ein unbekanntes Krustentier sein;[153]

der Polyp, *polypus;*[154]

die Purpurschnecke, *purpura,* die in Parks gezüchtet wurde;[155]

der Tintenfisch, *sepia, sepiola,* den man schon zur Zeit des Plautus aß,[156] wurde nach vielen verschiedenen Rezepten zubereitet: als Klößchen, gefüllt oder in Sud gekocht; es kam auch vor, dass man ihn mit seiner Tinte kochte;[157]

die Lazarusklappe, *spondylus,* die Seneca für eine erlesene Speise hält, wird als Vorspeise serviert[158] und Kranken gegeben, die keinen Appetit haben;[159] sie wurde in Parks gezüchtet und zum Preis der Seeigel verkauft; sie war halb so teuer wie die Austern;[160] man verarbeitete sie zu Klößchen;[161]

die Porzellanschnecke, *veneria;*[162]

die Seenessel, *urtica marina, urtica,* die als Entrée gereicht oder als Beilage zu einem Fisch-*minutal* verwendet wurde;[163]

die Auster, *ostreum, ostrea,* wird seit den Anfängen der Literatur gefeiert;[164] es gibt eine Art mit glatten Schalen namens *leiostreum, liostracon.*[165] Um 108 v. Chr. legte C. Sergius Orata in seiner Villa bei Baiae den ersten aller Austernparks an, die seitdem in den privaten Besitzungen und in den Seen häufig anzutreffen waren.[166] In Italien kamen die berühmtesten Austern vom Lukrinersee, aber auch aus Circei in Latium, vom Avernersee, aus Brindisi und aus Tarent.[167] Später, im

1. Jahrhundert n. Chr., ließ man Austern aus Britannien kommen;[168] im 4. Jahrhundert wird Ausonius die Austern aus Bordeaux, die mit denen von Baiae konkurrieren und bis nach Rom versandt werden, rühmen, ebenso wie die aus Marseille, Narbonne und anderen Gebieten Galliens.[169] Ein gewisser Apicius, der unter Trajan lebte, erfand eine Technik, um dem Kaiser, der sich damals auf dem Feldzug gegen die Parther befand, frisch gehaltene Austern zukommen zu lassen.[170] Man verzehrte Austern sogar im Inneren des Imperiums, wie es die Schalen zeigen, die man in den römischen Stellungen in Germanien und in der Schweiz gefunden hat;[171] dies beweist, dass man in der Lage war, sie trotz der langen Reise frisch zu halten. Nach dem *Edikt Diokletians* kosten 100 Austern 10 Denare, d. h. doppelt so viel wie Seeigel und Lazarusklappen.[172]

Man aß die Austern gewöhnlich roh[173] und schlug sie manchmal schaumig;[174] man würzte sie mit einem einfachen *garum*, mit einer Kümmelsoße oder einer Soße aus mehreren Zutaten;[175] aber man kochte sie auch und verarbeitete sie sogar zu Klößchen.[176]

Die Schalentiere fanden in Rom so großen Anklang, dass es im Jahre 115 v. Chr. durch ein Gesetz gegen den Luxus, die *lex Aemilia*, verboten wurde, Austern aufzutischen, ebenso wie Siebenschläfer und exotische Vögel.[177] Das Gesetz war sicherlich nicht sehr wirkungsvoll, wenn man bedenkt, dass sieben Jahre später der erste Austernpark angelegt wurde.

## Süßwasserfische

Aus der Lektüre der Texte gewinnt man den Eindruck, dass die Flussfische keine große Rolle in der Ernährung gespielt haben; und das ist auch ganz normal auf einer Halbinsel, wo fast kein Ort mehr als 100 km vom Meer entfernt ist und wo die Flüsse oft trocken sind. Die Naturforscher haben sich mehr für die Seefischarten interessiert, auf die sich auch die uns zur Verfügung stehenden Informationen, welche die Küche betreffen, fast ausschließlich beziehen. Dennoch bezeugt das *Edikt Diokletians*,[178] dass es einen Handel mit Süßwasserfischen gab; dieser Fisch war jedoch nur halb so teuer wie der Seefisch, der ganz offensichtlich den Vorzug genoss, da im Kochbuch des Apicius nur der Wels vorkommt. Man fischte in den Seen und Flüssen, so wie es der Jüngere Plinius zu seinem persönlichen Vergnügen im Comer See tat.[179]

Die beiden ergiebigsten Texte, die *Mosella* des Ausonius und *De observatione ciborum*, ein Werk, das der griechische Arzt Anthimos dem Sohn Chlodwigs, Dietrich I., widmete, sind spät – der erste Text stammt aus dem Ende des 4. Jahrhunderts, der zweite aus der ersten Hälfte des 6. – und behandeln die Flussfauna des östlichen Galliens. Doch da die von ihnen erwähnten Fische essbar sind und da bei ihnen nur die Namen der Fische erscheinen, die allem Anschein nach auch in den südlicheren Flussläufen vorkamen, hätten wir ein schlechtes Gewissen, wenn wir sie nicht zusammen mit den wenigen anderen aufführten, die andere Autoren überliefert haben. Genannt werden: die *anchorago*, ein unbekannter Fisch des Rheins;[180] die Alse, *alausa*, ein populärer Speisefisch;[181] der Weißfisch, *alburnus*;[182] der große Stör des Po, *attilus*;[183] die gewöhnliche Barbe, *barbus*;[184] der Dickkopf, *capito*;[185] der Karpfen, *carpa*;[186] der *cracatius*, ein unbekannter Fisch;[187] der *esox*, ein großer Rhein-Fisch, der mit dem erwachsenen Lachs oder dem Hakenlachs identisch ist;[188] der Gründling, *gobio*;[189] der Hecht, *lucius*, der nur in üblen Spelunken gegessen wird, den jedoch Anthimos später als einen guten Fisch ansieht;[190] die Flussquappe, *mustela*;[191] das Süßwasserneunauge, *nauprida*, das weder für die Gesunden noch für die Kranken von Nutzen ist;[192] der Barsch, *perca*, eine kulinarische Köstlichkeit;[193] der *redo*, ein grätenloser Fisch;[194] die Forelle, *salar*, *tructa*;[195] die Lachsforelle, *sario*;[196] der Lachs, *salmo*;[197] der Wels, *silurus*, ein mittelmäßiger Fisch;[198] die Schleie, *tinca*;[199] die Äsche, *umbra*.[200]

Der Flusskrebs wird in der Ernährung nur zweimal, unter den Bezeichnungen *cancer* und *squilla*, erwähnt.[201]

## Der Fisch in der Küche

Durch die Kochrezepte des Apicius sind wir gut über die verschiedenen Arten der Fischzubereitung informiert. Man isst ihn vor allem gegrillt, so wie im Süden Frankreichs und in Italien,[202] oder aber gekocht,[203] wobei er immer mit verschiedenen, sehr scharf gewürzten Soßen gereicht wird, von denen das Kochbuch eine eindrucksvolle Liste aufweist. Die Gallier des transalpinischen Galliens, deren Küche im 1. Jahrhundert v. Chr. kein Öl kannte, aßen ihn gegrillt, mit Salz, Essig und Kümmel.[204] Der Bratfisch stellt, wenigstens bei Apicius, eine Ausnahme dar und hat keine Ähnlichkeit mit dem unseren, da er stets von einer Soße begleitet wird.[205] Man kann sich darüber ein Urteil bilden, wenn man sich das Rezept für »gebratene Spierlinge« ansieht: »Die Spierlinge waschen, Eier aufschlagen und mit dem Fisch mischen; Fischbrühe, Wein und Öl kochen lassen; wenn es gekocht hat, die Spierlinge dazutun . . .«[206] Selbst die kleinen Fische (*pisciculi*) werden in einer Soße gekocht, die man im Voraus zubereitet und mit Stärkemehl gebunden hat.[207]

Die Kunst, Fisch zuzubereiten, ist, wenn man Montaigne Glauben schenkt,[208] das Privileg der Adligen. Der Fürstenrat war sich nicht zu gut, sich mit dem Steinbutt Domitians zu befassen.[209] In der raffinierten Küche stellt man Klößchen, *isicia*, her, indem man das Fleisch im Mörser zerstößt und dann mit der Hand formt; vor allem bereitet man sie aus Hummer, Langusten, *cammarus*, Heuschreckenkrebsen, Lazarusklappen, Tintenfisch, Kalmar und sogar Austern zu.[210] Noch besser ist es, wenn man den Thunfisch, den Tintenfisch und den Kalmar vor dem Kochen füllt: dafür nimmt man Kümmel, Pfeffer, Minze, Walnüsse, Eigelb und Honig.[211]

## Die Konservierung des Fisches

Vor den schnellen Transportmöglichkeiten unserer Zeit war in den küstenfernen Gebieten frischer Seefisch eine Rarität, die den fürstlichen Tafeln vorbehalten war. So war es noch im Paris des 17. Jahrhunderts, wo nur in Salzlake eingelegte Makrelen und Heringe auf den Tisch kamen. Im Übrigen konnte Fisch, den man in den Provinzen gefangen hatte, jedenfalls nur, wenn er haltbar gemacht worden war, nach Italien verschickt werden.[212]

Es findet sich keine Spur mehr davon, dass man Fisch konservierte, indem man ihn im Rauch, in der Sonne oder in der Hitze eines abgeschlossenen Raumes trocknete.[213] Das überall bezeugte Einsalzen wurde vermutlich zuerst zu Hause praktiziert; dort jedoch, wo es viel Fisch gab und die Möglichkeit bestand, Meersalz zu gewinnen, entwickelte sich rasch eine echte Industrie.[214] Dort wurde der Fisch, ganz[215] oder entgrätet und je nach Größe zerlegt, in Bottiche mit Salzlake gelegt und darin gelassen, bis er sich ganz vollgesogen hatte.[216] Danach kam er in irdene Gefäße und wurde für den Verbrauch vor Ort aufbewahrt oder übers Meer verschickt.[217] Diese Konservierungen waren übrigens nicht immer erfolgreich und Columella empfiehlt, an die Fische in den Fischteichen »mit Salz ausgelaugte Heringe und verfaulte Sardinen« zu verfüttern.[218] Man nannte sie *muriatica salsa*,[219] *salsa*[220] und in einem allgemeineren Sinne *salsamenta*[221] oder *piscis salsus*[222]. Sie wurden von den *salsamentarii* verkauft; dieser Begriff umfasste wahrscheinlich die Hersteller und Verkäufer von Fisch- und anderen Konserven; dieser Beruf war sehr verschrien.[223]

Bei Strabon und Athenaios gibt es zahlreiche Angaben über die Orte, in denen eine solche Fischverarbeitung beheimatet war. Es macht Schwierigkeiten, sie allesamt unterschiedslos als Zentren für den Export nach Italien zu akzeptieren: Athenaois stützt sich bei seinem Material auf griechische Dichter, die meistens lange vor der Eroberung Griechenlands lebten. Sizilien war möglicherweise ein bedeutendes Produktionszentrum: in der zweiten Hälfte des 3. Jahrhunderts v. Chr. konnte der König Hieron II. 10 000 Tonkrüge mit Fisch aus Syrakus nach Ägypten versenden.[224] Andere Zentren gab es in Großgriechenland, in Elea und Hipponium.[225] Doch vor allem das südliche Spanien exportierte aus den drei großen Häfen Cádiz, Malaga und Cartagena die berühmten Salzfische und in Belo, im Süden von Cádiz, hat man die Reste römischer Anlagen mit den Bottichen entdeckt, in denen man den Fisch einsalzte.[226] Der Orient verschickte gleichfalls die Produkte seiner Fabriken; seit dem Ende des 3. Jahrhunderts v. Chr. gelangten, sehr zur Empörung des alten Cato,[227] eingesalzene Fische aus Pontos nach Italien und die Sendungen aus Bithynien, Byzanz und vom Schwarzen Meer rissen nicht mehr ab.[228]

Nicht alle Fische eigneten sich zum Einsalzen[229] und unsere Liste der eingesalzenen Fische, die nach den Angaben der lateinischen und griechischen Texte in

Italien verzehrt wurden, ist nicht lang. Genannt werden: die Alse;[230] ein Fisch der Gattung Chromis, *corvus*, *coracinus*, auch *saperda* geheißen, den man aus Pontos kommen ließ[231] und der entgegen der Behauptung des Festus[232] keinesfalls verabscheuungswürdig war; die *elacata*, von der man nur weiß, dass sie groß ist, sich zum Marinieren eignet und dass die eingesalzenen Fische *elacatena* heißen;[233] der *lacertus*, der aus der Provinz Baetica oder aus Byzanz[234] importiert und eingesalzen wurde;[235] die Makrele;[236] die Menola;[237] die Meeräsche;[238] die Sardine;[239] der Rabenfisch und die Meerbarbe;[240] eingesalzener Thunfisch, der vor allem aus dem Gebiet von Byzanz eingeführt wurde, war sehr begehrt; man nannte die hart gewordenen Scheiben, die wie Bretter aussahen,[241] *melandrya*; Martial schätzt sie nicht sonderlich;[242] *cybia* hieß der in Würfel geschnittene Thunfisch, der weniger als ein Jahr alt war (*pelamys*);[243] die Fischstücke aus der unmittelbaren Nähe des Schlundes waren die begehrtesten, die zum Schwanz hin die weniger geschätzten.[244] Gesalzener Thunfisch gehört zur römischen Küche[245] und in Juvenals Augen[246] ist ein Topf mit jungem Thunfisch etwas ganz Gewöhnliches.

Von den Flussfischen, von denen man weiß, dass sie ebenso wie die Fische aus den Teichen konserviert wurden,[247] wird nur der Wels erwähnt.[248]

Die Römer hatten versucht, geöffnete Austern, nachdem man sie in Essig gewaschen hatte,[249] in verpichten Gefäßen aufzubewahren, desgleichen die Kammmuscheln[250] und insbesondere die Seeigel, die eingesalzen sehr teuer waren.[251] Aus Cádiz ließ man auch die Milch[252] von Muränen kommen; der Kaviar, den die Menschen der Antike kannten,[253] kommt allerdings in den Italien betreffenden Texten nicht vor.

Die Konserven gewöhnlicher Qualität waren nicht teuer. Im *Edikt Diokletians*[254] kostet 1 Pfund gesalzener Fisch 6 Denare, während sich der Preis für frischen Seefisch der ersten Güteklasse auf 24 Denare das Pfund beläuft und für den der zweiten Güteklasse auf 12 Denare. Man versteht, dass der Salzfisch unter diesen Umständen das Nahrungsmittel der kleinen Leute war. Die aus dem Osten kommenden Konserven waren hingegen sehr teuer. Die Zeitgenossen des Älteren Cato zahlten 300 Drachmen für einen Krug eingesalzener Fische aus Pontos.[255] Im Übrigen schätzten die Römer Salzfisch so sehr, dass sie Rezepte für »Stockfisch ohne Stockfisch«, *salsum sine salso*, erfunden hatten; er wurde aus der Leber vom Hasen, Zicklein, Lamm oder Huhn, die man zu einem Fisch formte,[256] zubereitet; und auf Grund dieser Vorliebe waren die eingesalzenen Seeigel doppelt so teuer wie die frischen.[257] Gewiss musste man den Salzfisch lange in Süßwasser wässern,[258] aber manche wuschen ihn lieber in Salzwasser, wodurch sein ausgeprägter Salzgeschmack erhalten blieb.[259]

Die zahlreichen Rezepte des Apicius unterscheiden sich kaum von den Rezepten für frischen Fisch. Allerdings bereitete man auch ein spezielles Gericht her, das *tyrotarichum*, das aus gesalzenem Fisch und Käse bestand.[260]

Das Einsalzen stellte nicht das einzige Verfahren zur Fischkonservierung dar.

Im Übrigen kann es vorkommen, dass man nicht genügend Salz hat, und dann kann man auf die Technik der »feuchten Konservierung« zurückgreifen, die A. Leroi-Gourhan[261] für die Küsten des Pazifiks beschrieben hat: »Die Fische ... werden in Gruben gelegt, wo sie die verschiedenen Stufen der Zersetzung durchlaufen. Anfangs bekommen sie einen scharfen Geschmack, der mit dem der Anchovis relativ vergleichbar ist; in diesem Zustand sind sie ein hochwertiges Nahrungsmittel ... Mit fortschreitender Zersetzung zerfallen die Fische zu Brei; dann isst man sie mit dem Löffel.« Möglicherweise besaß Italien da eine alte, einfache Technik, die man vielleicht übernommen hatte, da das Wort *(h)allec, (h)allex* nicht lateinischen Ursprungs ist. Diese Technik hatte sicherlich eine allgemeinere Verbreitung, als es die Texte vermuten lassen, und wurde hauptsächlich bei der Zubereitung der Fischbrühe, des *garum,* beibehalten; vom *garum* wird im Zusammenhang mit den Gewürzen noch die Rede sein.[262] In diesem Sinn muss man daher den Satz des Plinius[263] verstehen, wenn er sagt, der *hallex* sei »ein unvollkommener und nicht filtrierter Bodensatz des *garum*«; d. h. also, dass sich das Fleisch des Fisches noch nicht völlig zersetzt und verflüssigt hat. Anfangs ist der *hallex* nicht das, was übrig bleibt, wenn man das *garum* abgeschöpft hat, sondern dieses ist das letzte Stadium des *hallex,* der viel früher als das *garum* gegessen wurde. *Allex viri,* ein bei Plautus gebrauchtes Schimpfwort,[264] bedeutet weder ›kümmerlicher Wicht‹ noch ›Abschaum der Menschheit‹, sondern ›Mistkerl‹. Der *hallex* ist das Nahrungsmittel, das Cato zusammen mit Essig an seine Sklaven verteilte, wenn es keine Oliven mehr gab;[265] er war auch die Speise der Armen. Allerdings fordert bei Plautus[266] der Schlemmer Saturion *hallex* und zur Zeit des Horaz reicht man ihn wie das Salz, den Pfeffer, die Weinhefe und den Pastinak in Schälchen als Vorspeise, um den Appetit anzuregen,[267] oder man serviert ihn mit Zwiebeln.[268] Manchmal nahm man ihn auch zum Würzen der Soßen.[269] In Pompeji hat man Amphoren gefunden, die ihren Etiketten zufolge *hallex* enthalten haben.[270]

Zu Beginn ist der *hallex* vermutlich aus kleinen Fischen zubereitet worden, deren Gräten sich leicht auflösten. Das Wort *hallec* erscheint in der Bedeutung ›kleiner Fisch‹ nur bei Isidor, aber bei Columella bezeichnet *allecula* einen sehr kleinen wertlosen Flussfisch.[271] Im 1. Jahrhundert n. Chr. steigt diese Speise wieder in der Gunst. Während man vorher durch die Zersetzung des Fisches nur das flüssige *garum* gewinnen wollte, stellt man jetzt erneut *hallec* um seiner selbst willen her: aus Spierlingen und Fischen, die ein zarteres Fleisch haben, wie dem Wolfsbarsch aus Fréjus. Die Zubereitung wurde immer raffinierter und man verwandte für den *hallec* schließlich auch Austern, Seeigel und Seenesseln.[272] Apicius erfand sogar die Herstellung eines *hallex* aus der Leber der Meerbarben, die man im *garum* umkommen ließ.[273] Bleibt noch darauf hinzuweisen, dass das *garum* einen hohen Anteil an wachstumsförderndem Vitamin A enthielt.[274]

# 2
# Wild

Die Jagd ist mit dem Hirtenleben verbunden.[1] Der Hirte, der vom Frühling bis zum Herbst seine Herden auf den Weiden und in den Gebirgswäldern begleitet, lebt nicht nur von Milch und wilden Kräutern. Außerdem muss er die Tiere, die er hütet, vor gefährlichen Tieren schützen. Folglich ist er zugleich auch Jäger. Der sesshafte Bauer ist es ebenfalls, wie auch immer sich Columella dazu äußert; in seinem Werk behandelt er die großen Landgüter und so rät er von der Jagd auf alles Wild ab, weil man dadurch von den notwendigen Arbeiten abgehalten werde.[2] Doch im Winter hat der Bauer, abgesehen von der Olivenernte und der Ölherstellung in den Gebieten, wo der Ölbaum wächst, nur nebensächliche und niemals dringende Arbeiten zu verrichten und daher hindert ihn nichts, den Wildschweinen, die seine Pflanzungen verheeren, Fallen zu stellen. In Horazens Darstellung jagt er Wildschweine, Hasen, Drosseln und Kraniche.[3] Italien war reich an Wäldern, in denen wilde Tiere – vor allem Wildschweine, Wölfe und Bären – hausten, und es gab besonders viel Haar- und Federwild. Zahlreiche Tiere müssen verzehrt worden sein, ohne dass man dies eigens erwähnte; denn die Literatur interessiert sich wenig für das Leben der kleinen Leute und erst recht nicht für das der armen Bauern. Bisweilen bekommen wir von diesem Leben eine kleine Ahnung, so z. B. durch den sehr späten Brief des Papstes Zacharias an Bonifazius, in dem er, am 4. November 751, ausdrücklich festlegt, welche Nahrungsmittel den Christen verboten sind.[4]

Der Wunsch, jederzeit über Wild zu verfügen, und die Gewinne, die sich aus dem Verkauf ergeben könnten, brachten die Großgrundbesitzer auf den Gedanken, auf ihren Ländereien durch Mauern oder Holzzäune geschützte Jagdreservate anzulegen; sie waren zunächst sehr klein und, wie ihr Name *leporaria* bezeugt, nur für Hasen gedacht.[5] In diesen Gehegen, die eine Zeitlang ihren ur-

*Wildschweinjagd. Mosaik in Piazza Armerina*

sprünglichen Namen beibehielten,[6] dann, im 1. Jahrhundert n. Chr. *vivaria* genannt wurden, hielt man später auch große Tiere – Wildschweine, Hirsche, Rehe, Damhirsche usw. – und sogar exotische Tiere, die dort in Freiheit lebten.[7] *Therotrophium* nannte Hortensius das mehr als 14 ha große Reservat, das er auf dem Gebiet von Laurentum[8] mit Mauern hatte einschließen lassen. Diese Gehege wurden von einem Jagdaufseher, dem *custos vivarii*, überwacht.

Man darf ferner auch nicht die Tiere außer Acht lassen, die bei den im Amphitheater stattfindenden *venationes* in der Arena getötet wurden[9] und unter denen sich auch exotische Tiere befanden. Tertullian tadelt die Leute, die das Fleisch wilder Tiere aus der Arena verzehren: Bären, die Menschenfleisch gefressen haben, Hirsche und Wildschweine.[10]

## Großwild

Das Wildschwein war in ganz Italien und auch auf Sizilien und Sardinien verbreitet und die Wildschweinjagd wurde in allen Provinzen des Reiches praktiziert.[11] Die Schriftsteller haben das Wildschwein aus der Toskana,[12] Umbrien,[13] dem Land der Marser[14] und Lukanien[15] gerühmt; dabei war das aus Laurentum, das sich nicht von Eicheln ernährte, deutlich weniger begehrt.[16] Es gab so viele Wildschweine, dass Elagabal bei einem Festessen, das zehn Tage dauerte, 300 Bachen auftischen ließ.[17] Das Wildschwein ist das teuerste Großwild; es kostete 16 Denare das Pfund, während man für das Schwein, das teuerste Fleisch, nur 12 Denare bezahlte.[18] Doch manche Leute finden Wildschwein, gewiss weil sie es häufig essen, zu gewöhnlich.[19] Anfangs wurde nur die Lende, *lumbus*, serviert.[20] Die bevorzugten Stücke waren die Filetspitzen,[21] die Brust,[22] die Hinterkeule[23] und der Kopf[24] und bei der Bache, ebenso wie beim Mutterschwein, die Zitzen und die Vulva.[25] Die Aufzucht in den Gehegen ermöglichte es den Feinschmeckern, nur Jungtiere zu essen, die noch keine vier Jahre alt waren und ein zarteres Fleisch besaßen.[26]

Das Wildschwein, das als nahrhaft galt,[27] legte man gewöhnlich einen Tag zum Marinieren in Salz,[28] doch die Römer der Frühzeit mochten das Fleisch lieber, wenn es einen Hautgout hatte.[29] Die Mode, ein ganzes Wildschwein auf den Tisch zu bringen, wurde am Ende des 2. Jahrhunderts v. Chr. von Servilius Rullus kreiert.[30] Man briet es am Spieß[31] und Apicius nennt zwei Soßen-Rezepte für gebratenes Wildschwein.[32] Gewiss werden so auch die *apri gausapati* des Petron zubereitet, die gebacken werden, ohne dass man sie vorher überbrüht hat.[33] Noch häufiger wird das Wildschwein gekocht,[34] manchmal im Ofen gebacken[35] und immer wird es mit einer Soße serviert.[36]

Der Hirsch[37] galt ebenfalls als Delikatesse, wenngleich die Ärzte über die Vorzüge seines Fleischs sehr geteilter Meinung waren; sie hielten es undifferenziert entweder für sehr nahrhaft oder sehr schlecht.[38] Dem Urteils Aymards wird man sich nicht anschließen können: »Man findet das Tier weder auf den Tischen der Bürger noch auf der ›Karte‹ außergewöhnlicher Menüs, die zu unserer Erbauung überliefert sind.«[39] Die Hirschzucht in den Wildgehegen war nämlich eine Einnahmequelle,[40] Hirschfleisch wurde im Handel verkauft[41] und schließlich nennt Apicius sieben Rezepte.[42] Die Bauern selbst jagten den Hirsch im Winter[43] und gewisse vornehme Damen aßen jeden Morgen Hirsch, um sich vor Fieber zu schützen.[44] Da man in der Küche vor allem große Tiere, deren Fleisch hart war,[45] verwendete, kochte man das Hirschfleisch manchmal vor dem Braten.[46] Man verzehrte auch das Fleisch des Hirschkalbs.[47]

Rehe wurden gejagt oder in Gehegen aufgezogen.[48] Das Fleisch des Rehs,[49] *caprea, capreolus*, galt als nahrhaft.[50] In Rom steht es auf dem Speisezettel der Reichen und kostet genauso viel wie Hirsch.[51] Apicius gibt drei Rezepte an.[52]

*Hirschjagd. Mosaik in Piazza Armerina*

Der Damhirsch, *damma,*[53] wurde gleichfalls in den Wildgehegen gezogen[54] und häufig verzehrt[55]; er war gewöhnlich geworden und die Reichen fanden, er schmecke nach nichts.[56]

Der *oryx* wird in Wildparks gezogen und soll vor seinem vierten Lebensjahr verkauft werden,[57] entweder für die Jagden in der Arena[58] oder für den Verzehr. Man ließ dieses Tier aus Gätulien kommen; man findet es auf den Tischen der Oberschicht.[59] Es handelt sich um eine groß gewachsene Antilopenart, die Oryx- oder Säbelantilope (*Oryx leucoryx*), die im nördlichen Afrika und in Syrien verbreitet ist; Herodot hat sie bei seiner Aufzählung der Tiere Libyens mit großer Genauigkeit beschrieben.[60] In der Liste der fürstlichen Speisen führt Juvenal[61] auch den *pygargus,* wörtl. ›Weißsteiß‹, auf, eine afrikanische Gazellenart, die von verschiedenen Schriftstellern erwähnt, aber nicht beschrieben wird.[62]

In Italien gab es, insbesondere in den Bergen des Sabinerlandes, Herden wilder Ziegen, *caprae ferae* oder *caprae silvestres.*[63] Ihr Fleisch wurde empfohlen, weil es als nahrhaft und leicht verdaulich galt.[64]

Das Wildschaf, *ovis fera, ovifer,* war in der Antike anscheinend sehr verbreitet. Man berichtet von Herden in Phrygien[65] und Q. Fulvius Lippinus züchtete Wildschafe auf seinem Landgut bei Tarquinii.[66] Der Mufflon, *musmo,* war das charakteristische Wild Korsikas.[67] Bei Apicius gibt es zwei Rezepte für Wildschaf.[68]

*Hasenjagd. Mosaik in Piazza Armerina*

In Italien gab es keine wild lebenden Esel;[69] man ließ Wildesel aus Afrika und Kleinasien kommen.[70] Obwohl Celsus ihr Fleisch als sehr nahrhaft bezeichnet[71] und obwohl man die jungen afrikanischen Wildesel, die *lalisiones* hießen,[72] sehr schätzte, bevorzugte man im Allgemeinen die Eselsfüllen.[73]

Der Bär kam in allen Gebirgsgegenden Italiens ebenso wie im restlichen Reich sehr häufig vor[74] und man aß das Fleisch der bei der Jagd oder in der Arena getöteten Tiere;[75] ein Bärenviertel wird bei einem Totenessen erwähnt;[76] die Tatzen waren eine bevorzugte Spezialität.[77]

## Haarwild

Die Römer kannten zwei Hasenarten, den Feldhasen (*Lepus europaeus*) und den Schneehasen der Alpen (*Lepus variabilis*), der im Winter ein weißes Fell bekommt; nur wenige Schneehasen gelangten nach Rom.[78] Es gab reichlich Hasen und sie wurden viel gejagt; man hielt sie auch halb in Freiheit in den *leporaria*, aus denen man sie holte, um sie in Käfigen zu mästen, bevor man sie verzehrte.[79] Doch am Ende des 4. Jahrhunderts n. Chr. wurde die Hasenzucht aufgegeben und die Römer dieser Zeit wunderten sich sogar, dass man sie jemals praktiziert hatte.[80] Das Hasenfleisch ist eine begehrte Spezialität, begehrter als das Fleisch der anderen Vierfüßler.[81] Das von den Kennern am meisten geschätzte Stück ist die Schulter.[82] Welche wichtige Rolle das Tier in der Ernährung spielte, lässt sich an den 14 Rezepten des Apicius ablesen: der Hase wird gebraten, gekocht, gefüllt oder mit einer Soße gereicht usw.[83] Man bereitete auch ein *minutal* aus dem Blut, der Leber und den Lungen zu.[84]

Das Kaninchen, *cuniculus*, wurde längst nicht so geschätzt und war ein Viertel so teuer.[85] Das Tier, das aus Spanien stammte, wo es überaus häufig vorkam, wurde anscheinend um das Jahr 218 v. Chr. in Italien eingeführt[86] und das Wort selbst (*cuniculus*) muss iberisch sein. Varro empfiehlt, das Kaninchen in den *leporaria* zu halten.[87] Es hat sich ziemlich schnell in Italien verbreitet; ein Text des Poseidonios von Apamea aus der ersten Hälfte des 1. Jahrhunderts v. Chr. macht darauf aufmerksam, dass es auf einer Pozzuoli gegenüberliegenden Insel eine Unzahl von Kaninchen gibt.[88] Aber während sich die Iberer die jungen Kaninchen, die sie aus dem Bauch oder von den Zitzen der Mutter holten, schmecken ließen, ohne sie vorher auszunehmen,[89] so scheint die römische große Küche wenig Aufhebens vom Kaninchen gemacht zu haben.[90] Dass es im Handel verkauft wird, unter den *xenia* Martials[91] und auf den Wandmalereien erscheint und sich durch schnelle Vermehrung auszeichnet, spricht jedoch dafür, dass es allgemein verzehrt wurde, zumindest im Volk.

Die Menschen der Antike betrachteten den Siebenschläfer nicht als eine Speise in Notzeiten, sondern als ein Festessen. Seit der Zeit des Plautus wurden diese Tiere in Herden gehalten und gemästet.[92] Die Großgrundbesitzer züchteten sie in einem von Mauern umschlossenen *glirarium*,[93] aber auch jeder Bauer hatte seine Mastsiebenschläfer: sie kamen in speziell ausgerüstete, mit einem Deckel versehene Fässer, in denen sie in der Dunkelheit Walnüsse, Eicheln und Kastanien knabberten.[94] Auf die großen Exemplare legte man besonderen Wert.[95] Martial zeigt uns einen Pächter, der seinem Herrn seine Aufwartung macht und ihm einen sehr fetten Siebenschläfer mitbringt.[96] Man isst ihn gebraten, mit Honig bestrichen und mit Mohn bestreut oder aber gefüllt und im Ofen gebacken.[97] Im Jahre 115 v. Chr. machte das Anti-Luxus-Gesetz des M. Aemilius Scaurus den vergeblichen Versuch, den Verzehr des Siebenschläfers zu verbieten.[98] Im *Edikt*

*Diokletians* ist sein Preis mit 4 Denaren pro Stück ziemlich niedrig angesetzt; gewiss war er damals nicht mehr in Mode.[99]

Sicher wurden auch andere wilde Tiere gegessen, ohne dass man sie speziell jagte. In Lukanien verzehrte man, so wie in anderen Gegenden Italiens auch, den Gartenschläfer, *nitela*.[100] Dass es den Christen durch den Papst Zacharias verboten war, Biber zu essen, ist ein weiteres Zeugnis.[101] Die Ratte wurde natürlich nur in Notzeiten gegessen.[102] Der Affe, der in einer Fabel des Phaedrus am Haken einer Metzgerei hängt, ist gewiss absichtlich von dem Autor dorthin gehängt worden.[103] Der Dachs, den ein stolzer Jäger, der erfolglos von der Jagd zurückkehrt, mitbringt, ist vielleicht nicht verzehrt worden.[104] Jedoch müssen wir uns bewusst sein, dass unsere Informationen über die Verhältnisse des bäuerlichen Lebens sehr unzureichend sind.

## Federwild

Vögel wurden von jeher gejagt und der italische Bauer stellte ihnen von Dezember bis März Fallen.[105] So wie heutzutage pflanzte man in den Jagdgebieten sogar Moorbeeren an, um das Federwild dort zu halten und weitere Vögel anzulocken.[106] Um immer Vögel zur Verfügung zu haben, versuchte man auch in Vogelhäusern, *aviaria* oder *ornithones*,[107] verschiedene wilde Arten zu züchten und zu mästen: Kraniche, Drosseln, Ringeltauben, Turteltauben, Rebhühner usw.

*Taube am Wasserbecken. Wandmalerei aus Pompeji*

Die Vogelarten, die nach Auskunft der Texte verzehrt wurden, sind:

die Wildente, *anas*,[108] die auch unter dem Namen *boscis*[109] bekannt ist und in Vogelhäusern gezüchtet wurde;

die Wildgans, *anser ferus*, die schwer zu domestizieren war;[110] eine verwandte kleinere Art wurde in Britannien sehr geschätzt;[111] in Germanien legte man auf die Wildgans besonders wegen ihrer Federn großen Wert;[112]

die Ringel- oder Holztaube, *palumbes*, *palumbus*, von deren jährlicher Ankunft in Etrurien Plinius berichtet,[113] und die Felstaube, *columba saxatilis*,[114] wurden beide in Taubenschlägen gemästet[115] und paarweise etwas billiger als die Haustauben verkauft;[116] man aß sie wie diese gebraten oder gekocht;[117]

die Turteltaube, *turtur*, ist schon zur Zeit des Plautus ein Leckerbissen und steht durch die Jahrhunderte hindurch in hohem Ansehen, vor allem wenn sie sehr fett ist.[118] Sie wird während der Erntezeit gefangen, in Taubenschlägen gemästet und kann in der Gefangenschaft weder Eier legen noch brüten.[119] Sie ist sehr viel teurer als die Ringel- und sogar die Haustauben, aber im Winter, wenn es viele Drosseln gibt, sinkt ihr Preis.[120] Apicius nennt verschiedene Rezepte.[121]

Vergil und Horaz haben beschrieben, wie die Kraniche im Winter, wenn sie gen Süden ziehen,[122] gefangen werden, und Ovid hat Unrecht, wenn er in einer Darstellung des goldenen Zeitalters behauptet, den ersten Römern sei dieses Wild unbekannt gewesen;[123] der Kranich war im Gegenteil eines der Tiere, die in der Antike am meisten geschätzt wurden: denn seit den ersten Dynastien züchtete man im alten Ägypten über einen langen Zeitraum die aschgrauen Kraniche, so wie später ebenfalls in Griechenland.[124] In Italien wurden sie gleichfalls in großen Herden gezüchtet[125] und ihr Fleisch galt als nahrhaft.[126] Dennoch gibt man in der zweiten Hälfte des 1. Jahrhunderts v. Chr. in der guten Küche dem Storch den Vorzug vor dem Kranich, doch in der Mitte des folgenden Jahrhunderts ist der Kranich wieder sehr begehrt.[127] Sechs Rezepte des Apicius zeugen von seiner Beliebtheit bei den Feinschmeckern: er wird gekocht, gebraten, mit Weißen Rüben zubereitet usw.[128]

Italien kannte das Steinhuhn (*Perdrix graeca* Brisson) und das Graue Rebhuhn,[129] die man beide fing, um sie in Vogelhäusern zu züchten.[130] Am Ende des 1. Jahrhunderts n. Chr. kam das Rebhuhn selten auf den Tisch,[131] als Grund dafür kann man nur seinen hohen Preis annehmen.[132] Es gab zahlreiche Rezepte für seine Zubereitung.[133]

Die Drossel, *turdus*, die Gemeine Drossel und Misteldrossel, galt in den Augen der Römer, die sich diese gerne zum Geschenk machen, immer als das beste Fe-

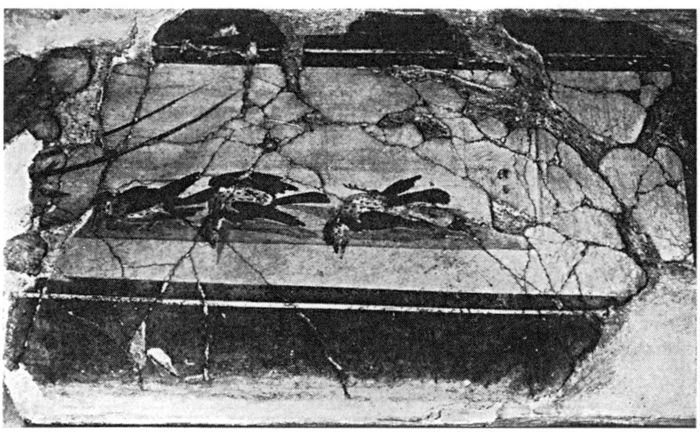

*Drei Drosseln. Wandmalerei in Herculaneum*

derwild.[134] Da sie sehr häufig vorkommt, lässt sie im Winter den Preis der anderen Vögel zurückgehen.[135] Der Feinschmecker Lucullus unternahm es als Erster, sie zu züchten, um sie zu jeder Jahreszeit zur Verfügung zu haben.[136] Man verkaufte sie, zu einem Kranz zusammengebunden, zu 10 Stück; ihr Preis war, da es sehr viele gab, verhältnismäßig niedrig.[137] Sie standen auf dem Speisezettel der Kaiser, Feinschmecker und Reichen,[138] kommen jedoch nur in zwei Rezepten des Apicius vor.[139] Der Kaiser Elagabal ließ sich Drosselhirne als Gericht zubereiten.[140]

Die Wachtel, *coturnix*, wurde ebenfalls gefangen und dann gemästet,[141] doch sie fiel in der Gunst und man verbannte sie aus der Küche, weil sie den Samen einer giftigen Pflanze aufpickte und epileptische Anfälle bekommen konnte.[142] So erklärt es sich, dass sie im *Edikt Diokletians* nicht teurer ist als der Star: 10 Wachteln kosten 20 Denare.[143]

Das Frankolinhuhn, *attagena*, war, wenn man Plinius Glauben schenkt, in Italien ehemals selten und kam erst im 1. Jahrhundert unserer Zeitrechnung nach Gallien und Spanien;[144] über einen langen Zeitraum wurde das Frankolinhuhn aus Jonien am meisten geschätzt.[145] Anscheinend versuchte man, es in Vogelhäusern zu züchten, in denen es übrigens stumm wurde.[146] Es kostete 20 Denare das Stück.[147] Apicius nennt ein Rezept.[148]

*Wachtel in einem Käfig. Mosaik aus Sabratha*

Die Feigendrossel, *ficedula*, umfasste, so wie heutzutage auch, zweifellos verschiedene Sperlingsarten, die ein zartes Fleisch hatten und sich von Feigen und Trauben ernährten.[149] Sie ist der einzige Vogel, den man ganz isst.[150] Sie wird bei den Banketten serviert, ist eine luxuriöse Speise und in jeder Epoche ein Festessen.[151] Ihr Preis war vom *Edikt Diokletians* auf 4 Denare das Stück festgelegt.[152] Sie wird in zwei komplizierten Gerichten des Apicius verwendet.[153]

Die Knäkente, *querquedula*, die man in Vogelhäusern züchtet,[154] wird ein einziges Mal im Zusammenhang mit der Küche erwähnt: sie wird gekocht.[155]

Das Blässhuhn, *phalaris*, *phaleris*, *fulica*, das man in Vogelhäusern in der Nähe von Teichen hält,[156] wird von Hieroymus als Festessen bezeichnet.[157]

Der Auerhahn, *tetras*, *tetrao*, der in den Alpen oder in Mittelitalien am Fuße des Apennins gefangen wird, verliert, wenn man ihn in Vogelhäusern hält, an Geschmack.[158]

Von der Schnepfe, *scolopax*, weiß man zumindest, dass sie gejagt wurde.[159] Gewiss muss man sie mit der *rustica* oder *rusticula* gleichsetzen, die genauso schmeckt wie das Rebhuhn.[160]

Die Trappe, *otis, avis tarda*, ein in Spanien beheimateter Vogel, war laut Plinius aus der Küche verbannt,[161] aber nach Ansicht mancher Leute war ihr Fleisch ausgezeichnet.[162]

Der Vogel namens *miliaria* oder *miliaca* ›der Vogel, der Hirse aufpickt‹, der Ortolan, war sehr teuer, wenn er in Vogelhäusern gemästet worden war.[163] Plinius vermeldet im Jahre 69 n. Chr. noch die Ankunft »neuer Vögel«, *novae aves*, in Transpadanien; sie behielten diesen Namen; sie ähnelten den Drosseln, waren etwas schlanker als die Tauben und hatten einen angenehmen Geschmack. Manche haben bei ihnen an das Graue Rebhuhn gedacht, das seit langem in Italien bekannt war, oder auch an die Misteldrossel.[164] Schließlich machen die Schriftsteller noch auf die Existenz einer *gallina rustica* ›Wildhuhn‹ aufmerksam und empfehlen, das Wildhuhn, das sich in der Gefangenschaft nicht fortpflanzte, im Hühnerhof neben dem Huhn und dem Perlhuhn zu mästen. Aber die Texte sind widersprüchlich. Columella vergleicht den Vogel mit dem Huhn des Hühnerhofs, Varro hingegen mit dem Perlhuhn. Zur Zeit Varros war das Wildhuhn in Rom genauso selten wie ein Papagei oder eine weiße Amsel. Das Wildhuhn war für die Insel Gallinaria in der Nähe Albengas in Ligurien bezeugt und einige Autoren glaubten, es handele sich um das Haushuhn, das wieder verwildert sei.[165] Die vorgeschlagenen Identifizierungen – bei dem Wildhuhn handele es sich um eine Variante des Rebhuhns, um das Auerhuhn, das Haselhuhn oder ein verwildertes Haushuhn – sind reine Hypothesen. Es wäre reizvoll, das Wildhuhn mit der bereits erwähnten *rusticula* in Verbindung zu bringen.

Ausschließlich auf die Tische der Reichen kommen bei Festessen drei große Vögel, deren Beliebtheit sich, zumindest in Frankreich, bis ins 16. Jahrhundert gehalten hat.[166] Auf den Storch, der unter Augustus begehrter war als der Kranich, wurde 50 Jahre später wieder verzichtet,[167] aber nicht ganz, denn im 8. Jahrhundert untersagte ihn der Papst Zacharias den Christen.[168] Ein gewisser Sempronius Rufus hatte Gerichte von jungen Störchen in Mode gebracht.[169]

Der Schwan wird von den lateinischen Schriftstellern selten als Nahrungsmittel erwähnt,[170] aber wir wissen, dass man ihn zu diesem Zweck mästete, nachdem man ihm vorher die Augenlider zugenäht hatte;[171] wir wissen ferner, dass sein Fleisch schwer verdaulich war[172] und dass man sein Fett in der Medizin ausgiebig verwendete.[173]

Besser informiert sind wir über den Flamingo, *phoenicopterus*, dessen Fleisch die Ärzte für ziemlich nahrhaft hielten.[174] Dieser Vogel, der in der Antike in Afrika häufig vorkam und den man im Hühnerhof züchtete,[175] wurde nicht vor der Kaiserzeit gegessen, in der er dann zu den Spezialitäten gehört.[176] Die Feinschmecker schätzten sein Hirn und – seitdem Apicius gezeigt hatte, wie man daraus eine Mahlzeit zubereitet – vor allem seine Zunge.[177]

*Flamingo zwischen Weinranken. Mosaik aus Sabratha*

Gleichwohl konnten sich wegen seines Preises oder wegen seiner Seltenheit nicht alle diesen Vogel leisten. Das Volk hat mit Sicherheit eine Vielzahl kleiner Vögel gegessen, die seitdem aus der Ernährung allgemein wieder verschwunden sind, von gelegentlichen Ausnahmen auf dem Lande abgesehen: man aß den Spatz, *passer*, eine Bezeichnung, welche wahrscheinlich die Gruppe der kleinen Sperlingsvögel umfasst; er wird zu einem durch das *Edikt Diokletians*[178] festgesetzten Preis verkauft und seine Filets werden bei Appetitlosigkeit empfohlen[179]; der Star, *sturnus*, ist sehr billig;[180] man verzehrte außerdem den *ampelion*,[181] die Nachtigall und andere Singvögel, aus denen der Schauspieler Aesop ein Gericht zum Preis von 100 000 Sesterzen zubereitete;[182] Elagabal ließ sich, indem er Apicius imitierte,[183] Gerichte aus Nachtigallzungen zubereiten; die Amsel wird gebraten gegessen;[184] der Kuckuck hat das zarteste Fleisch, wenn er flügge wird;[185] man aß den *galbulus*, der vielleicht mit dem Pirol oder dem Grünfink identisch ist;[186] desgleichen die Elster,[187] den Häher und die Krähe[188]. Die *aucellae*, für die wir bei Apicius zwei Rezepte neben den Drosseln finden,[189] sind möglicherweise eine Gruppe kleiner Vögel, die wir noch nicht aufgelistet haben. In der Tat nennen die griechischen Texte noch den Buchfink, die Dohle und viele andere mehr.[190]

Unter dem Federwild, das außerhalb Italiens für den Verzehr gejagt wurde, sind noch zu nennen: in den Alpen das Alpenschneehuhn, das sich nicht zähmen lässt und dessen Fleisch den Transport nicht übersteht,[191] und auf den Balearen der Bussard und eine kleinere Kranichart.[192]

## Schnecken und Würmer

Die Weinbergschnecke ist in der Ernährung der Griechen[193] seit dem 5. Jahrhundert v. Chr. bezeugt, in Rom jedoch erst seit Varro, obwohl es sich hier um die letzten Spuren der primitiven Sammlerkultur handelt. Kurz vor 50 v. Chr. wurde von Fulvius Lippinus der erste Schneckengarten, *cochlearium*, geschaffen, in dem die Römer die aus Illyrien oder Afrika eingeführten Schneckenarten mit Mostsirup und Mehl mästeten.[194] Doch schon Plinius und später Macrobius sprechen von dieser Zucht, über die sie erstaunt sind, in der Vergangenheit.[195] Apicius lässt die Schnecken, damit sie sich entleeren, mehrere Tage in Milch liegen, bevor er sie in Öl schmort oder grillt.[196] Der Schnecke wurde eine belebende Wirkung nachgesagt.[197] Weder Plinius noch Martial scheinen sie sehr zu schätzen, aber der Jüngere Plinius aß sie auf dem Lande.[198] Auf dem Markt verkauft man sie in zwei Größen, aber zu einem recht niedrigen Preis: 20 der großen kosten 4 Denare, 40 der kleinen ebenfalls 4 Denare.[199]

Der Verzehr der Eichenwürmer, die man bisweilen sogar mit Mehl mästete, ist gleichfalls ein Überbleibsel der primitiven Ernährung.[200] Diese Würmer sind zusammen mit der Schnecke das Einzige, was die Römer sammelten. Auf die Zikaden und die Heuschrecken, die sich die Orientalen schmecken ließen, haben sie verzichtet.[201]

# 3
# Geflügel

Wie wir gerade gesehen haben, wurden einige wilde Vögel gefangen, um in der Gefangenschaft gemästet zu werden. Manchmal konnten sie sich dort fortpflanzen. Dies war eine Neuerung des 1. oder frühestens des 2. Jahrhunderts v. Chr. und beschränkte sich auf die großen Landgüter, wo die Geflügelzucht Gewinn einbrachte. Gleichwohl hatte man sehr viel früher schon andere Arten domestiziert. Wieder andere Arten, die zu einem späteren Zeitpunkt aus dem Ausland importiert wurden, kamen in Italien nicht als wild lebende Tiere vor. Die Züchter hatten mit der Zeit unter ihnen eine Auswahl getroffen: die einen Arten sollten Eier legen, die anderen Arten verkauft werden.

Das Haushuhn, das den Ägyptern der Pharaonenzeit[1] und den alten Griechen unbekannt war, ist allem Anschein nach während der Perserkriege aus Indien über Persien nach Griechenland gekommen; Aristophanes nennt es noch »Vogel aus Persien«.[2] Man weiß nicht genau, wann es nach Italien kam, doch bei Plautus hat man den Eindruck, dass es in Rom schon ziemlich lange heimisch ist. Man kennt eine »einheimische« Art, der Columella den Vorzug gibt, da sie mehr Eier legt,[3] und griechische Rassen, die auch für den Kampf ausgewählt wurden: das Huhn von Rhodos ist schön, groß gewachsen, aber eine schlechte Legehenne;[4] das Huhn aus Chalkis und das Huhn aus Tanagra unterschieden sich kaum von den italischen Hühnern, waren jedoch schlechte Legehennen;[5] schließlich kennt man noch das so genannte melische oder medische Huhn, das groß und gleichfalls eine schlechte Legehenne war; sein Name verwies zunächst auf die Herkunft und wurde schließlich zur Bezeichnung aller groß gewachsenen Arten.[6] Die Kreuzungen zwischen griechisch-rassigen Hähnen und italischen Hühnern führten zu ausgezeichneten Ergebnissen.[7]

Schon Cato[8] mästete Hühner, *gallinae altiles, gallinae pastae*; für die Mast nahm

*Geflügelverkäuferin. Marmorrelief. Museo Torlonia, Rom*

man vor allem die melischen.[9] Im Jahre 161 v. Chr. wurde es durch ein Gesetz des Konsuls C. Fannius verboten, junge Masthühner auf den Tisch zu bringen, und dies Verbot wurde des Öfteren erneuert,[10] selbstverständlich ohne Erfolg. Denn 70 Jahre später gab es bei einem offiziellen Bankett, das zum Amtsantritt eines Flamen des Mars veranstaltet wurde, sowohl Poularde als auch anderes Mastgeflügel.[11] Und als begeisterte Formalisten umgingen die Römer außerdem das Gesetz, indem sie Hähne mästeten, deren Fleisch sie dadurch zarter machten, dass sie ihr Mastfutter in Milch einweichten.[12]

Die jungen Masthühner wurden in allen Epochen[13] geschätzt, doch man aß natürlich auch Hähne[14] und sogar alte Hennen, so wie man es bei uns auf dem Lande auch jetzt noch tut. Columella gibt den Rat, sich von den Hühnern zu trennen, die älter als drei Jahre sind und zum Eierlegen nicht mehr taugen.[15] Auch der Kapaun wurde viel verzehrt;[16] die Kapaunisierung war nämlich unbedingt notwendig, da man nicht in jeder Jahreszeit Küken produzieren konnte, wie es heutzutage durch die künstliche Inkubation, die man im Übrigen auch bereits in der Antike versucht hatte,[16a] möglich ist. Von Februar bis Mai konnte man keine schönen Küken bekommen, da die im August oder September geschlüpften, in Freiheit lebenden Tiere schwächlich und klein blieben – im Gegensatz zu den Küken, die zwischen März und Juni auf die Welt kamen und die, wenn sie vier Monate alt waren, kastriert und gemästet wurden.[17]

*Henne und Hahn, der an Früchten pickt. Wandmalerei.*

Sehr früh, schon seit Plautus,[18] isst man junges Huhn und man fand rasch Geschmack an dem jungen Geflügel.[19] Bei Apuleius bekommt Lucius als Gastgeschenk fünf junge Hühnchen überreicht.[20] Apicius kennt nur Hühnchen, die, wie noch vor der Revolution in Frankreich, paarweise verkauft werden; der Preis beläuft sich auf 60 Denare und ist damit, im Vergleich zu dem der anderen Geflügelarten, ziemlich niedrig, aber doch höher als der für Ente.[21] Apicius hat uns 17 Rezepte hinterlassen;[22] meist wird das Huhn gekocht und mit verschiedenen Soßen zubereitet; nur ein einziges Mal wird es gebraten, weswegen Zweifel an der Qualität des Fleisches angebracht sind. Das Interesse der Köche an diesem Vogel, bei dessen Zubereitung und Präsentation sie, wie Plinius feststellt,[23] ihr ganzes Talent und all ihre Kunst einsetzen, schlägt sich in den Namen der Rezepte nieder: Huhn auf Partherart, das Plinius gleichfalls gut kennt, Numidisches Huhn, Vardisches Huhn, Huhn à la Fronto, Huhn mit Vinaigrette, Huhn mit *laser*, Huhn mit Milchteigbrei (*pullus tractogalatus*), gefülltes Huhn usw. Wie heutzutage werden immer mal wieder andere Stücke bevorzugt: bald der Bürzel, bald das Filet, bald der Schenkel.[24] Für manche Gerichte verwendet man auch die Innereien, z. B. den Magen und die Leber,[25] ja sogar die Hoden des Kapauns.[26]

Die Gans war, wie es die Belagerung des Kapitols bezeugt, sehr früh domestiziert worden und war zur Zeit der Punischen Kriege in Italien sehr verbreitet.[27] Nach der Eroberung Galliens führte man ganze Herden von Gänsen aus dem Gebiet von Boulogne-sur-Mer zu Fuß über die Landstraßen.[28] Die Gänsezucht wurde im großen Stil betrieben und die Vögel wurden im *chenoboscion* gemästet.[29] Daher trifft das *Edikt Diokletians* einen Unterschied zwischen der gemästeten Gans, die 200 Denare kostet, und der nicht gemästeten Gans, die für nur 100 Denare zu haben ist.[30] Für Petron ist die Gans eine Spezialität[31] und der Kaiser Alexander Seve-

*Ein Knabe hütet Gänse. Mosaik aus Istanbul*

rus ließ sie nur an Festtagen auf den Tisch bringen.[32] Messalinus Cotta, der Sohn des Redners Valerius Messala Corvinus, erfand als Erster ein eigenartiges Ragout, das aus Hahnenkämmen und gebratenen Membranen der Schwimmfüße von Gänsen bestand.[33] Apicius kennt nur die gekochte Gans.[34]

Die Römer glaubten, Metellus Scipio, der Konsul des Jahres 52 v. Chr., oder sein Zeitgenosse, der Ritter M. Seius, hätten die Vorzüge der Gänseleber entdeckt;[35] diese Entdeckung verdankten sie gewiss den Griechen; denn bereits im 4. Jahrhundert v. Chr. lobt der Komödienschreiber Eubulos die Gänseleber.[36] Damit die Leber sehr groß und zart würde, fütterte man die Gänse mit Feigen und ließ die dem Tier entnommene Leber sich mit Milch, die mit Honig gesüßt war, vollsaugen;[37] daher stammt der Name *ficatum*, der zunächst die Gänseleber,[38] dann allgemein die Leber bezeichnete. Die Feigenleber war eine sehr begehrte Speise, die Persius zum Symbol des kulinarischen Luxus erhebt. Bei Apicius sind zwei Rezepte überliefert.[39]

Die Ente war ebenfalls zu einem sehr frühen Zeitpunkt domestiziert worden. Obwohl Cato sie nicht neben der Gans und dem Huhn unter dem Mastgeflügel aufführt, glaube ich nicht, dass ihre Zucht, wie Olck[40] behauptet, von den Griechen übernommen wurde, bloß weil der Ort, wo man dieses Tier zusammen mit anderen Teich- und Moorhühnern zum Mästen einschloss, *nessotrophium* hieß.[41] Die Ente wurde zuerst bei Banketten serviert,[42] doch im 1. Jahrhundert n. Chr. galt sie als ein plebejisches Gericht.[43] Dennoch finden ihre Filets und der Hals Gnade vor Martials Augen[44] und Apicius, der sie so wie den Kranich zubereitet, gibt

Entenfamilie. Mosaik. Metropolitan Museum of Art, New York

sechs Rezepte für sie an, ein Beweis für ihre Wichtigkeit in der Ernährung;[45] doch zu Beginn des 4. Jahrhunderts wird die Ente paarweise für 40 Denare verkauft und ist damit viel billiger als das Huhn.[46]

Von der Haustaube, die im *columbarium* gehalten und gemästet wurde,[47] kannte man verschiedene Rassen, z. B. die kampanische und die alexandrinische.[48] Ein Paar Haustauben kostete 24 Denare und war damit kaum teurer als die Ringeltauben.[49] Man aß sie gekocht oder gebraten.[50]

Abgesehen von diesen frühen Gästen des Hühnerhofs kamen verschiedene exotische Vögel entweder durch den Handel oder infolge von Eroberungen nach Italien, ohne jedoch jemals die Bedeutung der vorher genannten zu erreichen:

Das aus Afrika stammende Perlhuhn, das deswegen auch »afrikanisches Huhn« oder »numidisches Huhn« heißt (*Africana gallina, Numidica*), kam nach der Einnahme Karthagos nach Rom; denn zur Zeit der Punischen Kriege scheint es in Karthago noch nicht bekannt gewesen zu sein.[51] Die Beschreibung Columellas erlaubt es, die Art näher zu bestimmen[52]: es handelte sich um das Perlhuhn mit roten Kehllappen (*Numida meleagris*), während die Griechen seit dem 4. Jahrhundert bei sich zu Hause eine Art mit blauen Kehllappen (*Numida ptilorynchus*) eingeführt hatten, die sie μελεαγϱίς nannten. Varro verwechselt, da er schlecht informiert ist, noch die beiden Arten,[53] er ist jedoch der erste Schriftsteller, der das Perlhuhn mit Namen nennt und seine Aufzucht in den Hühnerhöfen zusammen mit den Hühnern empfiehlt. Die minutiöse Beschreibung, zu der er sich verpflichtet fühlt, erlaubt den Schluss, dass dieser Vogel zu jener Zeit den Italikern nicht sehr vertraut war. Gegen Ende der Republik ist das Perlhuhn ganz offensichtlich noch selten und sehr teuer und man beginnt gerade erst mit seiner Zucht. Nach Plinius ist es wegen seines unangenehmen Geruchs erst damals auf den Speisezettel gekommen.[54] Es ist eine Speise der Reichen und sehr begehrt.[55] Gleichwohl muss man sich wundern, dass es weder bei Apicius noch im *Edikt Diokletians* erwähnt wird. Vermutlich schloss die *lex Aemilia* des Jahres 115 v. Chr., die den Verzehr exotischer Vögel verbot, auch das Perlhuhn ein.[56]

Der Pfau kam aus Indien, wo er wild lebte; nach Griechenland gelangte er über Persien, aber sein lateinischer Name *pavo, pavus* ist keine direkte Entlehung von griech. ταῶς (τάως).[57] Man kann sich fragen, ob die Römer diesen Vogel wirklich

*Pfau. Dionysos-Mosaik. Römisch-Germanisches Museum, Köln*

durch die Griechen kennen gelernt haben. Das Fragment aus den *Annales* des Ennius, *memini me fieri pavum*, ist eine Entlehnung aus pythagoreischen Schriften[58] und liefert keinen Beweis für das Heimischwerden des Pfaus in Italien und erst recht nicht für seine Zucht, die zu Beginn des 2. Jahrhunderts v. Chr. im großen Stil praktiziert wurde. Allerdings kommt seit dem Ende desselben Jahrhunderts der Name des Pfaus als Beiname bei einigen Provinzialen vor: *Publius Pavo Tuditanus*[59] und später *Fircellius Pavo Reatinus*[60]. Es war Q. Hortensius, der als Erster bei einem Augurenessen einen Pfau auftischen ließ;[61] und M. Aufidius Lurco – man beachte seinen symbolischen Spitznamen – war der Erste, der 67 v. Chr. damit begann, Pfauen zu mästen.[62] Seitdem wurde die Zucht in großem Stil praktiziert, manchmal auf Inseln, die auf den Landgütern angelegt worden waren.[63] Zur Zeit Varros kostet ein Pfauenei 5 Denare, ein Pfau 50. Zu Beginn des 4. Jahrhunderts – aber hier muss man die Geldentwertung mit berücksichtigen – kostet ein männlicher Pfau 300 Denare, das Weibchen 200.[64] In der frühen Kaiserzeit bleibt der Pfau beliebt,[65] obwohl Horaz als guter Moralist versichert, dass sein Fleisch nicht besser schmecke als das des Huhns.[66] Apicius nennt ein *isicia*-Rezept[67] und Elagabal, der es diesem berühmten Feinschmecker nachtun wollte, ließ Gerichte aus Pfauenzungen oder -köpfen zubereiten.[68] Die Mode, die zu Beginn des 5. Jahrhunderts anscheinend nachließ,[69] hielt sich bei den Festessen bis ins 16. Jahrhundert.

Das Sultanshuhn, das laut Athenaios aus Libyen kommt, wurde gezähmt und lebte in den Häusern, wo dieser Fleisch fressende Vogel Mäuse, Insekten und Reptilien vernichtete. Sein dem Griechischen entlehnter Name *porphyrio* zeigt, dass die Römer das Sultanshuhn von den Griechen übernommen haben. Es war eine sehr geschätzte Speise.[69a]

*Fasan und Papagei. Mosaik aus Sabratha*

Der Fasan, der vom kolchischen Fluss Phasis kommt, *Phasiana avis*, *phasianus*, ist als letzter Vogel in den Hühnerhöfen aufgenommen worden.[70] Er wird weder von Varro noch Columella, sondern lediglich von Plinius und Juvenal erwähnt.[71] Gleichwohl weiß man, dass es im 3. Jahrhundert n. Chr. Fasanenherden gab, die von *phasianarii* gehütet wurden.[72] Er ist eine Spezialität der Reichen und im *Edikt Diokletians* wird der Preis für einen gemästeten Fasan sehr hoch angesetzt.[73] Apicius nennt zwei Rezepte für Klößchen aus Fasanenfleisch.[74] Der anspruchslose Kaiser Pertinax wollte Fasan nur bei offiziellen Essen zu sich nehmen;[75] hingegen ließ Elagabal aus seinem Kopf Gerichte zubereiten oder während eines ganzen Tages bei allen Gängen Fasan auftischen.[76]

Der Strauß, *struthio*, wird wenig verzehrt und scheint in Italien nicht gezüchtet worden zu sein. Abgesehen von zwei Rezepten bei Apicius, wo der Strauß gekocht wird,[77] findet man ihn nur im Zusammenhang mit den fantastischen Einfällen Elagabals.[78] Desgleichen wurde auch der Papagei nur von extravaganten Feinschmeckern wie Apicius[79] oder wiederum Elagabal tatsächlich gegessen.[80]

In den Anfangszeiten gab es auf dem römischen Hühnerhof an domestiziertem Geflügel nur die Ente, die Taube und die Gans. Das sehr früh dazugekommene Huhn wurde wegen seiner Eier und seines Fleisches so intensiv gezüchtet, dass es

*Zwei Strauße werden abtransportiert. Mosaik in Piazza Armerina*

fast als einheimischer Vogel betrachtet werden kann. Wenigstens eine Hühnerrasse hielten die Römer für eine einheimische. Aber das Perlhuhn, der Pfau und der Fasan haben nur die Tische der Reichen, der Emporkömmlinge und Fürsten geschmückt und brachten für die Ernährung des Volkes keinerlei Veränderungen.

Die Rezepte des Apicius zeigen, dass die Römer das Geflügel ebenso wie das Federwild vor allem gekocht gegessen haben: Taube, Gans, Ente und selbst Huhn. Oft kochten sie das Fleisch auch, bevor es anschließend gebraten wurde.[81] Das liegt daran, dass man noch keine Arten für die Fleischproduktion selektiert hatte, das Mastgeflügel noch nicht zweckmäßig fütterte und das Fleisch hart war.

97 v. Chr., als man den Entwurf eines Anti-Luxus-Gesetzes, der so genannten *lex Licinia*, eingebracht hatte, entrüstete sich der Redner Favonius darüber, dass man bei einem feinen Essen nur die untere Partie des Geflügels vorgesetzt bekam;[82] diese Verachtung der Feinschmecker für die Flügel bezeugt, dass diese kaum Fleisch angesetzt hatten und dass es, allgemein gesagt, mehr Knochen als Fleisch gab.

# 4
# Fleisch

Wenn man Ovid Glauben schenkt,[1] waren die Menschen des goldenen Zeitalters Vegetarier. In seinen Worten steckt vielleicht insofern ein Körnchen Wahrheit, als die Bedeutung der tierischen Ernährung, die in den kalten Ländern überwiegt, abnimmt, je weiter man sich den warmen Regionen nähert.[2] Andererseits ist sicher, dass man über einen langen Zeitraum deutlich mehr Wild als domestizierte Tiere verzehrte, von den Produkten des Hühnerhofs einmal abgesehen; denn Wild war reichlich vorhanden und einen Teil der Haustiere hielt man nicht, um sie zu verzehren, sondern weil man sie für andere Zwecke brauchte. Allem Anschein nach gibt es in Italien keine Spur davon, dass man Tiere züchtete, um sie dann zu schlachten; lediglich das Schwein bildete eine Ausnahme. Die Zuchtwahl »diente fast nur dem einen Ziel, Arbeitsochsen zu bekommen«,[3] und Columella ist sogar der Ansicht, es sei ein ebenso großer Fehler, Ochsen zu mästen wie sie abmagern zu lassen.[4] Es ist bewiesen, dass die Gesellschaften, die sich noch von Brei ernähren – so wie es in Italien die ländlichen Bevölkerungsklassen taten – außer Schwein wenig Fleisch verzehren und dass »die Idee, sich von Fleisch zu ernähren, eine Erfindung der Städter ist«[5].

Man verzehrte nicht das Fleisch eines jeden Haustiers und das Fleisch mancher Tiere wurde aus reiner Konvention verworfen.[6] Die römische Welt verzichtete genauso wie die griechische völlig auf das Pferd als Nahrungsmittel; Pferdefleisch spielte nur als Heilmittel eine Rolle.[7] Man kann sich vorstellen, dass es sich dabei um ein religiöses Tabu der Vorväter handelt, welches verbietet, ein edles, für den Krieg bestimmtes Tier zu töten.[8]

Da das Vieh nicht zum Schlachten gehalten wurde, dürften die Tiere, die mit Blättern und Gräsern gefüttert wurden,[9] weder sehr fett noch sehr zart gewesen sein. Zwei Personen des Plautus streiten sich um das fetteste Lamm.[10] Auf die

Märkte gelangten insbesondere die Ochsen oder Kühe, die auf Grund ihres Alters für die Fortpflanzung oder die Arbeit nicht mehr taugten. Cato empfiehlt, die alten Ochsen zu verkaufen.[11] Nach Columellas Ansicht müssen »die erschöpften und alt gewordenen Kühe beseitigt werden, weil sie nicht mehr kalben können; und vor allem müssen auch die unfruchtbaren Kühe, die den fruchtbaren Kühen den Platz wegnehmen, ausgesondert oder für den Pflug abgerichtet werden«[12]; man soll sie, mit anderen Worten, töten, um ihr Fleisch zu konservieren, oder aber zum Schlachten verkaufen. Desgleichen soll man keine Ziegen behalten, die älter sind als acht Jahre.[12a] Man soll auch die Herden kranker Tiere, die man nicht retten kann, verkaufen oder schlachten, um ihr Fleisch einzusalzen.[13] Gleichwohl gibt es eine Klausel, bei der man sich fragen kann, wie effektiv sie wohl war: sie garantiert dem Schlachter, dass das gekaufte Tier gesund ist.[14] Es versteht sich, dass die Reichen vor allem auf das zarte Fleisch junger Tiere Wert legten, auf Kälber, Spanferkel, Lämmer und Zicklein, die noch kein Grünfutter gefressen hatten.[15] Wenn Plinius ein Heilmittel für »Zähne, die durch das Kauen von Fleisch abgenutzt oder locker geworden sind«,[15a] empfiehlt, gibt er zu verstehen, dass das Fleisch hart war.

*Ein Eber, ein Widder und ein Stier werden zum Opferaltar geführt. Relief. Musée du Louvre, Paris*

Es gab auch das Fleisch der Tiere, die als Opfer dargebracht wurden. Diese Tieropfer scheinen zu Beginn der römischen Zeit selten gewesen zu sein, da man damals hauptsächlich Mehl, Kuchen und Früchte opferte.[16] Doch schon beim Triumph des Aemilius Paulus im Jahre 168 v. Chr. opferte man 120 Ochsen[17] und bei der Thronbesteigung Caligulas wurden innerhalb von etwas weniger als drei Monaten vom jubelnden Volk 160 000 Opfertiere geschlachtet.[18] Nach dem Verbrennen der *exta* wurde bei den offiziellen Opferfeierlichkeiten das Fleisch teils am Spieß gebraten[19] und von den Priestern gegessen, teils von den Quaestoren der Staatskasse[20] verkauft oder an das Volk verteilt. Bei den privaten Opfern wurde das Fleisch von den Spendern der Opfer verzehrt.[21] Aber die Gesundheitsklausel war bei den für diese Zwecke bestimmten Tieren außer Kraft gesetzt[22] und so konnten die Römer ihren Göttern ihre kranken Tiere opfern, was auch ein Passus im *Apologeticum* Tertullians zu bestätigen scheint: hier wird den Heiden vorgeworfen, sie opferten »alle halbtoten und verfaulten Tiere«[23]. Dennoch mästete man auch Ochsen für die öffentlichen Opfer.[24] Allerdings waren die Tieropfer nicht so häufig, wie man annehmen könnte. Den Pächtern waren sie von den Großgrundbesitzern, die keinerlei Interesse daran hatten, dass ihr Viehbestand abnahm, strikt untersagt.[25]

Die einzigen Fleischsorten, deren Preise im *Edikt Diokletians* festgelegt sind, sind Schwein – 12 Denare das Pfund –, Rind, Ziege und Schaf: der Preis für die letztgenannten ist gleich niedrig und liegt bei 8 Denaren pro Pfund. Angesichts der Bedeutung der Schweinezucht, die im Rahmen der Familie und ohne große Kosten praktiziert werden konnte, verweist dieser Preisunterschied vielleicht auf geschmackliche Vorlieben, aber mehr noch macht er deutlich, dass es gegenüber dem abgezehrten Arbeitsochsen nur ein einziges Tier gab, das wirklich zum Schlachten gemästet wurde.

*Schweinskopf. Wandmalerei in Pompeji*

## Schlachtvieh

Ovid[26] versichert, Schwein sei ursprünglich das einzige Fleisch gewesen, das verzehrt wurde, und er hat möglicherweise Recht, sofern es um Haustiere geht. In historischer Zeit liefert das Schwein den Römern den größten Anteil frischen oder konservierten Fleisches. Früher war man der Ansicht, das europäische Hausschwein stamme vom Wildschwein des Fernen Ostens (*Sus vittatus ferus*) ab, dessen Nachkömmlinge Ägypten bevölkert hätten.[27] Heute geht man davon aus, dass es »eine verkümmerte Version des europäischen, westasiatischen und nordafrikanischen Wildschweins« (*Sus scrofa ferus*) ist, das es schon in den Pfahlbausiedlungen gab.[28] Die Römer unterschieden zwei Schweinerassen, eine mit sehr harten, dichten und schwarzen Borsten, die für die kalten Länder empfohlen war, und eine andere mit unbehaarter Haut oder weißen Borsten, die in den warmen und gemäßigten Regionen hervorragend gedieh.[29] Im Sommer wurden die Schweine in den Bergen gemästet, wo sie von Früchten, Wurzeln und besonders von Bucheckern und Eicheln lebten,[30] die, je nachdem, von welchem Baum sie kamen, für unterschiedliche Fleischqualitäten sorgten: »Die Buchecker macht das Schwein fröhlich, bewirkt, dass sich sein Fleisch leicht kochen lässt, macht das Fleisch leicht und magenfreundlich; die Eichel der Steineiche macht das Schwein mager, glänzend und dürr; die Eichel der Stieleiche macht das Schwein schwer und schwemmt es auf . . ., die Eichel der Flaumeiche ist besser als jede andere dazu geeignet, das Fleisch fest zu machen, allerdings macht sie es auch hart.«[31] Die Eber wurden für die Mast kastriert.[32] Doch das schlecht ernährte Schwein war sicher eher mager und sein Fleisch dürfte einen Wildgeschmack gehabt haben. Während man es heutzutage mit den Nebenprodukten der Milch füttert, ernährt Columella (7,9,3) die abgesetzten Ferkel mit Stroh und Abfällen von Hülsenfrüchtern, Saubohnen, Kichererbsen usw. Auf der anderen Seite gibt es Eichel-Jahre und Jahre ohne Eicheln.

»Die Natur«, sagt Varro, »hat das Schwein für die Festessen geschaffen.«[33] »Kein anderes Tier«, versichert Plinius, »ist für die Schlemmerei besser geeignet: sein Fleisch bietet etwa 50 Geschmacksrichtungen, während das Fleisch der anderen Tiere nur einen Geschmack hat.«[34] Seit dem Theater des Plautus gehört das Schwein zu den wesentlichen Elementen der Küche.[35] Daher lässt man auch keinen Teil umkommen; man verwendet alles: den Kopf und die Schnauze,[36] die Ohren,[37] den Schwanz,[37a] die Koteletts,[38] den Kamm,[39] die Filets,[40] die Brust und den Magen[41] – dafür gibt es ein Rezept »nach faliskischer Art«[42] –, die Haxen[43] und die Schwarte[44]; schließlich noch die Eingeweide, das Hirn,[45] die Nieren[46] und vor allem die Leber, besonders die Leber eines mit Feigen gemästeten Mutterschweins, eine Erfindung des Apicius[47]; diese Leber wurde unter der Bezeichnung *ficatum* verkauft.[48] Der Schweinespeck wurde sehr häufig für Gemüsegerichte genommen, insbesondere für Saubohnen.[49]

Man stellte auch sehr zahlreiche Wurstsorten aus zerstampftem oder gehacktem Fleisch her, das man gut würzte und in Schweinedärme füllte: lukanische Würste, *lucanicae*, für welche die Soldaten das Rezept nach Rom gebracht hatten;[50] *tomacula*, die in den Straßen heiß verkauft wurden;[51] *funduli*, dicke kurze Fleischwürste, die an einem Ende offen waren;[52] *longaones*, lange Würste;[53] die *farcimina*, *farcicula*, *hillae* und *apexabones* waren kleine oder lange Würste, bei denen es schwer fällt, die Form oder die Art der Zubereitung genauer zu bestimmen.[54]

*Metzgerszene auf einem Grabmonument des Tiberius Iulius Vitalis. Villa Albani, Rom*

Das weibliche Schwein lieferte darüber hinaus zwei Gerichte, die von den Römern überaus geschätzt wurden. Der Mimenschreiber Publius Syrus liebte die Euter so sehr, dass er sie sich bei jedem Essen vorsetzen ließ; aber nicht er gab dieser Speise den Namen *sumen*, wie Plinius behauptet,[55] sondern sie ist schon unter demselben Namen bei Plautus eine Spezialiät.[56] Die Euter kommen zu Beginn des 1. Jahrhunderts v. Chr. beim Bankett des Lentulus auf den Tisch[57] und sind im 1. Jahrhundert der Kaiserzeit sehr begehrt.[58] Sie waren sehr teuer und kosteten 20 Denare das Pfund.[59] Man aß sie gekocht oder gefüllt.[60]

Die Gebärmutter genoss eine noch höhere Wertschätzung[61] und war auch noch teurer,[62] besonders die Gebärmutter der Säue, die noch nicht geworfen hatten, *vulva sterilis*, *sterilicula*. Apicius gibt 4 Rezepte für sie an.[63]

Schließlich legte man noch großen Wert auf das Spanferkel, *porcellus lactans, porcellus lacte pastus*, und ebenso auf das abgesetzte Ferkel, *porcellus*, die 16 Denare das Pfund kosteten[64] und für die wir zahlreiche Rezepte haben: die Ferkel wurden gekocht, gebraten und mit einer Füllung versehen.[65]

Das Rind war zunächst ein unantastbares und für die Arbeiten auf den Feldern und das Ziehen der Fahrzeuge unentbehrliches Tier, da es weniger anfällig ist als das Pferd und in seiner Ernährung anspruchsloser. Deshalb durfte es beim Ceres-Kult nicht geopfert werden.[66] Es war verboten, ein Rind zu töten, und dies Verbrechen, das als ebenso schlimm galt wie die Tötung eines Menschen, wurde mit der Todesstrafe oder dem Exil geahndet.[67] Man kann indes davon ausgehen, dass dieses Verbot nicht die unfruchtbaren Kühe und die alten und arbeitsuntauglichen Tiere betraf. Im Übrigen führten die Fortschritte in der Züchtung, das reichliche Vorkommen des Großviehs und die Ernährungserfordernisse der großen Städte dazu, dass das Rind in die Kategorie des Schlachtviehs eingereiht wurde; die Agrarschriftsteller erwähnen allerdings niemals, dass man Rinder zu diesem Zweck aufzog, und die Rassenunterschiede beziehen sich immer auf die Arbeitsfähigkeit, nie aber auf die Fleischqualität.[68]

Rind- und sogar Kalbfleisch wird seit der Zeit des Plautus verzehrt.[69] In der raffinierten Küche des Apicius haben wir nur ein Rezept für Rind,[70] hingegen vier für gekochtes oder »gebackenes« Kalbfleisch.[71] Bezeichnenderweise bewertet das *Edikt Diokletians*[72] Rindfleisch ziemlich niedrig und Kalbfleisch wird erst gar nicht genannt; wahrscheinlich wird es mit dem Rind verwechselt und mit ihm in einer einzigen Rubrik behandelt. Das Kalbfleisch der Antike war ein rotes, grobes Fleisch, wie noch in Frankreich am Ende des 17. Jahrhunderts.[73]

Schaf wird selten erwähnt. Juvenal macht »gekochtes Hammelmaul« zum Festessen eines Schuhmachers[74] und im *Edikt Diokletians* wird das Tier zum Preis von 8 Denaren das Pfund aufgeführt.[75] Es genügt im Übrigen, das Fleisch der Schafe aus den Mittelmeergebieten, aus Südfrankreich oder Nordafrika, gekostet zu haben – es schmeckt stark nach Wollfett –, um zu verstehen, wieso die wohlhabenden Kreise dem Lamm den Vorzug gaben, dessen Preis mit 12 Denaren das Pfund[76] sehr viel höher ist; sie mochten vor allem die Lämmer, die, bevor sie Grünfutter gefressen hatten, dem Schlachter übergeben wurden, weil die Trennung von dem Muttertier es ermöglichte, sich die Milch zu Nutze zu machen.[77] Der Verzehr von Lammfleisch ist im Theater des Plautus[78] die Regel und den elf Lamm-Rezepten des Apicius steht nicht ein einziges für Schaf gegenüber.[79] Man aß auch seine Eingeweide.[80] Es gibt also eine sehr klare, an den sozialen Schichten orientierte Verteilung.

Ziegenfleisch wurde ebenfalls verkauft, zum selben Preis wie Schafsfleisch;[81] die Ärzte hielten es jedoch für ungesund, da es von einem Tier stammte, das Fieber und epileptische Anfälle bekommen konnte.[82] Das hinderte die Menschen allerdings nicht daran, sogar kranke Tiere zu verzehren.[83] Die Ziegen waren vor al-

Ziege. Wandmalerei in Neros Domus Aurea, Rom

lem für die Milchproduktion bestimmt. Andererseits behielt man nur so viele Zicklein, wie für den Bestand der Herde notwendig waren; und insbesondere die überflüssigen männlichen Tiere – ein Bock war für 100 Ziegen ausreichend – wurden wegen ihres Fleisches geschlachtet.[84] Das frische Fleisch junger Ziegen war durch die *lex Licinia*,[85] ein Anti-Luxus-Gesetz, verboten, aber wie es scheint, wurde es in diesem Punkt kaum beachtet. Das Fleisch wird sehr geschätzt, besonders wenn das Tier noch nicht auf der Weide gewesen ist,[86] und bei Apicius gibt es eine Vielzahl von Rezepten.[87] Das Fleisch kostet genauso viel wie Lamm.[88]

In Athen gab es einen speziellen Markt für Eselsfleisch; vom Esel wissen wir, dass er auch in Mesopotamien, Armenien und Persien verzehrt wurde.[89] Für Rom haben wir kein direktes Zeugnis. Allerdings gab es in Italien große Eselherden,

Fütterung eines Esels. Mosaik aus Istanbul

hauptsächlich zum Tragen von Lasten.[90] Priap und den Windgottheiten wurden Esel zum Opfer gebracht;[91] Eselsfleisch wird noch heute an den Küsten des Mittelmeers gegessen. All das lässt vermuten, dass dies Fleisch, so hart es auch sein mag, zum Speiseplan der kleinen Leute gehörte. Maecenas hatte das Fleisch von Eselsfüllen, das sehr viel zarter ist, in Mode gebracht, eine Mode, die nach ihm jedoch wieder in Vergessenheit geriet.[92]

In der Frühzeit aßen die Römer auch junge Hunde, die noch nicht abgesetzt waren. Das war noch zu Beginn des 2. Jahrhunderts v. Chr. üblich.[93] In derselben Epoche wurde ihr Fleisch auch bei den Amtsantrittsessen aufgetischt und später, zu Lebzeiten des Plinius, bei den Gastmahlen, die zu Ehren der Götter gegeben wurden.[94] Man muss dabei berücksichtigen, dass im Gegensatz zu den anderen Haustieren, die ihre Milch oder ihre Arbeitsleistung zur Verfügung stellen, der Hund außerhalb der Jagd und der Bewachung der Herden keinen Nutzen brachte. Es ist normal, dass sein Fleisch verzehrt wurde, genauso wie dies in Karthago[95] der Fall war und man es heute noch in China tut.

Der Verzehr der Fußsohle eines Kamels, eine Erfindung des Apicius, die Elagabal[96] sich beeilte wieder aufzugreifen, ist nur eine gastronomische Abseitigkeit.

## Die Fleischkonservierung

Für die Bauern, die über eine geschlossene Landwirtschaft verfügten, waren die Metzgereien überflüssig. Die Römer der Frühzeit hielten jemanden, der ein Stück Schweinefleisch in seinen Vorratsschrank gehängt hatte, das beim Schlachter gekauft war oder nicht vom eigenen Grund und Boden stammte, sogar für einen Faulpelz und Verschwender.[97] Die sommerliche Abwesenheit der Herden, selbst die der Schweineherden – sie wurden im Rahmen der Weidewirtschaft auf die Berge getrieben –, führte dazu, dass man in dieser Jahreszeit auf frisches Fleisch verzichten musste. Manchmal musste man auch eine kranke Herde schlachten; natürlich kam es nicht in Frage, dies Fleisch zu opfern.[98]

Zunächst gab es die vorübergehende Haltbarmachung, die nur darauf abzielte, während eines mehr oder weniger langen Zeitraums das Fleisch nicht verderben zu lassen. Varro z. B. glaubte, man könne es den Sommer über mit einer einfachen Mischung aus leicht zerstoßenem Koriander, Kümmel und Essig aufbewahren.[99] Noch unproblematischer war es, wenn man das gesäuberte Fleisch kalt lagern konnte: an einem schattigen, feuchten Ort[100] oder noch besser in Schnee; es wurde dafür in Stroh und Tücher gewickelt.[101] Diese Haltbarmachung mittels Kälte konnte in den Mittelmeergebieten allerdings nur in Maßen praktiziert werden.

Das Fleisch, das aufbewahrt werden sollte, wurde an Haken, *carnaria*, gehängt, von denen man es mit einer Gabel wieder herunterholte.[102] Mit *carnarium* wurde später die Fleischkammer[103] und dann auch jeder Vorratsschrank bezeichnet.[104]

Das Trocknen des Fleisches in der Sonne oder in einem geschlossenen Raum mittels Hitze war sicherlich die erste Technik, die angewendet wurde.[105] Die Existenz von geräuchertem Fleisch ist durch die Verfügung der *lex Fannia* im Jahre 161 v. Chr. bezeugt, welche den jährlichen Verbrauch von Rauchfleisch festlegt.[106] Dieselbe Tendenz hatte die *lex Licinia* des Jahres 97 v. Chr.; sie bestimmte, dass an gewöhnlichen Tagen nicht mehr als 3 Pfund Trockenfleisch (*caro arida*) und 1 Pfund eingesalzenes Fleisch verbraucht werden durften.[107]

Für ein Volk, das wie die Anrainer des Mittelmeers über Salz verfügt, ist Einsalzen das einfachste und angenehmste Konservierungsverfahren. Das Pökelfleisch, *salsamenta*,[108] spielte in der Ernährung der Römer, für die das Schwein das wichtigste Schlachttier war, eine große Rolle. Man salzte auch das Fleisch anderer Tiere ein, Ziege,[109] Kuh und Ochse,[110] Schaf und Hirsch,[111] und es ist selbstverständlich, dass das Einpökeln bei allen Schlachttieren ebenso wie beim Großwild praktiziert wurde. Es sind auch mehrere Rezepte erhalten, die das Einsalzen mit dem Räuchern kombinieren.[112] Die einzelnen Stücke des gepökelten Schweinefleischs hießen *sucidiae;* dies waren vor allem der Kamm,[113] der Schinken, *perna*,[114] und die Schulter, *petaso*.[115]

Lange Zeit lebte Italien von seiner eigenen Pökelfleisch-Produktion. Seit dem 1. Jahrhundert unserer Zeitrechnung aber werden Rom und gewiss auch die großen städtischen Zentren zunehmend durch Importe versorgt. Vom Schinken aus dem Land der Marser ist noch die Rede,[116] doch im diesseitigen Gallien gibt es große Schweineherden, die für die Versorgung der Hauptstadt bestimmt sind.[117] Das transalpine Gallien wurde zum Hauptlieferanten: es bot herrliche Schweinestücke aus dem Land der Sequaner,[118] Schinken und Schulter aus dem Gebiet von Narbonne, die schon Varro bekannt sind,[119] außerdem Schinken aus dem Land der Menapier im belgischen Gallien[120] und den nicht weniger berühmten Schinken aus der Cerdagne.[121]

Das durch das Salz hart gewordene Fleisch musste wieder entsalzt werden.[122] Man bemühte sich auf unterschiedliche Weisen, seinen unangenehmen Geschmack zu verbessern. Apicius empfiehlt, das Fleisch zweimal zu kochen, zuerst in Milch, anschließend in Wasser;[123] man kann sich vorstellen, in welchem Zustand sich das derart ausgelaugte Fleisch befunden haben muss. Die Köche entzogen das überschüssige Salz, indem sie das Fleisch in Lindenbast und feinem Mehl kochten.[124]

Im Zusammenhang mit dem Schweinefleisch haben wir bereits von den verschiedenen Wurstsorten gesprochen. Es lässt sich nicht immer feststellen, ob es sich um Frisch- oder Dauerwurst gehandelt hat, doch ist es wahrscheinlich, dass die Würste ebenfalls im *carnarium* aufbewahrt wurden. Dies gilt mit Sicherheit für die *lucanicae*, die aus Schweine- oder Rindfleisch[125] hergestellt und geräuchert wurden,[126] desgleichen für die ebenfalls geräucherten Netzwürste, *omentata*,[127] und für die *tucceta*[128]; bei ihnen scheint es sich um klein gehacktes, in Fett gekochtes Rindfleisch zu handeln.[129]

Eine andere Technik, die sich hauptsächlich im Winter anbot, bestand darin, das rohe oder gekochte Fleisch in Honig einzulegen, so wie man es auch mit den Früchten tat.[130]

Die Entdeckung von Traubenkernen in punischen Amphoren des 7./6. Jahrhunderts in Nora auf Sardinien, die Lamm-, Schafs- und Zebufleisch[130a] enthielten, findet ihre Erklärung in einem Text der *Geoponika* 19,9 im Kapitel »Über das Einsalzen aller Fleischsorten«, § 5: »Man macht aus Ziege, Schaf und Hirsch das schönste Pökelfleisch, wenn man die Stücke, nachdem man sie vorher schon einmal eingesalzen hat, dann, wenn man die Feuchtigkeit und das seröse Blutwasser entfernt hat, noch einmal mit Salz bestreut und sie dann in Trester aus Weintrauben, wobei den Beeren nicht die Haut abgezogen wurde, so einlegt, dass sich die Fleischstücke nicht berühren und die Zwischenräume durch den Trester ausgefüllt sind.« Dieser Trester konnte nicht nur als Füllung dienen und den Inhalt der Krüge stabilisieren, sondern er schuf auch eine für die Konservierung geeignete sterile Umgebung.[130b] Diese für das punische Sardinien und für Griechenland bezeugte Technik dürfte gleichfalls in Rom bekannt gewesen sein.[130c]

## Fleischverbrauch

Der Fleischverbrauch ist vom Klima, der Agrarwissenschaft und den sozialen Gegebenheiten abhängig. So aßen die Gallier z. B. wenig Brot, aber viel gekochtes oder gebratenes Fleisch.[131] In Rom hat der Fleischkonsum im Lauf der Jahrhunderte zugenommen und die einzigen bewussten Vegetarier sind in den neopythagoreischen Kreisen[132] und in bestimmten christlichen Sekten wie den Manichäern anzutreffen, denen es Augustinus zum Vorwurf macht, dass sie auf Fleisch, Eier, Milch und Wein verzichten.[133]

Die Fleischversorgung der Städte wurde zugleich durch spezielle Märkte – in Rom das *forum boarium* und das *forum suarium* – und für Schaf und Lamm, Ziege und Zicklein durch die Metzger gewährleistet, die seit 449 v. Chr. ihre Läden auf dem Forum hatten. Von der Fleischbank eines Metzgers auf dem Forum nahm Virginius das Messer, mit dem er seine Tochter niederstach.[134] Wenn die Metzger nicht zu den neun spezialisierten Gilden gehören, die von Numa im 7. Jahrhundert gegründet worden waren, lässt sich daraus nicht ableiten, dass es damals noch keine Metzger gab; denn eine zehnte Gilde umfasste alle die Handwerker, die nicht zu den ersten neun gehörten.[135] Das niedere Volk Roms erhielt Fleischzuteilungen, *viscerationes*, die ursprünglich von freigebigen Spendern[136] finanziert wurden, wie z. B. von Marcus Flavius anlässlich der Bestattungsfeierlichkeiten für seine Mutter im Jahre 328 v. Chr.; diese Spende trug nicht wenig zu seiner Wahl zum Volkstribunen bei.[137] Fleischzuteilungen wurden außerdem von Politikern veranlasst, so von Caesar anlässlich einer seiner Triumphe.[138] Regelmäßige, offizi-

*Vesta-Tempel (Tempel des Hercules Olivarius, des Schutzgottes der Ölhändler). Forum Boarium, Rom*

elle Fleischzuteilungen, die es zunächst umsonst gab, wurden im 3. Jahrhundert n. Chr. von Aurelian eingeführt.[139] Im 5. Jahrhundert belief sich die Ration, die an 150 Tagen im Jahr ausgegeben wurde, auf 5 Pfund monatlich, d. h. auf 8,186 kg innerhalb dieser fünf Monate;[140] in der Regel handelte es sich um Schweinefleisch. Für die armen Römer, deren Mittel es nicht erlaubten, sich auf dem freien Markt zu versorgen, war dies wenig; sieben Monate im Jahr mussten sie auf Fleisch verzichten.

In den ersten Jahrhunderten Roms war die Nahrung überwiegend pflanzlicher Natur. Die Römer haben lange Zeit hauptsächlich von *puls*[141] und Gemüse gelebt und noch im 3. Jahrhundert v. Chr. soll sich Manius Curius auf seinem Bauernhof im Sabinerland sein ganzes Leben lang nur von Weißen Rüben ernährt haben.[142] Im Theater des Plautus isst man Fleisch lediglich bei den großen Diners, und da vor allem Schweinefleisch. In der Nähe der Küsten besteht die tierische Nahrung aus Fisch.[143] Beim Antrittsessen des Lentulus zu Beginn des 1. Jahrhunderts v. Chr. gibt es Fische, Geflügel und Wild, das Fleisch aus der Schlachterei ist hingegen nur mit einer Speise vertreten, allerdings mit einer Köstlichkeit, nämlich Sau-Euter.[144]

Zu Beginn des 2. Jahrhunderts v. Chr. scheint sich eine Wende angebahnt zu haben: damals nämlich lernten die Römer das Raffinement des griechischen Lebens kennen und begannen, ihre eigene Anspruchslosigkeit zu verachten. Die Machthaber gaben sich alle Mühe, gegen das eindringende Übel mit Anti-Luxus- und Ernährungsgesetzen vorzugehen; diese Gesetze verboten oder beschränkten den Fleischverbrauch und taten dies auch noch indirekt, indem sie die Höhe der Ausgaben festlegten. Im Jahre 161 setzte ein Senatsdekret die Kosten für die gegenseitigen Essenseinladungen der Bürger anlässlich der Megalensischen Spiele auf 120 As fest, wobei das Gemüse, der Weizen und der Wein nicht berücksichtigt waren.[145] Im Jahre 97 verbot die *lex Licinia*, an gewöhnlichen Tagen mehr als 1 Pfund Pökelfleisch oder mehr als 3 Pfund getrocknetes Fleisch auf den Tisch zu bringen.[146] Doch da die Beachtung dieser Gesetze von dem guten Willen der Bürger abhing, die – jedenfalls beim Dekret des Jahres 161[147] – dazu aufgerufen waren, sich eidlich zu verpflichten, konnten sich diese Gesetze natürlich nicht durchsetzen. Cicero beklagt sich über ein offizielles Essen, bei dem es in Übereinstimmung mit dem Anti-Luxus-Gesetz nur Gemüse und Pilze gab.[148] Der Fleischverbrauch nimmt entsprechend dem Lebensstandard in allen Schichten zu. Selbst ein Sklave in Ketten würde zur Zeit Juvenals das einfache Gemüse eines Manius Curius nicht mehr mögen.[149] Die Ernährung der Reichen besteht, wie es das Gastmahl Trimalchios bezeugt, vorrangig aus Fleisch. Ja, man geht sogar so weit, dass man bloß noch Fleisch zu sich nimmt. Der Kaiser Maximian, der niemals Gemüse aß, verschlang an einem Tag 40 Pfund Fleisch.[150]

Über die Fleischversorgung der Armee sind wir relativ gut informiert. Gleichwohl muss man klarer, als man es bisher getan hat, zwischen der Situation während eines Feldzugs und dem Leben in den Kasernen unterscheiden. Natürlich zeigen uns die römischen Historiker das Fleisch als ein Ersatzlebensmittel, wenn der Weizen während der militärischen Operationen ausgeht.[151] Aber daraus darf man nicht folgern, dass Fleisch nur im Ausnahmefall verzehrt wurde, wenn die normale Lebensmittelverpflegung nicht mehr gewährleistet war. Die Berichte vom Russland-Feldzug des Jahres 1812 bezeugen, dass es den russischen und polnischen Bauern zwar gelang, ihr Korn zu verstecken, nicht aber ihre Herden. In den Kriegen der Antike war es nicht anders; als die Häduer während des Gallien-Feldzugs die Weizenlieferungen einstellten, mussten die Legionen auf Weizen verzichten, da sie auch in der Bevölkerung keinen fanden.[152] Unter Scipio und Metellus erhalten die römischen Soldaten Fleisch[153] und als Caesar zu den Lingonen aufbricht, deckt er sich mit Weizen, aber auch mit Vieh ein.[154] In Friedenszeiten musste man regelmäßig das Fleisch verteilen, das in den militärischen Magazinen gelagert wurde.[155] Im 4. Jahrhundert n. Chr. bekamen die Soldaten während eines Feldzugs jeden dritten Tag Speck und an den beiden anderen Tagen Schafsfleisch.[156]

## Das Fleisch in der Küche

Das Fleisch wurde vor allem gekocht, so wie es noch bis ins 19. Jahrhundert allgemein üblich war. Selbst in der Küche der Apicius gibt es sehr viel mehr Koch- als Brat-Rezepte und sowohl das gekochte als auch das gebratene Fleisch wird mit komplizierten und stark gewürzten Soßen angerichtet.[157] Dass man dem Kochen den Vorzug gab, ist angesichts der Fleischqualität normal. Das Kochen dürfte auf dem Lande und bei den Armen die Regel gewesen sein, da man auf diese Weise sowohl eine Bouillon als auch Fleisch hatte. Rezepte für gebratenes Fleisch sind bei Apicius ziemlich selten,[158] doch enthalten sie wertvolle Informationen. Das Fleisch wird vor dem Braten in der Tat fast immer erst gekocht,[159] selbst so zarte Stücke wie die Sau-Euter.[160]

Den Bratspieß (*veru*) verwendet man für die Fleischstücke des Großwilds, für Hirsche,[161] Wildschweine[162] und verschiedene andere Tiere,[163] bei den Opfermahlzeiten wird der Spieß jedoch nur für bestimmte Fleischstücke genommen.[164] Bei Apicius ist vom Bratspieß selten die Rede, sei es, weil er in seinen Aufzeichnungen nicht erwähnt, wie der Braten gegart wird, sei es, weil der Spieß für eine raffinierte Küche vielleicht technisch zu primitiv ist. Selbst wenn man den Spieß verwendet, wird das Fleisch im Ofen und nicht an der frischen Luft gegart.[165] Die *ofellae* werden indes auf kleine Spieße (*surculus*) gesteckt (*surculare*).[166] Braten kommt üblicherweise in den Ofen (*furnus*).[167] Des Grills (*craticula*) bedient man sich ziemlich selten: für Zicklein und Lamm,[168] für Stücke der Leber,[169] Sau-Euter,[170] Würste[171] und die *ofellae*[172]. In einer raffinierteren Küche gibt es dann auch gefülltes Fleisch, aber nur bei bestimmten Tieren wie Hühnchen, Spanferkel und Hase; diese werden vorher ausgenommen, dann zugeklammert (*fibulare*). Die Füllung besteht hauptsächlich aus Fleisch, Graupen, Hirn, Hühnerleber, Eiern, einem trockenen Teig, der zerbröckelt und in Wein und Honig gekocht wird, und selbstverständlich Gewürzen.[173] Im Jahre 161 v. Chr. wird das Rezept für Schwein à la Troja erwähnt, *porcus Troianus*; das Schwein »hieß so, weil es in seinem Inneren mit anderen Tieren gefüllt war, so wie das trojanische Pferd mit Kriegern«[174].

Natürlich gibt es noch andere Arten der Fleischzubereitung, über die Apicius als Einziger gut informiert. Bei den *isicia, isiciata* handelt es sich um klein gehacktes Fleisch, das manchmal im Mörser zerstoßen wird und das man zu Klößchen formt;[175] diese Fleischklöße aus Schweine- oder Rindfleisch wurden von den Schlachtern zubereitet, möglicherweise sogar von Spezialisten, die *isiciarii* genannt wurden.[176] Die *ofellae* waren entbeinte Fleischstücke, die im Allgemeinen gebacken und bisweilen an Spießchen gebraten wurden.[177] Was die *copadia* oder *copadiola* betrifft, ein Wort aus dem Griechischen, das nicht belegt ist,[178] so behandelt sie Apicius in seinem Kapitel über das gekochte Fleisch,[179] macht aber keine weiteren Angaben, sondern beschreibt nur die unterschiedlichen Soßen, die zu ihnen gereicht werden. Es könnten Filets oder Schnitzel sein.

In der Küche verwendete man auch das Blut, das sowohl von den Christen als auch von den Juden abgelehnt wurde.[180] Es konnte ganz schlicht als Gericht, das unter dem Namen *sanguiculus*[181] bekannt war, gekocht oder zu Würsten, *botuli, botelli,* verarbeitet werden; dies war übrigens eine sehr gewöhnliche Speise[182] und wurde von den *botularii* verkauft.[183] Die Wurst aus dem Blut eines Ziegenbocks hieß *hircia*.[184]

Die Kaldaunen, *omasum, chordae* und *fendicae,*[185] waren ein sehr gewöhnliches Gericht,[186] das von Apicius nicht erwähnt wird. Viele andere Teile wie die Köpfe und Haxen wurden ebenso wie die Innereien, Leber, Hirn und Lunge[187] bereits im Zusammenhang mit dem Schweinefleisch behandelt.

*Stillleben mit Papageien und Katze. Mosaik. Nationalmuseum, Neapel*

*Stillleben mit Hase und Feigen. Wandmalerei aus Herculaneum.*
*Nationalmuseum, Neapel*

# 5
# Eier und Milchprodukte

## Eier

Der Bäuerin wurde empfohlen, viele Hühner zu halten und viele Eier zu haben.[1] Manche Rassen waren für das Eierlegen ausgewählt worden[2] und wenn in den Texten ohne nähere Angaben von *ova* die Rede ist, handelt es sich immer um Hühnereier. Gleichwohl haben die Römer auch die Eier anderer domestizierter Geflügelarten verzehrt: zunächst die Gänseeier, die Plinius als sehr nützlich bezeichnet und die beim Gastmahl des Trimalchio serviert werden;[3] dann Enten-,[4] Tauben-,[5] Fasanen-[6] und Rebhuhneier[7]. Die Texte informieren uns ziemlich unzureichend, doch man hat wahrscheinlich selbst die Eier der wilden Vögel gesammelt, um sie zu essen; denn eine schwangere Frau, die Rabeneier zu sich genommen hatte, musste mit schlimmen Beschwerden rechnen.[8] Die Eier, die eine längliche Form hatten, galten als die besten.[9]

*Glasgefäß mit Eiern, zwei Stücke Brot oder Käse. Wandmalerei. Stich aus dem 18. Jahrhundert*

Im Winter bewahrte man die Eier in Bohnenmehl oder Getreidespreu auf, im Sommer in Kleie; zuvor hatte man sie sorgfältig mit Salz eingerieben oder einige Stunden in Salzlake gelegt.[10] Man ließ sie auch so lange in heißer Salzlake liegen, bis sie hart wurden, so wie es die Chinesen tun, die sie über Jahre konservieren.[11]

Man aß die Eier aus der Schale, *ova (h)apala* ›weiche Eier‹,[12] und benutzte dazu einen speziellen Löffel, das so genannte *(h)apalare*[13]; man verzehrte sie mit einer Soße aus Fischbrühe,[14] schlug sie in die Pfanne,[14a] briet sie in *oenogarum*[15] oder aß sie hart gekocht[16]. Im Allgemeinen gehören sie zu den Vorspeisen (*gustatio*), was zu dem sprichwörtlichen Ausdruck *ab ovo ad mala* geführt hat, ›von den Eiern bis zu den Äpfeln‹, d. h. ›von Anfang bis Ende‹.[17] Man nimmt die Eier auch für Omeletts mit Milch, *ova spongia*, die es zum Nachtisch gibt.[18]

Die Eier werden bei einer Vielzahl von gekochten Speisen verwendet, man braucht sie besonders zum Binden der Soßen;[19] man nimmt rohe oder hart gekochte Eier und manchmal auch nur das Eigelb und es ist dabei gleichgültig, ob es sich um Gemüse,[20] Fisch, Meresfrüchte[21] oder Fleisch[22] handelt.

## Milch

Die Bauern widmeten einen wichtigen Teil ihrer Aktivität der Aufzucht der Tiere, deren Milch – Schafs-, Ziegen- und Kuhmilch – sie teilweise als Nahrungsmittel nutzten. Ärzte und Agrarschriftsteller diskutierten über die jeweiligen Vorzüge dieser unterschiedlichen Milchsorten,[23] aber die Verwendung einer bestimmten Milch war abhängig von den örtlichen Gegebenheiten, der Größe der Landgüter, der Art des Weidelandes, ferner davon, ob man die Rinderzucht betrieb, um Zugtiere zu haben; daneben spielten noch verschiedene andere Faktoren eine Rolle.

Infolge der intensiven Schafzucht, die man wegen der Wolle betrieb, stand die Schafsmilch an erster Stelle; nach Varro war diese auch die beste Milch.[24] Um die Milch der Mutterschafe nutzen zu können, übergab man dem Schlachter einen Teil der Lämmer, noch bevor sie auf der Weide gewesen waren;[25] die Mutterschafe bekamen ein reichhaltiges Futter und man salzte das Heu, um sie zum Trinken anzuregen und auf diese Weise die Milchproduktion zu steigern.[26] Schafsmilch ist die einzige Milch, für die im *Edikt Diokletians* ein Preis festgesetzt ist.[27]

An zweiter Stelle kommt die Ziegenmilch. Die Ziegen, die anspruchslos und hervorragende Milchlieferanten[28] sind, weiden dort, wo die Mutterschafe und die Kühe keine Nahrung mehr finden können; sie waren in der Regel zu Herden von 100 und mehr Tieren[29] zusammengefasst und Varro erwähnt sogar eine Herde, die außergewöhnlicherweise aus 1000 Ziegen bestand.[30] Man legte ganz besonderen Wert auf die Tiere, welche die meiste Milch gaben;[31] Ziegenmilch galt als die nahrhafteste und für den Magen verträglichste Milch.[32] Im 4. Jahrhundert n. Chr. erwähnt Prudentius, als er vom Melken spricht, nur die Ziegen.[33]

Die Kuhmilch galt als am wenigsten nahrhaft. Die Produktion von Kuhmilch war, da es keine Rassen von Milchkühen gab, beschränkt. Die vier Rinderrassen Italiens, die Columella aufführt,[34] geben so wenig Milch, dass man Kühe aus Altinum in Venetien kommen ließ, um die Kälber zu ernähren.[35] Im Übrigen blieb, da ein Kalb üblicherweise ein ganzes Jahr lang gesäugt wurde und man in dieser Zeit die Kuh nicht molk und sie weiter arbeiten ließ,[36] kaum Milch für die Ernährung oder für den Verkauf übrig.[37]

*Ein Hirte vor seiner Schilfhütte beim Ziegenmelken. Sarkophagrelief. Nationalmuseum, Rom*

Mit dem Beginn des Sommers wurden die Herden im Rahmen der Weidewirtschaft in den Bergen gesammelt und waren weit von den Zentren entfernt, in denen die Milch gleich verbraucht werden konnte;[38] die nun anfallende Milch musste daher in Form von Käse haltbar gemacht werden.

Allem Anschein nach ist Stuten- oder Eselsmilch in der römischen Welt nur den Kranken gegeben worden und da auch eher als Heil- denn als Nahrungsmittel.[39]

## Milchkonsum

Am Ende der Republik und in den nachfolgenden Jahrhunderten betrachten die Römer die barbarischen Völker, die um das Imperium herum wohnen, als Fleischesser und Milchtrinker;[40] das liegt daran, dass sie selbst schon seit recht langer Zeit, und zwar vor allem in den Städten, eine Zivilisationsstufe erreicht haben, auf der die in ihrem natürlichen Zustand belassene Milch kein wesentliches Element der Ernährung mehr darstellt. Die religiösen Riten zeigen allerdings noch Spuren der ursprünglichen Bedeutung der Milch; sie stammen aus einer Zeit, als der Gemüse- und Weinanbau noch nicht allgemein verbreitet war und als die Städte, insbesondere Rom, noch nicht auf Kosten der ländlichen Gebiete an Bedeutung gewonnen hatten.[41] Die Römer der Frühzeit werden uns, so wie noch die Bauern des 1. Jahrhunderts n. Chr., als Milchtrinker vorgestellt;[42] sie würzten sich die Milch, indem sie Sellerieblätter hineingaben.[43] Dennoch verkauften die Hirten der Umgebung ihre Milch bei Tagesanbruch auch in der Stadt.[44] Die Milch wurde als Vollmilch verwendet, d. h., der Rahm wurde nicht abgeschöpft, da man keine Butter herstellte. Das *colostrum*, die erste Milch eines Mutterschafs, das geworfen hatte, war eine Delikatesse.[45]

Bei den Speisen auf Milchbasis, *lactentia* ›Milchprodukte‹,[46] handelt es sich hauptsächlich um die aus enthülstem Weizen gekochte Grütze, *graneum*, *granea triticia*,[47] und allgemein um die Breie.[48] In der großen Küche jedoch wird recht wenig Milch verwendet: bei *patinae*, Fisch- oder Gemüseaufläufen,[49] und bei einem Hühnchen-Rezept[50]. Bei einem speziellen Gericht werden Pfannkuchen in Milch zerbröckelt, das Ganze wird gekocht und als Beilage zu Lamm- oder Hühnerfleisch gereicht.[51] Milch brauchte man auch für die Zubereitung der *dulcia* oder eines süßen Omeletts.[52] Außerdem stellte man mit Milch und Eiern eine Art Hefeteigbrot her.[53] Bei den Kochrezepten ist niemals angegeben, die Milch welchen Tieres man nehmen soll.

## Käse

Es besteht eine doppelte Notwendigkeit, die Milch zu Käse zu verarbeiten. Einerseits muss man sich für den Winter, dann, wenn die Milchproduktion auf ihrem Tiefpunkt ist, Vorräte anlegen. Andererseits muss man in den abseits und fern der Städte gelegenen Gebieten, wo ein unmittelbarer Verkauf nicht möglich ist, die anfallende Milch verbrauchen.[54] Im Sommer, wenn sich die Herden im Rahmen der Weidewirtschaft auf höher gelegenen Weideplätzen und in den Wäldern befinden, ist die Käseherstellung die Hauptaufgabe der Hirten.[55] Diese Milchverarbeitung war anscheinend die Erfindung der mittelmeerischen Zivilisation, da die Barbaren, obwohl sie von Milch leben, in dem Ruf stehen, keinen Käse zu kennen.[56] Die Wichtigkeit der Milchverarbeitung wird durch die Sorgfalt unterstrichen, mit der Varro und Columella das Verfahren beschreiben.[57] Man verwendete frische Milch, die man am Vorabend gemolken hatte,[58] und ließ sie mit Hilfe verschiedener Fermente gerinnen: man nahm dazu Feigensaft,[59] Kardendistelblüten,[60] Saflorsamen,[61] Eselsmilch[62] und vor allem geronnene Milch aus dem Labmagen von Lämmern, Zicklein und Rehkälbern oder sogar aus dem Magen kleiner Hasen.[63]

Wie es scheint, war Käse aus gekochter Milch unbekannt. Die Milch, die sauer werden sollte, wurde mit Feigenzweigen, Thymian, zerstoßenen Pinienkernen oder ganz belassenen Pinienzapfen gewürzt; diese Zutaten wurden wieder entfernt, bevor man die Masse in die Käseform gab.[64] Wenn sie fest geworden war, legte man sie in Körbe aus geflochtenem Schilfrohr,[65] die mit Gewichten beschwert wurden, welche das Abfließen des Milchwassers unterstützen sollten; außerdem bestreute man die Masse mit Salz.[66] »Handgepresster Käse«, *caseus manu pressus*, hieß das Bruchstück, das man in kochendes Wasser tauchte, dann mit den Händen formte, salzte und anschließend räucherte;[67] der auf diese Art zubereitete Kuhmilch-Käse fand das besondere Gefallen des Augustus.[68]

Wie es scheint, wurde der Kuhmilch-Käse am meisten geschätzt, danach kam der aus Schafsmilch und zum Schluss der Ziegenkäse; gleichwohl gab es, je nach Herkunftsland, Ausnahmen.[69] Der Käse aus Stutenmilch, den die Skythen aßen und der unter dem Namen *hippace* bekannt ist, wird in der römischen Welt ausschließlich in der Medizin verwendet.[70]

Verschiedene Techniken erlaubten die Haltbarmachung des Käses. An erster Stelle stand das Einsalzen, das einfachste Verfahren,[71] das mit dem Trocknen kombiniert wurde: man legte den Käse auf Matten aus, die im Schatten lagen, und holte ihn dann wieder herein, um ihn vor Luftzug zu schützen.[72] Das Räuchern, eine sehr verbreitete Praxis, entsprach dem Geschmack der Römer, die geräucherte Würste und Weine gleichfalls schätzten; dieser Technik bedient man sich im Übrigen noch heute in Italien. In Rom räucherte man ganz speziell den Ziegenkäse.[73] In den *Digesten*[74] wird auf den Rauch aus einer im Erdgeschoss befindlichen Käserei, *taberna casearia*, angespielt, durch den sich die Bewohner der anderen Stockwerke belästigt fühlen können. Das Räuchern des Käses wurde in der Stadt durchgeführt und der *caseus fumosus* aus den Käsereien von Velabrum schmeckte, jedenfalls zur Zeit Martials,[75] am besten. Man trieb die Raffinesse so weit, dass man spezielles Holz, z. B. das des Apfelbaums, oder auch Stroh benutzte.[76]

Man konnte den Käse auch in Schlangenkraut- oder Aronblättern aufbewahren, die das Schimmeln verhinderten;[77] man konnte dem Ferment außerdem Wieselhirn beifügen, was das Ranzigwerden vereitelte und zugleich die Ratten fernhielt, jedenfalls nach der Aussage des Plinius.[78]

Das Reputation eines Käses war abhängig von seinem Herkunftsgebiet. In Italien wird vor allem der Käse der *Vestini* in Mittelitalien lobend erwähnt; deren qualitätvollster kam aus dem *campus Caedicius;*[79] genannt werden ferner der Käse aus Trebula im Sabinerland,[80] der pyramidenförmige aus Sarsina in Umbrien,[81] der riesige Käse aus Luna in Etrurien, der bis zu 1000 Pfund (327 kg) wog,[82] und der aus Ceba in Ligurien, der aus Schafsmilch hergestellt wurde.[83]

Man importierte auch viele Käsesorten aus dem Ausland. Der Käse aus Gallien stand in dem Ruf, nach Arznei zu schmecken;[84] der berühmteste Käse war der aus Nîmes, aus der Lozère, aus dem Gévaudan,[85] aus Toulouse (dieser Käse wird von Martial nicht geschätzt[86]) und der vatusische aus der Tarentaise.[87] Man verzehrte auch den dokleatischen aus den Bergen Dalmatiens[88] und den Käse der karnischen Alpen, den die Bergbewohner in Venetien verkauften;[89] unter den Sorten, die Celsus als »überseeischen Käse« bezeichnet, ist der Käse aus Bithynien bekannt.[90]

Der Käse wurde frisch gegessen, *caseus mollis, caseus recens,*[91] und pfundweise verkauft.[92] Im getrockneten Zustand war er ein wichtiger Bestandteil der Ernährung im Winter und sogar während des ganzen Jahres; er wurde dann nach Gewicht verkauft.[93] Er war das Nahrungsmittel der Bauern, Reisenden[94] und Soldaten[95]. Die Herbergsväter wurden von Händlern beliefert.[96] Man aß den Käse mit Brot[97] und zum Mittagessen[98]. Wenn der Käse zu alt geworden war und zu stark nach Salz schmeckte, legte man ihn in Essig und Thymian ein.[99] In einem Rezept Columellas wird angegeben, wie man Schafskäse, der mehr als ein Jahr alt ist, wieder genießbar macht: man zerbricht ihn in große Stücke, gibt sie in ein Gefäß und gießt sehr guten Most darüber; nach zwanzig Tagen lässt sich das Ganze, das man beliebig würzen kann, wieder essen.[100]

Beim Kochen verwendet man je nachdem frischen oder getrockneten Käse; man nimmt ihn für die Gerstengrütze, *polenta caseata,*[101] für ein Gericht namens *sala cattabia*[102] und für ein anderes, das *tyrotarichum* heißt und, wie sein Name zeigt, aus gesalzenem Fisch und Käse zubereitet wird.[103] Das *moretum,* dessen Rezept uns durch Pseudo-Vergil überliefert ist, wird aus gesalzenem Trockenkäse hergestellt: man zerstößt in einem Mörser den Käse zusammen mit vier Knoblauchzehen, Sellerie, frischer Raute und frischem Koriander, gießt Öl und ein wenig Essig darüber und vermischt das Ganze.[103a] In zahlreichen Kuchenrezepten wurde anstelle von Mehl pulverisierter trockener Käse verwendet.[104]

## Rahm und Butter

Die anderen Milchprodukte werden in Rom nicht verwendet. Der Rahm hat, vielleicht weil er schnell sauer wurde, im Lateinischen nicht einmal einen eigenen Namen wie im Griechischen; Dioskurides[105] berichtet, Butter werde aus »der fettesten Milch« hergestellt. Es gibt keine Butter, *butyrum,*[106] weil das Olivenöl und, als Ersatz dafür, das tierische Fett den Bedarf ausreichend deckten; möglicherweise fehlt die Butter aber auch deshalb, weil man, wenigstens anfänglich, die Technik des Butterns[107] nicht kannte: es bedarf in der Tat relativ niedriger Temperaturen, damit sich eine ausreichende Menge Rahm absetzt, bevor die Milch gerinnt, und man verlegt vielleicht aus guten Gründen die Anfänge des Entrahmens der Milch ins mittlere und nördliche Europa. Die Römer wussten, dass die Barbaren in den kalten Ländern die Butter in der Küche verwendeten,[108] aber sie selbst nutzten sie nur als Heilmittel.[109] Es war jedoch auch eine Frage des Geschmacks: auf ihrem Feldzug des Jahres 25/24 v. Chr. fanden die Soldaten des Aelius Gallus an dem *samm* ›geschmolzene Butter‹, welche die Eingeborenen des Hedjaz zum Kochen verwendeten,[109a] keinen Gefallen.

## Sauermilch

Die Menschen der Antike kannten nur vom Hörensagen den echten Kumys der Barbaren, der aus Stutenmilch hergestellt wurde: die Milch wurde in Lederschläuche gegossen und mit einem Stock geschlagen. Sie hatten auch von gesäuerter Kuh- und Schafsmilch gehört, die es bei den außerhalb des Reiches wohnenden Völkern gab;[110] dies ist jedoch nicht das Produkt, das sie *oxygala* oder *melca*[111] nannten. *Melca* ist mit lat. *mulgere* ›melken‹ verwandt und bezeichnet geronnene Milch, die haltbar gemacht worden war. Auf Grund des späten Auftauchens des Wortes *melca* im 1. Jahrhundert n. Chr. hat man bisweilen geglaubt, das Wort sei zusammen mit der Zubereitungstechnik von den Germanen übernommen worden. In jedem Fall verwenden Plinius und Columella, die Rezepte für die Zubereitung angeben, nur das Wort *oxygala*. Es ist dennoch möglich, dass *melca* im Lateinischen schon früher vorkommt und dass sich die griechische Bezeichnung erst mit den aus Griechenland stammenden Ärzten durchgesetzt hat; denn »geronnene Milch ist seit undenklicher Zeit bei vielen Völkern ein alltägliches Nahrungsmittel«[112]. Das Rezept Columellas[113] macht deutlich, was *melca* wirklich ist: man gibt ein Büschel Gewürzkräuter und Zwiebeln in einen Krug mit Schafsmilch, der gut verschlossen wird; am fünften Tag lässt man die Molke ablaufen; drei Tage später wiederholt man diesen Vorgang, entfernt das Würzkräuterbüschel und ersetzt es durch beliebig viel Saturei und Schnittlauch; weitere zwei Tage später lässt man erneut das Milchwasser ablaufen, salzt und mischt das Ganze und öffnet den Krug erst wieder, wenn man die *melca* essen will. Die Zubereitung, die somit zehn Tage erfordert, kann nicht nur einfach Sauermilch ergeben und außerdem ist das Produkt nicht für den unmittelbaren Verzehr bestimmt.

Man kann auch Essig in einem Topf kochen und Milch hinzufügen.[114] Das einfachste und sicherlich am häufigsten angewandte Verfahren bestand darin, die frische Milch mit saurer Milch zu versetzen, um sie gerinnen zu lassen.[115] In der Tat musste man die *melca* fortwährend erneuern, indem man je nach Verbrauch immer wieder Milch nachgoss. F. Gidon[116] hat auf derartige Zubereitungstechniken aufmerksam gemacht, die in der Normandie früher unter dem Namen *caudiaux* bekannt waren.

Man kann mit Sicherheit davon ausgehen, dass die *melca* nicht einfach bloß ein Medikament ist. Sie wird ausdrücklich als eine der renommiertesten römischen Speisen genannt.[117] Apicius zeigt uns in seinem Kapitel über die *dulcia*, dass diese Leckerei reichlich mit »Pfeffer, Fischbrühe oder Salz, Öl und Koriander« gewürzt wurde.[118]

3. Kapitel

# Getränke

# 1
# Wasser

Das Wasser war ein natürliches Getränk, aber es bildete auch die Grundlage für die künstlich hergestellten Getränke der Antike wie das Honigwasser, das Bier und bestimmte Tresterweine. In der Tat war der Wein lange ziemlich selten und in manchen Epochen sehr teuer; außerdem wurde er, ebenso wie das Honigwasser, damals nur an Festtagen aufgetischt. Viele Menschen tranken nur Wasser, sei es aus Armut, sei es – wie der Ältere Cato als Soldat[1] – aus Prinzip oder sei es, weil die Umstände es erforderten: so trafen die Reisenden Vorsichtsmaßregeln, bevor sie unbekanntes und suspektes Wasser zu sich nahmen.[2] Aus den mineralischen Quellen, deren Eigenschaften verschiedene Krankheiten heilten, trank man nur an Ort und Stelle.[3] Auf der anderen Seite hatte man die Angewohnheit, Weine, die sehr stark waren oder zu alt und bitter geworden waren, mit Wasser zu verdünnen, im Allgemeinen mit sehr kühlem Wasser. Es war eine Erfindung Neros, das Wasser abzukochen und dann in Schnee wieder abzukühlen.[4] In Tibur trinkt man im Hochsommer »Wasser aus geschmolzenem Schnee«[4a].

# 2
# Wein

Der Weinstock ist im Mittelmeerraum sehr alt und in einem Grab auf dem Forum hat man Traubenkerne gefunden.[5] Aber vermutlich war der Wein ursprünglich selten, da man ihn vor allem als Heilmittel und als heiliges Getränk betrachtete.[6] Nach einer alten Legende, die Plutarch wieder erzählt,[7] soll Maecenas, der Anführer der Etrusker, Aeneas angeboten haben, sich zurückzuziehen, falls er die Weinernte des Jahres erhalte. Mit der Zeit wurde die Kultur des Weins allerdings intensiviert und man erzielte hohe Erträge: 200 Amphoren pro Morgen zu Catos Zeiten in der Gegend von Rimini[8] und bis zu 300 zur Zeit Varros in der Gemarkung Faventia[9], d. h. ungefähr 300 hl pro Hektar. In der Kaiserzeit ließ sich in Ravenna die zu reiche Produktion nur schwer verkaufen;[10] es trifft zu, dass der Wein aus diesen sumpfigen Weingärten abscheulich war.

Die Römer stellten aus den Trauben unterschiedliche Weinqualitäten her, von der besten bis zur schlechtesten. Die erste Pressung ergab den Most, den man gären ließ. Wenn der Trester nichts mehr hergab, schnitt man den, der aus der Presse herausquoll, mit einem Schneidwerkzeug ab, legte ihn erneut auf die Masse und presste ihn noch einmal. Auf diese Weise bekam man den Abfallwein, *mustum tortivum circumcidaneum, mustum circumcisivum, mustum tortivum,* den man gewöhnlich unter den Wein der ersten Pressung mischte; aber die gewissenhaften Weinbauern taten ihn beiseite, weil er nach Eisen schmeckte, d. h. weil er den Eisenbruch hervorrufen konnte.[11]

Indem man den völlig ausgepressten Trester in einer bestimmten Menge Wasser mazerieren ließ und dann wieder auspresste, bekam man einen Tresterwein, *lora, vinum acinaticium,* der sich nicht länger als drei Monate hielt[12] und den man den Tagelöhnern gab.[13] Speziell für sie stellte Cato einen grässlichen Winterwein her, der sich aus 260 l Most, 52 l starkem Essig, 52 l Mostsirup, 1300 l Trinkwasser und 35 l Meerwasser zusammensetzte.[14]

*Traubenverarbeitung. Mosaik. Museum Sousse*

Man bemühte sich, den Süßwein zu konservieren, indem man den Vorlauf, *vinum lixivum*, nahm, d.h. den Most, der vor dem Pressen aus den Beeren von selbst herabläuft, und bewahrte ihn in Krügen auf, die dreißig Tage lang in das Wasser eines Brunnens gestellt wurden. Dies Verfahren ermöglichte es, die Zeit bis zur Kälte des Winters zu überbrücken und so bis zur warmen Jahreszeit die Gärung zu verhindern; es handelt sich hier um das *vinum dulce.*[15]

## Likörweine

Die Likörweine, die süßer sind und einen höheren Alkoholanteil aufweisen, sind durch das *passum* und die verschiedenen Mostsirupe vertreten. Das *passum*, mit dessen Zubereitungstechnik die Griechen gut vertraut waren,[16] ist ein Wein aus Trockenbeeren (*uva passa*). In der Regel wurde dieser Wein aus Muskattrauben hergestellt.[17] Das einfachste Verfahren bestand darin, die Trauben nach dem Abranken am Stock in der Sonne eintrocknen zu lassen, wobei man den Stiel der Traube verdrehte.[18] Selbst in Rom wurde das kretische *passum* am meisten geschätzt,[19] danach kamen die kilikischen und afrikanischen Weine.[20] Es handelt sich hier um den Strohwein der Moderne.

*Kelle und Sieb aus dem 4. Jahrhundert. Rheinisches Landesmuseum, Trier*

Man bekam ein *passum* der zweitbesten Qualität, das aber der *lora* weit überlegen war und *passum secundarium* genannt wurde, indem man dem Trester nach dem Pressen genauso viel Wasser hinzufügte, wie man Most gewonnen hatte;[21] noch besser war es, statt Wasser Most zu nehmen.[22] Ein anderes *passum secundarium*, das *murina* oder *muriola* hieß, kam nach der Epoche des Plautus außer Gebrauch; dieser Wein war noch qualitätvoller und wurde dadurch gewonnen, dass man den Trester, den man in gekochtem Most hatte mazerieren lassen, noch einmal presste.[23]

Der zweite Typ der Likörweine wird durch die verschiedenen Mostsirupe repräsentiert. Das Verfahren, den Most zu kochen, diente zwei Zielen. Es verbesserte einmal die mittelmäßigen Moste, die nach der Weinbereitung kaum haltbar waren; deshalb zögerten manche Weinbauern auch nicht, ihre gesamte Ernte systematisch zu kochen, um sich jeden Ärger zu ersparen.[24] Das Kochen des Mostes ergab zum Zweiten durch die Konzentration des Mostes auch Likörweine mit einem höheren Alkoholanteil; dieser Technik bedient man sich noch heutzutage in der Provence; man nahm die Likörweine darüber hinaus zum Verschneiden von zu herben Weinen.[25] Es gab drei Sorten Mostsirupe, deren Zubereitung je nach Autor und Epoche verschieden ist: 1. die *sapa;* dabei wurde der Most auf ein Drittel[26] oder nur auf die Hälfte[27] eingekocht; 2. das *defrutum,* bei dem der Most auf die Hälfte[28] oder ein Drittel[29] eingekocht wurde; dieser Begriff bezeichnete letztlich sämtliche Mostsirupe; 3. das *caroenum,* das Cato, Columella und Plinius nicht bekannt ist; hier wird der Most nur um ein Drittel eingekocht.[30] Diese Weine, die eine extrem hohe Zuckerkonzentration aufwiesen, konnten auch als Honigersatz verwendet werden.[31]

## Die Qualität des Weins

Die Technik der Weinbereitung war ziemlich unzureichend, obwohl sie sich dank der Belehrungen durch die Griechen fortwährend verbesserte. Allem Anschein nach war besonders der Abstich lange Zeit unbekannt; erst um das Jahr 121 v. Chr. ist er mit Sicherheit bezeugt.[32] Cato erwähnt ihn nur im Zusammenhang mit der Herstellung eines griechischen Weins, d. h. eines Gewürzweins, bei dem es notwendig war, die Reste der Pflanzen, die man in dem Wein eingeweicht hatte, zu entfernen.[33] Daher war es gut, den Wein, bevor man ihn ausschenkte, mit einem leinernen Seihtuch abzuklären, das oft mit Myrtenöl parfümiert oder mit Gerstenmehl[34] gefüllt war; auf diese Weise ging dem Wein allerdings auch ein Teil seines Buketts verloren. Man panschte ihn auch, indem man ihn mit dem Saft der Aloe[35] oder mit Safran[36] färbte, was seinen Geschmack verfälschte. Vor allem behandelte man die Moste mit Zusätzen von Harz oder Pech oder sogar mit beiden Substanzen, so wie es heutzutage noch in einigen Gegenden Griechenlands bei gewöhnlichen Tischweinen der Fall ist;[37] und selbst wenn man auf diese Zusätze verzichtete, musste das systematische Verpichen der Krüge[38] den Weinen, die in diesen Krügen aufbewahrt wurden, einen Beigeschmack geben. Das ausgedehnte Räuchern im *fumarium,* einer Kammer im oberen Stockwerk, die eigens dafür eingerichtet war, den Rauch vom Herd abziehen zu lassen, führte dazu, dass der Wein seine Farbe verlor und sein Alkoholanteil zurückging, wobei er zugleich sauer wurde.[39] Die alten Weine bekamen eine sirupartige Konsistenz und wurden ranzig und bitter; die Menschen der Antike sahen darin jedoch einen Alters- und Qualitätsbeweis und milderten diesen bitteren Geschmack durch das Hinzufügen von Wasser.[40] Daher pflegten die Kellermeister (*cellarii*) Sellerie oder Anis zusammen mit bitteren Mandeln in die Seihtücher zu geben, um dem Wein seinen schlechten Geruch zu nehmen.[41]

Wir werden nicht versuchen, die einheimischen Weine der römischen Welt, ja auch nur die Italiens, zu klassifizieren und aufzuzählen.[42] Letztere wurden von den Italikern erst relativ spät, um das Jahr 121 v. Chr., voneinander unterschieden. Der Falerner ist z. B. Cato und Plautus unbekannt. Im Mittelmeerraum gab es immer einen Weinhandel, doch in Italien waren die Exporte genauso hoch wie die Importe.[43] Gleichwohl erfreuten sich lange Zeit die griechischen Weine der größten Beliebtheit, bevor dann die Italiker die Weine, die auf der Halbinsel produziert werden, zu schätzen beginnen; diese Wertschätzung hält bis etwa 50 v. Chr. an.[44] Durch den Kontakt mit Griechenland und Kleinasien lernten die reichsten Römer, sich einen eigenen Weinkeller anzulegen: der Weinkeller des Hortensius umfasste bei seinem Tod 10 000 Krüge.[45] Die griechischen Weine hatten die Besonderheit, dass sie oft mit einem ziemlich hohen Anteil Meerwassers verdünnt waren.[46] Dies Verfahren diente dazu, den Wein haltbar zu machen, und alle großen griechischen Weine waren so behandelt: der koische Wein, der klazomenische, der rhodische usw.[47] Die Italiker gaben sich alle Mühe, ebenfalls Weine diesen Typs – sie nannten sie »koischen Wein« oder »Wein griechischen Typs« – herzustellen, indem sie die mit der Hand ausgedrückten Trauben vor der Pressung in Meerwasser einweichten[48] oder 2 Scheffel Salz oder wenigstens 1 Schoppen Meerwasser auf 48 Schoppen vergorenen Mostes gaben.[49] Es ist schwer vorstellbar, dass dies ohne Auswirkungen auf den Geschmack des Weins bleiben konnte.

## Honigwein

Der Honigwein, *mulsum*,[50] wurde nach verschiedenen Rezepten zubereitet: 10 Pfund (3,270 kg) Honig auf eine *urna* (13 l) Wein bei Columella;[51] 1 Teil Honig auf 4 Teile vergorenen Mostes zwanzig Tage nach der Pressung bei Palladius.[52] Man wählte die besten Weine, den Falerner und den Massischen, und den besten Honig, den man aus Attika kommen ließ.[53] Das *mulsum* wurde beim Essen getrunken,[54] doch hauptsächlich zu den Vorspeisen, während der *gustatio*,[55] die deshalb auch *promulsis* genannt wurde.[56] Die alten Männer schätzten es sehr, das Brot in Honigwein zu tunken; der 100-jährige Romilius Pollio gab dies als Grund für seine Rüstigkeit an.[57]

## Künstliche Weine

Die Liste der ›künstlichen Weine‹, *vina ficticia*, die man dadurch herstellte, dass man ein im Allgemeinen pflanzliches Produkt in Most mazerieren ließ, ist sehr lang,[58] aber in der überwiegenden Anzahl der Fälle handelt es sich eher um

*Weinverkauf (oben), Weintransport (unten). Relief von einem Grabmal aus Trier (2./3. Jahrhundert). Rheinisches Landesmuseum, Trier*

Medikamente als um Getränke. Gleichwohl werden einige von ihnen als Aperitif (*propoma*) getrunken: der Absinthwein, *absinthiatum, absinthites*,[59] der Rosenwein, *rosatum*, der zubereitet wurde, indem man frische Blütenblätter in Wein mazerieren ließ und sie jeweils im Abstand von sieben Tagen dreimal erneuerte; dem Wein wurde, bevor man ihn trank, Honig beigefügt;[60] der Veilchenwein, *violacium*, wurde auf dieselbe Weise hergestellt und ebenfalls mit Honig getrunken.[61] Man machte auch ein *rosatum* ohne Rosen mit Blättern des Zitronenbaums.[62] Die Absinth- und die Rosenweine wurden im Handel verkauft.[63] Die Kaiser Gordian und Elagabal schätzten die Rosen-, die Mastixharz-, Absinth- und Poleiweine und noch viele andere, die mit Rauschmitteln zubereitet waren.[64]

Man liebte insbesondere die Pfefferweine, die *vina condita* oder *vina piperata* hießen und zu einem höheren Preis als die zuvor genannten verkauft wurden.[65] Der Handel mit ihnen – man nannte sie »Pfefferweine aus Italien« – erstreckte sich bis in den Orient.[66] Von diesen Weinen kann man sich eine Vorstellung machen, wenn man das komplizierte Rezept eines »herrlichen *conditum*« betrachtet, das auf Apicius[67] zurückgeht: »Nachdem man 2 Schoppen (1,100 l) Wein in ein ehernes Gefäß gegeben hat, fügt man 15 Pfund (etwa 5 kg) Honig hinzu, so dass der Wein beim Kochen des Honigs völlig eingekocht wird. Man erhitzt das Ganze auf einer kleinen Flamme von trockenem Holz und rührt es während des Kochens mit einem Rührlöffel um. Wenn die Flüssigkeit anfängt zu kochen, wird sie mit neuem Wein abgelöscht; die Flüssigkeit geht aber in sich zusammen, wenn man sie vom Feuer nimmt. Wenn sie sich abgekühlt hat, wird sie aufs Neue erhitzt. Das wiederholt man noch ein zweites und eine drittes Mal, man nimmt die Flüssigkeit vom Feuer und am nächsten Tag wird sie abgeschäumt. Dann fügt man 4 Unzen (110 g) schon zerstoßenen Pfeffer hinzu; außerdem 3 Skrupel (3,5 g) Mastixharz, 1 Drachme (6 g) Mutterzimt und ebenso viel Safran, 5 geröstete Dattelkerne samt der vorher in Wein eingeweichten Datteln und gibt so viel Wein hinzu, wie für das Weichmachen der Mischung nötig ist. Über das Ganze gießt man dann 18 Schoppen (etwa 10 l) milden Weines.« Es handelt sich um ein gekochtes und gepfeffertes *mulsum*, das ganz dem Geschmack der Römer entsprach, die, wie wir später noch sehen werden, auf eine Verbindung von milden und starken Geschmacksreizen Wert legten. Man hatte sich an den Genuss des *conditum* so sehr gewöhnt, dass die Reisenden, aus Furcht, unterwegs auf das *conditum* verzichten zu müssen, in ihrem Gepäck ein »Reise-*conditum*« mit sich führten, das aus einer Mischung aus gemahlenem Pfeffer und Honig bestand und das man, wenn man seinen Wein trank, nur hinzuzufügen brauchte.[68]

Allerdings handelt es sich hier um pflanzliche Substanzen, die dem Wein beigegeben werden: die grünen Teile von Pflanzen und Früchten und Harz. Die Römer sind, dem Beispiel der Griechen folgend, noch viel weiter gegangen und haben dem Wein, sei es bei der Abfüllung in die Krüge, sei es unmittelbar vor dem Trinken, die Aromastoffe direkt hinzugefügt.[69] Ursprünglich wollte man damit ver-

*Mädchen mit Rosenkorb beim Flechten eines Kranzes. Mosaik in Piazza Armerina*

mutlich die Weine verbessern oder altern lassen,[70] aber dies wurde sehr bald zu einem Mittel, den Geschmack immer raffinierter zu machen. Plinius erwähnt mehrere Arten von Aromastoffen, die man miteinander kombinierte, zu Kügelchen formte und dem Most oder Wein beigab: eine Kombination bestand aus keltischer Narde, Kalmus und Erdpech; eine andere Variante waren Kalmus, Binse, Kostwurz, syrische Narde, Amomum, Kassia, Zimt, Safran, Palmfrüchte und Haselwurz; eine dritte, einfachere Variante bestand aus Narde und Mutterzimt.[71] Bereits zur Zeit des Plautus mischte man Kalmus in den Honigwein.[72] Im Jahre 133 v. Chr. hatte der Konsul Cornelius Cethegus dem Volk einen neuartigen Wein, der mit Raute aromatisiert war, ausschenken lassen; sein starker Geruch ist für den modernen Geruchs- und Geschmackssinn eindeutig unangenehm.[73]

## Weinkonsum

Die Römer liebten es, den Wein kühl zu trinken, und die Reichen ließen sich Eis kommen, das sie den Sommer über aufbewahrten, um es in die Seihtücher zu geben, die den Wein filterten.[74] Dabei handelt es sich aller Wahrscheinlichkeit nach um den »geschlagenen Wein«, der als *recentatum* oder *recens* bezeichnet wurde.[75] Der dickflüssige Wein, der mit dem Alter bitter und ranzig geworden war, wurde im Allgemeinen mit Wasser verdünnt getrunken, außer natürlich bei den Zechgelagen.

Es ist interessant zu wissen, welchen Anteil der Wein an den Getränken hatte und welche Bevölkerungsklassen ihn tranken. Der Weinverbrauch ist vom Preis und von den Gepflogenheiten abhängig. Es hat nicht den Anschein, als sei der Preis jemals übertrieben hoch gewesen, jedenfalls nicht der des gewöhnlichen Weins, selbst wenn er nicht immer zum unwahrscheinlich niedrigen Preis von 2 As pro Amphore verkauft wurde; man kann kaum glauben, dass er z. B. im Jahre 250 v. Chr. so billig gewesen sein soll.[76] Zur Zeit Columellas[77] betrug der niedrigste Preis 15 Sesterze pro Amphore (26,264 l). Im *Edikt Diokletians*[78] kosten die einheimischen Weine (Weine aus dem Picenum, aus Tibur, dem Sabinerland, aus Aminaea, Sorrent und dem Falernerland) 30 Denare pro Schoppen (0,547 l), alter Wein der besten Qualität 24, alter Wein der zweitbesten Qualität 16 und der gewöhnliche Wein nur 8 Denare, d. h. 384 Denare pro Amphore. Wegen der ständigen Geldentwertungen sind die Preise am Anfang des 4. Jahrhunderts n. Chr. nicht mehr mit denen vom Ende der Republik und der beginnenden Kaiserzeit vergleichbar. Gleichwohl bleibt ein Preisvergleich mit den anderen tarifierten Waren erlaubt: 1 Schoppen gewöhnliches Öl und 1 Pfund Schweinefleisch kosten 12 Denare.[79] Offensichtlich waren also die Preise zu keiner Zeit überhöht, ohne jedoch so niedrig zu sein, dass der Wein ein allgemein übliches Getränk oder gar das einzige Getränk der armen Schichten gewesen wäre.

Athenaios[80] berichtet, dass »bei den Römern weder die Diener noch die frei geborenen Frauen, noch – unter den frei geborenen Männern – die ›Epheben‹ bis zum Alter von 30 Jahren Wein tranken«; diese Grenze wird bei Ailios auf 35 Jahre angehoben.[81] Würde man dieses Zeugnis, das die alten Sitten beschreibt, wörtlich nehmen, wäre der Wein den frei geborenen Männern über 30 Jahren vorbehalten gewesen. Dies würde gleichfalls bedeuten, dass die Weinproduktion sehr gering war, da die Zahl der Verbraucher derart beschränkt war, oder dass die Produktion absichtlich auf einem sehr niedrigen Niveau gehalten wurde, da man Mühe gehabt hätte, den Wein auf dem Markt abzusetzen. Das ist indes mehr als zweifelhaft, es sei denn, man bezieht die Angaben auf die Anfangszeiten Roms.

Wenn sich etwa zu Beginn des 2. Jahrhunderts v. Chr. die Sklaven Catos, der weder sehr großzügig noch sehr menschlich ist, während der drei auf die Weinlese folgenden Monate, in denen sich der Arbeitsrhythmus verlangsamt, mit Tresterwein oder dem entsetzlichen *vinum familiae*, dessen Rezept wir angeführt haben, begnügen müssen, trinken sie während der anderen neun Monate so viel Wein, wie es ihrer Arbeitsleistung entspricht:

2,5 *congii* (8,200 l) im vierten Monat; das entspricht 27 cl pro Tag;

5 *congii* (16,400 l) im fünften, sechsten, siebten und achten Monat, d. h. 54,16 cl täglich;

1 Amphore (26,264 l) im neunten, zehnten, elften und zwölften Monat, d. h. knapp 1 l (87,5 cl) pro Tag während der schweren Arbeiten.

Der Gesamtverbrauch in neun Monaten belief sich auf 179 l.

Die angeketteten Sklaven bekamen mehr, 10 Amphoren (262 l) pro Jahr, da sie die anstrengendsten Arbeiten verrichten mussten.[82] Ulpian erwähnt auch den Sklavenwein.[83] Die Menschen der Antike scheinen folglich ebenfalls angenommen zu haben, dass der Wein ein notwendiges Getränk für die »Schwerarbeiter« ist.

Wir haben keine Zeugnisse für den Weinverbrauch der Soldaten.[84] Trotzdem weiß man, dass die Ruderknechte, die im Jahre 195 v. Chr. den Älteren Cato von Luna in seine spanische Provinz brachten, Weinrationen erhielten.[85] Das Verhalten der Soldaten des Albinus in Afrika, die im Jahre 109 v. Chr. in ihrem Quartier das, was sie erbeutet haben, gegen von draußen kommenden Wein eintauschen, könnte für das Fehlen von Weinzuteilungen sprechen, wenn wir uns nicht in einer Zeit befänden, in der die Disziplin völlig aufgeweicht war; denn die Soldaten tauschen sogar ihre Weizenrationen gegen Brot ein.[86] Sicherlich gab es regelmäßige Zuteilungen nur dann, wenn die Truppe nicht im Einsatz war. Der Essig, den man mit Wasser vermischte, nahm im Gepäck einer Armee, die sich auf einem Feldzug befand, sehr viel weniger Platz ein. Es ist auch von einem Wein der Leichtbewaffneten die Rede, dem *rorarium vinum*.[87] Die regelmäßigen Zuteilungen sind erst für das Jahr 360 n. Chr. ausdrücklich bezeugt: damals gab man den Soldaten jeden zweiten Tag Wein, jeweils im Wechsel mit einer Ration Essig.[88]

Dass es den römischen Frauen verboten war, Wein zu trinken, wird sowohl von den griechischen als auch den römischen Schriftstellern zur Sprache gebracht;[89] dies wird umso mehr betont, als dieses Verbot im Gegensatz zu den griechischen Sitten steht, wo es nur für Einzelfälle angeführt wird,[90] und auch einen Gegensatz zu den etruskischen Gepflogenheiten bildet: bei den Etruskern nahmen die Frauen gemeinsam mit den Männern an den Banketten teil und waren als »gute Trinkerinnen« bekannt.[91] Wenn man gar dem sizilischen Historiker Alkimos Glauben schenkt, betraf dieses Verbot nicht nur die Frauen Roms, sondern ganz Italiens,[92] aber er erklärt dies mit einem unwahrscheinlichen religiösen *aition*. Man griff zu strengen Maßnahmen, um das Verbot durchzusetzen. Der römischen Frau unterstand nicht die Aufsicht über den Kellermeister[93] und vor allem wurde sie von den Eltern kontrolliert, denen es auf Grund des *ius osculi* möglich war, bei den Frauen ihrer Familie einen Bruch des Abstinenzgebots zu überprüfen, indem sie sie auf den Mund küssten.[94] Dabei handelt es sich nach P. Noailles[95] um den Rest einer Gruppen-Gerichtsbarkeit, bei der die Eltern die Einhaltung religiöser oder sozialer Bräuche überwachten. Mit Erstaunen, aber auch mit einer besonderen Bewunderung für die moralischen Tugenden einer anderen Zeit erzählen die römischen Schriftsteller Geschichten von Frauen, die, weil sie Wein aus dem Fass getrunken hatten, von ihren Ehemännern totgeschlagen oder von ihrer Familie gezwungen wurden, den Hungertod zu sterben, oder aber von den Richtern verurteilt wurden, so wie es zum letzten Mal im Jahre 194 v. Chr. geschehen war.[96]

M. Durry[97] hat eine neue Interpretation für dieses Verbot vorgeschlagen, wobei er sich auf medizinische Abhandlungen und allen voran auf die *Gynaecia* des Caelius Aurelianus stützt: in den Augen der Römer soll der Wein empfängnisverhütende und abtreibende Eigenschaften gehabt haben.

*Diener kümmern sich um die Getränke für ein Gastmahl. Rheinisches Landesmuseum, Trier*

Wenn man jedoch die Texte der Ärzte und insbesondere die der Gynäkologen eingehend prüft, stellt man fest, dass nicht der Wein, *vinum*, verurteilt wird, sondern der Weinmissbrauch, *ebrietas*, und dies aus denselben Gründen wie das übermäßige Essen, *indigestio, cruditas*.[98] Wenn man davon ausgeht, dass hier ein Weinverbot aufgestellt wird, muss man gleichfalls ein völliges Nahrungsverbot annehmen. Darüber hinaus gibt es zahlreiche Texte, in denen der Wein nicht nur nicht mit einem Bann belegt, sondern geradezu empfohlen wird. Für die ersten Schwangerschaftsmonate wird folgendes Verhalten verordnet: heftige Bewegungen, Abreibungen, lange Bäder, bei denen die Frau *Wein trinkt* und scharfe Speisen zu sich nimmt.[99] Und es kommt noch besser: in seiner Abhandlung »Über die Diät schwangerer Frauen«[100] empfiehlt Oreibasios Spaziergänge, den maßvollen Genuss gelbfarbiger aromatischer Weine, vor allem, wenn sie fünf Jahre alt sind; und in einem anderen Abschnitt desselben Werks[101] untersucht er, nachdem er Fleisch, Fisch und Gemüse abgehandelt hat, die unterschiedlichen Weinqualitäten und empfiehlt vor allem die Mostsirupe. Andererseits wird der Wein nicht verdächtigt, die Begierden anzufachen,[102] sondern wird im Gegenteil verschrieben, damit diese überwunden werden.[103] Dass ein empfängnisverhütendes Mittel mit Wein eingenommen wird,[104] beweist nichts, da auch empfängnisfördernde Mittel[105] und allgemein alle Arzneien meistens mit Wein verabreicht werden. In einem mit Nieswurz versetzten pharmazeutischen Wein ist es nicht der Wein, der die Abtreibung auslöst,[106] sondern die Nieswurz, eine Tatsache, die im ganzen Altertum bekannt ist.[107]

Bleibt ein einziger Satz des Caelius Aurelianus, der die These Durrys zu stützen scheint: während der sieben Tage, die auf den Koitus folgen, »ist es nicht schlecht, den Wein zu verbieten«[108]; aber aus dem Kontext lässt sich ersehen, dass dies keine Verpflichtung ist und dass die Nahrung ebenfalls sehr reduziert werden soll; danach soll man sich aber sofort wieder wie vorher ernähren, da sonst Gefahr besteht, dass »die Schwächung des Körpers, hervorgerufen durch den *Verzicht auf Wein* und die Verringerung der Nahrung, die Empfängnis scheitern lässt«.[109] Schließlich sind alle fraglichen Texte der *Gynaecia* eine Übersetzung der griechischen Abhandlung des Soranos und können folglich nicht zum Nachweis einer eigenen lateinischen Tradition herangezogen werden.

Wie wir gesehen haben, war der Wein uspründlich auch den jungen frei geborenen Männern untersagt, und ich glaube nicht, dass der Grund dafür war, dass sie durch den Wein unfruchtbar wurden. Und vor allem mussten auch die Frauen, selbst vor dem 2. Jahrhundert v. Chr., nicht auf Wein verzichten. Ihnen stand sogar eine ganze Auswahl zur Verfügung, die vom sauersten bis zum süßesten Wein reichte: es gab den Tresterwein, *lora*,[110] von dem man weiß, dass er nur in den drei auf die Weinlese folgenden Monaten genießbar war, und die sehr süßen Likörweine,[111] d. h. den Wein, den man in gekochtem Most mazerieren ließ, *murina*, *muriola*,[112] ferner den Wein aus Trockenbeeren, *passum*,[113] und die verschiedenen gekochten Moste[114]; diese Weine waren für sie ebenso selbstverständlich wie die medizinischen Weine, u. a. der *melitites*.[115] Ihnen sind also nur *vina secundaria*, Weine der zweiten Pressung (*lora* und *muriola*), und Likörweine erlaubt. Das Verbot betraf lediglich den vergorenen Wein der ersten Pressung, der aus naturbelassenen, d. h. nicht getrockneten Trauben hergestellt war.

In diesem Kontext erwähnen die Schriftsteller, die sich über das Weinverbot äußern, das *temetum*,[116] ein altes Wort mit unsicherer Etymologie, das ursprünglich wohl ein vergorenes Getränk bezeichnete und das man mit *abstemius* ›einer, der kein *temetum* trinkt‹ und *temulentia* ›Trunkenheit, die durch das temetum verursacht ist‹ in Zusammenhang bringen kann. Sicherlich ist dies auch der Grund dafür, warum das *mulsum*, ein *vergorener* Wein, dem Honig hinzugefügt ist, nicht unter den Getränken, die den Frauen erlaubt sind, aufgeführt wird. Der normale vergorene Wein war ursprünglich den erwachsenen Männern vorbehalten. Selbstverständlich hat sich dieses Privileg nicht gehalten. Im Theater des Terenz wird die Hebamme Lesbia als Säuferin präsentiert.[117] Die Wein-Exzesse, die man den Damen in der Kaiserzeit zum Vorwurf machte,[118] werden wir hier übergehen.

## *Posca*

Essig, der mit Wasser verdünnt wurde, ergab eine erfrischende säuerliche Limonade, die *posca*,[119] die schon Plautus als ein Getränk kennt, durch das man nicht betrunken werden kann.[120] Ein Lustknabe des Vitellius hatte sich – vermutlich den Kokosnuss-Verkäufern im letzten Jahrhundert vergleichbar – als *posca*-Verkäufer in Pozzuoli niedergelassen,[121] was die Beliebtheit dieses Getränks zu beweisen scheint. Die Soldaten erhielten dafür eine Ration Essig, möglicherweise aus hygienischen Gründen,[122] vor allem aber deshalb, weil der Essig, bevor er verdünnt war, weniger Platz im persönlichen Gepäck oder in den Proviantwagen der Armee beanspruchte als der Wein. Der Ältere Cato trank während eines Feldzugs nur Wasser und wenn er durstig war, verlangte er Essig.[123] Die Soldaten der in Judäa stationierten Armee boten Christus von ihrem Essig an[124] und in der Kaiserzeit werden regelmäßige Zuteilungen erwähnt.[125]

## Obstweine

Alkoholische Getränke lassen sich aus Früchten gewinnen, deren Saft gären kann; ungeeignet dafür sind wilde Früchte, u. a. Äpfel und Birnen, da ihr Zuckergehalt nicht ausreicht.[126] Man stellte diese Obstweine in den Gegenden her, in denen kein Wein angepflanzt werden konnte, oder aber dann, wenn der Weinbauer seinen Wein lieber verkaufte als trank. Würde man Plinius Glauben schenken, wäre die Liste der »Obstweine« lang,[127] doch aus dem Vergleich mit den griechischen Texten des Dioskurides und der *Geoponika* wird ersichtlich, dass es sich bei den meisten Weinen um medizinische Weine handelt, die man herstellte, indem man Früchte im Most mazerieren ließ; diese Weine gehörten nicht zu den üblichen Nahrungsmitteln. Tatsächlich sind wir über die Verwendung dieser Getränke ziemlich schlecht informiert. Hergestellt wurden – mittels Pressung – der Birnenwein, *piracium*,[128] vergorene Weine aus Quitten, das *cydoneum*,[129] Weine aus Granatäpfeln,[130] aus Kornelkirschen[131] und Speierlingsfrüchten.[132] Der Apfelwein wird, außer in der Medizin, nicht erwähnt,[133] ebenso wenig wie der Maulbeerwein, der im Mittelalter weit verbreitet war.[134] Der Dattelwein, den man dadurch herstellte, dass man frische Datteln in Wasser gären ließ, war das typische Getränk der Nomaden und der Orientalen;[135] vermutlich hat man ihn wenigstens als Kuriosität auch in Rom getrunken, da die Griechen den Dattelwein, den sie seit dem 5. Jahrhundert importierten, als Leckerei betrachteten.[136] Man kann davon ausgehen, dass die Mehrzahl dieser Weine, mit Ausnahme des *cydoneum*, Getränke der ländlichen Gebiete waren.[137]

# 3
# Honigwasser

Die Getränke auf Honigbasis, seien sie vergoren oder nicht, waren in den Ländern, die den Weinstock nicht kannten, einstmals sehr verbreitet.[138] Es ist bezeichnend, dass die Griechen den Wein, der ihnen, bevor sie in Griechenland eindrangen, nicht bekannt war, zuerst μέθυ nannten, d. h. ihm den Namen eines Getränks gaben, das aus Honig zubereitet wurde. In historischer Zeit wird jedoch das Honigwasser vom Wein zurückgedrängt. Die Griechen nannten es μελίκρατον und später ὑδρόμελι, wovon das lateinische *hydromeli* abgeleitet ist.[139] Die Latiner kannten das Honigwasser unter der Bezeichnung *aqua mulsa*, später *mulsa*,[140] und es behielt als Getränk eine gewisse Bedeutung, da es auf der Liste der Getränke erscheint, die im 3. Jahrhundert n. Chr. vererbt werden können.[141] Bei der Zubereitung des Honigwassers kam im Allgemeinen 1 Teil Honig auf 2 Teile Regenwasser, das man fünf Jahre aufbewahrt oder durch Aufsieden eingekocht hatte;[142] man bekam dabei zuerst die *aqua mulsa subita* (*recens*), ein mildes Getränk, das man sofort verwenden konnte, danach, wenn die Flüssigkeit gegoren, abgeklärt und alt geworden war, hatte man die *aqua mulsa inveterata*, die »nach Wein schmeckte«, d. h. alkoholisch wurde.[143] Aber der Honig konnte sich bei dem hohen Honiganteil, der in den Rezepten im Allgemeinen angegeben wird, nicht in Alkohol umwandeln. Im Honigwasser kann nämlich, ebenso wie im Wein, keine Gärung stattfinden, wenn der Zuckergehalt 14–15% übersteigt.[144] Der Honig enthielt etwa 70% Zucker, der Zuckeranteil an der gesamten Flüssigkeitsmenge dürfte also bei 22% gelegen haben. Es ist somit wahrscheinlich, dass das Honigwasser der Römer nicht immer ein vergorenes Getränk war. Das beste *hydromeli* kam aus Phrygien.[145]

Das *oxymeli* wurde aus 10 Pfund (3,274 kg) Honig, 5 *heminae* (1,350 l) Essig, 1 Pfund Meersalz und 5 Schoppen (2,735 l) Regenwasser zubereitet; man klärte es ab und ließ es altern.[146] Es wurde in der Medizin und als Gewürz verwendet,[147] aber sicherlich auch als Getränk, da der Arzt Themison es genauso verdammte wie das Honigwasser; andererseits zeigt ein Fragment des Lysias,[148] dass man das *oxymeli* in Griechenland trank, was jedoch keinen Beweis darstellt, der notwendigerweise auch für Rom gültig wäre.

# 4
# Bier

Durch die Umwandlung der Stärke des ausgekeimten Getreides in Dextrin, dann in Zucker, gefolgt von einer Gärung, hatte man seit der Antike verschiedene Sorten Bier gewonnen.[149] Das am häufigsten verwendete Getreide war zuerst die Gerste,[150] aber man nahm auch die Nacktweizenarten, *triticum*,[151] Hirse,[152] Vogelhirse, Hafer und das Einkorn (*olyra*).[153] Für die Provinzen wird auch ein Bier erwähnt, das aus Brot hergestellt wurde, d. h. aus Gersten- oder Weizenfladen,[154] ein Befund, der den Gegebenheiten des alten Ägyptens und des alten Babyloniens genau entspricht.[155]

Diese Biere waren aller Wahrscheinlichkeit nach in den meisten Gebieten Italiens unbekannt, in bestimmten Provinzen jedoch, wie Plinius und Ulpian berichten, sehr verbreitet; das *Edikt Diokletians* räumt ihnen einen Platz ein, weil sie in einigen Teilen des Reiches getrunken wurden. Im Übrigen zeigt der sehr niedrige Preis – er war zwei- bis viermal so niedrig wie der für den Wein der schlechtesten Qualität[156] –, dass das Bier, so wie es auch von manchen Texten bestätigt wird, der Wein der Armen war.

In Italien sind die einzigen bekannten Bierkonsumenten die Ligurer, die das Bier aus Gerste zubereiten.[157] Die Gallier – allerdings haben wir keine Informationen über die Gallia cisalpina, in der es sehr viele Weingärten gab – stellen mehrere Biersorten her.[158] Die Reichen tranken in der Tat Wein aus Italien oder aus dem Gebiet von Marseille, die Mittelschicht aber ein Bier namens *corma*, dem man Honig beifügte; die unteren Klassen tranken dieses Bier ohne Honig;[159] dabei handelt es sich um das *curmi* des aus Gallien stammenden Arztes Marcellus.[160] Man weiß nicht, aus welchem Getreide die *cervesia*[161] zubereitet wurde, die von den *cervesarii* gebraut wurde.[162] Wir kennen zwei Namen spanischen Bieres: *caelia* und *cerea*.[163] Der Konsum der *caelia*, eines Weizenbiers, ist im Jahre 133 v. Chr. für die Numantiner,[164] der Konsum eines nicht genauer bezeichneten Bieres bei einem Teil der Lusitaner bezeugt.[165] Die Spanier hatten ein Verfahren erfunden, mit dem das Bier haltbar gemacht werden konnte.[166] Ihr Landsmann Isidor hat eine Beschreibung der Zubereitung dieses Getränks hinterlassen, die sich in ihren großen Linien nicht sehr von der aktuellen Technik unterscheidet.[167] In Pannonien, Illyrien und Dalmatien war das Gersten- oder Weizenbier, *sabaia*, den armen Leuten vorbehalten;[168] das *camum*, auf Gerstenbasis, gehört gleichfalls nach Pannonien.[169] Wie es scheint, war das Gerstenbier unter dem Namen ζῦθος, *zythum*,[170] das Nationalgetränk Ägyptens.

Die Griechen und Römer hielten diese Biere für ein Charakteristikum der Barbaren[171] und der unterworfenen Völker der Grenzgebiete des Reiches. Es bleibt jedoch festzuhalten, dass die Spezialisten annehmen, dass die Biere, die man überall durch die Gärung von Samenkörnern und Wurzeln herstellen konnte, bis in die neue Zeit weiter verbreitet waren als der Wein, der im Prinzip auf den Mittelmeerraum beschränkt war.[172]

## 4. Kapitel

# Die Küche

# 1
# Fette

Allgemein wurden in der Ernährung die tierischen Fette früher verwendet als die pflanzlichen Öle. Dies gilt erst recht für die Latiner, die vor ihrer Ankunft auf der Halbinsel den Ölbaum nicht kannten; denn dieser verträgt keine niedrigen Temperaturen und entfernt sich daher nur wenig vom Mittelmeer. Seine Arten mit den großen, durch die Kultivierung verbesserten Früchten sind freilich in der ersten Hälfte des 1. Jahrtausends v. Chr. aus Griechenland nach Italien gekommen[1] und erst gegen 50 v. Chr. konnte Italien Öl in die Provinzen exportieren.[2] Welche Fette wo in Italien verwendet wurden, lässt sich mangels entsprechender Informationen schwer feststellen.[3] Man kann jedoch bei den diesseits der Alpen wohnenden Galliern eine gewisse Vorherrschaft des Talgs feststellen, ein Überrest der Kochgewohnheiten aus einer Zeit, als sie sich noch nicht in der Poebene niedergelassen hatten; für das Zentrum und den Süden Italiens, die auf niedriger oder mittlerer Höhe liegen, kann man hingegen davon ausgehen, dass die Olive die Fette lieferte, die man in der Ernährung und zum Kochen brauchte.

## Öl

Das ›bittere Öl‹, *oleum acerbum*, das auch ›Sommeröl‹, *oleum aestivum*, hieß, wurde im September aus den noch weißen Oliven gewonnen; es schmeckte am besten, aber man stellte es nur in kleinen Mengen her.[4] Das ›grüne Öl‹, *oleum viride*, wurde im Dezember zubereitet, wenn die Oliven anfingen, sich schwarz zu färben.[5] Das üblicherweise verwendete Öl war aus reifen Oliven hergestellt; von

*Olivenernte. Mosaik. Bardo Museum, Tunis*

ihm gab es drei Qualitäten: das ›Jungfernöl‹, *olei flos*, das Öl der ersten Pressung, das durch ein erstes leichtes Quetschen aus der Masse herausgeflossen war;[6] die beiden anderen Sorten wurden in aufeinander folgenden Pressungen gewonnen: das ›Öl der zweitbesten Qualität‹, *oleum sequens*, und das ›gewöhnliche Öl‹, *oleum cibarium.*[7] Die im *Edikt Diokletians* angegebenen Preise markieren deutlich den Qualitätsunterschied: 1 Schoppen des Jungfernöls kostet 40 Denare, 24 Denare 1 Schoppen des zweitbesten Öls und für 1 Schoppen des normalen Öls sind lediglich 12 Denare angesetzt.

Die Römer gaben dem italischen Öl den Vorzug, allen voran dem Öl aus dem Gebiet von Venafrum in Samnium, an der Grenze zu Kampanien.[8] Trotz seiner großen Produktion importierte Italien auch aus Spanien Öl, wie sich anhand der

Scherben von Ölkrügen feststellen lässt, die man am Monte Testaccio gefunden hat; die Qualität dieses Öls wurde von Martial gepriesen.[9] Man importierte auch afrikanisches Öl, obwohl sich die überseeischen Oliven weniger gut für die Ölzubereitung eigneten als die der Halbinsel;[10] auch aus Istrien[11] wurde Öl eingeführt. Das Öl aus Liburnia im Süden Istriens genoss eine solche Wertschätzung, dass Apicius den Vorschlag macht, dieses Öl aus spanischem Öl und verschiedenen Zutaten – Alant, Zyperngras, Lorbeerblättern und Salz[12] – auch in Rom herzustellen – sicherlich deshalb, weil das spanische Öl weniger mit Transportkosten belastet ist und in größeren Mengen zur Verfügung steht.

Die Römer hatten eigenartige Geschmacksvorlieben; sie schätzten es, wenn das zum Kochen bestimmte Öl bitter war.[13] Übrigens hatte ihr Öl wohl kaum etwas mit unserem – gereinigten und abgemilderten – Öl gemein. Da die Pressung in abgeschlossenen und geheizten Räumen durchgeführt wurde – man wollte vermeiden, dass das Öl während dieser Prozedur fest wurde –, bekam das Öl einen ausgeprägten Rauch-Geschmack.[14] Außerdem musste man es salzen, damit es flüssig blieb.[15] Es verlor sehr schnell seinen Geschmack, selbst das beste, und das Öl, das aus einer *posia* genannten Olivenart gewonnen wurde, behielt seinen Geschmack nicht länger als zwei Monate.[16] Im Übrigen wurde es sehr schnell ranzig und man konnte es nicht länger als ein Jahr aufbewahren und als Nahrungsmittel verwenden.[17] Daher stellte man in etwas anspruchsvolleren Häusern nur Flaschen mit frischem Öl auf den Tisch und es brauchte Caesars ganze Höflichkeit und Gleichgültigkeit gegenüber dem Essen, um einen ungeschliffenen oder nachlässigen Gastgeber noch einmal um das alte Öl zu bitten.[18] Apicius empfiehlt, grüne Oliven aufzubewahren, um je nach Bedarf Öl herzustellen.[19] Die Kenner konnten sogar herausschmecken, ob die Olive am Baum oder auf den Regalen der Kelter gereift und ob der Baum bewässert worden war oder nicht.[20] Das ›grüne Öl‹ wurde in der Küche verwendet: es wurde vor dem Servieren über Erbsen- oder Saubohnengerichte gegeben.[21]

In historischer Zeit scheinen Öle, die aus anderen Pflanzen gewonnen wurden, in der römischen Ernährung keine Bedeutung gehabt zu haben. Das Öl des Oleasters oder Wilden Ölbaums, das sehr viel feiner und haltbarer war als das des kultivierten Ölbaums, von dem es jedoch nur geringe Mengen gab, spielte nur in der Medizin eine Rolle.[22] Das Myrtenöl, das in die Seihtücher gegeben wurde, parfümierte, verbesserte und klärte die Weine.[23] Die künstlichen Öle des Plinius, *olea ficticia*, werden von den Kosmetikherstellern und Ärzten verwendet; sie bestehen aus Olivenöl, dem man Kräuter und Gewürze beigegeben hat.[24] Im Handel verkauft man auch Rettich- oder Meerrettichöl, *oleum raphaninum*, allerdings bloß für medizinische Zwecke; nur Ägypten scheint dieses Öl in der Küche verwendet zu haben;[25] ebenso ist die Verwendung von Sesamöl eine ägyptische Besonderheit.[26] Das Mandelöl wird gleichfalls nicht in der Küche genutzt,[27] ebenso wenig wie das Walnussöl, das als »widerlich« beurteilt wird.[28] Den Römern war das Öl aus

Schlafmohn, obwohl sie die Pflanze (*Papaver somniferum* L.) kannten, ebenso wie das Öl aus Raps (*Brassica napus* L. mit seinen Arten ohne verdickte Wurzeln) unbekannt.

Das Öl gehört fast obligatorisch zu allen Gerichten; man braucht es sowohl zum Braten als auch für die Soßen.[29] Man gibt es vor dem Servieren über die Kohlgerichte.[30] Man verarbeitet es in den Kuchen.[31] Schließlich ölt man die irdenen Kochtöpfe ein, um zu verhindern, dass der Teig hängen bleibt.[32]

## Die tierischen Fette

Nicht alle Gegenden Italiens produzierten Öl. Der Ölbaum wuchs vor allem in Apulien, Kampanien, im Sabinerland und in Istrien.[33] Zweifelsohne kauften die Bauern, die in Gebieten wohnten, in denen es keine Olivenbäume gab – hauptsächlich im Norden der Halbinsel –, kein Öl für die Küche, sondern griffen auf lokale Ressourcen zurück, d. h. auf tierische Fette.[34] Die Schriftsteller mit Ausnahme Catos liefern uns zu diesem Punkt kaum Informationen, da sie sich vor allem mit der Küche der Bewohner Roms, die von der *cura annonae* mit Öl versorgt wurden, und mit der Küche der wohlhabenden Schichten beschäftigen. Überdies gab es noch im 1. Jahrhundert v. Chr. im transalpinischen Gallien kein Öl bzw. man verwendete es nicht, weil man es nicht gewohnt war.[35]

Man verwendete nur Schweinefett oder Schweineschmalz, *adeps suillus* oder einfach *adeps*, und zwar sowohl frisches[36] als auch konserviertes; es konnte gesalzen sein oder nicht (*axungia*).[37] Die Verwendung anderer tierischer Fette in der Küche ist nicht bezeugt; Rinder-, Ziegen- oder Schafsfett war, wie es scheint, der Medizin oder der Industrie vorbehalten.[38] An den Küsten hat man vermutlich Fischtran hergestellt, indem man das Fett des Seehunds verflüssigte oder Fett aus der Leber der Delphine[39] gewann; uns fehlt jedoch jeder Beleg für den Gebrauch dieser Fette außerhalb der Medizin.

Das Schweineschmalz spielte in der Küche mit Sicherheit eine größere Rolle, als es die Literatur zu erkennen gibt, und das reichliche Vorhandensein des Öls hat vermutlich nicht dazu geführt, dass das Schmalz gänzlich außer Gebrauch kam, nicht einmal in den Gebieten, in denen es Oliven gab.[40] Ebenso wie heutzutage die Butter zu der raffinierten Küche der Städter und der Honoratioren auf dem Lande gehört und darin im Gegensatz steht zum Schmalz, so wird auch im Kochbuch des Apicius lediglich das Olivenöl erwähnt, da Apicius nur Zeuge einer ganz bestimmten Küche ist, nämlich der der Feinschmecker. Das Fett kommt bei ihm lediglich bei der Herstellung der Würste, *lucanicae*, vor, wo es unter das Fleisch gemischt wird; immerhin handelt es sich um frisches Fett.[41] Zufällig treffen wir auch anderswo auf die Verwendung von Schmalz: so bei einem Brei, *puls*,[42] oder bei einem *catillus ornatus* mit Salaten und Mehl.[43] Zur Zeit Catos jedoch werden die Kuchen noch mit Schmalz gemacht,[44] so wie später das *artolaganon,* eine Art Brotkuchen, der mit Öl oder Fett zubereitet wurde.[45] Es handelt sich hier um die Reste eines alten Brauchs, der sich in den ländlichen Gebieten gewiss noch länger gehalten hat.

# 2
# »Zucker«

Der Zucker war in der Antike unbekannt. Den Rohrzucker lernte man in Palästina im 7. Jahrhundert n. Chr. kennen, in Griechenland um das 8./9. Jahrhundert und erst am Ende des 10. Jahrhunderts wurde er über Venedig im westlichen Europa in großen Mengen eingeführt. Das σάκχαρον, *saccharum*, das uns bei den Geographen, Botanikern und Ärzten begegnet,[1] dem Salz ähnelt und das man zerbeißen kann, ist der Tabaschir, ein kieselhaltiges körniges Sekret, das sich in den Internodien einiger Bambusarten findet.[2] Der Tabaschir wurde in kleinen Mengen aus Indien eingeführt und ausschließlich in der Medizin verwendet.

## Honig

Der Zucker wird durch den Honig ersetzt. Die Honigarten unterscheiden sich natürlich je nach Jahreszeit: es gibt Frühlings-, Sommer- und Herbsthonig. Letzterer ist nach Columellas Meinung[3] der beste, laut Plinius aber der am wenigsten geschätzte, da er ein Heidehonig ist.[4] Ferner wird der Honig danach unterschieden, von welchen Blüten er stammt: Thymian, Saturei, Feldthymian und Majoran liefern den wohlschmeckendsten Honig;[5] ein anderes Kriterium sind die Erntemethoden: wenn man die Bienen ausräuchert, um an die Waben zu kommen, bekommt der Honig einen Rauch-Geschmack; deshalb gibt man dem »Honig ohne Rauch«, dem *mel acapnon*, den Vorzug, besonders in der Medizin.[6] Schließlich gibt es noch den Honig, der von selbst aus den Waben fließt, den so genannten Tropfhonig; er ist besser als der Honig, den man später durch Auspressen gewinnt.[7] Kurz und gut, der bevorzugte Honig der Antike war der nicht nach Rauch schmeckende Tropfhonig des Thymians. In der Tat wurden zur Zeit des *Edikts Diokletians*[8] zwei Sorten Honig verkauft, der der besten Qualität, *mel optimum*, bei dem es sich um den Tropfhonig handeln dürfte,[9] und der Honig der zweitbesten Qualität, *mel secundum*. Dieser wurde oft gekocht, damit er besser wurde,[10] und Apicius führt ein Rezept auf, wie man schlechten Honig zu gutem macht[11]: »Aus schlechtem Honig kann man guten zum Verkaufen machen, wenn man 1 Teil schlechten Honig und 2 Teile guten Honig mischt.« Es gibt auch Verfahren, mit deren Hilfe sich feststellen lässt, ob der Honig verdorben ist,[12] was beweist, dass die Qualität nicht immer tadellos war.

Der Honig war genauso unentbehrlich wie das Salz. Der beträchtliche Verbrauch sicherte den Imkern hohe Gewinne.[13] Von Nord- bis Süditalien wurde Honig produziert: im Noricum, nördlich von Aquileia,[14] in der Nähe von Falerii,[15] bei den Pälignern[16] und insbesondere im Süden, in Tarent,[17] Brindisi,[18] in Kalabrien[19] und auf Sizilien, wo der Honig von Hybla fast ebenso berühmt war wie der vom Hymettos.[20] Man kann sich eine Vorstellung von der Honigproduktion allein von Korsika machen – die Römer verabscheuten im Übrigen diesen bitteren Buchsbaumhonig[21] –, wenn man weiß, dass sich der Tribut an Wachs, welcher der Insel im Jahre 173 v. Chr. auferlegt worden war, auf 200 000 Pfund, d. h. mehr als 65 Tonnen, belief.[22] Die Bedeutung dieses Produkts in der römischen Wirtschaft wird ebenfalls durch die Zahl der Abhandlungen über die Bienenzucht unterstrichen.[23] All dies hinderte die Römer nicht daran – wie die Scherben von Krügen bezeugen[24] –, auch Honig aus Attika und Sizilien zu importieren, d. h. Honig von hervorragender Qualität.

Den Honig, der von spezialisierten Händlern verkauft wurde,[25] verwendete man sowohl wie den Honig als auch wie den Zucker heutzutage. Er wurde aber auch noch anders genutzt. Bei den bescheidenen Leuten auf dem Lande wurde er roh als Nachtisch gegessen. Die Mahlzeit des greisen Celeus besteht aus saurer Milch, Obst und Honigwaben, und »eine weiße Honigwabe« findet sich auch auf dem Tisch von Philemon und Baucis.[26] Zu Varros und Plinius' Zeiten servierte man Honig zu Beginn des Essens und beim zweiten Gang,[27] zusammen mit Mohnsamen.[28] Es handelt sich um den Spitzenhonig, der auf diese Weise roh verzehrt wurde.[29]

In seiner Funktion als Zucker spielte der Honig eine große Rolle beim Kochen, zuerst einmal immer dann, wenn ein Gericht, wie Apicius[30] lehrt, abgemildert werden musste: »Wenn das Gericht fade ist, kann man Fischbrühe dazugeben, wenn es zu salzig ist, etwas Honig.« Die Menschen der Antike schätzten eine relativ süße Küche. Man kann noch verstehen, dass man einen Schinken, bevor er in den Ofen kommt, mit Honig bestreicht, da er in Salz konserviert worden war,[31] doch man nimmt den Honig auch für Wild- oder Geflügelsoßen,[32] desgleichen für Fisch[33] und sogar für die im Voraus zubereiteten Soßen wie das *cuminatum* ›Kümmelsoße‹, das *laseratum* ›Lasersoße‹ und das *oenogarum* ›Fischbrühe mit Wein‹.[34]

Es gibt kaum ein Rezept des Apicius, bei dem kein Honig verwendet wird, und, was noch erstaunlicher ist, er nimmt ihn sogar für Gemüsegerichte: Kürbis,[35] Gurken,[36] Weiße Rüben und Steckrüben,[37] Endivien oder Lattich,[38] Wilde Artischocken,[39] Erbsen[40] und Saubohnen[41].

Mit Honig werden Quitten eingekocht[42] oder Süßspeisen wie süße Milchomeletts zubereitet.[43] Er entfaltet aber seine ganze Bedeutung bei den Backwaren, da es keinen Kuchen ohne Honig gibt. »Allein für den Konditor«, sagt Martial,[44] »arbeitet die sparsame Biene.« Welche Form die Kuchen auch haben, aus welchen Zutaten sie auch gemacht werden, seien sie mit Staubmehl oder mit Käse zubereitet, immer werden sie mit Honig gesüßt[45] und manche werden noch, wenn sie aus dem Ofen kommen, zusätzlich mit Honig überzogen, bevor sie serviert werden, so z. B. das *savillum* Catos[46] und insbesondere die *liba*, wenn sie noch ganz heiß sind.[47]

Wie wir gesehen haben, wurden die Früchte in Honig eingelegt,[48] den man nach dem Verzehr der Früchte natürlich nicht fortgoss. Der Honig, in dem Quitten konserviert worden waren, wurde besonders geschätzt, da er ihren Geschmack angenommen hatte. Man aß ihn als *melomeli* ›Quittenhonig‹.[49] Man kann davon ausgehen, dass selbst der Honig, der für andere eingelegte Speisen, z. B. für Weiße Rüben[50] oder sogar Fleisch[51], genommen worden war, weiter verwendet wurde.

Außerdem nutzte man den Honig regelmäßig für die Herstellung süßer Getränke wie *mulsum, aqua mulsa, oxymel, hydromel* usw., von denen schon die Rede war.

## Zuckerersatz

Infolge schlechter Ernten, bedingt durch die Krankheiten der Bienen, oder auf Grund ungünstiger klimatischer Verhältnisse konnte es vorkommen, dass in manchen Gebieten der Honig ausging. Honig war teuer, nach dem *Edikt Diokletians* kostete ein Schoppen der besten Qualität 40 Sesterze, genauso viel wie das Jungfernöl. Die Nachfrage war so groß, dass man den Honig trotz der Importe – anscheinend führte man vor allem den Honig der gehobenen Qualität ein – mit sehr konzentrierten Mostsirupen[52] verlängerte oder ihn durch andere Produkte ersetzte. Das *Edikt Diokletians*[53] berücksichtigt ein *mel foenicinum*, das fünfmal weniger kostete, ein schon von Herodot[54] erwähnter Dattelhonig, der noch heute von den Arabern hergestellt wird.[55] Gleichwohl griff man fast ausschließlich auf die süßen Weinprodukte zurück: auf Rosinen,[56] Strohwein,[57] Süßwein[58] und besonders auf die Mostsirupe, die eine hohe Zuckerkonzentration aufwiesen.[59]

Man verwendete auch getrocknete Früchte, um die Gerichte und selbst das Fleisch zu süßen: Rosinen,[60] Backpflaumen[61] und Datteln[62]. Zum selben Zweck stellte man auch einen Feigen- und einen Quittensirup her.[63]

# 3
# Gewürze

## Salz

Plinius[1] erklärt das Salz als unentbehrlich für jedes zivilisierte Leben, hält es aber eher für ein angenehmes Gewürz denn für ein notwendiges Nahrungsmittel. Um über dieses Produkt zu verfügen, war Italien günstig gelegen, da kein Ort der Halbinsel mehr als 100 km und kein Ort des Festlands mehr als 150 km vom Meer entfernt ist. Sehr früh schon, unter Ancus Martius, haben die Römer an der Tibermündung, in der Umgebung Ostias, Salinen eingerichtet, die so genannten *Romanae salinae*.[2] Von dort stammte der *sal Romaniensis*, der von Cato erwähnt wird;[3] das Salz wurde auf dem Wasserweg nach Rom transportiert und auf der *Via Salaria*, der Salzstraße, weiter nach Mittelitalien befördert.[4] Italien gewann Salz auch aus den brackigen Lagunen,[5] und den Provinzen, insbesondere Spanien, stand das Steinsalz der *salifodinae* zur Verfügung.[6]

Diese Produktion reichte für die Halbinsel vollkommen aus; Italien brauchte niemals ausländisches Salz zu importieren, mit Ausnahme bestimmter Salze, die in der Medizin verwendet wurden, wie z. B. das Steinsalz aus Kappadokien und Spanien.[7] Das Salz mit dem Namen »Ammoniak«, ein fossiles Salz aus der Oase Ammon, wird nur einmal in der Küche – für die Herstellung eines »Gewürzsalzes« – verwendet.[8]

Das nicht gereinigte Salz aus den Salinen hieß *sal popularis*[9] oder *sal niger*[10]. Dieses graue Meersalz war das Salz des Volkes; man reinigte es zu Hause, um den *sal candidus* zu bekommen.[11] Aus Sparsamkeitsgründen aber gingen manche so weit, dass sie die Salzlake der eingesalzenen Lebensmittel noch einmal aufkochten, um das Salz zurückzugewinnen; am liebsten hatte man das Salz, das von den konservierten *maenae* stammte.[12]

Durch die Beigabe bestimmter Gewürzkräuter[13] stellte man ein Gewürzsalz, *sal conditus*, her, das in einer raffinierteren Küche verwendet und im Handel verkauft wurde.[14] Apicius hat uns das Rezept für diese *sales conditi* hinterlassen, die den Vorteil hatten, die Verdauung zu fördern[15]: »1 Pfund normales gemahlenes Salz, 2 Pfund gemahlenes Ammoniaksalz, 3 Unzen weißen Pfeffer, 2 Unzen Ingwer, 1½ Unzen Ammei, 1½ Unzen Thymian, 1½ Unzen Selleriesamen (ersatzweise 3 Unzen Petersilie), 3 Unzen Oregano, 1½ Unzen Samen der Wilden Rauke, 3 Unzen schwarzen Pfeffer, 1 Unze Safran, 2 Unzen kretischen Ysop, 2 Unzen Nardenblätter, 2 Unzen Petersilie und 2 Unzen Dill.« Man versteht, dass unter diesen Bedingungen Horaz das normale Salz als *sal purus* bezeichnet.[16]

Nach dem Zeugnis Varros[17] bereiteten die Römer der Frühzeit aus Salz ein Gericht zu und aßen es mit Brot. Horaz empfiehlt diese bescheidene Speise, die zu seiner Zeit zumindest noch von den armen Leuten gegessen worden sein muss[18] und von der sich später der heilige Antonius in der Wüste ernährte.[19] Das Salz kommt überall bei der Zubereitung der Nahrungsmittel vor, doch wie es scheint, hat man in der Küche den feuchten Salzen, die sich rasch auflösen, den Vorzug gegeben.[20] Die jährliche Ration für die Mitglieder der *familia* beläuft sich zu Catos Zeiten auf 1 Modius (8,754 l) pro Person,[21] d. h. 18,5 g täglich, wobei 7–8 g reichen, um den Salzhaushalt zu stabilisieren. »Wie alle Völker, deren Ernährung im Wesentlichen pflanzlicher Natur ist, waren die Römer begierig nach Salz.«[22] Seit der Herrschaft des Ancus Martius wurde Salz an das Volk verteilt.[23] Bei der Herstellung der Salzlake, der Konservierung von Fleisch, von Oliven[24] und Eiern[25] und bei der Zubereitung der Fischbrühe wurde reichlich Salz verwendet, desgleichen bei der Weinherstellung[26] und beim Öl, dessen Eindicken verhindert werden sollte.[27]

Trotz der Nähe zum Meer konnte manchmal das Salz ausgehen. Die politischen Umstände standen seinem Transport zuweilen im Wege. So kam es, dass die Umbrer vor der Eroberung durch die Römer das Salz durch in Wasser gekochte Schilf- und Binsenasche ersetzten.[28] Es hat den Anschein, als habe noch zu Beginn der christlichen Ära die Tatsache, dass der Salzpreis proportional mit der Entfernung zu den Produktionszentren an der Küste anstieg, dazu geführt, dass die pflanzliche Asche länger verwendet wurde, wie es zumindest für Gallien[29] und Spanien[30] berichtet wird. In den Gebieten am Meer backte man, um Salz zu sparen, dessen Verkauf ein staatliches Monopol[31] war, sein Brot mit Meerwasser.[32]

Die Verwendung von Natron, *nitrum*, anstelle von Salz ist kaum bezeugt, außer für Chalastra in Makedonien beim Brotbacken und für Ägypten beim Kochen des Kohls.[33] Normalerweise dient es dazu, das Gemüse während des Kochens grün zu machen;[34] in dem Wasser, in dem man Kastanien kocht, ersetzt es hingegen das Salz.[35]

Als Würzmittel verwendete man ebenfalls die Salzlake, die für die Konservierung von Fischen verwendet worden war und die deren Geschmack angenommen hatte. Geliefert wurde sie in Amphoren aus Antibes,[36] in *orcae* aus Byzanz,[37] aber man bezog sie auch aus Thurii und sogar aus Dalmatien.[38] Die Salzlake wurde insbesondere bei der Zubereitung der »doppelten Soße« verwendet.[39] Offensichtlich ersetzte sie bei den kleinen Leuten das *garum*. In Pompeji hat man Amphoren für Salzlake gefunden.[40]

## Essig

»Der Essig hat«, sagt Plinius,[41] »obwohl er nicht viel wert ist, immerhin das Verdienst, vielfältig verwendet werden zu können; ohne diese Möglichkeiten würde das Leben viel von seiner Annehmlichkeit verlieren.« Der Essig ist übrigens das einzige Gewürz, das die Athener paradoxerweise als »Süßigkeit« bezeichnet haben.[42]

Der Weinessig war in den Weinanbaugebieten reichlich vorhanden, da die Weinbereitung noch sehr unwissenschaftlich und mangelhaft durchgeführt wurde. Der beste Weinessig war der, den man aus Alexandria importierte, obwohl er aus einem mittelmäßigen Wein hergestellt war.[43] In den Gebieten, in denen es keinen Wein gab, bereitete man Essig aus Feigen,[44] Birnen[45] oder Pfirsichen[46] zu. Man findet sogar das Rezept für einen eigentümlichen Essig ohne Wein und Früchte: »Gips und Meerwasser kochen, dann mit Flusswasser mischen; vor dem Gebrauch filtern.«[47]

Die Verwendung des Essigs in der Küche ist allgemeiner und ständiger Brauch. Die Römer der Frühzeit begnügten sich mit Salaten und rohem Gemüse, den *acetaria*,[48] die nur mit Essig, ohne Öl, angerichtet wurden, und Cato empfiehlt, wenn die eingelegten Oliven aufgebraucht sind, die Sklaven mit *allec* und Essig zu ernähren.[49] Der Essig kommt in sehr viele Soßen des Apicius, besonders beim Gemüse wie Mangold, Weiße Rüben usw.,[50] und natürlich zusammen mit Öl in die Salatsoßen.[51]

In der Küche gab man sich nicht immer mit dem gewöhnlichen Essig zufrieden. Man stellte einen »gepfefferten Essig« her, das *acetum piperatum*,[52] und andere, kompliziertere Essigarten: mit Honig, Salz und Feigen.[53] Das *oxygarum*, das besonders gut für die Verdauung war und als Soße zum Lattich[54] gereicht wurde, bestand aus Essig, *garum* und Gewürzkräutern.[55] Das *oxymeli*, das zubereitet wurde, indem man Honig, Essig, Salz und Wasser kochte,[56] diente der Konservierung von Pastinaken[57] und Lattich[58]; das *oxyporium*, das aus verschiedenen Gewürzkräutern gewonnen wurde, die man in Essig mazerieren ließ,[59] kam als Zutat in eine Salatsoße.[60] Wie es die Herkunft dieser Bezeichnungen deutlich macht, sind diese Würzmittel sicherlich aus der griechischen Küche übernommen worden.

## Weine und Soßen

Dass man die Soßen mit Wein zubereitete, ist mehr oder weniger üblich,[61] umso mehr als – wie wir gesehen haben – der Strohwein und die Mostsirupe den Honig in der Küche ersetzten oder seine Wirkung verstärkten. Der Myrtenwein, *vinum myrteum*, der aus schwarzen Myrtenbeeren hergestellt wird, die man zerstampfte und in Most hatte mazerieren lassen, wird nur einmal im Zusammenhang mit einer Soße für Geflügel erwähnt.[62] Der Pfefferwein, *piperatum*, wird sehr viel häufiger verwendet.[63]

Es gibt auch »Soßen«, die im Voraus zubereitet werden: die Dillsoße, *anetatum*,[63a] die Kümmelsoße, *cuminatum*, die sich für Austern und Schalentiere eignet, aber auch in der Küche Verwendung findet und deren Rezept Apicius hinterlassen hat: »Pfeffer, Liebstöckel, Petersilie, getrocknete Minze, Mutterzimt, eine reichliche Dosis Kümmel, Honig, Essig und Fischbrühe.«[64] Außerdem gibt es die Koriandersoße, *coriandratum*,[64a] und die Lasersoße, *laseratum*, die auf folgende Weise zubereitet wird[65]: »Kyrenäisches oder parthisches Laser zusammen mit Essig und Fischbrühe in lauwarmem Wasser auflösen; oder aber man nehme Pfeffer, Petersilie, getrocknete Minze, Laserwurzel, Honig, Essig und Fischbrühe.«

## Weinhefe

Die Weinhefe dient manchmal als Gewürz, um die Speisen durch ihren pikanten Geschmack schärfer zu machen. Das Etikett einer pompejanischen Amphore zeigt, dass die Hefe aufbewahrt wurde.[66] Die Hefe des koischen Weins wird mit Weißen Rüben, Pastinaken und *allec* zu Wildschwein gereicht.[67] Apicius verwendet die Hefe eines Gewürzweins für die Soße zu Fleischklößchen.[68] Man servierte sie auch in Schälchen zusammen mit Pfeffer, Salz und *allec*.[69]

## *Garum*

Die Fischbrühe, die *garum* oder seit dem 1. Jahrhundert unserer Zeitrechnung *liquamen* heißt, ist das Endprodukt, das bei der Fischzersetzung anfiel. Bei demselben Verfahren gewann man auch das *allec*,[70] aber für das *garum* musste mehr Sorgfalt aufgewendet werden. Besser als der immer herangezogene Text der *Geoponika* informiert uns das exakte Rezept des Gargilius Martialis[71]: »Man nimmt fette Fische, z. B. Lachse, Aale, Alsen, Sardinen . . . und zusammen mit diesen Fischen getrocknete Gewürzkräuter und Salz; dann verfährt man wie folgt: man wählt ein stabiles, gut verpichtes Gefäß mit einem Fassungsvermögen von 3–4 Scheffeln (26–35 l) und man nimmt sehr stark duftende getrocknete Kräuter, sowohl kultivierte als auch wilde: Dill, Koriander, Fenchel, Sellerie, Kopfsaturei, Schalmei, Raute, Minze, Wilde Minze, Liebstöckel, Polei, Feldthymian, Oregano, Heilziest und Stachelmohn und schichtet sie auf den Grund des Gefäßes. Dann macht man eine andere Schicht aus Fischen: wenn sie klein sind, lässt man sie ganz, wenn sie groß sind, schneidet man sie in Stücke. Darüber gibt man eine dritte, zwei Finger dicke Salzschicht. Man füllt das Gefäß bis zum Rand, wobei man immer im Wechsel Kräuter, Fisch und Salz aufeinander schichtet; man verschließt das Gefäß mit einem Deckel und lässt es sieben Tage stehen. In den darauf folgenden zwanzig Tagen rührt man diese Mischung jeweils gründlich um. Nach Ablauf dieser Zeit kann man die inzwischen entstandene Brühe abschöpfen.« Diese Flüssigkeit wurde gefiltert und dann in Krüge gefüllt, um aufbewahrt oder verschickt zu werden; man verwendete sie als Gewürz; auf dieselbe Weise wird auch das *nuoc-mâm* ›Fischwasser‹, das indochinesische Nationalgewürz, hergestellt.[72] Die erste abgeflossene und zugleich auch reinste Flüssigkeit hieß *gari flos* ›Jungferngarum‹, nach dem Vorbild des *flos olei* ›Jungfernöl‹.[73]

Das Wort *garum* ist griechischen Urspungs und bezeichnete zuerst einen Fisch oder eine Kategorie von Fischen, die man zu dem beschriebenen Zweck verwendete und welche γάρος (γάρον) hießen.[74] Laut Plinius wurde das *garum* aus den Eingeweiden der Fische oder anderen Teilen, die normalerweise in den Abfall geworfen werden, zubereitet, indem man sie in Salz weich machte;[75] dabei handelt es sich jedoch um die schlechteste Qualität. Nach den Angaben aller anderen Schriftsteller aber wird das *garum* üblicherweise aus ganzen Fischen oder in Stücke geschnittenem Fischfleisch hergestellt und nicht aus Abfällen. Im 1. Jahrhundert n. Chr. wird das beste *garum* aus der Makrele, *scomber*, bereitet; es kommt vor allem aus Spanien, wo sich eine industrielle Gesellschaft aus Cartagena den Fischfang im Atlantik und an den spanischen Küsten des Mittelmeers[76] zu Nutze machte, um unter der Bezeichnung *garum sociorum* ›Garum der Gesellschafter‹ ihr *garum* in die römische Welt und insbesondere nach Italien zu verschicken.[77] Auch außerhalb Spaniens gab es berühmte *garum*-Fabriken, so in Pompeji, in Klazomenai und in Leptis;[78] man stellte das *garum* nämlich auch aus Spierlingen, Meerbarben, *maenae*,[79] Lachsen, Aalen, Alsen und Sardinen her.[80] Man bereitete auch ein *garum* ohne Gewürze zu, den *gari flos per se*,[81] und noch ein anderes, das die Farbe von Honigwein hatte und so angenehm und so flüssig war, dass man es trinken konnte.[82] Für die Juden gab es ein *garum*, das aus Fischen mit Schuppen hergestellt wurde, das so genannte *garum castimoniale*; selbst in Italien hat man Krüge gefunden, die speziell für die große jüdische Kolonie bestimmt waren.[83]

Man kann davon ausgehen, dass die Verwendung des *garum* griechischen Ursprungs ist, da sich seit dem 6./5. Jahrhundert v. Chr. Griechenland seiner bediente.[84] Das Wort findet sich im Lateinischen nicht vor Varro und fehlt bei Plautus, der jedoch das *allec* als Nahrungsmittel kannte. Eine Bemerkung des Plinius, nach der man zur Zeit der Alten allein wegen des Wunsches nach *garum* getadelt worden wäre,[85] lässt vermuten, dass das *garum* erst relativ spät als Würzmittel in Gebrauch kam. Man kann sich über die Begeisterung der Römer für »diesen kostbaren Saft aus schädlichen Fischen«[86] nur wundern: der Geruch war sehr unangenehm,[87] wenn nicht sogar Ekel erregend; Apicius nennt nämlich ein Rezept, das schlecht riechendes *liquamen* verbessern soll.[88] Von der besten Qualität, d. h. dem *garum sociorum,* kosteten 2 *congii* (6,566 l) 1000 Sesterze;[89] doch das *garum,* das an den Küsten Italiens aus wertlosen kleinen Fischen hergestellt wurde, dürfte gewiss nicht einen so hohen Preis gehabt haben. Die Kaiser Valentinian und Gratian erließen in der zweiten Hälfte des 4. Jahrhunderts n. Chr. ein Ausfuhrverbot in die Länder der Barbaren.[90]

Die Verwendung der Fischbrühe war sehr verbreitet. Apicius nimmt sie für fast alle Gerichte, für sämtliche Soßen und nutzt sie auch als Bratfett;[91] *garum* findet sich sogar in den »Kompotten«, die aus verschiedenen Früchten zubereitet wurden: in einer *patina* aus Quitten oder Birnen, in einem *minutal* und in einem *gustus* aus Aprikosen,[92] ja sogar in der *melca.*[93] Es ist das obligatorische Gewürz in jeder etwas raffinierteren Küche.

Auf der Grundlage des *garum* ließen sich auch andere Produkte herstellen, die in der Küche Verwendung fanden: das *oenogarum* ›*garum* mit Wein‹, eine Mischung aus *garum,* Wein und Gewürzkräutern, wird durch Erhitzen eingekocht und in verpichten Gefäßen aufbewahrt;[94] wie es scheint, hat man es in der Regel je nach Bedarf zubereitet, und zwar nach verschiedenen Rezepten, die auf die jeweiligen Gerichte zugeschnitten waren; Apicius führt unterschiedliche Rezepte für Trüffel,[95] Leber[96] oder Fisch an; eines von ihnen lautet z. B. so[97]: »Pfeffer und Raute zerstoßen, mit Honig, Strohwein, Fischbrühe und Mostsirup mischen und auf sehr kleiner Flamme erhitzen«; das *hydrogarum* ›*garum* mit Wasser‹ war in der Kaiserzeit ein bei den Soldaten verwendetes Würzmittel,[98] mit dem man die *isicia*[99] abschmeckt; schließlich gab es noch das *oxygarum* ›*garum* mit Essig‹.[100]

# 4
# Gewürzpflanzen

Die Römer hatten einen hohen Verbrauch an Gewürzkräutern, der uns heutzutage übertrieben vorkommt, obwohl unser 17. Jahrhundert ebenfalls noch dieselben Geschmacksvorlieben aufweist. Die Ernährung war zum großen Teil pflanzlicher Natur, Mehl und Gemüse wurden meistens gekocht und selten gebacken – nur die Weißen Rüben waren manchmal davon ausgenommen; auch das Fleisch wurde fast immer gekocht, sei es, weil es hart war, sei es, weil man es lange einweichen musste, um es zu entsalzen, wenn es haltbar gemacht worden war. Aus all diesen Gründen war die Nahrung fade und so machte man es sich zur Gewohnheit, sie zuerst einfach mit einheimischen »Kräutern« abzuschmecken.[1] Doch bereits der Koch im *Pseudolus*[2] stellte eine lange Liste mit Gewürzkräutern auf, die, selbst wenn die Namen reine Phantasieprodukte sind, dennoch den Beginn einer Revolution in der Kochkunst ankündigt. Später lernte man durch die Bekanntschaft mit der griechischen Küche[3] und infolge der Eroberungen im Osten die echten Gewürzkräuter kennen, die zu sehr hohen Preisen verkauft wurden und mit denen die wohlhabenden Schichten ihren blasierten Gaumen von neuem reizten. Die kleinen Leute jedoch, d. h. die Mehrheit der Italiker, verwendeten weiterhin ihre »Kräuter«, die, wie sich aus Columella, Plinius und Palladius ersehen lässt, allesamt zu diesem Zweck in den Gärten kultiviert wurden.

## Einheimische Gewürzpflanzen

Es ist merkwürdig, dass der Knoblauch in den Rezepten des Apicius nicht als Gewürz vorkommt, sondern lediglich auf der Liste der *excerpta* steht, wo angegeben ist, welche Gewürze ein guter Koch braucht;[4] das liegt daran, dass man den Knoblauch vor allem kochte und als Gericht servierte. Sehr häufig wird die Zwiebel verwendet, sowohl frisch als auch getrocknet.[5] Vom Schnittlauch, *pallacana, getium* (*Allium schoenoprasum* L.), den man sonst nicht brauchte,[6] nahm man die Zwiebel[7] oder den grünen Teil, den man dicht über dem Boden abschnitt.[8] Der mehrjährige oder mehrmals im Jahr blühende Lauch, *porrum sectile, sectivum, tonsile*, wurde als Zutat bei vielen Gerichten verwendet, bei Fisch,[9] Schweinefleisch[10] oder sogar bei Quitten[11]; der Kopflauch, das *porrum capitatum*,[12] wurde in derselben Weise genutzt.

Die echten einheimischen Gewürze können danach klassifiziert werden, welcher Teil der Pflanze verwendet wurde, die Frucht, der Samen, die grünen Teile, die Blüte oder die Wurzel.

### 1. Früchte

Der Kapernstrauch, *capparis* (*Capparis spinosa* L.), dessen Blütenknospe (Kaper) und Frucht (Gewürzkaper) man verwendete;[13] die getrockneten Beeren des Wacholders;[14] die Beeren des Lorbeers, die im Winter gesammelt wurden;[15] für manche Rezepte werden zwischen einer und fünf Beeren angegeben;[16] die Beeren des Mastixstrauchs, die für die Konservierung der Oliven gebraucht werden,[17] aber auch in ein »Feldkräuter-Gericht«[18] kommen; mit der Frucht der Raute, *ruta* (*Ruta graveolens* L.), werden Soßen abgeschmeckt;[19] das Volk ersetzte den Pfeffer, der sehr teuer war, durch die scharf und harzig schmeckenden Myrtenbeeren; Vergil empfiehlt, sie im Winter zu ernten;[20] sie wurden allgemein verwendet, solange der exotische Pfeffer nicht bekannt war.[21] *Murtatum* - davon ist ital. *mortadello* abgeleitet – hieß eine Wurst, die mit sehr viel Myrte gewürzt war.[22] Die Myrtenbeeren wurden von Cato konserviert.[23] Sie kommen, sowohl frisch als auch getrocknet, mit oder ohne Pfeffer, in viele Soßen des Apicius.[24] Die Frucht des Abrahamsbaums, *vitex* (*Vitex agnus castus* L.), die scharf und etwas pfeffrig schmeckt, hieß in der Sprache des Volkes *piper agreste*;[25] dabei handelt es sich gewiss um den »Pfefferbaum« Italiens, der von Plinius erwähnt wird;[26] die Verwendung dieser Frucht als Gewürz im Mittelalter und auch noch später lässt vermuten, dass sie nur in der ländlichen Küche eine Rolle spielte, da sie von Apicius nicht erwähnt wird.

### 2. Nuss-Früchte

Man verfeinerte die Speisen mit Walnüssen,[27] Haselnüssen,[28] Mandeln[29] und insbesondere Pinienkernen[30]; sie wurden geröstet oder frisch verwendet.

## 3. Samenkörner

Die Samen des Dills, *anethum* (*Anethum graveolens* L.), den man in den Gärten zog,[31] bundweise trocknete und vor das Atrium hängte,[32] kommen in verschiedenen Soßen[33] vor, ebenso in einer *tisana*[34] und in einem Hühner-Rezept[35]; der Samen des Anis, *anesum* (*Pimpinella anisum* L.), der gleichfalls angepflanzt wurde,[36] wird bei Apicius ziemlich selten verwendet,[37] obwohl Plinius von der Pflanze sagt, sie »wachse für die Köche und die Ärzte«[38]; mit den Samen würzt man das Brot[39] und insbesondere die *mustacei* genannten Kuchen[40]; die aromatischen Samenkörner des Echten Kümmels, *careum* (*Carum carvi* L.) kommen in die Soßen,[41] ebenso wie die des Selleries, *apium*;[42] der Koriander, *coriandrum* (*Coriandrum sativum* L.), der bereits Plautus bekannt ist und kultiviert wird,[43] würzt den Gerstenbrei[44] und verschiedene andere Gerichte[45]; die Körner des Kümmels, *cuminum* (*Cuminum sativum* L.), den Plinius für die beste Gewürzpflanze hält,[46] werden im Handel verkauft[47] und erscheinen in fast allen Rezepten des Apicius; man servierte den Kümmel mit Essig unter der Bezeichnung *oxycuminum*;[48] der Fenchelsamen, *feniculum*, wurde zum Würzen des Brotes genutzt,[49] zum Einlegen der Oliven[50] und findet sich in verschiedenen Gerichten[51]; die Samen des Liebstöckels, *ligusticum* (*Levisticum officinale* Koch),[52] waren ein Pfefferersatz und dies vor allem in Ligurien, wo die Pflanze wild wuchs, während sie andernorts kultiviert wurde;[53] Apicius verwendet sie für Soßen;[54] die Körner des Senfs, *sinapi*,[55] brauchte man zur Zubereitung des Tafelsenfs, der *sinapis confecta* oder *sinape factum* genannt wurde.[56] In den Texten sind uns zwei Rezepte überliefert: einmal werden die Senfkörner zerstoßen und einfach mit Essig verknetet[57] oder aber sie werden mit Honig, Öl und Essig vermischt.[58] Wenngleich der Senf hauptsächlich bei der Konservierung des Gemüses von Bedeutung war,[59] findet man ihn auch in einer kalten Soße zu gekochtem Schweinefleisch.[60] Der pikant schmeckende Samen einer Kressenart, der *drabe* (*Lepidium draba* L.), ersetzte ebenfalls den Pfeffer;[61] man verwendete auch den Samen der Wilden Rauke, *eruca*,[62] und den der Raute[63]; mit den Körnern des Mohns wurde die Brotkruste bestreut.[64]

## 4. Grüne Teile

Man verwendete die frischen oder getrockneten grünen Teile zahlreicher Gewürzpflanzen: Dill;[65] Basilienkraut, *ocimum* (*Ocimum basilicum* L.), das angepflanzt, aber von Apicius selten genutzt wird;[66] eine Art Minze, *nepeta* (*Calamintha nepeta* Savi), eine Gemüsepflanze, die man konserviert;[67] Sellerie, mit dem die Köche vor allem den Essiggeruch der Speisen beseitigen wollten[68] und der als Gewürz verwendet wurde[69]; Kerbel, *caerefolium* (*Anthriscus caerefolium* L.), der kultiviert wurde;[70] Katzenminze, *nepeta montana* (*Nepeta cataria* L.);[71] Koriander, frisch oder getrocknet;[72] Fenchel, grün oder getrocknet;[73] Bockshornklee, *fenum Graecum* (*Trigo-*

*nella faenum graecum* L.), mit dem man den Mostsirup abschmeckte;[74] Lorbeer, dessen Rinde für die Kuchen[75] und dessen Blätter für die Gerichte genommen wurde;[76] Minze, *menta*, die den einfachen Speisen der Bauern einen angenehmen Geschmack verleiht[77] und die man in Essig eingelegt in kleinen Glasflaschen aufbewahrt;[78] bei den Gerichten wird sie frisch oder getrocknet verwendet;[79] Majoran, *sampsuchum* (*Maiorana hortensis* L.);[80] Oregano oder Gemeiner Majoran, *origanum* (*Origanum vulgare* L.), eine sehr geschätzte[81] Gemüsepflanze;[82] Petersilie, *apium, petroselinum;*[83] Poleiminze, *puleium* (*Mentha pulegium* L.), die man getrocknet oder in Essig eingelegt in Flaschen aufbewahrt;[84] Wilde Rauke,[85] deren Saft man auch auspressen kann[86]; die kultivierte Saturei, *satureia, cunila* (*Satureia hortensis* L.), die Plinius *in condimentario genere*[87] einordnet; sie wird bei Columella und Apicius[88] als Gewürz verwendet ebenso wie eine andere unbestimmte Art der Saturei, die so genannte Ochsenkrone[89]; die Kopfsaturei, *cunila transmarina* (*Satureia capitata* L.), die aus Griechenland kommt; ihr Anbau wird empfohlen, damit man sie als Gewürz nutzen kann;[90] Salbei, *salvia;*[91] der Quendel, *serpyllum* (*Thymus serpyllum* L.), wird aus denselben Gründen angepflanzt;[92] das gilt auch für den Thymian, *thymum* (*Thymus vulgaris* L.).[93] Es ist wahrscheinlich, dass der in Italien verbreitete Wasserpfeffer (*Polygonum hydropiper* L.) dort ebenso wie in Griechenland genutzt wurde, wo man die getrockneten und klein geschnittenen Blätter unter das Salz und die Speisen mischte.[94]

Unter den Gewürzen der Römer nimmt schließlich die Raute einen wichtigen Platz ein, sowohl als Bund beim Kochen[95] als auch in den Soßen.[96] Man gibt sie zu den eingelegten Oliven,[97] in das *moretum*[98] und sogar in die Süßspeisen.[99] Es handelt sich um eine sehr geschätzte Pflanze, von der Martial häufig spricht[100] und die man – vielleicht auch wegen ihrer immergrünen Blätter, die auch den Winter überstehen – in allen Gärten zieht.[101] Die Früchte und Blätter haben jedoch einen so eindeutig unangenehmen Geruch – heutzutage wird er von manchen sogar als widerlich empfunden –, dass die Pflanze bei uns als »übel riechende« oder »stinkende Raute« bezeichnet wird; man muss deshalb also davon ausgehen, dass sich die Geschmacksvorlieben der Römer beträchtlich von den unseren unterschieden; in diesem Punkt weichen sie auch von denen der Griechen ab, die diese Pflanze anscheinend nicht genutzt haben.[102]

## 5. Blüten

Die Blüten spielen in der Ernährung nirgends eine bedeutende Rolle, werden jedoch von den orientalischen Völkern bei der Herstellung von Gebäck und Süßigkeiten verwendet.[103] Man bereitete ein »Rosen-Gericht«[104] zu: man befreite die Blütenblätter von ihren Spornen, zermahlte sie in einem Mörser, gab Fischbrühe dazu und schlug das Ganze durch ein Sieb; dieser Saft wurde zu Hirn und Eiern gereicht und ebenso zu einem Rosen-*minutal*[105]. Gewiss handelt es sich hier um die

Erfindungen von Feinschmeckern, doch man machte die Rosen auch ein, um sie zu essen;[106] dies bestätigt, dass die Römer parfümierte Gewürze schätzten. Die Blütennarben des Safrans, *crocus* (*Crocus sativus* L.), konnten, wenn sie getrocknet waren, als Gewürz in der Küche genutzt werden; dabei diente der Safran zudem als Farbstoff, wie es scheint, besonders bei Fisch[107], jedoch auch bei der Weinbereitung[108]; aber keine andere Substanz wurde derart verfälscht;[109] man verwendete auch das *crocomagma*, den Rest, der nach dem Auspressen der Pflanze für die Safransalbe übrig blieb.[110] Die Blüte des Saflors, *cnecnos* (*Carthamus tinctorius* L.), das in Wildsoßen kam,[111] diente gleichfalls als gelber Farbstoff, da man manchmal den Safran damit versetzte. Die Malvenblüte erscheint in einem Erbsengericht.[112]

6. Wurzeln

Bei einem Öl-Rezept ist von der Verwendung der bitteren, aromatischen Wurzel des Alants, *inula* (*Inula helenium* L.), die Rede;[113] das nach Narde duftende[114] Zyperngras, *cyperus* (*Cyperus longus* L.) kommt in Fleischgerichten[115] und in demselben Öl-Rezept vor.

Um das ganze Jahr über diese Gewürze zur Verfügung zu haben, trocknete man sie bundweise[116] oder konservierte sie in Essig[117] bzw. in einer Mischung aus Salzlake und Essig.[118]

## Exotische Gewürzpflanzen

Entweder weil die italische Produktion nicht ausreichte, um einen wachsenden Bedarf zu decken, oder weil der Geschmack der ausländischen Arten eben dieser Gewürzpflanzen ausgeprägter war, importierte man verschiedene Varianten der Gewürze, die wir gerade aufgezählt haben: Safran aus Kilikien,[119] Koriander aus Ägypten,[120] Echten Kümmel aus Karien und Phrygien,[121] Oregano aus Ägypten,[122] Kümmel aus Äthiopien, Syrien und Libyen[123] und gewiss noch viele andere Pflanzen, die in den Texten nur in medizinischem Zusammenhang erwähnt werden. Doch es gibt daneben noch andere Gewürzpflanzen, die nur im Ausland wuchsen und deren Verwendung sich bei den Römern mit Macht durchsetzte.[123a]

Das erste exotische Gewürz war sicherlich das *silphium* oder *laserpicium*, das seit Plautus und Cato erwähnt wird, dies jedoch fast zwei Jahrhunderte nach Theophrast.[124] Es handelt sich um das Produkt eines schlecht bestimmbaren[125] Steckenkrauts aus der Kyrenaika, von dem man sowohl den Stängel selbst (*magydaris*)[126] als auch die Wurzel[127] oder vor allem den Saft (*sirpe, silphium, laser, laserpicium*) verwendete; die Bezeichnungen dieses Saftes waren unterschiedlich, je nachdem, ob er aus der Wurzel (*rhizias*) oder dem Stängel (*caulias*) gewonnen wurde.[128]

Allem Anschein nach hat Cato den Saft nur als Arznei genutzt und um seine Linsen vor Würmern zu schützen;[129] gewiss war er in seinen Augen zu wertvoll, als dass er den flüchtigen Freuden des Gaumens dienen durfte. Im 1. Jahrhundert jedoch werden große Mengen des *silphium* importiert. Im Jahre 93 v. Chr. ließ der Staat 30 Pfund in Kyrene ankaufen und als Caesar im Jahre 49 den Staatsschatz leerte, fand er darin 1500 Pfund dieses Gewürzes, d. h. mehr als 490 kg. Weil die Pflanze intensiv geerntet und auch an die Herden verfüttert wurde, verschwand sie um die Mitte des 1. Jahrhunderts n. Chr. und es ließ sich genau noch ein Exemplar finden, das man Nero zeigen konnte.[130] Man kann sich gleichfalls vorstellen, dass in dieser Zeit die Intensivierung der Handelsbeziehungen mit dem Osten zu einer Konkurrenz mit dem persischen *laser* geführt hat; dieses gab es in größeren Mengen und war billiger, was zu der fatalen Konsequenz führen musste, dass das *laser* der Kyrenaika nicht mehr angebaut wurde. Wie dem auch sei, zu Beginn des 1. Jahrhunderts n. Chr. haben die Ärzte bereits Mühe, afrikanisches *laser* für ihre Patienten zu finden;[131] und da es außerordentlich teuer war, versetzte man es ohne Scham mit dem Gummi anderer Steckenkräuter, mit *sagapenum* und Bohnenmehl.[132]

Man darf die Köche des Plautus gewiss nicht beim Wort nehmen, wenn sie angeblich 1 Pfund *silphium* in ihre Gerichte rührten;[133] dennoch verwendete man es nicht gerade sparsam und Apicius seinerseits würzte damit die meisten seiner Soßen.[134] Sein Geruch war so schwach, dass man nicht danach roch, wenn man es gegessen hatte.[135] Von seinem Geschmack, über den sich die Schriftsteller nicht äußern, können wir uns eine Vorstellung machen anhand des Produktes, das es ersetzte: dies war das *laser* aus Persien, Medien und Armenien, das *laser Parthicum*, das auch *laser Syriacum* genannt wurde, da Syrien als Vermittler zwischen Persien und Rom auftrat. Es handelt sich um das Gummiharz aus der Wurzel eines orientalischen Steckenkrauts (*Ferula asa foetida* L.), das in Persien und Belutschistan wächst und von dem man auch die Wurzel exportierte. Dieser Saft hat einen widerlichen Knoblauchgeruch, der ihm einst den Namen »stercus diaboli« eingebracht hat; er hat ferner einen scharfen, bitteren Geschmack, was die Römer aber nicht daran hinderte, ihn über die Maßen zu schätzen und ihn reichlich zu verwenden.[136] War dies eine Geschmacksverirrung, die auf den übermäßigen Gebrauch der Gewürzkräuter zurückzuführen ist, so wie beim letzten König Polens, Stanislas Poniatowski, der den Rand seines Tellers mit eben dieser *Asa foetida* einzureiben pflegte?[137] Oder handelt es sich schlicht um unterschiedliche Geschmacksvorlieben, die sich auch darin zeigen, dass man, wie wir noch festellen werden, Parfümerie-Produkte als Gewürze verwendete? Trotz ihres wenig angenehmen Geruchs und Geschmacks wird die *Asa foetida* dennoch von den Persern, die sie noch immer zum Würzen ihrer Nahrungsmittel verwenden, sehr geschätzt.

Der Pfeffer wurde nicht, wie man glauben könnte, schon zu einem sehr frühen Zeitpunkt importiert. Das Wort *piper* ist vor Varro und Horaz nicht belegt und Plinius[138] wundert sich noch über die Beliebtheit dieses Gewürzes. Im Übrigen kannten die Römer, die bis dahin die Myrtenbeeren verwendet hatten, nur die Früchte des Pfeffers und ihre Beschreibung der Pflanze zeugt von ihrer Unkenntnis. Die Römer verfügten über den weißen Pfeffer, *piper album*, die geschälte Frucht des gewöhnlichen Pfeffers (*Piper nigrum* L.), von der sie glaubten, sie sei die natürlich belassene Frucht; außerdem hatten sie den schwarzen Pfeffer, *piper nigrum*, dieselbe Frucht, aber ungeschält, deren Farbe sie auf die Sonneneinwirkung zurückführten;[139] und schließlich kannten sie noch den langen Pfeffer, *piper longum* (*Piper officinarum* L.). Die unlauteren Geschäftsleute unterzogen den Pfeffer allen möglichen Verfälschungen: die Körner des schwarzen Pfeffers wurden mit Wacholderbeeren vermischt verkauft;[140] war der Pfeffer gemahlen, mengte man, um das Gewicht zu erhöhen,[141] Bleiasche oder Bleipulver unter die verschiedenen Sorten, auch auf die Gefahr hin, die Verbraucher zu vergiften; und dem gemahlenen langen Pfeffer wurde Senf aus Alexandria untergemischt.[142] Der Preis war nicht sehr hoch: 15 Denare kostete 1 Pfund des langen Pfeffers, 7 Denare das des weißen Pfeffers und 4 Denare das des schwarzen Pfeffers.[143]

Zu Beginn der Kaiserzeit war der Pfeffer in den wohlhabenden Schichten sehr verbreitet;[144] er würzte insbesondere das Wildbret[145] und kommt in fast allen Rezepten des Apicius vor.[146] Im Allgemeinen ist er gemahlen, die Körner werden seltener verwendet. Man nimmt den Pfeffer sogar für die *dulcia*[147] und für die Herstellung eines Küchenweins, des *conditum*[148] oder *piperatum*[149].

Die aromatischen Samen des Kardamoms, *cardamomum*, die Frucht der *Elettaria cardamomum* White und Maton, wurden, vielleicht mit ihren Kapseln, aus Indien, wo die Pflanze heimisch ist,[150] zum Preis von 3 Denaren das Pfund importiert.[151] Sie wurden vor allem in der Kosmetikindustrie und, wie es scheint, in der Küche seltener verwendet.[152]

Die Wurzel der Kostwurz, *costus* (*Saussurea lappa* Clark), die gleichfalls aus Indien stammt und einen »brennenden Geschmack und einen ausgezeichneten Geruch«[153] hat, wurde sowohl als Duftstoff als auch als Gewürz genutzt[154] und kostete 5½ Denare das Pfund.[155]

Die Wurzel des Ingwers, *zingiber*, die manche für die Wurzel des Pfefferstrauchs hielten, kam aus Indien nach Italien; sie wurde getrocknet oder in Krügen mit Salzlake aufbewahrt, da sie schnell verdirbt und wurmanfällig ist.[156] Sie war mit 6 Denaren das Pfund[157] relativ teuer und spielte in der Küche eine große Rolle.[158]

Die indische Narde, *spica Indica*, *nardostachyum*, die Ähre einer Baldrianart (*Nardostachys jatamansi* DC),[159] fand sich vor allem in den Soßen zu den Fleischgerichten.[160] Sie war ungewöhnlich teuer – 100 Denare das Pfund Ähren –, aber man nutzte auch die Blätter, die je nach der Größe der Kügelchen, die man daraus machte, zwischen 40 und 75 Denaren kosteten.[161]

Aus dem Mutterzimt, *malobathrum*, *malabathrum*, den Blättern verschiedener Lorbeergewächse des Fernen Ostens aus der Gattung *Cinnamomum* Bl., Untergattung *Malabathrum* Meissn.,[162] wurde ein Öl gewonnen, das denselben Namen trug und das wir bei der Zubereitung einer Kümmelsoße und bei verschiedenen anderen Rezepten verwendet finden;[163] auch das Blatt selbst wird unter der Bezeichnung *folium* als Gewürz genutzt.[164]

Syrien schickte seinen Sumach, *rhus Syriacum* (*Rhus coriarius* L.), der auch »Sumach der Köche«, *rhus quo coqui utuntur*,[165] genannt wurde und dessen eingemachte Früchte wie Kapern verwendet werden;[166] die Pflanze, die von den Kanarischen Inseln bis nach Afghanistan verbreitet ist, kam allerdings auch in Italien vor. Plinius notiert, dass der Sumach den Geschmack des Fleischs verbessert,[167] und Apicius gibt ihn in drei Fischgerichte.[168]

Aus Nordafrika kam die trockene Wurzel des Bertrams, *pyrethrum* (*Anacyclus pyrethrum* DC), die wegen ihres aromatischen, wenn auch aufreizenden und unangenehmen Geruchs und wegen ihres pikanten und scharfen Geschmacks geschätzt wurde;[169] während sie in der Medizin recht verbreitet ist, wird sie in der Küche nur in sehr kleinen Mengen verwendet.[170]

Der Zimt, *casia*,[171] scheint in der Antike kein Gewürz gewesen zu sein, sondern nur eine Arznei und ein Duftstoff; er kommt aber als Zutat in einen Gewürzwein.[172] Ebenso verhält es sich mit der Gewürznelke, *caryophyllon*,[173] die nur auf der Liste der *excerpta* des Apicius[174] erscheint und bei der Zubereitung des *oenogarum*[175] verwendet wird. Diese beiden Gewürze wird man erst nach dem Untergang der römischen Welt wirklich zu schätzen wissen.

Die Bedeutung, welche die exotischen Gewürze in der Kaiserzeit gewonnen haben, ist beträchtlich: im Jahre 92 n. Chr. wurden sogar Pfefferspeicher, *horrea piperataria*,[176] gebaut. Als Alarich im Jahre 410 Rom eroberte, sicherte er sich mehr als 5000 Pfund (mehr als 1600 kg) Pfeffer als Beute.[177] Die Liste der Produkte, die durch die *vectigalia*[178] beschafft werden, umfasst bei den Gewürzen den langen Pfeffer, den weißen Pfeffer, den Mutterzimt, die Kostwurz, die indische Narde, den Ingwer, das *laser* und das Kardamom. Die Tatsache, dass man im südlichen Indien Münzen mit dem Kopfbild der ersten Kaiser gefunden hat, zeigt, dass es seit dem 1. Jahrhundert n. Chr. einen Handel mit Rom gegeben hat, an dem die Gewürzpflanzen einen beträchtlichen Anteil hatten,[179] und dies umso mehr, als sie nicht nur der Küche vorbehalten waren, sondern auch in der Medizin und der Kosmetikindustrie verwendet wurden. Manchmal wurden sie auch in allen drei Bereichen genutzt wie z. B. das Kardamom, die Kostwurz, der Mutterzimt und die Narde. Während die römische Wirtschaft unter dem Abfluss des Goldes leidet,[180] erhebt auf der anderen Seite die Moral Protest gegen »diejenigen, denen der Hunger nicht genügt, um ihren Appetit anzuregen«[181]. Man muss jedoch gewisse Übertreibungen richtig stellen. Die exotischen Gewürze waren, wie noch bei uns im 17. Jahrhundert, das Privileg der Reichen. Die anderen gaben sich mit Beeren, Samenkörnern und den »Kräutern« ihres Landes zufrieden.

# 5
# Backwaren und Süßspeisen

Zu Beginn, d. h. in der Epoche, in der man sich – anstelle von Brot – von Brei und Fladen ernährte, waren die römischen Backwaren vermutlich nur sehr rudimentär entwickelt; die Mehrzahl der Kuchen Catos tragen griechische Namen: *encytus, placenta, spaerita, spira, scriblita*. In den Städten verlagerte sich die Herstellung der Backwaren allmählich aus den Privathäusern und wurde von Spezialisten übernommen, den *pistores dulciarii,*[1] die je nach den Kuchen, die sie backen, auch verschiedene andere Namen erhalten werden. Da auch die Backwaren der Mode unterliegen, stammen die Kuchen-Bezeichnungen, die über einen Zeitraum von sechs Jahrhunderten bezeugt sind, gewiss nicht alle aus derselben Zeit, und andererseits kann derselbe Kuchen zu verschiedenen Zeiten unterschiedlich heißen, ohne dass wir darüber Bescheid wissen; so werden z. B. die *oublies* [Hohlhippen] heutzutage *gaufrettes roulées* [Waffel-Röllchen] oder *cigarettes* [Zigaretten] genannt. Viele dieser römischen Kuchen sind im weiteren Sinne *liba,* d. h. Opferkuchen, die nach dem Opfer von den Gläubigen, den Priestern und ihren Gehilfen gegessen werden. Sie sind in der folgenden Liste der Kuchen mit aufgeführt:

Das *adipatum* ist ein mit Schmalz gebackener Kuchen.[2] Die nicht weiter bekannte *africia* gehört zu den *liba*.[3] Das Rezept des *canopicum* ist möglicherweise ägyptischen Urspungs.[4] Das *coptum Rhodiacum* ist ein sehr harter Kuchen, den die Italiker aus Rhodos kommen ließen.[5] Die *coptoplacenta* ist vielleicht mit dem gerade genannten Kuchen identisch.[6] Das *crustulum* hat eine knusprige Kruste und wird von den Kindern sehr gemocht;[7] es gab verschiedene Rezepte, die sich nach ihrem Herkunftsland oder ihrem Erfinder unterschieden; zu nennen sind: das *crustullum Sabellicum* aus dem Sabinerland, das *crustulum* des Quirius,[8] das *crustulum* des Favonius, das *crustulum guttatum* (getüpfelt?) und das echte (oder aus reinem Mehl zubereitete?) *crustulum,*[9] die *crustula* wurden von den *crustularii* verkauft.[10] Die *cubula*, eine Art *libum*, hatte die Form eines Würfels.[11] Das *fertum* (*ferctum*, *firctum*), war eine Art Opfer-*libum*.[12] Der *formaster*, ein geformter Kuchen, konnte kalt gegessen werden.[13] Der *globus* war eine Kugel aus gesäuertem Mehlteig, den man in Öl backte.[14] Der *globulus* wurde mit Honig überzogen.[15] Die *gratilla* war eine Art *libum*.[16] Ferner gab es das *guttatum*[17] und den *hamus*, der vielleicht wie ein Hörnchen geformt war.[18] Das *ianual* war ein weiteres dem Gott Janus dargebrachtes *libum*.[19] Das *laganum*, ein sehr dünner Pfannkuchen aus weichem Teig, wurde in kochendem Öl gebacken, mit Pfeffer bestreut und mit Fischbrühe übergossen; es war eine Speise der einfachen Leute;[20] das Wort scheint jeden dünnen ausgerollten Teig bezeichnet zu haben; die *lagana* werden als »Brotwürfel« in der *patina Apiciana*[21] verwendet und Chrysipp von Tyana[22] erwähnt das Rezept eines »Gerichts, das von den Römern *catillus ornatus* genannt wird«, bei dem der ausgerollte Teig (λάγανον) in kleine Stücke geschnitten und in kochendem Öl gebacken wird. Der »Ziegelstein« (*laterculus*) muss ein trockener, harter Kuchen gewesen sein, da es lange dauert, bis er weich wird.[23] In der religiösen Sprache ist das *libum* der heilige Kuchen, der den Göttern dargebracht wird, und dies übrigens in solchen Mengen, dass die Sklaven der Priester seiner überdrüssig sind und lieber Brot wollen;[24] aber das *libum* ist auch ein profaner Kuchen, dessen Zusammensetzung – außer beim Käse-*libum*, von dem später die Rede sein wird – etwas vage ist. Anscheinend ist es ein sehr süßer Kuchen; man mischte Honig und Öl in den Teig,[25] laut Athenaios[26] Milch und Honig; er wurde auch aus Hirsemehl zubereitet.[27] Hergestellt und verkauft wurde er von den *libarii*[28] und wird immer als Leckerei angesehen.[29] Der *libacunculus* ist gewiss derselbe Kuchen, aber kleiner.[30] Die *lucuns* wird ohne Erklärung zitiert,[31] aber die Ableitung *lucunculus* bezeichnet einen mit Honig zubereiteten Pfannkuchen, der in Öl gebraten wird.[32] Die *mustacea* (oder *mustacei*) sind Kuchen, bei denen das Mehl mit Most geknetet wird; im Rezept Catos werden Anis- und Kümmelsamen, 2 Pfund Fett und 1 Pfund Käse auf einen Scheffel Mehl hinzugefügt und außerdem etwas Rinde des Lorbeerbaums; der Teig wurde auf Lorbeerblättern gebacken;[33] man verwendete auch Sesam oder Honigwein.[34] Das *pastillum* ist ein rundes *libum*, das bei den Opfern dargebracht wird.[35] Das *perlucidum* muss ein sehr dünner Pfannkuchen sein.[36] Die *placenta* ist ein abgeflachter, aber dicker Kuchen,[37] der in Scheiben geschnitten[38] und mit Honig überzogen serviert wird[39]; er ist das Werk der *placentarii*.[40] Das Rezept der *samia* stammt aus Samos.[41] Die *strues* ist ein Opfer-*libum*, dessen Form an die zusammengelegten Finger der Hand erinnert.[42] Die *summanalia*, die Jupiter Summanus dargebracht werden,

*Kuchenform aus Bronzeblech in Form eines Schweinchens. Aus Pompeji. Nationalmuseum, Neapel*

haben die Gestalt eines Rades.[43] Die *subucula* wird aus Graupen, Öl und Honig zubereitet.[44] Das *testuacium*, ein Teigfladen, der wie der *panis clibanicius*[45] auf einem heißen Ziegel ausgerollt wird, wurde am Ende des 1. Jahrhunderts v. Chr. nur noch anlässlich des Festes der Mater Matuta zubereitet.[46] Das *thrion*, ein Kuchen, von dem Varro sagt, dass sein Name aus dem Griechischen[47] entlehnt sei, soll nach den Angaben des Scholiasten des Aristophanes[48] eine Mischung aus Eiern, Milch, Speck, Mehl, Käse und Honig gewesen sein. Die *turunda* ist ein Opferkuchen aus *far* und hat die Form einer Kugel.[48a] Schließlich gibt es noch eine ganze Reihe von Kuchen, deren Namen uns im 1. Jahrhundert n. Chr. Apollonius von Tyana überliefert hat; sie heißen nach dem Koch oder dem Feinschmecker, der sie erfunden hat: Kuchen des Apicius, des Crassus, des Julius, des Terentius, des Paulus und des Tutius.[49] Man stellte auch Torten her, die aus mehreren Schichten bestanden.[50]

Die Römer der Frühzeit schätzten ganz besonders die Kuchen, die aus zu Pulver zerriebenem trockenem Käse zubereitet wurden; Cato hat dafür mehrere Rezepte hinterlassen. Wenn manche dieser Namen nicht griechische Bezeichnungen wären, würde man bei der Lektüre Catos glauben können, dass man für die normale Nahrung (Breie, Fladen, Brot) Mehl verwendete und dass dieses bei den Backwaren von einem »Käsemehl« ersetzt wurde; dieses Käsemehl war auf dem Lande sehr reichlich vorhanden, dort kommt es ausnahmslos in allen Kuchen vor. Da sehr viele dieser Kuchen nach Cato in den Texten nicht mehr erwähnt werden,[51] kann man davon ausgehen, dass sich – mit den Fortschritten in der Kochkunst und mit dem Feiner-Werden des Geschmacks der Römer – die Verwendung des Mehls allgemein durchgesetzt hat. Die Käsekuchen sind:

Der *circulus*, ein ringförmiger Kuchen aus einem flüssigen Mehl- und Käseteig, der auf einen Teller gegossen wurde.[52] Der *encytus* (von griech. ἔγχυτος bzw. πλακοῦς), ein in einer Form gebackener Mehl-Käse-Teig, wurde mit Honig überzogen und mit Honigwein begossen serviert.[53] Der Teig des *erneum*, bestehend aus Mehl, Graupen und Käse, wurde in einen Topf (*irnea*) gegeben, den man zerschlug, um den Kuchen, nachdem er in kochendem Wasser gebacken worden war, aus der Form zu befreien.[54] Die *globi*, kleine Kugeln aus Käse und Graupen, wurden in Fett gebraten, mit Honig überzogen und mit Mohnsamen bestreut.[55] Ein zum Brot geformtes *libum* wurde aus 2 Pfund Trockenkäse, den man im Mörser zerkleinerte, 1 Pfund Mehl und 1 Ei zubereitet.[56] Die *lixula* und die *semilixula*, deren Namen – wie bestimmt auch ihre Herkunft – laut Varro sabinisch sein sollen[57], ist eine Art Gebäck aus flüssigem Teig,[58] das Varro zur Kategorie der *circuli* zählt. Das *montianum*, das nach seinem Erfinder benannt ist, bestand aus Käse, der mit Wein verknetet war.[59] Eine riesige *placenta* wurde aus 6 Pfund (fast 2 kg) Mehl, 2 Pfund (650 g) Graupen, 14 Pfund (4,600 kg) Trockenkäse, der zu Pulver zerrieben und durchgesiebt wurde, und 4½ Pfund (1½ kg) Honig hergestellt.[60] Das *savillum* bestand aus Mehl, Käse, Honig und Eiern.[61] Die *scriblita*, die sich – mit Ausnahme des Honigs – aus denselben Zutaten zusammensetzte wie die *placenta*,[62] wurde von den *scriblitarii*[63] hergestellt. Die *spaerita* sind Kugeln aus einem Käse-Honig-Teig, die auf eine Art Kuchenboden gelegt werden.[64] Die *spira*[65] ist vermutlich mit der *spirula* identisch.[66] Über den *subitillus* oder *sibitillus* ist nichts bekannt, außer dass er mit Käse zubereitet wird.[67]

Die Kuchen wurden auf Blättern, deren Duft sie annahmen,[68] gebacken und vor dem Servieren überzog man sie sehr oft mit Honig[69] und bestreute sie mit Mohn[70] oder Sesam[71].

## *Dulcia*

*Bellaria* nannte man – jedenfalls bis zur Zeit Varros – die Leckereien aller Art, die beim zweiten Gang, d. h. beim Nachtisch,[72] aufgetragen wurden und die man auch anderswo, nicht nur bei Tisch, essen konnte[73]. Mit dem Begriff *dulcia* ›Süßigkeiten‹ wurden die süßen Weine (Honigwein, Strohwein und Mostsirupe) und die süßen Früchte (Trauben, Feigen und Datteln) bezeichnet.[74] Apicius verwendet das Wort vor allem für die Süßspeisen wie Krapfen, Puddinge, Omeletts usw.; eine Vorstellung von ihnen lässt sich am besten vermitteln, wenn wir einige Rezepte aus dem Kochbuch, das unter Apicius' Namen überliefert ist, vorstellen:

Rezepte für Süßspeisen: »Bei Broten aus weichem Weizen die Kruste entfernen und das Brot in ziemlich große Stücke brechen. Sie in Milch einweichen, in Öl braten, mit Honig übergießen und servieren.«[75] Oder: »Staubmehl nehmen, in heißem Wasser kochen, bis es zu einem sehr festen Brei geworden ist. Dann auf einer Platte ausrollen. Wenn sich der Brei abgekühlt hat, ihn in Stücke schneiden und im Öl der besten Qualität backen. Die Stücke herausnehmen, mit Honig begießen, mit Pfeffer bestreuen und servieren.«[76]

Rezept für einen Graupen-Pudding: ». . . Honig, unvermischten Wein, Strohwein und Raute hinzufügen. Dazu Pinienkerne, Nüsse und in Wasser gekochte Graupen geben. Gehackte geröstete Haselnüsse hineinrühren und servieren.«[77] Der Koch des Jüngeren Plinius nahm für diese Speise Graupen und Honigwein und kühlte sie mit Schnee.[78]

Rezept für einen steifen Pudding, die so genannte *tiropatina*[79]: »Milch nehmen je nach der Größe der Auflaufform, wie bei den süßen Milchspeisen die Milch mit Honig abschmecken, 5 Eier auf 1 Schoppen geben, 3 Eier auf 1 *hemina*. Die Milch so lange schlagen, bis man eine glatte Masse erhält; das Ganze durchseihen, in ein kumanisches Gefäß geben und auf kleiner Flamme erhitzen. Wenn die Masse steif geworden ist, mit Pfeffer bestreuen und servieren.«

Rezept für ein süßes Omelett:[80] »Omelett mit Milch. 4 Eier, 1 *hemina* Milch und 1 Unze Öl miteinander verrühren, bis man eine glatte Masse erhält. Ein wenig Öl in eine dünnwandige Schüssel geben, es aufkochen lassen und die vorbereitete

Masse dazugeben. Wenn sie von einer Seite gar ist, auf eine Platte stürzen, mit Honig übergießen, mit Pfeffer bestreuen und servieren.«

Um den Erfindungsreichtum der Süßspeisen-Köche und auch die merkwürdigen Geschmacksvorlieben der Römer zu veranschaulichen, wollen wir noch ein Rezept für gefüllte Datteln zitieren: »Die entkernten Datteln mit Nüssen, Pinienkernen oder gemahlenem Pfeffer füllen. Außen mit Salz bestreuen. In gekochtem Honig braten und servieren.«[81]

# 6
# Die Römer und die Küche

Die Rolle der Kochkunst darf nicht unterschätzt werden. Die Experimente und Erfindungen der Köche und der Feinschmecker haben gewiss keinen entscheidenden Einfluss auf die Ernährung gehabt; aber dennoch trugen sie zu ihrer Verbesserung bei, indem sie den Wunsch nach qualitätvollen Produkten weckten. Man verdankt diesen Bestrebungen z. B. den Übergang von den Fladen, die nur der Sättigung dienen, zu den Kuchen als Naschwerk und die Aufgabe der Speisen, die man für ordinär hielt wie z. B. die einst gesammelten wild wachsenden Pflanzen. Seltener führte diese Suche zur Einführung neuer Lebensmittel, es sei denn als Kuriosiät oder als Mittel, den verwöhnten Gaumen zu stimulieren. Die Kamel-Fußsohlen oder Nachtigallenzungen, Gerichte, die von Apicius erfunden wurden, gehören, falls sie tatsächlich aufgetischt wurden, zu den vorübergehenden Phantastereien der Reichen.

Anfangs ist es die Aufgabe des Kochs, die gesamte Nahrung zuzubereiten; er ist gleichzeitig sowohl Bäcker als auch Konditor.[1] Erst nach dem Krieg gegen Antiochos III. den Großen, der 188 v. Chr. endete, fing man an, die Tätigkeit des Kochs, die bis dahin missachtet wurde, »für eine Kunst zu halten«[2]. Als die großen Meisterköche Griechenlands ihre Traditionen weitergaben, wurde die Kochkunst in Rom eine Aufgabe der Spezialisten. Im 3. Jahrhundert v. Chr. nennt der griechische Komödiendichter Euphron[3] sechs berühmte Köche, die zu seinen Landsleuten gehörten: »Agis von Rhodos war der Einzige, der den Fisch richtig braten konnte; Nereus von Chios bereitete einen Aal in Sud, den man den Göttern hätte vorsetzen können; Chariades von Athen war der Spezialist für weißes *thrion;* Lamprias hatte die schwarze Soße erfunden, Aphthonetos Würste, Euthynos ein Linsengericht.« Die römischen Offiziere und Verwaltungsbeamten lernten in Griechenland und Asien die Kunst, gut zu speisen, und wenn sie nach Italien

*Kochtöpfe auf dem Herd des Vettierhauses in Pompeji*

zurückkehrten, brachten sie gleichzeitig mit den Malern, Bildhauern und Ärzten auch die Köche mit. Von da an ist es sich jedes große Haus schuldig, ein spezialisiertes Personal zu haben, und die Küche wird von einer ganzen Hierarchie von Angestellten geführt: der *archimagirus*, der Oberste der Köche,[4] wird von einem Chefkoch, dem *vicarius supra cocos*,[5] unterstützt, der wiederum die Küchenjungen, *coci*,[6] kommandiert. Manche Köche sind so geschickt, dass sie verschiedene Speisen und Geschmäcke imitieren können. So kann der Koch Trimalchios alles aus Schweinefleisch herstellen: »aus einer Gebärmutter einen Fisch, aus Speck eine Ringeltaube, aus Schinken eine Turteltaube und aus einem Schulterstück ein Hühnchen.«[7] Und ein anderer nimmt Kürbis und imitiert Pilze, Blutwürste, Thunfisch, *maenae* und sogar Kuchen.[8]

Die Griechen haben eine Vielzahl von Kochbüchern verfasst,[9] sowohl allgemeine Werke, deren Verfasser von Athenaios aufgezählt werden, als auch spezielle Werke; zu nennen sind z. B. »Über die Fische« des Dorion, »Die Kunst des Bäckers« des Chrysipp von Thyane, eines Schriftstellers des 1. Jahrhunderts n. Chr.[10], des Weiteren »Über die Kuchen« des Iatrokles und des Harpokration von Mendes.[11] Lateinische Kochbücher gibt es erst sehr viel später. Cato, Varro und Columella haben gelegentlich einige ziemlich alltägliche Rezepte notiert; die Käsekuchen und die Breie Catos zeugen von einer erst rudimentär entwickelten Kochkunst. Später haben zwei ansonsten völlig unbekannte Autoren, M. Ambivius und Maenas Licinius, über die Tätigkeiten des Bäckers, Kochs und Kellermeisters geschrieben.[12] C. Matius, der Freund Caesars, verfasste eine Abhandlung in drei Büchern mit den Titeln »Der Koch«, »Der Fischhändler« und »Der Konservenhersteller«.[13] Der berühmteste Autor ist M. Gavius Apicius,[14] ein Zeitgenosse des Tiberius, den seine Ausgaben für die Küche ruinierten und in den Selbstmord trieben.[15] Das Buch *De re coquinaria,* das uns unter seinem Namen überliefert ist, wurde im 4. Jahrhundert überarbeitet. Es handelt sich um eine Kompilation, in der E. Brandt Elemente zweier Werke des Apicius, von denen das eine, weniger wichtige, *De condituris* hieß, und Elemente eines griechischen Buchs über die Diätküche zu erkennen glaubt, und außerdem noch Fragmente aus medizinischen Abhandlungen.

*Patera aus Pompeji. Musée du Louvre, Paris*

Die römische Küche hat der griechischen sehr viel zu verdanken, sowohl was die Technik des Kochens als auch die Kunst der Rezepte angeht. Die Terminologie des Werkes des Apicius stammt wie die der komischen und satirischen Schriftsteller teilweise aus dem Griechischen: dazu gehören die technischen Bezeichnungen für die Nutzung des Feuers in der Küche: *authepsa* ›Selbstkocher‹, *clibanus* und *artopta* ›Backpfanne‹, *thermospodium* ›Kohlebecken‹ usw.; griechische Namen tragen verschiedene Gerichte wie *artocreas, artolaganon, epityrum, tisana, tyropatina, tyrotarichum* usw., desgleichen Soßen wie *embamma, hypotrimma, hydrogarum, oenogarum, oxygarum* usw. Selbst das seit Plautus bezeugte Wort *opsonium* ›Mundvorrat‹ ist griechisch. Doch es kam auch vor, dass man Rezepte aus dem nichtgriechischen Ausland übernahm, so das »parthische Huhn«,[16] das »numidische Huhn«,[17] »Kürbis auf alexandrinische Art«[18] oder die »alexandrinische Soße«,[19] die zu Fisch gereicht wurde.

Die Rezepte tragen auch ziemlich häufig den Namen der Köche oder Feinschmecker, die sie erfunden haben, und sieben heißen nach Apicius: *sala cattabia Apiciana, patina Apiciana, minutal Apicianum, concicla Apiciana, ofellae Apicianae, ius frigidum Apicianum* und *ius frigidum crudum Apicianum.*[20] Man findet Spanferkel-Rezepte à la Celsinus, à la Flaccus, à la Frontinus,[21] Huhn à la Fronto,[22] Hase à la Passenus,[23] Zicklein oder Lamm à la Tarpeius[24] usw. Andere Rezepte sind Kaisern gewidmet, entweder weil diese sie erfunden haben, oder eher, weil man ihnen schmeicheln wollte: Erbsen à la Vitellius, Spanferkel à la Vitellius,[25] Spanferkel à la Trajan[26] und *concicla* à la Commodus[27].

Zu den wichtigsten Zubereitungsarten gehört die *patina* oder *patella,* die nach dem Gefäß, in dem sie gekocht wird, benannt ist. Die Aufläufe werden aus Gemüse (Spargel, Gurken, Kohlsprossen usw.), Fisch, Käse, Hirn und sogar aus Früchten hergestellt.[28] In fast allen finden sich Eier, außer in den *patinae* aus Pfirsichen und Quitten.[29] Anscheinend hat der Begriff ein Gericht bezeichnet, das aus einer Art Brei bestand, der eine gewisse Konsistenz aufwies.[30] Es trägt verschiedene Namen: *patina cotidiana* ›alltäglicher Auflauf‹,[31] *patina versatilis* ›gestürzter Auflauf‹,[32] *patina fusilis* ›flüssiger Auflauf‹,[33] *patina ex lacte* ›Auflauf mit Milch‹;[34] die *patina sicca* ›trockener Auflauf‹ besteht aus klein gehacktem Fisch, wird aber dennoch mit Wein, Fischbrühe und Öl gekocht und zudem noch mit einer Soße gereicht.[35]

Das *minutal* ist ein Frikassee aus Fisch, Fleisch oder klein geschnittenen Hasen-Innereien und vor allem aus *isicia;* es wird niemals aus Gemüse zubereitet, doch manchmal verwendet man Früchte wie Zitronatszitronen oder Pfirsiche.[36] Diese *isicia* können auch ein selbstständiges Gericht sein: es sind Klößchen aus zerstoßenem Fisch oder Krustentieren, aus Schweineleber und Fleisch; sie werden mit der Hand geformt und bisweilen in ein Stück Fettnetz genäht, um länger haltbar zu bleiben.[37] Die *ofellae,* die in Öl, *garum* und *oenogarum* oder am Spieß gebraten werden, sind Fleischstücke.[38] Auf die anderen Gerichte haben wir im Zusammenhang mit den verschiedenen Nahrungsmitteln bereits hingewiesen.

Wie auch immer die Speisen gegart werden, ob man sie kocht, brät oder backt, und um welche Lebensmittel es sich auch handelt – Fleisch, Gemüse, Fisch, Früchte –, die Gerichte werden immer mit Soßen zubereitet, die alle sehr kompliziert sind und manchmal im Voraus hergestellt werden, wie z. B. das *embamma,* das in den Nachlassinventaren aufgeführt wird.[39] Das dem Fleisch gewidmete Kapitel des Apicius[40] ist kaum mehr als eine lange Liste von Soßen. Die Köche verwenden sie in übertriebener Weise; man kennt kalte und warme Soßen.[41] Es gibt sechs verschiedene zu Wildschwein und genauso viele zu Hirsch.[42] Die weiße Soße, *amulatum*, ist ziemlich selten,[43] die anderen Soßen werden hingegen, bevor man sie serviert, sehr oft mit Ei, Weizenstärke oder sogar bisweilen mit Reis gebunden.[44]

Die Präsentation der Speisen spielt gleichfalls eine gewisse Rolle. In das Wasser, in dem das Gemüse gekocht wird, gibt man Natron, um die grüne Farbe des Gemüses zu verstärken.[45] Die Soßen färbt man mit Safran,[46] Mostsirup[47] und Feigensirup, den die Römer »Farbstoff«[48] nennen.

*Bronzedeckel mit der Darstellung von Wild und Geflügel. Aus Mundelsheim*

Eine Klassifikation der Speisen bringt wenig Aufschluss über den Geschmack der Römer. Fleisch und Fisch z. B. werden gebraten (*assatura*) und gekocht (*elixa*) verzehrt; sie werden als Filets (*copadia*), als Frikassee (*minutal*), als Klößchen (*isi-*

*cia*) oder gebacken (*pisces fricti*) serviert, doch all dies ist weder etwas Besonderes noch Originelles. Gleichwohl muss man auf die fast ständig beibehaltene Praxis hinweisen, dass selbst in der raffiniertesten Küche das Fleisch erst gekocht wurde, bevor man es schmorte oder briet. Hier zeigen sich vielleicht die Reste einer alten Gepflogenheit, die aus einer Zeit stammt, als das eingesalzene oder getrocknete Fleisch erst durch langes Kochen wieder weich gemacht werden musste; beim Wild und bei dem Fleisch der Tiere, die nicht zum Schlachten gehalten wurden, kann es sich auch um eine Notwendigkeit handeln. Außerdem könnte es noch ein Zeichen dafür sein, dass die Römer, so wie manche orientalische Völker,[49] mehr Wert auf weiches als auf knuspriges Fleisch legten, zumal sie selbst ihre frittierten Speisen reichlich mit Soße begossen, wodurch diese wieder weich wurden. Wie dem auch sei, die Rezepte des Apicius enthalten vielfältige Beispiele für diese doppelte Behandlung, so für Fleisch,[50] Schweineschinken,[51] Huhn,[52] Hase[53] usw.

Ein anderer vorherrschender Charakterzug der großen Küche ist der übertriebene Gebrauch der Gewürzpflanzen, die in Griechenland ebenfalls so reichlich verwendet wurden, dass dieser Missbrauch Gegenreaktionen hervorrief. Der komische Dichter Anaxippos[54] erwähnt zwei griechische Köche des 4. Jahrhunderts v. Chr., den Akarnier Sophon und Damoxenes von Rhodos, beide Schüler des Siziliers Labdakos, die eine Küche ohne Gewürze lehrten, »indem sie aus den Büchern die weit und breit üblichen früheren Würzmittel verbannten und den Mörser abschafften, d. h. auf Kümmel, Essig, *silphium*, Käse und Koriander verzichteten«. Aber diese Schule, die den Nahrungsmitteln ihren Eigengeschmack zurückgab, scheint in Griechenland keinen Erfolg gehabt zu haben, ebenso wenig wie später in Rom; es ist nämlich sehr schwierig, gegen die Geschmacksvorlieben und kulinarischen Gewohnheiten anzukämpfen, und die mäßige Qualität der verzehrten Produkte und die Fadheit des gekochten Fleischs oder Gemüses musste dazu führen, dass man wieder auf die Gewürze zurückgriff. Es gibt sozusagen kein Gericht und keine Soße ohne Gewürze und diese werden nicht isoliert, sondern kombiniert verwendet. Man schätzt weniger einen bestimmten Geschmack als vielmehr eine Geschmacksvielfalt. Man kann sich eine Vorstellung von der Menge und der Verschiedenheit der für die Soßen verwendeten Gewürze machen, wenn man die folgenden vier von Apicius stammenden Rezepte betrachtet:

»Rezept für Wilde Artischocken: Raute, Minze, Koriander, Fenchel; alles frisch zerstoßen. Pfeffer, Liebstöckel, Honig, Fischbrühe und Öl hinzugeben.«[55]

»Rezept für Schweinebraten: 6 Skrupel Pfeffer, 6 Skrupel Liebstöckel, 6 Skrupel Petersilie, 6 Skrupel Selleriesamen, 6 Skrupel Dill, 6 Skrupel Laserwurz, 6 Skrupel Haselwurz, ein wenig Bertram, 6 Skrupel Zyperngras, 6 Skrupel Wiesenkümmel, 6 Skrupel Kümmel, 6 Skrupel Ingwer, 1 *hemina* Fischbrühe und 1 *acetabulum* Öl.«[56]

»Kalte Soße für gekochtes Wildschwein: Pfeffer, Wiesenkümmel, Liebstöckel, gemahlenen Koriander-, Dill- und Selleriesamen, Thymian, Oregano, Zwiebel, Honig, Essig, Senf, Fischbrühe und Öl.«[57]

»Soße für Hirsch: Pfeffer, Liebstöckel, Zwiebel, Oregano, Pinienkerne, Datteln, Honig, Fischbrühe, Senf, Essig und Öl.«[58]

Das oben genannte Rezept für Schweinebraten enthält 66 Skrupeln, d. h. mehr als 75 g, verschiedener Gewürze, wobei die 0,27 l Fischbrühe noch nicht einbezogen sind. Der Pfeffer wird im Allgemeinen sehr reichlich verwendet: 31 gemahlene Pfefferkörner kommen in ein Rezept für ein Huhn, das mit Fleischbällchen gefüllt ist;[59] 1 Unze Pfeffer (mehr als 27 g) wird für ein Zicklein genommen[60] und selbst die Nach- oder Süßspeisen (*dulcia*) werden, bevor man sie serviert, mit Pfeffer bestreut.[61] Man geht sogar so weit, dass man Fisch mit Pfeffer, Liebstöckel, Oregano, Petersilie, Koriander, Kümmel, getrockneter Minze und Rautenbeeren kocht und ihn, wie wenn er noch zu fade schmeckte, mit einer Soße serviert, die sich aus Pfeffer, Liebstöckel, Saturei, Zwiebel, Fischbrühe, Wein und Öl zusammensetzt; der Fisch wird also zweimal gewürzt.[62] Von daher erklären sich auch die im Voraus zubereiteten Soßen, die in der Küche verwendeten Gewürzweine, *laseratum, piperatum, cuminatum, embamma, garum, oenogarum, oxygarum* usw. Sie erinnern an die Fertigsoßen der englischen Küche und dürften in den weniger wohlhabenden Schichten üblich gewesen sein, da es einer Vielzahl von Köchen bedurfte, um die komplizierten Soßen des Apicius zuzubereiten.

Nichts ist so aufschlussreich wie die in den *excerpta* des Apicius[63] aufgeführte Liste der Produkte, die im Gewürzschrank eines vollkommenen Kochs enthalten sein müssen:

»Liste der Gewürze, die im Haus sein müssen, damit an Gewürzen nichts fehle: Safran, Pfeffer, Ingwer, *laser*, Mutterzimt, Myrtenbeeren, Kostwurz, Gewürznelke, indische Narde, *addena* (?), Kardamom und Nardenspitzen.

Liste der Samen: Mohn, Rautensamen, Rautenbeeren, Lorbeeren, Dillsamen, Selleriesamen, Fenchelsamen, Liebstöckel, Samen der Wilden Rauke, Koriandersamen, Kümmel, Anis, Petersilie, Wiesenkümmel und Sesam.

Liste der getrockneten Zutaten: *laser*-Wurzel, Minze, Katzenminze, Salbeiblätter, Zypresse, Oregano, Wacholder, Zwiebel, *gentima* (?), Beeren von Thymian, Koriander, Bertram, Blätter der Zitronatszitrone, Pastinak, Schalotte, Binsenwurzel, Dill, Poleiminze, Zyperngras, Knoblauch, Samen von Hülsenfrüchtern, Majoran, Alant, Silphium und Kardamom.

Liste der Flüssigkeiten: Honig, *defritum*, *caroenum*, gepfefferter Wein und Strohwein.

Liste der Nuss-Früchte: Walnüsse, Pinienkerne, Mandeln und Haselnüsse.

Liste der Trockenfrüchte: Damaszenerpflaumen, Datteln, Rosinen, Granatäpfel. Man lege alle diese Produkte an einen trockenen Ort, damit sie nicht ihr Aroma und ihre Wirkstoffe verlieren.«

Es ist richtig, dass die Medizin im Allgemeinen den übermäßigen Gebrauch der Gewürze verurteilte; ausgenommen davon war jedoch vor allem die Minze wegen ihrer verdauungsfördernden Wirkung.[64] Für schwer verdaulich oder

*Gastmahlszene. Wandmalerei aus Herculaneum. Nationalmuseum, Neapel*

*Stillleben mit Eiern und Rebhühnern. Wandmalerei aus Pompeji.*
*Nationalmuseum, Neapel*

rundweg schlecht hält Celsus Dill, Anis, Thymian, Katzenminze, Kopfsaturei, Raute, Fenchel, Kümmel, Senf, Knoblauch, Zwiebel, Wilde Rauke und Lauch,[65] aber man hat nicht auf ihn gehört.

Die Wahl der Gewürze weist zwei Merkwürdigkeiten auf. Die am häufigsten verwendeten Gewürze, die Raute, das *laser* und die Fischbrühe, haben einen unangenehmen Geruch und einen für einen modernen europäischen Gaumen abstoßenden Geschmack; und trotzdem nahmen die Römer diese Würzmittel sogar noch für Kompott. Auf der anderen Seite haben sie anscheinend bestimmte Produkte geschätzt, aus denen man ebenfalls Parfüm herstellte: Rosenblätter und Safran, doch insbesondere Kardamom, Kostwurz, Mutterzimt und Narde. Desgleichen waren ihre Weine mit diesen einzelnen oder kombinierten Aromen gewürzt. Ihre kulinarische Ästhetik zeichnet sich durch eine gewollte Assoziation von Geschmack und Duft aus, die heutzutage nur noch bei den Orientalen anzutreffen ist.

Außerdem muss man feststellen, dass die römische Küche eine süße Küche ist. Man gibt nicht nur Honig in fast alle Fleisch-, Wild- und Fischgerichte ebenso wie in die Gemüseaufläufe,[66] man weicht nicht nur die Leber in Honigwasser ein, bevor man sie kocht,[67] sondern man verwendet auch Früchte mit einer hohen Zuckerkonzentration: Feigen, mit denen der Schinken gekocht wird,[68] Rosinen,[69] Damaszenerpflaumen[70] und Datteln[71]. Was jedoch die römische Küche vielleicht noch mehr charakterisiert, ist, wie bei manchen Gerichten der chinesischen Küche, die subtile Mischung entgegengesetzter Geschmacksrichtungen. Die Süße des Honigs wird – bei sehr verschiedenartigen Gerichten – oft mit der Säure des Essigs verbunden: Taube, Flamingo, Languste, weiche Eier usw.[72] werden so gewürzt. Oder der Honig wird mit dem scharfen Geschmack des Pfeffers kombiniert: bei Fleischklößchen, Trüffeln, Gemüse, Zicklein usw.[73] und außerdem bei manchen Weinen[74]. Wie wir gesehen haben, wurden auch die sehr süßen *dulcia* mit Pfeffer bestreut.

Aus Notwendigkeit und vielleicht auch auf Grund ihrer Veranlagung waren die Römer anfangs ein genügsames Volk. Sie waren, wie die Namen und Beinamen der bedeutendsten Familien, *Bubulcus, Caepio, Cicero, Fabius, Lactucinus, Lentulus, Porcius*,[75] zeigen, Bauern. Diese Bauern begnügten sich lange Zeit mit den Pflanzen, die sie sammelten, und waren zufrieden mit Gemüse in Essig, Saubohnen, Brei aus Hirse, Gerste und Weizen und Brot mit Salz. Selbst später sind sie im Allgemeinen nicht anspruchsvoll; sie verzehren die alten Hühner, die keine Eier mehr legen können, die Kühe und die Ochsen, die krank oder für die Arbeit zu alt sind, und die Lebensmittel, von denen sie sich einen Vorrat anlegen – Honig, Wein, Öl und Fischbrühe –, werden, da ihre Konservierung mangelhaft ist, sauer oder ranzig.[76] Sogar als sich schließlich in der Kaiserzeit dank des Friedens die Ernährungslage verbesserte, bleibt die Landwirtschaft anfällig. Eine schlechte Ernte genügt, um eine Mangelsituation herbeizuführen: so war es unter Augustus,[77] so

*Römische Keramik. Aus Walheim*

unter Claudius, unter dessen Regentschaft eine allgemeine Hungersnot herrschte,[78] und unter Nero nach dem Brand von Rom[79]; am Ende des 4. Jahrhunderts n. Chr. gab es nicht weniger als fünf Getreidekrisen.[80] Es genügt auch, wenn die Armee massive Requisitionen durchführt, und die Hungersnot von Antiochia im Jahre 362, als Julian dort seine Truppen für seinen missglückten Feldzug zusammenzog,[81] ist kein Einzelfall. Die Lebensmittel werden dann von den Reichen aufgekauft und die armen Schichten essen wieder ihren Hirse- oder Kastanienbrei, wenn sie nicht auf Eicheln zurückgreifen.[82]

Gleichwohl werden sich die kultivierten Römer selbst inmitten des Luxus die Sehnsucht nach dieser ländlichen Einfachheit bewahren. Auf einer Reise isst Seneca Feigen zum Brot und begnügt sich mit Feigen, wenn das Brot ausgegangen ist.[83] Ovid und Tibull besingen die ländlichen Mahlzeiten, die Milch des Mutterschafs der frühesten Zeiten. Die Stoiker verurteilen die Bankette (s. Abb. S. 196) und die komplizierten Gerichte, die den Körper ruinieren, die »vergifteten Freuden«, und zählen die Köche zu den Krankheitsverursachern.[84] Der Epikureer Lukrez fordert eine einfache Ernährung.[85] Das Essen, das der Gast des Jüngeren Plinius verschmähte, besteht nur aus Produkten der eigenen Ländereien: ein Salat, drei Schnecken und zwei Eier pro Person, ein Graupenpudding mit Schnee und Honigwein, Oliven, Mangold, Kürbisse und *bulbi*.[86] Abgesehen von der Einrichtung des Fastens wird das Christentum in seiner heftigen Kritik am guten Essen nur ein Thema der heidnischen Philosophie wieder aufgreifen.

Neben den Menschen, die sich aus moralischen, hygienischen oder finanziellen Gründen mit einer einfachen Nahrung zufrieden geben, gibt es die Feinschmecker und die Verfressenen, unter denen Lucullus in der Zeit der Republik und die Kaiser Vitellius und Elagabal die herausragendsten Repräsentanten sind. Sehr

*Schatz von Chaourse. Silbergeschirr einer wohlhabenden römischen Familie. British Museum, London*

viele Anti-Luxus-Gesetze wurden gegen den Tafelluxus verkündet, doch »die einen sind der Vergessenheit anheim gefallen, die anderen wurden missachtet«[87]. Seit der weit zurückliegenden *lex Orchia* des Jahres 180 v. Chr., welche die Zahl der Gäste begrenzte, gab es: das Senatsdekret des Jahres 161 und die im selben Jahr verkündete *lex Fannia*, die *lex Didia* von 143, die *lex Aemilia* von 115, die *lex Licinia* von 97 und alle diejenigen, welche die Vorschriften der vorausgehenden Anordnungen, die außer Gebrauch gekommen waren, wieder aufgriffen.[88] Die Gesetze untersagen oder beschränken den Verzehr von Fleisch, verbieten – aus ökonomischen Gründen – den Genuss exotischer Vögel (Fasan, Perlhuhn, Pfau) und ausländischer Weine und legen die Höhe der Ausgaben, die für ein Essen erlaubt sind, fest; doch die Einhaltung dieser Gesetze lässt sich schwer kontrollieren, außer bei manchen offiziellen Banketten wie dem schon erwähnten vegetarischen Antrittsessen, an dem Cicero zu seinem Unglück teilnahm.[89] Umgekehrt versuchte die von Sulla erlassene *lex Cornelia* – sie richtete sich gegen die teure Le-

*Bankett. Tomba del Letto Funebre, Tarquinia, um 460 v. Chr.*

benshaltung, indem sie die Waren sehr niedrig besteuerte –, den Tafelluxus neuen sozialen Schichten zugänglich zu machen. An diesem Gesetz nahm Macrobius[90] später heftig Anstoß: er war darüber empört, dass auf diese Weise der Schlemmerei Tor und Tür geöffnet wurde.

Trotz dieser restriktiven Gesetze, die einige Male erneuert wurden, gab es bei dem Essen, das etwa zwischen 80 und 70 v. Chr. anlässlich der Konsekration eines Flamen des Mars für die Priester und Vestalinnen gegeben wurde, ein reichhaltiges und abwechslungsreiches Menü, jedenfalls wenn die Gäste bei allen Gängen zugreifen sollten:[91] »Als ersten Gang Seeigel, beliebig viele rohe Austern, Venusmuscheln, Lazarusklappen, Drosseln auf Spargel, fettes Huhn, gekochte Austern und Venusmuscheln, schwarze und weiße Meereicheln; danach Lazarusklappen,

Gienmuscheln, Seenesseln, Feigendrosseln, Reh- und Wildschweinfilets, in Mehl paniertes Geflügel, *murex* und Purpurschnecken. Zum Hauptgang gab es Sau-Euter, Wildschweinkopf, Fisch-*patina*, Sau-Euter-*patina*, Enten, gekochte Knäkenten, Hasen, gebratenes Geflügel, Stärkemehlpudding und pizenische Brote.« Das lächerliche Diner des Horaz ist weniger lächerlich durch die Gerichte, die serviert werden, obwohl Amsel mit kostbarer Gänseleber kombiniert wird, als vielmehr durch die Reihenfolge der Speisen[92], durch den absichtlich verfälschten Geschmack der Vögel, Schalentiere und Fische[93] und insbesondere durch die unerträgliche Selbstgefälligkeit des Gastgebers. Beim pantagruelesken Festmahl des Trimalchio gibt es vielfältige und reichhaltige Gänge: zum ersten Gang werden schwarze und grüne Oliven gereicht, außerdem Siebenschläfer, die mit Honig überzogen und mit Mohnsamen bestreut sind, und Würste; als zweiten Gang gibt es Pfaueneier mit einer Feigendrossel im gepfefferten Eidotter; zum dritten Gang Masthühner, Sau-Euter, Hase, Fisch in Pfeffersoße und Wildschwein; zum vierten Gang Schwein, gefüllt mit Brat- und Blutwürsten; zum fünften Gang Kuchen und Obst; zum sechsten Gang ein Masthuhn pro Gast und Gänseeier; zum siebten Gang Drosseln aus feinem Weizenteig, gefüllt mit Rosinen und Nüssen, dazu Quitten, die man mit Dornen besteckt hatte, damit sie wie Igel aussähen; abschließend wurden Austern, Kammmuscheln und Schnecken gereicht. Trotz allem fehlt hier das seltene Wild ebenso wie die teuersten Zuchtvögel, der Pfau und der Fasan. Aber das Gastmahl Trimalchios ist ebenso wenig wie das Festessen für die Priester, das es durch seine Ungeordnetheit und seine Exzesse zu karikieren scheint, repräsentativ für die römische Ernährung, und die Fressgelage und Raffinessen eines Vitellius, Elagabal oder anderer echter und falscher Feinschmecker sind soziologisch genauso unwichtig wie die Szenen der Zechgelage. Im Übrigen ist auch der Tafelluxus (s. Abb. S. 195) seinerseits der Mode unterworfen und vom historischen Kontext abhängig. Scharfsichtig hat Tacitus den Höhepunkt der Gastronomie in die Zeit zwischen 31 v. und 69 n. Chr. datiert, in das Jahrhundert des innenpolitischen Friedens, der zwischen Aktium und der Thronbesteigung Galbas herrschte.[94] In jedem Fall handelte es sich dabei um die Lebensweise einer kaiserzeitlichen Minderheit.

# Zusammenfassung

Soweit uns die Texte einen Einblick in die Vergangenheit erlauben, können wir die frühe Ernährung der Römer in ihrer Gesamtheit rekonstruieren: Sie bestand aus gesammelten Pflanzen, Saubohnen, Getreidebreien, Früchten, Wild und der Milch der Haustiere, insbesondere Ziegen- und Schafsmilch; an den Küsten kam noch der Fisch hinzu. Am Ende des 1. Jahrhunderts n. Chr., nach einem Jahrhundert des innenpolitischen Friedens in der Kaiserzeit, ist das Bild ein ganz anderes. Die Neuerungen in der Ernährung sind beendet. Es wird mehr als 15 Jahrhunderte dauern, bis eine neue Stufe betreten wird. Aber Griechenland hatte dieses Stadium drei Jahrhunderte früher erreicht.

Der Beitrag des Orients zur pflanzlichen Ernährung Europas hat sich zu diesem Zeitpunkt erschöpft. Die Perserkriege, der Feldzug Alexanders, die Herrschaft der Diadochen, die Eroberungen Roms in Armenien und in Richtung Persien haben in etwa alle Nahrungsmittel nach Rom gebracht, die der Orient liefern konnte. Die Römer kannten sogar schon den Reis, den sie in der Medizin und manchmal auch als Bindemittel für die Soßen verwendeten. Zur Zeit der Kreuzzüge werden die Araber den richtigen Zucker, die Zitrone und die Orange mitbringen. Der Spinat kommt im 13. oder 14. Jahrhundert über die Araber aus Persien. Aber darauf beschränkt sich der neue Beitrag Arabiens. Amerika wird die Nachfolge antreten: der Mais wird den Breien aus Weizen, Gerste und Roggen Konkurrenz machen, die Bohne wird ohne Mühe die Schwertbohne ersetzen, der Riesenkürbis, unser Kürbis, wird den Flaschenkürbis verdrängen und schließlich wird die Kartoffel an die Stelle der meisten essbaren Wurzeln treten. Auf der letzten Stufe der Ernährung, die schneller erreicht wird, werden im 19. und 20. Jahrhundert die traditionellen Getreidearten außer dem Weizen eliminiert und die Zahl der kultivierten Arten geht zurück. So sind die Pflanzen, aus denen man Brei kochte und deren Spuren als Unkraut in den Gärten bleiben, zugunsten des jetzt allein dominierenden Spinats zurückgetreten. Welch langer Weg wurde zurückgelegt seit der Zeit, da die Römer gut 100 verschiedene kultivierte oder wild wachsende Pflanzen als Gemüse nutzten!

Die Ära des Getreidebreis wurde sukzessive von der des Fladens, danach der des Brotes und schließlich der des »Weißbrotes« abgelöst. Unter den ersten Kaisern ist es sogar gelungen, mit Hilfe eines von den Parthern übernommenen Rezeptes ein lockeres und leichtes Brot herzustellen. Aber die Gewohnheiten und der Geschmack der Römer führen dazu, dass sie diese Neuerung, die einen echten Fortschritt darstellt, vernachlässigen: sie bevorzugen weiterhin ihr kompaktes Brot.

Die fleischliche Ernährung hat gleichfalls ihren Höhepunkt erreicht. Alle Tiere, die Fleisch oder Milch liefern können, sind domestiziert. Italien hat aus dem Orient und aus Afrika nacheinander das Huhn, das Perlhuhn, den Fasan und den Pfau übernommen. Es fehlt nur noch der Truthahn, der im 16. Jahrhundert aus Amerika kommen wird, damit der Geflügelhof vollständig ist. Die alten Sitten, die aus Respekt vor den Arbeitstieren den Fleischverzehr einschränkten, werden allmählich lockerer. Die Anti-Luxus-Gesetze, die ständig neu erlassen wurden und des Öfteren den Fleischgenuss zu verbieten suchten, werden umgangen oder gebrochen. Die Möglichkeiten der Tierzucht und die finanziellen Mittel der Einzelnen bilden von nun an die einzigen Beschränkungen.

Man könnte folglich annehmen, es stehe alles zum Besten, da man noch Jahrhunderte warten muss, bevor es zu neuen Verbesserungen kommt, und da die Küche eine Kunst geworden ist, die in den Kochrezepten kodifiziert ist. Dennoch ist dieser Eindruck von Grund auf falsch. Man braucht nicht einmal die durch die Unruhen und Kriege verursachte Lebensmittelknappheit und die durch schlechte Ernten hervorgerufenen Hungersnöte zu erwähnen: die Gemüse-, Fisch-, Fleisch- und Obstkonserven für den Winter erinnern stets daran, dass während dieser Menschheitsperiode die Natur in der schlechten Jahreszeit nichts hervorbringt und dass die alten Zivilisationen fast durchgängig von der »Frühlingshungersnot« betroffen waren.

Die Hygiene der Ernährung ist eine zu junge Wissenschaft, als dass die Römer eine rationale Vorstellung von ihr gehabt haben könnten. Gleichwohl lassen sich in diesem Zusammenhang einige Feststellungen treffen. Die Lipide waren durch die tierischen Fette vertreten, die nichtentrahmte Milch, das Öl und die Oliven, die Kohlenhydrate durch den Honig, das frische und insbesondere das getrocknete Obst (Rosinen, Feigen, Backpflaumen) und das Stärkemehl; die Proteine wurden von den Eiern und der Milch geliefert, aber der – außer in den wohlhabenden Schichten – zu geringe Fleischverzehr bezeugt ein Ungleichgewicht im Verhältnis der Nahrungsmittel untereinander. Zudem kann man einen sehr hohen Anteil wasserreicher Lebensmittel, den so genannten Ballaststoffen, feststellen, die nur teilweise verdaut werden, wie der Sellerie, der Salat, die Malve, die Weiße Rübe, der Lauch und vor allem der Kohl; zusammen mit den Getreidearten bildeten sie in den Gebieten, wo ihr Anbau möglich war, die Grundlage der bäuerlichen Ernährung.

Die wesentlichen Vitamine sind ebenfalls vorhanden: das wachstumsfördernde Vitamin A findet sich im grünen Gemüse, im frischen Obst, in den tierischen Fetten, im *hallec* und im *garum;* das Vitamin B 1, das die Beriberi-Krankheit verhindert, ist in den Getreidekeimlingen (Graubrot) enthalten; das Skorbut verhindernde Vitamin C wird durch das grüne Gemüse und bestimmte saure Früchte wie die Zitronatszitrone bereitgestellt; das Vitamin D, gegen Rachitis, findet sich in Fisch und Eiern. Allerdings weiss man, dass diese Vitamine teilweise hitzeempfindlich sind. Im Übrigen wurde der Fisch vor allem an den Küsten, grünes Gemüse und frisches Obst nur während der schönen Jahreszeit gegessen. Die häufigen Zahnfleischgeschwüre, die Hautkrankheiten, Leiden, von deren Behandlung die antiken Ärzte sehr oft sprechen, die Rachitis und die Sehstörungen sind teilweise gewiss Symptome ernährungsbedingter Krankheiten.[1] Der übermäßige Verzehr von Samen der Gattung *Lathyrus* (Weiße Platterbse, *lathyrus cicer*, s. S. 32), in den sehr benachteiligten Gebieten eine wichtige Quelle für Proteine und Kalorien, musste durch die in ihnen enthaltenen neurotoxischen Substanzen eine als solche wohl erkannte spastische Paraplegie (Lathyrismus) hervorrufen. Während die Bohne auf Grund ihres niedrigen Preises und ihrer Widerstandsfähigkeit ein wertvolles Element für die menschliche Ernährung darstellt, ist sie andererseits aber auch die Ursache einer schweren hämolytischen Anämie (Favismus), die in historischer Zeit in Griechenland und Süditalien festgestellt wurde.[2] Außerdem muss man noch darauf hinweisen, dass die bleihaltigen Haushaltsgeräte – sie sind für die Bleivergiftung verantwortlich, die den Menschen der Antike sehr wohl bekannt war – ziemlich oft den Gefäßen aus Kupfer und Bronze vorgezogen werden, weil sie nicht den Geschmack beeinträchtigen; zudem trugen die Händler keine Bedenken, die Gewürze, insbesondere den Pfeffer, mit Bleiasche oder Blei zu versetzen, um das Gewicht zu erhöhen (vgl. Diosk. 1,26,2; Isid. orig. 18,8,8).[3]

Die römischen Ärzte hatten jedoch, zumindest seit Celsus, eine gewisse Vorstellung von dem Nährwert der Lebensmittel. Sie klassifizierten sie in der folgenden Weise: als nahrhafte Speisen (*genus valentissimum*) galten z. B. die Getreidearten und die Samenkörner, desgleichen bestimmte Fleischsorten; zu den »mittleren« Nahrungsmitteln (*media materia*) gehörten die essbaren Wurzeln, der Hase und manche Fische; für am wenigsten nahrhaft (*imbecillissima materia*) hielt man z. B. den Kohl, den Kürbis, die Gurke, die Oliven und alle fleischigen Früchte,[4] wobei man innerhalb jeder Kategorie sehr genaue und subtile Unterscheidungen traf, die von der Tageszeit, der Jahreszeit und dem Ort abhängig waren. »Das Essen und das Trinken«, sagt Celsus, »sind nicht nur bei Krankheiten aller Art eine Hilfe, sondern gewährleisten die Gesundheit; deshalb empfiehlt es sich, die Eigenschaften der Nahrungsmittel zu kennen, damit die Gesunden wissen, wie sie sie zu gebrauchen haben, und damit wir schließlich bei der Behandlung der Krankheit bestimmen können, welche Lebensmittel man zu sich nehmen muss.« In der Tat erstellen die Ärzte Listen von Nahrungsmitteln, die gut oder schlecht sind für den Magen, den Bauch, die Blase und all die anderen Körperteile;[5] sie verschreiben oder verbieten sie unter Berücksichtigung des Temperaments des gesunden Menschen oder der Art der Krankheit. Der Einfluss der Ärzte auf die Ernährung ihrer Zeit ist schwach, weil sie ihn nur auf ihre Patienten ausüben können, die eine Minderheit darstellen und in den Städten wohnen, und weil ihre Hinweise vorrangig den Kranken gelten. Im Übrigen finden ihre Proteste gegen den übermäßigen Gebrauch der Gewürze kaum Gehör. Die Hygiene der Ernährung, die sehr oft – wie die Klassifizierung der Früchte und Oliven als eher wertlose Nahrungsmittel zeigt – auf falschen Voraussetzungen gründet, ist nur rudimentär entwickelt und entbehrt der rationalen Grundlage.

Im gesamten Verlauf dieser Untersuchung haben wir uns bemüht zu betonen, dass es mehrere Arten der Ernährung gab. Sicherlich führten anfangs alle Römer ein einfaches und anspruchsloses Leben. Die führenden Männer des Staates ernährten sich von Brei und Weißen Rüben und kehrten nach Ablauf ihres Amtes zurück aufs Land, um ihre Felder zu bestellen. Die Ernährung ist jedoch ein gesellschaftliches Phänomen und die auf diesem Gebiet herrschende Ungleichheit war früher sehr viel spürbarer. Dass die Arbeiter bei uns Weißbrot essen, ist eine Errungenschaft, die noch keine 100 Jahre alt ist. Bei den Römern ist diese Ungleichheit unübersehbar.

Auf der einen Seite gibt es den Großgrundbesitzer, der meistens in der Stadt lebt und die Lebensmittel von seinen Landgütern bezieht; daneben steht der reiche Städter, der seinen Lebensunterhalt im Handel oder im Bankwesen verdient. Ihr Reichtum schützt sie vor Notlagen und erlaubt ihnen ein höheres Niveau der Ernährung, wobei sich Überfluss und Genießertum verbinden. In der römischen Welt verkörpern sie die Minderheit, fast sogar die Ausnahme, aber paradoxerweise richten die literarischen Texte gerade auf sie ihr Augenmerk. Für diese Leute wurde der Gartenbau entwickelt, da nur sie sich den Spargel leisten können, von dem 3 Stangen 1 Pfund wiegen.[6] Sie sind es, die von den erreichten Fortschritten und den neuen Entdeckungen profitieren: ihnen stehen neue, seltene Früchte zur Verfügung, dazu exotisches Geflügel, auserlesene Fische, fast weißes Brot, beliebig viel Fleisch und kostspielige orientalische Gewürze, mit denen alles abgeschmeckt wird.[7]

Dies ist nur eine der Seiten der römischen Ernährung, zwar die strahlendste, aber auch die am wenigsten verbreitete. Der Rest der Bevölkerung hat dieses Stadium nicht erreicht. Die Bauern, sowohl die Pächter als auch die Selbstständigen, bleiben, insbesondere in den gebirgigen Landstrichen, weit dahinter zurück. Man ernährt sich hauptsächlich von dem, was es in der heimischen Gegend gibt, und der Bauer lebt von den Produkten seiner Ländereien. Die verschiedenen Getreidearten und den Ölbaum gibt es nur im Flachland. Käse und Kastanie sind die Grundnahrungsmittel der Bergbewohner. Die Waren kommen selten in den überregionalen Handel und wenn, dann nur zum Vorteil der wohlhabenden Schichten. In der Zeit, in der Columella schreibt, gehört es zu den zwingend vorgeschriebenen Aufgaben der Frau auf dem Lande, wild wachsende Pflanzen für den unmittelbaren Verzehr oder die Konservierung zu sammeln. Der mit Wasser gekochte[8] Getreidebrei, der zu häufig aus Hirse zubereitet wird, ist noch nicht völlig durch das Brot ersetzt, das im Übrigen aus einem Mehl, das einen Höchstanteil an Kleie aufweist, hergestellt ist. Oliven, Saubohnen, Feigen und Käse bilden noch immer die wesentlichen Elemente der Ernährung. Das einzige Fleisch, das verzehrt wird, ist Schwein, das insbesondere für den Winter konserviert wird, und

*Trajan bei der Nahrungsmittelverteilung, 114 n. Chr. Trajansbogen, Benevent*

außer an den Küsten und an fischreichen Wasserläufen ist Fisch unbekannt. Der einzige spürbare Fortschritt besteht darin, dass der Weizen allmählich die Gerste als menschliches Nahrungsmittel ersetzt. Außerdem darf man auch nicht vergessen, dass die klimatischen Bedingungen in einer im Wesentlichen bäuerlichen Gesellschaft einen erheblichen Einfluss ausübten, eine Situation, die sich übrigens bis ins 19. Jahrhundert kaum verändert hat.[9] Der Ältere Plinius[10] hat diese Geißeln beim Namen genannt: »Von allen durch das Klima verursachten Krankheiten der Feldfrüchte und des Weinstocks ist keine schädlicher als der Rost. Er tritt am häufigsten in den taureichen Gegenden auf und in den Talkesseln, die nicht von den Winden durchweht werden ... Eine Krankheit jedoch, die alle Pflanzen betrifft, sind die Raupen, die sogar die Kichererbse befallen.« Die städtischen Proletarier sind kaum besser gestellt, da sie nicht einmal Gärten bestellen oder Pflanzen sammeln können. Sie bekommen ihre Nahrung von der Getreidepräfektur, erhalten jedoch nur Weizen – später Brot –, Öl und lediglich in Ausnahmefällen Fleisch. Zwischen diesen beiden Extremen anzusiedeln sind die mittleren Schichten der Bevölkerung: Die Qualität ihrer Nahrung ist – wobei es Abstufungen gibt, die sich jedoch nicht genauer bestimmen lassen – abhängig von ihren finanziellen Mitteln.

# Anhang

# Siglenverzeichnis

| | |
|---|---|
| ALLG | Archiv für lateinische Lexikographie und Grammatik |
| BSL | Bulletin de la Société de Linguistique de Paris |
| CGL | Corpus Glossariorum Latinorum (G. Götz) |
| CIL | Corpus Inscriptionum Latinarum |
| CJ | Classical Journal |
| CPh | Classical Philology |
| Ernout-Meillet | A. Ernout / A. Meillet: Dictionnaire étymologique de la langue latine |
| FEW | W. von Wartburg: Französisches etymologisches Wörterbuch. 1928 ff. |
| FHG | Fragmenta Historicorum Graecorum (C. Müller) |
| GLK | Grammatici Latini (H. Keil) |
| MGH AA | Monumenta Germaniae Historica Auctores Antiquissimi |
| MH | Museum Helveticum. Schweizerische Zeitschrift für klassische Altertumswissenschaft |
| PL | Patrologia cursus completus, series Latina (J. P. Migne) |
| RA | Revue Archéologique |
| RE | Pauly's Realencyclopädie der classischen Altertumswissenschaft. Neue Bearb. 1894 ff. |
| REA | Revue d'Études Anciennes |
| REL | Revue d'Études Latines |
| REW | W. Meyer-Lübke: Romanisches etymologisches Wörterbuch. $^{4}$1968. |
| RhM | Rheinisches Museum |
| RPh | Revue de Philologie |
| SIFC | Studi Italiani di Filologia Classica |
| ThLL | Thesaurus Linguae Latina |
| Walde-Hofmann | A. Walde / J. B. Hofmann: Lateinisches etymologisches Wörterbuch. $^{3}$1938/39. |

# Verzeichnis der mehrfach zitierten Literatur


E. About: La Grèce contemporaine. Paris 1854.
L. Amman: Meunerie, Boulangerie. Paris 1914.
J. André (Hrsg.): Apicius. L'Art Culinaire (De Re Coquinaria). Paris 1947. ²1974.
– Contribution au vocabulaire de la viticulture: les noms de cépages. In: REL 30 (1953) S. 126–156.
– Lexique des termes botaniques en latin. Paris 1956.
– (Hrsg.): Pline l'Ancien. Histoire naturelle, livre XIV. Paris 1958.
– Les noms d'oiseaux en latin. Paris 1967.
A. C. Andrews: Oysters as a Food in Greece and Rome. In: CJ 43 (1948) S. 299–303.
– The Parsnip as a Food in the Classical Era. In: CPh 53 (1958) S. 145–152.
– Marjoram as a Spice in the Classical Era. In: CPh 56 (1961) S. 73–82.
– Acclimatization of Citrus Fruits in the Mediterranean Region. In: Agricultural History 31,1 (1957) S. 35–46.
J. Aymard: Essai sur les chasses romaines des origines à la fin du siècle des Antonins. Paris 1951.
D. van Berchem: Les distributions de blé et d'argent à la plèbe romaine sous l'Empire. Diss. Genf 1939.
R. Billiard: La vigne dans l'Antiquité. Lyon 1913.
– L'agriculture dans l'antiquité d'après les Géorgiques de Vergile. Paris 1928.
H. Blümner: Technologie und Terminologie der Gewerbe und Künste bei Griechen und Römern. 4 Bde. Leipzig/Berlin 1874–87. ²1912.
– Der Maximaltarif des Diocletian. Berlin 1893.
D. Bois: Les plantes alimentaires chez tous les peuples à travers les âges. 2 Bde. Paris 1927–1928.
E. Brandt: Untersuchungen zum römischen Kochbuche. Versuch einer Lösung der Apicius-Frage. In: Philologus. Suppl. 19 (1927) H. 3.
F. Capponi: Ornitologia latina. Genua 1979. (Pubblicazioni dell'Istituto di filologia classica e medievale. 48.)
L. Castelleti: Il significato della ricerca paletnobotanica. In: Atti del Centro Studi e Documentazione sull'Italia Romana 5 (1973/74) S. 145–160.
M. P. Charlesworth: Trade-Routes and Commerce of the Roman Empire. Cambridge 1924.
A. Chevalier: Les origines et l'évolution de l'agriculture méditerrannéenne. In: Revue de Botanique appliquée 29 (1939).
J.-G.-D. Clark: Prehistoric Europe. London 1952.
J. Collart (Hrsg.): Varron. De lingua latina, livre V. Paris 1954.
H.-J. Cotte: Poissons et animaux aquatiques au temps de Pline. Gap 1944.
J.-M. Croisille: Les natures mortes campaniennes. Répertoire descriptif des peintures de nature morte du Musée National de Naples, de Pompéi, Herculanum et Stabies. Brüssel 1965. (Collection Latomus. 76.)
Ch. Daremberg / E. Saglio: Dictionnaire des antiquités grecques et romaines. Paris 1873–1919.
M. Durry: Les femmes et le vin. In: REL 33 (1956) S. 108–113.
L. Febvre: Répartition géographique des fonds de cuisine en France. In: Travaux du 1^er^ Congrès International de Folklore. Tours 1938. S.123–130.
R. J. Forbes: Studies in Ancient Technology. 9 Bde. Leiden 1957.
L. Foucher: Une mosaïque de triclinium trouvée à Thysdrus. In: Latomus 20 (1961) S. 291–297.

P. Fournier: Le livre des plantes médicinales et vénéneuses de France. 3 Bde. Paris 1947.
A. Gottschalk: Histoire de l'alimentation et de la gastronomie depuis la préhistoire jusqu'à nos jours. 2 Bde. Paris 1948.
A.-L. Guyot: Origine des plantes cultivées. Paris 1964.
J. Harmand: L'armée et le soldat à Rome de 107 à 50 avant notre ère. Paris 1967.
F. Hartmann: L'agriculture dans l'ancienne Égypte. Paris 1923.
J. Hatzfeld: Les trafiquants italiens dans l'Orient hellénistique. Paris 1919.
J. Haussleiter: Der Vegetarismus in der Antike. Berlin 1935.
G. Helmreich: Melca. In: ALLG 1 (1884) S. 326 f.
W. Hilgers: Lateinische Gefäßnamen, Bezeichnungen, Funktion und Form römischer Gefäße nach den antiken Schriftquellen. Düsseldorf 1969.
J. Innes Miller: The Spice Trade of the Roman Empire. Oxford 1969.
N. Jasny: The Wheats of the Classical Antiquity. In: Johns Hopkins University Studies 52,3 (1944) S. 1–76.
E. Jeanselme: Quelle était la ration alimentaire du citoyen, du soldat et de l'esclave romain? In: Bulletin de la Société scientifique d'hygiène alimentaire 5 (1918) S. 551–566 und 612–627.
K. H. Knörzer: Römerzeitliche Pflanzenfunde aus Neuss. Berlin 1970. (Novaesium. 4.)
L. Lacroix: La faune marine dans la décoration des plats à poissons. Verviers 1937.
W. Lawrence: Mémoires d'un grenadier anglais. Paris 1898.
A. Leroi-Gourhan: Milieu et techniques. Paris 1971.
M. Lister: Voyage de Lister à Paris en 1698. Paris 1873.
G. Maggiulli: Nomenclatura micologica latina. Genua 1977.
J. Marquardt / H. Dessau / A. von Domaszewski: Römische Staatsverwaltung. Bd. 5. Leipzig $^{2}$1884.
J. Marquardt / A. Mau: Das Privatleben der Römer. Leipzig $^{2}$1886.
A. Maurizio: Histoire de l'alimentation végétale. Paris 1932.
L.-A. Moritz: Grain-Mills and Flour in the Classical Antiquity. Oxford 1957.
E. Pelichet: Le cloaque romain de Nyon. In: Revue historique vaudoise 82 (1974) S. 7–26.
O. Penzig: Flora populare italiana. 2 Bde. Genua 1924.
M. Rodinson: Art. Ghidha. In: Encyclopaedia of Islam. Bd. 2. Leiden/London 1965. Sp. 1056–72.
E. Rolland: Flore populaire ou histoire naturelle des plantes dans leurs rapports avec la linguistique et le folklore. 11 Bde. Paris 1896–1914.
E. de Saint-Denis: Le vocabulaire des animaux marins en latin classique. Paris 1947.
– Additions et rectifications au vocabulaire des bêtes aquatiques. In: RPh 40 (1966) S. 228 ff.
E. Schiemann: Die Entstehung der Kulturpflanzen. Berlin 1932.
O. Schrader / A. Nehring: Reallexikon der indogermanischen Altertumskunde. 2 Bde. Leipzig 1917–29.
A. Segrè: Note sulla storia dei cereali nell'antiquità. In: Aegyptus (1950) S. 161–197.
A. Sirago: L'Italia agraria sotto Traiano. Löwen 1958.
A. Steier: Art. Pfau. In: RE 19,2. Sp. 1415–17.
– Art. Pilze. In: RE 20,2. Sp. 1372–86.
F. Stolle: Der römische Legionär und sein Gepäck. Straßburg 1914.
D'Arcy Wentworth Thompson: A Glossary of Greek Birds. London 1936.
– A Glossary of Greek Fishes. London 1947.
L. Trabut: Répertoire des noms de plantes indigènes spontanées, cultivées et utilisées dans le nord de l'Afrique. Algier 1935.
M. Voigt: Die verschiedenen Sorten von Triticum, Weizen-Mehl u. Brod bei den Römern. In: RhM 13 (1876) S. 105–128.

# Anmerkungen

## Einführung

1 *Lateinische Gefäßnamen, Bezeichnungen, Funktion und Form römischer Gefäße nach den antiken Schriftquellen*, Düsseldorf 1969.
2 Die Apicius-Stellen beziehen sich auf unsere Ausgabe mit Übersetzung und Kommentar, Paris 1974. Zu Wesen und Komposition dieses Kochbuchs vgl. unsere Einführung, S. X–XVI.
3 Die respektable kommentierte Ausgabe von Blümner (1893) ist trotz ihrer Verdienste durch die Funde neuer Fragmente inzwischen überholt. Wegen des sehr reichhaltigen Kommentars sei verwiesen auf S. Lauffer, *Diokletians Preisedikt*, Berlin 1971. Die Ausgabe von M. Giacchero, *Edictum Diocletiani et Collegarum de pretiis rerum venalium*, 2 Bde. (1. Text und Übersetzung, 2. Tafeln), Genua (Istituto di storia antica e scienze ausilarie) 1974, hat den Vorteil, sich auf noch neuere Funde stützen zu können und so den lateinischen Text fast vollständig zu bieten. Ein dritter Band (Kommentar) ist angekündigt.
4 Vgl. M. Renard, »L'Asarôton d'Aquilée«, in: *Aquileia chiama* 1 (1954), S. 50–53; M. R., »Pline l'Ancien et le motif de l'*asarôtos oikos*«, in: *Hommages à Max Niedermann*, Brüssel 1956, S. 307–314; M. R., »L'*asarôtos oikos* d'El-Djem«, in: *Cahiers de Tunésie* 45/46 (1964), S. 35–38; Foucher (1961).
5 Foucher (1961), S. 294, stellt fest, dass der Kirschbaum in El-Djem nicht wachsen kann und man trotzdem die Kirsche auf den dort ausgegrabenen Mosaiken findet; derselbe Vorbehalt gilt für den *corchorus olitorius*, S. 293.
6 Vgl. dazu die gute Untersuchung (mit Reproduktionen) von Lacroix (1937).
7 Vgl. E. Schiemann, »Die Geschichte der Kulturpflanzen im Wandel der biologischen Methoden«, in: *Tidsskrift for historisk botanik*, 1954, S. 308–329; Castelleti (1973/74). Zu den römischen Militärlagern vgl. das kluge und anregende Werk von Knörzer (1970).
8 Vgl. Castelleti (1973/74), S. 147; H. Helbaek, »Archeology and Agricultural Botany«, in: *Ninth Ann. Rep. of the London Univ. Arch. Inst.* (1953), S. 44–49.
9 Für Gallien z. B. E. Jourdan, *Massilia. La faune du site gallo-romain et paléo-chrétien de la Bourse (Marseille). Espèces domestiques et espèces sauvages. L' élevage et l' alimentation à Marseille du II<sup>e</sup> au V<sup>e</sup> siècle*, Paris 1976. – Für die romanische Schweiz: Pelichet (1974). Durch eine Verallgemeinerung derartiger Erhebungen wäre man in der Lage, festzustellen, wo welches Fleisch verzehrt wurde: So sind in Nyon die Knochen von Rindern häufig und die von Schweinen selten. Vgl. einen kurzen Aufsatz zur Datierung der Domestizierung der verschiedenen Tier- und Pflanzenarten in R. Berger / R. Protsch, »The Domestication of Plants and Animals in Europe and the Near East«, in: *Orientalia* 42 (1973), S. 214–227.

## 1. KAPITEL
# Die pflanzliche Nahrung

### 1. Gemüse

1 Dieselbe Methode wird auch auf die pflanzlichen Lebensmittel angewendet, die Plin. nat. 21,88 f. in einer langen Liste als ägyptisch bezeichnet und von denen man sich auch andernorts ernährte: *caucalis, tragopogon* und vor allem *aphace* ›Löwenzahn‹, Pflanzen, die für Italien nirgends bezeugt sind. Vgl. auch Plin. nat. 21,174 f.; 21,183; 22,56.
2 Colum. 2,10,22.
3 Cels. 2,18,5.
4 Plin. nat. 18,126. Zum Anbau vgl. Cato agr. 6,1; 35,2 und Colum. 2,10,22 f. Nach Andrews (1958), S. 145–152, handelt es sich bei den *rapula acria* des Hor. sat. 2,2,43 und 2,8,8 um Rapunzel oder Feldsalat (*Valerianella olitoria* Poll.), aber es gibt keinen Hinweis darauf, dass man diese Pflanze jemals anders nutzte, als aus ihren Blättern Salat zuzubereiten.
5 Plin. nat. 18,127; vgl. Colum. 2,10,22.
6 Plin. nat. 19,87; vgl. Val. Max. 4,3,5.
7 Plin. nat. 18,130.
8 Edict. Dioclet. 6,18 f.
9 Hor. sat. 2,2,43.
10 Mart. 13,16,1 f.
11 Apic. 3,13,1 f.
12 Plin. nat. 18,128.
13 Cels. 2,18,5; zu ihrem Anbau vgl. Colum. 2,10,22 ff.; Plin. nat. 18,129.

**14** Plin. nat. 18,130; 19,77; Mart. 13,20,1 f.: *Nursinas ... pilas.* Die unterschiedlichen griechischen *napi,* die Plin. nat. 19,75 f. aufführt, sind keine Rüben. Plinius hat ῥαφανῖδες ›Rettich‹, Theophr. hist. plant. 7,4,2, irrtümlich mit *napi* wiedergegeben, was durch Athen. 56f bestätigt wird.
**15** Apic. 3,13,1 f.
**16** Plin. nat. 19,87.
**17** Cato agr. 6,1; Colum. 11,3,47; Plin. nat. 19,78 ff.; Pall. agric. 9,5,3; doch die verschiedenen griechischen Arten, die Plin. nat. 19,80 aufführt, sind in Wirklichkeit Kohlsorten, wie Theophr. hist. plant. 7,4,4, die Quelle der Plinius-Stelle, deutlich macht.
**18** *Radix Syriaca,* Colum. 11,3,16; 11,3,59; Plin. nat. 19,81.
**19** Plin. nat. 19,79: *cibus illiberalis.*
**20** Apic. 3,14.
**21** Plin. nat. 19,81.
**21a** Unser Radieschen (*Raphanus sativus radicula*) ist erst seit dem 16. Jahrhundert bekannt; vgl. Schiemann (1932), S. 287.
**22** Pall. agric. 9,5,1 ff.
**23** Zu diesem pflanzlichen Nahrungsmittel vgl. A. C. Andrews, »The Carrot as a Food in the Classical Era«, in: CPh 44 (1949), S. 182–196.
**24** Colum. 9,4,5; 10,168; zum Anbau vgl. Colum. 9,4,5; 10,168; Plin. nat. 19,88 ff.; Pall. agric. 3,24,9.
**25** Edict. Dioclet. 6,44 f.
**26** Apic. 3,21.
**27** Plin. nat. 19,89; vgl. 90. Die Bemerkung des Plinius ist eigenartig; die Karotte ist wie der Pastinak, die Weiße Rübe und die Steckrübe eine zweijährige Pflanze, die während des ersten Jahres in ihren Wurzeln Nährstoffreserven sammelt, die sie im zweiten Jahr für das Hervorbringen der Früchte verwendet.
**28** Vgl. für das Mittelalter das *Capitularium de villis* 70,58 und die romanischen Wortableitungen. Zur Identifizierung des *siser* vgl. Andrews (1958), S. 145–152.
**29** Vgl. Ps. Verg. Mor. 74; Colum. 10,114; 11,3,35; Plin. nat. 19,90.
**30** Hor. sat. 2,8,9.
**31** Plin. nat. 19,90; vgl. Andrews (1958), S. 150.
**32** Colum. 10,123; 11,3,36; Pall. agric. 5,3,2.
**33** Diosk. 3,67; die lateinischen Texte sind in diesem Punkt nicht sehr klar, aber Plin. nat. 19,187 spielt auf ihren myrrheartigen Geschmack an.
**34** G. Bonnier in Fournier (1947), Bd. 2, S. 467.
**35** Vgl. Colum. 12,58.
**36** Ps. Verg. Mor. 73; Colum. 11,3,35; Plin. nat. 19,92; Pall. agric. 3,24,13. Das Wort *inula* kommt vor Lukrez nicht vor.
**37** Hor. sat. 2,2,44; 2,8,51.
**38** Colum. 12,48.
**39** Plin. nat. 19,91 f.
**40** Hor. sat. 2,8,51.
**41** Plin. nat. 19,92.
**42** Plin. nat. 19,132. Das sind die *betacei* bei Apic. 3,2,4 und Plin. epist. 1,15,2.
**42a** *Tragopogon porrifolius* L. Der Verzehr der Wurzel ist in den Texten nicht ausdrücklich bezeugt, aber ein Bund ist auf einem pompejanischen Wandgemälde dargestellt, vgl. Croisille (1965), S. 58, Nr. 118. Zum grünen Teil der Pflanze s. S. 30.
**43** Bois (1927/28), Bd. 1, S. 240.
**44** Plin. nat. 19,164. Diosk. 3,57.
**45** Plin. nat. 22,19 f.
**46** Plin. nat. 19,96.
**47** Plin. nat. 21,87; 24,142.
**48** Pall. agric. 3,24,14.
**49** Mart. 13,57.
**50** Apic. 3,4,2; 6,9,9; 7,17.
**51** Plin. nat. 19,187 und 24,99 (Medizin).
**52** Es gibt keine wilden Zwiebeln, Plin. nat. 20,39.
**53** Edict. Dioclet. 6,20 f.
**54** Vgl. Plut. symp. 4,4,3, S. 669 B.
**55** Naev. frg. 18 Ribb.: *Ut illum di perdant qui primam holitor protulit cepam;* vgl. Ennius in Macr. Sat. 6,5,5: *neque cepe maestum;* Plin. nat. 19,105; 19,111.
**56** Plin. nat. 19,105; Marcell. med. 10,80 u. ö. Wir lassen absichtlich die griechischen Arten beiseite, die Plinius, nat. 19,101 ff., im Anschluss an Theophrast erwähnt.
**57** Plin. nat. 19,105 f.
**58** Plin. nat. 19,105.
**59** Colum. 12,10,1: *cepa Marsica simplex.*
**60** Colum. 12,10,1.
**61** Plin. nat. 19,102; 19,105.
**62** Colum. 12,10,1; Plin. nat. 19,101; Apic. 4,2,24.
**63** Plin. nat. 19,103.
**64** Die Syrer waren Experten im Gartenbau. Zur *ampeloprasum* genannten wilden Art vgl. Plin. nat. 24,136; Diosk. 2,150.
**65** Edict. Dioclet. 6,20 und 23.
**66** Plaut. Most. 48.
**67** Plaut. Poen. 1314: *Plenior ali ulpicique quam remiges.*
**68** Cels. 2,18,5.
**69** *Alium Punicum,* Colum. 11,3,20; *alium Cypricum,* Plin. nat. 19,112. Man hat dabei unbegründeterweise an den Lauch der Levante, *Allium ampelobrasum* L., gedacht.
**70** Plin. nat. 19,112.
**71** Plin. nat. 19,95; 20,102 ff.; Diosk. 2,170.
**72** F. Gidon in Maurizio (1932), S. 9.
**73** Bois (1927/28), Bd. 1, S. 511.
**74** *Bulbus albus,* Chiron 495; Oreib. eup. 4,54; *bulbus rubens,* Plin. nat. 20,103; *rufus,* Plin. nat. 20,105.
**75** Cato agr. 8,2; Ov. rem. 798; Plin. nat. 19,93; 20,105.
**76** Ov. rem. 797; Edict. Dioclet. 6,41.
**77** Plin. nat. 19,95; Ov. rem. 797.
**78** Edict. Dioclet. 6,41 f.
**79** Apic. 4,5,1 f.; 7,14,1–4 u. ö.
**80** Vgl. Ov. rem. 797 f.; Mart. 3,75,3; 13,34; Athen. 64.
**81** *Pastinaca agrestis,* Plin. nat. 21,86.
**82** Plin. nat. 20,35.
**83** Vgl. Pall. agric. 11,11,4.

**84** Plin. nat. 19,82; Diosk. 2,112,2.
**85** Plin. nat. 22,88 spricht nur von ihrem Verzehr: *Estur et sonchus*; vgl. Matthiole, Comm. Diosc., 2. Aufl., S. 287; Fournier (1947), Bd. 2, S. 372.
**86** Plin. nat. 21,107.
**87** Plin. nat. 22,67.
**88** Plin. nat. 21,108.
**89** Gal. VI,652.
**90** Vgl. P. Wagler, Art. »Ασφόδελος«, in: RE 2, Sp. 1732; Bois (1927/28), Bd. 1, S. 495; Fournier (1947), Bd. 1, S. 156.
**91** Plin. nat. 27,65; Diosk. 3,126. Die Orchis-Knollen, die sehr stärkehaltig sind, werden roh oder gekocht von den Ukrainern verzehrt. Die Griechen trocknen sie, mahlen sie zu Mehl und bereiten daraus mit Wasser und Honig Salep, ein sehr beliebtes Getränk; vgl. Maurizio (1932), S. 109; Bois (1927/28), Bd. 3, S. 123.
**92** F. Gidon in Maurizio (1932), S. 8; vgl. Bois (1927/28), Bd. 1, S. 512.
**93** Plin. nat. 21,102; Diosk. 2,144.
**94** Plin. nat. 20,101.
**95** Der Verzehr der Meerzwiebel wird weder von Maurizio (1932) noch von Bois (1927/28), noch von Fournier (1947) erwähnt.
**96** Colum. 10,374.
**97** Plin. nat. 19,93.
**98** Vgl. Maurizio (1932), S. 104–112.
**99** Zu dieser Frage vgl. Maurizio (1932), S. 115–118.
**100** Vgl. Diosk. 4,182; Athen. 62f.
**101** Vor allem an die letztgenannte Art denkt Plinius, wenn er in nat. 21,91 sagt: *in totum spina asparagus.*
**102** Maurizio (1932), S. 116. In Nordafrika werden ebenfalls die Sprossen des *Asparagus albus* und des *A. horridus* auf dem Markt verkauft, vgl. Trabut (1935), S. 36.
**103** Edict. Dioclet. 6,34 f.
**104** Mart. 13,21; Iuv. 11,68 f.
**105** Plin. nat. 19,146.
**106** Plin. nat. 19,54.
**107** Zum Anbau des Spargels vgl. Cato agr. 6,3; 161; Colum. 11,3,45; Plin. nat. 19,145–151; Pall. agric. 4,9,10 f.
**108** Plin. nat. 19,54; Mart. 13,21,1.
**109** Apic. 3,3 ; 4,2,5 f.; vgl. auch Iuv. 5,82.
**110** Bois (1927/28), Bd. 1, S. 40 f. Die Griechen nannten diese Kohlart κραμβοσπάραγος ›Kohlspargel‹, vgl. Geop. 12,1,2; 12,1,4.
**111** Vgl. Colum. 11,3,24; Plin. nat. 19,136 ff.
**112** Edict. Dioclet. 6,9–11.
**113** Apic. 3,9,1–6.
**114** Plin. nat. 19,137.
**115** Plin. nat. 19,71.
**116** Plin. nat. 21,86; vgl. Bois (1927/28), Bd. 1, S. 246 f.; Fournier (1947), Bd. 2, S. 27.
**117** Plin. nat. 21,86; 26,82 f.; Diosk. 2,129.
**118** Bois (1927/28), Bd. 1, S. 512; Maurizio (1932), S. 116; vgl. Plin. nat. 21,102.
**119** Diosk. 2,142; vgl. Fournier (1947), Bd. 3, S. 133; in den lateinischen Texten fehlt jedoch jede Angabe.
**120** Plin. nat. 21,86; in der Antike wurde die Erdbeere nicht angebaut.
**121** Plin. nat. 22,82; 24,139 (*iasine*). Die Winden haben allerdings eine abführende Wirkung, vgl. Fournier (1947), Bd. 2, S. 438; Maurizio (1932), S. 161, macht darauf aufmerksam, dass sie in Galizien gegessen werden.
**122** Plin. nat. 27,73.
**123** Plin. nat. 21,86; Bois (1927/28), Bd. 1, S. 448; Fournier (1947), Bd. 2, S. 330; Rolland (1896–1914), Bd. 10, S. 51.
**124** Plin. nat. 22,86; Diosk. 3,14.
**125** Plin. nat. 21,86; Diosk. 4,184. Sie sind ziemlich bitter, verlieren aber ihre Bitterkeit, wenn sie zu wachsen anfangen; nach Bois (1927/28), Bd. 1, S. 487, aß man sie noch im 17. Jahrhundert in England; vgl. Maurizio (1932), S. 116.
**126** Apic. 4,2,7.
**127** Plin. nat. 23,21: *caules*; Diosk. 4,182.
**128** Plin. nat. 14,119.
**129** Plin. nat. 21,86; 23,165 (unter der Bezeichnung »Wilde Myrte«); Diosk. 4,144,2; vgl. Maurizio (1932), S. 116; Bois (1927/28), Bd. 1, S. 488.
**130** Edict. Dioclet. 6,36; ein Bund mit 60 Stangen kostete so viel wie ein Bund mit 50 Stangen des Wilden Spargels.
**131** Plin. nat. 15,117; vgl. Cato agr. 101, der berichtet, dass die Zweige zusammen mit ihren Blättern eingelegt werden.
**132** Der Palmkohl, der letzte Sprössling der Zwergpalme, der einzigen einheimischen Palme Europas, und die Triebe der Dattelpalme (Plin. nat. 13,39; vgl. 21,97; Edict. Dioclet. 6,40) wurden in Italien mit Sicherheit nur sehr wenig verzehrt, da es keine Dattelpalmen gab und das Ernten des Palmkohls zum Tod des Baumes führt, den die Menschen der Antike zur Herstellung von Flechtwerk ständig brauchten.
**133** Plin. nat. 21,86: *eaque verius oblectamenta quam cibos.*
**134** Vgl. die alten und neuen Beispiele bei Maurizio (1932), S. 136 f., 188 f.
**135** Plin. nat. 21,97; vgl. Theophr. hist. plant. 6,4,10; Athen. 70d–f. Die wilde Art wurde nach dem Zeugnis Goethes, zitiert bei Maurizio (1932), S. 136, am Ende des 18. Jahrhunderts in Sizilien gegessen; noch heute ist sie in Algerien als Nahrungsmittel gebräuchlich, vgl. Bois (1927/28), Bd. 1, S. 279: »Der wilde Cynara cardunculus bedeckt in Algerien mehrere 100 000 ha Land. Die Einheimischen ernten die jungen Köpfchen in großen Mengen und verkaufen sie unter dem Namen *korchef*; sie sind, wenn sie frisch sind, äußerst wohlschmeckend.«
**136** Colum. 10,235; 11,3,28.
**137** Plin. nat. 19,152 f.; Pall. agric. 4,9,1 f.
**138** Edict. Dioclet. 6,1: *cardus maiores*; 6,2: *sponduli.*
**139** Von anderen klaren morphologischen Charakteristika abgesehen, ist die Artischocke unbe-

wehrt, während bei der Kardone die Brakteen des Hüllkelchs in einem kräftigen Stachel enden und die Blätter stachelig sind, wie die antiken Autoren dies für den *cactos-cinara-carduus* zutreffend bemerkt haben.
**140** Apic. 3,19,1–3: *cardui;* 3,20,1–7: *sfondili.*
**141** Plin. nat. 19,54.
**142** Plin. nat. 19,152.
**143** Plin. nat. 22,19 f.
**144** Plin. nat. 15,116; zur Identifikation vgl. P. Fournier, »Notulae Plinianae«, in: RPh 23 (1949), S. 58.
**145** Vgl. Rolland (1896–1914), Bd. 7, S. 110; Fournier (1947), Bd. 1, S. 303.
**146** Plin. nat. 19,58.
**147** Apic. 3,16.
**148** Plin. nat. 21,89, nach Theophr. hist. plant. 8,7,1.
**149** Mart. 13,14,1 f.
**150** Apic. 3,18,2; vgl. auch 3,18,3.
**151** Diese Zichorie hat natürlich nichts mit der Chicorée zu tun, die bei uns auf den Tisch kommt und ein Produkt sehr jungen Datums ist.
**152** Plin. nat. 19,129; vgl. Colum. 10,111 f.; Pall. agric. 11,11,1; Edict. Dioclet. 6,3; Apic. 3,18,1: *pro lactucis vero hieme intubae.*
**153** Bei Non. 209,5; sie wurde in jedem Fall unter dem Namen *cichorium* in Ägypten verzehrt, Plin. nat. 21,88; vgl. 19,129 und 20,73.
**154** Colum. 10,231; Plin. nat. 19,117; 19,155; Pall. agric. 2,14,3.
**155** Plin. nat. 19,155.
**156** Varro ling. 5,103; Plin. nat. 19,172; Edict. Dioclet. 6,24.
**157** Vgl. Cels. 2,20,1; Plin. nat. 20,210–215; die Menschen der Antike hatten die skorbutverhindernden Eigenschaften des Portulak erkannt. Über seinen Anbau vgl. Colum. 10,376 und Plin. nat. 20,210–215. Vgl. Bois (1927/28), Bd. 1, S. 65 f.
**158** Plin. nat. 26,83; Diosk. 2,129; Bois (1927/1928), Bd. 1, S. 246 f.
**159** Plin. nat. 22,84; vgl. Fournier (1947), Bd. 1, S. 213.
**160** Apic. 5,7. Die Pflanze wird noch heute in Ägypten gegessen, vgl. Fournier (1947), Bd. 3, S. 495.
**161** Vgl. Bois (1927/28), Bd. 1, S. 508.
**162** *Porrum sectile,* Iuv. 3,293; Martial, Palladius; *porrum sectivum,* Colum. 11,3,30; Plin. nat. 19,108–110; *porrum sectum,* Colum. 10,371; *porrum tonsile,* Mart. 10,48,9.
**163** Mart. 13,18.
**164** Plin. nat. 19,108.
**165** Iuv. 3,293.
**166** Vgl. Maurizio (1932), S. 118 ff., 188.
**167** Plaut. Pseud. 810 ff.
**168** Cato agr. 156 f.; das Lob gründet sich vielleicht auf eine pythagoreische Tradition, vgl. Plin. nat. 20,78.
**169** Plin. nat. 19,57.
**170** Cato agr. 156,1.
**171** Hor. sat. 2,2,117; 2,4,15 f.
**172** Iuv. 1,134.
**173** Das *holus molle* des Apic. 3,15,1–3 ist keine Pflanze, sondern ein Gemüsepüree (drei Rezepte für Schwarzkohl, Sellerie und Lattich), ein flüssiges Gericht aus gekochten, dann klein geschnittenen Kräutern (vgl. den Kommentar z. St. in unserer Apicius-Ausgabe, 1974, S. 157). Isid. orig. 17,10,16 hat *holus molle* irrtümlich zum Gemüse gerechnet.
**174** *Brassica apiaca* ›krausblättrig wie Sellerie‹, Cato agr. 157,2; Plin. nat. 19,136.
**175** Plin. nat. 19,140; vgl. Colum. 10,139.
**176** Plin. nat. 19,140; Garg. Mart. De virt. herb. 29; vgl. Colum. 10,139.
**177** Plin. nat. 19,140; Colum. 10,130; Garg. Mart. De virt. herb. 29.
**178** Cato agr. 157,2; Plin. nat. 19,136.
**179** Cato agr. 157,1.
**180** Plin. nat. 19,141; aber auch Columella kennt ihn schon, vgl. 10,138.
**181** Colum. 10,131.
**182** Plin. nat. 19,140; Garg. Mart. De virt. herb. 29.
**183** Plin. nat. 19,141; vgl. Colum. 10,137.
**184** Colum. 10,131.
**185** Plin. nat. 19,139 und 141: *Trizianum.* Dies scheint nach der handschriftlichen Überlieferung dieser beiden Stellen die korrekte Form zu sein; die Herausgeber schreiben jedoch das nirgends überlieferte *Tritanum:* eine Form *Tritianum* steht nur in *E* und *p,* § 139. Die Herkunft des Wortes (geographischer Begriff?) ist unbekannt.
**186** *Malva rotundifolia* L. und vor allem *M. silvestris* L.; vgl. Ov. fast. 4,697; Athen. 61c.
**187** Zu ihrem Vorkommen im Garten vgl. Ps. Verg. Mor. 70; zu ihrem Anbau Colum. 10,247; Plin. nat. 19,170; 20,222. Ich halte es, anders als Blümner (1893), S. 82 f., nicht für möglich, dass mit den *malvae maximae* und *malvae sequentes* in Edict. Dioclet. 6,5 f. die kultivierten bzw. die Wilden Malven gemeint sind. Dieselbe – die Größe betreffende – Unterscheidung findet sich im Edikt auch für die Pflanzen, von denen nur, wie beim Mangold, 6,14 f., die kultivierten Arten gegessen wurden.
**188** Vgl. Hes. erg. 41.
**189** Hor. carm. 1,31,16; epod. 2,58; Mart. 3,89,1; 10,48,7; Cels. 2,20,1 nennt sie *boni suci.*
**190** Cic. fam. 7,26,2.
**191** Apic. 3,8.
**192** Plin. nat. 19,129; Apic. 3,15,3; 3,18,2.
**193** Hor. sat. 2,8,8.
**194** Plin. nat. 19,125; 20,66.
**195** Plin. nat. 19,125.
**196** Colum. 10,181; Plin. nat. 19,125 u. ö.
**197** Colum. 10,182; 11,3,26; Plin. nat. 19,127.
**198** Plin. nat. 19,125: *sessilis;* Mart. 3,47,8; 10,48,9.
**199** Colum. 10,184; 191; 11,3,26; Plin. nat. 19,126; 19,128; Mart. 5,78,4.
**200** Plin. nat. 19,128.
**201** Colum. 10,187 f.; 11,3,27.
**202** Colum. 10,185 f.

**203** Plin. nat. 19,126.
**204** Plin. nat. 19,125.
**205** Mart. 5,78,4: *viles Cappadocae.*
**206** Capitol. Pert. 12,2.
**207** Apul. met. 9,32,4 [Helm: 9,32,6].
**208** Zum Anbau des Selleries vgl. Colum. 10,166; 11,3,33; Plin. nat. 19,117; 124; Pall. agric. 5,3,1.
**209** Das können nicht die durch Züchtung gewonnenen essbaren Arten sein wie der Knollensellerie (16. Jahrhundert) und der Stangensellerie (17. Jahrhundert); vgl. Bois (1927/28), Bd. 1, S. 232. Es ist bezeichnend, dass im *Edikt Diokletians* der Sellerie in der Liste des Gemüses nicht vorkommt.
**210** Apic. 3,15,2; außerdem serviert er ihn mit Kohl.
**211** Vgl. Plin. nat. 19,132.
**212** Plin. nat. 19,132.
**213** Vgl. Mart. 3,47,9 u. ö.
**214** Mart. 13,13,1 f.
**215** Apic. 3,11,1 f.
**216** Plin. nat. 19,133; Athen. 371a; mit Linsen, vgl. Diosk. 2,149.
**217** Pers. 3,114: *plebeia ... beta*; Mart. 13,13,1: *fatuae, fabrorum prandia, betae.*
**218** Vgl. A. C. Andrews, »Orach as the Spinach of the Classical Period«, in: *Isis* 39 (1948), S. 169 ff.; Bois (1927/28), Bd. 1, S. 412.
**219** CGL 3,586,15; 607,11; 616,15.
**220** Theophr. hist. plant. 1,14,2; Aristoph. Equ. 630; Colum. 10,377; Plin. nat. 19,117; 20,219; Pall. agric. 5,3,3.
**221** Plin. nat. 19,117; Pall. agric. 4,9,17; zu ihrem Anbau in jüngerer Zeit vgl. Maurizio (1932), S. 119.
**222** Plaut. Cas. 748; Pseud. 815.
**223** Plin. nat. 20,252.
**224** Lucil. 1235 M.
**225** Hor. epod. 2,57; Plin. nat. 19,184.
**226** Er erscheint aber auf einer Liste bei Plaut. Pseud. 815, wo er vielleicht eine wild wachsende Pflanze ist.
**227** Varro ling. 5,103; zu seinem Anbau vgl. Colum.10,373; Plin. nat. 19,123; 184.
**228** Plin. nat. 19,185.
**229** Cels. 2,21; 2,25,2.
**230** Plin. nat. 19,171; Apic. 4,2,7; zu ihrer Anpflanzung vgl. Colum. 10,122; Plin. nat. 19,117; Pall. agric. 3,24,5.
**231** Plaut. Pseud. 814; Diosk. 3,67; Apic. 3,12; 3,15,1; 4,2,19; Bois (1927/28), Bd. 1, S. 231; zu seinem Anbau vgl. Colum. 11,3,36; Plin. nat. 19,162; Pall. agric. 5,3,2.
**232** Gal. De alim. fac. 2,70.
**233** Diosk. 3,69, wenn die Blätter jung sind.
**234** Plin. nat. 18,127; Diosk. 1,91.
**235** Colum. 11,3,41; Plin. nat. 19,166; gewiss ist damit die Pflanze gemeint, die Plin. nat. 19,187 f. unter dem Namen *siliquastrum* als pfeffrig schmeckendes Gemüse verzeichnet.
**236** Plin. nat. 19,166; Diosk. 2,174.
**237** Vgl. Bois (1927/28), Bd. 1, S. 52; Fournier (1947), Bd. 3, S. 173 f.
**238** Zu dieser Art vgl. Colum. 11,3,32; Plin. nat. 19,109.
**239** Zu Aricia: Colum. 10,139; Plin. nat. 19,110; Mart. 13,19; zu Ostia: Plin. nat. 19,110. Allem Anschein nach wurde der ägyptische Porree, nach Plinius' Aussage der beste, in Italien nicht angebaut.
**240** Apic. 3,10,1–4.
**241** Vgl. auch die Kapitel über die Gewürze und Salate.
**242** Und im Sommer ebenfalls die *Urtica urens* L.; zum Verzehr der Brennnesseln vgl. Bois (1927/1928), Bd. 1, S. 452 f.
**243** Vgl. Bois (1927/28), Bd. 1, S. 452 f.
**244** Plin. nat. 21,93.
**245** Plin. nat. 21,93; sie wurde auch bei den Griechen gegessen, vgl. Athen. 61c.
**246** Vgl. M. Hald, »The Nettle as a Culture Plant«, in: Folk.-Liv. 6 (1942), S. 28–49.
**247** Hor. epist. 1,12,8; Pers. 6,70, hier als Beilage zu geräuchertem Schweinskopf.
**248** Apic. 3,17.
**249** *Raphanus Landra* Moretti; Diosk. 112,2; vgl. Colum. 12,9,2.
**250** *Raphanus raphanistrum* L.; Plin. nat. 20,96; vgl. altital. *lassano*, sardisch *lanzana*, roman. *lassan.* A. C. Andrews, »Alimentary Use of Hoary Mustard in the Classical Period«, in: *Isis* 34 (1942), S. 161 f., scheint die Pflanze mit dem Ackersenf, *Sinapis arvensis* L., identifizieren zu wollen. Aber Ps. Diosk. 2,154, der letzteren unter dem griechischen Namen σίνηπι ἄγριον und dem lateinischen Namen *sinapis rustica* kennt, verwechselt ihn nicht mit der λαψάνη / *lapsana* von 2,116, deren Stängel und Blätter man gekocht verzehrte; andererseits rechnet Plin. nat. 20,96 die *lapsana* zu den wilden Kohlarten (*brassicae silvestres*), und in Sizilien z. B. heißt der Hederich *cauliceddu* und *ciuriddu*, Ableitungen von *caulis* ›Kohl‹.
**251** Plin. nat. 22,58; *Heliotropium europaeum* L., *H. villosum* Desf., *H. supinum* L. Kein Buch über die pflanzliche Ernährung erwähnt diese Pflanze.
**252** Isid. orig. 17,9,49: *Buglossos ... pro olere etiam sumitur.* In Italien isst man die als Gemüse gekochten Blätter der *Anchusa italica* Retz, *A. officinalis* L., vgl. Bois (1927/28), Bd. 1, S. 315.
**253** Plin. nat. 22,88; *Sonchus oleraceus* L. und *S. asper* L.; vgl. Bois (1927/28), Bd. 1, S. 295.
**254** Plin. nat. 22,83; Diosk. 2,139; nach Plin. nat. 21,89 in Ägypten; man hat an eine Dolden tragende Pflanze (*Caucalis grandiflora* L.) gedacht.
**255** *Plantago* L., insbesondere der Große Wegerich, *P. maior* L., und der Schlitzwegerich, *P. coronopus* L.; vgl. Diosk. 2,130; Cael. Aur. acut. 2,211; chron. 2,106; 2,159; Isid. orig. 17,9,50; vgl. Rolland (1896–1914), Bd. 9, S. 84 (der Große Wegerich hieß in der Nomenklatur des 15. Jahrhunderts *bleta silvestris*). Nach Bois (1927/28), Bd. 1, S. 392, war er noch im 16. und 17. Jahrhundert eine Gemüsepflanze; vgl. Trabut (1935), S. 207.

**256** *Chrysanthemum coronarium* L.; Plin. nat. 25,82; Diosk. 4,58 RV. Nach Bois (1927 f.), Bd. 1, S. 272, wird diese Pflanze im äußersten Orient als Nahrungsmittel angebaut, aber »ihr starker eigentümlicher Geruch missfällt den Europäern«.
**257** *Tragopogon porrifolius* L.; Plin. nat. 27,142; in Ägypten: 21,89. Bei Diosk. 2,143 handelt es sich um den grünen Teil, den man verzehrt.
**258** *Ferula communis* L.; Plin. nat. 15,117; 19,175; 20,260; die Pflanze wurde sogar kultiviert, vgl. Colum. 10,118.
**259** Calp. ecl. 4,32.
**260** Plin. nat. 19,89.
**261** Plin. nat. 27,66. Anscheinend handelt es sich nicht um die Gartenmelde (*Atriplex hortensis* L.), die allerdings im späten Griechisch χρυσολάχανον ›Goldgemüse‹ heißt, Ps. Diosk. 2,119 und Geop. 12,1,1.
**262** Diosk. 1,84.
**263** *Atriplex halimus* L.; Tournefort hat gesehen, dass sie in Griechenland gegessen wurde; man verzehrt sie noch heute roh oder in Essig eingelegt in Spanien und England, vgl. Bois (1927/28), Bd. 1, S. 91; Plin. nat. 22,73; Diosk. 1,91.
**264** Plin. nat. 21,102; vgl. auch 19,99 und unter dem Namen *parthenium* 21,89; man hat ohne gute Gründe manchmal an einen Knöterich des Küstensands, das *Polygonum maritimum* L., gedacht. In jedem Fall handelt es sich, wenn man die in 19,99 beschriebenen Wurzeln und oberen Teile vergleicht, nicht um das in Plin. nat. 22,43 und Diosk. 4,85 erwähnte Glaskraut (*Parietaria officinalis* L.).
**265** Plin. nat. 19,48; die Pflanze gehört nach Asien, Syrien und in das Gebiet jenseits des Euphrat; es handelt sich gewiss um *Gypsophila struthium* L.
**266** Das Rezept für Engelfüß (*polypodium*) bei Apic. 3,2,2 stammt aus einer Sammlung medizinischer Rezepte, was durch den Vergleich mit Plin. nat. 26,58 und vor allem Marcell. med. 30,44 und 31,11 deutlich wird; vgl. Brandt (1927), S. 62.
**267** Plin. nat. 18,117–142.
**268** Lat. *cracca* (*Vicia cracca* L.), bei den Römern nur als Viehfutter verwendet. Aber man hat die Vogelwicke auch in den Pfahldörfern gefunden, vgl. Maurizio (1932), S. 192.
**269** Colum. 2,7,1 f.; vgl. auch Varro rust. 1,32,2; Isid. orig. 17,4,2 ff.
**270** In diesem Kapitel behandeln wir nicht: 1. die *legumina* und andere Samenkörner, die nur zum Würzen verwendet wurden; 2. die Verwendung der hier zur Sprache kommenden Samenkörner als Gewürz. Vgl. Kap. 4,4, S. 175.
**271** CIL 6,18: *negotiationis fabariae*; 6,9683: *negotiatrix frumentaria et leguminaria.*
**272** Vgl. besonders Gell. 4,11,1–10. Zum Favismus vgl. S. 201.
**273** Plin. nat. 18,118 f.; Gell. 10,15,12; Paul. Fest. 77,24.
**274** Macr. Sat. 7,3,13 u. ö.
**275** Colum. 2,9,8.
**276** *Faba trimestris*, Colum. 2,10,9.
**277** Apic. 5,6,4. Ihr Name ist in den romanischen Sprachen erhalten geblieben und bezeichnet die Saubohne und die Bohnenschote, vgl. A. Thomas, *Nouveaux essais de philologie française*, Paris 1904, S. 177 ff.; REW, Nr. 885.
**278** Colum. 11,2,50.
**279** Cato agr. 10,5 erwähnt in der Tat ein *pilum fabarium* neben einem *pilum farrearium*, das dem *far* vorbehalten war.
**280** Edict. Dioclet. 1,9: *fabe fressae*; 1,10: *fabae non fresse*; vgl. Mart. 4,46,6: *fabaeque fresae*; Plin. nat. 18,117.
**281** Plin. nat. 18,117.
**282** Plin. nat. 18,117 f.; Macr. Sat. 1,12,33: *puls fabacia*, mit Speck.
**283** Phainias in Athen. 54f.
**284** Apic. 5,4,1.
**285** *Concha*, Scrib. Larg. 233; *conc(h)ic(u)la*, Apic. 5,4,1–6; Marcell. med. 33,1; *conchis*, Iuv. 3,293; 14,131; Mart. 5,39,10; 7,78,2; 13,7,1; Front. epist. ad M. Caes. 4,6,1. Die Übersetzung dieser Wörter in den Wörterbüchern scheint mir nicht richtig: *conchis* ›faba cum folliculo‹ (ThLL); ›fève avec sa robe‹ (Ernout-Meillet); ›Schalbohne‹ (Walde-Hofmann); *concha* ›genus fabae‹ (ThLL); *conc(h)icula* ›genus fabae‹ (ThLL). Der Verweis auf griech. κόγχος bringt nichts, obwohl die Wörter gewiss zur selben Familie gehören; bei Timon in Athen. 160a handelt es sich um ein nicht definierbares Gericht, vielleicht um Linsen; der Kommentar bringt keinerlei Informationen, und man hat nicht einmal das Recht, diesen *conchos* mit der *phakè* (Linsenpüree?) in Verbindung zu bringen, wie Liddell/Scott es tun: »soup of lentils boiled with the pods«; Bailly ist überhaupt unverständlich: »cosse de lentille, lentille non écossée«. Solche Übersetzungen des griechischen Wortes kommen sicher daher, dass man lat. *conchis* (Akk. *conchem*, Abl. *conche*), *concha* als »Bohne in der Schote« verstanden hat, wobei die Schote mit einer Muschel verglichen wurde. Aber abgesehen von der Glosse zu CGL 5,653,41: *concha dicitur a Graecis olla fabae coctae*, gibt es ganz klare Textaussagen: Scrib. Larg. 233: *faba quasi concha multo cum cumino cocta*, und Marcell. med. 33,1: *faba quasi concicla cum multo cumino cocta* (›wie eine *concha* gekochte Bohnen‹). Nun zeigen auch die anderen medizinischen Texte, die eben diese Behandlung bei Hodengeschwülsten anführen, dass es sich um zermahlene trockene Bohnen handelt: Cels. 6,18,6: *imponenda ex faba farina ... cocta cum cumino contrito*; Plin. nat. 22,140: *(faba) fresa ... in vino decocta ad testium tumores (imponitur)*; Ps. Theod. Prisc. add., S. 284, 19: *fabam fresam cum cymino ... detritam impone*; vgl. noch Diosk. 2,105,2, der in Wein gekochtes Bohnenmehl empfiehlt. Es handelt sich also um ein Gericht, wahrscheinlich ein Püree aus zerstoßenen trockenen Bohnen; und aus Apic. 5,4,1–6 lässt sich ersehen, dass man ebenso und sogar noch öfter *conciclae* aus Erbsen als aus Bohnen zubereitete, fast nach demselben Rezept, oder

aber man füllte damit ein Huhn oder Spanferkel. Es sei noch darauf hingewiesen, dass im *Edikt Diokletians* nur von enthülsten frischen oder getrockneten Bohnen die Rede ist.

**286** Hor. sat. 2,6,63 f.; Ov. fast. 6,169 f.; Mart. 5,78,10; Macr. Sat. 1,12,33.

**287** Bei Horaz, Juvenal und Martial ist es immer ein einfaches Essen.

**288** Hor. sat. 2,6,63 f.; Plin. nat. 18,101: im Po-Gebiet.

**289** Mart. 10,48,16.

**290** Gal. VI,529. Celsus hält die Bohne für nahrhafter als die Erbse, 2,18,5.

**291** Vgl. Maurizio (1932), S. 309.

**292** Edict. Dioclet. 1,9: 1 *modius* zermahlener Bohnen kostet 100 Denare; 1,10: 1 Scheffel nicht zermahlener Bohnen 60 Denare; 6,38: Die Metze enthülster grüner Bohnen kostet 4 Denare, der *modius* also 64.

**293** Phainias in Athen. 54f.

**294** Apic. 5,6,1–3.

**295** Apic. 5,6,4.

**296** R. von Fischer-Benzon, *Altdeutsche Gartenflora*, Leipzig 1904, S. 96; Schiemann (1932), S. 255. Die Glossen CGL 3,589,35; 609,62 stellen sie der weißen Erbse, *pisum album*, gegenüber, die als *cicer* glossiert wird.

**297** Zum Anbau der Erbse vgl. Varro rust. 3,7,8; Colum. 2,10,4; Plin. nat. 18,123; Pall. agric. 6,1,1 u. ö.

**298** Edict. Dioclet. 1,13: *pisae fractae*; 1,14: *pisae non fractae*; die Erbsen werden hier zu den getrockneten Waren gerechnet und zum selben Preis wie die Bohnen derselben Kategorie verkauft. Der Verzehr frischer Erbsen ist erst für das 17. Jahrhundert sicher bezeugt, vgl. Maurizio (1932), S. 309 und die Bibliographie in Anm. 1.

**299** Apic. 5,3,1–9. Die indische Erbse, das *Indicum pisum* des § 3, ist keine besondere Erbsenart, sondern ein Rezept, bei dem die Erbse ihre Indigo-Farbe den Tintenfischen verdankt, die mit ihrer Tinte gekocht werden: *sic quomodo sunt cum atramento suo.*

**300** Apic. 5,4,3–6.

**301** *Cicer arietinum*, Colum. 2,10,20; Petron. 35,3; Plin. nat. 18,124.

**302** *Cicer columbinum, cicer Venerium, cicer nigrum*, Plin. nat. 18,124 u. ö.

**303** *Cicer Punicum*, Colum. 2,10,20; 9,1,8.

**304** Plaut. Bacch. 767; Hor. ars 249; Cassian. conl. 8,1; vgl. Phainias in Athen. 54f.

**305** Mart. 1,41,6; 1,103,10.

**306** Petron. 66,4.

**307** Apic. 5,8,1 f.

**308** Edict. Dioclet. 1,15, zum Preis der Linsen, der zermahlenen Erbsen und zermahlenen Saubohnen.

**309** Edict. Dioclet. 6,37.

**310** Plin. nat. 18,103; 22,148. Zu ihrem Anbau vgl. Varro rust. 1,32,2; Colum. 2,10,19; zu ihren verschiedenen Arten Plin. nat. 18,124. Noch heutzutage verzehrt man im ganzen Mittelmeergebiet ihre Samen wie Erbsen, als Püree oder als Brei, obgleich sie schwer zu kochen und schwer verdaulich sind, vgl. Bois (1927/28), Bd. 2, S. 267 f.; Trabut (1935), S. 145.

**311** Anaxandrides, frg. 41.43; Alex. frg. 162,12.

**312** Zu ihrem Anbau vgl. Varro rust. 1,32,2; Colum. 2,13,1; Petron. 57,11; allerdings können ihre Körner zum Lathyrismus führen, vgl. Fournier (1947), Bd. 2, S. 266.

**313** Plin. nat. 18,98.

**314** Edict. Dioclet. 1,12.

**315** Plin. nat. 22,153.

**316** Gal. VI,546.

**317** Colum. 11,2,75; Plin. nat. 18,137 f.; Pall. agric. 2,6.

**318** Edict. Dioclet. 1,30.

**319** So in Gal. VI,551; Oreib. 1,34.

**320** Zu ihrem Anbau vgl. Cato agr. 116; 132; Varro rust. 1,32,2; Colum. 2,7,1; Plin. nat. 18,123; 164; 198 u. ö.

**321** Cels. 2,18,5.

**322** Athen. 67b.

**323** Plin. nat. 18,123; Mart. 13,9,1 sagt, sie seien billiger als die *alica*, aber teurer als die Saubohnen. Sie gehören zu dem einfachen Essen, das Gellius in Athen vorgesetzt wird (Gell. 17,8,2). Vgl. F. Hartmann (1923), S. 54.

**324** Veg. mil. 2,134,4 u. ö.

**325** Marcell. med. 29,37.

**326** Plin. nat. 18,98.

**327** In Italien und im Süden Galliens scheint man den *Lupinus albus* L. kultiviert zu haben, dessen Anbau sich auf Korsika bis ins letzte Jahrhundert erhalten hat; in Ägypten war es der *L. Termis* Forsk.; vgl. Schiemann (1932), S. 257; Chevalier (1939), S. 643.

**328** *Ad communem quadripedum hominumque usum*, Plin. nat. 18,50.

**329** Zum Verzehr der Lupinensamen, der sich nur in den Ländern erhalten hat, wo der Anbau des Weizens keine ausreichenden Erträge brachte, so wie in Spanien und in Mitteleuropa, vgl. A. Guillaume / A. Proeschel, »La graine de lupin et son emploi alimentaire«, in: *Revue de Botanique appliquée* 29 (1939), S. 100–172; Bois (1927/1928), Bd. 1, S. 86.

**330** Plin. nat. 18,136; 22,154.

**331** Vgl. Colum. 10,115.

**332** Colum. 2,10,1.

**333** Plin. nat. 22,154.

**334** Edict. Dioclet. 1,19: *lupini crudi*; 1,10: *lupini cocti*; CIL 4,342: *lupinarius*; 3483: *lupinopolus.*

**335** Colum. 2,10,1.

**336** Hor. sat. 2,3,182; Calp. ecl. 3,82; Mart. 5,78,21; so auch in Griechenland, vgl. verschiedene Autoren in Athen. 55c–f.

**337** Schiemann (1932), S. 257 f.; Maurizio (1932), S. 310.

**338** Der *Dolichos lablab* L. aus Afrika, den Chevalier (1939), S. 643, mit dem *phaseolus* der Antike identifiziert, entspricht aller Wahrscheinlichkeit nach dem *phaselus Alexandrinus* des Alexander von Tralles 3,241 und des Plinius Valerius 3,14.

**339** Diosk. 2,146.
**340** Ihr lateinischer Name scheint dem Griechischen entlehnt. Die griechischen Autoren kennen die Pflanze gut, vgl. Athen. 56a.
**341** Verg. georg. 1,227: *vilemque phaselum.*
**342** Plin. nat. 18,125; Edict. Dioclet. 6,33.
**343** Edict. Dioclet. 1,21: *fasioli sici;* 6,39: *fasioli viridis purgati;* die mit Kichererbsen kombinierten *faseoli virides* in Apic. 5,8,1 f. können ebenso gut »grüne Bohnen« wie auch frische Samenkörner sein.
**344** Colum. 2,7,1.
**345** Plin. nat. 18,73, aber das kann auch griechische Sitte gewesen sein.
**346** Plin. nat. 19,16.
**347** Plin. nat. 19,16.
**348** Plin. nat. 19,173 sagt lediglich, dass man die reifen Samen im Herbst sammelte und in der Sonne trocknete, ohne genauere Angaben zu machen, ob sie für medizinische Zwecke oder für künftige Aussaaten verwendet wurden.
**349** Diosk. 3,148; Gal. VI,549 ff.
**350** Vgl. Maurizio (1932), S.96: »Die Abrechnungen des Jahres 1500 zeigen, dass in einer einzigen Klosterküche 2 Tonnen und 29 Scheffel Hanf verbraucht wurden.«
**351** Edict. Dioclet. 1,29.
**352** Colum. 2,7,1; Plin. nat. 18,49.
**353** Plin. nat. 18,96.
**354** Plaut. Poen. 326.
**355** Neben *sesamum, sesama* gibt es die Form mit Vokalwechsel *sesima;* sie stammt aus der Zeit von vor 350 v. Chr.
**356** Vgl. S. 182 und 184.
**357** Colum. 12,59,2.
**358** Liv. 1,54,6. In den Pfahldörfern hat man »Konglomerate aus Mohnsamen in Form flacher Fladen« gefunden, Maurizio (1932), S. 520; vgl. Schrader/Nehring (1917–29), Bd. 2, S. 68.
**359** Vgl. S. 57 und 184.
**360** Plin. nat. 19,168.
**361** Ov. fast. 4,151 f.; Paul. Fest. 35,6; vgl. R. Schilling, *La religion romaine de Vénus depuis les origines jusqu'au temps d'Auguste*, Paris 1954, S. 391–393; vgl. dazu die Besprechung von J. André in: RPh 31 (1957), S. 137.
**362** Plin. nat. 19,175.
**363** Plin. nat. 18,98.
**364** Caes. civ. 3,47,6: *Non illis hordeum cum daretur, non legumina recusabant.*
**365** Plin. nat. 19,64–68.
**366** Cels. 2,18,3.
**367** Phainias in Athen. 68d; Gal. VI,567. Vgl. About (1854), S. 400: »Genügsame Männer kaufen sich ein Stück rosafarbener Wassermelone oder eine dicke Gurke, in die sie wie in einen Apfel mit großem Appetit hineinbeißen.«
**368** Apic. 3,6,1–3; 4,2,7.
**369** Plin. nat. 19,64.
**370** Edict. Dioclet. 6,28.
**371** Colum. 10,234; Plin. nat. 19,69 ff. Beim Kürbis oder Riesenkürbis, *Cucurbita maxima* Duch., und beim Gartenkürbis, *C. Pepo* L., geht man heute mit Sicherheit davon aus, dass sie aus Amerika stammen, vgl. Schiemann (1932), S. 239 f. Andererseits wird der getrocknete Kürbis, wie Plin. nat. 19,69 berichtet, als Gefäß verwendet, ebenso wie die Kalebasse in Nordafrika, vgl. Trabut (1935), S. 143; im Französischen heißt dieser Kürbis auch *courge-bouteille.* Zu seinem Verzehr vgl. Bois (1927/28), Bd. 1, S. 189.
**372** Cels. 2,18,3.
**373** Plin. epist. 1,15,2.
**374** Mart. 11,31.
**375** Plin. nat. 19,71.
**376** Apic. 3,4,1–8; 4,5,3.
**377** Edict. Dioclet. 6,26 f.
**378** Plin. nat. 22,96; aber bei der Vergiftung des Kaisers Claudius hatte man lediglich Gift unter die essbaren Pilze gemischt, vgl. Plin. nat. 22,92; Suet. Claud. 44,3 f.
**379** Cels. 5,27,12 C u. ö.; Plin. nat. 22,98; 23,115; Diphilos in Athen. 61d–e.
**380** Plin. nat. 22,99; vgl. auch die sonderbaren Schädlichkeitskriterien nach Farbe und Konsistenz bei Diphilos in Athen. 61d.
**381** Suet. Tib. 42,6.
**382** Plin. nat. 22,97; vgl. Nikandros in Athen. 60f. Die Identifizierung der Pilze der lateinischen Antike wurde kürzlich durch die sehr gewissenhafte Untersuchung von Maggiulli (1977) überprüft. Ihr schließen wir uns im Allgemeinen an. Die Seiten 151–159 (»La micogastronomia nell'antichità classica«) sind der Zubereitung gewidmet.
**383** Plin. nat. 22,96.
**384** Mart. 3,60,5: *fungos ego sumo suillos;* Apic. 7,15,4: *boletos fungos.*
**385** Apic. 7,15,1–3; vgl. Maggiulli (1977), S. 113–115.
**386** Plin. nat. 16,85; vgl. Maggiulli (1977), S. 103–107.
**387** Plin. nat. 16,31; vgl. 22,96.
**388** Mart. 3,60,5 u. ö.
**389** Vgl. Penzig (1924), Bd. 1, S. 72 f.
**390** Vgl. Sen. epist. 95,25: *boletos voluptarium venenum.*
**391** Plin. nat. 22, 92 ff.; 29,103.
**392** Vgl. Steier (1950), Sp. 1378; vgl. Maggiulli (1977), S. 34–59.
**393** Plin. nat. 22,96; vgl. Maggiulli (1977), S. 66–70.
**394** Hor. sat. 2,4,20 f.
**395** Ov. fast. 4,697. Noch in modernen Abhandlungen zieht man diesen Text heran, um die Existenz einer Champignonzucht nachzuweisen, vgl. R. Brunet, *Champignons et truffes*, Paris 1947, S. 2. Bei Ovid geht es um eine Bäuerin, die gleichzeitig Malven für ihr bescheidenes Mahl sammelt.
**396** Vgl. Steier (1950), Sp. 1379 f.; Maggiulli (1977), S. 66–71.
**397** Plin. nat. 19,63; vgl. Maggiulli (1977), S. 125–130.
**398** Ital. *spongiola, spungiola*, vgl. Penzig (1924), Bd. 1, S. 304.

**399** Titinius, com. 163; Cic. fam. 7,26,2: *fungos helvellas, herbas omnes*; vgl. Paul. Fest. 91,28: *helvella olera minuta*.
**400** Penzig (1924), Bd. 1, S. 226. Die *helvellae* werden von Maggiulli (1977) nicht zu den Pilzen gerechnet.
**401** Plin. nat. 22,98.
**402** In Athen. 61a.
**403** Geop. 12,41,1.
**404** Geop. 12,41, 2 f.
**405** Athen. 60c, und gewiss auch in dem Rezept des Apic. 7,15,2 mit einer Soße aus Pfeffer, Mostsirup, Öl und Essig.
**406** Athen. 60c und 60d.
**407** Apic. 7,15,1 und 3 zu *fungi farnei*; 7,15,4–6 zu *boleti*.
**408** Mart. 13,50,2.
**409** Plin. nat. 19,34.
**410** Vgl. Theophrast in Athen. 62a; Plin. nat. 19,36; diese Trüffelart wächst in Italien und sogar in Südfrankreich.
**411** Iuv. 5,119.
**412** Edict. Dioclet. 6,94.
**413** Apic. 7,16,1–6.
**414** Nicht behandelt wird hier das »Trockengemüse«, die Erbsen, Saubohnen, Linsen usw., deren Aufbewahrung keine besonderen Vorsichtsmaßnahmen außer gegen Insekten, Rüsselkäfer usw. erfordert; zu diesem Punkt vgl. Plin. nat. 18,304–308.
**415** Plin. nat. 19,64.
**416** Zu den Daten, die natürlich je nach Pflanze unterschiedlich sind, vgl. Colum. 12,7,1; 12,10,1; 12,13,2.
**417** Colum. 12,4; 12,46.
**418** Colum. 12,7,4.
**419** Colum. 12,4,4 f.
**420** Colum. 12,4,3.
**421** Plin. nat. passim; Colum. 12 passim.
**422** Colum. 12,7,3 f.; 12,9,1; 12,10,2; Plin. nat. 19,153.
**423** Colum. 12,7,1; vgl. Diosk. 3,67,2.
**424** Colum. 12,9,2.
**425** Colum. 12,7,1; 12,13,2; Plin. nat. 26,83; vgl. Diosk. 2,11.
**426** Colum. 12,7,1.
**427** Colum. 12,7,1.
**428** *Portulaca oleracea* L.; lat. *portulaca*, Colum. 12,13,2.
**429** *Lepidium latifolium* L.; Diosk. 2,174; es handelt sich um eine Kulturpflanze, vgl. Plin. nat. 19,166.
**430** Colum. 12,9,1: *phaseoli virides integri*.
**431** Plin. nat. 19,153: Sie werden zusammen mit der Wurzel des Laserkrauts und Kümmel in Honig eingelegt, den man in Essig aufgelöst hat.
**432** Colum. 12,9,1 f.; Cels. 4,16,2; Plin. nat. 19,129.
**433** Colum. 12,7,1.
**434** Plin. nat. 19,142.
**435** Plin. nat. 18,127.
**436** Varro rust. 1,59,3; Colum. 12,56,1–3; Plin. nat. 18,128; Pall. agric. 13,5; Apic. 1,12,8.
**437** Colum. 12,56,4 f.; vgl. Diosk. 2,111.
**438** Plin. nat. 22,79.
**439** Colum. 12,48.
**440** Plin. nat. 19,74.
**441** Nikandros in Athen. 372f. Nach Oreib. 1,35 bekamen sie dann eine lederartige Konsistenz; zu anderen Rezepten für die Konservierung dieser beiden Früchte in Salzlake vgl. Geop. 12,19,15 und 17.
**442** Colum. 12,9,2.
**443** Colum. 12,7,1.
**444** Plin. nat. 27,29; vgl. Diosk. 3,18; manchmal isst man noch die in Salzwasser gekochten jungen Triebe als Gemüse, Fournier (1947), Bd. 1, S. 265.
**445** *Sedum album* L. und andere; Colum. 12,7,1; vgl. Bois (1927/28), Bd. 1, S. 178.
**446** Diosk. 3,21.
**447** *Ferula communis* L.; Colum. 12,7,1; 12,7,4; Plin. nat. 20,260: in Salzlake mit Honig; vgl. Diosk. 3,77.
**448** Colum. 12,7,1 und 5.
**449** Colum. 12,7,1; vgl. Diosk. 2,173; Gal. VI,615; Oreib. 1,61.
**450** Cato agr. 101; vgl. Plin. nat. 15,34.
**451** Colum. 12,9,2.
**452** *Ruscus aculeatus* L.; Colum. 12,7,1.
**453** *Clematis vitalba* L. und andere; Diosk. 4,180. Die Triebe werden noch heute in Italien und in der Provence in Wasser gekocht und als Spargel gegessen, vgl. Rolland (1896–1914), Bd. 1, S. 10; Fournier (1947), Bd. 1, S. 429.
**454** Plin. nat. 14,119.
**455** Diosk. 4,181.
**456** Colum. 12,7,1 (*Tamus communis* L. und *Bryona dioica* Jacq.).
**457** Mit ihren Blättern, Cato agr. 101.
**458** Plin. nat. 19,115; Pall. agric. 12,6.
**459** Plin. nat. 19,106.
**460** Colum. 12,10,1 f.
**461** Mart. 3,77,5.
**462** Plin. nat. 19,115.
**463** Apic. 4,1,2; 4,2,24 u. ö.; zu ihrem Verkauf vgl. Edict. Dioclet. 6,20.
**464** Plin. nat. 22,98.
**465** Apic. 1,12,10.
**466** Vgl. Maurizio (1932), S. 216–250.
**467** Vgl. Anm. 431 und 436.
**468** Plaut. Pseud. 810–825.
**469** Plin. nat. 19,51 f.: *ex horto macellum*.
**470** Plin. nat. 18,130; 19,81.
**471** Plin. nat. 19,110; 140.
**472** Vgl. A. Maurizio, *Les bases des régimes alimentaires traditionnels. Travaux du 1er Congrès International de Folklore*, Tours 1938, S. 122 f.
**473** Das Cognomen *Pīso* (wegen der Quantität vgl. Hor. ars 6; 235), seit 211 v. Chr. bezeugt, bedeutet ›Zerstampfer‹ und hat nichts mit *pisum* ›Erbse‹ zu tun.
**474** Plin. nat. 19,57.
**475** Vgl. Plin. nat. 20,33: *Syria in hortis operosis-*

*sima* und die Vielzahl der Gartenbauprodukte, die den Beinamen »syrisch« tragen: *radix Syriaca, cepa Ascalonia* usw.; ebenso sind die Namen der Zichorie, *intubus* und *ambubaia*, semitischen Ursprungs.
**476** Vgl. *lactuca Cilicia.* Der alte Mann von Tarent, dessen Garten Vergil bewundern lässt (georg. 4,125 ff.), ist ein ehemaliger kilikischer Seeräuber.

## 2. Getreide

**1** Vgl. Chevalier (1939), S. 632 f.
**2** Vgl. Chevalier (1939), S. 634; Guyot (1964), S. 81.
**3** Plin. nat. 18,74. Man muss annehmen, dass es sich hier eher um Fladen als um Brot handelt.
**4** Schiemann (1932), S. 162.
**5** Bei Theophrast; vgl. Schiemann (1932), S. 162.
**6** Thuk. 6,22; Plin. nat. 18,74; Poll. 6,77.
**7** Gal. VI,507.
**8** Cels. 2,18,4; Gal. VI,507.
**9** Polyb. 6,38,6; App. Ill. 26; Suet. Aug. 24,2; Cass. Dio 49,27.
**10** Plin. nat. 18,79.
**11** Colum. 2,9,14.
**12** Zum sehr schwierigen Problem der Unterscheidung der verschiedenen Weizenarten, die von den antiken Autoren erwähnt werden, vgl. Schiemann (1932), S. 81–161; Jasny (1944); Segrè (1950).
**13** Sophokles in Plin. nat. 18,65.
**14** Vgl. Jasny (1944), S. 13, 112; Segrè (1950), S. 175–177; zum Fehlen der Grannen vgl. Plin. nat. 18,93.
**15** Vgl. Schiemann (1932), S. 89.
**16** Plin. nat. 18,83.
**17** Verrius in Plin. nat. 18,62.
**18** Tabula III, 4: *libras farris*; Gell. 20,1,45.
**19** Plin. nat. 18,81 f.; Strab. 5,2,10.
**20** Plin. nat. 18,62.
**21** Edict. Dioclet. 1,8: sie ist, zu einer Zeit, da die eingespelzten Weizenarten wenig geschätzt werden, halb so teuer wie die Gerste.
**22** Plin. nat. 18,61; 81; 92; vgl. Jasny (1944), S. 133.
**23** *Triticum spelta* L. Obwohl der Dinkel seit der Bronzezeit in der Schweiz und in Deutschland angebaut wurde, war er in Ägypten und der griechisch-römischen Welt unbekannt, vgl. Schiemann (1932), S. 143.
**24** Hier. comm. in Ez. 1,4,9.
**25** Edict. Dioclet. 1,1: *frumentum*; 1,7: *spelta munda* ›entspelzt‹.
**26** Schiemann (1932), S. 86.
**27** Plin. nat. 18,81 und 93. Das Wort wird in Oreib. syn. 4,8; 4,15 mit *spelta* übersetzt.
**28** Vgl. Jasny (1944), S. 95 ff.; Schiemann (1932), S. 113 und 123, ist hingegen der Ansicht, es gebe keinen Beweis dafür, dass das *Triticum turgidum*, das in den Botanikbüchern des 16. Jahrhunderts zum ersten Mal als solches erwähnt wird, in der Antike oder im Mittelalter bekannt war.
**29** Plin. nat. 18,63–70.
**30** Plin. nat. 18,86–88.
**31** Cato sind bereits die beiden Arten bekannt und er selbst gibt seinen Sklaven nur *triticum* (agr. 56); doch Vergil kennt nur das *far*, abgesehen von einer Anspielung auf das *triticum*: georg. 1,219: *At si triticeam in messem robustaque farra*; vgl. die Liste der Verse mit Weizennamen in Billiard (1928), S. 101. Nun aber wächst das *triticum* damals schon seit langem in Italien und gedeiht nicht auf demselben Boden wie das *far*, was Vergil jedoch nicht kümmert. Und er hat niemals etwas von der *siligo* gehört. Man fragt sich, für wen er geschrieben hat.
**32** Plin. nat. 18,79.
**33** Vgl. Plin. nat. 18,66 ff.; Marquardt/Dessau/Domaszewski (1884), S. 141 f., 158 f.; S. Gsell, *Histoire ancienne de l'Afrique du Nord*, Bd. 7, Paris 1913, S. 101. Allein Ägypten lieferte Rom jährlich 20 Millionen Scheffel (1 750 000 hl) Getreide, vgl. Aur. Vict. 1.
**34** Obwohl die Körner des Taumel-Lolchs (*Lolium temulentum* L.), lat. *lolium*, neben vielen anderen in den neolithischen Ablagerungen gefunden wurden und dies »in so unglaublichen Mengen, dass man annehmen könnte, der Lolch sei ein gängiges Nahrungsmittel gewesen« (Neuwiller in Maurizio, 1932, S. 164), kann man dennoch nicht F. Orth, Art. »Gramineen«, in: RE 7, 2, Sp. 1698, zustimmen, der behauptet, der Lolch sei in historischer Zeit von den Latinern verzehrt worden. Die beiden Texte, die er zur Untermauerung seiner These anführt, Plaut. Mil. 321 und Hor. sat. 2,6,89, geben dafür nichts her. Aber wenn der Weizen und die Gerste schlecht verlesen waren, konnten sie mit dem Lolch vermischt sein; die Auswirkungen waren wohl bekannt, vgl. Plin. nat. 18,153; 156; 22,160.
**35** Strab. 4,1,2; 4,2,1.
**36** Polyb. 2,15,2; Plin. nat. 18,100; 18,182; Strab. 5,1,12.
**37** Polyb. 2,15,2; Caes. civ. 2,22,1; Plin. nat. 18,101; 18,182.
**38** Colum. 2,9,17; 2,9,19; vgl. Strab. 5,1,12; nach dessen Zeugnis ist »die Hirse das sicherste Mittel gegen die Hungersnot, da sie allen Wetterlagen gegenüber unempfindlich ist und immer zur Verfügung steht, selbst im Falle größter Lebensmittelknappheit«.
**39** Vgl. Maurizio (1932), S. 296–298.
**40** Vgl. Schiemann (1932), S. 174; Clark (1952), S. 171 f.
**41** Plin. nat. 18,141.
**42** Gal. VI,514. Zu Pavia vgl. die Analyse der verkohlten Reste in: L. Castelleti, »Secale subfossile a Lomello«, in: *Atti del Centro Studi e Documentazione sull'Italia Romana* 6 (1974/75) S. 55–71.
**43** Edict. Dioclet. 1,3.
**44** Plin. nat. 18,149: *vitium frumenti.*
**45** Cato agr. 37,5.
**46** Colum. 2,10,24; 2,10,32; in Edict. Dioclet. 1,17 ist er das billigste Getreide.

**47** Plin. nat. 18,149.
**48** Plin. nat. 18,55. Man weiß heute, dass sie aus dem tropischen Afrika stammt; wild wachsend hat man sie in Nubien und Äthiopien wieder entdeckt.
**49** »Le vocabulaire de l'agriculture d'après les papyrus grecs d'Égypte«, in: *American Studies in Papyrology* 7 (1970), S. 71–75.
**49a** Vgl. Aristobulos (3. Jahrhundert v. Chr.) in Strab. 15,1,18; Exp. mundi 47 und vielleicht Plin. nat. 18,71.
**50** Vgl. Peripl. m. rubr. 14; 31; 37 u. ö.
**51** Cels. 2,18,10; Cael. Aur. chron. 2,105; 2,174; 4,48 u. ö.
**52** Hor. sat. 2,3,155. Man hat in Germanien, im Lager von Neuss (erstes Viertel des 1. Jahrhunderts n. Chr.) verkohlte Reiskörner gefunden; dort wurde dies Getreide vielleicht als Arznei verwendet oder gehörte als Luxusspeise zur Verpflegung der Offiziere, vgl. Knörzer (1970), S. 28 f.
**53** Apic. 2,2,9: *oridiam infusam teres*; exc. 7: *amulabis de oridia propter spissitudinem*; exc. 9: *amulo orizie obligas.*
**54** Lampr. Heliog. 21,3.
**55** Plin. nat. 16,15; zu Lusitanien vgl. Strab. 3,3,7.
**56** Maurizio (1932), S. 91–93; zur Verwendung von Mehl aus süßlichen Eicheln zur Herstellung von Fladen bei den Sarden vgl. H. Brockmann-Jerosch, »Die ältesten Nutz- und Kulturpflanzen«, in: *Vierteljahrsschrift der Naturforschung in Zürich* 52 (1917), S. 90–93.
**57** Calp. ecl. 4,35.
**58** Zum Rösten der Körner vgl. Blümner (1874–1887), Bd. 1, S. 10–13; Maurizio (1932), S. 353–357; Clark (1952), S. 175 f.
**59** Plin. nat. 18,72–74; Poll. 1,246.
**60** Ov. fast. 1,693 f.: *Triticeos fetus passuraque farra bis ignem*: zweimal, d. h. zum Rösten der Blütenspelzen und zum Kochen der Speisen; vgl. 2,24 und 6,313.
**61** Varro rust. 1,63; 1,69; Verg. georg. 1,267; Ov. am. 3,10,7 u. ö.; Plin. nat. 18,61; Serv. georg. 1,178; 1,267.
**62** Varro rust. 1,63.
**63** Plin. nat. 18,61; 18,98; Serv. georg. 1,267.
**64** Vgl. Clark (1952), S. 175.
**65** Serv. georg. 1,267.
**66** Ov. fast. 2,523.
**67** Ov. fast. 2,522 ff.; 6,313 ff; Plin. nat. 18,7 f.; Paul. Fest. 82,30.
**68** Plin. nat. 18,7 f.; vgl. Ov. fast. 2,24.
**69** In Plin. nat. 18,7.
**70** Zu dieser relativ späten Verwendung bei den Albanern und Slawen vgl. A. Maurizio, »Verarbeitung des Getreides zu Fladen seit den urgeschichtlichen Zeiten«, in: *Anzeiger für schweizerische Altertumskunde* 18 (1916), S. 2; Maurizio (1932), S. 353 f.
**71** Cato agr. 86: *granea triticea*; die Übereinstimmung von Plin. nat. 18,116 mit dem Cato-Text erlaubt meiner Ansicht nach nicht die Korrektur *tragum*, die Mayhoff von Turnèbe übernommen hat; die Lesart *grana cum* von *E* beruht auf einem aus *graneum* entstandenen *granaeum.*
**72** Plin. 18,76.
**73** Cato agr. 87; Plin. nat. 18,76; 18,82; Diosk. 2,101.
**74** Aristoph. Ach. 1092; Pax 1195; Athen. 647f; Poll. 6,12.
**75** Cels. 2,20,1; Cael. Aur. acut. 2,110 u. ö.
**76** Cato agr. 87.
**77** Apic. 2,2,7–9; 3,4,2 u. ö.; vgl. exc. 7: *amulabis de oridia.*
**78** Vgl. Maurizio (1932), S. 385.
**79** Vgl. Moritz (1957), S. 24 f.
**80** Cato agr. 10,5: *pilum farrearium*; 14,2: *paullulam pilam ubi triticum pinsat.* Der Gebrauch des Stößels ist also nicht, wie Moritz (1957), S. 25 annimmt, unbedingt auf das *far* und die *zea* beschränkt.
**81** Plin. nat. 18,108: *pistoresque tantum eos, qui far pisebant, nominatos*; vgl. Varro rust. 1,63; Isid. orig. 17,3,5.
**82** Plin. nat. 18,97.
**83** Plin. nat. 18,98 und 115.
**84** Plin. nat. 22,128; zur *alica* vgl. Blümner (1874–87), Bd. 1, S. 55 f.; Moritz (1957), S. 148.
**85** Plin. nat. 18,112; in 18,109 und 113 erwähnt Plinius übrigens die *alica* aus Ägypten.
**86** Diosk. 4,148,3: ἄλικος = Diosk. lat. 4,143: *alice*; aber bei Chrysipp von Tyana, zitiert in Athen. 647d (dort ist das Wort genannt), enthält die Liste der Kuchen ebenso viele lateinische wie griechische Bezeichnungen.
**87** Plin. nat. 18,109–111.
**88** Plin. nat. 18,82; von dort stammt *alicastrum* ›Weizen zur Herstellung von Graupen‹; Columella verwendet in 2,6,3 und 2,9,8 diesen Begriff für den Dreimonatsspelt, *semen trimestre.*
**89** Geop. 3,7.
**90** Cato agr. 76,1: *alica prima.*
**91** Zum Verfahren vgl. Plin. nat. 18,112–115.
**92** Plin. nat. 18,114; in Geop. 3,7 mischt man Gips in den *chondros.*
**93** Plin. nat. 18,109.
**94** Vgl. Plin. nat. 18,115 f.
**95** Plin. epist. 1,15,2; Mart. 13,6,1 f.
**96** Cato agr. 76,1; Plin. nat. 18,106.
**97** Vgl. N. Jasny, »Wheat Prices and Milling Costs in Classical Rome«, in: *Wheat Studies in the Food Research Institute* 20 (1944), S. 149 ff; Moritz (1957), S. 155. Zum Mehl vgl. auch den in diesem Punkt noch immer gültigen Aufsatz von Voigt (1876), bes. S. 114–117.
**98** Obwohl man heutzutage über Maschinen verfügt, die das Getreide vor dem Mahlen sorgfältig von Steinen befreien, findet man im Mehl trotzdem noch sandige Rückstande. Der Sand stört nicht weiter und knirscht erst, wenn 100 kg Mehl mehr als 15–20 g Sand enthalten; bei mehr als 20 g gilt das Mehl als nicht mehr genießbar, vgl. Amman (1914), S. 30. Man kann sich leicht denken, dass im antiken Mehl der Sandanteil weitaus höher war.

**99** Vgl. Cato agr. 74 und 84.
**100** Vgl. Plin. nat. 18,86–90.
**101** Plin. nat. 18,108.
**102** Cato agr. 156,5; 157,9.
**103** Plin. nat. 13,82; ; 18,89. Vgl. M. Manson, »La fleur de farine utilisée dans les *aerarii officinae* (Pline, H. N. XVIII, 89)«, in: BSFN 28 (1973), S. 324–326.
**104** Celsus scheint in 2,18,4 zwischen dem Brot aus *siligo* und dem aus *simila* zu differenzieren: *et ex tritico firmissima siligo, deinde simila . . .*; 2,30,1: *panis ex siligine vel ex simila.* Aber die Bezeichnungen für den Weizen sind bei ihm sehr unklar: in 2,20,1 unterscheidet er zwischen *triticum* und *siligo*, verwendet jedoch nur einmal *far* (3,22,11); man kann davon ausgehen, dass *triticum* in 2,18,4 wie sonst auch den Weizen im Allgemeinen bezeichnet, ohne Rücksicht auf die verschiedenen Arten.
**105** Plin. nat. 18,87.
**106** So z. B. in Pisa, Clusium und Arezzo, vgl. Plin. nat. 18,87.
**107** Auf dieselben Techniken greift man in Notzeiten wieder zurück, vgl. Lawrence (1898), S. 63 (zum Spanienfeldzug 1809): »Wir nutzten diesen Weizen, indem wir ihn wie Reis kochten; oder aber wir zermahlten, wenn das für uns bequemer war, die Körner zwischen zwei glatten Steinen, um daraus dann eine Art dicken Brei zuzubereiten.«
**108** Varro ling. 5,105; 108; Iuv. 14,171 ; Plin. nat. 18,83 f.; Val. Max. 2,5,5.
**109** Plaut. Most. 828: *pultiphagus*; Poen. 54: *Pultiphagonides*. Völker werden oft nach ihrer Nahrung benannt, vgl. *Ichthyophagi*. Die Bewohner der Bresse z. B. werden, da sie Maisbrei essen, von ihren Nachbarn »ventres jaunes« [Gelbbäuche] genannt.
**110** Arnob. nat. 7,24.
**111** Sen. benef. 1,6,3; Plin. nat. 18,84; Arnob. nat. 7,24; 65,7: *fitilla de milio.*
**112** Plin. nat. 18,83 f.; Mart. 13,8,1 f.; Cael. Aur. chron. 2,105; 4,48.
**113** Iuv. 11,108; Spart. Geta 5,8.
**114** *Milium*, Colum. 2,9,19; Cels. 2,30,1; vor allem in Kampanien, Plin. nat. 18,100; Cael. Aur. chron. 2,105; 2,174; 4,48.
**115** *Panicum*, Colum. 2,9,19; Cels. 2,30,1.
**116** Cato agr. 85; Cels. 2,30,1; Cael. Aur. chron. 2,105; 2,174; 4,48.
**117** Cael. Aur. chron. 2,105.
**118** Cael. Aur. chron. 1,12; 1,88.
**119** Vgl. Colum. 2,9,19.
**120** Plin. nat. 22,127: *pulte corpus augetur.*
**120a** Vitae Patrum 5, 4, 59; 5, 8, 15; vgl. A.-H. Salonius, *Vitae Patrum*, Lund 1920, S. 437. Die Herkunft des Wortes *zippula* ist dunkel und gewiss nicht lateinischen Ursprungs, doch seine Bedeutung ist durch das griechische Wort ἀθήρα in den *Apophthegmata Patrum* gesichert; dort wird es übersetzt und bedeutet ›Mehlbrei‹.
**121** Cato agr. 85: *puls Punica.*
**122** Apic. 5,1,1–4.
**123** Das Wort *polenta* bezeichnet sowohl das Gerstenmehl als auch den Brei, der aus diesem Mehl zubereitet wurde.
**124** Plin. nat. 18,73 f.; Pall. agric. 7,12. Der Zusatz von Leinsamen und Koriander bei Plinius war anscheinend eher in Griechenland gebräuchlich.
**125** Plin. nat. 18,80; Pall. agric. 7,12.
**126** Macr. Sat. 7,15,10: *cum polenta bibuntur*; vgl. Ov. met. 5,450; 454.
**127** In Plaut. Asin. 33; im Acharistio, zitiert in Plin. nat. 14,92, und Curc. 295; es handelt sich, wie in Apul. met. 1,4,1: *polenta caseata*, um griechische Sitten; die *polenta* in Sen. epist. 18,10; 21,10; 110,18 ist eine Übersetzung von μᾶζα aus Diog. Laert. 10,11 und verweist somit auf eine griechische Gepflogenheit.
**128** Abgeleitet von griech. πτισάνη ›enthülste Gerste‹, vgl. πτίσσω ›enthülsen‹. Die griechischen Ärzte unterscheiden manchmal zwischen der πτισάνη παχεῖα ›Gerstengrütze‹, und dem πτισάνης χυλός ›Gerstensaft‹, aber die lateinische *tisana* ist kein Brei.
**129** Plin. nat. 22,136; Diosk. 2,86.
**130** Hor. sat. 2,3,155 u. ö.
**131** Ps.-Acro Komment. zu Hor. sat. 2,3,155; zu den Graffiti von Graufesenque vgl. A. Albenque, »Nouveaux graffites de la Graufesenque«, in: REA 53 (1951), S. 77 f.
**132** Apic. 4,4,1 f.; das zweite Rezept basiert auf getrocknetem Gemüse und enthülster Gerste.
**133** Zum Brot in Rom vgl. Voigt (1876), S. 119–128; Blümner (1874–87), Bd. 1, S. 77 f.; Marquardt/Mau (1886), S. 41–43; Segrè (1950), S. 196 f.; J. M. Frayn, »Home-baking in Roman Italy«, in: *Antiquity* 52 (1978), S. 28–37. Das Werk von H.-E. Jacob, *Sechstausend Jahre Brot*, Hamburg 1954 (ins Französische übersetzt u. d. T. *Histoire du pain depuis six mille ans*, Paris 1958), ist sehr enttäuschend: es weicht oft vom Thema ab, enthält sehr viele unbewiesene Behauptungen und ist nicht wirklich wissenschaftlich.
**134** Sen. epist. 90,23.
**135** Maurizio (1932), S. 293 f.
**136** Plin. nat. 18,83.
**137** Paul. Fest. 51,10: *cocum et pistorem apud antiquos eumdem fuisse accepimus.*
**138** Ulp. dig. 33,7,12: *et mulieres, quae panem coquant*; sie werden von den *pistores* und den *molitores* abgehoben.
**139** Plin. nat. 18,107 f.
**140** Plaut. Asin. 200: *a pistore panem petimus, vinum ex oenopolio.* L. Radermacher, »Die Zeit der Asinaria«, in: RhM 58 (1903), S. 636, datiert das Stück auf das Jahr 212 v. Chr., ein Datum, das nicht von allen akzeptiert wird. Auf jeden Fall bezeichnet das Zitat eine Begebenheit aus der Zeit vor 184 v. Chr., dem Todesjahr des Plautus; vielleicht handelt es sich hier jedoch auch um einen griechischen Brauch.
**141** Von *pinsare* ›zermalmen, zerstampfen‹, vgl. Plin. nat. 18,108.

**142** Vgl. A. Hug, Art. »Pistor«, in: RE 20, 2, Sp. 1825; zur Zunft der Bäcker im 4. Jahrhundert n. Chr. in Rom vgl. A. Piganiol, *L'empire chrétien*, Paris 1947, S. 286.
**143** Vgl. Plin. nat. 18,107: *sicut etiam nunc in plurimis gentium.*
**143a** Ps. Verg. Mor. 40–51; diese Fladen heißen in V. 119 Brote (*panis*).
**144** *Farreus panis*, Gaius 1,112; *farreum*, Plin. nat. 18,10.
**145** Non. 445,14: *acerosum panem farre minus purgato*; Fest. 203,7: *et frumentum et panis non sine paleis acerosus dicitur.* Voigt (1876), S. 119, und Blümner (1874–87), S. 77, nahmen zu Unrecht an, dass dies der alte Name des *panis plebeius* war; vgl. Segrè (1950), S. 196.
**146** Plin. nat. 18,62.
**147** Plin. nat. 18,117.
**148** Colum. 2,6,2; Plin. nat. 18,86.
**149** Sen. epist. 119,3; 123,2; Isid. orig. 20,2,15; *panis ex siligine*, Cels. 2,30,1; *panis siliginis*, Cael. Aur. acut. 2,110. Der Ausdruck wurde ins Griechische übernommen: σίλιγνις ›reines Siligo-Mehl‹, σιλιγνίτης ἄρτος ›aus diesem Mehl hergestelltes Brot‹ (Galen).
**150** Ulp. dig. 47,2; 52,11.
**151** Plin. nat. 18,74; 22,135.
**152** Plin. nat. 18,103.
**153** Cels. 2,25,1; vgl. 2,18,4.
**154** Sen. epist. 18,10; doch vielleicht spricht Seneca, der auf Epikur anspielt, von einer griechischen Gepflogenheit.
**155** Colum. 2,9,14.
**155a** Constantius von Lyon, Vita Germani 35.
**155b** Regula Magistri 53,1.
**156** Colum. 2,9,19; Plin. nat. 18,54; 18,100.
**157** Cels. 2,18,4; 2,25,1.
**158** Hier. epist. 52,6.
**159** Plin. nat. 18,54.
**160** Plin. nat. 18,117.
**161** *Quercus ilex* var. *ballota* DC; in Notzeiten, Plin. nat. 16,15; zu Lusitanien vgl. Strab. 3,37.
**162** Plin. nat. 15,92; vgl. Maurizio (1932), S. 84.
**163** *Trapa natans* L.; lat. *tribolus*; Plin. nat. 22,27; Diosk. 4,15.
**164** Athen. 158e.
**165** *Panis fermentatus*, Cels. 2,25,1; 2,29,1; Plin. nat. 18,104; *panis fermentacius*, Isid. orig. 20,2,15.
**166** Scrib. Larg. 133; Isid. orig. 20,2,15.
**167** Isid. orig. 20,2,15.
**168** Gell. 10,15,19.
**169** Cato agr. 74.
**170** Zum Sauerteig vgl. Plin. nat. 18,102–104. Der Most enthält die Hefepilze.
**171** Piln. nat. 18,68: *spuma concreta* ›trockener Schaum‹.
**172** Vgl. Amman (1914), S. 392 f.
**173** Plin. nat. 18,102 f.
**174** Cato agr. 74.
**175** Plin. nat. 18,68.
**176** Plin. 18,86–90.
**177** Plin. nat. 18,105.
**178** Gal. VI,494: »Seine Leichtigkeit erkennt man an seinem Gewicht und daran, dass es im Wasser nicht untergeht, sondern wie Kork schwimmt.«
**179** Isid. orig. 20,2,16.
**180** Iuv. 14,127 f.
**181** Zitiert von Maurizio (1932), S. 542.
**182** Vgl. Plin. nat. 19,168.
**183** Plin. nat. 19,168; Serv. georg. 1,212; nach Diosk. 4,63,2 verwendete man auch den Samen des Klatschmohns.
**184** Plin. nat. 20,185.
**185** Plin. nat. 19,168.
**186** Plin. nat. 20,256.
**187** Plin. nat. 19,168; 20,184; Diosk. 3,79.
**188** Z. B. Dill, dessen Verwendung in Griechenland durch Athen. 114a bezeugt ist, ebenso wie Pfeffer (Athen. 113d) und Ammei (*ami*) in Alexandria (Plin. nat. 20,163). Wenn dem Teig wegen ihres Nardengeruchs die Wurzel des Schwertels hinzugefügt wird, scheint es sich eher um eine griechische als eine römische Gepflogenheit zu handeln (Plin. nat. 21,107 = Theophr. hist. plant. 7,12,3); zur Geschichte der Gewürzbrote vgl. Maurizio (1932), S. 513–527.
**189** Plin. nat. 18,88; 18,105; Athen. 113a–b.
**190** Vgl. Plin. nat. 18,107; in Plaut. Asin. 400 handelt es sich um ein Gerät, das man unter Nachbarn ausleiht. Zu diesem Typ Backgerät vgl. Maurizio (1932), S. 428–432; Hilgers (1969), S. 110 f.
**191** Plin. nat. 18,88; 18,105; Athen. 113a–b.
**192** Plin. nat. 18,105; Isid. orig. 20,2,15; Athen. 110b–c (κριβανίτης); 113a–b.
**193** Das Verdienst, den Sinn und die Form des *clibanus* für das Backen der Fladen erschlossen zu haben, kommt D.-F. Quentin zu: »*Clibanus, Pigella, Panis artopticius*«, in: *Rendiconti della Pontificia Accademia Romana di archeologia* 4 (1925/26), S. 81–89. Ich glaube allerdings nicht, dass *clibanus* und *artopta* synonyme Begriffe sind, da beide Wörter von Athenaios und Plinius deutlich voneinander unterschieden werden. In Apic. 8,6,6; 8,11 u. ö. ist der *clibanus* jedoch eindeutig eine Backpfanne. Zu dieser Technik, die den Historikern der Ernährung gut vertraut ist, vgl. Maurizio (1932), S. 463; Leroi-Gourhan (1971), S. 165 f. Zu den verschiedenen Verwendungsweisen des *clibanus* vgl. Hilgers (1969), S. 148.
**194** Fest. 126,11.
**195** Lucil. 1250 f. M.; Fest. 126,11.
**196** CIL 4,677.
**197** Ps. Aug. serm. 3,2; Caes. Arel. serm., S. 327, 1; vgl. Athen. 110b.
**198** *Subcinericius*, Isid. orig. 20,2,15; Hieronymus, Ambrosius usw.; *focacium, -i* n. SS 3, Reg. 17,12 in Ps. Aug. specul. 82, S. 582,11; vgl. frz. *fouace*, prov. *fogassa*, M.-L. 3396.
**199** Vgl. Maurizio (1932), S. 423, 449, 464; Ps. Verg. Mor. 40 f.
**200** Cels. 2,18,4; Plin. nat. 18,87.
**201** Plin. nat. 18,89; vgl. Geop. 20,41.
**202** Cels. 2,30,1; Plin. nat. 18,89; vgl. Diosk. 2,85.

**203** CIL 1,1017.
**204** Plin. nat. 18,87.
**205** Plin. nat. 22,139; Petron. 64,8; 66,2; Quint. inst. 6,3,60; Front. epist. ad Anton. 1,3,2; vgl. *pistor candidarius*, CIL 14,2202.
**206** Lampr. Alex. Sev. 37,3; Vopisc. Aur. 9,6; Theod. Prisc. log. 101.
**207** Cael. Aur. chron. 1,22: *panis limpidus fermentatus*; 3,92.
**208** Plin. nat. 18,90; Suet. Aug. 76,1.
**209** Hor. epist. 2,1,123.
**210** Lampr. Alex. Sev. 37,3.
**211** Vgl. S. 49 f.
**212** Cic. Tusc. 5,97; Cels. 2,18,4; CIL 4,5380,14; Plin. nat. 18,87; 18,90; Apul. met. 6,11,2; 6,20,3; Hier. epist. 52,6; Isid. orig. 20,2,15.
**213** Sen. epist. 119,3; Front. epist. ad Anton. 1,3,2.
**214** Plin. nat. 18,90.
**215** Ter. Eun. 939: *panis ater*, Speise der Prostituierten; Plaut. Asin. 142: *sordido . . . pane*; Sen. epist. 18,7: *panis durus et sordidus*; Mart. 11,56,8: *nigro pane*.
**216** Cels. 2,18,4: *deinde cui [pani] nihil demptum est, quem* αὐτόπυρον *Graeci vocant*; Plin. nat. 22,138; Cael. Aur. chron. 5,136; vgl. Athen. 110e.
**217** Petron. 66,2.
**218** Phaedr. 4,18,4; Schol. Iuv. 5,11.
**219** Iuv. 5,11; Gell. 11,7,3. Als besondere Arten des Brotes haben manche bisweilen die folgenden gesehen: a) *panis rubidus* (Plaut. Cas. 309); dies ist aber nur ein zu stark gebackenes Brot, nicht ein zweimal gebackenes (Isid. orig. 20,2,15: *Rubidus, recoctus et rubefactus*) oder ein zu wenig gebackenes Brot (Fest. 318,20: *parum coctus*); dies widerspricht nicht der Existenz des Zwiebacks, vgl. S. 60; b) *panis rusticus*, was bei Plinius nur ›auf dem Lande hergestelltes Brot‹ bedeutet (nat.19,168: *hoc [papavere] et panis rustici crustae inspergitur*). Der *panis setanius* (Plin. nat. 22,139) ist ein aus dem Dreimonatsweizen hergestelltes Brot; der Ausdruck ist griechisch (σητάνειος).
**220** Plaut. Bacch. 580.
**221** Athen. 114e.
**222** Hor. epist. 1,17,49; Sen. benef. 4,29,2.
**223** Cels. 3,6,10; 3,19,4; 4,6,6; Cael. Aur. chron. 1,12: *ex pane pulticula*; 1,88: *pulticula ex pane, quam torineton appellant*.
**224** Plin. nat. 22,114.
**225** Athen. 113d: ὁ στρεπτίκιος ἄρτος; Plin. nat.18,105: *a festinatione streptici (panes)*; die handschriftlichen Lesarten sind *sceptrici* und *sceptrice*. Der *strepticius* ist eine Art Pfannkuchen, den man wendet (στρέφω) und der folglich sehr schnell gebacken ist.
**226** CGL 5,560,10: *adipatus panis adipe confectus*.
**227** Plin. nat. 18,105.
**228** Plin. nat. 18,105. Bei manchen nicht näher bezeichneten befriedeten Völkern findet man ein mit Butter gebackenes Brot, Plin. nat. 18,106, das in Rom unbekannt war.
**229** Macr. Sat. 3,13,12.
**230** Plin. nat. 18,106; Mart. 13,47; Apicius 4,1,2 verwendet es für ein Fleischgericht.
**231** Cael. Aur. chron. 4,48; Theod. Prisc. log. 101.
**232** Athen. 111b unter dem Namen ὀβελίας ἄρτος. Alexandria kannte auch das in der Asche gebackene Brot, *encryphias*, Athen. 110b, aber das ist ein ziemlich verbreitetes Verfahren.
**233** Apic. 4,1,3.
**233a** Theod. Prisc. log. 101.
**234** Plin. nat. 22,138; Marcell. med. 27,133.
**235** Liv. 24,11,9 (für 30 Tage); hingegen handelt es sich in Liv. 3,23,3 und 3,27,3 f. um einfache Fladen, die in aller Eile hergestellt wurden.
**236** Plin. nat. 18,67.
**237** Vopisc. Aur. 9,6, zwischen 253 und 260 n. Chr.; vgl. Voigt (1876), S. 196.
**238** Vulc. Gall. Avid. 5,3; Spart. Pesc. 10,4; Amm. Marc. 17,8,2; Cod. Iust. 12,37,1: *buccellatum ac panem*; 12,38,2. Das ist der ἄρτος ξηρός in Iulian 402 a. Im 6. Jahrhundert erwähnt Prokop (Vand. 1,13) für die byzantinische Armee ein zweimal gebackenes Brot. Bei dem *panis siccus*, den Seneca (epist. 83,6) auf dem Lande isst, handelt es sich nicht, wie man behauptet hat (Masquelez in Daremberg/Saglio, 1873–1919, Bd. 1, 2, S. 1170, *cibaria militum*), um einen Zwieback, sondern um ein »nicht eingeweichtes« Brot, vgl. die Ausdrücke *panis ex vino, panis ex mulso, panis ex lacte* und Suet. Aug. 77: *sumebat perfusum aqua frigida panem*.
**239** Vgl. Jeanselme (1918).
**240** Plaut. Persa 471.
**241** Cato agr. 56.
**242** Ein Liter Weizen wiegt im Durchschnitt 750 g; auf dieser Basis hat Jeanselme (1918) seine Berechnungen angestellt. Wenn man sich an die Angaben des Plinius (nat. 18,92) hielte, würde 1 Scheffel (8,754 l) der *arinca* 16 Pfund oder 5,240 kg wiegen, der Liter also 598 g. Nun ist aber, ebenfalls nach Plinius, die *arinca* schwerer als das *far*. Ein solcher Gewichtsunterschied im Vergleich mit unseren Weizenarten scheint wenig wahrscheinlich, da andererseits der Liter Weizen umso mehr wiegt, je kleiner die Körner sind; man müsste daraus schließen, dass der Weizen der Antike viel dickere Körner hatte als der unsere. Dahinter verbirgt sich ein Fehler des Plinius oder der Kopisten: XXI anstelle von XVI ergäbe 795 g, d. h. etwas mehr als das durchschnittliche Weizengewicht, was normal zu sein scheint.
**243** Polyb. 6,39,12–14; vgl. Stolle (1914), S. 7; Jeanselme (1918), S. 563. Zu den verschiedenen Zahlen der modernen Historiker für die Brot- und Fladenrationen in der ersten Hälfte des 1. Jahrhunderts v. Chr. vgl. Harmand (1967), S. 183 f.
**244** Vgl. van Berchem (1939), S. 15; E. Tengström, *Bread for the People. Studies in the Corn-Supply of Rome during the Late Empire*, Stockholm 1974; P. Veyne, *Le pain et le cirque*, Paris 1976, S. 446–469 (»Le pain d'État et l'ordre moral«); H. Pavis d'Escurac, *La préfecture de l'Annone. Service administratif impérial d'Auguste à Constantin*, Rom 1976.
**245** Sen. epist. 80,7.

**246** Sall. Iug. 44,5. Nach Harmand (1967), S. 185, der diese Stelle in meiner ersten Ausgabe kommentiert, »handelt es sich hier um die letzten Zeiten der praemarianischen Armee, in der es sehr viele Rationsempfänger aus den städtischen Mittelschichten gab; man kann also vielleicht mit Recht erwarten, dass später die Männer, die sich aus Proletariern rekrutierten und vor allem aus ländlichen Gebieten stammten, einen weniger verwöhnten Geschmack hatten«. Dieser offensichtliche Widerspruch stützt in Wahrheit nur meine Interpretation: In der Mittelschicht und in den Städten gab man seit 109 v. Chr. dem gebackenen Brot den Vorzug vor dem Brei.
**247** Vgl. van Berchem (1939), S.102–104.
**248** Cod. Theod. 11,14,1.
**249** Cod. Theod. 14,17,5; vgl. van Berchem (1939), S. 102–104.
**250** P. Mingazzini, »Gli antichi conoscevano i maccheroni?«, in: *Archeologia classica* 6 (1954), S. 292–294, glaubte auf einem Pilaster der Tomba dei Rilievi in Cerveteri, dort, wo man früher einen Abacus sah, »einen Tisch für das Kneten und Ausrollen der Makkaroni« und ein Nudelholz erkennen zu können. Die rein archäologischen Argumente können jedoch keineswegs überzeugen.

## 3. Früchte

**1** Varro rust. 1,2,6: *arboribus consita Italia, ut tota pomarium videretur.*
**2** Die Frucht der Wilden Feige oder Bocksfeige, lat. *caprificus*, wird nicht verzehrt; sie spielt nur in der Medizin (vgl. Plin. nat. 23,126–129) und bei der Befruchtung der kultivierten Feige (Plin. nat. 15,79–81) eine Rolle. Die kultivierten Feigen, die nicht reif geworden waren (*grossi, grossuli*), wurden nicht in Honig eingelegt, um später gegessen zu werden. Dies hat man manchmal geglaubt, da man eine Passsage des Annalisten Postumius Albinus (zitiert in Macr. Sat. 3,20,5) falsch interpretierte; Brutus stellt sich dort wahnsinnig: *ea causa sese stultum brutumque faciebat, grossulos ex melle edebat* (»er aß grüne Feigen mit Honig«). Unreife grüne Feigen zu zuckern, anstatt reife Feigen zu essen, war ein untrügliches Zeichen des Wahnsinns.
**3** Vgl. die Liste der verschiedenen Arten bei André (1956), S. 136–138.
**4** Siehe das Kapitel über die Konservierung, S. 73 f.
**5** Plin. nat. 15,83.
**6** Sen. epist. 87,3.
**7** Cato agr. 56.
**8** Vgl. André (1956), S. 196–199.
**9** Cato agr. 7,3 f.
**10** Plin. nat. 15,53–58; die im Index zu Buch I angegebene Zahl 41 ist falsch.
**11** Vgl. André (1956), S. 251–253.
**12** Plin. nat. 15,39.
**13** Plin. nat. 15,41: *ingens turba prunorum;* vgl. André (1956), S. 262. Plinius irrt sich, wenn er nat. 15,46 glaubt, die Pflaume sei erst nach Cato eingeführt worden. Tatsächlich findet man in Cato agr. 133,2 die Pflaume in der Liste der Obst- und anderen Bäume. Übrigens wurde der Pflaumenbaum zu Beginn des 2. Jahrtausends in Europa eingeführt.
**14** Plin. nat. 13,51; 15,43 u. ö.
**15** Vgl. Diosk. 1,121: »Die getrocknete Frucht der syrischen Pflaumen, besonders der Pflaumen aus Damaskus, ist gut für den Magen.« Petron. 31,11 erwähnt die syrische Pflaume.
**16** Plin. nat. 15,43.
**17** Gal. VI,213.
**18** Vgl. Schiemann (1932), S. 302.
**19** Die Quitte wird zum ersten Mal von Alkman, frg. 90, zitiert in Athen. 81f, erwähnt; ihr alter griechischer Name κοδύμαλον zeigt ebenso wie ihr Ursprung, dass die Bezeichnungen griech. κυδώνιον und lat. *cotoneum* in keinem Zusammenhang mit der kretischen Stadt Kydon stehen; diese Etymologie war von den antiken Autoren angenommen worden, vgl. Plin. nat. 15,37. Vgl. P. Chantraine, *Dictionnaire étymologique de la langue grecque*, Paris 1968, S. 596.
**20** Cato agr. 7,3.
**21** Colum. 5,10,19; Plin. nat. 15,37.
**22** Plin. nat. 15,37.
**23** *Malum strutheum, malum strutium;* Cato agr. 133,2; Colum. 5,10,19; Plin. nat. 15,38 u. ö.
**24** *Malum Mulvianum*, Plin. nat. 15,38.
**25** Der Name *malum granatum* ›Apfel mit Kernen‹ erscheint nicht vor Columella und Plinius; vgl. Plin. nat. 13,112.
**26** Plin. nat. 1,13,33; 13,113; 15,39; 23,106.
**27** Plin. nat. 17,259.
**28** Sen. epist. 85,5: *quomodo apyrena dicuntur non quibus nulla inest duritia granorum, sed quibus minor.*
**29** Mart. 13,42 f.
**30** Petron. 31,11; Mart. 7,20,10.
**31** Der Weiße Maulbeerbaum (*Morus alba* L.), der Baum für die Seidenraupen, wurde erst 555 n. Chr. in Griechenland eingeführt und in Italien um das Jahr 1130.
**32** Colum. 10,401; Plin. nat. 24,120: *sativa morus;* Pall. agric. 3,25,28–30.
**33** Vgl. Bois (1927/28), Bd. 2, S. 467.
**34** Edict. Dioclet. 6,77: Sie werden in Körben à 1 Metze zum Preis von 4 Denaren verkauft.
**35** Plin. epist. 2,17,15.
**36** Hor. sat. 2,4,22; vgl. auch Copa 19.
**37** Vgl. Rolland (1896–1914); Bd. 5, S. 113; Bois (1927/28), Bd. 2, S. 307.
**38** Plin. nat. 17,67; 75; 136.
**39** Mart. 13,26.
**40** Siehe S. 74 f.
**41** Man pflanzt den Wein, sagt Columella 3,2,1, entweder um die Beeren zu essen oder um sie zu pressen.
**42** Vgl. die Liste in André (1953).
**43** Plin. nat. 14,42; Isid. orig. 17,5,15.

**44** Colum. 3,2,1; Isid. orig. 17,5,15 f.; vgl. Varro rust. 1,54,1.
**45** Plin. nat. 14,40.
**46** Colum. 3,2,1; vgl. Edict. Dioclet. 6,80.
**47** Colum. 3,2,1; Isid. orig. 17,5,15.
**48** Colum. 3,2,2; Isid. orig. 17,5,15.
**49** Colum. 3,2,1; Plin. nat. 14,15; Isid. orig. 17,5,17.
**50** Cato agr. 7,2; Colum. 3,2,1; Edict. Dioclet. 6,80.
**51** Plin. nat. 14,42; vgl. André (1953), S. 145.
**52** Colum. 3,2,1; Isid. orig. 17,5,15 und 17.
**53** Colum. 3,2,1; Plin. nat. 14,40; Isid. orig. 17,5,15 und 17.
**54** Colum. 3,2,1; Plin. nat. 14,42; Macr. Sat. 3,20,7 u. ö.
**55** Plin. nat. 14,41; 14,81; vgl. André (1953), S. 143.
**56** Colum. 3,2,2; Plin. nat. 14,42; Macr. Sat. 3,20,7 u. ö.
**57** Colum. 3,2,2; Plin. nat. 14,42; Isid. orig. 17,5,15; vgl. André (1953), S. 136.
**58** Colum. 3,2,2; Plin. nat. 14,42; Isid. orig. 17,5,15 und 17; vgl. André (1953), S. 143.
**59** Plin. nat. 15,42.
**60** Maurizio (1932), S. 133; Schiemann (1932), S. 303–305.
**61** Serv. georg. 2,18; vgl. F. Olck, Art. »Kirschbaum«, in: RE 11,1, Sp. 512.
**62** Marcell. med. 27,38.
**63** Diphilos von Siphnos in Athen. 51a–b.
**64** Plin. nat. 15,102; Tert. apol. 11,8; Athen. 50f–51a.
**65** Plin. nat. 15,102 ff.
**66** Plin. nat. 15,104. Hier handelt es sich nicht um die Lorbeerkirsche (*Prunus laurocerasus* L.), die aus Trapezunt nach Konstantinopel kam und erst im 16. Jahrhundert in Italien eingeführt wurde; im Übrigen ist sie kein Pfropfprodukt.
**67** Der Zitronenbaum (*Citrus limonum* Risso) wurde von den Arabern im Jemen akklimatisiert, die ihn erst im 10. Jahrhundert nach Palästina und Ägypten und von dort nach Nordafrika und Europa brachten, vgl. Guyot (1964), S. 110; zum Zitronatszitronenbaum vgl. V. Loret, »Le cédratier dans l'Antiquité«, in: *Annales de la Société botanique de Lyon* 17 (1891), S. 225–271; S. Tolkowsky, *Hesperides. A History of the Culture and the Use of Citrus Fruits*, London 1938; Andrews (1957).
**68** Theophr. hist. plant. 4,4,2 f.; vgl. Athen. 83a–85c.
**69** Plin. nat. 12,15 f.
**70** Cato orig., frg. 36,1; Varro rust. 3,2,4; Men. 182; Naev. bell. Pun. 10: *vestem citrosam* ›ähnlich dem Lebensbaum‹ (wegen des Geruchs oder des Musters); die beiden Bäume, die man kaum kannte, wurden immer schlecht voneinander geschieden. Am Ende des 4. Jahrhunderts n. Chr. verwechselt Macrobius Sat. 3,19,4 f. immer noch den Zitronatszitronenbaum und die Thuja.
**70a** In Macr. Sat. 3,19,4.
**71** Verg. georg. 2,126.
**72** Diosk. 1,115,5.
**73** Plin. nat. 23,105.
**73a** Andrews (1957), S. 41.
**74** Plin. nat. 13,103.
**75** Apic. 1,3,2; 4,3,5.
**76** Mart. 13,37.
**77** Edict. Dioclet. 6,75: *citrium maximum*; 76: *sequens*. Als Preis werden für die große Zitronatszitrone 24 Denare und 16 für die kleine angegeben. Man wird zugeben, dass der Preis extrem hoch ist, wenn andererseits 10 große Granatäpfel 8 Denare kosten, ein Apfel also 30-mal billiger ist.
**78** Pall. agric. 4,10,11; 4,10,16 u. ö.
**78a** Andrews (1957), S. 43–46.
**78b** Diosk. 1,115,5.
**79** Cels. 6,7,1 D.
**80** Plin. nat. 15,39 ff.
**80a** Plin. nat. 23,132.
**81** Vgl. Croisille (1965), S. 32 (Nr. 19), S. 40 (Nr. 44).
**81a** Vgl. Knörzer (1970), S. 75. Dies stellt das Datum für die Einführung des Pfirsichs und seine Verbreitung in Westeuropa in Frage: zwischen 36 v. Chr. (auf dies Jahr wird Buch I der Abhandlung Varros datiert; der Pfirsich wird dort nicht unter den Obstbäumen erwähnt) und 25 n. Chr. hätte er sich nicht nur in Italien verbreitet, sondern wäre auch schnell ins Untere Germanien gekommen und hätte sich dort in einem strengeren Klima leicht und schnell akklimatisiert. Knörzer sieht das Problem, aber diese Schwierigkeiten lassen sich beseitigen, wenn man davon ausgeht, dass die Pfirsiche dorthin gebracht worden sind. Es kann sich nicht um die getrockneten Pfirsiche handeln, von den Dioskurides 1,115,4 spricht, die für medizinische Zwecke verwendet und vorher entsteint wurden. Das Problem wurde gerade durch den neuen Fund in Aquileia gelöst, wo man 162 Pfirsichsteine in einer Weinamphore entdeckt hat, die man auf Grund der anderen Gerätschaften auf das 2. Jahrhundert n. Chr. datiert. Vgl. Castelleti (1973/74), S. 160. Zur Konservierung der Früchte in Wein oder Mostsirup s. S. 74 f.
**82** Plin. nat. 15,40; vgl. Diosk. 1,115,5.
**83** Plin. nat. 15,40; in Edict. Dioclet. 6,58 kosten 10 Aprikosen nicht mehr als 4 Denare.
**84** Plin. nat. 15,43.
**85** Plin. nat. 22,120; Theod. Prisc. eup. faen. 50; log. 97; Cael. Aur. acut. 3,16; chron. 2,99 u. ö.
**86** Plin. nat. 15,47.
**87** Colum. 9,4,3.
**88** Plin. nat. 17,75; Pall. agric. 1,37,2 u. ö.
**89** Edict. Dioclet. 6,56, zum selben Preis wie die Maulbeeren.
**90** Plin. nat. 15,47.
**91** Colum. 11,2,11; 11,2,96; Plin. nat. 17,75; Pall. agric. 10,14,1.
**92** Mart. 13,42; 13,43.
**93** Vgl. Chevalier (1939), S. 610.
**94** Plin. nat. 15,95; 111; 117.
**95** Colum. arb. 25,1; vgl. Plin. nat. 17,136; Pall. agric. 3,25,27 u. ö.

**96** Diosk. 1,118 unter den Namen ἐπιμηλίς und σητάνιον.
**97** Plin. nat. 15,84 im Anschluss an Theophr. hist. plant. 3,12,5. Das sind auch die östlichen Weißdorne der Gattung *Crataegus* L.
**98** Pall. agric. 4,10,19–22; 14,69 u. ö.
**99** Plin. nat. 19,67; vgl. A. Steier, Art. »Melone«, in: RE 15,1, Sp. 562–565; Blümner (1893), S. 88.
**100** Vgl. Schiemann (1932), S. 240 f.
**101** Diosk. 2,135.
**102** Edict. Dioclet. 6,32.
**103** Vgl. Schiemann (1932), S. 238 f.
**104** Plin. nat. 19,67; zum Anbau vgl. Pall. agric. 5,3,5.
**105** Edict. Dioclet. 6,30 f.
**106** Capitol. Alb. 11,3.
**107** Apic. 3,7.
**108** Man könnte, wenn man die griechischen Texte auswertete, die Liste der wilden Früchte gewiss verlängern. So findet sich z. B. in Diphilos (frg. 79,1) und Theopompos (frg. 67) ein Dessert aus Myrtenbeeren und Alexis (frg. 162) erwähnt bei einem Essen armer Leute einen Nachtisch aus wilden Birnen. Wir werden jedoch sehen, dass die Myrtenbeeren in Italien als Gewürz dienten; außerdem wechselt die Verwendung von Land zu Land.
**109** Verg. Aen. 3,649.
**110** Calp. ecl. 4,24.
**111** Hor. sat. 2,2,57; zum Verzehr der frischen oder im Ofen getrockneten Kornelkirsche vgl. Bois (1927/28), Bd. 2, S. 388; Rolland (1896–1914), Bd. 9, S.123.
**112** Verg. georg. 2,520; Ov. met. 1,104.
**113** Plin. nat. 16,180.
**114** Plin. nat. 24,117; Ov. fast. 4,509; met. 1,105; Pall. agric. 14,16.
**115** Verg. ecl. 3,92; Ov. met. 1,104. Die Griechen und die Römer haben die Erdbeere nicht angebaut; der Grund dafür ist, dass die Erdbeere für die einzige Ernte pro Jahr, die einen Monat dauert, in den Gärten sehr viel Fläche beansprucht und in den übrigen Monaten die Beete für andere Kulturen nicht nutzbar sind. Die Gartenpflanzen wurden erst um das 15./16. Jahrhundert gezüchtet, vgl. Schiemann (1932), S. 320.
**115a** Zwar ist der Verzehr der Himbeere in den Texten nicht bezeugt, wohl aber die Verwendung der Pflanze und der Frucht, gewiss der Wilden, in der Medizin; vgl. Plin. nat. 16,180; Diosk. 4,38. Die Himbeeren sind aber mit Feigen zusammen auf einem Gemälde des Nationalmuseums Neapel (Nr. 9733) dargestellt, vgl. Croisille (1965), S. 51, Nr. 85.
**116** Verg. ecl. 2,18; man pflanzte die Heidelbeeren in Jagdgebieten an, um die Vögel anzulocken, Plin. nat. 16,77.
**117** Plin. nat. 15,42; sie wurden von den Bewohnern der Pfahlbauten gesammelt; vgl. Maurizio (1932), S. 133.
**118** Cato agr. 143,3.
**119** Plin. nat. 15,105.
**120** Cato agr. 7,4; Colum. 12,50,3. Einige Herausgeber Catos übersetzen *lentisco* mit ›Lentiskenöl‹, aber der Text Columellas: *immixtis seminibus lentisci,* legt nahe, dass es sich um Früchte des Mastixbaumes handelt, die man übrigens nach einiger Zeit fortwarf.
**121** Es handelt sich um die *Phoenix dactylifera* L., die in Italien nicht wächst. Die einzige einheimische Palme Europas ist die Zwergpalme (*Chamaerops humilis* L.), deren Früchte nicht essbar sind.
**122** Varro rust. 2,1,27; Plin. nat. 13,44 f.; 15, 116 u. ö.
**123** Plin. nat. 13,45; vgl. Plut. symp. 8,4,1,10.
**124** Plin. nat. 13,45.
**125** Mart. 8,33,11 f.; 13,27.
**126** Mart. 11,31,10.
**127** Apic. 8,8,2; 8,8,3; 9,1,1; 9,12 u. ö.
**128** CIL 4,149; 180; 183 u. ö. in Pompeji; zu Rom vgl. Hor. sat. 2,3,227; auf der Via Sacra, Varro rust. 1,2,10; Ov. ars 2,266.
**129** Plin. nat. 15,58
**130** Plin. nat. 16,180.
**131** Apic. 4,2,8; 4,2,33; 4,2,34; 4,2,37.
**132** Apic. 4,5,4.
**133** Apic. 4,3,4; man verwendet hier die *mala Matiana;* zu dieser Apfelart vgl. Colum. 5,10,19; Plin. nat. 15,49. Matius ist ein Zeitgenosse Caesars.
**134** Apic. 4,3,5.
**135** Apic. 4,3,6.
**136** Apic. 8,5,2.
**137** Apic. 6,2,2.
**138** Lucr. 5,939; Verg. georg. 1,7 f.; Tib. 2,1,38; Ov. fast. 4,399 f.; met. 1,106; Plin. nat. 7,191.
**139** Plin. nat. 16,15. Die Eichel Spaniens ist die milde Eichel der *Quercus ilex* L. var. *ballota* DC, mit süßem Kern. Diese Eichenart wird wegen ihrer Früchte in Spanien als Obstbaum angepflanzt, vgl. Bois (1927/28), Bd. 2, S. 524. Von Plinius bis ins 19. Jahrhundert hatte sich die Ernährung der Spanier kaum verändert, vgl. H. d'Espinchal, *Souvenirs militaires*, Bd. 2, Paris 1901, S. 76 (November 1812): »Etwas ziemlich Besonderes war es, dass sich die Armee seit drei Tagen nur noch von den Eicheln grüner Eichen ernährte, die man bei den Einwohnern in Hülle und Fülle vorfand; die Offiziere und Generäle mussten sich mit derselben Ernährung zufrieden geben, die übrigens gar nicht schlecht ist; denn die Eicheln dieses Landes sind besser als die französischen und enthalten ein Mehl, das dem der Esskastanie ähnelt; die Eicheln haben, wenn man sie in der Asche kocht (sic), einen sehr angenehmen Geschmack.«
**140** Zum Brot aus Eichelmehl s. S. 54.
**141** Varro rust. 3,15,1 f.
**142** Verg. ecl. 1,81; 2,52; 7,53.
**143** Plin. nat. 15,93 f.
**144** Plin. nat. 15,94: die *coctivae.*
**145** Mart. 5,78,15; vgl. Athen. 54b–d.
**146** Apic. 5,2,2: *lenticulam de castaneis.*
**147** Pall. agric. 12,7,22.

**148** Edict. Diocl. 6,50 und 51.
**149** Hor. sat. 2,2,121 f.
**150** Plaut. Poen. 326: *frictas nuces.*
**151** Catull. 61,131 ff.; Plin. nat. 15,86; Verg. ecl. 8,39 und Serv. ecl. z. St.
**152** Apic. 3,2,3; 7,13,4 u. ö.
**153** Zur Kultur der Haselnuss in Italien vgl. Cato agr. 8,2; Plin. nat. 17,96; 17,136 u. ö.
**154** Plin. nat. 15,89; Apic. 6,5,2; 7,13,4.
**155** Cato agr. 143,3; Plin. 15,90.
**156** Edict. Dioclet. 6,53.
**157** Macr. Sat. 3,18,8: *Nux Graeca haec est quae et amygdale dicitur, sed et Thasia eadem nux vocatur;* vgl. Plin. nat. 15,90; Athen. 54b.
**158** Vgl. Diosk. 1,123,2; Plinius behauptet in nat. 17,252, mehrere Kultivierungstechniken zu kennen, die süße Mandeln hervorbringen.
**159** Vgl. Diosk. 1,123.
**160** So z. B. Drusus in Plut. symp. 1,6,4; Athen. 52d.
**161** Cato agr. 8,2. Plin. nat. 15,90 fragt sich zu Unrecht, ob es den Haselnussstrauch schon zu dieser Zeit gegeben habe.
**162** Vgl. Athen. 53d; 54a–b.
**163** Apic. 2,2,10; 6,5,3 u. ö.
**164** Vgl. Bois (1927/28), Bd. 2, S. 297 f.
**165** Plin. nat. 15,36; vgl. Maurizio (1932), S. 98.
**166** Plin. nat. 16,36. Die Kerne der Zirbelkiefer wurden noch im 16. Jahrhundert in den Alpen in großen Mengen geerntet und exportiert, vgl. Maurizio (1932), S. 97 f.
**167** Pall. agric. 12,7,12.
**168** Edict. Dioclet. 6,54: *nuclei pinei purgati.* Der Scheffel Pinienkerne kostet 12 Denare, der Scheffel Mandeln 6 und der Scheffel Haselnüsse 4. Die Pinienzapfen sind oft auf den Wandmalereien dargestellt, vgl. Nationalmuseum Neapel, Nr. 8615, 8643 u. ö.
**169** Apic. 2,2,10; 2,3,1; 2,5,1.
**170** Plin. nat. 15,91.
**171** Pall. agric. 4,10,37; 11,12,3 u. ö.
**172** Plin. nat. 13,51; 23,150.
**173** Nach Edict. Dioclet. 6,55 kostet der Scheffel 16 Denare.
**174** Cato agr. 143,3.
**175** Pall. agric. 12,14.
**176** Geop. 3,12,2.
**177** Pall. agric. 14,16.
**178** Plin. nat. 15,60.
**179** Gal. VI,603.
**180** Zu dieser bei den primitiven Völkern üblichen Technik vgl. Leroi-Gourhan (1971), S. 174.
**181** Ich habe nirgends einen Hinweis darauf gefunden, dass man die Früchte in den Herd legte, um sie vollständig zu trocknen; trotzdem muss man sich wohl auch dieser Technik bedient haben.
**182** Cato agr. 7,4; vgl. 143,3: *pira arida;* Varro rust. 1,59,3; Colum. 12,14; Pall. agric. 3,25,9.
**183** Colum. 12,14.
**184** Pall. agric. 12,2,15 f. Man importierte getrocknete Pflaumen aus Damaskus, vgl. Edict. Dioclet. 6,86.
**185** Cato agr. 7,4; Pall. agric. 2,15,4.
**186** Plin. nat. 15,104.
**187** Plin. nat. 15,105.
**188** Pall. agric. 3,25,27.
**189** Vitae patr. 5, 4, 65 (PL 73).
**190** Cato agr. 48,2: *crates ficariae;* Colum. 12,51,1; Plin. nat. 15,34; 15,82.
**191** Colum. 12,15,3 f.; Edict. Dioclet. 6,85.
**192** Vgl. Hor. sat. 2,2,122; Plin. nat. 20,52.
**193** Colum. 12,15,5.
**194** Cic. div. 2,84; Plin. nat. 15,83.
**195** Pin. nat. 13,51; Iuv. 3,83; Mart. 4,88,6 u. ö.
**196** Colum. 12,46,2.
**197** Varro rust. 1,59,2; Plin. nat. 15,59.
**198** Tatsächlich kommt *oporotheca,* die Entlehnung eines sonst nicht bezeugten griechischen Wortes, bei Varro vor, während *pomarium* in der Bedeutung ›Obstkammer‹ erst bei Plinius erscheint.
**199** Varro rust. 1,59,1–3; Plin. nat. 15,60.
**200** Pall. agric. 3,25,9.
**201** Pall. agric. 3,25,26.
**202** Pall. agric. 4,10,8.
**203** Pall. agric. 4,10,8.
**204** Pall. agric. 4,10,22.
**205** Zur Zitronatszitrone, zum Apfel und Granatapfel vgl. Plin. nat. 15,64; Pall. agric. 4,10,8; Geop. 10,10.
**206** Apic. 1,12,2; Plin. nat. 15,60; Pall. agric. 4,10,7.
**207** Pall. agric. 2,15,5; 5,4,3.
**208** Apic. 1,12,5; Pall. agric. 4,10,18.
**209** Cato agr. 143,3.
**210** Plin. nat. 15,60; Pall. agric. 4,10,8.
**211** Pall. agric. 5,4,3.
**212** Pall. agric. 4,10,22; 13,4,2.
**213** Plin. nat. 15,58; 15,61; Pall. agric. 3,25,9.
**214** Plin. nat. 15,65; man legte sie in Truhen aus Buchen- oder Lindenholz, vgl. Colum. 12,47,5.
**215** Plin. nat. 15,42.
**216** Plin. nat. 15,61; Pall. agric. 2,15,4.
**217** Apic. 1,12,4.
**218** Colum. 12,47,5; Apic. 1,12,4.
**219** Colum. 12,10,4 f.; Apic. 1,12,4; Pall. agric. 3,25,9.
**220** Apic. 1,12,4.
**221** Colum. 12,47,1 f.; Apic. 1,12,3; Plin. nat. 15,60; 15,65; Mart. 13,24,1 f.; Pall. agric. 3,25,26.
**222** Apic. 1,12,4.
**223** Apic. 1,12,4; Pall. agric. 4,10,33; vgl. Geop. 10,56,5.
**224** Pall. agric. 4,10,22.
**225** Vgl. S. 166.
**226** Pall. agric. 3,25,25.
**227** Colum. 12,10,4; Plin. nat. 15,61; Pall. agric. 3,25,10.
**228** Apic. 1,12,3; Pall. agric. 3,25,25.
**229** Cato agr. 7,4; Varro rust. 1,59,3; Colum. 12,10,4; Pall. agric. 3,25,10.
**230** Apic. 1,12,6.
**231** Pall. agric. 4,10,22.
**232** Cato agr. 7,4; 143,3; Plin. nat. 15,85; Pall. agric. 2,15,5.

**233** Colum. 12,10,3.
**234** Vgl. Anm. 81 a.
**234a** Apic. 1,12,11.
**235** Cato agr. 143,3; Colum. 12,16,3; Plin. nat. 23,15 ff.
**236** Hor. sat. 2,4,72; Plin. nat. 14,16; Edict. Diocl. 6,92; Cael. Aur. chron. 2,160; 4,70 u. ö.
**237** Plin. nat. 14,16.
**238** Colum. 12,44,4; Plin. nat. 15,67; 23,11; Cael. Aur. acut. 3,204.
**239** Varro rust. 1,68; Hor. sat. 2,2,121; Plin. nat. 14,16; 15,67; 23,10 f.
**240** Plin. nat. 15,64.
**241** Colum. 12,16,1 f.; Plin. nat. 15,67.
**242** Cato agr. 143,3; Plin. nat. 14,16; 15,66 (in Griechenland); 23,11.
**243** Cato agr. 7,2; Plin. nat. 14,17; 23,11 f.; vgl. Hor. sat. 2,4,71; Mart. 7,20,9.
**244** Plin. nat. 14,16.
**245** Plin. nat. 14,29.
**246** Colum. 12,45,1.
**247** Colum. 3,2,2; Plin. nat. 14,34.
**248** Colum. 3,2,2; 12,45,1.
**249** So noch im Griechenland des 19. Jahrhunderts, vgl. About (1854), S. 112: »Das Volk ernährt sich das ganze Jahr über von Oliven, die mehr schlecht als recht in Salzlake eingelegt sind.«
**250** Cato agr. 58.
**251** In Plin. nat. 15,1.
**252** Vgl. Clark (1952), S. 180 f.
**253** T. Fischer, »Der Ölbaum, seine Verbreitung, seine wirtschaftliche und kulturhistorische Bedeutung«, in: *Petermanns Mitteilungen*, Ergänzungsheft 147 (1904), S. 1–87; Chevalier (1939), S. 367.
**254** Lat. *olivum, oleum* ›Öl‹, von griech. *ἐλαίϝον; *olea, oliva* ›Olive‹, von *ἐλαίϝα; *amurca* ›Fruchtwasser der Olive‹, von ἀμόργη; ebenso etruskisch *eleiva* ›Öl‹ usw.
**255** Vgl. André (1956), S. 225 f.
**256** Stat. silv. 4,9,11; vgl. Plin. nat. 15,17 und Macr. Sat. 3,20.6.
**257** Plin. nat. 15,16.
**258** Cato agr. 7,4; 117 f.; Colum. 12,49; Plin. nat. 15,16; Pall. agric. 12,22; vgl. Geop. 9,28,1; 9,30.
**259** Von griech. κολυμβάδες ›schwimmend‹, Colum. 12,49,8; 12,50,5; Plin. nat. 15,16; Pall. agric. 12,22,1; vgl. Diosk. 1,105,4; Athen. 56b; 132f–133a; Geop. 10,33.
**260** Varro ling. 7,86.
**261** Plaut. Mil. 24; Cato agr. 119; Colum. 12,49,9–11 führt ein viel raffinierteres Rezept an. Die Etymologie des griech. ἐπίτυρον scheint klar: ›was man mit Käse isst‹; sie wird durch die Fakten bestätigt, vgl. Pall. agric. 1,19 und Athen. 542f.
**262** Colum. 12,51.
**263** Diphilos in Athen. 55d; vgl. 56b und d.
**264** Mart. 1,43,8; 5,78, 19 f.; 13,36.

## 2. KAPITEL
# Die Nahrung tierischer Herkunft

### 1. Fisch

**1** Varro in Non. 216,9–11; Ov. fast. 6,173 f.; met. 15,101; 15,146; G. Lafaye, Art. »*piscatio*«, in: Daremberg/Saglio (1873–1919) und A. Stöckle, Art. »Fischereigewerbe«, in: RE, Suppl. 4, Sp. 459 f., verfechten noch diesen überholten Standpunkt, der von dem grundlegenden Werk von de Saint-Denis (1947), S. X f., heftig und mit Recht bekämpft wird.
**2** Gleichwohl hat man zahlreiche Indizien dafür, dass sie vor ihrer Ankunft in Italien die Adria kannten. Vgl. G. Pastroni, »Pretesi indizi di costumi palafitticoli dei prischi Latini«, in: *Rendiconti del Reale Istituto Lombardo di scienze e lettere* 72 (1938/39), S. 16–24; G. P., »L'indoeuropeizzazione dell'Italia«, in: *Athenäum* 17 (1939), S. 213 ff.; G. P., »Espansioni e migrazioni«, in: *Archivio glottologico italiano* 32 (1940), S. 21 ff.
**3** Plautus hat schon *maena, muraena, ophthalmias, scomber, trygon* usw.
**4** Ter. Andr. 368: *holera et pisciculos minutos.*
**5** Plaut. Curc. 474; Varro ling. 5,146; zur Lokalisierung der Fischmärkte in Rom vgl. die Ausführungen von Collart (1954), S. 239, 146, Anm. 5.
**6** Vgl. Lacroix (1937).
**7** Varro rust. 3,3,5 ff.; 3,17,2 ff.; Colum. 8,16,1 ff.; 8,17,1 ff. ; Plin. nat. 9,77; 167; 170–172; Gell. 2,20 u. ö.; zu Gallien vgl. G. Lafaye, »Sur les viviers de la Gaule romaine«, in: BSAF (1919), S. 183–196; F. Benoît, »L'archéologie sousmarine en Provence«, in: *Revue d'Études Ligures* 18 (1952), S. 290–297. Cicero empfindet gegenüber diesen Fischteichbesitzern, den *piscinarii*, die ihre eigenen Interessen über die des Staates stellen, eine tiefe Verachtung, vgl. Att. 1,18,6; 1,19,6; 1,20,3.
**8** Plin. nat. 9,168; Val. Max. 9,1,1; Macr. Sat. 3,15,3.
**9** Varro rust. 3,2,17; Plin. nat. 9,171; Macr. Sat. 3,15,10.
**10** 8000 Sesterze für eine Meerbarbe unter Caligula, Plin. nat. 9,67; vgl. andere Preisangaben in der Ausgabe des 9. Plinius-Buches von E. de Saint-Denis, Paris 1955, Kommentar zu § 67, Anm. 1.
**11** Plut. symp. 4,4,2,9.
**12** Edict. Dioclet. 5,1 a und 2; vgl. 4,1 a und 3.
**13** Plin. nat. 9,60–62.

14 Für die Identifizierung der Fische benutzen wir, abgesehen von dem unentbehrlichen Werk von de Saint-Denis (1947), Thompson (1947) und Cotte (1944). Zum Fischfang in der römischen Antike vgl. Th. W. Corcoran, *The Roman Fishing Industry of the Late Republic and Early Empire*, Diss. Northwestern Univ. 1957.
15 Lucilius in Gell. 10,20,4; Ennius in Apul. apol. 39,3; de Saint-Denis (1947), S. 1; Cotte (1944), S. 75.
16 Vgl. Hesychios, ἀκάρναξ λάβαξ; nach Aristophanes, frg. I,487 K und Eubulos, frg. II, 204 K, zitiert in Athen. 311d, aß man das Hirn des Seebarschs.
17 Plautus frg. in Macr. Sat. 3,16,1–4; Laelius in Cic. fin. 2,24; Cic. Tusc. 3,43; fin. 2,91.
18 Plin. nat. 9,60; Macr. Sat. 3,16,5–7; zu diesen Schwankungen des Geschmacks oder der Mode vgl. de Saint-Denis (1947), S. 2.
19 Mart. 13,91.
20 Cael. Aur. acut. 2,210.
21 Vgl. Plin. nat. 9,166; Mart. 10,37,6; de Saint-Denis (1947), S. 3 f.; Cotte (1944), S. 142–144.
22 Plin. nat. 9,75; Macr. Sat. 3,15,7; Athen. 4c; 299e.
23 Iuv. 5,103.
24 Mart. 12,31,5.
25 Apic. 10,4,1 f.
26 Ennius in Apul. apol. 39,3; de Saint-Denis (1947), S. 8 und S. 7 (*aper*).
27 Apic. 4,2,20; vgl. 4,2,11; de Saint-Denis (1947), S. 8; Cotte (1944), S. 123–125.
28 Apic. 4,2,12: *Patina de apua sine apua.*
29 Varro in Gell. 6,16,5.
30 Plin. nat. 9,61; vgl. de Saint-Denis (1947), S. 10 f.
31 Petron. 24,7: *post asellum diaria non sumo.*
31a Cass. Fel. 1, S. 7, 11, empfiehlt ihn als Speise bei Kopfschmerzen.
32 Colum. 8,16,2 und 8; Mart. 13,90.
33 Apic. 4,2,31; 10,3,8 f.; die Goldbrasse war einer der meistgeschätzten Fische der Griechen, vgl. Athen. 328b–c.
34 Cael. Aur. acut. 2,210.
35 Plin. nat. 9,61; 32,77 u. ö.
36 Ov. hal. 103; vgl. de Saint-Denis (1947), S. 18; Cotte (1944), S. 102 f.
37 Colum. 8,17,12; vgl. Plin. nat. 9,154; 162; Athen. 328c; wahrscheinliche Identifizierung, vgl. de Saint-Denis (1947), S. 20 f.
38 Plin. nat. 32,146.
39 Athen. 305f–306a.
40 Plaut. Aul. 399; Mil. 760; Persa 110; Ter. Ad. 377.
41 Apic. 10,1,9.
42 Apic. 10,1,10; zur Identifizierung vgl. Cotte (1944), S. 156; de Saint-Denis (1966), S. 233–235.
43 Cels. 2,18,7; vgl. de Saint-Denis (1947), S. 29 (*coracinus*).
44 Col. 8,16,8; vgl. Isid. orig. 12,6,23; ein Fisch namens ὀδοντίς ist in einem Papyros des 3. Jahrhunderts v. Chr. erwähnt; vgl. de Saint-Denis (1947), S. 32.
45 Apic. 4,2,31; 10,3,6 f.
46 Colum. 8,17,12; vgl. de Saint-Denis (1947), S. 35 und (1966), S. 235 f.
47 Colum. 8,16,9; Plin. nat. 9,68; de Saint-Denis (1947), S. 38 f.
48 Mart. 3,77,7; 12,32,15; de Saint-Denis (1947), S. 40 f.; Cotte (1944), S. 95 f.; vgl. Arnob. nat. 5,44: *addere garo gerrem* ›etwas Kostbares zu etwas Wertlosem gesellen‹.
49 Ennius in Apul. apol. 39,3; de Saint-Denis (1947), S. 42 und (1966), S. 231; für Cotte (1944), S. 116, handelt es sich um den Adlerfisch.
50 Athen. 295c; 295e–f.
51 Ov. hal. 130; Plin. nat. 9,175; 177; 32,146; Iuv. 11,37; auf Grund der Texte ist es sehr schwer, zwischen der Schwarzgrundel, einem Seefisch, und dem Flussgründling zu entscheiden; vgl. de Saint-Denis (1947), S. 43 f.
52 Ov. hal. 96; vgl. Quint. inst. 5,10,21; vgl. de Saint-Denis (1947), S. 45 f.
53 Varro in Gell. 6,16,5; Plin. nat. 9,169.
54 Ennius in Apul. apol. 39,3.
55 Varro Men. frg. 549; Plin. nat. 32,153.
56 Nach Cael. Aur. chron. 1,22; der Fisch wird unter dem Namen *iulis* in Plin. nat. 32,94 genannt, aber nicht beschrieben; vgl. Athen. 304f.
57 Vgl. de Saint-Denis (1947), S. 52 f.; Cotte (1944), S. 91 f., nimmt an, dass es sich um den Fisch handelt, der in der modernen Terminologie »Makrele« heißt.
58 Mart. 7,78,1; 12,19,1; Iuv. 14,131.
59 Apic. 10,3,1; Mart. 10,48,11.
60 Apic. 4,2,21 und 26, dessen Text (*haec omnia divides praeter piscem*) sicherstellt, dass es sich um einen Fisch und nicht um die Molluske, den *lepus* in Plin. nat. 9,155, handelt. In seiner Apicius-Ausgabe, Pisa 1957, korrigiert A. Marsili *lagita* in *lacertus*. Vgl. de Saint-Denis (1966), S. 239 f.; Ramon Baltar Veloso, »Apicio IV 2,21«, in: *Emerita* 42 (1974), S. 109 f., schlägt ohne Notwendigkeit die Konjektur *lanatus* vor, die Bezeichnung einer Seebarschart in Plin. nat. 9,61.
61 Plin. nat. 9,61; Mart. 2,37,4 f.; 2,40,4; in Cael. Aur. acut. 2,210 heißt der Fisch *labrax*.
62 Lucilius in Macr. Sat. 3,16,17 f.; Hor. sat. 2,2,31; Plin. nat. 9,169.
63 Mart. 13,89.
64 Colum. 8,16,1; 8,17,8.
65 Apic. 4,2,32.
66 Lucil. 1077; Plaut. Poen. 1312; Cic. fin. 2,91; Mart. 12,32,15 u. ö.
67 Ennius in Apul. apol. 39,3; Colum. 8,16,8.
68 Ennius in Apul. apol. 39,3; Plin. nat. 32,149; de Saint-Denis (1947), S. 64; Cotte (1944), S. 58 f.
69 Colum. 8,16,8; 8,17,8.
70 Hor. epist. 1,16,51; Ov. hal. 95.
71 Colum. 8,16,1; 8,17,8; Mart. 10,30,23.
72 Apic. 4,2,31; 9,10,6 f.
73 Colum. 8,17,7 f.; Mart. 13,79.
74 5000, Sen. epist. 95,42; 6000, Iuv. 4,15 und Tert. pall. 5; 7000, Macr. Sat. 3,16,9; 8000, Plin. nat. 9,67.

**75** Plin. nat. 9,66; Gal. VI,716; zum *allex* s. S. 93.
**76** Apic. 4,2,22; 9,12; 10,2,11 f. (gebraten). Wir berücksichtigen hier nicht die Launen Elagabals, der die Innereien der Meerbarbe und – als Gemüse – ganze Schüsseln mit Barteln der Unterlippe eben dieses Fisches auftischen ließ. Dies beweist lediglich das reiche Vorkommen der Meerbarbe in dieser Zeit.
**77** Petron. 93,2, V. 8.
**78** Vgl. Plaut. Amph. 319; Aul. 399; Persa 110: Hor., Iuv., Mart. usw.
**79** Von griech. πλωταί; Plin. nat. 9,169; Mart. 13,80; Macr. Sat. 3,15,7 f.
**80** Varro in Gell. 6,16,5.
**81** Colum. 8,16,1; 8,17,8.
**82** Sechs Soßenrezepte in Apic. 10,2,1–6.
**83** Colum. 8,17,8.
**84** Ennius in Apul. apol. 39,3.
**85** Cels. 2,18,7; vgl. de Saint-Denis (1947), S. 76; Cotte (1944), S. 108 f.
**86** Plaut. Capt. 850.
**87** Hor. sat. 2,8,29; Colum. 8,16,7.
**88** Apic. 10,1,14; de Saint-Denis (1947), S. 85.
**89** Cic. nat. 2,125; Mart. 10,37,5.
**90** Hor. epod. 2,50; sat. 1,2,116 u. ö.; Pers. 6,23; Mart. 3,45,5; 13,81.
**91** Ov. hal. 125; Iuv. 4,39; Plin. nat. 9,169.
**92** Colum. 8,16,7.
**93** Apic. 10,1,15; de Saint-Denis (1947), S. 96: »Rotfarbene Fische gibt es viele.«
**94** Plin. nat. 9,68; Auson. Mos. 97; zum jungen Lachs, *tecco*, vgl. Anthim. 45.
**95** Ov. hal. 121; Plin. nat. 9,68; vgl. Athen. 321e.
**96** Colum. 8,17,12; in Edict. Dioclet. 5,12: *sardae sive sardinae*, scheint es sich ebenfalls um Sardinen zu handeln; denn *sarda* bezeichnet zwar ebenfalls eine Thunfischart (s. S. 85), der Thunfisch war aber sehr geschätzt; die *sardae sive sardinae* wurden jedoch zum Preis des Seefisches der zweitbesten Güteklasse verkauft, vgl. 5,2; in Athen. 328f–329a war σαρδίνος eine Bezeichnung, die manche für die χαλκίς, vielleicht die Alse, verwendeten; vgl. de Saint-Denis (1947), S. 20 f.
**97** Ennius in Apul. apol. 39,3; vgl. Plin. nat. 9,65.
**98** Ennius in Apul. apol. 39,3; Hor. epod. 2,50; sat. 2,2,22 u. ö.
**99** Petron. 93, V. 6; Plin. nat. 9,62.
**100** Mart. 13,84; Suet. Vit. 13,5.
**101** Ennius in Apul. apol. 39,3 (bei Pylos); Varro bei Gell. 6,16,5 (in Kilikien); Colum. 8,16,9; Petron. 93, V. 6; Plin. nat. 9,62.
**102** Colum. 8,16,9; Plin. nat. 9,62 f.; Macr. Sat. 3,16,10.
**103** Plaut. Capt. 851; Catull. 95,8; Mart. 3,50,9; 4,86,8.
**104** Das Wort scheint in Opposition zum Grauen Drachenkopf, *scorpaena*, speziell den Roten Drachenkopf bezeichnet zu haben, der größer war und mehr geschätzt wurde; vgl. de Saint-Denis (1947), S. 103 f.
**105** Plin. nat. 32,94.
**106** Apic. 10,3,10; exc. 7.
**107** Plaut. Cas. 497; Varro ling. 5,77; vgl. de Saint-Denis (1947), S. 55; in Anthim. 42 heißt sie *platensis* ›Plattfisch‹ und in Oreib. syn. 4,1 *buglossa* ›Ochsenzunge‹.
**108** Colum. 8,16,7.
**109** Apic. exc. 19.
**110** Cels. 2,18,7; Mart. 3,60,6; vgl. Ov. hal. 106 f.
**111** Apic. 10,3,4 f. (*tinnus*); 9,10,1–5 (*cordula*); vgl. auch Cael. Aur. chron. 1,27.
**112** Lucilius in Gell. 10,20,4: *abdomina thunni*; Plin. nat. 9,48.
**113** Vgl. die Diskussion bei de Saint-Denis (1947), S. 114, der auf eine Identifizierung verzichtet.
**114** Athen. 310c.
**115** Apic. 4,2,18: *patellam esiciatam de tursione: enervabis, concides minutatim ...*; *enervare* ist bei Apicius jedoch nur für das Säubern des Hirns von seinen Nerven und Blutgefäßen verwendet (vgl. 4,2,4; 4,2,21; 4,2,33; 7,7,1; 9,4,2 u. ö.) und *exossare* für das Entgräten (9,10,1 f. u. ö.).
**116** In Athen. 310c.
**117** Plin. nat. 9,143; vgl. auch Cass. Fel. 46, S. 119, 13.
**118** Apic. 9,2,1 f.
**119** Plaut. Capt. 851.
**120** Colum. 8,16,8; 8,17,8.
**121** Ennius in Apul. apol. 39,3; Colum. 8,16,8.
**122** Apic. 2,1,1, als Klößchen.
**123** Iuv. 5,80–85. In den Texten Varro rust. 3,11,3 und Colum. 8,15,6 handelt es sich bei den *cammari*, die den Enten zusammen mit Süßwasserfischen als Futter gegeben werden, wahrscheinlich um Krebse; die Formulierung des Apicius, *esicia marina*, kann keine Krebse meinen; in Mart. 2,43,12 ist es unmöglich, zwischen Krabben und Krebsen zu entscheiden.
**124** Apic. 2,1,1; 2,1,3; in diesen beiden Passagen werden die *cammari* von den *scillae* unterschieden; Lampr. Heliog. 19,6.
**125** Athen. 306d; de Saint-Denis (1947), S. 17.
**126** Athen. 7a–b; umso mehr, als es καρίδες πλατεῖαι ›große platte Krabben‹ gibt, die auch ἀστακοί ›Hummer‹ genannt werden, Athen. 104f.
**127** Apic. 2,1,1; 9,1,4; Lampr. Heliog. 19,6.
**128** Apic. 9,1,1–3; 9,1,5 f.
**129** Lucilius in Cic. fin. 2,24; Hor. sat. 2,4,58; 2,8,42; Apic. 2,1,3; Lampr. Heliog. 19,6; vgl. de Saint-Denis (1947), S. 109.
**130** Tert. cult. fem. 1,6.
**131** *Conchae*, Plaut. Rud. 297; frg. 33 in Fest. 166,27; *conchas piscinarias*; *conchylia*, Cels. 2,18,3; Hor. sat. 2,2,74; Mart. 11,52,13; vgl. Apic. 9,7: *in omne genus conciliorum*; Lampr. Heliog. 19,6, nimmt die Austern aus.
**132** Plaut. Rud. 297; Colum. 8,16,7; Macr. Sat. 3,13,12.
**133** Cael. Aur. acut. 2,210; chron. 3,35; vgl. Plin. nat. 9,130; de Saint-Denis (1947), S. 15.
**134** Colum. 8,16,7; Cael. Aur. acut. 2,210.

**135** Plaut. Rud. 297; Ennius in Apul. apol. 39,3: *dulces echini*; Hor. sat. 2,4,33; 2,8,52; Sen. epist. 95,26; Iuv. 4,143; Mart. 13,86 u. ö.
**136** Macr. Sat. 3,13,12.
**137** Hor. sat. 2,4,33.
**138** Apic. 4,2,13; 9,8,1–5.
**139** Edict. Dioclet. 5,7 und 8.
**140** Macr. Sat. 3,13,12; vgl. de Saint-Denis (1947), S. 43.
**141** Plaut. Cas. 494; de Saint-Denis (1947), S. 51; H. Gossen / A. Steier, Art. »Schollen«, in: RE 2, 2, 1, Sp. 707, ziehen die Glosse CGL 2,480,34 heran: ψῆσσα ὁ ἰχθύς *ordatia*; hier handelt es sich um einen Fisch, den Glattbutt.
**142** Plaut. Cas. 493; Ov. hal. 132; Apic. 2,1,1 f.; 9,3,1 f. Der Kalmar erscheint auf einem Mosaik von El-Djem unter den Speiseabfällen; vgl. Foucher (1961), S. 293.
**143** Plaut. Cas. 493; Plaut. Rud. 297; frg. in Non. 551,3.
**144** Plaut. Rud. 297; Ennius in Apul. apol. 39,3; Hor. sat. 2,4,28; Mart. 3,60,4 u. ö.; Apic. 9,9, als gekochte Speise.
**145** Ennius in Apul. apol. 39,3; Cels. 2,24,3; Colum. 8,16,7.
**146** Plaut. frg. 33 in Fest. 166,25, der das Wort als *genus pisci minuti* glossiert; aber der griech. νηρείτης, νηρίτης ist eine Muschelart.
**147** Hor. sat. 2,4,34; Petron. 70,6; Plin. nat. 32,150.
**148** Varro in Gell. 6,16,5 (aus Chios); Colum. 8,16,7.
**149** Macr. Sat. 3,13,12.
**150** Mart. 10,37,9.
**151** Hor. sat. 2,4,32; Mart. 6,11,5.
**152** Plaut. Capt. 850, in einer Liste mit Meeresprodukten; aber man kann nicht mit Sicherheit ausschließen, dass *perna* an dieser Stelle ›Schinken‹ bedeutet; vgl. Plin. nat. 32,154 und de Saint-Denis (1947), S. 85.
**152a** Vgl. Foucher (1961), S. 293.
**153** Plaut. Rud. 298; *placusia*, die in den Wörterbüchern angegebene Form, ist eine Korrektur von Saumaise; vgl. de Saint-Denis (1947), S. 88 und 92.
**154** Ennius in Apul. apol. 39,3; Plaut. Rud. 1010; ein Rezept ist in Apic. 9,5 genannt.
**155** Ennius in Apul. apol. 39,3; Lucilius in Non. 216,5; Cels. 2,24,3 und Colum. 8,16,7 unterscheiden diese Schnecke von *murex* und *conchylium*.
**156** Plaut. Cas. 493; Rud. 659.
**157** Apic. 2,1,1; 9,4,1–4; 5,3,3: *cum atramento suo*.
**158** Sen. epist. 95,26; Macr. Sat. 3,13,12.
**159** Cael. Aur. acut. 2,210; chron. 3,35.
**160** Colum. 8,16,7; Edict. Dioclet. 5,10.
**161** Apic. 2,1,6; vgl. de Saint-Denis (1966), S. 240 f.
**162** Sen. epist. 95,26.
**163** Plaut. Rud. 298; Macr. Sat. 3,13,12; Apic. 4,2,12; 4,3,1; vgl. auch 9,14.
**164** Plaut. Rud. 297; frg. in Non. 551,3; Ennius in Apul. apol. 39,3; vgl. dazu den ausgezeichneten Artikel von Andrews (1948).
**165** Lampr. Heliog. 19,6; Ambr. Hex. 5,2,5; vgl. de Saint-Denis (1966), S. 240.
**166** Colum. 8,16,7; Plin. nat. 9,168; vgl. J. Kolendo, »Parcs à huîtres et viviers sur un flacon en verre du Musée National de Varsovie«, in: *Puteoli. Studi di storia antica* 1 (1977), S. 108–127; der Aufsatz informiert über den technischen Aspekt der Fisch- und Austernzucht im Golf von Neapel.
**167** Lukrinersee: Sen. epist. 77,16; Iuv. 4,141; Plin. nat. 9,169; 32,60; Mart. 3,60,3; 12,48,4; 13,82; Circei: Hor. sat. 2,4,3; Iuv. 4,140; Plin. nat. 32,60 und 62; Avernersee: Plin. nat. 32,61; Brindisi: Plin. nat. 32,61; Tarent: Varro in Gell. 6,16,5.
**168** Plin. nat. 9,169; 32,62; aus Rutupiae, Iuv. 4,141. Die Texte Cato frg. 1, Ennius in Apul. apol. 39,3, Verg. georg. 1,207 und Lucan. 9,969, welche die Austern von Pontos und Abydos feiern, beweisen nicht, dass sie nach Rom importiert wurden, aber es ist nicht auszuschließen. Zu anderen Austernarten vgl. Plin. nat. 9,52; 32,60–62 und Andrews (1948), S. 300.
**169** Auson. epist. 7, V. 1 f.; 9, V. 18 f. und 25–40.
**170** Athen. 7d; Brandt (1927), S. 90, zweifelt am Wahrheitsgehalt der von Athenaios erzählten Anekdote, da sie der Anekdote der Suda ähnlich sei, s. ἀφύα; aber diese ist zu anders, um eine Dublette sein zu können. Eine Konservierungstechnik für den Transport wird auch von Lister (1873), S. 143, beschrieben: »Man hat ein Verfahren, um die Austern nach Paris zu bringen, das wir [die Engländer] niemals anwenden, jedenfalls soweit ich weiß. Man zieht die Austern aus der Schale, entfernt das Wasser und legt sie in Körbe mit Stroh; auf diese Weise lassen sie sich, wenn sie angekommen sind, gut schmoren oder können für andere Ragouts verwendet werden.«
**171** Vgl. Andrews (1948), S. 300.
**172** Edict. Dioclet. 5,6.
**173** Sen. epist. 78,23; 95,26; Petron. 70,4.
**174** Plin. nat. 32,64.
**175** Apic. 1,14,1 f.; 9,6; Mart. 13,82.
**176** Sen. epist. 95,28; Apic. 9,14; Lampr. Heliog. 19,6.
**177** Plin. nat. 8,223.
**178** Edict. Dioclet. 5,3: *piscis flubialis optimi*; 5,4: *piscis secundi flubialis*.
**179** Plin. epist. 9,7,4.
**180** Cassiod. var. 12,4; die romanischen Ableitungen bezeichnen eine Lachsart, vgl. M.-L., § 445.
**181** Auson. Mos. 127.
**182** Auson. Mos. 126.
**183** Plin. nat. 9,44; vgl. de Saint-Denis (1947), S. 12.
**184** Auson. Mos. 94 und 134.
**185** Auson. Mos. 85.
**186** Cassiod. var. 12,4, in der Donau.
**187** Anthim. 46.
**188** Plin. nat. 9,44; die Etymologie Isidors (in orig. 20,2,30) über *isicium* ›Klößchen‹ entbehrt jeder Grundlage; vgl. Anthim. 41. Man kann das Wort mit ir. *eo* (Gen. *iach*) und walis. *eog* ›Lachs‹ in Verbindung bringen, vgl. C. Deroux, »La défini-

tion du nom de poisson esox«, in: *Hommage à André Boutemy*, Brüssel 1976 (Collection Latomus, 145), S. 55–68.

**189** Colum. 8,17,14; Auson. Mos. 132; vielleicht auch Mart. 13,88, bei den Venetiern; es ist der *trucantus* in Anthim. 46, vgl. REW, Nr. 8941.

**190** Auson. Mos. 120–124; Anthim. 41.

**191** Im Bodensee, Plin. nat. 9,63; in der Donau und Mosel, Auson. Mos. 106–114; vgl. de Saint-Denis (1947), S. 73 f.

**192** Anthim. 47.

**193** Auson. Mos. 113; Anthim. 39; vgl. Oreib. 1,127, der den Rheinbarsch erwähnt.

**194** Auson. Mos. 89; laut Böcking, in: Marquardt/Mau (1886), Bd. 2, S. 59, Nr. 7, handelt es sich um die Quappe.

**195** Auson. Mos. 88: *salar*, nach Böcking die Forelle; *tructa*, Anthim. 39.

**196** Auson. Mos. 130.

**197** Auson. Mos. 97.

**198** Iuv. 4,33; 14,132; Cael. Aur. chron. 3,142; Apic. 9,11; vgl. Auson. Mos. 135.

**199** Auson. Mos. 125.

**200** Auson. Mos. 90.

**201** Verg. georg. 4,48; Mart. 13,83 (vom Liris in Kampanien).

**202** Apic. 9,10,5; 10,1,6–9; 10,1,11–13; 10,2,1–3.

**203** Apic. 10,1,2–5; 10,2,4–6; 10,3,1–3.

**204** Poseidonios in Athen. 152a.

**205** Apic. 10,1,1. Die Soße, die man nach dem Braten zubereitet, wird über den Fisch gegossen, bevor man ihn serviert.

**206** Apic. 4,2,20.

**207** Apic. 4,2,30.

**208** M. de Montaigne, *Essais*, Paris 1946, Bd. 1, 2, Kap. 49: »Der Fisch hatte immer das Privileg, so wie er es noch immer hat, dass die Adligen sich der Kunst seiner Zubereitung widmen: daher hat er einen exquisiteren Geschmack als Fleisch, jedenfalls für mich.«

**209** Iuv. 4,130–135.

**210** Apic. 2,1,1–7; 4,3,1; Lampr. Heliog. 19,6.

**211** Apic. 9,3,2; 9,4,1 f.; 9,10,1.

**212** Erinnert sei an ein Rezept in Apic. 1,9,1, wo Fische haltbar gemacht werden sollen, indem man sie nach dem Braten mit heißem Essig begießt.

**213** Vgl. Leroi-Gourhan (1971), S. 173–175.

**214** Zur Konservierung von Fischen vgl. Marquardt/Mau (1886), Bd. 2, S. 60–63; M. Besnier, Art. »*salsamenta*«, in: Daremberg/Saglio (1873–1919), Bd. 4, 2, S. 1022–25; H. Blümner, Art. »*Salsamenta*«, in: RE 2, 1, 2, Sp. 2011 f. Gegenüber den beiden erstgenannten Werken sind im Detail zahlreiche Vorbehalte anzumelden.

**215** Vgl. Cels. 2,18,3: *pisces omnes qui salem non patiuntur solidive saliuntur*; vgl. Plin. nat. 32,80: *salsamentorum spinae combustae tritaeque.*

**216** Plin. nat. 9,92.

**217** *Salsamentarii cadi*, Plin. nat. 18,308; 32,89; *salsamentaria vasa*, Colum. 2,10,6; vgl. Plin. nat. 28,140: dort werden zu Mehl zerriebene Scherben von Töpfen, in denen Salzfisch aufbewahrt wurde, *farina salsamentariae testae*, als Arznei erwähnt.

**218** Colum. 8,17,12; möglicherweise handelt es sich auch bei Iuv. 14,132: *putri... siluro*, um konservierten Fisch.

**219** Plaut. Poen. 241.

**220** Apic. 9,13,1–3.

**221** Varro, Columella usw.

**222** Edict. Dioclet. 5,5.

**223** Rhet. Her. 4,67; Macr. Sat. 7,3,6; CIL 6,9676.

**224** Athen. 209b; vgl. 302a.

**225** Strab. 6,1,1; Athen. 302a.

**226** Strab. 3,4,2; 3,4,6; Plin. nat. 9,62; Athen. 118 d–e; zum spanischen Handel mit konserviertem Fisch vgl. Charlesworth (1924), S. 161 f.; M. Ponsich / M. Tarradell, *Garum et industries antiques de salaison dans la Méditerranée occidentale*, Paris 1965; M. Ponsich, »A propos d'une usine de salaisons à Belo (Bolonia-Cadix)«, in: *Mélanges de la Casa Velasquez* 12 (1976), S. 69–79; es geht um eine Fabrik, die vom 1. bis zum 3. Jahrhundert n. Chr. in Betrieb war; zu den Einsalzungen in Gallien vgl. R. Sanquer / P. Galliou, »Garum, sel et salaisons en Armorique gallo-romaine«, in: *Gallia* 30 (1972), S. 199–223; P. Galliou, »Les industries de salaisons en Armorique romaine«, in: *Caesarodunum* 10 (1975), S. 141–147.

**227** Athen. 275a.

**228** Varro in Gell. 6,16,5; Stat. silv. 4,9,13; Pers. 5,134; Tac. ann. 12,63,3 f.; vgl. Charlesworth (1924), S. 105.

**229** Cels. 2,18,3.

**230** Colum. 8,17,12.

**231** Pers. 5,134; der beste kam aus dem Asowschen Meer, Dorion in Athen. 118b.

**232** Fest. 434,7: *saperdam genus pessimi piscis*, interpretiert ein Varro-Zitat falsch (in diesem Punkt irrt sich Lindsay in seiner Anmerkung), dessen allgemeiner Sinn in Non. 176,19 richtig erfasst ist: *saperdae quasi sapientes vel elegantes Varro Modio »omnes videmur nobis esse belli festivi saperdae, cum simus* σαπροί«; das ist so zu verstehen, dass die eingesalzenen Fische gut sind, wenn sie ein gewisses Stadium der Zersetzung erreicht haben; vgl. die Ausführungen zum *allec*, S. 93. Übrigens rechnet Persius diesen eingesalzenen Fisch zu den importierten Luxusartikeln.

**233** Colum. 8,17,12; Paul. Fest. 67,8: *elacatena genus salsamenti quod appelatur melandrea*; vgl. Athen. 301d; de Saint-Denis (1947), S. 35.

**234** Stat. silv. 4,9,13; Mart. 7,78,1.

**235** Cels. 2,18,7; vgl. Ulp. dig. 33,9,3,3: *lacertas quoque cum muria sua.*

**236** In Wahrheit besitzen wir kein direktes Zeugnis für die Einfuhr eingesalzener Makrelen nach Rom, jedoch gab es Fanggründe bei Cartagena (vgl. Strab. 3,4,6), das seine Fischkonserven nach Rom schickte.

**237** Plin. nat. 32,88: *maenarum muria*; der Fisch wird in *orca* konserviert, Pers. 3,76.

**238** Apic. 9,10,6 f.; 9,12; Plin. nat. 32,127.

**239** Colum. 8,17,12.
**240** Apic. 9,12; Plin. nat. 32,127.
**241** Plin. nat. 9,48; vgl. Pamphilos in Athen. 121b.
**242** Mart. 3,77,7.
**243** Plin. nat. 9,48; 32,146; 151; Mart. 5,78,5; das *horaeum* in Plaut. Capt. 851 ist nach Diphilos von Siphnos, zitiert in Athen. 120e, eine Art *cybium*.
**244** Plin. nat. 9,48.
**245** Apic. 9,10,7; 9,11; vgl. Colum. 6,32,1.
**246** Iuv. 7,118 f.
**247** Athen. 120e.
**248** Apic. 9,11; Plin. nat. 32,119.
**249** Apic. 1,9,2.
**250** Plin. nat. 32,70.
**251** Apic. 9,8,4 f.: *echini salsi*; nach Edict. Dioclet. 5,9 waren sie doppelt so teuer wie die frischen; Pall. agric. 2,16; 3,16: *echini carnes salibus condire*.
**252** Suet. Vit. 13,5.
**253** Vgl. Diphilos in Athen. 121c. Vgl. D.-J. Georgacas, *Ichthyological Terms for the Sturgeon and Etymology of the International Terms Botargo, Caviar and Congeners*, Athen 1978 (Mémoires de l'Académie d'Athènes, 43), S. 146–149.
**254** Edict. Dioclet. 5,5.
**255** Polyb. 31,24; Athen. 247f.
**256** Apic. 9,13,1–3, im Kapitel über die Fische.
**257** Edict. Dioclet. 5,8 f.
**258** Diphilos in Athen. 121c empfiehlt, sie so lange zu waschen, bis das Wasser nicht mehr nach Salz riecht oder schmeckt.
**259** Plut. symp. 1,9,1,1.
**260** Cic. Att. 4,8,1; fam. 9,16,7; Apic. 4,2,17.
**261** Leroi-Gourhan (1971), S. 176 f.
**262** Vgl. S. 170–172.
**263** Plin. nat. 31,95.
**264** Plaut. Poen. 1310.
**265** Cato agr. 58: *pulmentarium familiae*.
**266** Plaut. Persa 107.
**267** Hor. sat. 2,4,73; 2,9.
**268** Mart. 3,77,5; vgl. auch 11,27,5.
**269** Apic. 7,6,14, für gekochtes Fleisch; 9,10,1, für gefüllten Thunfisch.
**270** CIL 4,5717–5719.
**271** Colum. 8,15,6; 8,17,12; 8,17,14; Isid. orig. 12,6,39. Es ist schwer vorstellbar, dass, wie de Saint-Denis (1947), S. 45, meint, *allecula*, der Name des Gerichts, auf den Fisch übertragen worden ist; weitere Ausführungen zum *garum*, s. S. 170–172. Die italienischen Dialekte haben *alice* als ›Sardine‹ bewahrt, vgl. REW, Nr. 4001. L. Michel, »Noms de l'alose dans le golfe du Lion«, in: *Bolletino dell'Atlante linguistico mediterraneo* 1 (1959), S. 172 f. vermutet eine lateinisch-arabische hybride Form *(h)al(l)ex*, mit der die Clupeiden bezeichnet worden sein sollen, die man als Zutaten für diese Speise verwendete; das Wort sei unter der Form *ladj* vom Mozarabischen entlehnt worden und dann in die romanischen Sprachen zurückgekehrt, um die Alse zu bezeichnen: *laccia* (Rom, Korsika), *leccia* (Neapel), *alatxa* (Katalonien), *lacha*, *alacha* (südliches Spanien). Es ist allerdings ebenso gut möglich, dass alle diese Formen auf ein ursprüngliches, ins westliche Mittelmeergebiet gehörendes **allac-* zurückgehen, das lateinisch *allec* geworden ist und später zu *allex* normalisiert wurde. Die Form ἄλιξ, Geop. 20,46,2, geht ebenso wie ἄλλεξ, Charis. I,32,8, auf das Lateinische zurück. Die Formen mit *h-* sind von ἅλς ›Salz‹ beeinflusst, dem Produkt, das bei der Zubereitung des *allec* eine mehr oder weniger große Rolle spielt.
**272** Plin. nat. 31,95.
**273** Plin. nat. 9,66.
**274** Cotte (1944), S. 128.

## 2. Wild

**1** Vgl. Aymard (1951), der nur sehr beiläufig das Problem der Ernährung behandelt und manche andere nützliche Aspekte der Jagd mit Stillschweigen übergeht; so bleibt die Jagd auf die Geier und Adler unerwähnt, deren Federn dazu dienten, die Pfeile zu befiedern und die Netze zu verkleiden (vgl. Grat. Fal. cyn. 75 ff.; Nemes. cyn. 312 ff.; Clark, 1952, S. 67); desgleichen fehlt die Jagd auf die Wildgänse, die wegen ihrer Flaumfedern begehrt waren (Plin. nat. 10,54).
**2** Colum. 11,1,24.
**3** Hor. epod. 2,29–36.
**4** Epist. 13, PL 89, Kap. 951 A.
**5** Vgl. Varro rust. 3,2,2.
**6** Varro rust. 3,3,8.
**7** Colum. 8,1,4; 9,1,1–9; Plin. nat. 8,211; Gell. 2,20,2–4; vgl. Aymard (1951), S. 68–73.
**8** Varro rust. 3,13,1–3.
**9** Vgl. Aymard (1951), S. 74 ff., 186 ff.
**10** Tert. apol. 9,11 f.
**11** Vgl. Aymard (1951), S. 13–15, 297–329; die Wildschweinjagd war in Italien alt, wie es das bei Plaut. Cas. 476 erwähnte Sprichwort bezeugt: *uno in saltu lepide apros capiam duos* ›ich werde in einer Schlucht zwei Wildschweine herrlich fangen‹ [im Sinne von ›ich werde zwei Fliegen mit einer Klappe schlagen‹].
**12** Plin. epist. 1,6,1, wo bei einer Jagd drei Tiere ins Netz gehen; Mart. 7,27,1.
**13** Hor. sat. 2,4,40; Stat. silv. 4,6,10.
**14** Hor. carm. 1,1,28.
**15** Hor. sat. 2,8,6; vgl. Liv. 25,8 f.
**16** Hor. sat. 2,4,42; anders Mart. 10,45,3 f.
**17** Lampr. Heliog. 21,3.
**18** Edict. Dioclet. 4,43.
**19** Sen. epist. 78,24.
**20** Plin. nat. 8,210.
**21** Mart. 3,82,20: *glandulae*.
**22** Mart. 10,45,3 f.: *ilia*.
**23** Apic. 8,1,10: *perna*.
**24** Macr. Sat. 3,13,12: *sinciput*.
**25** Lampr. Heliog. 21,3.
**26** Colum. 9,1,7; heutzutage schätzt man allerdings nur noch das Fleisch des zwischen sechs Monaten und einem Jahr alten Frischlings; da-

nach hat das Fleisch einen starken Eigengeruch. Zu den Wildschweingehegen vgl. Varro rust. 3,13,1 ff.; Colum. 9,1,1; Plin. nat. 8,211.
**27** Cels. 2,18,2.
**28** Apic. 8,1,1.
**29** Hor. sat. 2,2,89: *rancidum* (die von Horaz vorgebrachten Gründe lassen sich nicht aufrecht erhalten); manchmal hatte das Fleisch einen zu starken Hautgout, vgl. Mart. 3,13,2: *putri ... apro.*
**30** Der Vater des P. Servilius Rullus, der das Agrargesetz des Jahres 64 verkündete; Plin. nat. 8,210; vgl. Iuv. 1,140 f.
**31** Mart. 14,221,2.
**32** Apic. 8,1,4 f.
**33** Petron. 38,15; die *gausapa* war ein Stoff mit langen Zotten.
**34** Apic. 8,1,2; 8,1,6–8.
**35** Apic. 8,1,1; 8,1,3.
**36** Apic. 8,1,1–9; Mart. 7,27,7–10.
**37** Zum Hirsch und zur Hirschjagd in Italien vgl. Aymard (1951), S. 16 f., 331–369.
**38** Cels. 2,18,2; Gal. VI,664.
**39** Aymard (1951), S. 357.
**40** Colum. 9,1,1; vgl. Plin. nat. 8,115.
**41** Edict. Dioclet. 4,44, zum Preis des Schweinefleischs.
**42** Apic. 8,2,1; 8,3–8.
**43** Verg. georg. 1,307.
**44** Plin. nat. 8,119.
**45** Vgl. Apul. met. 8,31,1.
**46** Apic. 8,2,3.
**47** Anthim. 7.
**48** Varro rust. 3,3,3; 3,13,3; vgl. Aymard (1951), S. 17 f.
**49** Der in Edict. Dioclet. 4,45 genannte *dorcus* ist schlecht zu identifizieren: *Dorci sibe caprae vel dammae*; griech. δορκείου ἤτοι αἰγαγρίου ἢ κεμαδίου. Während δορκάς sowohl das Reh als auch die Gazelle zu bezeichnen scheint, so ersieht man aus Diosk. 2,75,2, dass δόρκος in der Tat kein Synonym von δορκάς ist. Da der *dorcas* Martials (10,65,13; 13,99) ein anmutiges Tier ist, das einem Kind geschenkt wird, ein Tier, das vor den Löwen flieht, hat man bei ihm an die Gazelle gedacht (vgl. H. Blümner 1893, Komment. zu 4,45). Wenn man jedoch bedenkt, dass *caprae* (und nicht *capreae*) dem griech. αἰγαγρίου im Text entspricht, kann man mit Recht davon ausgehen, dass mit *capra* nicht das Reh, sondern die Wilde Ziege gemeint ist; dann wäre *dorcus* frei für »Reh«.
**50** Cels. 2,18,2; vgl. Cael. Aur. chron. 2,23; Anthim. 7.
**51** Iuv. 11,142; Edict. Dioclet. 4,45. In dem Hochzeitscento des Ausonius, V. 18, gehört das Reh zum Hochzeitsessen, aber da der Text aus Verg. georg. 2,374 stammt, lässt sich aus dieser Stelle vielleicht nichts beweisen.
**52** Apic. 8,3,1–3.
**53** Es gibt keinen Grund, an der Bedeutung von *damma* ›Damhirsch‹, zu zweifeln. Die *dammae*, die der italische Bauer Vergils im Winter mit der Schleuder im Schnee jagt, sind offensichtlich weder Gazellen noch etwa Gemsen, wie es O. Keller, Art. »Gazelle«, in: RE 7, 1, Sp. 889 f., und H. Blümner (1893), Komment. zu Edict. Dioclet. 4,45, annehmen. Ich sehe ebenso wenig, dass die *dammae* in Hor. carm. 1,2,12 Tiere des Hochgebirges sind, was O. Keller, Art. »Gemse«, in: RE 7, 1, Sp. 1118, die Berechtigung gäbe, sie zu Gemsen zu erklären. Bleibt der Fall des *plato* in Apic. 8,2,2, der in einem Kapitel über die Hirsche vorkommt; die Lesart *platicerote* der venezianischen Editio princeps ist eine auf Plin. nat. 11,123 basierende Korrektur, wo *platyceros* auf Grund der Form seines Geweihs den Damhirsch bezeichnet (griech. πλατύκερως); das Wort findet sich wieder in *La Vie des Pères du Jura* 9,5: *cervorum platocerumve. Plato* verhält sich zu *platoceros* wie *melo* zu *melopepo*. Man darf sich nicht davon verwirren lassen, dass Plinius einige Zeilen später (nat. 11,124) auch noch vom Damhirsch als *damma* spricht; das liegt daran, dass er zwei Quellen benutzt, eine griechische und eine lateinische.
**54** Colum. 9,1,1.
**55** Mart. 13,94; zu Spanien vgl. 1,49,23; Vespa 68 (= Anth. Lat. 199,68).
**56** Iuv. 11,121.
**57** Colum. 9,1,1; 9,1,7.
**58** Mart. 13,95.
**59** Iuv. 11,140.
**60** Hdt. 4,192.
**61** Iuv. 11,138.
**62** Hdt. 4,192, im östlichen Teil Libyens; Plin. nat. 8,214; Ail. nat. 7,19.
**63** Cato in Varro rust. 2,3,3; Varro rust. 2,1,5.
**64** Cael Aur. acut. 2,209.
**65** Varro rust. 2,1,5.
**66** Varro rust. 3,12,1.
**67** Polyb. 12,3; Plin. nat. 8,199; Strab. 5,2,7; eine andere Art mit kürzerem Haar, die auf Sardinien vorkam, hieß *ophion*, Plin. nat. 28,151; 30,146.
**68** Apic. 8,4,1 und 3.
**69** Varro rust. 2,6,3; dies hindert Vergil, georg. 3,409, nicht an der Behauptung, in Italien seien Wildesel mit Hunden gejagt worden; er fragt sich nicht, ob diese Tiere in Italien überhaupt vorkommen.
**70** Zu ihrer Jagd vgl. Aymard (1951), S. 345, 355, 460, 470.
**71** Cels. 2,18,2.
**72** Plin. nat. 8,174; Mart. 13,97.
**73** Plin. nat. 8,170.
**74** Vgl. Aymard (1951), S. 12 f.
**75** Tert. apol. 9,11.
**76** Petron. 66,5; vgl. auch Gal. V,134; Oreib. 1,181 D.
**77** Plut. quaest. nat. 22.
**78** Varro rust. 3,12,6; Plin. nat. 8,217.
**79** Varro rust. 3,3,8; 3,12,5; Colum. 9,1,8.
**80** Macr. Sat. 3,13,14 f.
**81** Mart. 13,92; aber in 6,75,2 betrachtet er einen Hasenschenkel als bescheidenes Geschenk; vgl. auch 7,78,3. Beim Gastmahl des Trimalchio wird Hase aufgetischt, Petron. 36,2.

**82** Hor. sat. 2,4,44; 2,8,89.
**83** Apic. 8,8,1–13; 4,3,7.
**84** Apic. 4,3,7; 8,8,5.
**85** Edict. Dioclet. 4,32 f.
**86** Catull. 37,18; Plin. nat. 8,217; Strab. 3,2,6; 3,5,2; Ail. nat. 13,15; Polyb. 12,3 bezeugt es für Korsika in der Mitte des 2. Jahrhunderts v. Chr.; vgl. A. Schulten (Hrsg.), *Estrabón, Geografia de Iberia*, Barcelona 1952, Kommentar, S. 167 f.
**87** Varro rust. 3,12,6 f.
**88** In Athen. 401a.
**89** Plin. nat. 8,217.
**90** Ein einziges Rezept in Apic. 2,2,6.
**91** Mart. 13,60.
**92** Plautus in Non. 119,25; Naev. com. 65.
**93** Varro rust. 3,2,14; 3,15,1.
**94** Varro rust. 3,15,2; Plin. nat. 8,224.
**95** Vgl. Amm. Marc. 28,4,13, der erzählt, wie man sie von Zeit zu Zeit wiegt und ihr Gewicht festhält.
**96** Mart. 3,58,36, aus dem Gebiet von Baiae; vgl. 13,59.
**97** Petron. 31,10.
**98** Plin. nat. 8,223.
**99** Edict. Dioclet. 4,38.
**100** Gal. VI,666; vgl. Epiphan. haer. 64.
**101** Epist. 13, PL 89, Kap. 951 A.
**102** Vgl. Liv. 23,19,13; Plin. nat. 8,222; Val. Max. 7,6,3 u. ö.
**103** Phaedr. 3,4,1 f.
**104** Mart. 10,37,18.
**105** Pall agr. 13,6; vgl. Verg. georg. 1,307; zum Vogelfang vgl. Aymard (1951), S. 9, 35 ff. Zur Identifizierung der Vögel vgl. Thompson (1936); Kommentar zu Plin. nat. 10, Über die Vögel, von E. de Saint-Denis, Paris 1961, S. 105–161; André (1967); Capponi (1979).
**106** Plin. nat. 16,77.
**107** Varro rust. 2, praef. 2; 3,2,15; 3,3,1; Colum. 8,1,3 f.; Pall. agric. 1,23.
**108** Capitol. Max. 28,2; Auson. epist. 3,12.
**109** Colum. 8,15,1.
**110** Varro rust. 3,10,2; vgl. Inst. Iust. 2,1,16.
**111** Plin. nat. 10,56; allerdings ist der Name *cheneros* griechisch: gemeint ist die Ringelgans (*Branta bernicla*), vgl. André (1967), S. 53 f.; Capponi (1979), S. 151 f.
**112** Plin. nat. 10,53.
**113** Plin. nat. 10,72; 78.
**114** Varro rust. 3,7,1.
**115** Cato agr. 90; Varro rust. 3,7,1; Colum. 8,8,1; Mart. 3,58,19.
**116** Edict. Dioclet. 4,28 f.
**117** Apic. 6,4,1–4; vgl. Hor. sat. 2,8,91; Mart. 2,37,6; 13,67.
**118** Plaut. Most. 46; Mart. 3,60,7; 3,82,21; 13,53.
**119** Varro rust. 3,3,3; 3,8,1 ff.; Colum. 8,9,1 und 4; Pall. agric. 1,25.
**120** Colum. 8,9,1; Edict. Dioclet. 4,25: 16 Denare für eine Zuchtturteltaube; 4,26: 12 für eine Wildturteltaube, während eine Ringeltaube 10 und eine Haustaube 12 Denare kostet.
**121** Apic. 6,2,1; 6,3,3; exc. 30.
**122** Verg. georg. 1,307; Hor. epod. 2,35.
**123** Ov. fast. 6,176.
**124** Hartmann (1923), S. 202, 244 f., 252, 255. In Griechenland mästete man sie, so Plut. esu carn. 2,1,6, nachdem man ihnen die Augenlider zugenäht hatte.
**125** Varro rust. 3,2,14.
**126** Cels. 2,18,2; vgl. Anthim. 27.
**127** Plin. nat. 10,60; vgl. Hor. sat. 2,8,87.
**128** Apic. 6,2,1–6.
**129** Das Graue Rebhuhn, unbekannt in Griechenland, ist für Italien klar bezeugt, vgl. Athen. 390b: »In Italien gibt es eine zweite Rebhuhnart; sie hat ein dunkles Gefieder, ist kleiner und hat keinen roten Schnabel.«
**130** Varro rust. 3,11,4; Plin. nat. 10,101–103; Mart. 3,58,15.
**131** Mart. 13,65.
**132** Edict. Dioclet. 4,24: ein Rebhuhn kostet 30 Denare, so viel wie ein Huhn.
**133** Apic. 6,2 tit.; 6,3,1–3.
**134** Hor. sat. 2,5,10; Ov. ars 2,269; Plin. epist. 5,2,1. Vgl. J. Oroz Reta, »*Nil melius turdo*. Gastronomia clásica y moderna«, in: *Helmantica* 28 (1977), S. 403–416.
**135** Colum. 8,9,1.
**136** Plin. nat. 10,60; vgl. die Anekdote bei Plut. Luc. 40,2; Pomp. 2,8; zur Züchtung in Vogelhäusern vgl. Varro rust. 3,3,3; Colum. 8,10,1 ff.; Pall. agric. 1,26.
**137** Mart. 3,47,10; 13,51; Edict. Dioclet. 4,27: 10 Drosseln kosteten 60 Denare.
**138** Pers. 6,24; Petron. 40,5; Macr. Sat. 2,4,22 u. ö.
**139** Apic. 4,2,14; exc. 29.
**140** Lampr. Heliog. 20,6.
**141** Varro rust. 3,5,2.
**142** Plin. nat. 10,69; nach Lucr. 4,640 und Geop. 14,24,2 handelt es sich bei dieser giftigen Pflanze um die Nieswurz; vgl. Iuv. 12,97; nach Diog. Laert. 9,80 ist es der Schierling.
**143** Edict. Dioclet. 4,41.
**144** Plin. nat. 10,133; zum Frankolinhuhn vgl. Athen. 387f; 388b. Zur Identifizierung vgl. Thompson (1936), S. 59–62.
**145** Hor. epod. 2,54; Ov. fast. 6,175; Plin. nat. 10,133; Mart. 13,61; oder das Frankolinhuhn aus Phrygien, Varro in Gell. 6,16,5.
**146** Plin. nat. 10,133; Cael. Aur. chron. 4,69: *attagenae agrestis*, ein Ausdruck, der die Existenz einer domestizierten Art voraussetzt.
**147** Edict. Dioclet. 4,30.
**148** Apic. 6,3,3.
**149** Vgl. Mart. 13,49.
**150** Gell. 15,8,2; von den anderen Vögeln aß man nur die untere Partie, Gell. 15,8,2.
**151** Iuv. 14,9; Petron. 33,8; Suet. Tib. 42,2; Macr. Sat. 3,13,12; Hier. adv. Iovin. 2,5.
**152** Edict. Dioclet. 4,36.
**153** Apic. 4,2,5; 4,2,14.
**154** Varro rust. 3,3,3; 3,11,4; Colum. 8,15,1.
**155** Macr. Sat. 3,13,12.

**156** Varro rust. 3,11,4; Colum. 8,15,1.
**157** Hier. adv. Iovin. 2,5.
**158** Plin. nat. 10,56; Nemes. auc. 1,1–15.
**159** Nemes. auc. 2,1–10.
**160** Plin. nat. 10,111; Mart. 13,76. Vgl. Thompson (1936), S. 261 f.
**161** Plin. nat. 10,57.
**162** Synes. epist. 4,165; Anthim. 33, der feststellt, dass sie im Norden Galliens nicht vorkommt. Nach Cuvier ist das Fleisch der Trappe ausgezeichnet und erinnert an den Geschmack des Hasen.
**163** Varro rust. 3,5,2; Cael. Aur. chron. 1,27; vgl. André (1967), S. 104; Capponi (1979), S. 337 f.
**164** Plin. nat. 10,135; vgl. André (1967), S. 41 f.; Capponi (1979), S. 351 f.
**165** Varro rust. 3,9,1; 3,9,16 f.; Colum. 8,2,2 f.; 8,12 (vgl. Inst. Iust. 2,1,16). Vgl. André (1967), S. 81 f.; Capponi (1979), S. 447 (*rustica*), S. 448 (*rusticula*).
**166** »Der Storch ist ein königliches Fleisch ... Der Schwan ist ein erlesener Vogel unter den französischen Delikatessen« (Belon); »der Schwan ist der König des irdischen Geflügels ... Gibt es ein herrlicheres Fleisch zu essen?« (Olivier de Serres).
**167** Hor. sat. 2,2,49; Plin. nat. 10,60.
**168** Epist. 13, PL 89, Kap. 951 A.
**169** Porph. Hor. sat. 2,2,49; nach O. Keller, *Antike Tierwelt*, Bd. 2, Leipzig 1913, S. 176, handelt es sich um Aulus Sempronius Asellio; vgl. A. Steier, Art. »Storch«, in: RE 2, 4, 1, Sp. 69.
**170** Vespa 93 (= Anth. Lat. 199,93): *cycnum bene condio Ledae*, sagt der Koch; vgl. gewiss auch Mart. 13,77.
**171** Plut. esu carn. 2,1,6; während der ersten Dynastien wurde die Schwanenzucht in Ägypten praktiziert, vgl. Hartmann (1923), S. 244 f.
**172** Oreib. lat. 4,77.
**173** Plin. nat. 30,30; 30,69 u. ö.
**174** Cels. 2,18,3.
**175** Mart. 3,58,14.
**176** Iuv. 11,139; Apic. 6,6,1 f.; Mart. 13,71.
**177** Sen. epist. 110,12; Plin. nat. 10,133; Suet. Vit. 13,5; Mart.13,71; Lampr. Heliog. 20,6.
**178** Edict. Dioclet. 4,37; 10 Spatzen kosten 16 Denare.
**179** Cael. Aur. chron. 3,55; vgl. Anthim. 30. In Plin. nat. 30,141 und Athen. 391e gilt der Spatz nur als Aphrodisiakum.
**180** Edict. Dioclet. 4,42, zum Preis der Wachteln; Anthim. 26; Athen. 65e.
**181** Edict. Dioclet. 4,34; der *ampelion* kann nicht genau identifiziert werden. Thompson (1936), S.51, denkt an eine Goldammer. Vgl. André (1967), S. 28; nach Capponi (1979), S. 58–60, könnte es sich um den Grauen Fliegenschnäpper handeln.
**182** Zur Nachtigall vgl. Hor. sat. 2,3,245; nach Varro rust. 3,5,14 scheint sie zu seiner Zeit nur wegen ihres Gesangs in Vogelhäusern gezüchtet worden zu sein; zur Aesop-Anekdote vgl. Plin. nat. 10,141 f.
**183** Lampr. Heliog. 20,5.
**184** Hor. sat. 2,8,91; zu ihrer Zucht in Vogelhäusern vgl. Varro rust. 3,5,1; 3,5,14; Athen. 65d.
**185** Plin. nat. 10,27.
**186** Mart. 13,68; für Capponi (1979), S. 246, ist es der Pirol.
**187** Mart. 3,60,8.
**188** Zacharias epist. 13, PL 89, Kap. 951 A.
**189** Apic. 5,3,2; 5,3,8.
**190** Athen. 65c–d; vgl. Aristoph. Av. 1076–83.
**191** Plin. nat. 10,133: *lagopus*; vgl. André (1967), S. 97 f.; Capponi (1979), S. 311 f.; es handelt sich gewiss um die *peregrina* ... *lagois* aus Hor. sat. 2,2,22 (vgl. Porph. Hor. sat. z. St.: *avis leporini coloris*), die Capponi (1979), S. 311, dennoch für die Große Rohrdommel hält.
**192** Plin. nat. 10,135. Man identifiziert sie einhellig mit dem Jungfernkranich (*Anthropoides virgo* L.), vgl. Thompson (1936), S. 69 f.; André (1967), S. 159; Capponi (1979), S. 505.
**193** Philyllios in Athen. 63a.
**194** Varro rust. 3,3,3; 3,14,1; 3,14,4; Plin. nat. 9,173 f. Eine große Menge Schneckenhäuser wurde zusammen mit Tierknochen in der römischen Kloake von Nyon gefunden, vgl. Pelichet (1974).
**195** Plin. nat. 9,173 f.; Macr. Sat. 3,13,15.
**196** Apic. 7,18,1–4.
**197** Hor. sat. 2,4,58 f.; Petron. 130,7.
**198** Plin. nat. 30,45; Plin. epist. 1,15,2; Mart. 13,53.
**199** Edict. Dioclet. 6,46 und 47.
**200** Plin. nat. 17,220; ebenso wie der Palmwurm im südlichen Asien und in Brasilien, vgl. Leroi-Gourhan (1971), S. 183.
**201** Plin. nat. 6,195; 11,92; 11,106; vgl. H. Gossen, Art. »Heuschrecke«, in: RE 8, 2, Sp. 1386.

## 3. Geflügel

**1** Vgl. Hartmann (1923), S. 203. Das Haushuhn erscheint zusammen mit dem Hahn erst auf den Monumenten des Hellenismus.
**2** Aristoph. Av. 485; 707; 833; vgl. Kratinos in Athen. 374d.
**3** Colum. 8,2,5; 8,2,13.
**4** Colum. 8,2,4; 8,2,12; Plin. nat. 10,48; Mart. 3,58,17.
**5** Varro rust. 3,9,6; Colum. 8,2,4; 8,2,13; Plin. nat. 10,48.
**6** Varro rust. 3,9,6 und 19; Colum. 8,2,12 f.; Plin. nat. 10,48; vgl. Aristoph. Av. 278.
**7** Colum. 8,2,13.
**8** Cato agr. 89; Colum. 8,7,1 ff.; Plin. nat. 10,139 f.; Mart. 13,62; Pall. agric. 1,27. Nach Plinius waren die Griechen, genauer gesagt, die Delier, die Ersten, die Hühner gemästet haben.
**9** Varro rust. 3,9,19.
**10** Plin. nat. 10,139; Tert. apol. 6,2.
**11** Macr. Sat. 3,13,12.
**12** Plin. nat. 10,140.

**13** Cato agr. 89; Petron. 36,2; 65,2; Mart. 13,62; Cael. Aur. acut. 2,209 u. ö.
**14** Plaut. Aul. 401 f.
**15** Colum. 8,5,24.
**16** Mart. 3,58,38; vgl. Varro rust. 3,9,3 und Colum. 8,2,3.
**16a** Das war nach Plin. nat. 10,154 eine Erfindung jüngeren Datums; sie war in der Antike gewiss nicht allgemein verbreitet.
**17** Vgl. Ch. Voitellier, *L'Aviculture*, Paris 1914, S. 379. Das Faktum war bereits bekannt. Plin. nat. 10,150 macht darauf aufmerksam, dass Küken, die nach der Sommersonnenwende auf die Welt kommen, nicht die normale Größe erreichen.
**18** Plaut. Capt. 849.
**19** Hor. sat. 1,3,92; Mart. 2,37,5 u. ö.
**20** Apul. met. 2,11,1: *quinque gallinulas.*
**21** Edict. Dioclet. 4,23.
**22** Apic. 6,2,2; 6,9,1–15.
**23** Plin. nat. 10,140.
**24** Plin. nat. 10,140; Mart. 2,37,5.
**25** Apic. 4,2,21; 4,5,1; 5,3,8.
**26** Apic. 4,3,3.
**27** Mart. 13,73.
**28** Plin. nat. 10,53.
**29** Cato agr. 89; Varro rust. 3,2,14; 3,10,1; Colum. 8,13,1–3; 8,14,1 ff.; Pall. agric. 1,23; 1,30.
**30** Edict. Dioclet. 4,21 f.
**31** Petron. 137,12; in 93, V. 3, ist der Blickwinkel ein anderer: hier wird die Gans mit exotischen Vögeln, dem Fasan und dem Perlhuhn, verglichen.
**32** Lampr. Alex. Sev. 37,5.
**33** Plin. nat. 10,52.
**34** Apic. 6,5,5; 6,8.
**35** Plin. nat. 10,52; beide besaßen große Gänseherden, vgl. Varro rust. 3,10,1.
**36** Eubulos frg. II, 199 K; vgl. Athen. 384c–d.
**37** Hor. sat. 2,8,88; Plin. nat. 10,52; Mart. 13,58; Pall. agric. 1,30,4; Geop. 14,22.
**38** Marcell. med. 22,34.
**39** Pers. 6,71; vgl. Iuv. 5,114; Stat. silv. 4,6,9 f.; Mart. 3,82,19; 13,58 u. ö.; Apic. 7,3,1 f.
**40** F. Olck, Art. »Ente«, in: RE 5, 2, Sp. 2641.
**41** Das Wort ist, abgesehen von Varro rust. 3,11,1 und Colum. 8,15,1, weder im Griechischen noch im Lateinischen bezeugt.
**42** Macr. Sat. 3,13,12.
**43** Petron. 93, V. 4
**44** Mart. 13,52.
**45** Apic. 6,2,1–6.
**46** Edict. Dioclet. 4,31; das Huhn wird paarweise für 60 Denare verkauft (Edict. Dioclet. 4,23).
**47** Varro rust. 3,7,2 ff.; Colum. 8,8,1; Pall. agric. 1,24.
**48** Colum. 8,8,8.
**49** Edict. Dioclet. 4,29.
**50** Apic. 6,4,1–4.
**51** Mart. 13,73.
**52** Colum. 8,2,2
**53** Varro rust. 3,9,18. Es ist unmöglich, in den *meleagrides* Varros etwas anderes zu sehen denn das Perlhuhn. Die Beschreibung in Athen. 655c–e ist nämlich genau und minutiös, besonders die Beschreibung der gelblichen hornartigen Knochenauftreibung auf dem Kopf: »ein fleischiger, harter, runder Kamm, der wie ein Zapfen aus dem Kopf hervorspringt und holzfarben ist«. Zu den *meleagrides*, die er anscheinend nicht völlig mit den *Numidicae* gleichgesetzt hat, vgl. Plin. nat. 10,74; 37,38: »Mnaseas nennt Sikyon eine Ortschaft in Afrika und Krathis einen Fluss, der im Okeanos mündet und der aus einem See entspringt, der von Vögeln, die *meleagrides* und *penelopes* heißen, aufgesucht wird.« In nat. 10,132 behandelt Plinius die *Numidicae* gesondert, gewiss, weil er zwei verschiedene Quellen benutzt.
**54** Varro rust. 3,9,18; Colum. 8,2,2; Plin. nat. 10,74.
**55** Hor. epod. 2,53; Iuv. 11,142 f.; Petron. 93, V. 2; Mart. 3,77,4; 13,45,1; 13,73.
**56** Plin. nat. 8,223.
**57** Curt. 9,1,13; Ail. nat. 5,20; 11,33; Athen. 397a–399a; 655b; vgl. Steier (1938); André (1967), S. 121 f.
**58** Charis. GLK I, 98; Don. Ter. Ad. 106; Andr. 429; vgl. Tert. anim. 33: *pavum se meminit Homerus Ennio somniante*; vgl. Steier (1938), Sp. 1417.
**59** Lucil. 14,497.
**60** Varro rust. 3,2,2.
**61** Varro rust. 3,6,6; Plin. nat. 10,45; Macr. Sat. 3,13,1.
**62** Varro rust. 3,6,6; Plin. nat. 10,45.
**63** Colum. 8,11,1 ff.; Pall. agric. 1,28.
**64** Varro rust. 3,6,6; Edict. Dioclet. 4,39 f.
**65** Hor. sat. 1,2,116; Iuv. 1,143; Mart. 13,70; nach Aussagen der Ärzte war sein Fleisch nahrhaft, Cels. 2,18,2.
**66** Hor. sat. 2,2,23–30.
**67** Apic. 2,2,6.
**68** Lampr. Heliog. 20,5.
**69** Macr. Sat. 3,13,2.
**69a** Vgl. Plin. nat. 10,129 und 135; Mart. 13,78; Athen. 9,40; 9,388d.
**70** Aristophanes erwähnt als Erster seine Zucht, Nub. 108.
**71** Plin. nat. 10,132; Iuv. 11,139.
**72** Paul. dig. 32,1,66; zur Zucht vgl. Pall. agric. 1,29.
**73** Iuv. 11,139; Petron. 93, V. 1; Mart. 3,77,4; 13,45,1; 13,72; Edict. Dioclet. 4,17: *fasianus pastus*, 250 Denare; das gemästete Fasanenweibchen, 4,19, ist mit 200 Denaren etwas billiger; der *fasianus agrestis* in 4,18 kostet 125 Denare; er entspricht der *fasiana non pasta* aus 4,20 (100 Denare; das Preisverhältnis ist identisch).
**74** Apic. 2,2,1, wo nur das Fett verwendet wird; 2,2,6.
**75** Capitol. Pert. 12,6.
**76** Lampr. Heliog. 20,6; 32,4.
**77** Apic. 6,1,1 f.
**78** Lampr. Heliog. 30,2: er brauchte für eine einzige Mahlzeit 600 Straußenköpfe, um seine Gäste mit den Hirnen zu bewirten; nach 32,4 gab es an

einem Tag bei allen Gängen Strauß. Der Fall des syrischen Usurpators Firmus, der sich in Alexandria zum Kaiser hatte ausrufen lassen und täglich einen Strauß verzehrte, ist für Italien ohne Bedeutung; vgl. Vopisc. Firm. 4,2.

**79** Apic. 6,6,1; das Rezept ist identisch mit dem für den Flamingo.

**80** Lampr. Heliog. 20,6, ein Gericht aus den Köpfen wegen des Hirns.

**81** Allerdings werden in Petron. 137,12 die Gänsestücke direkt auf den Bratspieß gesteckt.

**82** Macr. Sat. 15,8,2.

## 4. Fleisch

**1** Ov. met. 1,101–112; 15,96–103; 111–115.

**2** Vgl. K. Sapper, *L'alimentation de l'humanité*, Paris 1942, S. 67.

**3** Billiard (1928), S. 274; vgl. Colum. 6,1,2.

**4** Colum. 6,2,15.

**5** Maurizio (1932), S. 370 f.

**6** Vgl. Leroi-Gourhan (1971), S. 181.

**7** Stutenmilch, Plin. nat. 28,159; 224 u. ö.; Blut, Plin. nat. 28,147 u. ö. Zerkochtes Pferdefleisch ist ein Heilmittel für die Schweine, Plin. nat. 28,265.

**8** Das Pferdefleisch war z. B. bei den Norwegern des 10. Jahrhunderts, die Pferdeopfer brachten, heilig und in der Erzählung *Heimkringla* weigert sich der König Hakon der Gute sogar, den Geruch gekochten Pferdefleischs einzuatmen; vgl. A. Sauvageot, in: BSL 55 (1960), S. 299. Dasselbe Verbot galt im alten Irland, vgl. R. Thurneysen, *Die irische Helden- und Königsage bis zum 17. Jahrhundert*, Halle 1921, S. 385. Dennoch war das Pferd ein Opfertier bei den Indoeuropäern, vgl. F. Koppers, »Pferdeopfer und Pferdekult der Indogermanen«, in: *Wiener Beiträge zur Kulturgeschichte und Linguistik* 4 (1936), S. 279–412. Und durch einen Brief des Papstes Zacharias weiß man, dass die Germanen im 8. Jahrhundert n. Chr. das Fleisch von Wildpferden aßen (epist. 13, PL 89, Kap. 951 A).

**9** Vor allem im Winter, Serv. ecl. 1,56.

**10** Plaut. Aul. 331.

**11** Cato agr. 2,7.

**12** Colum. 6,22,1.

**12a** Colum. 7,6,8.

**13** Colum. 7,7,2.

**14** Varro rust. 2,5,11.

**15** Colum. 7,3,13; Iuv. 11,66 f.; vgl. Antiphanes in Athen. 402d–e.

**15a** Plin. nat. 23,74.

**16** Plut. Rom. 12,1; Num. 8,15; Dion. Hal. ant. 2,23,4 ff.

**17** Plut. Aem. 33,2.

**18** Suet. Cal. 14,1. Es ist wahr, dass nicht alle Opfertiere Ochsen, Schafe oder Schweine gewesen sein müssen.

**19** Vgl. Vergl. Aen. 5,103; georg. 2,396; Ov. fast. 2,363.

**20** Val. Max. 2,2,8.

**21** Iuv. 11,85; vgl. H. Meyer, Art. »Hostia«, in: RE 8, 2, Sp. 2500.

**22** Varro rust. 2,5,11.

**23** Tert. apol. 14,1.

**24** Varro rust. 2,1,20; Plut. Aem. 33,2.

**25** Colum. 1,8,5.

**26** Ov. fast. 6,169 ff.

**27** L. Keimer, »Remarques sur le porc et le sanglier de l'Égypte ancienne«, in: *Bulletin de l'Institut d'Égypte* 19 (1937), S. 150–154. Trotz ihres viel versprechenden Titels ist die Dissertation von K. Winckelstern, *Die Schweinezucht im klassischen Alterum*, Gießen 1933, uninteressant.

**28** Vgl. B. Blatt, *Entstehung der Haustiere*, Berlin 1927, S. 85–88; Clark (1952), S. 192.

**29** Colum. 7,9,2.

**30** Verg. georg. 2,520; Colum. 7,9,6 f.

**31** Plin. nat. 16,25.

**32** Colum. 7,9,4; zur Kastrierung der Mutterschweine zu eben diesem Zweck vgl. § 5 und Plin. nat. 8,209.

**33** Varro rust. 2,4,10.

**34** Plin. nat. 8,209.

**35** Plaut. Aul. 375; Capt. 849; Men. 210 f.; Mil. 760; Pseud. 166; 198; Carbo in Fest. 444,32 f. u. ö.

**36** Plaut. Men. 211; Plin. nat. 8,209; Cael. Aur. acut. 2,209; chron. 2,160.

**37** Cael. Aur. acut. 2,209; chron. 2,160.

**37a** Apic. 7,1,5: *coticulae* (= *codiculae*).

**38** Mart. 2,37,2: *imbrex*.

**39** Plaut. Capt. 915; Pseud. 198; Varro ling. 5,110; Apic. 7,8,1.

**40** *Glandia*, Plaut. Capt. 915; Curc. 323 u. ö.; bei den *glandia* kann es sich nicht um das Bries handeln, das sich unter der Kehle befindet, da sie aus dem Kamm herausgeschnitten werden (Capt. 915); vgl. L.-D. Johnston, »Glandium: What Piece of Pork?«, in: CPh 49 (1954), S. 244–250.

**41** Plautus in Fest. 448,10; Apic. 7,7,1 f.; Vespa 84.

**42** Varro ling. 5,111: *Faliscus venter*; Mart. 4,46,8.

**43** *Ungellae*, Apic. 7,1,5; Vespa 84; *pedes*, Cael. Aur. acut. 2,209 u. ö.

**44** *Callum*, Plaut. Capt. 904; Pseud. 166; Carbo in Fest. 444,32; Apic. 7,1,5.

**45** Cael. Aur. acut. 2,111; 209; chron. 1,22; 2,160.

**46** Apic. 7,8, aber vielleicht nur vom Schwein; denn diese Rubrik steht zwischen dem Schweinemagen und dem Schinken.

**47** Plin. nat. 8,209.

**48** Apic. 7,3,1 f; Vespa 84; das *ficatum optimum* in Edict. Dioclet. 4,6 ist vielleicht nur normale Leber, da ein Pfund lediglich 16 Denare kostet und damit genauso viel wie Speck der besten Qualität.

**49** Hor. sat. 2,6,64; Ov. fast. 6,169 f.; Mart. 5,78,10; Macr. Sat. 1,12,33 u. ö.

**50** Varro ling. 5,111; Apic. 2,4; Mart. 4,46,8; 13,55 u. ö.; der Name hat sich noch im modernen Griechisch (λουκάνικο) und im Arabischen *laḳāniḳ*, *naḳāniḳ* ›Wurst‹ erhalten.

**51** Petron. 31,11; 49,10; Mart. 1,41,9 f.

**52** Varro ling. 5,111.

**53** Varro ling. 5,111; Apic. 4,2,13.
**54** Varro ling. 5,111; zu diesen Bezeichnungen vgl. den Varro-Kommentar von Collart (1954), S. 215–127.
**55** Plin. nat. 8,209.
**56** Plaut. Capt. 904; Pseud. 166.
**57** Macr. Sat. 3,13,12.
**58** Iuv. 11,138; Pers. 1,53; Petron. 36,2; Mart. 2,37,2; 7,78,3 u. ö.
**59** Edict. Dioclet. 4,5.
**60** Apic. 7,2,1 f.
**61** Hor. epist. 1,15,41; Iuv. 11,81; Plin. epist. 1,15,3; Apic. 2,3,1; 7,1,6.
**62** Sie kostete 24 Denare das Pfund, Edict. Dioclet. 4,4.
**63** Apic. 7,1,1–4; vgl. Petron. 35,3; Mart. 13,56.
**64** Edict. Dioclet. 4,46; Mart. 13,41; Gell. 4,11,6; Spart. Did. 3,9.
**65** Apic. 8,7,1–17.
**66** Ov. fast. 4,413–416; dies Verbot versuchte Domitian zu Beginn seiner Herrschaft auf alle Kulte auszuweiten (Suet. Dom. 9,1).
**67** Varro rust. 2,5,4; Cic. nat. deor. 2,159; Colum. 6, praef. 7; Plin. nat. 8,180; Val. Max. 8,1, damn. 8; ebenso bei den Griechen, vgl. Ail. nat. 12,34; var. 5,14.
**68** Colum. 6,1,1–3.
**69** Plaut. Aul. 374 f.; vgl. auch Cic. fam. 9,20,1.
**70** In Apic. 8,5,2 wird das Fleisch mit Lauch, Quitten oder Zwiebeln zubereitet.
**71** Apic. 8,5,1–4.
**72** Edict. Dioclet. 4,2, zu 8 Denaren das Pfund.
**73** Vgl. Lister (1873), S. 144.
**74** Iuv. 3,294.
**75** Edict. Dioclet. 4,3.
**76** Edict. Dioclet. 4,47.
**77** Colum. 7,3,13.
**78** Plaut. Aul. 374; 561; Capt. 818 f.; 849.
**79** Apic. 8,6,1–10; Leber: 7,12,1.
**80** Titinius in Non. 331,25.
**81** Edict. Dioclet. 4,3.
**82** Varro rust. 2,3,9 f.; dies ist einer der Gründe, mit denen Plutarch in Quaest. Rom. 111 erklärt, wieso der Flamen Jupiters eine Ziege weder berühren noch erwähnen durfte.
**83** Colum. 7,7,2.
**84** Colum. 7,6,7 f.
**85** Gell. 2,24,9.
**86** Varro in Gell. 6,16,5; Hor. epod. 2,60; Iuv. 11,66 f.; Mart. 10,48,14; 13,39.
**87** Apic. 4,1,2; 7,12,1, Leber; 8,6,1–10.
**88** Edict. Dioclet. 4,48.
**89** Zum Verzehr des Esels in der Antike vgl. K. Freeman, »Vincent or the Donkey«, in: *Greece and Rome* 14 (Juni 1945), S. 39.
**90** Varro rust. 2,6,2; 2,6,5.
**91** Ov. fast. 1,391; Hesych., ἀνεμώτας, zu Tarent.
**92** Plin. nat. 8,170.
**93** Paul. Fest. 39,8: *Catulinam carnem esitavisse, hoc est comedisse, Romanos Plautus in Saturione refert.*
**94** Plin. nat. 29,58; noch im 1. Jahrhundert n. Chr. opferte man der Genita Mana einen jungen Hund, vgl. Plin. nat. 29,58; zu anderen Hundeopfern in Italien vgl. Ov. fast. 4,908; 936; Colum. 2,21,4; Plut. Rom. 21,8; 21,10; Fest. 358,27; in Umbrien: Tab. Iguv. II a passim.
**95** Iust. 19,1,1.
**96** Lampr. Heliog. 20,4.
**97** Varro rust. 2,4,3.
**98** Colum. 7,7,2.
**99** In Plin. nat. 20,218.
**100** Geop. 19,9,1.
**101** Plut. symp. 6,6,1,3; Geop. 19,9,2; vgl. Leroi-Gourhan (1971), S. 172.
**102** Plaut. Pseud. 198; 200; Petron. 135,4; 136,1; vgl. Cato agr. 162,3.
**103** Plaut. Capt. 914; Varro rust. 2,4,3; Plin. nat. 19,57.
**104** Plin. nat. 18,227; 19,160.
**105** Zu ihrer großen Bedeutung in der Ernährung in heißen Gegenden vgl. Leroi-Gourhan (1971), S. 173.
**106** Athen. 274c: »Das Gesetz erlaubte für geräuchertes Fleisch eine jährliche Ausgabe von 15 Talenten.«
**107** Macr. Sat. 3,17,9; vgl. Gell. 2,24,7.
**108** Diese Bezeichnung, die für eingesalzenes Fleisch und eingesalzenen Fisch gleichermaßen verwendet wird, entspricht griech. τάριχος.
**109** Colum. 7,7,2.
**110** Anthim. 12; von den Ärzten nicht sehr empfohlen.
**111** Geop. 19,9,5.
**112** Cato agr. 162: *salsura pernarum*; Colum. 12,55: *de sucidia et salsura facienda*; Pall. agric. 13,6; in Pers. 6,70 ist von einem geräucherten Schweinskopf die Rede, in Hor. sat. 2,2,117 von einem Schinken.
**113** Ps. Verg. Mor. 57; Iuv. 11,82.
**114** Plaut. Capt. 850; 903; Mil. 759 u. ö.; Apic. 7,9,1 f.; Mart. 13,54.
**115** Varro rust. 2,4,10, aus Gallien importiert; Apic. 5,3,2; 7,10; Iuv. 7,119: *siccus petasunculus*; Mart. 13,54,2; 13,55. Im Gegensatz zu Blümner (1893), Komment. zu Edict. Dioclet. 4,8, bin ich nicht der Ansicht, dass sich *perna* und *petaso* dadurch unterscheiden, dass der *petaso* frisch gegessen wurde. Aus Varro rust. 2,4,10 lässt sich ersehen, dass man *petasones* aus dem Gebiet von Narbonne nach Rom exportierte, und die Dauer des Transports, selbst auf dem Seeweg, erlaubte nur gepökeltes Schweinefleisch. Die Bedeutung ›Schulter‹ (Vorderbein, auch Schinken genannt) kommt von griech. πέτασος ›Hut mit breitem Rand‹. In 657 e macht Athenaios zwischen *perna* und *petaso* keinen Unterschied.
**116** Pers. 3,75; Edict. Dioclet. 4,9.
**117** Strab. 5,1,12; zum hohen Schweinevorkommen im diesseitigen Gallien vgl. Polyb. 2,15.
**118** Strab. 4,3,2.
**119** Varro rust. 2,4,10.
**120** Strab. 4,3,2; Mart. 13,54; Edict. Dioclet. 4,8.
**121** Mart. 13,54; Edict. Dioclet. 4,8; Strab. 3,4,11.

**122** Vgl. Ter. Ad. 380.
**123** Apic. 1,8.
**124** Plin. nat. 24,3; seine Bemerkung, die alle salzigen Speisen betrifft, passt hierher.
**125** Edict. Dioclet. 4,15 f.
**126** Apic. 2,4: *et sic ad fumum suspenditur.*
**127** Apic. 2,1,4.
**128** Apul. met. 9,22,3 stellt sie frischem Fleisch gegenüber: *pulmenta recentia tuccetis temperat.*
**129** Pers. 2,42: *tucceta crassa*; Apul. met. 2,7,2; Arnob. nat. 2,42. Das Produkt und gewiss auch die Bezeichnung sind gallischen Ursprungs und stammen genauer gesagt aus dem diesseitigen Gallien, vgl. Schol. Pers. 2,42: *tucceta apud Gallos Cisalpinos bubula dicitur* ... Die indoeuropäische Wurzel des Wortes ist mit der Vorstellung »Fett« verbunden, vgl. gall. *tucca* ›Fett‹, lit. *taukai* ›Fett‹, *táukas* ›Stück Fett‹, *tunkù* ›fett machen‹, lett. *tukstu* ›fett machen‹ und vielleicht umbr. *toco* ›Fett‹.
**130** Apic. 1,7,1 f., frisches oder gekochtes Fleisch. Dieser Technik bedienen sich die Inder, die das Fleisch in wilden Honig einlegen und so ein Jahr lang konservieren, vgl. Gottschalk (1948), Bd. 1, S. 41.
**130a** F. Poplin, »Les ossements animaux des amphores puniques de Nora«, in: *Campagne des sauvetages 1980 sur les sites sous-marins de Nora-Pula*, S. 67–97.
**130b** Der Trester »bildet eine aseptisch machende oder zumindest ›sterilisierte‹ Umgebung (die alkoholische Gärung hat nämlich die Fäulniskeime und andere Keime vernichtet) und nimmt die Säfte gut auf. Indem er die Fleischstücke voneinander trennt, verhindert er, dass Fäulnis auftritt und sich ausbreitet, falls eines von ihnen unglücklicherweise schlecht geworden sein sollte.« (Persönliche Mitteilung von F. Poplin.)
**130c** Vgl. die Verwendung des Tresters bei der Haltbarmachung der Früchte und Weintrauben, s. S. 75.
**131** Poseidonios in Athen. 151e; vgl. Strab. 4,4,3.
**132** Vgl. Haussleiter (1935), S. 390.
**133** Aug. haer. 46,133 ff.
**134** Liv. 3,48,5.
**135** Plut. Num. 17,3; der Beruf wurde sehr verachtet, vgl. Liv. 22,25,19; Cic. off. 1,150.
**136** Cic. off. 2,55.
**137** Liv. 8,22,2 f.
**138** Suet. Caes. 38,2.
**139** Vopisc. Aurelian. 35,2; 48,1; Aur. Vict. Caes. 35,7.
**140** Vgl. A. Chastagnol, »Le ravitaillement de Rome en viande au Ve siècle«, in: RH (1953), S. 13–22.
**141** Plin. nat. 18,83; vgl. Haussleiter (1935), S. 387.
**142** Megakles in Athen. 419a; vgl. Iuv. 11,78–80.
**143** Vgl. das Essen in Ter. Andr. 369: *holera et pisciculos.*
**144** Macr. Sat. 3,13,12.
**145** Gell. 2,24,2.
**146** Gel. 2,24,7; Macr. Sat. 3,17,9.
**147** Gell. 2,24,2.
**148** Cic. fam. 7,26,2.
**149** Iuv. 11,78–80.
**150** Das entspricht 13 kg, Capitol. Max. 4,1 f.; nach Cordus, ebd., 60 Pfund oder fast genau 20 kg.
**151** Sall. Iug. 90,1 f.; 91,1; Caes. Gall. 7,17,3; civ. 1,48,6; 1,52,4; 3,47,6.
**152** So betrachteten 1811 während des Spanienkrieges die Soldaten das Brot »als eine Luxus-Speise, viel mehr als das Fleisch, da ihnen nur selten Brot zur Verfügung stand« (Lawrence, 1898, S. 96).
**153** App. Ib. 85; Polyain. strat. 8,16,2; Frontin. strat. 4,1,2; vgl. Stolle (1914), S. 18–20.
**154** Caes. Gall. 7,56,5. Zum Fleischverbrauch in der caesarianischen Armee vgl. Harmand (1967), S. 186–188.
**155** Vgl. Polyb. 2,15,3.
**156** Cod. Iust. 12,37 (38),1.
**157** Apic. 7,5 f.
**158** Apic. 7,5.
**159** Apic. 7,5,3; 7,5,5.
**160** Apic. 7,2,1.
**161** Verg. Aen. 1,212.
**162** Mart. 14,221,2.
**163** Verg. Aen. 5,103.
**164** Verg. georg. 2,396, Ziegenbock; Ov. fast. 2,363, Ziege; aber nicht alle Stücke, wie sich aus Varro ling. 5,98 ersehen lässt.
**165** Apic. 7,2,1, Sau-Euter; 8,7,5, Spanferkel.
**166** Apic. 7,2,1; 7,4,2.
**167** Apic. 8,1,1; 8,1,3, Wildschwein; 8,6,8, Ziege und Lamm; 8,7,1, Spanferkel u. ö.
**168** Apic. 8,6,4.
**169** Apic. 7,3,2.
**170** Apic. 7,2,1.
**171** Petron. 31,11.
**172** Apic. 7,4,1; Mart. 14,221,1.
**173** Apic. 6,9,14; 8,7,1; 8,7,4 f.; 8,8,1; 8,8,9.
**174** Macr. Sat. 3,13,13. Dies ist nicht, wie man lange gelehrt hat, der Ursprung des französischen Wortes *truie* [Sau] (vgl. noch FEW 13, 2, S. 311). Der Begriff, der ›die Schmutzige‹ bedeutet, ist indoeuropäisch, vgl. mhd. *drec* ›Exkremente‹ usw. (LEW 2, 708; IEW 1032).
**175** Apic. 2,1,5, aus Hirn; 2,1,7; 2,2,2 und 5; vgl. Macr. Sat. 7,8,1.
**176** Edict. Dioclet. 4,13 f.; Don. Ter. Eun. 257: *fartores qui isicia et farcimina faciunt*; Testamentum porcelli 1,12; Pap. Strasbourg 46.
**177** Apic. 7,4,1–6; exc. 3–6; vgl. Fest. 260,15 und 282,11; nach Isid. orig. 20,2,26 nannten sich die Köche auch *offarii.*
**178** Vgl. κοπάς ›geschnitten‹, und CGL 2,138,29: βόειον κόπαιον (statt κοπάδιον?).
**179** Apic. 7,6; exc. 27.
**180** Tert. apol. 9,13; Iul. epist. 453 d.
**181** Plin. nat. 28,209.
**182** Petron. 49,10; Mart. 5,78,9; Tert. apol. 9,14; Arnob. nat. 2,42. Der *botellus* gehört zur Nahrung der Sklaven von Pompeji, CIL 4,5380,23.

**183** Sen. epist. 56,2.
**184** Arnob. nat. 7,24: *hirciae, silicernia, longavi. Quae sunt nomina et farciminum genera, hirquino alia sanguine* ... Es gibt also keinen Grund, den Zusammenhang zwischen *hircus* und *hircia* zu bezweifeln.
**185** Plin. nat. 8,180; Petron. 66,7; Vespa 80; Arnob. nat. 7,24: *fendicae.*
**186** Hor. sat. 2,5,40; epist. 1,15,34.
**187** Apic. 7,12,2 u. ö.; vgl. Arnob. nat. 7,24.

## 5. Eier und Milchprodukte

**1** Cato agr. 143,3.
**2** Vgl. S. 106.
**3** Petron. 65,2; Plin. nat. 29,55; Anthim. 37 empfiehlt sie Leuten, denen es gut geht; zu Griechenland vgl. Epicharmos in Athen. 57d.
**4** Dies ist allerdings nur für Griechenland bezeugt, vgl. Eriphos in Athen. 58b.
**5** In Hor. sat. 2,4,56 soll das Eigelb des Taubeneis den Wein klären.
**6** Anthim. 38.
**7** Lampr. Heliog. 20,6; aber das ist vielleicht eine Extravaganz dieses verrückten Kaisers.
**8** Plin. nat. 10,32; vgl. 30,130, wo ein anderer Sachverhalt vorliegt.
**9** Hor. sat. 2,4,12–14.
**10** Varro rust. 3,9,12; Colum. 8,6; Plin. nat. 10,167; Geop. 14,11,6.
**11** Colum. 8,6.
**12** Nach griech. ἅπαλος ›zart‹; Apic. 7,19,3; Plin. nat. 28,19; Cael. Aur. chron. 3,37 u. ö.
**13** Auson. epist. 21.
**14** Mart. 13,40.
**14a** Plin. nat. 29,49.
**15** Apic. 7,19,1.
**16** Apic. 7,19,2: *elixa.*
**17** Vgl. Cic. fam. 9,20,1; Hor. sat. 1,3,6 f. und Porph. Hor. sat. z. St.
**18** Apic. 7,13,8.
**19** Vgl. Apic. 4,2,6: *ova dissolves ad ignem, ut obliget*; 4,2,18: *ovis obligabis* u. ö.
**20** Apic. 5,3,5 u. ö.
**21** Apic. 4,2,28; 9,4,2–4; 9,6, Austern; 9,8,3, Seeigel.
**22** Apic. 2,1,6; 6,9,14.
**23** Varro rust. 2,11,1; Plin. nat. 11,237 f.; 28,123–130; Diosk. 2,70; Gal. XII,263 ff. u. ö.
**24** Varro rust. 2,11,1.
**25** Colum. 7,3,13.
**26** Verg. georg. 3,394–397; vgl. Billiard (1928), S. 325.
**27** Edict. Dioclet. 6,95, 8 Denare pro Schoppen; im Vergleich kostet die Schafsmilch genauso viel wie 1 l Wein der schlechtesten Qualität (vgl. 2,10).
**28** Eine einzige Ziege gibt pro Jahr 600–800 l Milch, vgl. Billiard (1928), S. 336.
**29** Colum. 7,6,5.
**30** Varro rust. 2,3,10.
**31** Colum. 7,6,4; vgl. Verg. georg. 3,308–310.
**32** Plin. nat. 28,123 f.
**33** Prud. cath. 3,66 f.
**34** Colum. 6,1,1 f.
**35** Colum. 6,24,5.
**36** Colum. 6,24,4.
**37** Zu den Schafen vgl. Colum. 7,3,13 f.
**38** Zur Bedeutung der Transhumanz zwischen den apulischen Ebenen und den Sabiner Bergen vgl. Varro rust. 2,2,9 f.; zum gesamten Problem vgl. A. Grenier, »La transhumance des troupeaux en Italie et son rôle dans l'histoire romaine«, in: *Mélanges d'archéologie et d'histoire* 15 (1905), S. 293–328.
**39** Zum Gebrauch von Eselsmilch bei der Hautpflege vgl. Plin. nat. 11,238; 28,183; Iuv. 6,468 f. u. ö.
**40** Die Bretonen, Caes. Gall. 5,14,1; die Germanen, Caes. Gall. 6,22,1; die Sueben, Caes. Gall. 4,1,8; Tac. Germ. 23,1; die Geten und die Nomaden, die man scherzhaft »Milchtrinker« nannte, Colum. 7,2,2. Im Allgemeinen nimmt man an, dass sich alle barbarischen Völker von Milch ernähren und keinen Käse kennen, Plin. nat. 11,239.
**41** Die Trankopfer des Romulus bestanden aus Milch, nicht aus Wein, Plin. nat. 14,88; vgl. 91; das war der Brauch in dem *Sobrius vicus* für den Kult Merkurs, vgl. Fest. 382,6 und Paul. Fest. 383,2; im Kult der Bona Dea wurde der Wein als Milch bezeichnet, Macr. Sat. 1,12,25.
**42** Zu den Römern der Frühzeit vgl. Cic. Cato 56; Ov. fast. 4,545; zu den eigenen Zeitgenossen vgl. Plin. nat. 20,112 und Colum. 7,2,1.
**43** Plin. nat. 20,112.
**44** Verg. georg. 3,401 f.
**45** Mart. 13,38; zum *colostrum* vgl. Varro rust. 2,11,2; Plin. nat. 28,123. Der Begriff wird in Plaut. Poen. 367 als Kosewort gebraucht.
**46** Cels. 2,28,1; 2,29,2.
**47** Cato agr. 86; Plin. nat. 18,116.
**48** Vgl. Colum. 2,9,19.
**49** Apic. 1,2,1 f.: *patina ex lacte*; 4,2,13; 4,2,16.
**50** Apic. 6,9,12: *pullus Vardanus.*
**51** Apic. 5,1,3: *pultes tractogalatae*; 6,9,13: *pullus tractogalatus.*
**52** Apic. 7,13,2 f.; 7,13,6–8.
**53** Plin. nat. 18,105.
**54** Colum. 7,8,1.
**55** Calp. ecl. 2,77; 3,69; 5,34 f.; 10,69.
**56** Plin. nat. 11,239.
**57** Varro rust. 2,11,4; Colum. 7,8.
**58** Calp. Sic. 5,34 f.; vgl. Varro rust. 2,11,4; Colum. 7,8; Tib. 2,3,15.
**59** Varro rust. 2,11,4; Colum. 7,8,1; Plin. nat. 16,181; Pall. agric. 6,9,1.
**60** Colum. 7,8,1; Pall. agric. 6,9,1; aus Geop. 18,19,2 wird ersichtlich, dass es sich um den Flaum der Blütenköpfchen handelt.
**61** Colum. 7,8,1: *cnecnos.*
**62** Plin. nat. 11,237.
**63** Varro rust. 2,11,4; Colum. 7,8,1; Pall. agric. 6,9,1; Plin. 11,239.

**64** Colum. 7,8,2; 7,8,6 f.; Pall. agric. 6,9,2.
**65** Copa 17; Tib. 2,3,15.
**66** Vgl. Colum. 7,8,4.
**67** Colum. 7,8,7.
**68** Suet. Aug. 76,1.
**69** Varro rust. 2,11,3; vgl. Plin. nat. 11,240–242.
**70** Plin. nat. 11,284; 28,131; Diosk. 2,71.
**71** Colum. 7,8,4; Plin. nat. 28,131; Pall. agric. 6,9,1; vgl. Apic. 4,1,3: *caseum bubulum sale conditum.*
**72** Colum. 7,8,4 f.
**73** Plin. 11,241.
**74** Ulp. dig. 8,5,8,5.
**75** Mart. 13,32.
**76** Colum. 7,8,7.
**77** Plin. nat. 24,148; vgl. Diosk. 2,166,3.
**78** Plin. nat. 30,144.
**79** Apic. 4,1,2; Plin. nat. 11,241.
**80** Mart. 13,33.
**81** Mart. 1,43,7: *meta;* 3,58,35; vgl. Plin. 11,241. In dieser Gegend wurde sehr viel Milch produziert, vgl. Sil. Pun. 8,461.
**82** Plin. nat. 11,241; Mart. 13,30,1.
**83** Plin. nat. 11,241.
**84** Plin. nat. 11,241; aber denselben Vorwurf machte man auch den Weinen aus der Gallia Narbonensis, vgl. Plin. nat. 14,68.
**85** Plin. 11,240.
**86** Mart. 12,32,18.
**87** Plin. nat. 11,240; Gal. VI,697.
**88** Plin. nat. 11,240; aus der Stadt Dukla, vgl. Plin. nat. 3,143; exp. mundi 53.
**89** Strab. 4,6,9.
**90** Cels. 2,30,1; Plin. nat. 11,241.
**91** Plaut. Capt. 851; Poen. 367, als Kosewort; Varro rust. 2,11,3; Petron. 66,7; Apul. met. 1,5,4; 8,19,1.
**92** Edict. Dioclet. 6,96, zu 8 Denaren das Pfund.
**93** Edict. Dioclet. 5,11, zu 12 Denaren das Pfund.
**94** Apul. met. 1,18,8.
**95** Spart. Hadr. 10,2; schon zur Zeit des Scipio und Metellus, vgl. Stolle (1914), S. 23.
**96** Apul. met. 1,5,3.
**97** Apul. met. 1,18,8.
**98** Mart. 13,30,2.
**99** Plin. nat. 11,142.
**100** Colum. 12,43.
**101** Apul. met. 1,4,1.
**102** Apic. 4,1,1: *caseum bubulum;* 4,1,2: *caseum Vestinum;* 4,1,3: *caseum bubulum sale conditum.* Ein entstelltes *caccabia*? Vgl. griech. κακκάβιον: das Gericht wird *in caccabulo* zubereitet; vgl. André (1974), S. 98.
**103** Cic. Att. 4,8,1: *patella tyrotarichi;* in fam. 9,16,7 wird das Gericht als etwas Gewöhnliches betrachtet; Apic. 4,2,17: *patella tirotarica,* aus frischem Käse.
**103a** Ps. Verg. Mor. 87–118. Das Rezept wird auch in Ov. fast. 4,371 angegeben (Käse und zerstoßene Kräuter). Aus dem Fragment eines Gedichtes eines gewissen Sueius, das gleichfalls Moretum heißt und in Macr. Sat. 3,8,11 f. (Morel, frg. 1, S. 53) erwähnt wird, lässt sich ersehen, dass anscheinend auch noch Mandeln verwendet wurden.
**104** Vgl. S. 183 f.
**105** Diosk. 2,72.
**106** Abgeleitet von griech. βούτυρον, eigentlich ›Kuhkäse‹.
**107** Vgl. Leroi-Gourhan (1971), S. 164.
**108** Plin. nat. 11,239; 18,105; 28,133; Strab. 3,3,7, bei den Lusitanern.
**109** Plin. nat. 28,133 f.; Diosk. 2,72; F. Olck, Art. »Butter«, in: RE 3, 1, Sp. 1089 ff.
**109a** Strab. 16,4,24; vgl. Rodinson (1965), Sp. 1056–72.
**110** Plin. nat. 11,239; 28,133. Die Zubereitung dieses Getränks bei den Tartaren ist von Guillaume de Rubriquis (13. Jahrhundert), zitiert in A. T'Serstevens, *Les précurseurs de Marco Polo,* Grenoble 1959, S. 216 f., beschrieben: »Die Milch wird in einen großen Schlauch gegossen und mit einem eigens zu diesem Zweck bearbeiteten Stück Holz geschlagen, bis sie zu Butter geworden ist. Sie lassen dann die Molke sauer werden und stellen aus ihr ein sehr angenehmes Getränk her.«
**111** Abgeleitet von griech. ὀξύγαλα ›saure Milch‹. Die Identität von *oxygala* und *melca* ist durch Anthim. 78: *oxygala, quod Latini vocant melcam, id est lac quod acetaverit,* gesichert und außerdem durch das μέλκη-Rezept in Geop. 18,21.
**112** Maurizio (1932), S. 217.
**113** Colum. 12,8,1 f.; das Rezept in 3 unterscheidet sich nur in Details.
**114** Geop. 18,21.
**115** Plin. nat. 28,135.
**116** F. Gidon, »Sur l'ancien usage en France du surissage alimentaire. Caudiaux (conserve de lait aigre) de la Basse-Normandie et acor iucundus de Pline«, in: *Bulletin de la Société des antiquaires de Normandie* 45 (1937), S. 265–281.
**117** Gal. VI,811 und X,468; vgl. auch Paul. Aig. 3,37 und Alex. Trall. 7,3; vgl. Helmreich (1884).
**118** Apic. 7,13,9.

# 3. KAPITEL
# Getränke

## 1. Wasser

**1** Plut. Cato mai. 1,13.
**2** Plin. nat. 31,71; Apul. met. 1,19,8; vgl. in Plin. nat. 31,31–40 die Zuträglichkeitskriterien für Trinkwasser.
**3** Plin. nat. 31,4–12.
**4** Plin. 31,40.
**4a** Gell. 19,5,3 f.

## 2. Wein

**5** Vgl. A. Piganiol, *Essai sur les origines de Rome*, Paris 1917, S. 218. Zum Problem des Weins in Italien vgl. Billiard (1913) und André (1958), S. 75–154.
**6** Vgl. Varro ling. 6,21; Paul. Fest. 110,21. Vgl. G. Dumézil, *Fêtes romaines d'été et d'automne*, Paris 1975, S. 98–107 (»Médication du vin et santé des hommes«).
**7** Plut. Quaest. Rom. 45.
**8** Cato orig. 2, frg. 10 Jord.
**9** Varro rust. 1,2,7.
**10** Vgl. Mart. 3,56 und 57.
**11** Cato agr. 23,4; Varro rust. 1,54,3; Colum. 12,36. Der Abfallwein durfte in der Religion nicht verwendet werden (Plin. nat. 14,119), sicherlich deswegen, weil er mit Eisen in Berührung gekommen war.
**12** Cato agr. 25; Varro rust. 1,54,3 und in Non. 551,7; Colum. 12,40; Plin. nat. 14,86; Ulp. dig. 33,6,9. Dem Onkel Columellas war es, dadurch dass er altes Wasser nahm, gelungen, den Wein mehr als zwei Jahre zu konservieren; das könnte seinen Grund darin haben, dass dem Trester Hefe und Mostsirup-Schaum, d. h. Fermente, beigegeben worden waren (Colum. 12,40).
**13** Cato agr. 25; 57.
**14** Cato agr. 104: *vinum familiae.*
**15** Vgl. Cato agr. 120; Colum. 12,29; Plin. nat. 14,83; Plut. quaest. nat. 27; Geop. 6,16,2.
**16** Diosk. 5,6,4; die Technik war schon Hes. erg. 609–624 bekannt.
**17** Plin. nat. 14,81.
**18** Mit technischen Varianten, Varro in Non. 551,23; Colum. 12,27; 12,39; Plin. nat. 14,81 f.; Pall. agric. 11,19.
**19** Iuv. 14,270; Plin. nat. 20,208; Mart. 13,106.
**20** Plin. nat. 14,81.
**21** Colum. 12,39,4; Plin. nat. 14,82.
**22** Colum. 12, 39,2.
**23** Varro in Non. 551,7; 551,25; Plautus in Plin. nat. 14,92 f.; Paul. Fest. 131,1; zu dieser Frage, die durch die Exegeten völlig undurchschaubar wurde, vgl. J. André, »Murrina ›vin myrrhé‹?«, in: *Annales de la Faculté des Lettres d'Aix* 25 (1951), S. 45–62.
**24** Colum. 12,20,7 f.; Pall. agric. 11,14,4.
**25** Cato agr. 23,2; Plin. nat. 14,121.
**26** Plin. nat. 14,180; Pall. agric. 11,18,2.
**27** Varro in Non. 551,18; Colum. 12,19,1.
**28** Plin. nat. 14,80.
**29** Varro in Non. 551,18; Colum. 12,21,1.
**30** Pall. agric. 11,18,1; Isid. orig. 20,3,15.
**31** Vgl. S. 166.
**32** Plin. nat. 14,94.
**33** Cato agr. 113,2.
**34** Hor. sat. 2,4,53 f.; Plin. nat. 14,138; 15,124; 24,3.
**35** Plin. nat. 14,68; Plut. symp. 6,7,2.
**36** Plut. symp. 6,7,2; Geop. 7,13,2; vgl. Plin. nat. 14,130.
**37** Vgl. Plin. nat. 14,121–126; dies ist das *vinum resinatum* in Cels. 2,30,3.
**38** Vgl. Plin. nat. 14,127 f.
**39** Colum. 1,6,20; Plin. nat. 23,40. Ebensolche Resultate ergab das Experiment, das R. Billiard über einen Zeitraum von drei Jahren durchführte; vgl. Billiard (1913), S. 525.
**40** Plin. nat. 14,55; 23,40.
**41** Plin. nat. 19,188; 20,185. Daher bedienten sich z. B. im 19. Jahrhundert, um den Verfälschungen des Weins zu begegnen, die durch eine unzureichende Weinbereitung entstanden waren, »die Kolonisten Algeriens einiger bestimmter Rezepte: das Rezept, das am frühesten verbreitet war, bestand in der Zugabe verschiedener Aromastoffe: Holunderblüten, Iriswurzeln und Koriander verdeckten zwar die Mängel, aber verfälschten die Weine weiter, ohne sie zu verbessern« (H. Isnard, *La vigne en Algérie*, Bd. 2, Gap 1954, S. 77). Man kann sich fragen, ob die Vorliebe der Menschen der Antike für künstlich parfümierte Weine nicht auf die Notwendigkeit, die Mängel zu kaschieren, zurückgeht; daraus wäre dann eine Gewohnheit geworden, die wiederum zu einer Veränderung der geschmacklichen Vorlieben geführt hätte.
**42** Vgl. Billiard (1913) (mit Irrtümern, die auf einen mangelhaften Plinius-Text zurückgehen) und André (1958) passim.
**43** Zu den Exporten italischer Weine nach Griechenland vgl. z. B. Hatzfeld (1919), S. 214 f.
**44** Plin. nat. 14,94 f.
**45** Plin. nat. 14,96 f.
**46** Zwei Teile Most und ein Teil Meerwasser in Geop. 8,24 scheinen das Maximum zu sein.
**47** Plin. nat. 14,73–79; Diosk. 5,6,9; 5,19; Athen. 32d–33c; zu den Auswirkungen auf den Wein, Ausfällung der Hefe, Auffrischung der Farbe, bessere Transportfähigkeit, vgl. P. Viala, Art. »Vin (salage)«, in: *Grande Encyclopédie*, und Billiard (1913), S. 500–502.
**48** Cato agr. 112: *vinum Coum*; vgl. Plin. 14,79.

49 Colum. 12,37: *vinum simile Graeco facere.*
50 Griech. μελικράτον, später οἰνόμελι.
51 Colum. 12,41.
52 Pall. agric. 11,17; 1 Teil Honig auf 2 Teile alten Weins in Diosk. 5,8; vgl. andere Rezepte in Geop. 8,25.
53 Hor. sat. 2,2,15; Mart. 4,13,4; 13,108; das beste *mulsum* wird nach Diosk. 5,8 und Macr. Sat. 7,12,9 aus altem Wein und frischem Honig zubereitet; der Wein aus dem *ager Praetutianus* in der Nähe Anconas war für das *mulsum* besonders geeignet; vgl. Plin. nat. 14,75.
54 Plaut. Persa 87; Varro rust. 3,16,2: *in convivio;* Cic. Cluent. 166.
55 Hor. sat. 2,4,24–27; Petron. 34,1.
56 Cic. fam. 2,16,8; 9,20,1; Petron. 24,7; vgl. *promulsidare* ›Tafelaufsatz für das Vorgericht‹, Petron. 31,9; Ulp. dig. 34,2,19,10. Zu den *mulsum*- Zuteilungen in der frühen Kaiserzeit vgl. S. Mrozek, »Crustulum et mulsum dans les villes italiennes«, in: *Athenaeum* 50 (1972), S. 294–300.
57 Plin. nat. 22,113 f.
58 Vgl. Plin. nat. 14,98 ff.; Diosk. 5,18 ff.
59 Apic. 1,2; Colum. 12,35; Plin. nat. 14,109; Pall. agric. 11,15; vgl. Diosk. 5,39; Alex. Trall. 2, S. 513 Putschmann.
60 Apic. 1,3,1; vgl. Plin. nat. 14,106; Pall. agric. 5,5; 6,13.
61 Apic. 1,3,1.
62 Apic. 1,3,2.
63 Edict. Dioclet. 2,18 f.
64 Lampr. Heliog. 19,4; 21,6; Capitol. Gord. 19,1.
65 Plin. nat. 14,108; Edict. Dioclet. 2,17.
66 Vgl. Hatzfeld (1919), S. 215, Nr. 3.
67 Apic. 1,1,1: *Conditi paradoxi compositio.*
68 Apic. 1,1,2: *Conditum viatorium.*
69 Vgl. Petron. 70,9 u. ö.
70 Vgl. Theophr. od. 8; 10; 67; Cato agr. 113; Colum. 12,20; Pall. agric. 11,14,7 ff.; Geop. 7,24.
71 Plin. nat. 14,107 f.
72 Plaut. Persa 87 f.
73 Plin. nat. 19,156: *mustum rutatum.*
74 Plin. nat. 19,55; Mart. 5,64,2; 14,103 f. usw. Noch in der Mitte des 19. Jahrhunderts transportierte man während des Sommers Eis von den Gletschern des Oisans bis nach Nizza. Desgleichen lagerte man im Winter in den Seengebieten Eis in Eiskellern, um es im Sommer in den Städten zu verkaufen. Das Eis musste aus den Sabiner Bergen und aus dem Massiv der Abruzzen nach Rom gebracht werden. Vgl. M. Turcan, »Frigus amabile«, in: *Hommages à J. Bayet*, Brüssel 1964 (Collection Latomus, 70), S. 691–696.
75 Vgl. Alex. Trall. 2, S. 369 und 513 (vgl. Helmreich, 1884, S. 327); Avitus epist. 74 (MGH AA 6, S. 913).
76 Varro in Plin. nat. 18,17; 8 As für 1 Amphore aminäischen Wein im Jahre 89 v. Chr.; der Preis war von den Zensoren festgesetzt worden.
77 Colum. 3,3,10.
78 Edict. Dioclet. 2,1–10.
79 Edict. Dioclet. 3,3; 4,1; vgl. Anm. 7, S. 247, zum Preis des Öls.
80 Athen. 429b.
81 Ail. var. 2,38.
82 Cato agr. 57; Varro rust. 1,54,3 gibt auch im Winter den Landarbeitern *lora* anstelle von Wein; vgl. Jeanselme (1918), S. 626.
83 Ulp. dig. 33,6,9,3.
84 Vgl. Stolle (1914), S. 23.
85 Plin. nat. 14,91.
86 Sal. Iug. 44,5.
87 Paul. Fest. 325,9.
88 Cod. Iust. 12,37,1.
89 Die griechischen Autoren sind Dion. Hal. ant. 2,25; Polyb. 8,2,5; Ail. var. 2,38; Plut. Quaest. Rom. 6; die lateinischen Autoren: Plin. nat. 14,89; Gell. 10,23; Val. Max. 2,1; Tert. apol. 6,4; Arnob. nat. 2,67.
90 Bei den Epizephyrischen Lokrern, in Milet und Marseille, vgl. Athen. 429a; Ail. var. 2,38.
91 Theopompos in Athen. 517e, aber man muss vielleicht die Voruteile der Griechen in Rechnung stellen, bei denen das Einsperren der Frau üblich ist und die an den Etruskern noch aus vielen anderen Gründen Anstoß nahmen, vgl. Athen. 517e–518b.
92 Alkimos in Athen. 441a = FHG 4, 296.
93 Polyb. 8,2,5.
94 Polyb. 8,2,5; Plin. nat. 14,90; Gell. 10,23,1; Tert. apol. 6,5 u. ö.
95 P. Noailles, »Les tabous du mariage dans le droit primitif des Romains«, in: *Annales sociologiques*, Ser. C, Fasc. 2 (1937), S. 22 f.
96 Plin. nat. 14,89 f.; Val. Max. 6,3,9; Gell. 10,23,4 f.; Tert. apol. 6,4; Serv. Aen. 1,737.
97 Durry (1956), S. 108–113.
98 Cael. Aur. gyn. 1,346: *corpus ... aut ebrietate vel indigestione gravatum* = Soranos, S. 201, 12 Rose: βαρέος ἐκ μέθης καὶ ἀπεψίας; gyn. 1,493: *ieiunitate et cruditate, ebrietate, vomitu* = Soranos, S. 212, 4: ἔνδειαν, ἀπεψίαν, μέθην, ἔμετον; gyn. 1,571 u. ö.; vgl. auch Oreib. Diät 6,19 (= Daremberg/ Saglio, 1873–1919, Bd. 3, S. 102): »Man muss alles fürchten, was zur Abtreibung führt, *Trunkenheit*, Verdauungsstörungen.«
99 Cael. Aur. gyn. 1,765: *et in ipso lavacro tardius immorari, vinum bibentes atque acriores cibos sumentes* = Soranos, S. 233, 8–9: τοῖς λουτροῖς ἐγχρονίζουσαν καὶ προπίνουσαν οἰνάριον καὶ δριμυφαγοῦσαν.
100 Oreib. Diät 6,26.
101 Oreib. Diät 4,51 f. = Daremberg/Saglio (1873–1919), Bd. 3, S. 96.
102 Durry (1956), S. 111.
103 Cael. Aur. gyn. 1,599: *vino mediocri dato* und in der Version Mustios, S. 16,17: *vinum ... accipiant* = Soranos, S. 217,6: οἰναρίῳ συμμέτρῳ.
104 Cael. Aur. gyn. 1,83; vgl. Durry (1956), S.111.
105 Plin. nat. 22,83; Diosk. eup. 2,100; Ps. Theod. Prisc. add., S. 346, 21; Vindicianus gyn. 18 (S. 466); Ser. med. 612.

**106** Durry (1956), S. 112 und Anm. 1.
**107** Diosk. 4,102; 5,67; Plin. nat. 14,110 u. ö.
**108** Cael. Aur. gyn. 1,507: *hinc denique alienum non est etiam vinum prohibere* = Soranos, S. 212, 24: ἔνθεν οὐκ ἀλλότριον καὶ τὸ οἶνον ἀποδοκιμάσαι.
**109** Cael. Aur. gyn. 1,511 f. = Soranos, S. 213, 2–5.
**110** Varro in Non. 551,14.
**111** Vgl. Gell. 10,23,2: *et quae id genus sapiant potu dulcia.*
**112** Varro in Non. 551,14; Gell. 10,23,2.
**113** Polyb. 6,2,5 = Athen. 440e–f; Varro in Non. 551,14; Gell. 10,23,2.
**114** *Sapa et defrutum,* Varro in Non. 551,14.
**115** Plin. nat. 22,115; Diosk. 5,7; er wird aus Most, Honig und Salz hergestellt.
**116** Cato in Plin. nat. 14,90; Cic. rep. 4,6: *carent temeto omnes mulieres;* Gell. 10,23,1.
**117** Ter. Andr. 228–231.
**118** Z. B. Iuv. 6,300; 425–432 u. ö.
**119** Die Zusammensetzung der *posca* ist in den lateinischen Texten niemals angegeben; aber sie liegt fest: 1. durch die Glossen *oxycratum posca,* CGL 2,154,33 u. ö.; 3,604,29: *pusca aqua cum aceto mixta;* 2. durch die Konkordanzen lateinischer und griechischer medizinischer Texte, z. B. Plin. nat. 27,29: *posca* = Diosk. 3,18: ὀξύκρατον u. ö.
**120** Plaut. Mil. 836; vgl. Asin. 165; Truc. 610.
**121** Suet. Vit. 12,2.
**122** Vgl. *Journal des campagnes du Baron Percy, Chirurgien en chef de la Grande Armée,* Paris 1904, S. 303 f. (17. Juni 1807): »Es war enorm heiß . . . Ich rufe unseren Soldaten zu: ›Kinder, lauft lieber hinter dem Essig als hinter dem Schnaps her und mischt ihn in euer Wasser.‹ Überall, wo ich Essig entdecken kann, fülle ich ihn in große Bottiche und man trinkt ihn im Vorübergehen.«
**123** Plut. Cato mai. 1,13.
**124** Mk. 15,36; Lk. 23,36.
**125** Im 2. Jahrhundert n. Chr., vgl. Gallican. Avid. 5,3; Spart. Pesc. 10,3; im Jahre 360, Cod. Iust. 12,37,1.
**126** Vgl. Maurizio (1932), S. 259; Schrader/Nehring (1917–29), Bd. 2, S. 118 f.
**127** Plin. nat. 14,102–104.
**128** Plin. nat. 14,103; Diosk. 5,24; Pall. agric. 3,25,11; Hier. ad Iovin. 2,5 (*piracium*).
**129** Plin. nat. 14,103; Diosk. 5,20; Ulp. dig. 33,6,9; Pall. agric. 3,25,19; auch noch heutzutage stellt man einen Quittenwein her.
**130** Plin. nat. 14,103; Diosk. 5,26; aber der Wein aus Granatäpfeln in Cato agr. 126 ist ein medizinischer Wein, der dadurch gewonnen wurde, dass man die Früchte im Most mazerieren ließ.
**131** Plin. nat. 14,103; Geop. 7,35,1; vgl. Maurizio (1932), S. 255.
**132** Plin. nat. 14,103; Pall. agric. 2,15,5; auch heute noch stellt man aus ihnen ein Getränk her.
**133** Isid. orig. 20,3,11 erwähnt unter den Getränken ein *hydromelum,* von dem er glaubt, es sei aus Wasser und Äpfeln (*malis Matianis*) hergestellt; doch er wusste nicht, worum es sich eigentlich handelte, und hat außerdem das griechische Wort ὑδρόμηλον falsch interpretiert. Nach Diosk. 5,22 und Geop. 8,27 ist es ein Getränk, das aus Wasser und Honig und darin eingeweichten Quitten zubereitet wird; es wurde allem Anschein nach in Rom niemals getrunken, nicht einmal als Medizin.
**134** Das ist das *moratum* im *Capitularium de villis* und in den mittelhochdeutschen Glossen; vgl. Eero Alanne, *Die deutsche Weinbauterminologie in althochdeutscher und mittelhochdeutscher Zeit,* Helsinki 1950, S. 56 f.
**135** Plin. nat. 13,44; 14,101; Diosk. 5,31; man verwendete ihn auch in der Medizin.
**136** Athen. 29d.
**137** Der Brustbeerwein, der sich nicht länger als zehn Tage hält, wird von Nepos in Plin. nat. 13,106 und Polybios in Athen. 651e erwähnt; der Baum wurde allerdings erst um das Jahr 10 n. Chr. in Italien eingeführt.

## 3. Honigwasser

**138** Vgl. Maurizio (1932), S. 250 ff.
**139** Vgl. Forbes (1957), Bd. 5, S. 96, sehr knapp.
**140** Dass *hydromeli* und *mulsa* äquivalent sind, wird durch den Vergleich in Plin. nat. 22,110–112 und 31,69 sichergestellt.
**141** Ulp. dig. 33,6,9; das Getränk gehört allerdings nicht zu den *vina.* Im *Edikt Diokletians* wird das Honigwasser nicht erwähnt.
**142** Plin. nat. 14,113; Diosk. 5,9; Pall. agric. 8,7; Geop. 8,28.
**143** Plin. nat. 14,113; 22,112.
**144** Vgl. Maurizio (1932), S. 250 ff.
**145** Plin. nat. 14,113.
**146** Plin. nat. 14,114; 23,60 f.; Diosk. 5,14.
**147** Vgl. S. 169.
**148** Lysias in Athen. 67f.

## 4. Bier

**149** Vgl. V. Hehn, *Kulturpflanzen und Haustiere in ihrem Übergang aus Asien nach Griechenland und Italien sowie in das übrige Europa,* Berlin 1870, reprogr. Nachdr. Hildesheim 1963, S. 143–145; Maurizio (1932), S. 236–238; 451; F. Olck, Art. »Bier«, in: RE 3, 1, Sp. 457–474. Der Hopfen wurde in der Antike nicht verwendet, obwohl man diese Pflanze unter den Namen *lupus salictarius* (Plin. nat. 21,86) und *asparagus* (Plin. nat. 19,145) kannte.
**150** Ulp. dig. 33,6,9; Athen. 34b; Diosk. 2,87.
**151** Ulp. dig. 33,6,9; Poseidonios in Athen. 152c; Geop. 7,34,1.
**152** Dio Cass. 49,36; Athen. 447d; Geop. 7,34,1.
**153** Zu allen diesen Getreidearten vgl. Geop. 7,34,1.
**154** Ulp. dig. 33,6,9: *zythym quod in quibusdam provinciis ex tritico vel ex hordeo vel ex pane confici-*

*tur.* Cujas hat unnötigerweise vorgeschlagen, *pane* in *panico* zu korrigieren.
**155** Vgl. Maurizio (1932), S. 508: »Die ägyptischen Brote (die Gerstenfladen waren) ergaben durch Mazeration, je nach ihrer Zusammensetzung, entweder dunkles oder helles Bier ... Laut Hrozny waren *trinkbares Brot* und *essbares Bier* bei den Babyloniern geläufige Ausdrücke.« Vgl. vor allem J. Bottéro, Art. »Getränke«, in: *Reallexikon der Assyriologie*, Bd. 3, Berlin / New York 1971, S. 302–306.
**156** Edict. Dioclet. 2,11: *cervesia, camum*, 4 Denare pro Schoppen; 2,12: *zythym*, 2 Denare pro Schoppen.
**157** Strab. 4,6,2.
**158** Plin. nat. 14,149; 22,164.
**159** Poseidonios in Athen. 152c; vgl. Iulian A.P. 9,368.
**160** Marcell. med.16,33; vgl. κοῦρμι, Diosk. 3,88 (aus Gerste).
**161** Plin. nat. 22,164; Iul. Afr. Cest. 25; Edict. Dioclet. 2,11.
**162** CIL 13,10012,7; *negociator cervesarius*, Inscr. in RA, 1928, S. 401.
**163** Plin. nat. 22,164.
**164** Flor. epit. 2,18,12; Oros. 5,7,13.
**165** Strab. 3,3,7.
**166** Plin. nat. 14,149.
**167** Isid. orig. 20,3,18.
**168** Amm. Marc. 26,8,2 (395 n. Chr.); Hier. comm. in Isai. 7,19,5.
**169** Iul. Afr. Cest. 25; Ulp. dig. 33,6,9; Edict. Dioclet. 2,11; CGL 3,315,68; nach A. Mayer, *Die Sprache der alten Illyrier*, Bd. 1, Wien 1957, S. 178, ist das Wort illyrischen Ursprungs.
**170** Plin. nat. 22,164; Diosk. 1,34; Athen. 447c; vgl. Hartmann (1923), S. 50–53.
**171** Zu den Germanen vgl. Tac. Germ. 23,1.
**172** Vgl. Leroi-Gourhan (1971), S. 189–191.

# 4. KAPITEL
# Die Küche

## 1. Fette

**1** Vgl. Plin. nat. 15,1 und S. 75 f.
**2** Plin. nat. 15,3.
**3** Zu dem Problem im Allgemeinen vgl. Febvre (1938).
**4** Colum. 11,2,83; 12,52,1; Plin. nat. 15,5; Pall. agric. 11,10,1.
**5** Cato agr. 65; Colum. 11,2,83; 12,52,1; Pall. agric. 11,10,1.
**6** Plin. nat. 15,5; Edict. Dioclet. 3,1 a.
**7** Edict. Dioclet. 3,2; 3,3; im lateinischen Text steht **viginti quat[tuor]*; aber man muss ihn offensichtlich in **duodecim* korrigieren, einmal, weil im griechischen Text *ιβ' steht und zum anderen, weil das *oleum cibarium* notwendigerweise billiger ist als das *oleum sequens*, das 24 Denare kostet.
**8** Varro rust. 1,2,6; Hor. carm. 2,6,16; sat. 2,4,69; 2,8,45; Plin. nat. 15,8; Strab. 5,3,10.
**9** Mart. 12,63,1. Gallien importierte gleichfalls Öl; vgl. M. und P. Vauthey, »A propos de l'exportation de l'huile d'olive de Bétique vers le centre de la Gaule au cours des premiers siècles de notre ère«, in: *Actes du 94e Congrès national des sociétés savantes*, Paris 1974, S. 81–109.
**10** Plin. nat. 15,16. Zu den Öl-Importen aus Spanien und Afrika vgl. Sirago (1958), S. 211; seinen Angaben zufolge verkaufte man in Rom unter Trajan die italischen Öle nur in kleinen Mengen; der größte Teil des verwendeten Öls wurde durch die Getreidepräfektur aus Afrika und Spanien eingeführt; L. Vidman, »Zum Olivenhandel im antiken Italien«, in: *Listy Filologicke* 8 (1960), S. 58–63 und S. 222–228.
**11** Plin. nat. 15,8; Mart. 12,63,2.
**12** Apic. 1,4: *et Liburnicum omnes putant*; vgl. Pall. agric. 12,18; Geop. 9,27.
**13** Nach Plin. nat. 23,79 muss das Öl für medizinische Zwecke »flüssig, wohlriechend und nicht bitter sein (*quoque non mordeat*), im Gegensatz zu dem Speiseöl«.
**14** Colum. 1,6,18; vgl. Cato agr. 65,2.
**15** Plin. nat. 15,18.
**16** Colum. 12,51,3; vgl. Plin. nat. 15,18.
**17** Plin. nat. 15,7.
**18** Vgl. die Anekdote in Suet. Caes. 53.
**19** Apic. 1,14.
**20** Plin. nat. 15,6.
**21** Apic. 5,3,4; 5,3,9.
**22** Plin. nat. 15,24.
**23** Plin. nat. 15,124.
**24** Plin. nat. 15,24–32; 23,83–96.
**25** Edict. Dioclet. 3,4; Plin. nat. 15,30; 19,79; 23,94; Diosk. 1,37; vgl. die Erwähnung eines Meerrettich- und Rizinusöls auf einem nicht datierten Ostrakon (*Corpus Papyrorum Latinarum*, hrsg. von R. Cavenaille, Wiesbaden 1958, S. 403, Nr. 403, Text auf Latein).
**26** Plin. nat. 15,30; 23,95.
**27** Plin. nat. 13,19; 15,26.
**28** Plin. nat. 15,28; 23,88.
**29** Vgl. Ps. Verg. Mor. 113 f.; Hor. sat. 2,4,50; 64–69; Apic. passim.

**30** Hor. sat. 2,3,125; Pers. 6,69; Iuv. 5,87; zumindest in einer einfachen Küche, denn die Kohl-Rezepte des Apicius (3,9,1–6) verlangen komplizierte Soßen.
**31** Cato agr. 76,2: *placenta*; Fest. 402,25: *subucula.*
**32** Cato agr. 84.
**33** Vgl. Sirago (1958), S. 217–249 (»Geografia agraria dell'Italia Traiana«). Selbst in der Toskana, am Fuße des Apennins, im oberen Tibertal, konnte der Ölbaum wegen des Klimas im Winter nicht gedeihen, vgl. Plin. epist. 5,6,4.
**34** Zur Butter, die nur in der Medizin, niemals aber in der Küche verwendet wurde, vgl. S. 135.
**35** Poseidonios in Athen. 152a.
**36** Edict. Dioclet. 4,10: *adeps recens.*
**37** Plin. nat. 28,135 f.; Edict. Dioclet. 4,11.
**38** Vgl. Edict. Dioclet. 4,49: *sevum* (billiger als der *adeps*) und Blümner (1893), Komment. z. St.
**39** Plin. nat. 32,117; vgl. 15,28.
**40** Auf Grund der Studien über die Frage des Fettkonsums weiß man heutzutage, dass das Produktionsgebiet nicht notwendigerweise mit dem Konsumgebiet übereinstimmt; das gilt z. B. in Frankreich für die Butter, die im Prinzip den Stadtbewohnern vorbehalten ist, vgl. Febvre (1938), S. 128.
**41** Apic. 2,4.
**42** Pers. 6,40; allerdings wird die Verwendung von Schmalz im Brei als eine griechische Sitte getadelt; weder in der *puls Punica* noch in der *granea triticia* in Cato agr. 85 f. findet man eine Spur von Fett, da das Fett in kulinarischer Hinsicht nicht notwendig war, eher schon im Hinblick auf den Nährwert.
**43** Athen. 647e
**44** So z. B. die *globi*, der *encytus* und die *mustacei*, Cato agr. 79; 80; 121. Gottschalk (1948) Bd. 1, S. 182, behauptet, dass der Käse in den Backrezepten Catos die Butter ersetzt. Diese Behauptung entbehrt jeder Grundlage: man findet Käse und Öl in den *placentae* (76,2) und dem *savillum* (84), Käse und Schmalz in den drei erwähnten Kuchen (79; 80; 121); und die *spira* und die *scriblita* (77 f.) werden aus demselben Teig wie die *placentae* hergestellt. Es gibt bei Cato lediglich einen Käsekuchen ohne Fett, das *libum* (75). Wir werden sehen, dass der getrocknete Käse in allen Kuchen anstelle von Mehl verwendet wird.
**45** Athen. 113d; Plin. nat. 18,105. Nicht mit heranziehen darf man hier den Text Cic. fam. 9,20,2, in dem *artolagyni* (nach griech. ἀρτολάγυνος ›Sack mit einem Brot und einer Flasche‹) steht; das Wort ist von den Herausgebern ungerechtfertigterweise in *artolagani* korrigiert worden.

## 2. »Zucker«

**1** Plin. nat. 12,32; Diosk. 2,82,5 u. ö.; vgl. Varro in Isid. orig. 17,7,58.
**2** Insbesondere *Bambusa arundinacea* Retz. Zur Fragestellung vgl. L. Häbler, »Zur Geschichte des Zuckers«, in: *Prometheus* 28 (1917), S. 449–452; R. Pique, »Le sucre dans l'Antiquité«, in: *Bulletin de l'Association des chimistes du sucre* 43 (1925/26), S. 352–360; E.-O. von Lippmann, *Geschichte des Zuckers seit den ältesten Zeiten bis zum Beginn der Rübenzucker-Fabrikation*, Berlin 1929; E.-O. v. L., »Nachträge und Ergänzungen zur Geschichte des Zuckers«, in: *Zeitschrift der deutschen Zucker-Industrie* 84 (1934), S. 806–936; I.-H. Burkill, *A Dictionnary of the Economic Products of India*, Bd. 2, London 1935, S. 1925–40; K. Ritter, »Über die geographische Verbreitung des Zuckerrohrs«, in: *Berichte der königlichen Akademie der Wissenschaften zu Berlin*, 1939, S. 305–412; N. Deerr, *The History of Sugar*, London 1949; Forbes (1957), Bd. 5, S. 101 f.
**3** Colum. 9,14,10.
**4** Plin. nat. 11,41; aber sein Urteil, das auf eine griechische Quelle zurückgeht, betrifft möglicherweise nur Griechenland.
**5** Vgl. besonders die vollständige Liste der Blüten, die für den Honig in Frage kommen, in Colum. 9,4. Der »Thymian« der Griechen ist eine Saturei-Art (*Satureia Thymbra* L.), unser Thymian (*Thymus vulgaris* L.) wächst jedoch in Italien.
**6** Colum. 9,15,5 f.; Plin. nat. 11,45.
**7** Colum. 9,15,12 f.; Plin. nat. 11,38.
**8** Edict. Dioclet. 3,10; 3,11.
**9** Vgl. Colum. 9,15,13, wo der ausgepresste Honig *secundae notae mel* genannt wird.
**10** Geop. 15,7,1.
**11** Apic. 1,11,2.
**12** Apic. 1,11,3.
**13** Varro rust. 3,16,10 f.
**14** Strab. 4,6,9.
**15** Varro rust. 3,16,10.
**16** Plin. nat. 11,33.
**17** Varro in Macr. Sat. 3,16,12; Hor. carm. 2,6,13–15.
**18** Strab. 6,3,6.
**19** Hor. carm. 3,16,33.
**20** Colum. 9,14,19 u. ö.
**21** Plin. nat. 21,83; 30,28; dem Buchsbaumhonig wird heutzutage allerdings eine vorzügliche Qualität bescheinigt, vgl. E. Alphandéry, *Flore mellifère*, S. 137.
**22** Liv. 42,7,2.
**23** Vgl. Colum. 9,2,1 und das Verzeichnis der Autoren in Plin. nat. 11.
**24** CIL 4,6489; vgl. 5741 f.
**25** CIL 4,9618: *mellarius.*
**26** Ov. fast. 4,545 f.; met. 8,676; beide Male spielt die Szene in Griechenland, es handelt sich aber um einen lateinischen Autor.
**27** Varro rust. 3,16,5; Plin. nat. 19,168.
**28** Hor. ars 375; Plin. nat. 19,168. Bei Horaz besteht der Verstoß gegen den guten Geschmack darin, dass sardischer Honig gereicht wird, der nach Verg. georg. 7,41 bitter war.
**29** Geop. 5,7,4.
**30** Apic. 4,2,25; es handelt sich um ein Fischgericht.

**31** Apic. 7,10.
**32** Apic. 6,2,4; 6,2,6, Kranich und Ente; 6,4,1–3, Taube; 6,5,1; 6,5,3, verschiedene Vögel.
**33** Apic. 10,2,3–6; 10,3,1–10.
**34** Apic. 1,15–20.
**35** Apic. 3,4,3; 3,4,8.
**36** Apic. 3,6,2.
**37** Apic. 3,13,1.
**38** Apic. 3,18,1; 3,18,3.
**39** Apic. 3,19,2; 3,20,3.
**40** Apic. 5,3,5.
**41** Apic. 5,6,3.
**42** Plin. nat. 15,60.
**43** Apic. 7,13,8.
**44** Mart. 14,222,2.
**45** *Placenta*, Cato agr. 76,3; Hor. epist. 1,10,11; *spira*, Cato agr. 77; *savillum*, Cato agr. 84 u. ö.
**46** Cato agr. 84.
**47** Ov. fast. 3,761 f.; Isid. orig. 20,2,18.
**48** Vgl. S. 74.
**49** Colum. 12,47,3; nach Diosk. 5,21 (μηλόμελι oder κυδωνόμελι) entfernte man vorher die Kerne; dann konnte man den Quittenhonig sogar Fieberkranken geben.
**50** Zu den konservierten Rüben vgl. Apic. 1,12,8 f.
**51** Vgl. Apic. 1,7,1 f. Der Honig wird hier in der Tat mit Senf und Essig vermischt.
**52** Plin. nat. 14,80.
**53** Edict. Dioclet. 3,12.
**54** Hdt.1,193, bei den Babyloniern; und sicherlich auch in Libyen, vgl. 4,193.
**55** Vgl. Fournier (1947), Bd. 2, S. 56.
**56** Apic. 6,5,1, in einer Soße für Federwild.
**57** Apic. 4,3,6; 4,5,1; 4,5,4 u. ö.; vgl. Pall. agric. 11,19,2; danach lässt sich das *passum*, »wenn man es in Krüge füllt, wie Honig aufbewahren«; im 4. Jahrhundert n. Chr. wurde das *passum* als *mellacium* bezeichnet, Non. 551,16.
**58** Apic. 4,5,1 u. ö.
**59** *Defrutum*, Apic. 3,4,1; 4,2,25 u. ö.; *caroenum*, 2,1,7; 2,2,1 u. ö.
**60** Apic. 3,11,1; 4,1,2; 6,5,1 u. ö.
**61** Apic. 4,5,1; 6,2,2; 8,2,8 u. ö.
**62** Apic. 3,4,3; 3,18,3; 6,1,1; 8,2,7 u. ö.
**63** Apic. 2,2,8.

## 3. Gewürze

**1** Plin. nat. 31,88; vgl. Isid. orig. 16,2,6; Plut. symp. 4,4,3,1–3.
**2** Liv. 1,33,9; 7,19,8; vgl. Plin. nat. 31,89.
**3** Cato agr. 162,1.
**4** Zur Frage des Salzes unter historischem, ökonomischem und finanziellem Blickwinkel vgl. Marquardt/Dessau/Domaszewski (1884), S. 203; 354; H. Blümner, Art. »Salz«, in: RE 1 A, 2, Sp. 2075–99. Zur Salzgewinnung in der Antike vgl. B. Edeine, »Les techniques de la fabrication du sel dans les sauneries pré- et protohistoriques ainsi que gallo-romaine«, in: *Annales de la Bretagne* 82 (1975), S. 3–18; A. Jodlowski, »De salinis apud antiquos populos«, in: *Meander* 32 (1977), S. 40–53 (auf Polnisch, mit einer lateinischen Zusammenfassung).
**5** Plin. nat. 31,73; 84 u. ö.
**6** Vitr. 8,3,7; vgl. Plin. nat. 31,77 ff.
**7** Colum. 6,17,7; Plin. nat. 31,84.
**8** Apic. 1,13; vgl. Plin. nat. 31,78; dabei handelt es sich um ein in der Medizin sehr häufig verwendetes Salz.
**9** Cato agr. 88,1.
**10** Hor. sat. 2,4,74. In seiner Ausgabe der Horaz-Satiren, Paris 1932, macht F. Villeneuve daraus »ein Salz, das in hölzernen Gefäßen gemahlen wird«, da er Plin. nat. 31,83: *Quicumque ligno conficit sal niger est*, falsch interpretiert. »Jedes Salz, das mit Holz gemacht wird, ist schwarz« – diese Notiz betrifft die Nutzung von Asche als Salz.
**11** Cato agr. 88 nennt ein Rezept.
**12** Plin. nat. 31,83.
**13** Plin. nat. 31,87: *odores*.
**14** Edict. Dioclet. 3,9.
**15** Apic. 1,13. Dieses Salz diente auch medizinischen Zwecken: der Arzt Marcellus, med. 30,51, führt unter der Bezeichnung *sal catharticus* ein Rezept derselben Art an, das aber noch komplizierter ist.
**16** Hor. sat. 1,3,14.
**17** In Plin. nat. 31,89.
**18** Hor. sat. 2,2,17; vgl. auch 1,3,14.
**19** *Erat enim illi esca panis et sal, Vie de Saint-Antoine* 7, H. Hoppenbrouwers, *La plus ancienne version latine de la vie de S. Antoine par S. Athanase*, Nimwegen 1960, S. 84, 91.
**20** Plin. nat. 31,87.
**21** Cato agr. 58.
**22** Jeanselme (1918), S. 624 f.
**23** Plin. nat. 31,89; zu den Salzzuteilungen in der Armee vgl. Caes. civ. 2,37,5; Plut. Crass. 19.
**24** Varro rust. 1,60; 66; Plin. nat. 15,16.
**25** Varro rust. 3,9,12.
**26** Plin. nat. 14,120; 129.
**27** Plin. nat. 15,18.
**28** Theophrast in Plin. nat. 31,83; vgl. Plin. nat. 17,261: »Die Asche hat dieselben Eigenschaften wie das Salz, aber in geringerer Ausprägung.« Zu der Verwendung kalireicher pflanzlicher Asche als Würzmittel vgl. Leroi-Gourhan (1971), S. 188.
**29** Varro rust. 1,7,8.
**30** Plin. nat. 31,83.
**31** Vgl. Marquardt / Dessau / Domaszewski (1884), S. 203, 354.
**32** Plin. nat. 18,68.
**33** Plin. nat. 31,115, wo *raphanus* ῥάψανος entspricht, dem »Kohl« in Theophr. caus. plant. 6,10,9.
**34** Plin. nat. 19,143; Mart. 13,17; vgl. Apic. 3,1: »Jedes Gemüse wird smaragdgrün, wenn man es in Natron kocht.« Vgl. 3,15,2; 4,2,19.
**35** Apic. 5,2,2.
**36** Plin. nat. 31,94; Mart. 13,103; hier handelt es sich nicht um das *garum*, von dem in 13,102 die Rede ist.

**37** Hor. sat. 2,4,65 f.
**38** Plin. nat. 31,94.
**39** Hor. sat. 2,4,65 f.: *duplicis ... iuris*; vgl. sat. 2,8,53.
**40** CIL 4,5721 f.
**41** Plin. nat. 14,125.
**42** Athen. 67c: ἦδος.
**43** Plin. nat. 14,102; Iuv. 13,85; Mart. 13,122.
**44** Zwei Rezepte in Colum. 12,17, eines in Geop. 8,34,2. Der Essig aus der *ficus Cypria* auf Zypern, der genauso gut ist wie der alexandrinische, wird aus den Früchten des Maulbeerfeigenbaums (*Ficus sycomorus* L.) zubereitet.
**45** Pall. agric. 3,25,11.
**46** Varro in Geop. 8,34,1. Vermutlich handelt es sich bei diesem Römer Varro der *Geoponika* nicht um den Agrarschriftsteller Varro, der den Pfirsich nicht unter den Früchten aufzählt; der Pfirsich wird zum ersten Mal von Celsus und Columella erwähnt. Vgl. dazu S. 68.
**47** Varro in Geop. 8,34,3.
**48** Plin nat. 19,58.
**49** Cato agr. 58.
**50** Apic. 3,11; 3,13.
**51** Apic. 3,16.
**52** Colum. 12,59,1–4; Plin. nat. 23,57.
**53** Colum. 12,5,1.
**54** Mart. 3,50,4.
**55** Apic. 1,20,1 f.; vgl. Athen. 67e.
**56** Plin. nat. 14,114; 23,60.
**57** Colum. 12,58,2.
**58** Plin. nat. 19,128; das *oxymeli* war schon Cato bekannt, vgl. agr. 157,7, allerdings als Heilmittel.
**59** Colum. 12,59,4 f.; Apic. 1,18; nach Plin. nat. 20,256 war der Fenchel dafür sehr geeignet, wir haben jedoch in den Rezepten, die wir besitzen, keinerlei Hinweis auf ihn.
**60** Apic. 3,18,2.
**61** Apic. 5,4,2; 6,5,4; 6,5,6; 6,6,2 u. ö.; Weißwein in 5,3,2; Falerner in einer Wildschweinsoße in Mart. 7,27,8 u. ö.
**62** Apic. 6,5,1; vgl. das Rezept für Myrtenwein in Cato agr. 125; Colum. 12,38; Pall. agric. 2,18; 3,27.
**63** Zu seiner Herstellung vgl. Plin. nat. 14,108; Geop. 8,31; zu seiner Verwendung in der Küche vgl. Apic. 4,2,21; 7,13,4 u. ö.
**63a** Apic. 6,9,1 B.
**64** Apic. 1,15; vgl. 4,2,34.
**64a** Apic. 9,1,2.
**65** Apic. 1,16,1 f.
**66** CIL 4,7678.
**67** Hor. sat. 2,8,9: *faecula Coa*. O. Rayet, »Mémoire sur l'île de Cos«, in: *Archive des missions scientifiques*, Ser. 3, 3 (1876), S. 105, hat geglaubt, es handele sich um *petmez*, eine aus Mehl und Rotwein gekochte Masse, welche die Türken und die koischen Griechen in kleine Stücke schneiden und zwischen den einzelnen Gängen knabbern. Aber Acro Hor. sat. 2,8,9 erläutert *Coi vini* mit *faex* und auch das andere erwähnte Beispiel des Horaz passt schlecht auf *petmez*. Im Übrigen stellten auch die Römer eine solche Paste aus Mehl und Most oder Honigwein her, die sie *mustaceum* nannten. Es sei noch darauf hingewiesen, dass noch vor kurzem die Weinbauern des Chalonnais ihre Hefe den Metzgern zum Schmoren ihrer Schinken verkauften, vgl. A. Lagrange, *Moi, je suis vigneron*, Villefranche-en-Beaujolais 1960, S. 112.
**68** Apic. 2,2,5: *faeces vini conditi*.
**69** Hor. sat. 2,4,73–75.
**70** Vgl. S. 93.
**71** Geop. 20,46, ohne Angabe des Autors; Datierung nicht möglich; Garg. Mart. 62, S. 209–211 (V. Rose).
**72** Zum *garum* vgl.: P. Grimal / Th. Monod, »Sur la vraie nature du ›garum‹«, in: REA 54 (1952), S. 27–38; A. Balil Illana, »Un estudo sobre el garum«, in: *Archivo Español de Arqueologia* 26 (1953), S. 183–185.
**73** CIL 4,2571–73; 2574–76; 5663; vgl. 4,5714: *liquamen flos optimum*.
**74** Plin. nat. 31,93: »Einst bereitete man diese Brühe aus einem Fisch zu, den die Griechen *garos* nennen.« Es gibt keinen Grund, die Existenz dieses Fisches in Zweifel zu ziehen; Plinius führt ihn in seiner Liste der Seetiere wieder auf (32,148) und berichtet, dass die Griechen seinen Kopf zum Räuchern verbrannten (31,93); man sollte auch nicht glauben, dass dieser Fisch der Speise selbst seinen Namen verdankt, da das griech. γάρος nur in der Bedeutung ›Fischbrühe‹ belegt ist. Als Namen für Fische sind zumindest γαρίσκος und γαρῖνος bekannt (Marcellus Sidetes 33 und 37).
**75** Plin. nat. 31,93.
**76** Plin. nat. 31,94; Strab. 3,4,6.
**77** Sen. epist. 95,25; Plin. nat. 31,94; Mart. 13,102; vgl. 13,40 und Hor. sat. 2,8,46; vgl. in Marquardt/ Mau (1886), Bd. 2, S. 65, die Inschriften auf Krügen, die man in Italien gefunden hat; vgl. ferner R. Étienne, »A propos du ›garum sociorum‹«, in: *Latomus* 29 (1970), S. 297–313.
**78** Plin. nat. 31,94.
**79** Geop. 20,46,1.
**80** Garg. Mart. 62, wo der Hering (*aringus*), dessen Name aus dem Germanischen stammt und der im Norden der Loiremündung beheimatet ist, eine mittelalterliche Hinzufügung ist.
**81** CIL 4,2571–73.
**82** Plin. nat. 31,95.
**83** Plin. nat. 31,95; CIL 4,2569; vgl. 2609. Der Text des Plinius: *quod fit e piscibus squama carentibus*, steht im Widerspruch zu den historischen Tatsachen; in Leviticus 11,9–12 gilt jedes Wassertier ohne Flossen und Schuppen als unrein. In der letzten Ausgabe des Buchs 31 korrigiert G. Serbat, Paris 1972, den Text mit Recht in ⟨*non*⟩ *carentibus*.
**84** Vgl. Aischylos, Kratinos, Pherekrates.
**85** Plin. nat. 19,57.
**86** Sen. epist. 95,25: *pretiosam malorum piscium saniem*.
**87** Plin. nat. 31,90 über eine Art Salz: *odore quoque ingrato ceu gari*.
**88** Apic. 1,6.

89 Plin. nat. 31,94. In Edict. Dioclet. 3,6 f. ist ein etwas niedrigerer Preis angegeben; das Edikt unterscheidet zwei Qualitäten: das *liquamen primum* zu 16 Denaren pro Schoppen und das *liquamen secundum* zu 12 Denaren; zwei *congii* der ersten Güteklasse kosten also 768 Sesterze, die der zweiten Güteklasse 576.
90 Cod. Iust. 4,41,4, gleichzeitig mit dem Exportverbot für Wein und Öl, was die Bedeutung des *garum* im römischen Leben unterstreicht.
91 Apic. 2,1,2 u. ö.
92 Apic. 4,2,35; 4,2,37; 4,3,6; 4,5,4.
93 Apic. 7,13,9.
94 Zu den Einzelheiten der Zubereitung und den verwendeten Zutaten vgl. Garg. Mart. 62; Mart. 7,27,7 f.
95 Apic. 1,17.
96 Apic. 7,3,1 f.
97 Apic. 10,3,11 f.
98 Lampr. Heliog. 29,5.
99 Apic. 2,2,1 f.; 2,2,5.
100 Apic. 1,20,1 f.; Mart. 3,50,4.

## 4. Gewürzpflanzen

1 Vgl. die Erklärung von G. Petragnani: »Die Gewürze haben keinen besonderen Nährwert, doch vor allem in den warmen Ländern werden sie in der Ernährung ausgiebig verwendet, da sie die Speisen appetitlicher machen und die gastrointestinalen Funktionen anregen« (in: *Scienza dell'alimentazione*, zitiert von A. Montefredine, »Dietologia e gastronomia delle spezie«, in: *Il primo convegno dell'Accademia italiana della cucina* (Venezia, maggio 1967), Mailand 1978, S. 75.
2 Plaut. Pseud. 814–837.
3 Vgl. die Liste der Gewürzkräuter in frg. 143 K des Antiphanes, zitiert in Athen. 68a.
4 Vgl. S. 192.
5 Apic. 4,2,24; 4,3,6 u. ö.
6 Vgl. Plin. nat. 19,105.
7 Apic. 4,2,25; 9,1,1.
8 Plin. nat. 19,107.
9 Apic. 4,2,27.
10 Apic. 4,3,4.
11 Apic. 4,2,37.
12 Apic. 2,5,3; 3,2,5.
13 Plaut. Curc. 90; Apic. 4,1,1 u. ö.; Plin. nat. 13,127; Mart. 3,77,5.
14 Apic. 8,4,2; exc. (Liste § 3).
15 Verg. georg. 1,306.
16 Apic. 7,3,2; 7,4,1; 7,5,2 u. ö.
17 Cato agr. 7,4; Colum. 12,50,3 f.
18 Apic. 3,16.
19 Apic. 10,3,8; 10,4,2 u. ö.
20 Verg. georg. 1,306.
21 Plin. nat. 15,118.
22 Varro ling. 5,110: *murtatum a murta, quod additur large fartis.*
23 Cato agr. 101; vgl. Plin. nat. 15,34.
24 Apic. 1,2,7; 6,3,1; 7,6,12 u. ö.
25 Ps. Diosk. 1,103; im volkstümlichen Französisch heißt er »poivre sauvage« [wilder Pfeffer], »petit poivre« [kleiner Pfeffer], »poivre des moines« [Pfeffer der Mönche].
26 Plin. nat. 12,29.
27 Apic. 6,5,3.
28 Apic. 6,5,2 f.; 8,1,8.
29 Apic. 6,5,2 f.; 8,1,8 u. ö.
30 Apic. 6,2,4; 6,4,3; 6,5,5; 6,9,11 u. ö.
31 Colum. 10,120; Plin. nat. 19,117; 167; Pall. agric. 3,24,5.
32 Ps. Verg. Mor. 59.
33 Apic. 8,1,7; 8,1,8 u. ö.
34 Apic. 4,4,2.
35 Apic. 6,9,1 A und B.
36 Plin. nat. 19,167; Pall. agric. 3,24,14.
37 Apic. 7,7,1, bei einem gefüllten Schweinsmagen.
38 Plin. nat. 20,185.
39 Plin. nat. 20,185.
40 Cato agr. 121.
41 Apic. 5,3,1; 5,3,3; 6,5,4 f. u. ö.; Plin. nat. 19,164.
42 Apic. 3,15,3; 6,1,1; 8,1,7; 8,1,9 u. ö.
43 Plaut. Pseud. 814; zu seinem Anbau vgl. Colum. 10,244; Plin. nat. 19,117; 20,216.
44 Plin. nat. 18,73.
45 Apic. 3,4,3; 5,2,2 f. u. ö.
46 Plin. nat. 19,160.
47 Edict. Dioclet. 1,32.
48 Petron. 66,7: *oxycomina*. Zur Form und der Bedeutung des Begriffs bei Petron vgl. R. Tessmer, »Beiträge aus der Thesaurus-Arbeit, XXII: Oxycominum«, in: MH 41 (1984), S. 31–33.
49 Plin. nat. 20,256.
50 Colum. 12,50,4.
51 Apic. 4,4,2; 5,5,2; 8,1,9 u. ö.
52 Zur Identifizierung des *ligusticum* vgl. A. C. Andrews, »Alimentary Usage of Lovage in the Classical Period«, in: *Isis* 33 (1941), S. 514–518.
53 Plin. nat. 19,165; Diosk. 3,51,3.
54 Apic. 2,1,1; 2,2,2; 4,3,1 u. ö.
55 *Sinapis* ist der Weiße Senf (*Sinapis alba* L.) und der Schwarze Senf (*Brassica nigra* Koch); heutzutage wird nur der Weiße Senf verwendet.
56 Apic. 8,7,15; Edict. Dioclet. 1,35.
57 Colum. 12,57.
58 Pall. agric. 8,9.
59 Vgl. S. 39 f.
60 Apic. 8,7,15.
61 Plin. nat. 27,73; Diosk. 2,157; vgl. Fournier (1947), Bd. 3, S. 172.
62 Plin. nat. 20,125 (vgl. Diosk. 2,140); Apic. 8,1,8; exc. S. 77, 8.
63 Apic. 6,3,3; exc. (Liste § 2).
64 Plin. nat. 19,168.
65 Ps. Verg. Mor. 59; Apic. 4,3,6; 10,1,5 u. ö.
66 Apic. 5,3,1; vgl. Colum. 10,319; Plin. nat. 19,117; 123; 154; Pall. agric. 2,14,3.
67 Plin. nat. 19,123; 160; Apic. exc. (Liste § 3).
68 Plin. nat. 19,188.
69 Apic. 3,15,2; 5,6,4 u. ö.; Plin. nat. 20,112.

**70** Colum. 10,110; Plin. nat. 19,170; Pall. agric. 3,24,9.
**71** Apic. 10,2,3.
**72** Apic. 4,1,3; 4,4,3; 5,2,3 u. ö.; es gab ein Rezept für »Spanferkel mit Koriandersoße«, exc. 20: *porcellum coriandratum.*
**73** Apic. 1,22; 5,8,2; Plin. nat. 19,173.
**74** Colum. 12,20,2.
**75** Cato agr. 121.
**76** Apic. 7,9,1; 8,1,2 u. ö.
**77** Plin. nat. 19,159.
**78** Plin. nat. 20,152.
**79** Apic. 3,4,3; 4,3,6; 4,5,4; 6,3,1 u. ö.
**80** Apic. exc. (Liste § 3).
**81** Apic. 2,1,5, in den *isicia* (in manchen Gegenden würzt man noch immer Würste mit Majoranblättern, vgl. Rolland, 1896–1914, Bd. 9, S. 24); 4,2,30; 4,3,1.
**82** Plin. nat. 19,117; 165; vgl. Andrews (1961).
**83** Apic. 4,2,32; 6,4,3; 6,9,3; Ps. Verg. Mor. 90, wo *comas apii graciles* nicht den Sellerie betrifft; vgl. A. C. Andrews, »Celery and Parsley as Foods in the Greco-Roman Period«, in: CPh 44 (1949), S. 95 ff.
**84** Plin. nat. 13,227; 19,160; 20,152; zu ihrer Verwendung in den Gerichten vgl. Apic. 4,1,1; 4,4,1; 5,2,1.
**85** Hor. sat. 2,8,51; Apic. 6,2,6.
**86** Apic. 7,14,3.
**87** Plin. nat. 19,165; vgl. 19,117; vgl. Andrews (1961), S. 75.
**88** Colum. 12,59,4; Apic. 3,15,1; 4,4,1; 6,1,2 u. ö.
**89** Apic. 4,2,24 f.: *corona bubula*, deformiertes *cunila bubula* ›Ochsen-Saturei‹.
**90** Colum. 11,3,39; ihr griechischer Name ist θύμβρα.
**91** Apic. exc. (Liste § 3). Vgl. A. C. Andrews, »Sage as a Condiment in the Graeco-roman Era«, in: *Economic Botany* 10,3 (1956), S. 263–266.
**92** Colum. 11,3,39; vgl. Plin. 19,172; Pall. agric. 4,9,17.
**93** Colum. 11,3,39; Pall. agric. 10,13,2; zu seiner Verwendung vgl. Apic. 6,1,2; 6,5,6; 8,1,7 f. Allerdings sind mit lat. *thymum* meist die verschiedenen Arten der Saturei gemeint (*Satureia thymbra* L. usw.).
**94** Diosk. 2,161; sein griechischer Name ist ὑδροπέπερι.
**95** Apic. 7,10.
**96** Apic. 4,32; 6,2,1; 7,6,3 u. ö.
**97** Cato agr. 119; Pall. agric. 12,22,5.
**98** Ps. Verg. Mor. 90.
**99** Apic. 7,13,4 f.
**100** Mart. 10,48,11; 11,31,17; 11,52,8.
**101** Colum. 10,121; Plin. nat. 19,156 ff.; Pall. agric. 6,5.
**102** Zur Verwendung der Raute als Gewürz vgl. den hervorragenden Artikel von A. C. Andrews, »The Use of Rue as a Spice by the Greeks and Romans«, in: CJ 43 (1948), S. 371–373.
**103** Vgl. Leroi-Gourhan (1971), S. 186.
**104** Apic. 4,2,9.
**105** Apic. 4,3,8.
**106** Plin. nat. 21,125.
**107** Apic. exc. 7: *addes propter colorem crocum.*
**108** Plin. nat. 14,107; 135.
**109** Plin. nat. 21,32.
**110** Plin. nat. 21,139; Diosk. 1,27; Apic. 10,2,1.
**111** Apic. 6,5,2; 7,6,10; 8,1,4. »Seine Blüte ist gut beim Fleisch« (A. du Pinet, *Traduction du commentaire de Matthiole sur Dioscoride*, Lyon 1660, S. 411).
**112** Apic. 5,3,9.
**113** Apic. 1,4.
**114** Plin. nat. 21,118.
**115** Apic. 7,4,2; 7,5,2; es wird auch in Griechenland als Gewürz genutzt, vgl. Athen. 66c.
**116** Plin. nat. 19,160 (Minze, Polei, Katzenminze); Ps. Verg. Mor. 59 (Dill).
**117** Plin. nat. 20,152 (Minze, Polei).
**118** Colum. 12,7,1 (Fenchel, Raute).
**119** Plin. nat. 21,31.
**120** Plin. nat. 20,216.
**121** Plin. nat. 19,164.
**122** Plin. nat. 19,165.
**123** Apic. 1,18; 3,18,3.
**123a** Zum Gewürzhandel im römischen Kaiserreich vgl. Innes Miller (1969).
**124** Plaut. Pseud. 816; Rud. 630; 633.
**125** Früher glaubte man, es handele sich um *Ferula Tingitana* L., eine Annahme, die heute einmütig verworfen wird. Zu dieser Frage gibt es eine umfangreiche Literatur. Eine gute Klarstellung findet sich in A. C. Andrews, »The Silphium of the Ancients«, in: *Isis* 33 (1941), S.232–236. *Silphium*, mit einem r/l-Wechsel in *sirpe* (Plaut. Rud. 630; vgl. *laserpicium* aus *lac serpicium*), ist sicherlich ein Begriff afrikanischen Ursprungs, vgl. G. Nencioni, in: SIFC 16 (1939), S. 30 ff. Das davon abgeleitete Cognomen *Sirpicius* findet sich nur in Numidien (vgl. I. Kajanto, *The Latin Cognomina*, Helsinki 1965, S. 336).
**126** Plaut. Rud. 633; vgl. Plin. nat. 19,45.
**127** Colum. 2,10,16; 12,7,4 u. ö.
**128** Vgl. Plin. nat. 19,38; Theophr. hist. plant. 6,3,2; Diosk. 3,80,2.
**129** Cato agr. 116; 157,7.
**130** Plin. nat. 19,39; Strab. 17,3,22 f.
**131** Scrib. Larg. 67.
**132** Plin. nat. 19,46; Diosk. 3,80,3.
**133** Plaut. Pseud. 816.
**134** Da die unter dem Namen des Apicius überlieferten Texte sowohl das *silphium* als auch das *laser Cyrenaicum* und das *laser Parthicum*, das dieses ersetzt hat, kennen, ist dies ein Beweis dafür, dass der Autor in die erste Hälfte des 1. Jahrhunderts unserer Zeitrechnung gehört, d. h. in eine Zeit, als es das *silphium Africanum* noch gab.
**135** Diosk. 3,80,3
**136** Apic. 2,11; 3,4,3 u. ö. (Wurzel); 3,13,1; 5,3,7; 7,1,1 (*laser Parthicum*); vgl. Apul. met. 10,16,5: *carnes lasere infectas.*
**137** Vgl. Maurizio (1932), S. 517.
**138** Plin. nat. 12,29.
**139** Plin. nat. 12,26; vgl. eine noch eigenwilligere Interpretation in Isid. orig. 17,8,8.

**140** Plin. nat. 12,29.
**141** Isid. orig. 17,8,8.
**142** Plin. nat. 12,29.
**143** Plin. nat. 12,28.
**144** Vgl. Hor. sat. 2,4,74.
**145** Mart. 7,27,7; 13,5.
**146** *Piper tritum*, Apic. 7,13,1 u. ö.; *piper integrum*, Apic. 4,2,13.
**147** Apic. 7,13,1; 7,13,5–8.
**148** Apic. 1,1,1.
**149** Apic. 4,2,21; 7,13,4.
**150** Irrtümlicherweise nahmen die antiken Autoren an (Theophr. hist. plant. 9,7,2 f.; Plin. nat. 12,50; Diosk. 1,6), das Kardamom komme auch aus Kommagene, Medien, Armenien oder Arabien, da sie den Produktionsort mit dem Land verwechselten, aus dem das Gewürz nach Griechenland und Italien exportiert wurde.
**151** Plin. nat. 12,50.
**152** Apic. 1,20,1.
**153** Plin. nat. 12,41.
**154** Vgl. Apic. 1,2; 7,5,2.
**155** Plin. nat. 12,41; vgl. 37,204.
**156** Plin. nat. 12,28; Diosk. 2,159,4; 2,160.
**157** Plin. nat. 12,28.
**158** Apic. 2,2,7; 4,5,1; 5,4,6 u. ö.
**159** Zur Pflanze und ihrer Verwendung vgl. Plin. nat. 12,42–45; Diosk. 1,7.
**160** Apic. 6,5,4; 7,6,8; 8,2,7; 9,8,2 u. ö.
**161** Plin. nat. 12,43 f.
**162** Plin. nat. 12,129; Diosk. 1,12.
**163** Apic. 1,15,1; 1,16,2; 9,1,3; 9,7 u. ö.; vgl. Plin. nat. 12,129.
**164** Apic. 1,2; 6,5,4; 7,6,8; 9,8,3 u. ö.
**165** Scrib. Larg. 111; 113; Marcell. med. 27,3.
**166** Vgl. Fournier (1947), Bd. 3, S. 462; die frischen Früchte sind giftig.
**167** Plin. nat. 24,93; zur Pflanze vgl. 13,55 und Diosk. 1,108.
**168** Apic. 10,2,4; 10,4,1 f.
**169** Vgl. Isid. orig. 17,9,74: *radicem incendiosam.*
**170** Bei den Braten, Apic. 7,5,2; 7,5,4: *piretri modice*; in den *isicia*, 2,2,2: *piretrum minimum.*
**171** Vgl. Plin. 12,95–97; 13,10 f.
**172** Plin. nat. 14,107.
**173** Vgl. Plin. nat. 12,30.
**174** Apic. exc. (Liste § 1): *cariofilu*; noch C. Giarratano und F. Vollmer wollten eine Korrektur in *caerefolium.*
**175** Garg. Mart. 62.
**176** Hier. chron. 2; On. 217; Prosp. chron. (MGH AA 9, S. 417).
**177** Vgl. Charlesworth (1924), S. 84.
**178** Marcian. dig. 39,4,16,7.
**179** Zum Gewürzhandel mit Indien und Ceylon vgl. Charlesworth (1924), S. 76 ff.; 81; 84; Innes Miller (1969), S. 65–97.
**180** Vgl. Marquardt / Dessau / Domaszewski (1884), S. 347; Innes Miller (1969), S. 216–241: »The Balance of Payments«.
**181** Plin. nat. 12,19; vgl. Cic. fin. 2,90.

## 5. Backwaren und Süßspeisen

**1** Mart. 14,222; Apul. met. 10,13,3. Vgl. J. Solomon, »Tracta. A Versatile Roman Pastry«, in: *Hermes* 106 (1978), S. 539–566.
**2** Iuv. 6,631; Vespa 48, wo der Kuchen zu den *dulcia* gehört, die der *pistor* aufzählt.
**3** Arnob. nat. 7,24.
**4** Vespa 48: *grata canopica*; Athen. 647c: κανωπικά; PapOx 1774,15 (4. Jahrhundert n. Chr.).
**5** Mart. 14,69.
**6** Vespa 47; Athen. 647f; dass *coptoplacenta* gleichbedeutend mit κοπτή ›Sesamkuchen‹ sei (vgl. H. G. Liddell / R. Scott / H. S. Jones, *A Greek-English Lexicon*, Oxford [9]1940, κοπτοπλακοῦς), lässt sich durch nichts beweisen, denn Athenaios gibt keinerlei Erklärung; vgl. Petron. 40,4.
**7** Varro ling. 5,107; Hor. sat. 1,1,25; Sen. epist. 99,27; Apul. met. 10,13,6; Hier. in Is. 16,57,6.
**8** Athen. 647d: κλοῦστρον Κυριανόν (vielleicht von Curius). Die Form *clustrum* taucht in der frühen Kaiserzeit auf.
**9** Athen. 647c–d; zu Letzterem: κλοῦστρον πουριόν (= *purum*?).
**10** Sen. epist. 56,2. In der frühen Kaiserzeit wurden *crustula* an das Volk verteilt, vgl. S. Mrozek, »Crustulum et mulsum dans les villes italiennes«, in: *Athenaeum* 50 (1972), S. 294–300.
**11** Arnob. nat. 7,24; vgl. κύβος, der Name einer Brotsorte in Athen. 114a.
**12** Cato agr. 134,2; Pers. 2,48; Gell. 10,15,14; Isid. orig. 6,19,24; Paul. Fest. 75,17.
**13** Titin. 166; CGL 5,22,3; 5,614,27.
**14** Varro ling. 5,107.
**15** Petron. 1,3.
**16** Arnob. nat. 7,24.
**17** Athen. 647c.
**18** Apul. met. 10,13,6.
**19** Paul Fest. 93,4: *Ianual libi genus quod Iano tantummodo delibatur*; vgl. Ov. fast. 1,128.
**20** Hor. sat. 1,6,115 und Schol. Acro und Cruq. z. St.; Cels. 2,22,1 (leichte Nahrung); 8,7,6 (wird bei gebrochenem Kiefer als erste Speise nach der flüssigen Nahrung gegeben); vgl. Athen. 110a; Cael. Aur. chron. 2,117.
**21** Apic. 4,2,14.
**22** In Athen. 647e.
**23** Plaut. Poen. 325; Apul. met. 10,13,6 (die Lesart *lacertulos* lässt sich schwer aufrechterhalten); Cato agr. 109.
**24** Vgl. die Anekdote des flüchtigen Sklaven in Hor. epist. 1,10,10.
**25** Serv. Aen. 7,109.
**26** Athen. 125f; zum Honig vgl. Ov. fast. 3,761.
**27** Ov. fast. 4,743.
**28** CIL 4,1768; Paul. sent. 3,6,72.
**29** Hor. sat. 2,7,102; Mart. 3,77,3.
**30** Tert. spect. 27.
**31** Varro Men. 417; 508; Paul. Fest. 106,27: *lucuntem genus operis pistorii*; CGL 5,30,11; 5,82,1.
**32** *Luculentulus*, Afran. com. 161 f.; *luculentaster*, Titin. 166; *lucunculus*, Apul. met. 10,3,6; Stat. silv.

1,6,17; Tert. spect. 27 u.ö.; vgl. F. Thomas, »Autour d'un passage de Plaute, Men. 141 sqq.«, in: *Hommages à Léon Herrmann*, Brüssel 1960 (Collection Latomus, 44), S. 706–709.
**33** Cato agr. 121; Stat. silv. 1,6,19; Plin. nat. 15,127; Arnob. nat. 2,23; Vespa 49.
**34** Athen. 647 d.
**35** Fest. 298,5; es hat nichts mit den *pastilli* in Hor. sat. 1,2,27 und 1,4,92 zu tun, die den Atem parfümieren sollen.
**36** Athen. 647c.
**37** Vgl. griech. πλακοῦς. Nach dem von Phainias in Athen. 58d–e angestellten Vergleich ähnelt die *placenta* ganz der Frucht der Malve; der Kuchen hat einen flachen Boden und eine Art Nabel in der Mitte; vgl. J. André, »Sur deux noms de plantes grecs«, in: RPh 45 (1971), S. 217.
**38** Mart. 6,75,1; 9,90,18; eine Person des Horaz verschlingt den ganzen Kuchen mit einem Bissen, sat. 2,8,24; vgl. auch Varro ling. 5,107; Iuv. 11,59; Mart. 3,77,3.
**39** Hor. epist. 1,10,11; Mart. 5,39,3.
**40** Paul. sent. 3,6,72.
**41** Tert. adv. Marc. 3,5; zu den Kuchen von Samos vgl. Athen. 130c; 644c.
**42** Cato agr. 134,2; 141,4; Ov. fast. 1,276; Gell. 10,15,14; Paul. Fest. 408,21.
**43** Fest. 474,17: *Summanalia liba farinacea in modum rotae ficta.*
**44** Aelius Stilo und Cloatius in Fest. 402,25. Der Begriff wird manchmal als eine Variante von *subitillus* angesehen, aber letzterer ist ein Käsekuchen.
**45** Vgl. S. 57.
**46** Varro ling. 5,106: *testuacium quod in testu calido coquebatur* ... Collart (1954), Komment. z. St., stellt eine Verbindung zu der Zubereitung des *erneum* (Cato agr. 81) her und meint, der Kuchen werde »in einer erhitzten Schüssel (*testu*)« gebacken. Aus Ov. fast. 6,476 lässt sich nichts schließen, da dort nur von *liba* für das Fest der Mater Matuta die Rede ist. Ich glaube allerdings nicht, dass man hier *testu* als ›Schüssel‹ verstehen kann. Wiederholt verwendet Cato das Wort, um den Ziegel zu bezeichnen, der auf den Herd gelegt und mit glühenden Kohlen bedeckt wird und *unter* den man den zu backenden Kuchen stellt: agr. 75: *in foco caldo sub testu coquito*; 76,2: *focum, ubi coquas, calfacito bene et testum*; 76,4: *testo caldo operito, pruna insuper et circum operito.* Im Falle des *testuacium* muss man das so verstehen, dass der Kuchen ›*auf* einem heißen Ziegel‹ (*in testu calido*), unter den man glühende Kohlen gelegt hat, gebacken wird.
**47** Varro ling. 5,107.
**48** Schol. Aristoph. Equ. 954.
**48a** Varro in Non. 552,2; zur Form vgl. Cato agr. 89, wo mit *turundae* die kleinen Mehlkugeln für das Nudeln des Geflügels gemeint sind.
**49** In Athen. 647c.
**50** Mart. 11,31,9.
**51** Die Liste des Apollonius von Tyana ist nicht zwangsläufig nur für das 1. Jahrhundert n. Chr. gültig; der Autor hat seine Namen der lateinischen Kuchen sicherlich auch früheren Texten entnommen.
**52** Varro ling. 5,106; Athen. 647d.
**53** Cato agr. 80; Athen. 644c–d; 647d.
**54** Cato agr. 81.
**55** Cato agr. 79.
**56** Cato agr. 75.
**57** Varro ling. 5,107; vgl. Athen. 647d: λιξόλας.
**58** Vgl. den Kommentar von Collart (1954) zu Varro ling. 5,107, der völlig richtig das Wort mit *lixa* ›Wasser(lauge)‹ in Verbindung bringt; vgl. *lixivum mustum* ›von selbst herabfließender Wein‹, Most, der ohne Pressung abläuft, und *lixio* ›Wasserträger‹.
**59** Athen. 647c.
**60** Cato agr. 76.
**61** Cato agr. 84.
**62** Cato agr. 78; Plaut. Poen. 43; Petron. 35,4; Athen. 647c: σκριβλίτης; vgl. CGL 3,315,73: *scriblita* τυρίτης.
**63** Afran. com. 161 f.; aber die Spezialisierung ist vielleicht nicht so begrenzt, denn bei Afranius stellen sie die *luculentuli* her.
**64** Cato agr. 82.
**65** Cato agr. 77; Athen. 647d: σπῖρα.
**66** Arnob. nat. 2,42.
**67** Athen. 647d: σουβίτυλλος; CGL 3,316,2: *sibitillus*; 3,372,23: *subitillus* u. ö.
**68** Cato agr. 75: *folia subdito*; 121: *lauri folia subtus addito.*
**69** Cato agr. 76,4; 79; 80; 84; Hor. epist. 1,10,11; Mart. 5,39,3 u. ö.
**70** Cato agr. 79; 84; Plaut. Poen. 326; Petron. 1,3.
**71** Plaut. Poen. 326; Petron. 1,3. Die Ägypter mischen noch Sesamkörner unter das Mehl für die Backwaren, so wie bereits ihre Vorfahren unter Ramses III. Vgl. V. Loret, *La flore pharaonique d'après les documents hiéroglyphiques et les spécimens découverts dans les tombes*, Paris 1887, S. 57, und Hartmann (1923), S. 59.
**72** Varro in Gell. 13,11,7 und Macr. Sat. 2,8,3.
**73** Vgl. Plaut. Truc. 480; Suet. Nero 25,3 u. ö.
**74** Vgl. Proc. dig. 33,6,16,1.
**75** Apic. 7,13,3.
**76** Apic. 7,13,6.
**77** Api. 7,13,4.
**78** Plin. epist. 1,15,2: *alica cum mulso et nive.*
**79** Apic. 7,13,7. Das Wort bedeutet ›Käseauflauf‹, aber das Gericht wird ohne Käse zubereitet und verdankt seinen Namen der Festigkeit der Creme; vgl. griech. ὑποτυρίς ›nicht ganz Käse‹; mit diesem Wort wird ein weniger kompliziertes Rezept dieser Art bezeichnet, Athen. 647c.
**80** Apic. 7,13,8: *Ova sfongia de lacte.*
**81** Apic. 7,13,1.

## 6. Die Römer und die Küche

**1** Paul. Fest. 51,10.
**2** Liv. 39,6,9.
**3** In Athen. 379d–e.
**4** Iuv. 9,109; Hier. quaest. hebr. in gen. 37,36, S. 57; Sidon. epist. 2,9.
**5** CIL 6,9361.
**6** Es ist unmöglich, die Rolle des *coctor* in CIL 4, 1658 zu präzisieren. Man findet bei Gottschalk (1948), S. 222, eine lange Liste von Namen angeblicher Spezialisten; die Form und die Übersetzung dieser Namen sind völlig aus der Luft gegriffen.
**7** Petron. 70,1 f.
**8** Mart. 11,31.
**9** Vgl. F. H. Weissbach, Art. »Kochbücher«, RE 11, 1, Sp. 934–938.
**10** In Athen. 647c–648a.
**11** Athen. 647c; 648b.
**12** Colum. 12,4,2.
**13** Colum. 12,46,1: *libros tres ... quos inscripsit nominibus Coci et Cetarii et Salgamarii.* Nach Colum. 12,4,2 scheint das Werk des C. Matius später als das der beiden zuvor erwähnten Autoren entstanden zu sein.
**14** Der Name Apicius Caelius, der in den Handschriften E und V fehlt, sollte aufgegeben werden; zu den Problemen der Identität des Apicius und der Geschichte des ihm zugeschriebenen Werks vgl. F. Vollmer, *Studien zu dem römischen Kochbuche des Apicius*, München 1920 (Sitzungsbericht der Bayerischen Akademie der Wissenschaften); Brandt (1927); außerdem die Einleitung zu meiner Ausgabe (1974), S. XII–XVI.
**15** Sen. dial. 12,10,8 f.; vgl. Sen. epist. 95,42; Plin. nat. 8,209; 9,66; 10,133; 19,137; 19,143; Athen. 7a u. ö.
**16** Apic. 6,9,2; Plin. nat. 10,140.
**17** Apic. 6,9,4.
**18** Apic. 3,4,3.
**19** Apic. 10,1,6–8.
**20** Apic. 4,1,2; 4,2,14; 4,3,3; 5,4,2; 6,8;7,4,2; 8,7,6.
**21** Apic. 8,7,8; 8,7,10; 8,7,12.
**22** Apic. 6,9,14.
**23** Apic. 8,8,7.
**24** Apic. 8,6,9; 8,8,12.
**25** Apic. 5,3,5; 5,3,9; 8,7,7.
**26** Apic. 8,7,16.
**27** Apic. 5,4,4.
**28** Apic. 4,2,1–37.
**29** Apic. 4,2,34; 4,2,37.
**30** Z. B. Apic. 4,2,35 (aus Birnen): *ovis missis patinam facies.*
**31** Apic. 4,2,1; 4,2,15; dieses letzte Rezept ist trotz seiner Bezeichnung sehr kompliziert.
**32** Apic. 4,2,2; 4,2,16. Der Kontext, in dem nur von Gewürzen die Rede ist, lässt nicht erkennen, worum es sich handelt, aber die Tatsache, dass Eier und Milch verwendet werden, deutet ebenso wie das Rezept eines *gustum versatile* (Apic. 4,5,1: *patinam versas in lancem*) darauf hin, dass das Gericht »gestürzt« wird.
**33** In Apic. 4,2,4 werden Schwarzkohl und Hirnchen zusammen zermahlen.
**34** Apic. 4,2,13.
**35** Apic. 4,2,18.
**36** Apic. 4,3,1–7. Keines der Rezepte des Apicius enthält Gemüse, was auch immer Isidor, orig. 20,2,29, über das *minutal* sagen mag: *Minutal vocatum quod fiat de piscibus et isiciis oleribusque minutatim concisis.*
**37** Apic. 2,1,1–7; 2,2,1–7.
**38** Apic. exc. 3–6.
**39** Ulp. dig. 33,6,9,1; Apic. 3,18,1; 8,2,7; von griech. ἔμβαμμα.
**40** Apicius, Buch 8.
**41** Kalte Soßen: Apic. 6,8; 8,1,8; 8,4,3; 8,7,6 u. ö.; warme Soßen: 8,2,6; 8,2,8; 8,4,1 u. ö.
**42** Apic. 8,1,4–9; 8,2,1–8.
**43** Apic. 2,2,8 f.
**44** Vgl. die Formel *amulo obligabis*, Apic. 6,2,1; 6,2,3 u. ö.; zum Reis vgl. Apic. 2,2,9; exc. 7; 9.
**45** Plin. nat. 19,143; Mart. 13,17; Apic. 3,1; 3,15,2 f.; 4,2,19.
**46** Vgl. Apic. exc. 7: *addes propter colorem crocum.*
**47** Apic. 6,2,3: *mittis defritum ut coloret*; 8,1,8: *coloras defrito*; 8,7,11.
**48** *Color*, Apic. 2,2,8.
**49** Vgl. Leroi-Gourhan (1971), S. 180. Zur mittelalterlichen Küche der Muslime vgl. Rodinson (1965), Sp. 1096.
**50** Apic. 7,5,3; 7,5,5.
**51** Apic. 7,10.
**52** Apic. 6,9,1.
**53** Apic. 8,8,1.
**54** In Athen. 403e; die Handschriften lesen Anthippos.
**55** Apic. 3,19,2.
**56** Apic. 7,5,4.
**57** Apic. 8,1,7.
**58** Apic. 8,2,4.
**59** Apic. 2,2,4.
**60** Apic. 8,6,7.
**61** Apic. 7,13,1; 7,13,5–8.
**62** Apic. 4,2,18.
**63** Exc. § 1.
**64** Mart. 10,48,10: *ructatrix menta.*
**65** Cels. 2,21; 2,25.
**66** Vgl. S. 166.
**67** Apic. 7,12,1.
**68** Apic. 7,9 f.
**69** Apic. 6,5,1; 10,1,2 u. ö.
**70** Apic. 4,5,1; 6,2,2; 6,5,1 u. ö.
**71** Apic. 6,4,3; 6,5,4; 6,6,1 u. ö.
**72** Apic. 6,4,1–3; 6,6,2; 6,19,3; 9,1,1; 9,1,3; 9,1,5 u. ö.
**73** Apic. 7,16,1; 7,16,3; 7,17; 8,6,7 u. ö.
**74** Das *piperatum*, hergestellt mit Pfeffer und Honig, Plin. nat. 14,108.
**75** Vgl. Plin. nat. 18,10; 19,59.
**76** Vgl. die einschlägigen Kapitel.
**77** Suet. Aug. 70,2; Mon. Anc. 1,33.
**78** Suet. Claud. 18,3; vgl. K.-S. Gapp, »The Uni-

versal Famine under Claudius«, in: *Harvard Theological Review* (1935), S. 258–265.
79 Tac. ann. 15,39,3.
80 In den Jahren 376, 382, 383, 384 und 388; vgl. J.-R. Palanque, »Famines à Rome à la fin du IVe siècle«, in: REA 33 (1931), S. 345 f. Die Gründe für die Versorgungskrisen im 4. Jahrhundert n. Chr. (vgl. dazu die gute Analyse von H. P. Kohns, *Versorgungskrisen und Hungerrevolten im spätantiken Rom*, Bonn 1961, S. 33–55) gelten auch für die folgenden Jahrhunderte: klimatische Umstände, fehlende Ersatzprodukte, durch die soziale Struktur bedingte Privilegien, wechselnde Importmengen, Transportrisiken, vor allem bei Fahrten über das Meer (einschließlich der Einstellung der Seefahrt im Winter, *mare clausum*) und militärische Requisitionen.
81 Vgl. P. Petit, *Libanius et la vie municipale à Antioche au IVe siècle ap. J.-C.*, Paris 1956, S. 109 f.
82 Colum. 2,9,19; Plin. nat. 16,15.
83 Sen. epist. 87,3.
84 Sen. epist. 95 passim.
85 Lucr. 2,30 f.; 5,13–17.
86 Plin. epist. 1,15,2. In ihrer Plinius-Ausgabe (Paris 1964 ff.) bezeichnet A.-M. Guillemin dieses Essen sehr zu Unrecht als »lächerliches Mahl«.
87 Tac. ann. 3,54,3.
88 So unter Caesar, vgl. Suet. Caes. 43,2; zu den Anti-Luxus-Gesetzen vgl. Gell. 2,24 und Macr. Sat. 3,17.
89 Cic. fam. 7,26,2.
90 Macr. Sat. 3,17,11.
91 Macr. Sat. 3,13,12.
92 Hor. sat. 2,8,6; Wildschwein wird als erster Gang aufgetischt.
93 Hor. sat. 2,8,26–30.
94 Tac. ann. 3,55.

## Zusammenfassung

1 Vgl. M. Johnston, »Vitamines«, in: *Classical Weekly* (1931), S. 31; M. J., »Vitamins Again«, in: *Classical Weekly* (1932), S. 119, zum Nährwert frischen Gemüses aus der Sicht der Antike. Die Zusammenhänge zwischen der Ernährung und den Krankheiten der griechisch-römischen Antike verdienten eine systematische Untersuchung. Sie übersteigt den Rahmen unseres Themas.
2 Das Problem des Verzehrs von Saubohnen ist mit dem absoluten Verbot bei den Pythagoreern verbunden. Die von M. Detienne (»La cuisine de Pythagore«, in: *Archives de la société des religions* 29, 1970, S. 153 f.) vorgebrachten reizvollen Argumente können trotz ihrer Subtilität nicht alles erklären (hohler Stängel als Kommunikationsmittel zwischen der Welt der Menschen und dem Hades; Samen, der den Sexualorganen ähnelt; Zugehörigkeit zur Kategorie des Fauligen; Äquivalenz mit menschlichem Fleisch). M. Grmek (in: *Annuaire de l'E. P. H. E., 4e section*, 1975/76, S. 816) hat demgegenüber die drei Phasen der historischen Entwicklung klar herausgearbeitet: 1. Feststellung der Phasein-Vergiftungen und ihre Interpretation durch eine noch größtenteils »magische« Denkweise (Pythagoras, Empedokles); 2. Aufgabe dieser Überzeugung durch die rationalistische Denkweise eines Hippokrates oder Aristoteles: die Schädlichkeit der Bohnen ist ein zu komplexes Phänomen, als dass es von den Ärzten, deren medizinische Erfahrung über ein elementares Niveau nicht hinausging, bestätigt werden könnte; die Schädlichkeit der Bohnen wird folglich in den Bereich des Aberglaubens verwiesen, den zu entmythisieren man sich bemüht (Plutarch, Cicero, Gellius); das Problem wird zwei Jahrtausende lang für die Wissenschaftler »unsichtbar« bleiben; 3. moderne Entdeckung der besonderen Modalitäten der Phasein-Vergiftung und partielle Rehabilitation des früheren Tabus. Zum Favismus vgl. M. Grmek, »La légende et la réalité dans la nocivité des fèves«, in: *History and Philosophy in the Life Sciences* 2 (1980), S. 61–121.
3 Vgl. Cato agr. 66,1; 105,1; 107,1; 122; Colum. 12,20,1 f.; Plin. nat. 14,136. Zur Bleivergiftung, die durch Wasserleitungen aus Blei verursacht ist, vgl. Vitr. 8,6,10. Über die Bleivergiftung in der römischen Welt allgemein vgl. S. C. Gilfillan, »Lead Poisoning and the Fall of Rome«, in: *Journal of Occupational Medicine* 7 (1965), S. 53–60; S. C. G., »Roman Culture and Dysgenic Lead Poisoning«, in: *Mankind Quarterly* 5 (1965), S. 3–20; H. A. Waldron, »Lead Poisoning in the Ancient World«, in: *Medical History* 17 (1973), S. 392–399; R. P. Steinbock, »Lead in Question in Ancient Times«, in: *Paleopathology News Letter* 27 (1979), S. 9–11; R. P. St., »Lead in Question in History«, in: *New England Journal of Medicine* 301 (1979), S. 277; H. A. Waldron / C. Wells, »Exposure to Lead in Ancient Population«, in: Trans. Stud. of Coll. Phys. Philadelphia R. 5, Bd. 1 (1979), S. 102–115. Schließlich zum Wein (ohne Angabe des Autors): »Lead Poison in the Wines of Antiquity«, in: *Bulletin of the History of Medicine* 45 (1971), S. 493.
4 Vgl. Cels. 2,18,1–3.
5 Vgl. Cels. 2,24,33; L. Edelstein, »Antike Diätetik«, in: *Medizinisch-historisches Journal* 1 (1966), S. 162–174.
6 Plin. nat. 19,54.
7 Die in der ersten Auflage dieses Werks verstreuten Bemerkungen zum Luxus in der Ernährung am Ende der Republik und während der Blüte der Kaiserzeit wurden ohne allzu große Mühe – und ohne etwas Neues zu bringen – zu-

sammengestellt von E. Ratti, »Ricerche sul luxus alimentare romano fra il 1° sec. a. C. e il 1° sec. d. C.«, in: *Rendiconti del Istituto Lombardo (Lett.)* 100 (1966), S. 157–204.
**8** Colum. 12,9,19.
**9** Vgl. das Kapitel »Météorologie et conjecture« von G. Beaujouan in *L'histoire et ses méthodes,* Paris 1961 (Encyclopédie de la Pléiade), S. 62–64.
**10** Plin. nat. 18,154.

# Abbildungsnachweis

British Museum, London: S. 195
Jean-Michel Croisille: Les natures mortes campaniennes. Répertoire descriptif des peintures de nature morte du Musée National de Naples, de Pompéi, Herculanum et Stabies. Brüssel-Berchem: Latomus, 1965. (Latomus 76.) – Mit Genehmigung von Jean-Michel Croisille und der Société d'Études Latines Latomus, Tournai: S. 17, 36, 58, 59, 62, 63, 64, 65, 70, 72, 83, 84, 85, 88, 94, 101, 108, 117, 129, 153
Deutsches Archäologisches Institut, Rom: S. 115, 119
Foto Alinari, Florenz: S. 56, 107
Karl-Heinz Knörzer: Römerzeitliche Pflanzenfunde aus Neuss. Berlin: Gebr. Mann, 1970 (Novaesium 4): S. 21, 26, 29, 33, 34, 42, 43, 44, 45
Lotos Film, Kaufbeuren: S. 52, 187, 203; Farbtaf. nach 48, vor 65, nach 128
Werner Neumeister, München: S. 125
Rheinisches Landesmuseum, Trier: S. 140, 142, 145, 150
Scala. Istituto Fotografico Editoriale, Antella (Florenz): S. 141, 160; Farbtaf. vor 49, nach 64, vor 129, nach 192, vor 193
Alle anderen Abbildungen: Reclam Verlagsarchiv

Der Verlag dankt den genannten Personen und Institutionen für die Reproduktionsgenehmigung.

# Index der lateinischen Wörter

(ohne die offiziellen biologischen Fachtermini)

# Stichwortverzeichnis

# Verzeichnis der Eigennamen

Verzeichnet sind Personen und geographische Bezeichnungen; unter den Namen sind auch die davon abgeleiteten Adjektive und bei Städten und Ländern die Einwohner miterfasst. Nicht verzeichnet sind hingegen die antiken Autoren und Begriffe wie Rom, Italien, Griechenland.